HEYNE <

VADIM PANOV

DIE VERBORGENE STADT

Erster Roman: Die Prophezeiung
Zweiter Roman: Das Opfer
Dritter Roman: Die Hexe

VADIM PANOV

DIE VERBORGENE STADT

DAS OPFER

Roman

Aus dem Russischen von
Matthias Dondl

WILHELM HEYNE VERLAG
MÜNCHEN

Titel der russischen Originalausgabe:
КОМАНДОР ВОЙНЫ

MIX
Papier aus verantwortungsvollen Quellen
FSC® C014496

Verlagsgruppe Random House FSC-DEU-0100
Das für dieses Buch verwendete FSC®-zertifizierte Papier
Holmen Book Cream liefert Holmen Paper, Hallstavik, Schweden.

Deutsche Erstausgabe 12/2010
Redaktion: Hana Hadas

Printed in Germany 2010
Umschlaggestaltung: Animagic, Bielefeld
Karte: Andreas Hancock
Satz: Christine Roithner Verlagsservice, Breitenaich
Druck und Bindung: GGP Media GmbH, Pößneck

ISBN 978-3-453-52715-7

www.heyne-magische-bestseller.de

Dieser Vertrag ist unverbrüchlich.

Dieser Vertrag ist ewig.

... kraft des Willens der Herrscherhäuser verbieten wir von nun ab und für alle Zeit unter Androhung von Tod und Verdammung all jene Zauber, die imstande sind, die Welt zu vernichten, oder deren Wirkung unabsehbar ist oder ...

... somit seien die folgenden Zauber mit dem Verbote belegt: das *Herzblut der Erde*, der *Ruf des Teufels*, die *Sanduhr*, das *Traumarkan* ...

... die Erinnerung an jene Zauber soll für immer ausgelöscht sein und jegliches Wissen darüber ist in einem gesonderten Schriftwerk zu verwahren – im Buch der verbotenen Zauber, von dem jedes Herrscherhaus ein Exemplar erhält, das mit den Siegeln aller Herrscherhäuser verschlossen wird. Die Entfernung der Siegel ist nur statthaft zu dem einzigen Zwecke, um dem Buch neue Zauber hinzuzufügen, die von den Führern der Herrscherhäuser als verboten erachtet werden. Bei der Öffnung der Bücher müssen die Oberhäupter aller Herrscherhäuser zugegen sein, um sich von der Unversehrtheit und Echtheit ihrer Siegel zu überzeugen ...

Jeder Magier, der sich des Wirkens verbotener Zauber schuldig macht, wird durch den Richterspruch der Herrscherhäuser seiner gerechten Strafe zugeführt.

Jeder Magier, der sich der Verbreitung von Kenntnissen über verbotene Zauber schuldig macht, wird durch den Richterspruch der Herrscherhäuser seiner gerechten Strafe zugeführt.

Jeder Magier, der sich des Wirkens von Zaubern schuldig macht, deren Prinzipien verboten sind, wird durch den Richterspruch der Herrscherhäuser seiner gerechten Strafe zugeführt.

Dies ist der mit Namen und Siegeln verbürgte Wille der Herrscherhäuser, der von den Nachfahren unter keinen Umständen verändert werden darf, denn dieser Wille verkörpert Übereinkunft und Weisheit, denn dieser Wille bedeutet Zukunft und Leben.

Der Fürst des Dunklen Hofs
Die Königin des Grünen Hofs
Der Großmagister des Ordens

Konvention von Kitai-Gorod
Verfasst in der Verborgenen Stadt im Jahre 1418

PROLOG

»Also nur einen Kaffee, Mr. Douglas-Hume?«, fragte Peggy mit einem charmanten Lächeln.

»Zwei Kaffee, bitte«, präzisierte Bobby und weidete sich am Anblick der hübschen Kellnerin. »Jetzt habe ich nur eine kurze Besprechung, aber ich komme dann später zum Lunch.«

»Wie Sie wünschen, Mr. Douglas-Hume«, flötete Peggy und entfernte sich. Dabei wackelte sie so aufreizend mit den Hüften wie keine Zweite jenseits des Atlantiks.

Enzo Concini, der Besitzer des kleinen Ristorante an der Wall Street, legte größten Wert auf ein sittsames Auftreten seines weiblichen Personals und folglich reichte Peggys züchtiger Rock bis zu den Knien. Doch die Art und Weise, wie der weiche Stoff die knackigen Rundungen der Kellnerin umspannte, lockte die gesamte Brokerschaft aus den umliegenden Wolkenkratzern in das Lokal. Seit Peggy für den geschäftstüchtigen Italiener arbeitete, hatte sich sein Umsatz – vorsichtig geschätzt – verdoppelt.

Bobby Douglas-Hume sah der Kellnerin verträumt hinterher, bis sie in der Schwingtür der Küche verschwand. Dann schüttelte er den Kopf und zog den Umschlag, den er heute Morgen per Eilboten erhalten hatte, aus der Innentasche seines Sakkos hervor. Ob es sich dabei um einen Irrtum handelte? Oder um einen schlechten Scherz? Oder ...?

Noch einmal las er durch, was auf dem weißen Bogen geschrieben stand:

»Sehr geehrter Mr. Douglas-Hume! Es ist mir ein dringliches Anliegen, Ihnen mitzuteilen, dass ich beauftragt bin, Sie über den Letzten Willen des bedauerlicherweise verschiedenen Lord Russel Earl in Kenntnis zu setzen. Ich begebe mich heute extra zu diesem Zweck nach New York. Bitte kontaktieren Sie mich, um Ort und Zeit für ein Treffen zu vereinbaren. Hochachtungsvoll. Bogdan le Sta.«

Darunter stand eine schnörkelige Unterschrift und dem Umschlag war eine Visitenkarte mit Silberprägung beigelegt: »Bogdan le Sta, Schweiz, Bern, Anwaltskanzlei Zwimmer.«

Das Schreiben fiel aus dem Rahmen, da es vollständig auf die unter amerikanischen Anwälten üblichen Standardfloskeln verzichtete. Bobby konnte dies beurteilen, da seine Freundin Sarah als Sekretärin in einer Anwaltskanzlei arbeitete und ihre profunde Kenntnis der Jurisprudenz bei jeder sich bietenden Gelegenheit zum Besten gab. Die gestelzte Ausdrucksweise ebenso wie die vorsintflutliche Übermittlung auf Papier in Zeiten von Internet und Satellitenkommunikation erklärte sich Bobby mit der ausländischen Herkunft des Absenders. Vielleicht hatte Sarah ja Recht und im guten alten Europa stand man noch ein wenig auf Kriegsfuß mit moderner Technik. Armes, rückständiges Europa ...

Nachdenklich ließ Bobby den weißen Bogen durch die Finger gleiten. Trotz oder gerade wegen der altertümlichen Sprache und der schnörkeligen Unterschrift wirkte die Mitteilung stilvoll. Das teure Papier und die edle Visitenkarte verstärkten noch diesen Eindruck. Bobby konnte sich gut vorstellen, wie das Schreiben abgefasst worden war: in einem mit Antikmöbeln vollgestellten Büro und mit einem Füllhalter mit goldener Feder. Die Europäer waren nun mal schrecklich altmodisch. Doch was sollte man auch anderes von ihnen erwarten? Ihre wichtigste Aufgabe – die Entdeckung Amerikas – hatten sie längst erfüllt und nun spielten sie nur noch eine Nebenrolle in der Geschichte. Das war jedenfalls Sarahs Ansicht.

Bobby hatte bereits Erkundigungen eingezogen: Die Anwaltskanzlei Zwimmer existierte seit hundertzweiundsiebzig Jahren, genoss einen ausgezeichneten Ruf und galt als eine der teuersten auf dem Kontinent. Was konnte ein gestandener europäischer Jurist von einem bescheidenen New Yorker Broker wollen?

»... Sie über den Letzten Willen des bedauerlicherweise verschiedenen Lord Russel Earl in Kenntnis zu setzen ...«

Gab es womöglich englische Aristokraten im Geschlecht der Douglas-Hume? Schon den ganzen Vormittag hatte sich Bobby darüber den Kopf zerbrochen, doch ihm war nichts Derartiges bekannt. Der Stolz der Familie war sein Cousin, der vor vierzehn Jahren mit der Schülermannschaft die Baseballmeisterschaften im Staat Utah gewonnen hatte. Aber was Adelige betraf ... Das

Einzige, was Bobby in den Sinn kam, war Hamlet mit Mel Gibson in der Hauptrolle. Doch war Hamlet überhaupt Engländer?

»Ihr Kaffee, Mr. Douglas-Hume.«

»Vielen Dank.«

Als Peggy sich niederbeugte, um den Kaffee zu servieren, gönnte sich Bobby wie gewohnt einen Blick in ihren Ausschnitt. Mit den drallen Brüsten der Kellnerin konnte seine Sarah nicht wirklich konkurrieren.

Peggy verschwand, und Bobby steckte den Brief in den Umschlag zurück. Gewiss war dieser Russel Earl kein armer Mensch, wenn sein Nachlass von einer renommierten Schweizer Kanzlei verwaltet wurde. Vielleicht besaß er sogar ein Vermögen! Hatte der Lord womöglich ihn, den Broker Douglas-Hume, in seinem Testament bedacht?

Bobby nippte nervös an seinem Kaffee und verbrannte sich dabei die Zunge. Anfangs hatte er den Gedanken an eine Erbschaft verdrängt, um keine Enttäuschung zu riskieren. Doch nun, da er allein in Concinis Ristorante saß, konnte er nicht anders, als sich einen solchen Glücksfall auszumalen: Immobilienbesitz, Geld, ein neues Leben! Er könnte sich alles leisten, wovon er bislang nur träumen durfte, und der unsäglich graue Alltag als armseliger Broker hätte endlich ein Ende. Seine derzeitige Situation empfand Bobby als erniedrigend: Er war bereits weit über dreißig, galt jedoch als ewiges Talent, war vollständig abhängig von dem ebenso primitiven wie fetten Edwards und musste sich mit nervigen Kunden und einem herrischen Board of Directors herumschlagen. Er erblasste vor Neid, wenn er an jene Börsenmakler dachte, die mit Millionen jonglierten und sich mit windigen Termingeschäften dumm und dämlich verdienten. Mit seinen mickrigen Provisionen war er dagegen ein Nichts. All das würde sich auf einen Schlag ändern! Er wäre nicht mehr der kleine Bobby, sondern Lord Robert Douglas-Hume! »Selbstverständlich, Lord Douglas-Hume, wie Sie wünschen, Lord Douglas-Hume ...« Mit seinen Geschäften würde er den fetten Edwards betrauen – immerhin ein fähiger Broker. Bobby lächelte verklärt und trank seinen Kaffee aus. Wo blieb denn nun dieser Trottel von Anwalt?

Bogdan le Sta betrat Concinis Ristorante um Punkt zwölf Uhr und begab sich zielstrebig zu Bobbys Tisch. Der Anwalt war ein kräftig gebauter, rothaariger Mann mit akkurat gestutztem Kinnbart, trug einen gediegenen Anzug aus feinstem englischen Tuch und hielt einen schmalen Aktenkoffer in der Hand.

»Bogdan le Sta.«

»Robert Douglas-Hume.«

Die Männer gaben einander die Hand, und Bobbys zarte Finger wurden von der eisernen Pranke des Anwalts wie in einem Schraubstock zusammengepresst. Der Typ macht wohl Hanteltraining, dachte er beeindruckt.

Tatsächlich hätte le Sta mit seinen scharfkantigen Gesichtszügen in jedem Hollywood-Actionfilm eine gute Figur abgegeben. Douglas-Hume registrierte dies nicht ohne Neid, denn seine eigene männliche Ausstrahlung bewegte sich auf vergleichsweise bescheidenem Niveau.

»Um ein Haar wäre ich zu spät gekommen«, verkündete der Anwalt, als er am Tisch Platz nahm. »Die Staus in Ihrer Stadt sind bemerkenswert.«

Le Sta sprach Englisch mit leichtem Akzent und seine mandelförmigen, braunen Augen musterten Bobby mit größter Aufmerksamkeit. Der Amerikaner konterte den prüfenden Blick mit einem unverbindlichen Lächeln.

»Sind Sie schon lange in New York?«

»Ich komme direkt vom Flughafen und kehre noch heute wieder nach Bern zurück. Das Treffen mit Ihnen ist der einzige Zweck meines Aufenthalts.«

»Es ist das erste Mal, dass ich Besuch aus Europa bekomme«, bekannte Bobby betont teilnahmslos, um seine innere Aufgewühltheit zu kaschieren. »Worüber wollten Sie mit mir sprechen?«

Abermals fixierte ihn le Sta unverwandt, und Bobby bemerkte plötzlich, dass sein Gesprächspartner keine Ohrläppchen hatte. Merkwürdig, ob er deshalb so lange Haare trug?

»Mr. Douglas-Hume, die Sache, über die ich mit Ihnen sprechen muss, ist gleichermaßen erstaunlich wie ungewöhnlich. In meiner gesamten Berufspraxis habe ich noch keinen ähnlich gelagerten Fall erlebt.«

»Das ist ja höchst interessant.«

Bogdan trank einen Schluck von seinem Kaffee und dabei funkelte am kleinen Finger seiner rechten Hand ein Rubin. Bobby hätte eher mit einer teuren Uhr gerechnet und fragte sich, ob sich alle europäischen Anwälte mit solcherlei Klunker schmückten.

»Wie ich Ihnen bereits mitgeteilt habe, handelt es sich

um das Testament von Lord Russel Earl. Ich habe die Ehre, sein Testamentsvollstrecker zu sein.«

»Ich kannte diesen Gentleman nicht.«

»Es könnte sein, dass Sie ein Glückspilz sind, Mr. Douglas-Hume. Bedauerlicherweise war Lord Russel kein ausgesprochener Menschenfreund und hatte einen schwierigen Charakter. Es genügt wohl zu erwähnen, dass er in seinem Testament nicht einen einzigen Verwandten oder Bekannten bedacht hat. Sein einziger Sohn ist während des Golfkriegs gefallen. Er war Pilot.«

»Ein schwerer Verlust.«

»Gewiss.« Bogdan nickte sachlich. »Wie dem auch sei, Lord Russel ist kein einziger direkter Erbe geblieben.«

Bobbys Herz begann schneller zu schlagen.

»Hinterlässt er denn ein großes Vermögen?«

»Bankeinlagen, Aktien, Immobilien, alles in allem ein Vermögen von fünfunddreißig bis vierzig Millionen Pfund Sterling. Abzüglich der Steuern, versteht sich.«

Douglas-Hume fiel die Kinnlade herunter und er begann zu schwitzen.

»Und was hat das alles mit mir zu tun?«

Bogdan le Sta hatte es nicht eilig, zur Sache zu kommen. Er seufzte und blickte zerstreut aus dem Fenster.

»Wissen Sie, Lord Russel war ein exzentrischer Mensch. Seit er sein Ende herannahen spürte, beschäftigte er sich intensiv mit der Theorie der Seelenwanderung. Haben Sie davon gehört?«

»Natürlich, aber ich habe ihr keine größere Bedeutung beigemessen«, log Bobby, der sich in Wirklichkeit noch nie mit seiner Seele beschäftigt hatte, geschweige denn mit deren Wanderung.

»Lord Russel war davon überzeugt, dass sich seine Seele nach dem Tod in einem anderen Körper reinkarnieren und seine Persönlichkeit auf diese Weise fortbestehen würde. In letzter Zeit suchte er fieberhaft nach diesem vermeintlichen Nachfolger, um ihm durch die Erbschaft ein sorgenfreies Leben zu ermöglichen. Der Lord umgab sich mit allerlei Zauberern, Schamanen, Medien – nun, Sie wissen schon, was ich meine. Letzten Endes machten diese Leute mit vereinten Kräften die Person ausfindig, in deren Körper die Seele des alten Lord Russel angeblich ihre neue Heimstatt finden sollte.«

»Und Sie erwarten von mir, dass ich Ihnen das glaube?«, flüsterte Bobby aufgewühlt.

Vierzig Millionen Pfund Sterling – das waren fast sechzig Millionen Dollar! Douglas-Humes Hemd war schweißgetränkt.

»Haben die Herrschaften noch einen Wunsch?«, erkundigte sich Peggy und warf einen interessierten Blick auf Bogdans Heldengesicht.

»Vielleicht später«, sagte Bobby.

Der Anwalt würdigte die hübsche Kellnerin keines Blickes.

»Aber das kann doch nicht sein, so etwas gibt es nicht, Mr. le Sta!«, insistierte Bobby, der es immer noch nicht fassen konnte.

»Robert, ich erkläre Ihnen doch nur, was Lord Russel dazu veranlasst hat, ausgerechnet Sie in seinem Testament zu begünstigen.« Bogdan lächelte und breitete die Arme aus. »Er hielt Sie für seinen Nachfolger.«

»Mich?«

»Ihre Überraschung ist völlig verständlich.«

Lord Douglas-Hume!

»Wenn Sie nichts dagegen haben, würde ich Ihnen gern noch einige Fragen stellen«, sagte Bogdan geschäftsmäßig.

Ein Landgut in England und eine eigene Jacht!

»Selbstverständlich, Mr. le Sta. Was möchten Sie wissen?«

Bogdan öffnete seinen Aktenkoffer und nahm ein Formular heraus.

»Ihr voller Name ist Robert James Douglas-Hume?«

»Korrekt.«

»Sie wurden am achten Oktober neunzehnhundertvierundsechzig um neun Uhr morgens in Salt Lake City, Utah, als drittes Kind Ihrer Eltern geboren?«

»Die genaue Zeit kann ich Ihnen nicht sagen, aber meine Mutter hat davon gesprochen, dass ich am Vormittag auf die Welt kam.«

»Der exakte Zeitpunkt Ihrer Geburt ist von äußerster Wichtigkeit, Mr. Douglas-Hume.« Der stahlharte Blick des Anwalts bohrte sich in Bobbys Gesicht. »Können Sie entsprechende Dokumente vorlegen?«

»Wenn nötig – selbstverständlich.«

»Nun gut.« Bogdan machte ein Häkchen auf seinem Formular und setzte die Befragung fort. »Sie haben ein Muttermal in Form eines vierstrahligen Sterns auf dem linken Unterarm?«

»Ja.«

»Bestens.« Der Anwalt legte das Formular in sein Köfferchen zurück. »Und nun benötige ich laut den Bestimmungen des Testaments eine Blutprobe von Ihnen.«

»Wir müssen also zu einem Arzt?«

»Nicht nötig, wir können das gleich hier erledigen.«

»Daraus werde ich nicht schlau«, gestand Bobby und sah seinen Gesprächspartner entgeistert an.

»Glauben Sie mir, Robert«, entgegnete der Anwalt ein wenig verlegen, »die Situation ist für mich nicht weniger befremdlich als für Sie. Lord Russel hat sich mit okkulten Wissenschaften befasst und in allen Einzelheiten festgelegt, wie sein Nachfolger zu identifizieren sei. Die Blutprobe, die er testamentarisch verlangte, hat nichts mit gewöhnlichen medizinischen Untersuchungen zu tun, ist völlig harmlos und denkbar simpel, doch ohne sie ist es mir nicht möglich festzustellen, ob Sie tatsächlich derjenige sind, den ich suche. Der Lord legte Wert darauf, dass sein Vermögen einer ganz bestimmten Person zukommt, und zur Abwicklung der erforderlichen Formalitäten benötige ich einen Tropfen Blut von Ihnen.«

Bogdan nahm ein kleines schwarzes Schälchen, ein Fläschchen mit einer durchsichtigen Flüssigkeit und eine goldene Nadel aus seinem Köfferchen.

»Sind Sie einverstanden, Robert?«

Anstatt zu antworten, seufzte Bobby, dachte an die vierzig Millionen Pfund Sterling und streckte die rechte Hand vor. Bogdan pikste ihn mit der Nadel in den Ringfinger und drückte einige Tropfen Blut in das Schälchen.

»Das war's schon.«

»Ärzte konnte ich noch nie leiden«, nölte Douglas-Hume und verzog das Gesicht.

»Ich auch nicht«, versicherte der Anwalt.

Vorsichtig öffnete Bogdan das Fläschchen und goss die durchsichtige Flüssigkeit in das Schälchen mit dem Blut. Es gab eine leise Verpuffung und eine Dampfwolke stieg in die Luft.

»Was hat das zu bedeuten?«, staunte Bobby.

Beide Flüssigkeiten hatten sich aufgelöst und auf dem Grund des schwarzen Schälchens türmte sich ein Häufchen weißen Pulvers.

»Das ist das Ergebnis des Tests.«

»Und?«

»Alles bestens.«

Ein eigenes Schloss und ein eigenes Gestüt! Bobby fürchtete sich vor Pferden, doch Sarah war der Meinung, dass jeder anständige Aristokrat ein eigenes Gestüt besitzen müsse. Gewiss hätte Sarah nichts dagegen gehabt, einen steinreichen Lord zu ehelichen, andererseits – und dieser Gedanke erfüllte Bobby mit größter Genugtuung – hatte er mit der Erbschaft im Rücken eine beinahe unbegrenzte Auswahl ...

Der Anwalt verstaute das Schälchen und das Fläschchen in seinem Aktenkoffer.

»Herzlichen Glückwunsch, Robert. Sie haben alle in Lord Russels Testament geforderten Tests bestanden.« Bobby zitterte vor Aufregung. »Nachdem die Formalitäten erledigt sind, können wir zum eigentlichen Zweck unseres Treffens übergehen. Ich habe hier etwas für Sie.«

Le Sta legte eine kleine rote Schatulle auf den Tisch und klappte den Deckel auf.

»Der ist für mich?«

Auf dem Samtkissen in der Schatulle ruhte ein klobiger Ring, der mit einem großen, schwarzen Brillanten verziert war.

»Der Familienring der Russels. Stecken Sie ihn an den linken kleinen Finger.«

Andächtig nahm Bobby den Ring und streifte ihn über den kleinen Finger.

»Ist es so gut?«

»Vortrefflich.«

Der Ring schien eine Maßanfertigung zu sein. Er passte wie angegossen und für einen Augenblick hatte Douglas-Hume sogar den Eindruck, als würde er ihn gar nicht mehr abnehmen können. Und tatsächlich: Ein flüchtiger Versuch, den Ring abzustreifen, schlug fehl. Bobby zog nun mit aller Kraft an dem Brillanten, doch der Ring rührte sich keinen Millimeter, als wäre er festgewachsen.

»Ich kann ihn nicht mehr abziehen«, klagte Douglas-Hume mit einem gezwungenen Lächeln und glaubte zu diesem Zeitpunkt noch an ein ärgerliches Missgeschick.

»Der Ring wurde extra für Sie angefertigt, Robert, und Sie werden ihn nie wieder loswerden.«

Bogdans Auftreten wirkte immer noch geschäftsmäßig, doch seine Stimme klang befremdlich schadenfroh. Dem Amerikaner schwante Übles.

»Wie meinen Sie das?«

»Genau so, wie ich es gesagt habe«, erwiderte der

rothaarige Anwalt mit einem diabolischen Grinsen, und seine plötzlich rot unterlaufenen Augen begannen buchstäblich zu leuchten. »Vergiss die Erbschaft, ich wollte dich nur dazu bringen, den Ring freiwillig anzuziehen.«

Bobbys Gesichtszüge versteinerten. Der schwarze Brillant an seiner linken Hand schien auf einmal zu glühen, und in dieser Glut schmolzen all seine Träume dahin: das Landgut, die Yacht, die Millionen, das neue Leben ... Von alledem blieb nichts übrig als ein nutzloser schwarzer Stein. Wut und Enttäuschung trieben Douglas-Hume die Tränen in die Augen.

»Warum haben Sie das getan?!«

»Selbstverständlich nicht zum Vergnügen.«

»Ich gehe!«

In diesem Augenblick gab der Boden unter Bobbys Füßen nach, und er hatte das Gefühl, in einen tiefen, engen Schacht zu stürzen. In seinen Ohren tönte ein dumpfes Glucksen wie unter Wasser, und er kniff unwillkürlich die Augen zusammen. Der Spuk dauerte nicht länger als eine Sekunde, und als er vorbei war, fand sich Bobby am Boden kniend wieder.

»Ein Erdbeben! Wir müssen ins Freie flüchten!«, schrie er panisch.

»Das wird kaum möglich sein, Robert«, erwiderte Bogdan ungerührt. »Wir befinden uns bereits im Freien.«

Douglas-Hume stand auf, sah sich um und traute seinen Augen nicht. Concinis Ristorante war verschwunden. Die Tische, die Bar, die kernige Peggy, die Wall Street vor dem Fenster, alles – die vertraute Umgebung hatte sich auf mysteriöse Weise in Nichts aufgelöst und einer neuen, fremden Welt Platz gemacht. Es herrschte tiefe Nacht. Bobby befand sich inmitten eines mindestens zwanzig Fuß breiten, kreisrunden Plateaus, das oberhalb eines Flusses gelegen war. Auf der flussabgewandten Seite erhob sich ein jäh in den Himmel ragender, von Scheinwerfern angestrahlter Monumentalbau, der in einer filigranen Spitze auslief. Zu dem Gebäude führte eine breite Allee, die durch einen Park verlief. Doch am faszinierendsten war die Aussicht auf der anderen Seite, wo ein steiler Hang zum Fluss abfiel. Dort erstreckte sich zu Füßen des Amerikaners bis zum Horizont das Lichtermeer einer riesigen Stadt.

Erst in luftiger Höhe erschließt sich die beeindruckende Schönheit einer nächtlichen Metropole: das gleißende Adernetz hell beleuchteter Ausfallstraßen, in gespenstisches Mondlicht getauchte Gebirge von Wolkenkratzern und dazwischen gestreut wie Tintenflecken die schwarzen Silhouetten von Gewässern und Parks. Nachts, wenn das Gros der Bürger friedlich schlummert, zeigt die Stadt den Wachenden ihre Seele.

»Wo bin ich?«, fragte Bobby heiser.

»In Moskau.« Bogdans Stimme klang wie von Ferne, und Douglas-Hume konnte ihn nicht sehen. »Wir befinden uns auf den Sperlingsbergen. Das große Gebäude ist die Universität und die Schüssel dort unten das Olympiastadion, der Fluss ...«

»Wie zum Teufel bin ich hierhergekommen?«, unterbrach Bobby den Anwalt.

Verstört betrachtete der Amerikaner das Plateau, das

von drei Fackeln schwach erleuchtet wurde. In den schwarzen Steinboden waren Runen eingraviert, die ein von innen nach außen führendes Spiralmuster bildeten.

»Wie bin ich hierhergekommen?«, wiederholte er fassungslos.

»Das Schicksal hat dich hergeführt.«

Immer schmerzhafter schnürte der unheilvolle Ring Bobbys kleinen Finger ein, und der schwarze Brillant funkelte dämonisch.

»Das kann nicht wahr sein! Das ist alles nur ein Traum!« Bobby versuchte, das Plateau zu verlassen, doch er konnte sich nicht von der Stelle rühren: Seine Füße waren im Zentrum des Runenkreises wie festbetoniert. »Ich will hier weg!«

»Pech gehabt, Robert, du wurdest zur falschen Zeit und am falschen Ort geboren.«

Bogdans Stimme war nun ganz nah. Bobby drehte sich um und zuckte vor Schreck zusammen: Der Mann trug einen bodenlangen, bordeauxroten Mantel, in den goldene Runen eingenäht waren, und einen massiven, mit einem kunstvollen Muster verzierten Helm, der sein Gesicht bis über die Nase verdeckte. An den Flanken des Helms ragten geschwungene Hörner empor und in den Augenschlitzen flackerte ein gespenstisches rotes Licht.

Der Amerikaner zitterte am ganzen Leib. »Lassen Sie mich hier weg! Ich rufe die Polizei!«

»Es wird dich niemand hören«, erwiderte Bogdan und verzog dabei die Mundwinkel zu einem Grinsen. Auf seiner Brust baumelte eine schwere Goldkette mit einem

Medaillon. »Du solltest deinen Tod mit Würde ertragen, Robert. Für seine letzten Minuten sollte man sich nicht schämen müssen.«

»Nehmen Sie alles, mein Geld, mein Auto, alles, was Sie wollen!«

»Dein Besitz interessiert mich nicht, Robert, ich brauche dein Leben. Zieh dich aus.«

»Was?«

»Du sollst dich ausziehen«, wiederholte Bogdan mit Nachdruck.

»Das werde ich nicht tun«, gab Bobby trotzig zurück. »Niemals!«

Ungerührt zog le Sta einen Dolch aus dem Gürtel, schnitt Bobby die Kleider vom Leib und schleuderte sie achtlos mit dem Fuß aus dem Runenkreis.

»Bitte lassen Sie mich gehen, bitte!«

Bogdan steckte den Dolch in den Gürtel zurück und hielt auf einmal ein glühendes Brandeisen in der Hand.

»Unsere Wünsche sind wohlfeil, doch ihre Erfüllung kann Leben kosten.« Bogdan sprach nun nicht mehr Englisch, und Bobby verstand kein Wort. »Möge der Tod dieses Opfers der Erfüllung meiner Wünsche dienen.« Die Runen auf dem schwarzen Steinboden verfärbten sich scharlachrot. »Durch das Zeichen des Arkans, eingebrannt auf dem Thron der Kraft, sei besiegelt, dass der Tod dieses Opfers allein mir zugutekommt.«

Douglas-Hume schrie vor Schmerz, als das glühende Eisen sich zischend in seine Stirn brannte. Geräuschvoll loderten die Fackeln auf, während Blut, Schweiß und Tränen sich auf seinem entblößten Körper vermischten.

»Das Blut dieses Opfers ist nur ein Tropfen auf dem heißen Stein und sein Tod nur das Glied einer Kette, doch diese Kette ist untrennbarer Bestandteil des *Traumarkans*!«, donnerte Bogdans Stimme durch die Nacht. »Und so möge der Dolch sein Werk verrichten und das Blut des Opfers zum Fließen bringen!«

Der rote Lichtschein, der aus den Augenschlitzen von Bogdans Helm flutete, umspielte Bobbys Gestalt, als der Dolch sich in seine Brust bohrte und ein Schwall heißen Bluts die stahlblitzende Klinge tränkte. Der schwarze Brillant funkelte heftig, während er die schwindenden Kräfte des Opfers in sich aufsog. Die Flammen der Fackeln schlugen höher und umschlossen den Thron der Kraft mit einem Feuerring. Darin glühte die Runenspirale, in deren Windungen das Leben des Brokers Douglas-Hume buchstäblich zerrann.

Le Sta zog die besudelte Klinge aus Bobbys Brust und hielt eine goldene Schale unter die Wunde.

»Der Dolch und sein Eigner seien durch das Blut des Opfers verbunden.«

Gierig trank Bogdan von dem warmen Lebenssaft und wischte sich den Mund ab. Dann griff er nach Bobbys linkem Arm und hackte ihm mit einem Schlag die Hand ab.

»Das zwölfte Opfer ist dargebracht! Als Wirker des *Traumarkans* verfüge ich, den Großen Kreis zu schließen!«

Der tote Bobby sank auf den schwarzen Steinboden nieder.

Bogdan erhob die Hände, und der Feuerring um den

Thron der Kraft begann zu rotieren. Zuerst verwandelte er sich in einen lodernden Ball, dann in einen allmählich schrumpfenden, trichterförmigen Wirbel und schließlich in ein kleines Sternchen, das zwischen den Hörnern von Bogdans Helm verglomm. Die Runen verblassten und verloren ihre scharlachrote Farbe. Nur noch der Mond und die schwachen Lichtschimmer der schlafenden Metropole erhellten nunmehr den Thron der Kraft.

Mit einem Ruck hob der Zauberer den toten Körper des Amerikaners auf und schnippte gebieterisch mit dem Finger. Daraufhin bildete sich direkt vor ihm ein dunkelroter Wirbel, in den er den Leichnam hineinschleuderte.

»Gute Heimreise, mein Freund.«

»Und zwei Kaffee«, wiederholte Peggy, notierte die Bestellung und stöckelte davon.

»Und dein süßes Lächeln«, rief der fette Broker ihr nach und wandte sich augenzwinkernd an seinen bebrillten Kollegen. »Die hübscheste Bedienung von ganz New York, dafür würde ich meine Dow-Jones-Aktien verwetten.«

»Da könntest du Recht haben«, nickte der Brillenträger. »Apropos Dow-Jones ...«

Doch was sein Kollege zum Dow-Jones-Index zu sagen hatte, erfuhr der dicke Broker nicht mehr. Ein markdurchdringender Schrei von Peggy erschütterte Enzo Concinis Ristorante.

Neben einem der Tische lag ein völlig nackter, blutüberströmter Mann auf dem Boden.

Der Wirbel löste sich in Luft auf, nachdem er den Leichnam verschluckt hatte. Bogdan nahm den Helm ab und wischte sich den Schweiß von der Stirn. Die Opferprozedur an sich war nicht sonderlich anstrengend, doch der Aufbau eines Interkontinentalportals kostete viel Kraft und war selbst für einen erfahrenen Magier eine Energieleistung. Zum Glück hatte sich der Große Kreis nun geschlossen, und die nächsten Opfer würden ihn weniger Mühe kosten.

Bogdan atmete durch. Er fühlte sich erschöpft. In den letzten Monaten war er in der halben Welt unterwegs gewesen und immer nur für kurze Zeit in die Stadt gekommen. Der Reisestress und ein chronischer Schlafmangel forderten nun ihren Tribut. Erfreulicherweise war im Ablauf des *Traumarkans* vor dem Kleinen Kreis eine kurze Pause vorgesehen, er würde sich also ein wenig erholen können.

Der Zauberer stieg auf die Plattform unterhalb des Throns der Kraft hinunter und legte ohne Eile seine Sachen ab. Der gehörnte Helm landete auf einer Ablage, die schwere Kette mit dem Medaillon in einem Samtbeutel und der sorgfältig gesäuberte Dolch in einer Holzkiste. Den bordeauxroten Mantel, unter dem der tadellose Anzug aus englischem Tuch zum Vorschein kam, legte er sorgfältig zusammen. Er legte seine goldene Uhr an und sah prüfend auf das Ziffernblatt: Alles lief exakt nach Zeitplan.

Als Bogdan den Thron der Kraft verlassen hatte und gemächlich auf die menschenleere Aussichtsplattform der Sperlingsberge hinaustrat, hielt neben ihm ein bordeauxroter Lincoln.

»Erwarten Sie jemanden?«, erkundigte sich die Schwarzhaarige, die am Steuer saß.

»Die schönste Frau der Verborgenen Stadt.«

»Ich kann Sie zu ihr bringen.«

»Nicht nötig, ich habe sie bereits gefunden.«

Bogdan warf den Aktenkoffer auf den Rücksitz, setzte sich auf den Beifahrersitz und umarmte die Frau.

»Ich hatte solche Sehnsucht nach dir, Liebste, so schreckliche Sehnsucht!«

KAPITEL EINS

»Die Staatsduma setzt sich für die Meinungsfreiheit ein! Gegen den Widerstand der Linken wurde das neue Telekommunikationsgesetz, das in der Gesellschaft auf ein geteiltes Echo stieß, in der Duma gestoppt. Der Gesetzentwurf, der den Innenbehörden erweiterte Kontrollmöglichkeiten über die elektronischen Medien, insbesondere über das Internet, einräumen sollte, muss nun überarbeitet werden ...«

KOMMERSANT

»... Was steckt hinter der außergewöhnlichen Aktivität der Schwarzen Morjanen in den letzten Wochen? Die häufige Sichtung der Wandelwesen in der Verborgenen Stadt wird von vielen Bürgern als beunruhigend empfunden. Bereits jetzt übersteigt ihre Zahl die für diese Jahreszeit zulässige Quote um das Zweifache. Angesichts dieser explosionsartigen Vermehrung muss die Frage erlaubt sein, ob der Grüne Hof seine unberechenbaren Monster noch unter Kontrolle hat und ob es nicht an der Zeit wäre, sie durch lizenzierten Abschuss angemessen zu dezimieren ...«

T-GRAD-COM

Bar *Rennsemmel*
Moskau, Bolschaja-Dmitrowka-Straße
Freitag, 15. September, 19:57 Uhr

»Stellt euch vor: Ich liege also unter dem Bett und sehe ihr dabei zu, wie sie mit ihren langen Beinen meine Klamotten unter eben dieses Bett schiebt. Ihre Beine – ich sag's euch – ein Naturereignis! Samtene Haut, schlanke Schenkel, Waden zum Reinbeißen und zarte Füße, die in Pumps mit Pfennigabsätzen stecken. Die Pumps waren übrigens das Einzige, was Linda zu diesem Zeitpunkt noch anhatte.« Der Eulin schnalzte mit der Zunge und schloss versonnen seine kleinen, pfiffigen Augen.

»Und was hattest *du* noch an?«, erkundigte sich Artjom.

»Ich?« Murzo sah den Söldner erstaunt an. »Wofür hältst du mich, Humo? Nichts natürlich. Nackt, wie die Natur mich schuf, liege ich unter dem Bett, und jeden Augenblick muss seine Exzellenz Waldemar Balota, der Magister der Salamanderloge, ins Zimmer hereinkommen! Der Schlafende soll ihn holen, warum musste er sich einfallen lassen, ausgerechnet im ungünstigsten Moment nach Hause zu kommen?«

Als schlimmste Heißsporne des Herrscherhauses Tschud galten zwar die Ritter der Schwerterloge, doch in einer derart heiklen Situation musste auch die Begegnung mit einem Ritter der Salamanderloge zwangsläufig böse enden. Und für den jähen Tod eines aufgeflogenen Liebhabers der Ehefrau des Magisters würde sich im Zweifelsfall auch kein Richter interessieren.

»Hast du dir vor Angst nicht in die Hosen gemacht?« Cortes nippte gleichmütig an seinem Cognac.

»Nein, aber es hat nicht viel gefehlt«, berichtete der Eulin wahrheitsgemäß. »Der Magister hat sogar sein Schlafzimmer mit Mordinstrumenten tapeziert: zweigriffige Schwerter, Dolche, eieiei ... Aber nicht ein Spiegel! Keine Ahnung, wie er mit seiner Traumfrau klarkommt.«

Die Söldner schmunzelten.

»Und was ist dann passiert?«

»Ich liege also unter dem Bett und denke: verdammt, gleich schaut der Magister unter das Bett, schnappt sich die nächstbeste Klinge von der Wand und tschüss, Murzo Chase, schöne Grüße an den Schlafenden.« Der Geschäftsführer der *Rennsemmel* kratzte sich am kahlen Kopf und grinste verschmitzt. Wie alle Eulins konnte er sich ein Leben ohne Liebesaffären nicht vorstellen. »Vor der Tür höre ich bereits Schritte, und Linda fragt mich noch schnell, ob schon alle meine Ringe unter dem Bett sind. Leider konnte ich mich nicht mehr erinnern, wie viele Ringe ich anstecken hatte, sieben oder acht.«

Die Söldner betrachteten Murzos üppig beringte Finger und schmunzelten abermals: Die Vorliebe für teuren Klunker kam bei den Eulins gleich an zweiter Stelle nach ihrer Schwäche für Frauen.

»Ich saß echt in der Tinte«, erzählte Murzo weiter, »und wusste nicht, was ich tun soll: die Ringe zählen, die Unterhose anziehen oder lieber gleich mein Testament schreiben? Und dann turnen noch ständig die Beine von diesem Hasen vor meiner Nase rum ...« Der Eulin fasste sich an die Glatze und verdrehte die Augen. »In dem Moment, als Linda gerade die Überdecke aufs Bett wirft, kommt der Herr Magister herein – Hut ab, wie der seiner Frau Gemahlin vertraut: ›Liebste, du hast mir so gefehlt!‹ Und sie turtelt gleich zurück: ›Endlich, Schatz, ich hab so auf dich gewartet!‹ Was soll sie auch sagen, wenn sie nur Pumps anhat. Und ich arme Sau liege im Staub unter dem Bett und komme fast um vor Lust – schließlich wollte sie ja eigentlich mit mir ... Es gibt einfach keine Gerechtigkeit auf der Welt.«

Die Söldner lachten.

Der Eulin trank einen Schluck Wein und setzte seinen Bericht fort: »Ich versuche gerade, in meine Unterhose zu schlüpfen, da biegt sich plötzlich die Matratze unter dem Gewicht des Herrn Magisters durch – Hut ab vor seinem gesegneten Appetit. Ich mache mich also so klein wie möglich, doch dann geht über mir richtig die Post ab: Ich hab wirklich gedacht, die machen mich platt wie eine Flunder.«

»Und wie bist du aus der Misere wieder rausgekommen?«, erkundigte sich Artjom.

»Ich hatte Schwein. Als der Herr Magister sich ins Bad begab – Hut ab vor seiner Reinlichkeit –, hatte ich genug Zeit, ein Portal aufzubauen. Durch das bin ich dann direkt in mein Auto geflohen, das ich ein paar Straßen weiter geparkt hatte.«

»Und was ist mit Linda?«

»Wir werden telefonieren«, antwortete Murzo achselzuckend. »Schließlich sind wir zu nichts gekommen und von dem kleinen Zwischenfall mit ihrem Ehemann lasse ich mich gewiss nicht abschrecken.«

»Waldemar Balota soll ziemlich unberechenbar sein, wenn er böse ist ...«

»Wer ist schon perfekt?«

»Warum hast du dir denn ausgerechnet die Frau des Magisters ausgesucht?«, fragte Cortes, der sich mehr für die grundlegenden Fragen interessierte. »Hat dich das Risiko gereizt?«

»Der Ruf der Natur«, erwiderte Murzo mit Unschuldsmiene. »Ich habe sie vor zwei Monaten in der *Eidechse* kennengelernt und bin seither völlig verrückt nach ihr. Ich musste das einfach tun!«

»Jaja, ihr habt's nicht leicht, ihr Eulins. Sobald ihr eine schöne Frau seht, schaltet sich euer Gehirn aus und ihr rennt mit dem Kopf durch die Wand«, sagte Cortes.

Er und Artjom waren zwar Humos, doch sie genossen großes Ansehen in der Verborgenen Stadt und pflegten einen ungezwungenen Umgang mit ihren Bewohnern.

»Es ist doch unsere einzige Freude im Leben«, rechtfertigte sich Murzo grinsend. »Mit Politik haben wir nichts am Hut, das ist Sache der Herrscherhäuser, als Krieger taugen wir nichts und Geld scheffeln bringt auch keine Erfüllung. Was bleibt uns also anderes übrig, wenn wir uns nicht ständig betrinken wollen?«

Zumindest teilweise hatte der Eulin damit völlig Recht. Die Zuständigkeiten in der Verborgenen Stadt waren klar verteilt: Die Herrscherhäuser kontrollierten das Gemeinwesen, die Schatyren Finanzen und Handel, die Rothauben die Kleinkriminalität und die Erli-Mönche den Gesundheitssektor. Die kleine Sippe der Eulins zeichnete für die Freizeitgestaltung verantwortlich und half den anderen Bürgern dabei, ihr mehr oder weniger ehrlich verdientes Geld auf lustbringende Art und Weise zu verprassen. Das Milieu, in dem sich die glatzköpfigen Frohnaturen deshalb zwangsläufig bewegten, war offenbar ein idealer Nährboden für ihren Hang zu amourösen Abenteuern.

»Wo nehmt ihr nur die Kraft für einen solchen Lebensstil her?«, fragte Cortes.

»Das ist unser einziges Familiengeheimnis«, verkündete der Eulin verschmitzt, wobei seine Äuglein hinter den dicken rosa Bäckchen fast verschwanden. »So mancher große Krieger gäbe viel darum, es zu erfahren – Hut ab vor ihrer hartnäckigen Neugier. Doch dieses Geheimnis hüten wir wie unseren Augapfel, denn darin liegt für uns der Sinn.«

»Der Sinn wovon?«

»Der Sinn von allem!«

»Murzo, komm mal zu uns!« Die Gesprächspartner drehten sich nach der schrillen Stimme um. An einem der Tische hatten sich vier anmutige Feen niedergelassen, junge Zauberinnen aus dem Herrscherhaus Lud. »Mach schon, Murzo, wir warten nicht gern.«

Die Augen des Eulins bekamen einen lüsternen Glanz und traten aus den Höhlen: »Entschuldigen Sie mich, meine Herren, die Pflicht ruft.« Behände glitt er vom hohen Hocker herab und winkte dem Barkeeper. »Gonzo, eine Runde für meine Freunde auf Kosten des Hauses.«

»Übertreib es nicht mit den Feen«, empfahl ihm Artjom.

»Unser Familiengeheimnis wird mich retten«, gab Murzo hinter vorgehaltener Hand zurück und gockelte zum Tisch der jungen Frauen davon.

Die Söldner erhoben die Gläser.

»Trinken wir darauf, dass wir das Familiengeheimnis der Eulins nie nötig haben werden!«, schlug Artjom vor, leerte sein Glas und sah sich um.

Nur wenige Gäste verloren sich im Gastraum der *Rennsemmel.* An den kleinen runden Tischen saßen außer der lärmenden Feenschar zwei Schatyren in Maßanzügen, die sich mit wichtigen Mienen über geschäftliche Unterlagen beugten, ein Grüppchen Rothauben, die einer Flasche Whiskey zu Leibe rückten, und ein junger Vicomte aus dem Herrscherhaus Lud, der mit einer hübschen Begleiterin flirtete.

Murzo war ein passionierter Motorsportfan und an der Einrichtung der *Rennsemmel* konnte man dies unschwer ablesen: An den Wänden hingen ein Lenkrad von Alain Prost, ein Helm von Michael Schumacher und ein Overall von Gilles Villeneuve. Auf einem kleinen Podest neben dem Eingang thronte ein blitzblank gewienerter, roter Ferrari-Bolide. In allen Ecken der Bar hingen Großbildleinwände, auf denen die Rennsportereignisse vom ganzen Globus übertragen wurden. Murzo beschränkte sich nicht nur auf die Formel 1, und die *Rennsemmel* war stets brechend voll, wenn irgendwo auf der Welt knatternde PS-Monster im Kreis herumfuhren.

»Warum stehen die Frauen so sehr auf die Eulins?«,

wunderte sich Artjom, als er sah, wie die Feen sich gickelnd um Murzo scharten. »Sie sind doch klein und glatzköpfig ...«

Cortes zog die breiten Schultern hoch: »Vielleicht ist es ihre Unbeschwertheit. Sie sind immer locker drauf.«

Eben diese Lockerheit schien dem Söldner heute abzugehen. Zerstreut strich er sich durchs kurzgeschorene Haar und in seinen normalerweise emotionslosen, braunen Augen schimmerte eine Spur von Trübsal. Artjom kannte seinen Kompagnon bereits zu gut, als dass ihm dies entgangen wäre.

»Was hast du am Abend vor?«

»Nichts Besonderes.« Cortes schwieg eine Weile und wechselte dann unvermittelt das Thema: »Hast du schon ein Geschenk für Jana?«

»Natürlich. Sie hat ja morgen Geburtstag.«

»Gut.«

Cortes verfiel abermals in Schweigen, und nun ahnte Artjom, was seinem Partner auf der Seele lag: Er hatte noch immer kein passendes Geschenk für die junge Frau. Jana, eine schwarzhaarige Schönheit und brillante Scharfschützin, arbeitete geschäftlich mit ihnen zusammen, doch in letzter Zeit waren sie und Cortes sich auch privat näher gekommen. Artjom amüsierte sich innerlich über die Entschlusslosigkeit des erfahrenen Söldners. Er gab Gonzo ein Zeichen, und im Handumdrehen stellte der flinke Barkeeper zwei frisch gefüllte Gläser auf den Tresen.

»Und, was wirst du ihr schenken?«, erkundigte sich Cortes, während er den Cognac schwenkte.

Artjom holte eine Schatulle aus seiner Tasche: »Das hier.«

Cortes öffnete das Schmuckkästchen und betrachtete erstaunt den großen, blauen Kristall, der auf einem schwarzen Samtkissen ruhte.

»Ein *Basiliskenauge*?«

»Du hast's erfasst.«

Das *Basiliskenauge* war ein seltenes und kostspieliges Artefakt. Es diente zum Schutz vor Schwarzen Morjanen – weiblichen Wandelwesen, die sich unberechenbar verhielten, sobald sie ihre »Kampfmontur« angelegt hatten. Obwohl das Herrscherhaus Lud, zu dem diese kleine Sippe gehörte, sich alle Mühe gab, die Morjanen aus der Stadt fernzuhalten, trieben sie in den Moskauer Parks bisweilen ihr Unwesen. Das *Basiliskenauge* sandte bei seiner Aktivierung einen energiereichen Lichtblitz aus, der die Schwarze Morjane für einige Sekunden außer Gefecht setzte. Nur in dieser kurzen Zeitspanne konnte man das Monster töten, jede andere Form von Magie war gegen die Wandelwesen wirkungslos.

»Was soll Jana denn mit einem *Basiliskenauge*?«, fragte Cortes, den Artjoms Idee sichtlich überraschte.

»Na ja – es geht mich ja eigentlich nichts an, aber ich habe schon bemerkt, dass du dich in letzter Zeit häufiger mit Jana triffst. Ihr verbringt viel Zeit in der freien Natur. Diese Woche seid ihr bis zwei Uhr nachts im Park Lossiny Ostrow spazieren gegangen, letzte Woche im Ismailow-Park.« Cortes öffnete den Mund, um etwas zu sagen, doch der junge Söldner ließ ihn nicht zu Wort kommen. »Nein, ich verstehe das schon, schließlich war ich auch schon mal verliebt. Was gibt es da Schöneres, als in warmen Sommernächten durch Parks zu flanieren und sich am süßen Duft der Blumen zu erfreuen.« Cortes blies entrüstet die Backen auf, und Artjom wurde bewusst, dass selbst er sich den abgebrühten Söldner beim besten Willen nicht mit einem Blumenstrauß in der Hand vorstellen konnte. »Aber Romantik hin oder her, die Zeiten sind unsicher im Moment, und es tauchen immer wieder Schwarze Morjanen in den Parks auf. Und da habe ich mir gedacht, dass ein *Basiliskenauge* in Janas Handtasche nicht schaden könnte. Ohne Artefakt wirst nicht mal du mit so einem Ungeheuer fertig.«

Artjom hatte geendet, und Cortes schüttelte den Kopf.

»Na, du machst mir Spaß.«

»Spaß? Jedenfalls ein teuerer Spaß. Weißt du, wie viel mir Bidjar für den Kristall abgeknöpft hat?«

Bidjar Hamzi war Geschäftsführer eines Warenhauses der Handelsgilde und galt wie alle Schatyren als äußerst geschäftstüchtig.

»Hat *er* dir empfohlen, das Artefakt zu kaufen?«

»Nein, das war meine Idee. Ich hoffe, Jana weiß meinen Einfallsreichtum zu schätzen.«

Cortes seufzte bedrückt.

»Stimmt was nicht?«, erkundigte sich Artjom.

»Wochenlang habe ich mir das Hirn zermartert wegen eines Geschenks«, klagte der Söldner. »Aber mir ist nichts Originelles eingefallen.«

»Vielleicht gehst du zu verbissen an die Sache heran?«

»Du redest dich leicht«, versetzte Cortes. »Letzten

Endes habe ich mich dazu entschieden, ihr ein Schmuckstück zu schenken.«

Schmuck – die Notlösung eines jeden Mannes, dem nichts Gescheites einfällt, dachte Artjom. Nicht originell, aber immerhin kostbar und hübsch anzusehen.

»Und, was hast du ausgewählt?«

»Das hier.«

Auf dem Tresen landete eine weitere, etwas länglichere Schatulle. Artjom öffnete sie und begutachtete aufmerksam das elegante Diamantarmband.

»Hat dir das Bidjar empfohlen?«

»Woher weißt du das?«, fragte Cortes perplex.

»Nur so, hätte ja sein können.«

»Du lügst.« Dem Söldner konnte man nicht so leicht etwas vormachen. »Dann hat er es dir also auch angeboten?«

»Nun ja, ähm ...« Artjom war klar, dass es keinen Sinn hatte, zu leugnen. »Bidjar hat eben einen guten Geschmack. Und als er erfahren hat, wozu ich das *Basiliskenauge* brauche, hat er mir gleich sein schönstes Stück angeboten.«

»Dieser Betrüger verhökert die Dinger wahrscheinlich zentnerweise. Und mir hat er erzählt, es sei eine Einzelanfertigung, ein kostbares Unikat!« Cortes' Laune sank nun endgültig in den Keller.

»Das Armband wird Jana bestimmt gefallen«, tröstete ihn Artjom.

»Aber mir gefällt es nicht.«

»Ach was, Cortes. Das Wichtigste ist doch, dass du Jana überhaupt etwas schenkst.«

»Für sie vielleicht, aber nicht für mich.« Der Söldner versank in tiefe Schwermut. »Ich wollte ihr doch etwas Besonderes schenken. Es ist ihr erster Geburtstag, seit wir ... ähm ... seit wir uns kennengelernt haben.«

»Und was stört dich an dem Armband?«

»Alles.«

»Deine umwerfende Logik habe ich schon immer bewundert«, spöttelte Artjom. »Wem muss das Geschenk denn gefallen, dir oder Jana?«

»Uns beiden.« Cortes starrte in seinen Cognac und stürzte ihn dann in einem Zug hinunter. »Weißt du, Artjom, Jana ist eine besondere Frau, sie ist so wundervoll, so aufregend und so ...«

»Bezaubernd«, half ihm Artjom.

»Ja, das auch. Und mir Idiot fällt nichts ein, was ich ihr schenken könnte.«

»Jedes Geschenk von dir würde ihr gefallen.«

»Es reicht mir aber nicht, dass es ihr einfach nur gefällt. Ich möchte sie überraschen. Sie muss spüren, dass ich alles für sie tun würde.«

»Das weiß sie auch so.«

»Trotzdem«, beharrte der Söldner und winkte dem Barkeeper. »Gonzo, nochmal dasselbe!«

Cortes räumte die Schatulle mit dem Armband weg und stützte niedergeschlagen den Kopf in die Hände. Er neigte beileibe nicht dazu, Trübsal zu blasen, doch nun hatte er sich in sein vermeintliches Elend richtiggehend hineingesteigert.

»Lass den Kopf nicht hängen«, ermunterte ihn Artjom. »Du wirst sehen, dass Jana sich über das Armband freuen wird, eben weil sie es von dir bekommt. Ein Geschenk ist doch auch nur ein Gegenstand wie jeder andere, bestenfalls ein Symbol.«

»Eben, darum geht es ja: um die Symbolkraft. Selbst dir ist etwas Originelles eingefallen, nur mir nicht.«

Das Gejammer ging Artjom allmählich auf die Nerven.

»Trinken wir lieber was.«

»Meinetwegen.«

Während sich der Söldner in sein Cognacglas vertiefte, ließ Artjom den Blick durch den Gastraum schweifen.

»Sieh mal, wer sich die Ehre gibt«, rief er und knuffte Cortes in die Seite.

»Wer denn?« Der Söldner spähte in die Richtung, in die Artjom mit dem Daumen deutete.

In der hintersten Ecke der *Rennsemmel* lehnte die hünenhafte Gestalt eines Panopten an der Bar. Vor ihm reihte sich eine ganze Batterie leerer Gläser auf dem Tresen – nicht einmal Murzos quirlige Barkeeper kamen mit dem Aufräumen hinterher.

»Christophan lässt sich volllaufen«, konstatierte Cortes gelangweilt. »Na und?«

»Kennst du ihn?«

»Ein paar Mal habe ich ihn schon getroffen.«

Artjoms Augen begannen zu leuchten.

»Denk doch mal nach, womit verdienen die Panopten ihre Brötchen?«

»Sie bewachen Schätze.«

Die kleine Sippe der Panopten, ein Vasallenvolk des

Herrscherhauses Lud, verdingte sich als Hüter von Schätzen. Für ihre Dienste standen ihnen zehn Prozent der vergrabenen Reichtümer zu. Die jahrtausendealte Tradition, Preziosen aller Art in unterirdischen Verstecken vor dem Zugriff von Neidern und Dieben zu schützen, machte dies zu einem einträglichen Geschäft. Die Panopten galten als außergewöhnlich trinkfest, waren völlig immun gegen jede Form von Magie, begeisterten sich für Gesellschaftstratsch und hegten insgeheim eine Vorliebe für mexikanische Seifenopern.

»Das ist doch *die* Idee!«

»Was für eine Idee denn?« Cortes griff erneut nach seinem Glas.

»Lass jetzt den Cognac!«, blaffte Artjom. »Christophan hat Anspruch auf zehn Prozent der vergrabenen Wertsachen, die er bewacht! Wir überreden ihn, uns etwas Antikes, Exotisches zu verkaufen. Damit hast du die hundertprozentige Garantie, dass es etwas Einmaliges ist, was sonst niemand besitzt. Wäre das nicht ein fantastisches Geschenk? Jana würde Augen machen!«

»Genial!« Cortes schob das Glas beiseite und stand auf. Doch schon im nächsten Augenblick setzte er sich wieder hin und ließ die breiten Schultern hängen. »Das wird er nicht machen. Die Panopten haben kein Recht, Teile eines Schatzes ohne Not zu verhökern. Sie müssen sich dabei an strenge Vorschriften halten.«

»Was kümmern uns die Vorschriften?!«, insistierte Artjom.

»Dich kümmern sie vielleicht nicht, aber für Christophan sind das eherne Standesregeln. Wenn er dagegen verstößt, fliegt er aus dem Schatzgeschäft raus und kann die nächsten zweihundert Jahre Müllkippen vor Plünderern bewachen. Darauf wird er sich nie einlassen.«

Artjom ließ nicht locker: »Wir überreden ihn!«

»Wie soll das gehen? Willst du ihm eine Pistole vor die Nase halten?«

»Wozu denn eine Pistole?« Artjom schaute in sein halbleeres Cognacglas. »Wir füllen ihn ordentlich ab, und wenn er knülle ist, überreden wir ihn. Du wirst sehen, im Suff wird er uns zu einem Schatz führen und seine Standesregeln vergessen. Wir müssen nur den richtigen Moment abpassen.«

»Einen Panopten können wir nicht einmal zu zweit unter den Tisch trinken«, entgegnete Cortes und blickte kopfschüttelnd zu dem Hünen hinüber.

»Und ob wir das können«, konterte Artjom und zog ein Tablettenröhrchen aus der Tasche. »Der *Promilleblocker XXL*, die neueste Entwicklung von Bidjar Hamzi. Sollten wir zu betrunken werden, nehmen wir das ein, dann kann uns der Alkohol nichts mehr anhaben.«

»XXL?« Cortes nahm das Röhrchen und musterte es skeptisch. »Wozu hast du das Zeug denn gekauft?«

»Bidjar hat es mir aufgeschwatzt«, gestand Artjom etwas verlegen. »Los jetzt, verlieren wir keine Zeit.«

Moskau, Gorki-Park
Freitag, 15. September, 20:00 Uhr

»Na, war doch gut, dass ich dich überredet habe mitzukommen, oder nicht?«

»Ja, du hattest Recht, es macht total Spaß«, pflichtete Olga bei.

»Hab ich dir doch gleich gesagt«, triumphierte Galja.

»Allein hätte ich mich nie aufgerafft, gut, dass du angerufen hast.«

Olga blieb stehen und rückte die Knieschützer zurecht. Ihre letzten Ausfahrten auf Inlineskates lagen schon eine Weile zurück, weshalb ihre ersten Runden etwas wackelig geraten waren. Doch inzwischen hatte sich ihr Körper an die eingespielten Bewegungsabläufe erinnert, und sie skatete mit gewohnter Sicherheit über den Asphalt des Gorki-Parks. Den anfänglichen Respekt vor der Geschwindigkeit hatte sie abgelegt und erschreckte so manchen Passanten mit haarscharfen Ausweichmanövern.

»Und jetzt mit Full Speed zum Springbrunnenteich!«, schlug Galja vor.

»Okay!«

»Wer schneller ist!«

Noch während sie das sagte, wendete Galja, umkurvte elegant zwei Spaziergänger und preschte in Richtung der Wasserfontänen davon.

»Das gilt nicht, wir müssen schon gleichzeitig losfahren!!«, protestierte Olga und setzte ihrer weit enteilten Freundin nach.

Inlineskaten war Olgas große Leidenschaft. Sie liebte

das Spiel mit dem Wind, der mal schroff ins Gesicht blies, mal sanft durch die fliegenden Haare strich, mal kräftig von hinten schob und dem Lauf beschwingte Leichtigkeit verlieh. Sie genoss die Fliehkräfte in scharfen Kurven und das leicht flaue Gefühl beim Überqueren von Bodenwellen.

»Ich hab dich ganz schön abgehängt, altes Mädchen«, stichelte Galja grinsend, als Olga den Springbrunnenteich erreichte. »Ich hätte dir wohl einen Vorsprung lassen sollen.«

»Du bist ja auch eine Viertelstunde vor mir losgefahren«, parierte Olga lachend und hockte sich erschöpft auf die Teichumrandung.

»Gib's ruhig zu, du bist ganz schön außer Form.«

Der Abend senkte sich über den Park und lange Baumschatten krochen über die Rasenflächen, doch es war immer noch warm – der Altweibersommer zeigte sich in diesem Jahr von seiner besten Seite. Olga streckte die Beine aus und massierte ihre ermatteten Oberschenkel. Wie gut es tat, sich wieder einmal richtig zu verausgaben!

»Ich gehe Wasser kaufen«, beschloss Galja und deutete auf einen nahen Kiosk. »Du kannst dich ja in der Zwischenzeit ausruhen.«

»Ist gut.«

Olga sah ihrer Freundin nach, die sich leichtfüßig entfernte. Sie beneidete Galja: um ihre Größe – sie maß eins achtzig im Vergleich zu ihren eins fünfundsechzig; um ihr langes, glattes, bläulichschwarzes Haar, das man nicht zu färben brauchte; und vor allem um ihre fantastische Figur. Galja war von Natur aus ein schlanker, wenn auch keineswegs dürrer Typ. Sie konnte essen, soviel sie wollte, ohne auch nur ein Gramm zuzunehmen. Ganz im Gegensatz zu Olga, die sich mit Bodyshaping und eiserner Diät kasteien musste, um ihr Gewicht halten zu können. Die Welt ist ungerecht.

Die junge Frau nahm den Rucksack ab, in dem sie ihre Sneakers transportierte, und zog einen Riemen nach, der sich beim Skaten gelockert hatte. Obwohl sie mit Galjas Skoda zum Park gekommen waren, hatte Olga sich Schuhe zum Wechseln mitgenommen, da sie aus Erfahrung wusste, wie mühsam es bisweilen ist, durchs großstädtische Gewühl mit den Inlinern zum Auto zurückzukehren.

»Coole Skates.«

Olga wandte sich um. Neben ihr hatte sich ein vielleicht acht oder neun Jahre alter, hellblonder Junge auf die Teichumrandung gesetzt, der mit neidvollem Blick ihre Inlineskates beäugte.

»Sie fahren ziemlich gut.«

»Danke für das Kompliment.«

Der Junge seufzte. Olga legte ihren Rucksack wieder an.

»Wie heißt du denn?«, fragte sie den Jungen.

»Konstantin.«

»Schöner Name«, sagte Olga und gab ihm die Hand. »Ich bin Olga.«

»Freut mich.«

»Fährst du auch Inlineskates?«

»Nein.« Der Junge machte ein betrübtes Gesicht. »Mama sagt, es ist noch zu früh dafür.«

»Aber warum denn?«

»Sie hat eben Angst, dass mir etwas passiert«, erläuterte Konstantin. »Mama und Papa machen sich immer Sorgen um mich. Sie glauben, ich bin noch furchtbar klein.«

»Und was meinst du?«

»Immerhin bin ich schon neun.«

»So jung ist das nun auch wieder nicht.«

»Eben. Außerdem bin ich schon in der dritten Klasse und sogar die Viertklässler haben Angst vor mir, weil ich so stark bin. Schau mal, was ich für Muskeln habe. Ich kann zwölf Klimmzüge am Reck machen.« Der Bub rückte ein Stückchen näher. »Wann hast du mit dem Skaten angefangen?«

»Hm ...« Olga stutzte für einen Augenblick. »So mit fünfzehn, glaube ich.«

»Das ist aber spät. Das wäre ja erst in sechs Jahren. So lange will ich nicht warten.«

»Warum?«

»Ach, in sechs Jahren gibt es doch längst wieder etwas Neues.«

»Da kannst du Recht haben«, pflichtete die junge Frau bei. »Die Inliner gibt es ja auch noch nicht so lange.«

»Siehst du?! Und was gab es früher?«

»Ähm ... Skier.«

»Und womit bist du gefahren, als du neun Jahre alt warst?«

Olga runzelte die Stirn: »Mit dem Fahrrad wahrscheinlich.«

»Das ist ja langweilig. Ich fahre schon seit zwei Jahren Fahrrad. Nur fürs Inlineskaten bin ich angeblich noch zu klein.«

Olga beugte sich zu dem Jungen und zwinkerte ihm verschwörerisch zu: »Dafür darfst du eines Tages alles, was du willst.«

»Alles auf einmal ist gar nicht nötig«, erwiderte Konstantin überraschend pragmatisch. »Ich will eines nach dem anderen machen, aber eben nur das, wozu ich Lust habe.«

Olga war perplex. Ihr Umgang mit Kindern beschränkte sich auf die kleinen Schwestern ihrer Freundinnen und einen solch »erwachsenen« Standpunkt hätte sie von einem Neunjährigen nicht erwartet.

»Also nur das, wozu du Lust hast, und nur dann, wenn du gerade Lust hast?«, präzisierte Olga.

»Genau«, bestätigte Konstantin mit einer rührenden Ernsthaftigkeit.

»Dafür musst du aber noch ein bisschen größer werden«, erwiderte Olga etwas unschlüssig.

»Jetzt redest du genauso wie meine Mutter«, seufzte der Junge.

»Konstantin, da bist du ja!« Eine junge Frau in einem leichten, türkisfarbenen Kleid, trat zu den beiden heran. »Er geht Ihnen hoffentlich nicht auf die Nerven?«

»Aber nein, überhaupt nicht.«

»Mama, ich lauf schon mal voraus.« Der Junge stand auf. »Auf Wiedersehen, Olga.«

»Auf Wiedersehen.« Olga wandte sich an seine Mutter. »Ein netter Junge. Und er weiß ganz genau, was er will.«

»Das ist gar kein Ausdruck.« Die Frau setzte sich auf die Umrandung. »Er ist verwöhnt.«

»Den Eindruck hatte ich gar nicht.«

»Haben Sie eine Ahnung! Wenn er sich mal etwas in den Kopf gesetzt hat, gibt er keine Ruhe mehr, bis er es bekommt. In letzter Zeit bildet er sich Inlineskates ein, aber bis jetzt sind wir hart geblieben.«

»Aber warum denn? Skaten ist doch etwas Schönes.«

Die Mutter warf einen prüfenden Blick auf Olgas schlanken Körper und zuckte mit den Achseln: »Es ist gefährlich.«

»Nicht im Geringsten!«

»Und warum haben Sie dann dieses ganze Zeug an?«, fragte die Frau und deutete auf Olgas Knie- und Ellbogenschützer.

»Deswegen ist es ja nicht gefährlich.«

»Das sagen alle. Ich habe aber eine Freundin, die arbeitet als Krankenschwester in einer chirurgischen Notaufnahme. Was glauben Sie, wie viele Inlineskater dort eingeliefert werden?«

»Ich kann mir nicht vorstellen, dass es besonders viele sind«, gab Olga kopfschüttelnd zurück.

»Wenn Sie selber mal Kinder haben, werden Sie einsehen, dass es auf jeden Fall zu viele sind!«, versetzte die Frau barsch, erhob sich und zog grußlos von dannen.

»Eine Bekannte?«, erkundigte sich Galja, die gerade zurückkam.

»Nö.«

Galja warf Olga eine Flasche Mineralwasser zu, setzte

sich neben sie und atmete durch. Durch die schweißtreibende Anstrengung wirkte ihr braungebranntes Gesicht mit den prägnanten, hohen Wangenknochen noch heißblütiger als sonst. Dazu die scharf geschnittenen, schmalen Brauen, tiefschwarze Augen und ein kleiner Mund mit vollen, sinnlichen Lippen: Galja war kein niedliches Allerweltspüppchen, sondern strahlte eine aufregende, herbe, ja wilde Schönheit aus. Manchmal erinnerte sie Olga an die ebenso anmutige wie gefährliche schwarze Pantherin Bagheera aus dem Zeichentrickfilm *Das Dschungelbuch* und dann beneidete sie ihre Freundin noch mehr als sonst.

»Und, was wollte sie von dir?«

»Ach, irgend so eine Glucke. Ihr neunjähriger Junge wünscht sich Inlineskates, und sie stellt sich quer, weil sie es zu gefährlich findet.«

»Das ist doch ganz normal«, entgegnete Galja. »Es passiert eben viel mit den Dingern.«

Olga sah ihre Freundin erstaunt an: »Echt jetzt?! Also dass du so etwas sagst, hätte ich ja nicht erwartet!«

Die brüske Reaktion ihrer Freundin verstimmte Galja. Sie wischte sich die Haare aus der Stirn und nahm einen kräftigen Schluck aus der Wasserflasche.

»Besonders in letzter Zeit ist mir von vielen Unfällen berichtet worden«, rechtfertigte sie sich. »Und dann noch die Sache mit Grischa. Erinnerst du dich an Grischa?«

»Sicher.«

Dieser Grischa war gewiss einer von Galjas zahlreichen Verehrern, doch Olga konnte sich beim besten

Willen nicht an ihn erinnern. Für den Fall, dass es einer von den Wichtigeren war, gab sie es sicherheitshalber nicht zu.

»Grischa hat sich vor einem Monat den Arm gebrochen, beim Inlinern im Park Pobedy.«

»Na und? Was hat das mit dem Jungen und seiner verrückten Mutter zu tun?«

»Mit neun Jahren ist er noch zu klein«, verfügte Galja. »Und seine Mutter ist nicht verrückt, sondern vernünftig.«

»Na, wenn du meinst«, gab Olga klein bei und wandte sich demonstrativ ab.

Seltsam, sie hatte ihre Freundin nur einen Monat lang nicht gesehen, doch es kam ihr vor, als seien Jahre vergangen. Sie war ihr beinahe ein bisschen fremd geworden.

»Sei nicht beleidigt.« Galja fasste Olga sanft an der Schulter. »Sag mir lieber, warum du dich in letzter Zeit so rargemacht hast. Hast du Kummer?«

»Ich?«

»Ja, du.«

»Alles okay bei mir.«

»Du lügst.« Galja sah ihre Freundin scharf an. »Wann warst du zum letzen Mal mit unserer Clique unterwegs? Das ist über einen Monat her! Und wenn ich dich nicht angerufen und überredet hätte, säßest du jetzt auch zu Hause, oder nicht?«

»Ich war heute einfach nicht gut drauf.«

»Nur heute?«, entgegnete Galja und setzte ein abschätziges Grinsen auf. »Du kannst mir nichts vormachen, ich kenne dich doch. Irgendwas stimmt nicht mit dir. Also, was ist los?«

Olga seufzte: »Nichts Besonderes.«

»Ist ein Mann im Spiel?«

»Na und wenn?«

»Ist doch klasse, warum erzählst du denn nichts?«

Olga senkte den Blick. Sie kannte Galja schon seit vier Jahren. Die beiden hatten sich im vorletzten Studienjahr kennengelernt und rasch angefreundet. Genau genommen war Galja sogar Olgas beste Freundin: Keiner anderen erzählte sie so viel von sich und bei keiner anderen holte sie sich so oft Rat. Galja konnte gut zuhören, strahlte Wärme aus und reagierte stets einfühlsam. Außerdem hatte sie viel Lebenserfahrung. Woher sie die allerdings hatte, darüber schwieg sich die junge Frau weitgehend aus.

Galja rückte näher an Olga heran und aus ihren anthrazitfarben leuchtenden Augen sprach nicht nur Neugier, sondern ehrliche Anteilnahme: »Nun sag schon, wo brennt's denn?«

Olga gab sich einen Ruck. Eigentlich wollte sie schon längst mit jemandem darüber reden.

»Ich habe einen Mann kennengelernt.«

»Und?«

»Er ist irgendwie sonderbar.«

»Ein Verrückter, oder was?«

»Nein.«

»Aber?«

»Ich weiß nicht ... Er ist eben seltsam.«

»Jetzt komm schon, lass dir nicht alles aus der Nase

ziehen.« Galja trank noch einen Schluck Wasser. »Du weißt doch, ich kenne mich aus in solchen Dingen. Erzähl mir die Einzelheiten, und dann reden wir darüber.«

»Einzelheiten?« Olga sinnierte nach. »Das ist ja gerade das Sonderbare, dass es keine Einzelheiten gibt.«

»Was? Wann habt ihr euch denn kennengelernt?«

»Vor drei Wochen.«

»Und da gibt es noch keine Einzelheiten?« Galja knuffte Olga neckisch in die Seite. »Ich erkenne dich nicht wieder, altes Mädchen – du bist doch sonst kein Kind von Traurigkeit.«

»Eben, eben. Ich habe ihn im Büro kennengelernt. Er hatte geschäftlich in unserer Bank zu tun.«

»Wie heißt er?«

»Bogdan.«

»Ein schöner Name, aber nicht gerade modern. Ist er schon älter?«

»Etwas über dreißig.«

»Das geht. Hat er Geld?«

»Jedenfalls ist er nicht gerade arm.«

»Was für einen Wagen fährt er?«

»Einen Lincoln.«

»Nicht übel. Einen neuen?«

»Ja. Bogdan mag keine gebrauchten Autos. Er fährt aus Prinzip nur Neuwagen und nie länger als fünfzehntausend Kilometer.«

»Eine kostspielige Angewohnheit. Wo ist eigentlich dein Problem?«

Diese Frage drängte sich auf. Nach dem Studium hatte Olga auf Anhieb eine Stellung bei einer großen Bank gefunden und dank ihrer Zielstrebigkeit standen ihre Chancen auf eine steile Karriere nicht schlecht. Ein reicher Freund hätte da gut ins Bild gepasst.

»Jetzt sag schon, was stimmt denn nicht mit dem Typ?«, insistierte Galja.

»Hm ... Also an dem Tag, an dem wir uns kennenlernten ...«

»... hat er dich zum Abendessen eingeladen«, ergänzte Galja.

»Nein. Er hat mich um meine Telefonnummer gebeten und gesagt, dass er in Eile sei. Erst zwei Tage später hat er dann angerufen.«

»Und dann seid ihr abends aus gewesen.«

»Nein, wir haben uns zum Mittagessen getroffen.«

»Zum Mittagessen?« Galja zog die Brauen hoch. »Wirklich sonderbar. Und wo?«

»Im *Puschkin*.«

»Cool. Und was habt ihr danach gemacht?«

»Danach hat er mich nach Hause gebracht und ist weggefahren.«

»Und ...«

»Nein, da war nichts.«

»Tja ...« Galja massierte ihre Nasenspitze. »Und wie ging's weiter?«

»Wir sind ins Theater gegangen – vier Mal!« Olga verdrehte die Augen. »Und zwei Mal ins Konzert. Jeden Tag bekomme ich ein Körbchen Teerosen nach Hause geliefert und nach einer Woche hat er mir eine Halskette geschenkt.«

»Diese hier?« Behutsam strich Galja mit dem Finger

über die edle Halskette aus schwarzen Perlen, sie sich um Olgas schlanken Hals rankte.

»Ja. Und er hat mich gebeten, sie nie abzulegen.«

»Und du?«

»Was und ich? Ich trage sie fleißig mit mir herum und komme mir langsam veralbert vor.«

»Wieso veralbert?

»Na hör mal!« Olga breitete die Arme aus. »Ein erwachsener, wohlhabender, gut aussehender Mann – und benimmt sich wie ein Schuljunge. In der ersten Woche fand ich das ja noch ganz amüsant, in der zweiten begann es mir auf die Nerven zu gehen und inzwischen ist mir der Typ nicht mehr ganz geheuer.«

»Dass dieser ... Dings ... Wie, sagtest du, heißt er?«

»Bogdan.«

»Richtig. Dass dieser Bogdan nicht sofort mit dir in die Koje steigt, bedeutet noch lange nicht, dass er ein Idiot ist. Vielleicht sind da richtig große Gefühle im Spiel?«

»Sind solche Gefühle nicht ein Grund mehr, miteinander zu schlafen?«

»Nicht unbedingt. Da spielt möglicherweise auch die Erziehung eine Rolle.«

»Vielleicht hast du Recht«, sagte Olga achselzuckend. »Aber das mit dem Sex ist nicht das einzig Sonderbare an ihm.«

»Was denn noch?«

»Bogdan ist am Zehnten auf Dienstreise gefahren und hat gesagt, dass mich eine Überraschung erwartet, wenn er zurückkommt.«

»Mensch, raffst du's nicht?«, rief Galja und klopfte ihrer Freundin ausgelassen auf die Schulter. »Er wird dir einen Antrag machen. Lädst du mich zur Hochzeit ein?«

»Darum geht's doch gar nicht«, seufzte Olga. »Weißt du, seit Bogdan weggefahren ist, habe ich ständig das Gefühl, dass mich jemand verfolgt.«

»Was heißt verfolgt?«

»Was es eben heißt«, blaffte Olga. »Oder kennst du das Wort nicht?«

»Doch natürlich«, erwiderte Galja und schüttelte ratlos den Kopf. »Aber meinst du nicht, dass du da schief liegst?«

»Du meinst, ich würde mir das nur einbilden?«

»Keine Ahnung. Was lässt dich denn zu dem Schluss kommen, dass du verfolgt wirst?«

»Nichts Konkretes. Aber ich spüre es.« Olga trank ihre Flasche leer und warf sie gezielt in einen nicht weit entfernt stehenden Abfallbehälter. »Früher habe ich völlig unbehelligt gelebt. Jetzt habe ich ständig das Gefühl, dass mich jemand auf Schritt und Tritt beobachtet.«

»Auch im Bad?«, spöttelte Galja grinsend.

»Im Bad habe ich dieses Gefühl nicht. Und im Büro auch nicht. Doch sobald ich ins Freie gehe, spüre ich sofort, dass ich nicht allein bin.«

»Und jetzt, in diesem Augenblick?«

»Im Augenblick?« Olga legte die Stirn in Falten. »Spüre ich es auch. Das Gefühl ist nicht sehr stark, aber es ist da.«

Die jungen Frauen schwiegen eine Weile.

»Und, was sagst du dazu?«, fragte Olga ungeduldig.

»Was soll man dazu sagen?« Galja spielte nachdenklich mit der Wasserflasche herum. »Vielleicht hat dein geliebter Bogdan dir Leibwächter zur Seite gestellt.«

»Was? Wozu das denn?«

»Möglicherweise macht er sich Sorgen um dich. Du weißt ja selbst, wie es zugeht in der Stadt und als hübsche Frau lebt man doppelt gefährlich. Außerdem hast du ja selbst gesagt, dass er seltsam ist.«

»Dass Bogdan dahintersteckt?« Diese Möglichkeit war Olga überhaupt nicht in den Sinn gekommen. »Dann hätte ich ja nichts zu befürchten.«

»Eben! Und jetzt lass uns noch eine Runde drehen.« Galja schnellte in die Höhe. »Schau, dort ist Larissa! Larissa!! Wir sind hier!«

Zu den beiden Freundinnen gesellte sich eine hochgewachsene Blondine, die wie sie selbst mit Shorts und einem engen Top bekleidet war.

»Hallo, ihr zwei!«

»Hallo!«

»Seid ihr allein?«

»Ja, und du?«

»Ich bin mit Sergej, Viktor und Wladimir hier. Sie sind dort drüben in der Allee. Schließt ihr euch an?«

»Klar. Gern.«

Kurz darauf verließen die drei Grazien den Springbrunnenteich und mischten sich mit gleitenden Schritten unter die Passanten des Gorki-Parks.

Bar *Rennsemmel*
Moskau, Bolschaja-Dmitrowka-Straße
Freitag, 15. September, 23:01 Uhr

»Ich liege also ... hick ... unter dem Bett und sehe ihr dabei zu, wie sie mit ihren ... hick ... langen Beinen meine Klamotten unter das Dings schiebt.«

»Unter das was?«, fragte Christophan mit seinem krachenden Bass.

»Unter das ... hick ... Bett. Glaube ich.«

»Kannst du dich nicht mehr erinnern?«

»Im Moment nicht mehr so richtig«, gab Artjom zu. »Jedenfalls hatte Linda nur noch ihre ... hick ... Pumps an.

»Cool«, befand der Panopt und beobachtete zufrieden, wie Gonzo ihm Cognac nachschenkte. »Und was ist dann passiert?«

»Schritte vor der Tür ... hick ... wie ein Todesurteil. Und Linda flüstert: ›Liebster, hab ich auch nichts vergessen?‹ Und ich schaue und finde mein ... hick ... Pistolenholster nicht. Ich überlege, was ich tun soll: Mich erschießen oder ... hick ... die Ringe zählen.«

»Was für Ringe denn?«, wunderte sich Christophan. Trotz seines erheblichen Alkoholpegels achtete der Panopt auch auf Kleinigkeiten.

»Na, diese ...« Artjom fuchtelte mit der Hand vor seinem Gesicht und versuchte gleichzeitig festzustellen, wie viele Finger er sah. »Ich meine, bildlich gesprochen.«

»Ach so ...«

»Linda wirft mir noch schnell die Überdecke drüber

und ... hick ... in dem Moment kommt Waldemar Balota rein, der Magister. Ihr Herr Gemahl.«

»Und, hattest du Schiss?«

»Ich ... hick ... wieso?«

»Du musst doch eine Scheißangst gehabt haben«, lachte der Panopt. »Der Ritter kommt rein und du – in flagranti bei seiner Alten.«

»Ich? Angst? ... hick ... Wieso, ich war doch unter dem Bett, und unter ... hick ... der Decke.«

Christophan schüttete den Cognac in seinen riesigen Schlund und wischte sich mit dem Handrücken den Bart ab.

»Und wie bist du da unten wieder rausgekommen?«, fragte er neugierig.

»Na ja, als der Herr ... hick ... Magister ins Bach...« Artjom brachte das Wort nicht heraus und versuchte krampfhaft, sich zu konzentrieren. »Als er ins Bach... Bach..., egal, als er eingeschlafen ist, habe ich ein Portal aufgebaut und mich verkrümelt – von dort.«

Abermals ließ das donnernde Gelächter des Panopten die Bar erzittern.

»Ihr seid schon komische Geschöpfe, ihr Humos«, amüsierte er sich mit Tränen in den Augen. »Um eine Frau zu kriegen, ist euch kein Risiko zu groß. Trinken wir auf die Frauen?«

»Auf die Frauen?«, echote Artjom und sah sich hilfesuchend nach seinem Kompagnon um. »Trinkst du auf die Frauen, Cortes?«

»Später«, murmelte der Söldner, der mehr liegend als sitzend über dem Tresen hing. »Ich muss Pause machen.«

»Auf die Frauen!«, trompetete Christophan und sah seinen Zechgenossen erwartungsfroh an.

Artjom blieb nichts anderes übrig, als sein Glas zu erheben. Das Besäufnis dauerte bereits zweieinhalb Stunden.

Aufgrund seiner größeren Erfahrung hatte Cortes den Promilleangriff auf den Panopten eröffnet: Er fing ein Gespräch mit ihm an, stellte ihm Artjom vor, und unterhielt ihn dann mit dem neuesten Boulevardtratsch und schlüpfrigen Witzen. Dabei vernichteten die beiden vier Flaschen Cognac. Artjom hielt sich unterdessen im Hintergrund, flanierte meist durch die Bar und plauderte zwanglos mit anderen Gästen. Doch dabei behielt er Cortes stets im Auge, und als er bemerkte, dass dieser auf seinem Barhocker bedrohlich zu schwanken begann, war er sofort zur Stelle und übernahm den Staffelstab.

Er verfrachtete seinen lallenden Partner auf den Nachbarhocker, nahm seinen Platz neben Christophan ein und setzte den exzessiven Umtrunk fort. Mittlerweile hatte er über ein Dutzend Trinksprüche hinter sich gebracht. Doch Christophan dachte überhaupt nicht daran, betrunken zu werden.

»Ihr Humos seid im Grunde beneidenswert«, sagte der Panopt und schob sein leeres Glas zur Seite. »Die Frauen stehen auf euch, obwohl ihr zwergenhaft klein, zerbrechlich und schwach seid. Jedenfalls im Vergleich zu uns Panopten.« Zur Veranschaulichung donnerte Christophan seine melonengroße Faust auf den Tresen, und Gonzo zog den Kopf ein, als hinter ihm Gläser und

Flaschen klirrten. »Könnt ihr mir verraten, was euch für die Frauen so attraktiv macht?«

»Unsere Unbeschwertheit. Wir sind immer locker drauf«, verkündete Cortes mit geschlossen Augen und ohne den Kopf vom Tresen zu heben.

»Hä?«

»Hör nicht auf ihn«, intervenierte Artjom. »Entscheidend ist ... hick ... die richtige Ansprache. Eine Frau will umworben sein. Du musst ihr deine Gefühle zeigen.«

»Das ist mir schon klar«, erwiderte Christophan. »Aber wie stelle ich das an?«

»Ganz einfach. Du musst sie davon überzeugen, dass sie die Einzige für dich ist.«

»Und die anderen Frauen?«

»Die musst du ... hick ... vorübergehend vergessen.«

»Vergessen? Hm ...« Der Panopt sah den jungen Söldner verständnislos an. »Na, wenn du meinst. Und wie kann ich eine Frau davon überzeugen, dass sie die Einzige für mich ist?«

Artjom ahnte, wo der wunde Punkt des im Grunde sanften, ja sensiblen Riesen lag, und erkannte die einmalige Chance, diese Schwäche für seine Zwecke zu nutzen.

»Ganz unter uns, Christophan, hast du Probleme mit Frauen?«

»Na ja ...« Der Hüne wurde verlegen. »Es kann ja nicht schaden, Erfahrungen auszutauschen.«

»Christophan ...« Artjom wollte dem Panopten den Arm um die Schulter legen, doch als er bemerkte, dass er dazu auf den Barhocker steigen müsste, beschränkte er sich darauf, ihm mit der Hand den mächtigen Unterarm zu tätscheln. »Mit mir ... hick ... kannst du offen reden. Wir sind doch Freunde.«

»Und du erzählst es auch niemandem?«

»Ich schwör's dir beim Schlafenden.«

»Ich bin schüchtern«, gestand der Gigant mit einem Seufzer und wurde rot.

Cortes kicherte grunzend, doch Christophan bemerkte es zum Glück nicht.

»Schüchternheit ist kein Beinbruch.« Artjom trank einen Schluck Leitungswasser, um endlich den lästigen Schluckauf loszuwerden, dann setzte er fort: »Ich erklär's dir an einem praktischen Beispiel: Nehmen wir unseren Freund Cortes, er hat ...«

Der junge Söldner stockte, da er einen schmerzhaften Tritt gegen das Schienbein verpasst bekam. Cortes machte sich offenbar Sorgen um seine Privatsphäre. Doch Artjom ließ sich nicht beirren. Er wusste jetzt, wie er den Panopten weichklopfen konnte.

»Was hat er denn nun, unser Freund Cortes?«, drängte Christophan.

»Ich habe eine Idee!«, jubelte Artjom und schlug dem Panopten mit aller Kraft auf den Rücken.

»Was denn, was denn?«, fragte Christophan und sah seinen Gesprächspartner verwirrt an.

»Du kannst etwas tun, was dir die Augen öffnen wird, und gleichzeitig hilfst du damit einem netten Humo. Einverstanden?«

»Nicht alle Humos sind nett«, gab der Panopt zu bedenken.

»Und Cortes?«

»Cortes?« Christophan betrachtete den Söldner, der kein Lebenszeichen von sich gab. »Der ist schon in Ordnung. Nur ein bisschen still.«

»Cortes hat ein Problem, Christophan«, verkündete Artjom ernst. »Und zwar im Grunde dasselbe wie du. Er hat sich in eine Frau verliebt und schafft es nicht, ihr seine Gefühle zu zeigen.«

»Du hattest doch behauptet, dass das nicht schwierig ist«, wunderte sich der Panopt.

»Das kommt ganz auf die Umstände an. In diesem Fall ist es ziemlich verzwickt. Cortes möchte seiner Liebsten beweisen, dass sie ihm mehr bedeutet als alles andere auf der Welt. Und nur du, Christophan, kannst ihm dabei helfen.«

»Und wie?«, erkundigte sich der Panopt ergriffen.

»Die Sache ist die: Diese Frau hat morgen Geburtstag, und Cortes braucht ein Geschenk für sie. Aber nicht irgendein Geschenk, sondern etwas Besonderes, etwas Einmaliges.«

»Und was hat das mit mir zu tun?«

»Hast du nicht jede Menge vergrabene Schätze an der Hand?«

»Schon.«

»Und du weißt doch, was dort vergraben ist.«

»Sicher.«

»Dann such irgendetwas Außergewöhnliches für Cortes' Liebste aus.«

Auf dem Gesicht des Panopten erschien ein breites Grinsen: »Und wen liebt Cortes?«

»Jana.«

»Kenne ich sie?«

»Spielt doch keine Rolle. Wenn du willst, stellen wir sie dir vor. Aber hilf uns, Christophan!«

Der Panopt kraulte nachdenklich seinen buschigen Bart: »Da würde mir schon etwas einfallen. Ein edles Stück, absolut einzigartig – also genau das Richtige für seine Angebetete.«

»Fantastisch, Christophan, besorg uns das Teil!«

Die Söldner hielten den Atem an. Der Panopt begann zu grübeln. Er verdrehte die Augen, knetete rastlos seine Unterlippe und leerte ein weiteres Glas Cognac. Dann schüttelte er den Kopf.

»Das kann ich nicht machen.«

»Warum?«

»Die Standesregeln. Diebstahl aus einem Schatz wäre ein schweres Vergehen.«

»Wieso denn Diebstahl? Ihr dürft doch einen Teil der Schätze verkaufen.«

»Sofern es zum Lebensunterhalt nötig ist, ja. Aber dabei müssen wir bestimmte Regeln einhalten. Randessteg... Standesregeln. Und die sind sehr streng.«

Cortes lebte auf, als er die ersten Artikulationsschwierigkeiten bei dem Panopten bemerkte. Doch er mischte sich nicht ins Gespräch ein und überließ es seinem Partner, das heiße Eisen weiterzuschmieden.

»Ich habe Respekt vor Regeln aller Art«, log Artjom. »Zumal wenn es sich um Standesregeln handelt. Doch diese Regeln erlauben es euch doch prinzipiell, einen Teil der Sachen zu veräußern. Und wir würden dir das

Schmuckstück mit Vergnügen abkaufen. Was ist es denn eigentlich?«

»Ein Diadem«, antwortete der Panopt mechanisch.

»Und wie viel würde es kosten?«

»Ich habe doch genug Geld!«, wehrte Christophan ab.

»Dann hast du eben noch mehr!«

»Brauche ich aber nicht.«

»Christophan, überleg's dir nochmal. Das Glück unseres Freundes liegt in deinen Händen. Kennst du den Eigentümer des Schatzes?«

»Der ist schon lange tot.«

»Na, siehst du! Früher oder später würdest du das Diadem doch ohnehin verkaufen, warum dann nicht jetzt gleich?! Es ist wirklich dringend, Christophan! Cortes ist schon seit einem Monat völlig verzweifelt, weil ihm nichts einfällt. Kannst du dir vorstellen, was er durchmacht?«

»Also meinetwegen«, erbarmte sich der Panopt und stieß plötzlich einen lauten Rülpser aus.

Artjom sah ihn besorgt an, und Cortes hob hoffnungsfroh den Kopf.

»Ich glaube, ich habe ein bisschen zu viel erwischt, Freunde.« Christophan kletterte mühsam von seinem Barhocker und sah sich um. »Dort drüben war doch letztes Mal die Toilette …«

»Sie ist dort hinten«, sagte Cortes und wies ihm mit ausgestrecktem Arm den Weg.

»Bestellt mir was zu trinken«, bat der Panopt. »Ich bin gleich wieder da.«

Beim Losgehen warf Christophan den Barhocker um und steuerte dann mit leeren Augen die Toilette an.

»Wir haben ihn so weit!«, triumphierte Cortes, als er dem schwankenden Riesen nachsah. »Wir haben's geschafft, Artjom.«

»Ich hab dir ja gesagt, dass es ... hick ... klappt.«

»Super!« Cortes rieb sich die Hände. »Wo ist dein *Promilleblocker XXL*?«

»Hier.«

Artjom legte das Röhrchen auf den Tresen. Cortes schüttete geschäftig einige Tabletten in seine Hand und schluckte sie, ohne etwas nachzutrinken.

»Nimm du auch welche, wir brauchen einen klaren Kopf.«

»Ich kann nicht«, wehrte Artjom angewidert ab. »Ich bringe beim besten Willen nichts mehr runter.«

»Schwächling.« Der zu neuem Leben erwachte Cortes winkte dem Barkeeper. »Gonzo, noch drei Cognac!«

»Heben wir noch einen?«, erkundigte sich Christophan, der gerade zurückkam und wieder auf seinen Barhocker kletterte.

»Logo!«, bestätigte Cortes euphorisch. »Wir sind doch nicht zum Spaß hier!«

»Hattest du nicht schon geschlafen?«

»Ach was, ich war nur etwas abgespannt.«

Zur Bestätigung klopfte sich der Söldner mit der Faust auf die Brust und entließ dabei mit einem lauten *Uff* einen Schwarm bunter Seifenblasen aus seinem Mund.

»Was ist denn jetzt los?«

Artjom und Christophan starrten Cortes mit großen

Augen an. Die bunten Kugeln tanzten lustig vor Cortes' Gesicht und stiegen dann allmählich zur Decke empor. Der Panopt streckte den Arm aus und brachte eine davon mit dem Zeigefinger zum Platzen.

»Seifenblasen?«

»Wie hast du das gemacht?«, staunte Artjom.

»Wieso ich?«

Cortes sah seinen Partner böse an und machte abermals *uff*. Diesmal quoll eine ganze Wolke überdimensionaler Seifenblasen aus seinem Mund. Die in allen Farben des Regenbogens schimmernden Kugeln schwebten durch das Lokal, und die Gäste applaudierten.

»Cool!«, trompetete Christophan. »Darauf trinken wir!«

Die Zechgenossen leerten die Gläser.

»Wo hast du die Tabletten her?«, fragte Cortes grimmig.

»Sagte ich dir doch, von Bidjar.«

»Und wie viel hast du dafür bezahlt?«

Artjom spielte verlegen mit seinem leeren Glas herum und schaute in die Luft. Dann winkte er dem Barkeeper.

»Gonzo, wir verdursten!«

»Wie viel hast du bezahlt?«, beharrte Cortes.

»Gar nichts«, gestand Artjom und vermied es dabei, seinem Partner in die Augen zu schauen. »Er hat sie mir umsonst gegeben und mir sogar einen Rabatt auf das *Basiliskenauge* gewährt. Das Präparat ist ... ähm ... noch in der Erprobungsphase.«

»Ich bring dich um.«

»Er bringt dich um«, bestätigte Christophan vergnügt und schaukelte wild mit seinem Barhocker. »Fahren wir in eine Diskothek?«

»Wieso denn in eine Diskothek, verdammt ... *uff*!«

Die nächste Seifenblasengirlande schwebte durch die Bar.

Gonzo stellte eine Flasche Cognac auf den Tisch: »Die spendiert Murzo. Für die Zauberkunststückchen.«

»Sehr witzig«, knurrte Cortes, der ordentlich angefressen war.

»Los, fahren wir in eine Diskothek«, bettelte Christophan, der seinen plötzlichen Bewegungsdrang am Barhocker austobte und inzwischen mit bedrohlichem Schwung schaukelte.

Cortes schüttete einige der Tabletten in seine Hand und reichte sie Artjom: »Einnehmen!«

»Vielleicht später?«, schlug der junge Söldner vor. »Ich fühle mich wirklich bestens ... hick.«

»Wir brauchen einen klaren Kopf«, gab Cortes mit boshaftem Grinsen zurück. »Schön schlucken, Freundchen.«

Artjom betrachtete verzagt die durch die Bar schwebenden Seifenblasen und sah ein, dass Widerstand zwecklos war. Er setzte eine Leidensmiene auf, würgte die Tabletten hinunter und trank Wasser nach. Cortes und Gonzo sahen ihn erwartungsvoll an. Der Promilleblocker wirkte hervorragend. Der junge Söldner fühlte sich augenblicklich klarer im Kopf, nur im Mund spürte er plötzlich einen seifigen Geschmack.

»Gonzo, Wasser!«

Der Barkeeper stellte ihm ein eisgekühltes Glas Mineralwasser hin, und Artjom trank es in einem Zug aus.

»Und?«

Nichts geschah.

»Ich will das auch probieren!«, verkündete der Panopt, doch als er nach dem Tablettenröllchen greifen wollte, warf ihn der Barhocker ab, und er landete mit Getöse auf dem Parkettboden. Cortes packte hektisch die Tabletten weg und half dann Artjom dabei, Christophan wieder auf die Beine zu stellen.

»Cool abgetanzt!«, murmelte der Panopt und knickte sofort wieder ein.

Als Cortes sich abermals gegen den schweren Körper seines Zechgenossen stemmte, entfuhr ihm vor Anstrengung ein weiteres *Uff* mit dem bekannten Ergebnis.

»Wieso kommen die Blasen nur bei mir?«, entrüstete er sich, während er den zur Decke schwebenden Kugeln hinterherblickte.

»Klären wir später«, versetzte Artjom, der sich schnaufend unter den mächtigen Arm des Panopten klemmte. »Wir fahren jetzt, Christophan.«

»Wohin?«

»In die Disco.«

»Cool!«

»Und den Schatz holen.«

»Zuerst in die Disco.«

»Zuerst den Schatz holen, Christophan«, verfügte Artjom. »Du hast's versprochen.«

»Den ganzen Schatz kann ich nicht hergeben«, erklärte der Panopt. »Höchstens zehn Prozent. Standesstolz ... Ehre ... hm ... Regel, oder so.«

»Wir brauchen nicht mal zehn Prozent, nur das Diadem! Als Geschenk.«

Christophan sah Cortes mitleidig an: »Na gut. Wenn's ein Geschenk für eine schöne Frau ist – da finden wir schon was.« Er schnappte sich die spendierte Cognacflasche vom Tresen und zog mit den Zähnen den Korken heraus. »Morgen.«

»Heute, Christophan, heute, morgen ist es zu spät.«

»Heute kann ich nicht mehr. Ich bin betrunken, Freunde, ich schaff's nicht mehr bis dorthin ...«

Der Panopt wollte schon die Flasche ansetzen, doch Cortes griff ihm in den Arm.

»Wir sind mit dem Wagen hier, Christophan, wir bringen dich hin.«

»Und wer fährt?«

»Er!«, riefen die beiden Söldner synchron und zeigten gegenseitig mit dem Finger aufeinander.

Der Panopt blickte verwirrt zwischen den beiden hin und her und sagte dann: »Na gut, wenn *er* fährt, bin ich dabei.«

KAPITEL ZWEI

Moskau, Gorki-Park
Freitag, 15. September, 23:32 Uhr

»Puh, bin ich erledigt!« Galja ließ sich auf die Parkbank plumpsen und lehnte sich erschöpft zurück. »Für heute ist's genug.«

Die Sonne war längst untergegangen, und im Park brach die Nacht herein.

»Komm schon, noch zehn Minuten, Galja«, bettelte Sergej, der sich neben sie auf die Bank setzte. Der großgewachsene, junge Mann, der einen flotten Inline-Einteiler trug, war ihr den ganzen Abend nicht von der Seite gewichen und hatte auch jetzt nicht die Absicht, sie einfach ziehen zu lassen. »Fahren wir noch bis zu unserem Auto und dann bringen wir euch, wohin ihr wollt.«

»Ich kann wirklich nicht mehr, Sergej«, erwiderte Galja. »Ich werde mir andere Schuhe anziehen und mich dann irgendwie zu meinem Auto schleppen.«

Sie beugte sich herab und öffnete die Schaftschnallen ihrer Inlineskates. Sergejs erwartungsvoller Blick haftete unverwandt an der hübschen Schwarzhaarigen.

»Wir könnten doch nachher noch in die *Sportbar* fahren?!«

»Schauen wir mal«, entgegnete Galja und schenkte ihm ein Lächeln.

»Habt ihr schon genug?«, fragte Olga, die mit ihrem Begleiter Wladimir soeben die Parkbank erreichte.

»Ich habe vorgeschlagen, dass wir alle noch in die *Sportbar* fahren«, verkündete Sergej.

»Aber ohne die Inliner«, grummelte Galja, die sich an der Schnürung ihrer Skates abmühte.

Sergej beugte sich herab und half ihr beim Ausziehen der Rollschuhe.

»Ja, es reicht wirklich für heute.« Olga setzte sich neben ihre Freundin und schnallte ihren Rucksack ab. »Mir fallen auch schon die Beine ab.«

»Dann treffen wir uns also nachher in der *Sportbar*?«

»Guter Plan, da wären wir auch dabei.« Viktor und Larissa trudelten als Letzte bei der Parkbank ein.

»Also gut«, entschied Galja. »Aber Olga und ich fahren uns noch umziehen und kommen dann mit meinem Auto nach.«

»Ich fahre auch mit euch«, warf Larissa ein.

»Abgemacht«, sagte Sergej. »Wir fahren dann schon mal voraus und erwarten euch in der *Sportbar*.«

»Sind ganz in Ordnung, die Jungs«, befand Olga, als sie den davonskatenden jungen Männern hinterherschaute.

»Finde ich auch«, pflichtete Galja bei, während sie sich aufmerksam im Schminkspiegel begutachtete. »Richtig feine Kerle.«

»Wladimir hat sich mächtig ins Zeug gelegt, als er dir

die richtige Technik beim Powerslide erklärt hat«, stichelte Larissa.

»Viktor etwa nicht, als ihr in der einsamen Allee plötzlich verschwunden wart?«, gab Olga zurück.

»Och – mir ist nur der Schuh aufgegangen«, erklärte die junge Frau kichernd.

Die glatten blonden Haare, die Larissa kaum bis zum Nacken reichten, bildeten einen schönen Kontrast zu ihren großen, leuchtend grünen Augen. Die kleine Nase, ein süßes Grübchen im Kinn und stark geschwungene Brauen verliehen ihr eine kesse Ausstrahlung. Nur die schmalen Lippen wirkten eine Spur streng. Doch Larissas ganzer Stolz war ihre aufregende Figur: endlos lange Beine, Wespentaille, schmale Schultern und große, wohlgeformte Brüste. Mit dem schwarzen, hautengen Sporttop brachte die junge Frau ihre Reize recht freimütig zur Geltung.

»Beeil dich, Larissa«, bat Galja, die immer noch mit ihrem Spiegel hantierte. »Es ist schon so finster hier.«

»Hast du Angst?«

»Ich? Unsinn.«

»Aber *ich* habe Angst«, warf Olga ein und deutete mit einer Kopfbewegung zum Ende der Allee. »Schaut mal, dort hinten ...«

Die Freundinnen folgten ihrem Blick. Ein Grüppchen kahlgeschorener Kerle näherte sich in lässigem Schlendergang der Parkbank. Trotz der Dunkelheit konnte man erahnen, dass sie die jungen Frauen bereits ins Visier genommen hatten. Von diesen mutmaßlich betrunkenen Gestalten war nichts Gutes zu erwarten.

»Hoffentlich gehen die vorbei«, flüsterte Olga.

»Da würde ich mich nicht drauf verlassen«, entgegnete Galja, die blitzschnell die Lage erfasste: Sie selbst hatte bereits ihre Sneakers angezogen, und Olga band ihre gerade zu. Die dubiosen Typen waren kaum mehr fünfzig Meter entfernt, es blieb also nicht genug Zeit, die Inliner wieder anzuziehen und »zu Fuß« hatten sie kaum eine Chance zu entkommen. Es blieb nur ein Ausweg. »Larissa«, raunte sie der Blondine zu, die als Einzige noch ihre Inliner anhatte. »Fahr den Jungs hinterher und hol sie zurück! Schnell!«

»Und ihr?«

»Frag nicht, sondern zisch ab! Ihr seid in fünf Minuten wieder hier, und so lange halten wir durch.«

Larissa nickte, sprang von der Bank auf und spurtete den drei jungen Männern hinterher.

»Und was machen wir?«, fragte Olga, der es beim Anblick der anrückenden Bande kalt den Rücken herunterlief.

»Cool bleiben, Baby«, erwiderte Galja trocken.

Eine Gang greift niemals überfallartig an. Zuerst wird sondiert, ob das Opfer auch wirklich auf sich allein gestellt und wehrlos ist. Wenn kein ernsthafter Widerstand zu erwarten ist, folgen Provokationen und Beleidigungen, man lässt das Gegenüber seine Macht spüren – das macht Spaß. Zugeschlagen wird erst ganz zum Schluss, wenn das Opfer schon demoralisiert ist.

»Warum hat es eure Freundin denn plötzlich so eilig?«, erkundigte sich ein junger, völlig kahlgeschorener Kerl, dessen Gesicht mit Pickeln übersät war.

»Die musste heim zu Mama«, erläuterte Galja.

»Ein bisschen früh, findet ihr nicht?«

»Sie ist eben eine ganz Brave.«

»Aha. Und ihr beide seid demnach zwei ganz Böse?«

Der Glatzkopf war offenbar der Anführer. Er trug ein Achselshirt, das seine Möchtegern-Muskeln zur Schau stellte, und bemühte sich angestrengt, mit möglichst tiefer Stimme zu sprechen. Seine rechte Schulter zierte eine billige Tätowierung und seine linke Hand ein noch billigerer, plumper Ring. Er fläzte sich ungeniert auf die Parkbank und betrachtete die Beine der jungen Frauen.

»Soso, zwei ganz Gefährliche sei ihr also ...«

»Jedenfalls wäre es klug, wenn du deinen Hintern von der Bank räumen würdest«, empfahl Galja dem Pickelgesicht.

»Ganz schön frech, die kleine Schlampe«, kommentierte einer aus dem Rudel. »Der sollte man mal Manieren beibringen.«

»Ach was, heiße Weiber müssen ein bisschen aggressiv sein«, verkündete der Boss wichtig. »Solche Frauen sind mir sogar lieber.«

»Lieber als was?«, fragte Galja.

»Hä?« Der Boss verstand nicht.

»Du hast gesagt, dass solche Frauen dir lieber sind«, wiederholte Galja provokant. »Aber lieber als was? Lieber als deine rechte Hand?«

Der Boss lief rot an. »Sieht so aus, als müsste man dir tatsächlich Manieren beibringen. Du solltest dir ein Beispiel an deiner Freundin nehmen. Das wäre gesünder für dich.«

Die Kerle blökten und scharten sich dichter um die jungen Frauen.

»Inwiefern gesünder?« Galja ließ sich nicht einschüchtern.

»Na ja, wenn ihr ein bisschen nett zu uns wärt, könnten wir darauf verzichten, euch die hübschen Visagen zu polieren.«

»Ihr wisst doch, worauf Männer stehen«, ergänzte ein anderer, der Olgas pralle Brüste anschmachtete.

»Besorgt es euch doch gegenseitig!«, konterte Galja eiskalt.

Olga bemühte sich, ebenso unbeeindruckt und selbstbewusst zu wirken wie ihre Freundin, doch in Wirklichkeit krampften sich vor Angst ihre Eingeweide zusammen.

Geraune ging durch die Bande. Einerseits regte sich animalische Lust in den Hosen der Halbstarken und setzte ihre ohnehin wenig umtriebigen Gehirne außer Betrieb. Andererseits verletzte das dreiste Gebaren der jungen Frauen ihren Stolz – ein Schaden, der nur durch drakonische Vergeltungsmaßnahmen zu reparieren war.

»Ihr habt die Wahl, Mädchen«, entschied der Anführer. »Entweder ihr macht es uns freiwillig hier auf der Bank, dann lassen wir euch hinterher gehen. Oder wir zerren euch ins nächste Gebüsch, dann dürft ihr euch im Gemüse verausgaben. In diesem Fall müssten wir euch hinterher leider noch ein bisschen ausrauben.«

Die Kahlgeschorenen quittierten den bizarren Humor ihres Anführers mit beifälligem Grunzen.

»Eine schöne Kette hast du da«, sagte der Boss und deutete auf die schwarzen Perlen an Olgas Brust. »Sicher sehr wertvoll, nicht wahr?«

Olga wurde rot.

»Also, wie entscheidet ihr euch?«

»Gar nicht, du Penner!«

Die Kerle hatten ihre Aufmerksamkeit so auf die jungen Frauen fixiert, dass sie die Rückkehr von deren Begleitern nicht mitbekamen. Nun ernteten sie die Früchte ihrer Sorglosigkeit.

Als Erster preschte Sergej aus der Dunkelheit hervor und zog dem erstbesten Kontrahenten einen Baseballschläger über den Kopf. Blut spritzte, und Flüche schallten durch den Park. Der Anführer der Gang zog panisch ein Messer, doch Galja, die blitzschnell aufgesprungen war, rammte ihm mit voller Wucht den Fuß ins Gesicht.

Olga nützte das entstandene Durcheinander, schwang sich über die Lehne der Parkbank und flüchtete ins Gebüsch.

Die Söldner parkten Cortes' Jeep nicht weit von der Einfriedung des Lustgartens, einem ruhigen und beschaulichen Teil des Gorki-Parks, und warteten auf weitere Instruktionen des Panopten.

»Nimmst du uns auch nicht auf den Arm, Christophan?«, fragte Artjom, als er die Fahrertür des Jeeps zuschlug und seine leichte Windjacke überzog. Obwohl der Altweibersommer tagsüber noch über fünfundzwanzig Grad Wärme bescherte, waren die Nächte bereits empfindlich kühl. »Ich kann mir beim besten Willen nicht vorstellen, dass hier ein Schatz vergraben sein soll.«

»Wenn du es nicht glaubst, kannst du ja wieder gehen, Humo«, gab der Panopt beleidigt zurück und setzte die Cognacflasche an, die ihnen Murzo in der *Rennsemmel* spendiert hatte.

»Mach keinen Stress, Artjom«, brummte Cortes. »Christophan, wo geht's jetzt weiter?«

»Da lang.« Der Panopt wedelte mit seiner riesigen Pranke in Richtung des Parks. »Vergesst euer Werkzeug nicht.«

»Trotzdem komisch ...«, rechtfertigte sich Artjom, während er die Schaufeln aus dem Kofferraum nahm. »Wer vergräbt denn einen Schatz im Lustgarten?«

»Als dieser Schatz vergraben wurde, sind hier noch Rehe herumgesprungen«, belehrte ihn der Panopt und goss eine weitere Dosis Cognac in seinen Schlund. »Weißt du wenigstens, was ein Reh ist, alter Großstadttiger?«

»Klar, weiß ich.«

Cortes nahm das Gürtelholster mit seiner Gjursa aus dem Handschuhfach und legte es an.

»Nimmst du deine Knarre auch mit, Artjom?«

»Nicht nötig, ich habe mein Nawenmesser dabei.« Der junge Söldner tastete nach der schwarzen Klinge an seinem Gürtel und schwang sich die Schaufeln über die Schulter. »Wo ist denn nun der Klunker verbuddelt?«

»Mir nach«, kommandierte Christophan und die drei Schatzsucher marschierten in den Park.

Wie hatte sie sich nur so verlaufen können? Olga war den Tränen nah, doch sie wagte keinen Mucks, weil sie immer noch befürchtete, dass die Halbstarken sie verfolgen könnten.

Bei ihrer panischen Flucht in die Tiefe des Parks hatte sie keinen Gedanken daran verschwendet, wo sie herauskommen könnte. Als die Schlägerei begann, hatte sie nur eines im Sinn gehabt: nichts wie weg von diesem schrecklichen Ort und diesen ekelhaften Wüstlingen.

Natürlich wusste Olga, dass sie sich im Gorki-Park inmitten der Großstadt nicht wirklich schlimm verirren konnte. Doch in ihrer augenblicklichen Lage nützte ihr diese Erkenntnis wenig. Die Laternen waren längst verloschen, und der Park lag in völliger Finsternis. Noch dazu war sie in ein dichtes Waldstück geraten. Die schwarzen Silhouetten der Bäume wirkten bedrohlich, und überall hörte sie verdächtige Geräusche. Und keine Menschenseele weit und breit. Sie wusste nicht, wo sie war und in welche Richtung sie nun weitergehen sollte.

Die junge Frau atmete tief durch und versuchte sich zu beruhigen. Nun hieß es kühlen Kopf bewahren und überlegt handeln. Im Prinzip war es völlig egal, in welche Richtung sie ging, sie würde auf jeden Fall wieder in der Zivilisation herauskommen. Daran bestand überhaupt kein Zweifel. Sie musste sich nur für eine bestimmte Richtung entscheiden, um nicht im Kreis zu laufen.

Olga blickte sich um, und es schien ihr, als hätte sie zwischen zwei Bäumen eine Gestalt gesehen. Sie spähte angestrengt dorthin, doch eine durch die Baumwipfel raschelnde Böe zerstreute ihre Befürchtungen. Sicher hatte sich nur ein Strauch im Wind bewegt. Wohin nun also?

Plötzlich knackte ein Zweig, ganz leise, aber Olga hatte es deutlich gehört. Wer konnte dort sein? Die kahlgeschorenen Typen? Alles, nur das nicht! Die junge Frau ging in die Hocke und horchte. Vielleicht war es Galja? Oder Sergej? Hatten sie die Kerle vertrieben und suchten jetzt nach ihr?

Olga war sich nun sicher, vor dem Hintergrund des dunklen Waldes eine menschliche Silhouette zu sehen. Sie wollte sich schon bemerkbar machen, doch dann stockte sie: Galja oder Sergej hätten doch nach ihr gerufen! Warum hätten sie schweigend durch den Wald schleichen sollen? Sie erhob sich wieder und ging so geräuschlos wie möglich in der Gegenrichtung davon.

Nichts wie zurück in die Zivilisation, dachte Olga. Und dann ab nach Hause. Sicher war dort zwischen den Bäumen niemand gewesen. Es knacken doch ständig irgendwelche Zweige im nächtlichen Wald. Wahrscheinlich habe ich mir das nur eingebildet. Und wer sollte hier auch sein?

Nach einigen Metern wandte sich Olga noch einmal um und erstarrte vor Schreck. Die dunkle Silhouette kam zwischen den Bäumen hervor und folgte ihr. Doch was war das für eine seltsame Gestalt? Die Umrisse der Figur erinnerten sie an eine Frau, aber nur ganz entfernt. Frauen haben schließlich keine Hörner auf dem Kopf und keinen dicken Reptilienschwanz. Olga traute ihren

Augen nicht. Sie flüchtete und drehte sich immer wieder um. Die Gestalt kam nicht näher, sondern hielt stets eine gewisse Distanz ein. Doch ohne jeden Zweifel lief sie ihr nach.

Der Verdacht, von dem sie Galja erzählt hatte, bestätigte sich also! Sie wurde verfolgt! Olga hatte an diesem Abend schon genug Ängste ausgestanden, doch diese mysteriöse Frauengestalt, die an ihren Fersen klebte, gab ihr nun endgültig den Rest. Sie geriet in Panik und tat in ihrer Verzweiflung etwas Irrationales: Anstatt wegzulaufen, blieb sie plötzlich stehen und drehte sich um. Das hatte ihr Schatten nicht erwartet und kurz darauf standen sich die beiden in geringer Entfernung gegenüber.

Olga war auf eine mondbeschienene Lichtung gelaufen und konnte ihre Verfolgerin deutlich sehen. Der Anblick war der reine Horror! Das hochaufgeschossene, nackte und muskulöse Wesen hatte den Oberkörper einer Frau. Am kahlen Kopf saßen seitlich zwei spitze, gebogene Hörner. Hinter dem Rücken schlängelte sich ein langer, mit Dornen besetzter Schwanz und die sehnigen Arme endeten in dreifingrigen, krallenbewehrten Klauen.

Olga schlug die Hände vors Gesicht und schrie.

»Verdammt, ist der schwer!«, fluchte Cortes, warf die Schaufel auf den Erdhaufen und sah seinen Kompagnon vorwurfsvoll an. »Hilf mir gefälligst!«

Artjom sprang in die Grube hinunter und fasste die Truhe an einem der erdverschmierten Griffe.

»Eins, zwei … und drei!«

Die Söldner hoben die Schatztruhe mit einem Ruck aus ihrer unterirdischen Lagerstatt und wuchteten sie an den Rand der Grube.

»Geschafft!«

Die silbernen Beschläge schimmerten im Mondlicht.

»Wir nehmen nur das Diadem heraus«, erinnerte Christophan, der die Plackerei der Söldner aus einiger Entfernung beobachtet hatte. »Bei euch Humos weiß man nie.«

Der Panopt betrachtete die leere Cognacflasche und machte dabei ein betrübtes Gesicht. Der Stimme nach zu schließen wurde er allmählich wieder nüchtern.

»Natürlich nur das Diadem, wie ausgemacht«, bestätigte Cortes beflissen, stieg aus der Grube und inspizierte stirnrunzelnd das massive, geschmiedete Schloss der Truhe. »Ich fürchte, wir hätten ein Brecheisen mitnehmen sollen.«

»Da kannst du Recht haben«, pflichtete Artjom bei und kratzte sich ratlos am Kopf. »Andererseits wäre es doch schade, so ein schönes Schloss aufzubrechen.«

»Humos, Humos«, seufzte Christophan und schüttelte entrüstet den Kopf. Er trat an die Truhe heran und strich mit seiner tellergroßen Hand beinahe zärtlich über das Schloss. »Mit einem Brecheisen – geht's noch?! Das ist schließlich ein antikes Stück, das Werk eines echten Meisters.«

Magie entfaltete keinerlei Wirkung auf Panopten, und sie waren auch selbst keine großen Zauberkünstler. Doch zumindest beim Umgang mit vergrabenen Schätzen beherrschten sie den ein oder anderen magischen Kniff. Das massive Schloss der Truhe begann zu vibrieren, quietschte und sprang mit einem überraschend lauten Klacken auf.

»So wird das gemacht!« Christophan klappte den Deckel auf und kraulte zufrieden seinen Vollbart. »Mit einem Brecheisen, das wäre ja noch schöner ...«

Die Söldner beugten sich gespannt über die geöffnete Truhe.

»Und wo ist das Diadem?«, erkundigte sich Cortes. »Das kann ja Stunden dauern, bis wir es in diesem Haufen finden.«

Die stattliche Schatztruhe war bis zum Rand mit funkelndem Geschmeide gefüllt. Ein Sammelsurium aus Gold und Edelsteinen flimmerte den Söldnern vor den Augen. Der verblichene Eigentümer hatte es offenbar nicht nötig gehabt, sich mit Münzen, Silber oder billigem Modeschmuck abzugeben – die Kollektion enthielt ausschließlich hochwertige Stücke: Ketten, Anhänger, Armbänder, Diademe und Ohrringe.

Artjom schnalzte begeistert mit der Zunge: »Schade, dass wir keinen Sack mitgenommen haben!«

»Wozu denn einen Sack?«, protestierte der Panopt. »Nur das Diadem!«

»Aber wir haben doch einen ganzen Schatz gefunden!«

»Das würde dir so passen«, schäumte Christophan und zog den jungen Söldner am Ohr von der Truhe weg.

»Das mit dem Sack habe ich doch nicht ernst gemeint,

ich will mir die Sachen nur anschauen«, verteidigte sich Artjom.

»Aber nur gucken, nicht anfassen!«

»Schon gut!«

»Und bleib weiter von der Truhe weg«, verfügte der Panopt. »Ich traue dir nicht, Humo.«

Der wieder ernüchterte Hüne drehte Artjom offenbar einen Strick daraus, dass er ihn dazu überredet hatte, den Schatz zu öffnen.

»Na gut, dann sehe ich mich in der Zwischenzeit ein wenig um hier«, verkündete Artjom eingeschnappt, während Cortes und Christophan damit begannen, die Schätze zu durchwühlen.

»Was für ein edler Anhänger«, schwärmte Cortes. »Wie viel willst du dafür?«

»Aber wir hatten doch ausgemacht: nur das Diadem!«

»Das Diadem ist etwas für besondere Anlässe. An normalen Abenden könnte Jana diese schlichten Smaragd-Ohrringe tragen. Komm schon, die legen wir auch beiseite.«

»Versuch nicht, mich zu belabern, Humo, du brauchst genau ein Geschenk, nicht mehr und nicht weniger.«

»Und was soll ich ihr dann nächstes Jahr schenken?«

»Ich warne dich, Cortes, wenn du nicht aufhörst zu nerven, brat ich dir eins über, und dann brauchst du überhaupt kein Geschenk mehr, weder morgen noch nächstes Jahr.«

»War doch nur Spaß«, beschwichtigte der Söldner mit einem bangen Seitenblick auf die furchterregenden Fäuste des Panopten. »Sie hätte ohnehin nichts, was zu den Ohrringen passt, da müsste man schon die ganze Garnitur nehmen, diesen Ring da, das Armband, die Brosche und ...«

Artjom begann sich zu langweilen. Ihm war klar, dass Cortes versuchen würde, dem einfältigen Christophan so viele Schmuckstücke wie möglich aus der exklusiven Kollektion abzuschwatzen. Sein Partner war nicht der Typ, der sich eine so einmalige Gelegenheit entgehen ließ. Die Sache würde sich also noch länger hinziehen.

Der junge Söldner betrachtete die dunklen Kronen der mächtigen Bäume, die im Umkreis der Schatzgrube träge im Wind wogten, warf einen Blick zum nächtlichen Himmel, wo sich allmählich die ersten Sterne einfanden, und dann hörte er in der schwachen Geräuschkulisse des entschlummernden Parks plötzlich den Schrei einer Frau – ganz leise, aber eindeutig.

Artjom wandte sich an seine Begleiter: »Habt ihr das gehört?«

»*Was* gehört?«, fragte Cortes zerstreut. »Christophan, und wie viel willst du für diesen Ring?«

»Gib's auf, Cortes, du bekommst nur das Diadem.« Der Panopt wühlte geschäftig in der Truhe. »Es muss irgendwo hier unten sein.«

»Cortes!«

»Was denn?«

»Da hat eine Frau geschrien!«

»Na toll. Du träumst wohl sogar im Stehen noch von Frauen. Christophan, ich kaufe dir trotzdem auch diesen Ring ab. Mein Großvater hat bald Geburtstag und ...«

»Söldner haben keine Großväter.«

»Ich bin eben eine Ausnahme von der Regel. Ich habe eine große Familie, und alle sind es gewohnt, teure Geschenke zu bekommen. Diese Perlenkette hier nehmen wir als Halsband für das Schoßhündchen meiner Schwiegermutter.«

»Diese Perlenkette wurde angefertigt, als ihr Humos noch mit Knochen um den Hals herumgelaufen seid.«

»Hab doch Mitleid mit dem armen Hündchen, Christophan!«

Es war ein aussichtsloses Unterfangen, die beiden von der Schatztruhe loszueisen. Cortes hatte sich derart in die Beute verbissen, dass um ihn herum tausend Frauen hätten schreien können, ohne dass er davon Notiz genommen hätte. Artjom kehrte seinen Begleitern den Rücken zu und ging in der Richtung, aus der der Schrei gekommen war, tiefer in den Wald hinein. Nach einiger Zeit blieb er stehen und horchte.

Im Gegensatz zu Cortes, der die harte Schule des Militärgeheimdienstes durchlaufen hatte, konnte Artjom noch kaum Erfahrung in Kampfeinsätzen vorweisen. Seine Karriere als Söldner hatte erst vor kurzem und mehr oder weniger durch Zufall begonnen. Aus diesem Grund fühlte er sich ein wenig unwohl dabei, angesichts ungewisser Gefahren im nächtlichen Wald ganz auf sich allein gestellt zu sein.

Immerhin hatte er sein Messer dabei – ein scharfes, schwarzes Nawenmesser: lebenslange Garantie, perfekt ausbalanciert und am Griff mit einem Spezialmaterial ummantelt, das selbst bei Kontakt mit Schweiß oder Blut für absolute Rutschfestigkeit sorgte. Mit einem Nawenmesser konnte man Stahlbleche bis zu einer Dicke von drei Millimetern durchtrennen, Holz oder Knochen schnitten sich damit wie Butter. Cortes hatte Artjom gezeigt, wie man eine solche Waffe im Kampf richtig einsetzt, und ihm einige Tricks beigebracht. Doch an einer Übungspuppe unter Anleitung eines Kundigen zu trainieren ist eine Sache, im finsteren Wald einem unbekannten Gegner gegenüberzustehen ein völlig andere.

Artjom strich mit der Hand über den Griff des Messers, der sich angenehm weich anfühlte. Vielleicht sollte er lieber doch nicht weitergehen? Wer weiß, warum die Frau geschrien hatte. Möglicherweise vor Lust?

Solcherlei Spekulationen erledigten sich umgehend, denn abermals gellte ein Schrei, diesmal jedoch ganz aus der Nähe, und gleichzeitig hörte Artjom Zweige knacken. Jemand lief direkt auf ihn zu. Der Söldner war völlig perplex, und als unmittelbar vor ihm eine kleingewachsene, hellblonde junge Frau aus dem Gebüsch sprang, packte er sie einfach mit beiden Armen und drückte sie an sich. Die Flüchtende stieß einen weiteren markerschütternden Schrei aus.

»Was ist passiert? Vor wem läufst du denn davon?«

Da der Profiheld in diesem Augenblick mit einem Profischatzhüter um Schmuckstücke feilschte, blieb es dem Nachwuchshelden überlassen, sich um die Rettung der Frau zu kümmern, was der Qualität der abgelieferten Arbeit verständlicherweise nicht zuträglich war.

»Fassen Sie mich nicht an! Lassen Sie mich sofort

los!!«, tobte die junge Frau und versetzte ihm einen heftigen Faustschlag in den Bauch. »Lassen Sie mich los! Ein Ungeheuer!!«

»Niemand wird dir etwas tun«, presste Artjom um Luft ringend hervor. Sein Organismus hatte sich vom Alkoholexzess in der *Rennsemmel* noch nicht vollständig erholt, und der heftige Magenschwinger der jungen Dame löste brodelnde Prozesse in seinem Bauchraum aus. »Was ist denn passiert, dumme G... hm ... Mädchen.«

»Ein Ungeheuer! Es ist hinter mir her!! Lass mich los!!!«, zeterte die Frau und versuchte sich loszureißen.

Ob er sie mit einer Ohrfeige ruhigstellen sollte? Im Augenwinkel bemerkte Artjom eine Bewegung und hob den Kopf. Etwa zehn Meter von ihm entfernt huschte ein Schatten zwischen den Bäumen hindurch. Nur ein schwacher Lufthauch und ein unbestimmtes Gefühl von Gefahr sagten ihm, dass dort tatsächlich jemand war. Jemand, der sich schneller als ein Mensch bewegte, schneller als jedes andere Wesen, so flink, wie sich nur ein Wandelwesen zu bewegen versteht.

Etwa eine Morjane?

Das Abzeichen des Dunklen Hofs auf Artjoms linker Schulter begann zu prickeln – ein Gefühl wie tausend feine Nadelstiche. Magie! Die Tätowierung, die ihm die Nawen geschenkt hatten, reagierte auf die Freisetzung magischer Energie. Es gab also keinerlei Zweifel mehr: Irgendwo dort in der Finsternis verbarg sich ein Wandelwesen. Wenn es gut lief, eine Weiße, wenn es schlecht lief, eine Schwarze Morjane.

Artjom spürte, wie ihm das Adrenalin ins Gehirn schoss. Diese Begegnung konnte durchaus unerfreulich enden, denn ein Wandelwesen in Kampfmontur konnte sich nicht kontrollieren. Die blindwütige Aggressivität dieser Bestien war berüchtigt in der Verborgenen Stadt. Dabei hatten sie überhaupt kein Recht, sich in den Parks der Innenstadt herumzutreiben! Doch das nutzte Artjom im Augenblick wenig. Während er die junge Frau mit einem Arm an seiner Schulter festhielt, zog er das *Basiliskenauge* aus der Tasche.

»Keine Angst, niemand wird dir ein Haar krümmen«, flüsterte Artjom.

Der Mond schien auf die kleine Lichtung und tauchte die Gestalt, die sich nur wenige Meter vor dem Söldner aufbaute, in ein milchiges Licht: eine Schwarze Morjane in Kampfmontur.

Die Physiognomie der Bestie hatte auch ästhetische Seiten: sanft gewölbte, weibliche Brüste, lange, kräftige Beine und breite Hüften, betont durch eine schmale Taille. Eher bedrohlich wirkte der lange, mit mächtigen Dornen besetzte Schwanz, der sich ungeduldig wand, als könne er es nicht erwarten, zum tödlichen Schlag auszuholen. Artjoms Blick wanderte zum Kopf des Wandelwesens: ein kahler, mit gekrümmten Hörnern besetzter Schädel, zugespitzte Ohren, ein schmallippiger Mund, aus dem lange Eckzähne ragten, eine eingefallene Nase und grüne Augen, die wie funkelnde Edelsteine unter den stark vorgewölbten Augenbrauenbögen saßen. Der Kopf war nicht nur der hässlichste Körperteil der Morjane, in ihm befanden sich auch die Giftdrüsen und schon stieg dem Söldner der schwache Duft reifer Pfirsiche in die Nase – der Geruch des Gifts der Schwarzen Morjanen.

Gut, dass das Mädel das Monster nicht sieht, dachte Artjom, das erspart lästige Fragen hinterher. Er war darauf vorbereitet, jeden Augenblick das *Basiliskenauge* zu aktivieren, doch erstaunlicherweise griff die Morjane ihn nicht an. Sie stand in ein paar Schritten Entfernung einfach nur da und ließ ihn keine Sekunde aus ihren smaragdgrünen Augen. Man hätte fast meinen können, dass sie nachdenkt. Artjom konnte sich dieses Verhalten nicht erklären. Nach allem, was er über die Wandelwesen wusste, griff eine Schwarze Morjane in Kampfmontur einen Menschen immer an. Nun standen sie sich Auge in Auge reglos gegenüber und wagten kaum zu atmen. Nach einigen Sekunden, die Artjom wie eine Ewigkeit vorkamen, gab die Morjane einen röchelnden Laut von sich und trat einen Schritt zurück. Artjom kam aus dem Staunen nicht heraus: ein Wandelwesen, das sich zurückzog!

»Lass mich los!«, keifte abermals die junge Frau. »Lass mich sofort los! Ein Ungeheuer!! Da ist ein Ungeheuer!!«

Ihr Geschrei zerriss die Stille und zerstörte das fragile Gleichgewicht zwischen Artjom und seinem Gegenüber. Die Morjane fauchte, und ihr Schwanz schlug nervös auf und ab. Artjom beugte sich ein wenig zurück und versetzte der Tobenden eine Ohrfeige.

»Halt endlich den Mund!«

»Fass mich nicht an!!«

Die Morjane brüllte drohend.

Die junge Frau schlug zurück und versuchte abermals, sich loszureißen.

Jetzt setzte die Morjane zum Angriff an. Mit einem gewaltigen Satz sprang sie herbei, und die beiden Menschen wurden vom süßen Duft reifer Pfirsiche eingehüllt.

Artjom stand zum ersten Mal im Leben einer Morjane gegenüber und wusste nicht, wie er sich im Kampf gegen eine solche Bestie verhalten musste, doch seine Reaktion kam blitzartig und instinktiv. Er spürte schon den heißen Atem des Monsters, da stieß er die junge Frau in ein nahes Gebüsch und aktivierte das *Basiliskenauge*. Ein greller Lichtblitz zuckte aus dem Kristall, und das Wandelwesen heulte auf. Geblendet taumelte die Bestie auf der Stelle und versuchte vergeblich, dem lähmenden Energiestrahl des Kristalls zu entgehen. In diesem Augenblick zog Artjom sein Messer und stach gezielt und entschlossen zu. Die schwarze Klinge glitt zwischen den Rippen des Monsters hindurch und traf genau ins Herz. Die Morjane winselte und schlug mit der Klaue nach Artjom. Der duckte sich flink zurück, und die messerscharfen Krallen wischten haarscharf an seinem Gesicht vorbei. Zum Glück hatte die Morjane nicht mehr die Kraft, ihr Gift nach ihm zu spucken. Er bog ihre Klaue zur Seite und zog das Messer heraus. Ein Strahl dicken Bluts klatschte auf seine Hose.

Die Beine der Morjane knickten ein, und für einen Moment schaute Artjom genau in die grünen Augen des Monsters: In ihnen flackerte Schmerz und – so schien es dem Söldner – Verstand. Doch war es möglich, dass eine Morjane in Kampfmontur so etwas wie Verstand besaß?

Artjom musste sich beeilen. Die lähmende Wirkung des *Basiliskenauges* war bereits verpufft, und selbst eine tödlich verletzte Morjane konnte einem Humo noch den Kopf abreißen. Der Söldner rammte sein Messer noch einmal zwischen die Rippen des Monsters, ein Stück weiter links, in das zweite Herz. Dann zog er das Messer wieder heraus und abermals spritzte Blut auf seine Hose. Den Anzug konnte er wegwerfen.

Die tote Bestie sackte zusammen und fiel rücklings auf den Boden.

Aus dem Gebüsch drang ein leises Schluchzen. Die junge Frau lag offenbar immer noch auf der Erde. Artjom konnte nur hoffen, dass sie den Kampf nicht beobachtet hatte. Er würde sich später um sie kümmern.

Nachdenklich betrachtete der Söldner den leblosen Körper des Ungeheuers. Probleme mit dem Grünen Hof hatte er nicht zu befürchten, denn die Tötung einer Schwarzen Morjane in Kampfmontur galt als legitime Notwehr. Nun zählte jede Sekunde. Die Rettung einsamer junger Frauen war zweifellos eine ehrenvolle Aufgabe, doch man musste bei allem Edelmut auch an sein Auskommen denken. Die Hörner und das Gift der Schwarzen Morjanen stellten eine hoch gehandelte Ware dar und speziell die Erli waren bereit, ein Vermögen dafür hinzublättern. Um an diese Schätze heranzukommen, musste er dem Ungeheuer den Kopf abschneiden. Artjom beugte sich über sein Opfer und durchtrennte den Hals mit einem präzisen Schnitt. Ein Spezialcontainer für den Organtransport wäre jetzt natürlich ideal gewesen, doch woher nehmen mitten in der Nacht? Der Söldner zog seine Windjacke aus und wickelte seine Beute darin ein. Er musste den Kopf der Morjane so schnell wie möglich ins Erli-Kloster bringen, denn das Gift der Wandelwesen zersetzte sich innerhalb von einer Stunde, wenn man es nicht entnahm und fachgerecht lagerte.

Ganz in Gedanken versunken zog Artjom sein Mobiltelefon hervor und tippte eine Nummer ein.

»*Suburbs Entsorgungsservice*«, meldete sich eine Frauenstimme. »Was kann ich für Sie tun?«

»Hier ist Artjom Golowin, Humo, Söldner, Kartennummer ...« Artjom diktierte die Ziffernfolge seiner T-Grad-Com-Karte. »Können Sie meinen Standort ermitteln?«

»Schon geschehen.«

»Ich habe hier die Leiche einer Schwarzen Morjane.«

»Ein Service-Wagen wird in Kürze bei Ihnen sein. Zahlen Sie bar?«

»Nein, ich kann leider nicht hierbleiben. Schicken Sie mir die Rechnung.«

»In Ordnung.« Am anderen Ende der Leitung hörte man Tastaturgeklapper. »Die Rechnung geht gerade raus. Wie Sie wissen, müssen wir den Vorfall dem Grünen Hof melden.«

»Selbstverständlich.«

Artjom klappte sein Handy zusammen. Ein Problem war damit gelöst: Der Körper der Morjane würde abgeholt und die Spuren des Kampfes beseitigt werden. Der Entsorgungsservice der Verborgenen Stadt funktionierte perfekt.

Nun konnte Artjom sich um die junge Frau kümmern.

»Hast du dir wehgetan?«, fragte er.

Als Antwort kam nur ein Schluchzen. Vermutlich war es keine gute Idee, sie hier zurückzulassen. Artjom seufzte und nahm sie bei der Hand.

»Komm, wir gehen.«

»Was war das?«, stammelte die verängstigte junge Frau.

»Ein Reh.«

»Hier gibt es keine Rehe.«

»Doch. Man bekommt sie nur selten zu sehen.«

Eine Weile gingen die beiden schweigend durchs Unterholz, dann blieb Artjom stehen und horchte. Rechter Hand hörte er leise Stimmen.

»Da lang.«

»Wohin gehen wir? Wo sind wir? Ich will hier raus.«

»Gleich sind wir draußen«, beschwichtigte sie Artjom, dann rief er nach seinem Kompagnon. »Cortes! Wo seid ihr?«

»Hier sind wir. Und brüll nicht rum!«, erwiderte der Söldner gereizt. »Christophan, sechzehn Mille sind zu viel für das Diadem. Der Schlafende wird dich strafen für diesen Wucher. Sagen wir fünfundvierzig für alles zusammen und diese Brosche hier kriege ich noch extra.«

Für alles zusammen? Es sah ganz danach aus, als hätte es Cortes doch geschafft, die Schatztruhe um einige Stücke zu erleichtern.

»Der Schlafende muss erst mal aufwachen«, entgegnete der Panopt unbeeindruckt. »Fünfzehneinhalb ist mein letztes Wort, und für alles zusammen achtundvierzig, ohne die Brosche, versteht sich.«

Christophan hatte sich offenbar damit abgefunden, dass er dem Söldner mehr als das Diadem verkaufen musste, und wollte nun wenigstens einen guten Preis aushandeln.

»Was machen die da?«, wunderte sich die junge Frau.

»Sie feilschen«, antwortete Artjom wahrheitsgemäß und wandte sich abermals an seinen Partner: »Cortes! Ich habe ein Problem. Kann ich das Auto haben?«

»Und was wird aus uns?«

»Nehmt euch ein Taxi.«

Da es sich immerhin um sein Eigentum drehte, ließ Cortes gütigerweise von der Truhe ab und blickte sich nach Artjom um.

»Was ist passiert?«

»Ich habe eine Morjane erledigt.«

»Und, bist du in Ordnung?«

»Alles klar.«

»Einen coolen Partner hast du«, kommentierte Christophan. »Das hätte ich ihm gar nicht zugetraut.«

»Ich habe ihm ein bisschen was beigebracht.« Cortes betrachtete die junge Frau. »Und wer ist das?«

»Die habe ich gerettet.«

»Brauchst du Hilfe?«

»Ich brauche das Auto, das Gift wird sonst schlecht!«

Artjom deutete verstohlen auf das Bündel unter seinem Arm.

Wenn es um Geld ging, begriff Cortes augenblicklich, wo der Hase lief.

»Dann drück auf die Tube. Fang!« Cortes warf Artjom den im Mondlicht schimmernden Schlüsselbund zu. »Aber leg eine Plastikfolie über den Sitz, im Kofferraum findest du eine.«

Die universelle Ausrüstung seines Kompagnons erstaunte Artjom immer wieder aufs Neue.

»Braucht ihr noch lange hier?«

»Glaube ich nicht.« Cortes schlug dem Panopten freundschaftlich auf den breiten Rücken. »Wir handeln einen Preis aus, vergraben die Truhe und machen uns vom Acker.«

»Die Truhe vergrabe ich schon selbst«, brummte Christophan.

»Ich melde mich, wenn ich alles erledigt habe«, rief Artjom.

»Dann bis später«, verabschiedete sich Cortes und wandte sich wieder dem Panopten zu. »Christophan, mehr als fünfundvierzig kann ich dir nicht geben. Ich habe vier Kinder von drei Frauen, für die ich aufkommen muss. Den Schlafenden barmt es, wenn er mein Elend sieht ...«

Artjom seufzte und führte die junge Frau zur Straße.

Moskauer Polizeipräsidium
Moskau, Petrowka-Straße
Freitag, 15. September, 23:33 Uhr

»Morgen früh treffen wir uns mit Pawlow«, teilte Leutnant Waskin mit, während er geschäftig in seinem Notizbuch blätterte. »Er ist Direktor der Firma *Parma Export Plus*.«

»Ich erinnere mich.« Major Kornilow blies eine weitere Wolke blaugrauen Zigarettenqualms in das verrauchte Büro. »Das ist doch der, den Chamberlains Leute vor zwei Monaten erpresst haben?«

»Völlig richtig. Er hat sich endlich entschlossen, mit uns zu kooperieren.«

»Hat er denn überhaupt etwas zu bieten?«, erkundigte sich der Major leidenschaftslos.

Waskin hatte sich daran gewöhnt, dass sein Chef Andrej Kornilow im Berufsalltag stets nüchterne Zurückhaltung an den Tag legte und sich schon gar nicht zu euphorischen Anwandlungen hinreißen ließ. Der kleingewachsene, schmächtige Leiter der Sonderermittlungsgruppe des Moskauer Polizeipräsidiums, dessen Augen stets halb geschlossen waren, machte den Eindruck eines wenn nicht teilnahmslosen, so doch zumindest hochgradig gelangweilten Menschen. Dieser Eindruck war indes trügerisch, denn unter seinem schütteren, farblich undefinierbaren Haarschopf arbeitete ein hellwacher Verstand, dem selbst kleinste Details nicht entgingen.

»Pawlow ist davon überzeugt, dass er uns Edik ans Messer liefern kann.«

Der Major zog die linke Augenbraue hoch. Edik war die rechte Hand von Chamberlain, dem Boss der einflussreichsten kriminellen Gruppierung in Moskau. Es hätte einen großen Erfolg bedeutet, ihn dingfest zu machen.

»Du fährst mit Sergej zu dem Treffen?«

Kapitän Sergej Schustow, ein schwergewichtiger Koloss, war Kornilows Stellvertreter.

»Natürlich ... obwohl, wenn Sie nichts dagegen hätten, würde ich auch allein ...«

»Ich habe aber etwas dagegen.«

Waskin seufzte: »Zu Befehl, Patron. Ich fahre mit Kapitän Schustow.«

»Nach dem Treffen erstattet ihr mir sofort Bericht. Ist das klar, Sergej?«

»Logisch!« Der Kapitän, der an seinem Schreibtisch saß, drehte den Daumen nach oben. »Sobald wir mit ihm gesprochen haben, geben wir dir Bescheid.«

Waskin sah verstohlen auf die Uhr. »Wenn Sie nichts dagegen haben, Patron, würde ich jetzt nach Hause fahren.«

»Wirklich nach Hause?«, erkundigte sich der Major mit einem schelmischen Grinsen.

»Nun ja ...« Der junge Leutnant senkte verlegen den Blick. »In gewissem Sinne schon.«

Waskin war der einzige Junggeselle in der Ermittlungsgruppe und hatte sich damit abgefunden, dass seine Kollegen ihn ständig damit aufzogen.

»Bist du immer noch mit Lusja zusammen?«, fragte Schustow, der sich für das Privatleben seiner Kollegen brennend interessierte und als wandelnde Boulevardzeitung des Präsidiums galt.

»Ja, immer noch.«

»Respekt! Und ihre Eltern sind immer noch auf Zypern?«

»So ist es.«

»Sergej, du sollst Kriminelle verhören und nicht deine Kollegen«, spöttelte Kornilow. »Wladik, dass du mir den Termin mit Pawlow ja nicht verschläfst.«

»Wo denken Sie hin, Patron!«

Als sich die Tür hinter Waskin schloss und Kornilow sich wieder in seine Unterlagen vertiefte, stand Schustow auf, marschierte zum Schreibtisch des Majors und trommelte mit den Fingern auf die Tischplatte.

Kornilow sah auf: »Hm?«

»Ähm, vor unserem jungen Kollegen wollte ich das Thema nicht anschneiden ...«

»Was ist passiert?«

Der beleibte Kapitän setzte sich Kornilow gegenüber und stützte seine mächtigen Ellbogen auf den Tisch.

»Ich habe mich heute mit den Mädels unterhalten. Es braut sich wieder mal ein Super-GAU in der Stadt zusammen.«

Der mitteilsame Schustow pflegte freundschaftliche Beziehungen zu sämtlichen Sekretärinnen des Polizeipräsidiums und besorgte seinem Chef aus diesen wertvollen Quellen stets die neuesten Informationen und Gerüchte.

»Was für ein Super-GAU denn?«

»Sieben Ritualmorde in weniger als drei Tagen.«

»Ein Wahnsinniger?«

»Oder eine ganze Sekte von Wahnsinnigen. Die Morde geschehen in kurzen Abständen und immer an verschiedenen Tatorten.«

Kornilow zog nachdenklich an seiner Zigarette und ließ die Augenlider noch tiefer sinken.

Seine Sonderermittlungsgruppe hatte man vor vier Jahren zur Bekämpfung des organisierten Verbrechens eingerichtet und damit den Grundstein zu einer erstaunlichen Erfolgsgeschichte gelegt; der Major brachte es fertig, sämtliche ihm übertragenen Fälle aufzuklären und einen Großteil der Moskauer Mafiabosse hinter Gitter zu bringen. Er galt wohl nicht zu unrecht als bester Polizist des Landes. Die Journalisten rissen sich um Storys über seine Ermittlungserfolge und hatten einen regelrechten Starrummel um ihn entfacht. Nicht zuletzt aufgrund ihrer überdrehten Berichterstattung hatten die Normalbürger den Eindruck, Kornilow sei unfehlbar. Und leider nicht nur die Normalbürger: Der Bürgermeister drängte immer häufiger darauf, dass die Sonderermittlungsgruppe sich mit besonders spektakulären Fällen befasste, bei denen man in der Öffentlichkeit punkten konnte. Dass diese Fälle häufig gar nicht zu Kornilows Aufgabenbereich gehörten, kümmerte das Stadtoberhaupt herzlich wenig. Vor kurzem hatte man Andrej damit beauftragt, dem sogenannten Vivisektor das Handwerk zu legen, einem blutrünstigen Serienmörder, der Moskau in Angst und Schrecken versetzt hatte. Kornilow stoppte den Killer tatsächlich. Wie – das stand auf einem anderen Blatt. Er erinnerte sich nur ungern an diese Geschichte, und

General Schwedow, der Leiter des Moskauer Polizeipräsidiums, hatte ihm hoch und heilig versprochen, dass die Sonderermittlungsgruppe in Zukunft nicht mehr mit »profilfremden« Fällen beauftragt werde. Doch Andrej war natürlich klar, dass eine Sekte, die Ritualmorde beging, dem General einen ernsthaften Grund liefern würde, dieses Versprechen zu brechen.

»Und das wollen die uns ans Bein binden?«

»Gerüchteweise wird General Schwedow dich morgen früh damit beauftragen, die Morde aufzuklären«, bestätigte Schustow.

Kornilow runzelte die Stirn. »Ist die Presse schon informiert?«

Der Major musste öfters als andere Polizisten im Fernsehen auftreten und er tat dies alles andere als gern.

»Die Journalisten haben erst von einem Fall Wind bekommen und keine Ahnung, was dahintersteckt. Andernfalls wäre in der Stadt auch längst Panik ausgebrochen.«

»Was haben wir in der Hand?«

Sergej legte einen Stapel Unterlagen auf den Schreibtisch. »Ich habe die vorliegenden Akten kopiert, weil ich mir schon gedacht habe, dass dich das interessieren wird.«

»Gibt es irgendeine Verbindung zwischen den Opfern?«

»Das wird noch geprüft, aber augenscheinlich nicht.«

»Wer war das erste Opfer?«

»Ein gewisser Sewastjanow.« Schustow las aus der

Akte vor: »Sewastjanow Iwan Wladimirowitsch, geboren neunzehnhundertachtundsechzig, Elektronikingenieur bei der Firma *Beeline*, gefunden um 23:28 Uhr von einer Polizeistreife auf einem unbebauten Grundstück in der Nähe der Metro-Station *Babuschkinskaja*.«

»Was hatte er denn dort verloren?«

»Er hat dort gewohnt.« Schustow las weiter: »Körper in Rückenlage ... nackt ... die Kleidung neben dem Opfer, zerschnitten ... die linke Hand mit einer scharfen Klinge abgetrennt ... Stichwunde in der Brust, verursacht vermutlich durch ... auf der Stirn ein Brandmal in Gestalt ...«

»Zweiunddreißig Jahre alt.« Kornilow sah Schustow nachdenklich an. »Ein Mann im besten Alter.«

»Ich habe mich schon informiert – in jungen Jahren war Sewastjanow ein hervorragender Judo-Kämpfer, neunzehnhundertsechsundachtzig Moskauer Stadtmeister und Vierter der russischen Meisterschaften, dann hat er sich bei einem Autounfall eine schwerere Verletzung zugezogen und musste seine Karriere beenden. Aber er hat sich weiterhin in Form gehalten und in einem Amateurclub trainiert.«

»Also ein durchaus wehrhafter Mensch.«

»Ja. Judo ist zwar nicht Boxen, aber ein ehemaliger Judoka hätte wenigstens versucht, zu fliehen. Trotzdem wurden an dem Leichnam keine Verletzungen festgestellt, die auf einen Kampf hindeuten, und auch sonst fand man am Tatort keinerlei Kampfspuren.«

»Vielleicht hat man ihn mit Betäubungsmitteln vollgepumpt.«

»Bei der Obduktion wurde nichts dergleichen festgestellt.«

»Das ist wirklich ungewöhnlich.« Kornilow leerte den Aschenbecher im Papierkorb aus und zündete sich eine neue Zigarette an. »Ein erwachsener, kräftiger Mann lässt sich ohne jeden Widerstand von einem Wahnsinnigen abschlachten. Findest du das nicht erstaunlich?«

»Absolut«, räumte Schustow ein. »Aber noch viel erstaunlicher finde ich den dritten Fall.«

Kornilow nahm sich die Akte und blätterte einige Seiten um. »Du meinst den Mord an Tatarkina?«

»Genau. Und über diesen Fall wurde auch in der Presse berichtet.«

»Ich habe davon gehört, ja.« Nun las Kornilow in der Akte: »Tatarkina Maria Nikiforowna, achtundzwanzig Jahre alt, ermordet aufgefunden im Restaurant *Zarskaja Ochota* ...« Der Major stutzte. »Mitten im Restaurant?«

Maria Tatarkina war eine bekannte Moskauer Geschäftsfrau, der ein großes Reiseunternehmen und ein modernes Fitnesscenter gehörten. Ein umtriebiger Lebensstil, prominente Bekanntschaften, spektakuläre Wohltätigkeitsaktionen und ihre Omnipräsenz in den Boulevardmedien machten die attraktive junge Frau zu einer schillernden und populären Persönlichkeit in der Stadt. Ihr plötzlicher und rätselhafter Tod sorgte deshalb für einiges Aufsehen in der Öffentlichkeit.

»Wie ist das passiert?«, fragte Kornilow.

»Tatarkina wurde ständig von einem Leibwächter begleitet. An jenem Tag fuhren sie zu einem Geschäftsessen ins Restaurant *Zarskaja Ochota*. Der Leibwächter blieb im großen Speisesaal, und Tatarkina begab sich in einen separaten Gastraum, wo sie der mutmaßliche Geschäftspartner erwartete. Die Speisen wurden vorab aufgetragen und das Restaurantpersonal strikt angewiesen, während der Verhandlungen nicht zu stören. Das war's. Nach einer Stunde betrat der Leibwächter den Raum und fand seine Klientin tot auf dem Boden liegend: nackt, mit einer Stichwunde in der Brust, einem Brandmal auf der Stirn und abgehackter linker Hand. In der Zwischenzeit hatte den Raum niemand betreten und niemand hatte ihn verlassen.«

»Und wer hatte den Tisch bestellt?«

»Der Typ hat sich nicht vorgestellt. Genauer gesagt, er hat sich natürlich vorgestellt, doch niemand kann sich erinnern, wie. Außerdem haben die Kellner, die Garderobenfrau, der Portier und der Leibwächter den Mann, mit dem Tatarkina sich getroffen hat, völlig unterschiedlich beschrieben.«

»Sie haben verschiedene Leute gesehen?«, wunderte sich der Major.

»Keine Ahnung.« Schustow breitete die Arme aus.

»Und mit wem hatte sie die Verabredung?«

»Weiß ich nicht. In Tatarkinas Organizer fanden sich diesbezüglich keinerlei Eintragungen. Ihre Sekretärin hat auch keine Ahnung.«

»Verstehe.« Kornilow klappte die Akte zu. »Was denkst du darüber?«

Schustow dachte kurz nach. »Ehrlich?«

»Ehrlich.«

»Weißt du, Andrej, mir ist ja bis heute nicht klar, wie wir es geschafft haben, den Vivisektor-Fall aufzuklären«, sagte der Kapitän und sah Kornilow dabei unverwandt an. »Aber ich kann mir vorstellen, dass wir nicht nochmal so viel Glück haben werden.«

»Das war kein Glück. Wir haben ihn einfach erwischt.«

»Wir haben Juschlakow erwischt.«

»Das spielt keine Rolle. Der Vivisektor ist verschwunden und der Fotograf ...« – Kornilows Stimme wurde eisig – »... der Fotograf hat sich sein Lebenslänglich redlich verdient.«

»Ich weiß.« Schustow stand auf und streckte sich. »Trotzdem hatte ich den Eindruck, dass du nach dem Vivisektor-Fall irgendwie seltsam drauf warst.«

»Unsinn. Wir waren einfach nur ein wenig überarbeitet.«

»Hoffentlich.«

»Du hast meine Frage nicht beantwortet.«

»Lass uns den Fall lösen«, schlug der Kapitän vor. »Wir werden uns schon nicht das Genick dabei brechen.«

»Ich hatte gehofft, dass du das so siehst.«

»Stets zu Diensten.« Schustow streckte sich abermals. »Gehst du nach Hause?«

»In zwanzig Minuten.«

»Dann bis morgen.«

Der Kapitän verließ das Büro. Kornilow öffnete eine E-Mail, die er heute bekommen hatte, und las sie mit größter Aufmerksamkeit ein zweites Mal durch:

Mein lieber Freund Andrew!
Ich habe hier einen kleinen Problemfall, der wie gemacht ist für deinen umtriebigen Verstand. Vielleicht hast du ja einen guten Tipp für den alten Onkel Lloyd.
Vor drei Tagen wurde in einem italienischen Restaurant an der Wall Street die Leiche des Brokers Robert Douglas-Hume gefunden – ein Weißer, sechsunddreißig Jahre alt, sechs Fuß und drei Zoll groß. Der Mann kam so gegen Mittag in das Lokal, das einem gewissen Concini gehört, und bestellte sich Kaffee. Wenige Minuten später gesellte sich ein Mann zu ihm, den im Nachhinein keiner der Zeugen vernünftig beschreiben konnte. Worüber die beiden gesprochen haben, wissen wir nicht. Um zwanzig Minuten vor eins fand man Mr. Douglas-Hume neben dem Tisch leblos auf dem Boden. Er war völlig unbekleidet, hatte ein Brandmal auf der Stirn, eine Stichwunde in der Brust und seine linke Hand war abgehackt. Das New Yorker Polizeipräsidium steht vor einem Rätsel.
Eine schräge Geschichte, nicht wahr? Falls dir irgendetwas dazu einfällt, lass es mich wissen.

Mit besten Grüßen
Lloyd

P.S. Wir sehen uns doch hoffentlich auf der internationalen Polizeikonferenz in Brüssel?

Lloyd O'Hara war Leutnant bei der New Yorker Polizei. Kornilow hatte ihn vor drei Jahren auf einer Konferenz in Stockholm kennengelernt und tauschte sich seither regelmäßig mit ihm aus. Seine E-Mail-Nachricht hatte er am Morgen erhalten.

Der Wahnsinnige hatte demzufolge in New York einen Mord begangen und war dann nach Moskau gereist, um sein todbringendes Werk dort fortzusetzen. Und dies mit einer erstaunlichen Geschwindigkeit: In New York gab es nur das eine Opfer, in Russland bereits sieben. Ein völlig untypisches Verhalten für einen Irren.

Andrej dachte nach. Dann loggte er sich auf der internationalen Polizeiwebsite ein und suchte nach Mordfällen mit vergleichbaren Details.

Zuletzt verfasste er eine entsprechende Anfrage an seine Kollegen auf der ganzen Welt.

Villensiedlung Zarenwinkel
Moskauer Umland
Freitag, 15. September, 23:34 Uhr

Einstmals gab es hier ein feudales Jagdgut. Im Herbst kam der adelige Herr aus Sankt Petersburg, der Gutshof füllte sich mit Leben, und durch die angrenzenden Wälder schallte Hundegebell. Die Herrschaften hatten es nicht so mit Gewehren, sie gaben ihren pfeilschnellen Barsoi-Hunden den Vorzug. Die Adeligen wurden dann von den roten Kommissaren abgelöst. Die schossen gern und viel, weshalb sie eines Tages mitsamt dem Gutshof, den sie sich unter den Nagel gerissen hatten, verbrannt wurden.

»Den Kommunistenschweinen haben wir ein hübsches Feuer unter dem Hintern gemacht«, pflegten die alten Männer zu sagen, wenn sie vor ihren Häusern zusammensaßen, sich den Bart kratzten und daran zurückdachten.

Aber nur die alten Männer. Die Jüngeren und besonders die Frauen sprachen nicht gern über jene Gräueltat. Obwohl man sich darin einig war, dass es um die Kommissare nicht schade war, hatte der brutale Akt der Selbstjustiz bei den Landleuten doch ein gewisses Unbehagen hinterlassen. Vielleicht tat es ihnen auch einfach nur leid um das Jagdgut, das sie hatten niederbrennen müssen, weil niemand sich an dem roten Gesindel die Hände schmutzig machen wollte.

Danach verharrte das Anwesen für lange Zeit im Zustand des Verfalls. Es kamen natürlich neue Herrschaften, um der waidmännischen Leidenschaft zu frönen, doch entweder hatten sie kein Jagdglück, oder die Erinnerung an das Schicksal ihrer Vorgänger war noch zu frisch, jedenfalls blieben sie nicht lang.

Erst vor kurzem wurde der hübsche Flecken Land wiederentdeckt. An der Stelle, wo sich früher der Gutshof befand, errichtete man eine exklusive Siedlung mit acht Villen und verband sie durch eine asphaltierte Straße mit der Zivilisation. Schon bald rollten zahlreiche Nobelkarossen über die neue Trasse, und in der Siedlung wurde es lebendig.

Und dennoch, von Zeit zu Zeit legte sich der Schatten jener verheerenden Feuersbrunst über die luxuriösen Behausungen und dann schüttelten die Alteingesessenen den Kopf und murmelten: »Ein verfluchter Ort.«

Bogdan stellte seinen Lincoln etwa fünfhundert Meter vor der Schranke ab. Die Straße beschrieb hier eine Kurve, so dass die Wachmänner der Siedlung *Zarenwinkel* seinen Wagen an dieser Stelle nicht sehen konnten. Andernfalls hätten sie sich gewiss gefragt, was der fremde Schlitten in unmittelbarer Nähe der streng bewachten Villen verloren hat.

Bogdan wusste genau, wo er hinmusste. Schon vor drei Wochen hatte er das entsprechende Haus ausgekundschaftet und sich vor drei Stunden nochmals davon überzeugt, dass sich an den Örtlichkeiten seither nichts Wesentliches verändert hatte. Ohne Eile hängte er am Rückspiegel ein kleines Amulett auf, das ihm als Zielmarke dienen sollte, um später wieder zu seinem Wagen zu gelangen. Danach zog er eine *Schleuse* aus der Tasche, ein kleines Artefakt, das dazu diente, ein flexibles Portal aufzubauen. Die Zielmarke für die Ausrichtung dieses Portals hatte er bereits vor drei Wochen an entsprechender Stelle platziert. Im Prinzip hätte er auch einfach so in die Siedlung hineinmarschieren und das Wachpersonal mit einem Trugbild täuschen können. Doch das hätte ihn Energie gekostet, und im Vorfeld des Arkans schien es ihm ratsam, mit seinen Kräften hauszuhalten. Die *Schleuse* hatte er ziemlich preisgünstig in einem Artefaktladen erstanden.

Der grün fluoreszierende Sekundenzeiger der Uhr am Armaturenbrett vollendete einen Umlauf. Bogdan seufzte. Eine der lästigsten Bedingungen bei der Realisierung des *Traumarkans* bestand darin, dass das Opfer sich den Ring mit dem schwarzen Brillanten eigenhändig und freiwillig überstreifen musste. Aus diesem Grund war er gezwungen, ständig irgendwelche idiotischen Geschichten für die Humos zu erfinden, und machte sich ernsthaft Sorgen, dass ihm früher oder später die Ideen ausgehen könnten.

Der Sekundenzeiger vollendete einen weiteren Umlauf. Nun war es soweit. Bogdan stieg aus, presste die *Schleuse* in seiner Faust zusammen, murmelte einen Zauberspruch und trat entschlossen in das Portal, das sich in Form eines Wirbels neben seinem Lincoln auftat.

KAPITEL DREI

Moskau, Bolschaja-Tulskaja-Straße
Samstag, 16. September, 00:21 Uhr

Der Land Cruiser brauste über die nächtlichen Moskauer Straßen in Richtung Zarizyno. Artjom hatte sich inzwischen daran gewöhnt, den schweren Jeep zu fahren, und ging auch in den Kurven nicht vom Gas. Der Straßenbelag ließ es zu, und die Verkehrspolizei gab sich in letzter Zeit erstaunlich liberal: Zwischen Mitternacht und drei Uhr morgens drückte sie gegenüber Rasern sämtliche Augen zu.

Artjom genoss das Autofahren bei Nacht. Sobald die breiigen Blechlawinen des Tages versiegten, schienen die Magistralen noch breiter als sonst und luden förmlich zum Schnellfahren ein. Artjom konnte dieser Versuchung nicht widerstehen und jagte den Jeep im Höchsttempo durch die Häuserschluchten. Im schummrigen Licht der Straßenbeleuchtung wirkten vertraute Gebäude fremd und irreal. Nachts zeigte die Stadt ihr zweites Gesicht und hinter den Fassaden der modernen Metropole erkannte der Eingeweihte die Verborgene Stadt, jene archaische Bastion von Zauberei und Magie, die bereits Jahrtausende vor der Geburt der menschlichen

Zivilisation errichtet worden war. Doch die Verborgene Stadt wusste sich zu tarnen, und die Moskauer ahnten nichts von jener Schattenwelt, die sich mitten in der Hauptstadt verbarg.

Artjom warf einen Blick auf die junge Frau, die er gerettet hatte. Sie war sehr jung, vielleicht Anfang zwanzig, saß zusammengekauert auf dem Beifahrersitz und starrte auf ihre nackten Knie – ziemlich hübsche Knie übrigens, wie der Söldner befand.

»Wie fühlst du dich?«

»Geht schon«, erwiderte die junge Frau einsilbig, ohne den Kopf zu heben.

Kein Wunder, dass sie nicht gesprächig ist, dachte Artjom. Sie muss sich erst einmal beruhigen nach dem Schock. Dem Söldner fiel ein, dass auch seine Abenteuer mit einer solchen Fahrt durch die nächtliche Stadt begonnen hatten. Zwar nicht in einem riesigen Jeep, sondern in einem gebrauchten Golf, doch das waren dann schon Details. Jene Fahrt hatte sein ganzes Leben auf den Kopf gestellt. Ob diese Fahrt auch das Leben der jungen Frau verändern würde?

Artjom rieb sich die linke Schulter. Die schwarze Tätowierung prickelte ein wenig. Sicher reagierte sie auf den Kopf des Wandelwesens, der auf dem Rücksitz lag.

»Hast du mal Feuer?«, fragte die junge Frau. Sie nahm eine weiße Packung Davidoff Slims aus ihrem Rucksack und zog eine der dünnen Zigaretten heraus.

In der Verborgenen Stadt wurde nicht geraucht, und auch Artjom hatte diesem Laster vor geraumer Zeit entsagt.

»Ich rauche nicht.«

»Gibt's denn hier keinen Zigarettenanzünder?«

»Das Auto gehört mir nicht, und der Besitzer erlaubt nicht, dass man hier drinnen raucht. Tut mir leid.«

»Ist er ein Sportler?«

»Amateursportler.«

»Verstehe.«

Die junge Frau warf die Zigarette aus dem Fenster und nahm eine bequemere, weniger verkrampfte Sitzposition ein, so dass Artjom mehr von ihr zu sehen bekam: schlanke Figur, schöne Beine, blond gefärbtes, schulterlanges Haar, volle Lippen, kleine Nase mit leicht nach oben gebogener Spitze, ziemlich große Augen. Ob man sie hübsch fand oder nicht, war Geschmackssache, jedenfalls sah sie ganz passabel aus. Offenbar hatte sie Sport getrieben, bevor sie der Morjane in die Arme gelaufen war: Sie trug ein enges Top und ebensolche Shorts, dazu eine schwarze Perlenkette – vermutlich billiger Modeschmuck.

Durch das geöffnete Fenster strömte kühle Luft in den Innenraum, und Artjom schaltete die Heizung auf niedrigster Stufe ein.

»Wohin fahren wir?«

»Ich muss noch eine Kleinigkeit erledigen, dann bringe ich dich nach Hause.«

»Bist du immer so nett?«

»Nur in außergewöhnlichen Situationen.«

Tatsächlich hätte Artjom die junge Frau am liebsten an der nächsten Kreuzung aussteigen lassen, um nach dem Abstecher zu den Erli-Mönchen gleich nach Hause fahren zu können. Er hatte einen anstrengenden Abend hinter sich und war todmüde. Andererseits konnte er die verschreckte junge Frau nicht mitten in der Nacht auf die Straße setzen. So etwas gehörte sich einfach nicht.

»Wo wohnst du?«

»In der Jablotschkow-Straße.«

Das fehlte noch! Am anderen Ende der Stadt. Sollte er sie nicht doch aussteigen lassen?

»Vielen Dank übrigens«, sagte die junge Frau beiläufig. »Du hast mir echt den Hals gerettet vorhin.«

»Keine Ursache.« Also sei's drum, beschloss der Söldner, ich bringe sie nach Hause. »Wie heißt du?«

»Olga.«

»Ich heiße Artjom.«

»Ich weiß.«

»Woher?«

Die junge Frau seufzte: »Wir haben uns schon mal getroffen.«

»Was du nicht sagst.«

Artjom musste gerade an einer Ampel halten und nutzte die Gelegenheit, Olga näher zu betrachten. Diese weichen Lippen und das rundliche Gesicht ... Das musste vier oder fünf Jahre her sein. Genau: vor fünf Jahren. Es war auf einer Party gewesen, wo er kaum jemanden kannte. Dort hatte er das Mädchen – damals noch ein Teenager – kennengelernt. Er konnte sich sogar noch an das helle, hauchdünne Kleid erinnern, das sie damals getragen hatte. Und an ihre leuchtenden blauen Augen. Sie saßen damals nach der Party in einer Grünanlage auf einer Bank, und der berauschende Duft ihres Haars brachte ihn halb um den Verstand. Artjom hatte schon in vielen Grünanlagen auf vielen Bänken gesessen und so manche heiße Nacht erlebt, die er dann hinterher rasch wieder vergaß. Doch jene Nacht mit Olga hatte etwas Besonderes gehabt und war in seinem Gedächtnis haften geblieben. Und jetzt stieg auch wieder dieser betörende Duft in seine Nase.

»Du hattest dunkles Haar damals«, sagte er ein wenig verlegen.

»Und du hattest damals auch noch Haare.«

Artjom strich sich über seinen extrem kurzen Igelschnitt. »Wie das Leben so spielt. Man muss sich eben von vielen Dingen trennen.«

»Und vieles vergessen?«

»Nicht alles.«

»Das hoffe ich doch.« Olga griff erneut nach der Zigarettenschachtel, doch dann fiel ihr wieder ein, dass sie im Auto nicht rauchen durfte. »Wohin fahren wir?«

»Zu Freunden.«

»Wenn du noch was vorhast, kannst du mich auch irgendwo rauslassen. Ich komme schon irgendwie heim.«

»Ich bringe dich lieber nach Hause. Nachts treibt sich alles mögliche Gesindel in der Stadt herum.«

Der wird sich doch nicht »auf einen Kaffee« einladen?, dachte Olga. Andererseits – warum nicht? Nach all der Aufregung verspürte sie das Bedürfnis, sich an eine starke Schulter anzulehnen.

»Und wo wohnen deine Freunde?«

»In Zarizyno«, erwiderte Artjom und fügte etwas zögerlich hinzu: »Sie sind ein bisschen merkwürdig. Denk dir nichts dabei.«

»Versprochen.«

Olga hatte sich inzwischen vollends beruhigt. Sogar das Gefühl, verfolgt zu werden, von dem sie Galja erzählt hatte, war mit einem Mal verflogen. Neben Artjom fühlte sie sich absolut sicher. Seine Geschichte mit dem Reh war allerdings völliger Humbug, da genügte schon ein Blick auf seine blutverschmierte Hose. Olga hatte keine Lust, sich für dumm verkaufen zu lassen.

»Wer war das, der hinter mir her war?«

Diese Frage musste früher oder später kommen, und der Söldner hatte sich schon eine Antwort zurechtgelegt.

»Ein Irrer.«

»Das kann ich mir nicht vorstellen«, entgegnete die junge Frau entschieden. »Ich habe gesehen, dass ...«

»Wir sind da«, unterbrach sie Artjom. Der Jeep bog in eine unbeleuchtete Straße ein, die sich durch den Zarizyno-Park schlängelte. »Pass auf, Olga: Ich regle jetzt zuerst meine Angelegenheiten, und dann können wir über alles reden, okay?«

»Okay«, nickte Olga. »Sag mir vorher nur eins: Hast du ihn umgebracht?«

»Ja.«

»Und?«

»Nichts und. Wir haben doch ausgemacht, dass wir nachher über alles reden.«

»Du hast dich verändert«, sagte Olga leise und wandte sich ab.

Villensiedlung Zarenwinkel
Moskauer Umland
Samstag, 16. September, 00:26 Uhr

Wachtang Rioni erwachte mitten in der Nacht.

Der Mann hatte einen gesunden Schlaf und pflegte nicht an Albträumen zu leiden. Die Albträume hatten andere wegen ihm. Wachtang öffnete die Augen und starrte an die Decke. Er war einfach aufgewacht. Warum?

Rioni horchte. Im Schlafzimmer war es still. Nur rechts von sich hörte er den ruhigen Atem der Frau, die auf der anderen Seite seiner Spielwiese lag. Eleonora war ein naives junges Ding. Sie hoffte, dass Wachtang ins Showbusiness investieren und eine berühmte Sängerin aus ihr machen würde. Die Reize der jungen Frau, die rücklings auf der Matratze lag, wurden von der dünnen Seidenzudecke nur spärlich verhüllt. Lüstern betrachtete Wachtang den jungen, warmen Körper und schnalzte zufrieden mit der Zunge.

Wie sie so dalag – zum Anbeißen! Wachtang spürte, wie das Verlangen in ihm erwachte. Vermutlich hatte ihn die Lust aus dem Schlaf gerissen. Der Gedanke gefiel Rioni, und er streichelte genüsslich über Eleonoras weichen Oberschenkel.

»Ähm ... Verzeihung, könnten wir uns vorher noch kurz unterhalten?«

Wachtang war wie vom Donner gerührt. Er setzte sich mit einem Ruck auf und starrte den Mann, der in einem Stuhl vor dem Bett lümmelte, entgeistert an.

»Wer bist du?«

»Ich muss mit dir reden, Wachtang.«

Die Frau schlief seelenruhig weiter, obwohl der Ankömmling ihn ziemlich laut angesprochen hatte. Auch die Wachmänner, denen normalerweise kein Geräusch im Schlafzimmer entging, machten keine Anstalten, nachzusehen. Hatte der Fremdling sie womöglich allesamt außer Gefecht gesetzt? Wachtang stand wortlos auf, warf sich seinen seidenen Morgenmantel über, verknotete den Gürtel über seinem mächtigen Bauch, setzte sich auf die Bettkante und sah den Fremdling feindselig an.

»Was willst du?«

»Mein Name ist Bogdan.«

Rioni kochte innerlich vor Wut über das dreiste Benehmen des Ankömmlings. Ins Schlafzimmer drang kaum Licht, und er konnte ihn nur schemenhaft sehen. Doch die Stimme des Fremden war fest und aus seinen ruhigen Augen sprach keinerlei Anspannung oder Nervosität. Die Leibwächter vor der Tür schienen ihn überhaupt nicht zu kümmern. Oder schlief das nichtsnutzige Pack?

»Wer hat dich geschickt?«, erkundigte sich Wachtang heiser und griff nach dem Wasserglas auf dem Nachtkästchen. »Ich mache mal das Licht an, wenn du nichts dagegen hast.«

»Niemand hat mich geschickt, ich bin aus eigenem Antrieb gekommen«, antwortete der ungebetene Gast. »Das Licht kannst du ruhig anmachen. Es stört mich nicht.«

Es stört ihn nicht! Spinnt der, oder was?

Rioni trank einen Schluck Wasser, stellte das Glas zurück und betätigte den Schalter. Das weiche Licht eines Wandleuchters erhellte den Raum.

»Was willst du?«

»Ein Stück Brot.«

»Was?« Wachtang traute seinen Ohren nicht. »Bist du behindert? Ein Irrer?«

Nun konnte er seinen Gast deutlich sehen: Ein Mann von schätzungsweise fünfunddreißig Jahren, groß, breitschultrig, mit einem albernen Kinnbart, ziemlich langen, roten Haaren und harten Gesichtszügen.

»Nein, Wachtang. Ich bin kein Irrer.« Bogdan erhob sich vom Stuhl und schlenderte lässig durchs Zimmer. Dabei warf er einen desinteressierten Seitenblick auf die kaum verhüllte Eleonora. »Ich bin gekommen, weil ich Arbeit suche.«

»Was redest du da für einen Müll?!«

»Müll?«, echote der Rothaarige gedehnt und angewidert, so als sei dieses Wort unter seiner Würde. »Ich habe fünfzehn Jahre für den Geheimdienst gearbeitet. Achte Abteilung, wir waren direkt der Direktion unterstellt.« Bogdan machte eine Pause. »Schon mal was von psychophysischen Waffen gehört?«

»Versteht sich«, erwiderte Wachtang mechanisch und hob unschlüssig die Schultern.

Der Begriff »psychophysische Waffen« sagte ihm wenig bis nichts. Er erinnerte sich dunkel an einen Artikel über Psychokampfstoffe, den ihm Sofotschka – oder war es Swetotschka? – einmal vorgelesen hatte. Irgendetwas in der Richtung war wohl gemeint. Uninteressant. Er musste diesem Trottel irgendwie klarmachen, dass er seine Zeit nicht mit leerem Blabla über die Umtriebe des KGB verschwenden konnte.

Bogdan schaute ihn erwartungsvoll an, und Rioni hüstelte.

»Was gehen mich psychophysische Waffen an. Ich mache Geld, kapiert, dafür brauche ich keine Bücher zu lesen. Wie viel verdienst du?«

»Gut, dass du selbst darauf zu sprechen kommst, Wachtang«, erwiderte der Rothaarige grinsend. »Aber bevor wir über die Bezahlung reden, erkläre ich dir, was ich zu bieten habe.« Bogdan atmete durch und starrte sinnierend an die Decke. »Weißt du, Wachtang, die Gehirnfunktion eines Hum... ähm ... eines Menschen spielt sich auf einer ganz bestimmten Wellenlänge ab. Allen Gefühlen, Empfindungen und vor allem Gedanken liegen – vereinfacht gesagt – ganz gewöhnliche physiologische Prozesse zugrunde, die nach bestimmten Gesetzmäßigkeiten ablaufen. Diese Prozesse lassen sich beeinflussen und kontrollieren.«

»Du sprichst von Gedankenlesen?«

Der Rothaarige schüttelte herablassend den Kopf.

»Gedankenlesen – das ist Kinderkram. Viel interessanter ist es, das Denken und Fühlen zu manipulieren. Auf diese Weise kannst du jemanden dazu bringen, etwas wahrzunehmen, was nicht existiert, oder an etwas zu glauben, das es in Wirklichkeit nicht gibt. Du kannst eine Zielperson so beeinflussen, dass sie sich vor jedem harmlosen Schatten fürchtet oder, umgekehrt, völlig furchtlos in den sicheren Tod geht. Deine Leibwächter schlafen nicht, Wachtang. Ich habe ihren primitiven Gehirnen lediglich den Gedanken eingeimpft, dass es im Schlafzimmer völlig still ist. Sie hören uns nicht. Wir könnten den Fernseher einschalten, herumschreien oder die Möbel zertrümmern – sie würden trotzdem glauben, dass hier alles ruhig sei.«

»Und deswegen bist du nachts gekommen, um mir das zu zeigen?«

»Genau«, bestätigte Bogdan. »Ein guter Trick, oder nicht?«

»Durchaus.« Rioni setzte sich bequemer aufs Bett. »Für einen Killer eine sehr praktische Fähigkeit.«

»Das auch.«

»Hast du schon mal jemanden umgebracht?«

»Ja.«

»Belastet dich das nicht?«

»Nein.«

»Was willst du?«

»Mit dir zusammenarbeiten.« Bogdan legte die Stirn in Falten. »Vom Geheimdienst kann man sich nicht einfach so absetzen. Die werden mich suchen. Mit deiner Hilfe könnte ich diesen Nachstellungen entgehen und mir eine neue Identität zulegen. Du kannst mir glauben, dass sich das für dich lohnen wird.«

»Warum hast du den Job beim Geheimdienst hingeschmissen?«

»Aus finanziellen Gründen.« Der Rothaarige zuckte mit den Achseln. »Was haben die mir schon zu bieten? Eine Wohnung, ein Auto mit Fahrer und eine mickrige Rente. Das ist mir zu wenig.«

»Du bist gierig, nicht wahr?«

»Ich habe meine ganze Jugend in geheimen Forschungslabors verbracht. Dafür erwarte ich eine Gegenleistung.«

»Verstehe.« Rioni hatte sich endlich gefangen und griff mechanisch nach seinen Zigaretten.

»Ich würde dich bitten, nicht zu rauchen«, sagte Bogdan mit Nachdruck. »Ich kann Zigarettenrauch nicht ausstehen.«

»Seit wann sind Geheimdienstler so empfindlich?«

Wachtangs Griff nach den Zigaretten ging ins Leere. Dabei war er sich absolut sicher, dass er am Abend eine Packung Marlboro aufs Nachtkästchen gelegt hatte. Er sah in der Schublade nach und suchte dann am Boden. Die Zigaretten waren verschwunden.

»Du hast sie weggenommen, nicht wahr?«

»Wachtang«, seufzte Bogdan. »Die Packung liegt auf dem Nachtkästchen. Du kannst sie nur nicht sehen.«

Rioni machte ein misstrauisches Gesicht und tastete hektisch das Nachtkästchen ab.

»Das glaube ich nicht.«

»Jetzt liegt die Packung neben deinem rechten Fuß«, teilte der Rothaarige geschäftsmäßig mit. »Überzeuge dich selbst.«

Wachtang sah zu Boden und tatsächlich: Die Packung Marlboro lag neben seinem rechten Fuß. Sekundenlang starrte er konsterniert auf die rote Schachtel, dann streckte er die Hand danach aus. Doch die Zigaretten verschwanden abermals, und seine Hand griff in den weichen Teppichflor.

»Wo ist sie?«

»Du kannst sie weder sehen noch spüren. Eine perfekte Sinnestäuschung.«

Wachtang richtete sich auf und sah dem Rothaarigen in seine undurchdringlichen braunen Augen.

»Wie machst du das?«

Bogdan zog ein flaches Gerät mit einigen Tasten aus der Tasche.

»Ein Signalverstärker. Damit manipuliere ich deine Wahrnehmung nach Belieben.« Das Gerät hing an einem dünnen Kabel, das irgendwo unter dem Hemd des Rothaarigen verschwand. »Meine persönliche Erfindung.«

»Dann bist du womöglich gar nicht hier?«

»Wer weiß.«

»Wahnsinn!« Wachtangs Augen begannen zu leuchten. »Keine Sorge, Mann, du wirst dein Stück Brot bekommen.«

Die Möglichkeiten, die das Gerät eröffnete, schienen geradezu fantastisch. Als Erstes würde er Chamberlain den Gedanken einimpfen, dass es an der Zeit sei, sich zur Ruhe zu setzen und die Kontrolle über Moskau seinem alten, treuen Freund Wachtang Rioni zu überlassen. So wie es aussah, war der rothaarige Trottel bereit, für Geld alles zu tun. Später würde er ihn dann diskret beseitigen ...

Bogdan steckte das Gerät in seine Tasche zurück und hielt plötzlich einen goldenen Ring mit einem schwarzen Brillanten in der Hand.

»Stecke ihn an deinem linken kleinen Finger an.«

»Wozu?«

»Das ist ein Signalhemmer. Sobald der Ring an deinem Finger sitzt, kannst du deine Schachtel Marlboro wieder sehen. Wie im Märchen.« Der Rothaarige warf Wachtang den Ring zu. »Probier's aus.«

Rioni drehte das Kleinod skeptisch in der Hand hin und her. »Ein gewöhnlicher Ring.«

»Und wie sollte deiner Meinung nach so ein Psychogerät aussehen? Knallrot und mit der Aufschrift ›Vorsicht, psychophysische Waffe‹?«

»Auch wieder wahr«, gab Wachtang zu und streifte sich den Ring über den Finger.

Zunächst geschah gar nichts, und die Zigaretten blieben verschwunden, doch dann verlor Rioni plötzlich den Boden unter den Füßen. Eine unsichtbare Hand packte ihn am Kragen und zog ihn heftig nach oben. Er legte die Hände über den Kopf und kniff die Augen zusammen, da er erwartete, im nächsten Moment gegen die Zimmerdecke zu prallen. Doch nichts dergleichen geschah. Nach wenigen Sekunden ging der Spuk vorüber, und Wachtang fand sich auf allen vieren wieder. Allerdings nicht auf seinem weichen Schlafzimmerteppich, sondern auf einem harten Steinboden.

»Was ist denn jetzt los?«

»Ich habe noch mehr Tricks auf Lager«, teilte Bogdan mit, dessen Stimme von irgendwo weiter unten kam.

Rioni sprang auf und sah sich um: meine Fresse! Das gibt's doch nicht: die Sperlingsberge! In der Dunkelheit erkannte Wachtang das in den Himmel ragende Universitätsgebäude, die hell erleuchtete Brücke und die

Schüssel des Lushniki-Stadions. Zu seinen Füßen funkelte das Lichtermeer der Metropole.

»Ist das auch eine Sinnestäuschung?«, fragte Rioni kopfschüttelnd.

Bogdan antwortete nicht.

»In Wirklichkeit bin ich in meinem Schlafzimmer, nicht wahr? Voll krass. Du kannst davon ausgehen, dass du schon für mich arbeitest.«

Wachtang versuchte, einen Schritt nach vorn zu machen, doch eine unsichtbare Kraft hinderte ihn daran. Das Plateau, auf dem er sich befand, bestand aus schwarzen Steinplatten und wies ein spiralförmiges Muster auf, das sich aus bizarren Schriftzeichen zusammensetzte.

»Was ist das hier?«

»Der Thron der Kraft.«

»Und der hat mich tatsächlich hierher verfrachtet?«

»Natürlich.«

Wachtang schnalzte begeistert mit der Zunge.

»Und solche Dinge hat der Geheimdienst im Kreuz?«

»Nein. Hat er nicht.«

Der Ring an Rionis Finger drückte auf einmal, und der Brillant begann besorgniserregend heftig zu funkeln.

»Hör mal, was geht hier eigentlich vor?«

Das Brandeisen glühte bereits in der kleinen Kohlenschale. Daneben harrten die übrigen Utensilien ihrer Bestimmung: ein Glaskolben mit einer durchsichtigen Flüssigkeit – der Katalysator, mit dem das Blut des Opfers auf die Tauglichkeit für das *Traumarkan* überprüft wurde, außerdem der gehörnte Helm und der Dolch mit der geraden Klinge. Ohne Eile legte Bogdan seinen bordeauxroten Mantel an und schnallte den Gürtel um. Dann – als wäre ihm plötzlich noch etwas Wichtiges eingefallen – zog er einen Player aus der Tasche und warf ihn auf den Boden. Den Humos konnte man wirklich jeden Bären aufbinden. Achtlos zertrat er das billige Plastikgehäuse und griff nach seinem Helm.

»Warum sagst du denn nichts mehr?«, fragte Wachtang und in seiner Stimme lag ein Anflug von Besorgnis.

Moskauer Eremitage, Kloster der Erli
Moskau, Zarizyno-Park
Samstag, 16. September, 00:38 Uhr

Die Moskauer Eremitage, das Hauptquartier der Erli-Mönche, lag in völliger Stille, und das massive Eingangstor war verschlossen. Artjom parkte den Jeep auf einem kleinen, asphaltierten Vorplatz und nickte der jungen Frau zu.

»Warte hier auf mich.«

»Wo sind wir?«, fragte sie überrascht.

Olga hätte sich als Ziel der Fahrt alles Mögliche vorstellen können: ein Restaurant, eine Kriminellenkneipe, die FSB-Zentrale oder eine konspirative Wohnung, aber nicht dieses alte Gemäuer.

»Das ist ein Kloster.«

»Ein bewohntes Kloster?«

»Selbstverständlich.«

»Wirklich seltsam.« Olga sah Artjom ungläubig an und wandte den Blick dann wieder zum Tor. »Was ist mit der Laterne?«

Artjom verstand sofort den Grund für ihre Verblüffung. Die schwere, geschmiedete Laterne über dem Tor schwankte wie verrückt hin und her, obwohl die Nacht völlig windstill war.

»Warum schaukelt sie so?«, bohrte Olga nach.

»Sie ist kaputt«, erwiderte er lapidar.

Ohne weitere Fragen abzuwarten, stieg Artjom aus, ging zum Tor und betätigte den gusseisernen Klopfring.

»Ist jemand da?!«

Die diensthabenden Mönche in der Patientenaufnahme reagierten überraschend schnell. Die kleine Pforte im Tor öffnete sich und ein großgewachsener, breitschultriger Mönch trat auf den Vorplatz hinaus. Er trug eine grobe Kutte, die mit einer einfachen Kordel gebunden war.

»Bist du verletzt, oder was?«, erkundigte er sich barsch und musterte Artjom argwöhnisch von oben bis unten.

Die Sippe der Erli gehörte dem Dunklen Hof an, und die Angehörigen dieses Herrscherhauses waren für ihren schwierigen Charakter berüchtigt. Deshalb wunderte sich Artjom nicht weiter über die frostige Begrüßung, zumal er es offensichtlich mit einem Novizen zu tun hatte, der bestenfalls als Sanitäter eingestuft war. Es dauerte auch gar nicht lange, bis aus dem Inneren des

Gebäudes die Stimme des diensthabenden Arztes erschallte.

»Wen schickt uns der Schlafende, Bruder Kuskus? Wer wagt es, unsere Ruhe zu stören?«

»Irgend so ein Humo.«

»Ein dreistes Völkchen, diese Humos, jetzt behelligen sie uns schon mitten in der Nacht.«

Aus der Pforte trat ein hagerer Erli mit lebendigen, schwarzen Augen, warf einen prüfenden Blick auf den Ankömmling und winkte ab.

»Ach, das ist ein Freund, Bruder Kuskus. Sei gegrüßt, Artjom!«

»Hallo, Bruder Lapsus!« Die alten Bekannten schüttelten sich die Hände. »Du schiebst schon wieder Nachtschicht?«

»Und du treibst dich schon wieder mitten in der Nacht herum?«

Artjom war bereits vor zwei Tagen nachts im Kloster gewesen und auch damals hatte Bruder Lapsus Dienst in der Aufnahme gehabt. Dabei sahen die Regeln der Erli für einen Arzt eigentlich nur einen Nachtdienst pro Woche vor. Der Söldner konnte sich schon denken, was dahintersteckte, und beschloss, seinen Freund damit aufzuziehen.

»Normalerweise machst du deine Nachtschichten doch mit Bruder Kurvus, oder nicht?«

»Was willst du? Brauchst du vielleicht eine Krankschreibung?«

»Sag bloß, Kurvus hat keine Lust mehr, mit dir Dienst zu schieben?«

»Der Schlafende möge dir eine ansteckende Krankheit schicken, Humo«, knurrte Lapsus und fügte zähneknirschend hinzu: »Ich habe freiwillig eine Zusatzschicht übernommen. Bist du jetzt zufrieden?«

»Und warum das?«

»Spielschulden in der *Atomhenne.*«

»Eieiei ... Wie oft habe ich dir schon gesagt, dass du mit dem Spielen aufhören sollst«, rügte Artjom in väterlichem Ton. »Ihr Mönche werdet noch das ganze Vermögen der Verborgenen Stadt beim Roulette durchbringen.«

»Immer noch besser, als es zu versaufen«, konterte der Mönch. »Also, was willst du, Artjom?«

»Ähm ... Ich habe jemanden umgebracht.«

»Und den sollen wir wiederbeleben?«

»Nein. Ich will seinen Körper verkaufen. Genauer gesagt: einen Teil davon.«

Bruder Lapsus zog die Brauen hoch: »Für eine Transplantation oder wie?«

»Quatsch!« Artjom verzog demonstrativ das Gesicht. »Glaubst du im Ernst, ich sei unter die Organhändler gegangen?«

»Natürlich nicht«, versicherte der Erli verlegen. »Wen hast du denn umgebracht?«

»Eine Schwarze Morjane.«

»Wann?«

»Vor vierzig Minuten.«

»Fantastisch! Bei der Leber des Schlafenden – einfach fantastisch! Wo hast du ihren Kopf?«

»Im Auto. Auf dem Rücksitz.«

»Kuskus, hol sofort einen Kühlcontainer! Einen frischen Morjanenkürbis haben wir schon ewig nicht mehr bekommen!«

Der hünenhafte Sanitäter verschwand im Inneren des Klosters, während Lapsus zum Jeep eilte, die Tür aufriss und nach dem Bündel griff.

»Nicht!«, bellte Artjom.

»Oh …« Erst jetzt bemerkte der Mönch die junge Frau auf dem Beifahrersitz. »Guten Tag, gnädige Frau, was für eine schöne Nacht heute …«

Lapsus presste das Bündel mit Artjoms Jacke an seine Brust und kehrte zum Tor zurück.

»Weiß sie etwa nicht Bescheid?«

»Nein.«

»Was macht sie dann hier?«

»Die Morjane hat sie angegriffen, und ich habe sie gerettet.«

»Verstehe.« Lapsus streichelte zärtlich über das Bündel. »Das hast du gut gemacht, Artjom. Normalerweise bringt man uns eher die zerfetzten Opfer dieser Monster.«

Artjom lächelte bescheiden. In der Pforte erschien Bruder Kuskus mit dem Kühlcontainer.

»Beeilung, Bruder Lapsus. Jede Sekunde zählt.«

Der Arzt wickelte den Kopf aus, packte ihn an einem der Hörner und wollte ihn gerade in den geöffneten Behälter legen, doch in diesem Moment griff Artjom beherzt nach dem zweiten Horn des Morjanenkopfs.

»Moment mal, Lapsus. Wir haben noch keinen Preis ausgehandelt.«

»Einen Preis?«, gluckste der Erli. »Was gibt es da auszuhandeln? Zehntausend, wie immer.«

»Willst du mich verarschen? Das Vieh hätte mich beinahe getötet.«

»Dafür sind Morjanen ja auch da.«

»Eben.«

»Also abgemacht. Zehntausend?!«

»Mein lieber Freund Lapsus. Ich weiß genau, welche Wucherpreise ihr für die Medikamente verlangt, die ihr aus dem Morjanengift herstellt. Für zehntausend bringe ich dir höchstens den Kopf eines Eulins, nur dass da kein Gift drin ist.«

»Und was soll ich bitte schön mit einem Eulinkopf?«, entgegnete Lapsus. »Von einem Eulin müsstest du mir schon was anderes bringen ...« Der Mönch biss sich auf die Lippe. »Jetzt komm schon: zehntausend, okay?«

Angehörige des Dunklen Hofs trennten sich generell nur sehr ungern von ihrem Geld.

»Wenn du so stur bist, verkaufe ich den Kopf den Schatyren«, drohte Artjom, der sich aufs Verhandeln durchaus verstand.

»Das schaffst du nicht mehr. Bis du bei denen bist, zersetzt sich das Gift.«

»Das schaffe ich wohl. Ein Anruf genügt, und die Schatyren kommen in zwanzig Minuten mit einem Kühlbehälter an. Oder sogar in zehn Minuten, wenn sie ein Portal aufbauen.«

»Die Schatyren«, grummelte Lapsus verächtlich. Er hegte wenig freundschaftliche Gefühle für das geschäftstüchtige Brudervolk aus dem Herrscherhaus

Naw. »Das sind doch Halsabschneider. Die würden dich mit ein paar Groschen abspeisen.«

»Bidjar wird mir einen anständigen Preis zahlen. Ich brauche nur Cortes einzuschalten.«

Dass Cortes sich mit dem Chef der Handelsgilde glänzend verstand, war allgemein bekannt. Bruder Lapsus blies resigniert die Backen auf.

»Wie viel willst du?«

»Fünfunddreißig.«

»…!« Dem Mönch blieb vor Entrüstung die Luft weg. »Du hast wohl einen Sprung in der Schüssel! Der Prior macht Tetanusserum aus mir, wenn ich dir so viel zahle.«

»Dann eben nicht«, beharrte Artjom schulterzuckend. »Ich will dich nur daran erinnern, dass im Moment keine Abschusslizenzen für die Morjanen ausgegeben werden und jeder Fall einer Tötung aus Notwehr vom Grünen Hof genauestens überprüft wird. Es kann durchaus sein, dass ich mir einen Anwalt nehmen muss. Weißt du, was ein guter Anwalt kostet?«

»So ein Schlaukopf wie du braucht keinen Anwalt. Außerdem nützt dir ein Anwalt auch nichts, wenn du die Morjane nur wegen des Gifts kaltgemacht hast. Vierzehntausend.«

»Zweiunddreißig.«

»Wer weiß, ob du sie tatsächlich getötet hast? Womöglich ist sie vor zwei Stunden an Herzversagen gestorben und das Gift ist schon längst unbrauchbar. Vierundzwanzig.«

»Dreißig.«

»Kuskus, trag den Container zurück, wir können uns nicht einigen. Achtundzwanzig.«

Artjom war klar, dass er nicht mehr herausschinden konnte.

»Bleib hier, Bruder Kuskus, der Kopf gehört euch.«

Der Mönch machte kehrt und öffnete den Kühlbehälter. Artjom und Bruder Lapsus legten das Beutestück gemeinschaftlich hinein.

»Kuskus, überweise siebenundzwanzigtausend auf Artjoms Konto.«

»Achtundzwanzigtausend.«

»Ach ja, richtig.« Der Arzt griff sich mit der flachen Hand an die Stirn. »Bei den vielen Nachtschichten lässt manchmal die Konzentration etwas nach. Also achtundzwanzigtausend, Kuskus, und mach einen Vermerk, dass ich die Überweisung angeordnet habe.«

Der Hüne nickte und verschwand im Kloster.

Lapsus betrachtete Artjom von oben bis unten und schüttelte den Kopf: »Deine Klamotten sehen übel aus.«

»Hm – ja.«

Artjom sah an sich herab. Das Blut der Morjane war inzwischen getrocknet, und seine elegante Hose hatte sich in bocksteife Röhren verwandelt, die sich in den Knien kaum mehr durchbiegen ließen. Sein Hemd sah ein wenig besser aus, war jedoch auch mit unschönen Flecken besudelt.

»Ich muss mich umziehen«, befand Artjom.

»Soll ich dir eine alte Hose verkaufen?«

»Nicht nötig.«

»Wie du meinst.«

Artjom rieb sich die Augen und massierte seine Schläfen.

»Bist du müde?«, erkundigte sich Lapsus.

»Ich habe einen anstrengenden Abend hinter mir.«

Der Arzt hob mit dem Daumen Artjoms Augenlid an und untersuchte aufmerksam seine Pupille.

»Du hast zu viel getrunken.«

»Stimmt.«

»Und hattest einigen Stress.«

»Stimmt auch.«

»Wann kommst du zum Schlafen?«

»Weiß ich noch nicht.«

Der Erli runzelte besorgt die Stirn und ließ Artjoms Lid los.

»Soll ich dir ein Stimulantium spritzen? Andernfalls klappst du in einer halben Stunde zusammen.«

»Einverstanden.«

Der Mönch holte eine aufgezogene Spritze unter seiner Kutte hervor und verabreichte dem Söldner die Droge.

»Der Schuss geht auf Kosten des Hauses«, verkündete er grinsend.

Olga schwieg, bis der Jeep in die hell beleuchtete Kaschirskoje Chaussee einbog und mit leise schnurrendem Motor in Richtung Zentrum fuhr.

»Was hast du ihnen gebracht?«, fragte sie dann.

»Die Maske von dem Irren, der dich überfallen hat.«

Diese Antwort hatte Artjom vorbereitet.

»Und wieso ausgerechnet ihnen? Was ist das für ein

Kloster. Warum haben wir nicht auf die Polizei gewartet?«

Offenbar hatten sich in Olgas Kopf viele Fragen angehäuft, während der Söldner mit den Mönchen zugange war.

»Ich bin selbst bei der Polizei«, flunkerte Artjom.

»Du bist Polizist?«

»Ja.« Artjom dachte nicht daran, Olga die Wahrheit zu erzählen, und deshalb musste er das Gespräch dringend in eine andere Richtung lenken. »Sind dir in letzter Zeit keine seltsamen Dinge passiert?«

»Was für seltsame Dinge denn?«

»Na, zum Beispiel, dass dich jemand verfolgt hat. Oder merkwürdige Anrufe.«

Merkwürdige Anrufe oder das diffuse Gefühl, beobachtet zu werden, hat jeder von uns schon einmal erlebt. Artjom war bestrebt, Olga einige Stichwörter hinzuwerfen, die es ihr erleichtern würden, an die Geschichte mit dem Irren zu glauben.

»Doch ja«, bestätigte die junge Frau. »Mir sind schon seltsame Dinge passiert, aber ich glaube nicht, dass sie mit dem Überfall im Park etwas zu tun haben.«

»Wer weiß? Was ist dir denn passiert?«

»Vor einiger Zeit habe ich einen sehr eigenartigen Mann kennengelernt.« Olga verzog den Mund zu einem schiefen Lächeln. »Aber ein Irrer stellt sich seinen Opfern doch nicht vor, oder?«

»Das Verhalten von Geisteskranken ist völlig unberechenbar«, gab Artjom zu bedenken. »Erzähl mir mehr von diesem Mann.«

»Er heißt Bogdan ...«

Zunächst hörte Artjom nur mit einem Ohr zu. Es handelte sich um eine völlig banale Geschichte: Ein gut situierter Mann im besten Alter lernt eine junge, attraktive Frau kennen und verliebt sich in sie. So etwas kam vor. Dann fährt er geschäftlich weg und lässt sie überwachen, damit sie in seiner Abwesenheit nichts anstellt. Völlig verständlich. Früher hatte man den Damen Keuschheitsgürtel angelegt, heute umstellte man sie mit Leibwächtern und Privatdetektiven. Warum er nicht mit ihr schlief? Vielleicht war er romantisch veranlagt – oder tatsächlich ein Irrer. Unter den reichen Pinkeln gab es schließlich genug Idioten.

Jedenfalls fand Artjom für alles, was Olga erzählte, eine logische Erklärung. Ein anderes Phänomen machte ihn jedoch stutzig: Die Tätowierung auf seiner linken Schulter prickelte immer noch, obwohl der Kopf des Wandelwesens nicht mehr im Auto lag. Folglich musste sich noch eine andere Quelle magischer Energie in unmittelbarer Nähe befinden. Zuerst dachte Artjom daran, dass Cortes vielleicht irgendein Artefakt im Kofferraum spazieren fährt. Doch wenn dem so gewesen wäre, hätte er das schon auf der Fahrt in den Lustgarten bemerken müssen. Und dann fiel endlich der Groschen: Das tätowierte Emblem des Dunklen Hofs reagierte auf die schwarze Perlenkette, die Olga um den Hals trug. Artjom betrachtete das Schmuckstück genauer und erlangte Gewissheit: Die Perlen waren echt. Aus welchem Grund trug die junge Frau eine wertvolle Perlenkette beim Sport? Noch dazu eine, die magische Energie ausstrahlte?

»Woher hast du denn die schöne Kette?«, erkundigte sich Artjom.

»Bogdan hat sie mir geschenkt.« Nachdenklich ließ Olga die Perlen durch die Finger gleiten. »Und er hat mich gebeten, sie nicht abzunehmen.«

Im schummrigen Licht der Straßenbeleuchtung fiel dem Söldner auf, dass einige der Perlen wesentlich intensiver funkelten als andere.

»Aus wie vielen Perlen ist sie gemacht?«

»Einundzwanzig.«

»Sind sie echt?«

»Natürlich!«

»Einige funkeln besonders stark, nicht wahr?«

»Das täuscht«, erwiderte Olga. »Ich habe sie mir genau angesehen, bevor ich die Kette angelegt habe. Sie sind alle gleich.«

Sie *waren* alle gleich, dachte Artjom bei sich.

Das Emblem des Dunklen Hofs konnte sich nicht irren. Irgendjemand aus der Verborgenen Stadt hatte die junge Frau im Visier. Doch was steckte dahinter?

Als Olga bemerkte, dass Artjom völlig abwesend und in Gedanken versunken war, hörte sie auf zu erzählen. Es verletzte sie, dass sein Interesse an ihrer Geschichte offenbar nur gespielt war und er sich in Wirklichkeit mit ihr langweilte. Im ersten Moment hatte sie sich noch gefreut, als sie in Artjom jenen heißblütigen jungen Kerl erkannte, von dem sie vor etlichen Jahren in einer romantischen Nacht verführt worden war. Doch nun musste sie feststellen, dass von seinem jugendlichen Feuer nicht viel übriggeblieben war. Der Artjom neben ihr wirkte blutleer und teilnahmslos. Beleidigt neigte Olga den Kopf zur Seite und schlief unvermittelt ein.

Villensiedlung Zarenwinkel
Moskauer Umland
Samstag, 16. September, 00:42 Uhr

Eleonora wusste nicht, warum sie aufgewacht war. Behaglich ausgestreckt auf dem kühlen Seidenlaken, hatte sie soeben noch in süßen Träumen geschwelgt: Sie sang! Besser als alle anderen! Ihre Alben eroberten die Charts, und ihre Videoclips liefen ununterbrochen in den populärsten Fernsehsendern. Die Fans lagen ihr zu Füßen und rissen sich um ihre Autogramme. Eleonora hatte vom Erfolg geträumt, von Weltruhm, prestigeträchtigen Preisen und natürlich von einem Prinzen in einem weißen Mercedes. Sie wollte einen jungen, großzügigen Mann an ihrer Seite, nicht diesen alten, kriminellen Geizhals, dem sie nun schon seit vier Monaten notgedrungen zu Willen war. Schließlich hatte Wachtang ihr versprochen, sie mit einem namhaften Produzenten zusammenzubringen und sie bis zu ihrem Durchbruch finanziell zu unterstützen. Leider vergaß er das alles wieder, sobald sie in seinem Bett lag.

Eleonora starrte blinzelnd an die Decke und war nicht weit davon entfernt, vor Selbstmitleid in Tränen auszubrechen: Alle wollten nur ihren Körper! Immer nur ihren Körper! Gewiss, im Augenblick war sie noch jung und schön – aber wie lange noch? Früher oder später würden ihre Brüste erschlaffen und ihre Schenkel von Orangenhaut entstellt werden. Dieser fette Rioni würde sich dann einfach eine jüngere Gespielin suchen. Warum nur war die Welt so ungerecht?!

Hatte Wachtang gerade im Schlaf gesprochen? Oder kurz geschnarcht? Eleonora spürte etwas Klebriges an ihrem linken Bein. Immer noch schlaftrunken drehte sie sich um, riss die Augen auf, öffnete den Mund und starrte sekundenlang Rionis entstellte Leiche an, die in einer Blutlache schwamm. Danach riss ihr gellender Schrei sämtliche Bewohner des *Zarenwinkels* aus dem noch jungen Schlaf.

Städtisches Mietshaus
Moskau, Jablotschkow-Straße
Samstag, 16. September, 01:19 Uhr

Als der Jeep in die Jablotschkow-Straße einbog, schlief Olga immer noch. Artjom brachte es nicht übers Herz, die junge Frau zu wecken. Er hielt an und kramte in ihrem Rucksack, bis er den Wohnungsschlüssel und eine Visitenkarte mit der genauen Adresse fand. Dann trug er die Schlafende ins Haus, sperrte ihre Wohnung auf und legte sie behutsam auf die Schlafcouch.

Olga bekam überhaupt nichts davon mit. Sie brabbelte etwas Unzusammenhängendes über diesen Bogdan, über irgendwelche Skinheads und über eine Galja.

Kurz darauf rollte sie sich zusammen, atmete ein paar Mal stoßweise wie ein Kind und schlummerte friedlich weiter.

Eine Zeit lang sah ihr Artjom gerührt beim Schlafen zu und begab sich dann in die Küche. In den Schränken fand er eine Dose mit löslichem Kaffee, schaltete den Wasserkocher ein und setzte sich auf einen Hocker. Er musste die Lage überdenken.

Olga wusste augenscheinlich nichts von der Verborgenen Stadt, trug jedoch eine magische Perlenkette. Noch dazu hatte dieser Bogdan sie ausdrücklich gebeten, den Halsschmuck nicht abzunehmen. Ein seltsames Anliegen, das nach gezielt eingesetzter Magie roch. Doch was konnte ein Magier von einer einfachen jungen Frau wollen? Vielleicht wurde sie einfach nur benutzt? Möglicherweise diente die Kette als gewöhnliche Wanze, und der Magier griff auf diese Weise in fremdem Auftrag Informationen von Olgas Arbeitsplatz ab?

Artjom schenkte sich Kaffee ein.

Ob Olga sich in Gefahr befand? Ausschließen konnte man das nicht. Selbst wenn ihr Leben nicht unmittelbar bedroht war, so standen ihr doch zumindest Unannehmlichkeiten ins Haus. Dazu kam noch der Überfall der Morjane. Der konnte, musste jedoch kein Zufall sein. Olga war unfreiwillig ins Visier der Verborgenen Stadt geraten und allein würde sie aus dieser Situation nicht so ohne weiteres wieder herauskommen. Das wusste Artjom aus eigener Erfahrung. Er hatte jetzt zwei Möglichkeiten: Entweder einfach nach Hause fahren und Olga ihrem Schicksal überlassen oder etwas unternehmen, um ihr zu helfen. Zumindest konnte er versuchen, etwas über die Hintergründe der Sache herauszufinden.

Artjom trank den Kaffee aus und tippte die Nummer seines Kompagnons in sein Mobiltelefon ein.

»Bist du immer noch im Wald?«

»Sehr witzig«, murrte Cortes. »Wegen dir haben wir eine halbe Stunde nach einem Taxi gesucht.«

»Tut mir leid.«

»Wo warst du?«

»Ich hatte ja versucht, mit dir zu reden, aber du warst so mit deinem Klunker beschäftigt, dass ...«

»Jaja, schon gut. Hast du deine Angelegenheiten jetzt erledigt?«

»Hm ... Noch nicht ganz.«

»Was ist passiert?«

»Ich habe ein Problem. Kannst du kommen?«

»Wann?«

»Morgen früh.«

»Gib mir die Adresse durch.«

Artjom teilte Cortes Olgas Adresse mit und fügte ein wenig verlegen hinzu: »Ähm, Cortes, könntest du mir eine Hose und ein frisches Hemd mitbringen?«

»Was hast du denn mit deiner Hose gemacht?«

»Ich habe sie verloren.«

Eine dumme Frage verdient eine dumme Antwort, dachte Artjom. Cortes murmelte etwas Unverständliches und legte auf.

»Artjom?! ...« Olga war aufgewacht. Er ging ins Wohnzimmer hinüber. Die Augen der jungen Frau schimmerten im Halbdunkel. »Ich hatte schon Angst, du wärst weggefahren.«

»Nein, nein, ich bin noch hier.« Artjom setzte sich an den Rand des Sofas. »Wie geht's dir?«

»Gut, aber ...«

Artjom spürte, wie ihre Hand sanft über seinen Rücken glitt. Mehr brauchte sie nicht zu tun. Er beugte sich herab und fand ihre warmen, weichen Lippen.

KAPITEL VIER

»Der Mord an Maria Tatarkina ist immer noch nicht aufgeklärt! Seit der rätselhaften und grausamen Bluttat an der populären Unternehmerin sind mittlerweile achtundvierzig Stunden vergangen, doch die Polizei tappt immer noch im Dunklen. General Schwedow ist nicht in der Lage, die brennenden Fragen der Öffentlichkeit zu beantworten. Oder wartet der Leiter des Polizeipräsidiums etwa darauf, dass dies der Bürgermeister bei seiner wöchentlichen Pressekonferenz für ihn übernimmt? …«

MOSKOWSKI KOMSOMOLEZ

»… Der Grüne Hof hat mit äußerst scharfen Worten auf die von einigen Journalisten betriebene Hetzkampagne gegen die Schwarzen Morjanen reagiert. ›Hier wird systematisch Panikmache betrieben‹, so der Pressedienst des Herrscherhauses, ›obwohl sich nicht ein einziger der Herren Journalisten die Mühe gemacht hat nachzuzählen, wie viele Wandelwesen sich tatsächlich in der Stadt aufhalten. Abgesehen davon stellen die Morjanen weder für die Verborgene Stadt noch für die Humos eine Gefahr dar.‹ Was die im Raum stehende Wiederaufnahme des

lizenzierten Abschusses der Wandelwesen betrifft, teilten die Vertreter des Grünen Hofs mit, dass dies lediglich im Interesse der Handelsgilde und der Erli liege, da sie aus dem Gift der Morjanen gewinnbringende Medikamente herstellen ...«

T-GRAD-COM

Städtisches Mietshaus
Moskau, Jablotschkow-Straße
Samstag, 16. September, 07:30 Uhr

»Hahahaa! Cool siehst du aus«, spottete Cortes und krümmte sich vor Lachen, als Artjom die Tür öffnete. »Ich kann ja verstehen, dass du bei einem unplanmäßigen Date deine Hose verschmissen hast, aber dieser Aufzug ist echt der Hammer.«

»Wieso?« Artjom nestelte pikiert am Gürtel des Damenmorgenmantels, der ihm kaum bis zu den Knien reichte. »Ich kann doch schlecht in der Unterhose die Tür aufmachen.«

Cortes grunzte und reichte ihm eine Plastiktüte: »Da hast du deine Klamotten.«

Der Söldner trat in die Wohnung ein und hinter seinem breiten Rücken erschien eine schlanke, schwarzhaarige Frau im Türrahmen.

»Guten Morgen!«

»Jana! Schön, dich zu sehen!« Artjom küsste die junge Frau auf die Wange. »Entschuldige, dass ich euch schon in aller Frühe hergebeten habe.«

»Das macht doch nichts.«

Jana sah wie immer blendend aus. Ihr glänzendes schwarzes Haar war sorgfältig nach hinten gekämmt, ein dezentes Make-up betonte ihre feinen Gesichtszüge, und ihre unfassbar blauen, sanft geschlitzten Augen wirkten wach und lebendig. Ganz im Gegensatz zu den verquollenen Guckern ihres Begleiters Cortes.

»Dann erst mal alles Gute zum Geburtstag! Wenn ich dich nicht kennen würde, würde ich glauben, dass du nur zur Feier des Tages so fantastisch aussiehst.«

»Und in Wirklichkeit?«

»In Wirklichkeit ist das bei dir ein Dauerzustand, egal, ob mit oder ohne Make-up – du siehst immer bezaubernd aus. Und ich wünsche dir von Herzen, dass du so bleibst, wie du bist.«

»Alter Schmeichler«, freute sich Jana und hielt Artjom abermals die Wange für ein Küsschen hin.

»Wenn du einverstanden bist, überreiche ich dir dein Geschenk erst später.«

Dem jungen Söldner wäre es peinlich gewesen, ihr ein entladenes Artefakt zu schenken.

»Aber natürlich«, erwiderte Jana und begutachtete den geblümten Morgenmantel. »Diese Veilchen stehen dir übrigens gar nicht schlecht.«

Artjom sah an sich herab: »Ich glaube eher, das sind Glockenblumen.«

»So?« Die junge Frau kicherte in sich hinein. »Veilchen würden dir noch besser stehen.«

Cortes inspizierte in der Zwischenzeit das Wohnzimmer, das mit einer klassischen Sitzgruppe, einem Fernseher und einer billigen japanischen Musikanlage ausgestattet war. Nachdem er hier nichts entdeckte, was seine Aufmerksamkeit erregte, ging er wieder hinaus und riskierte einen Blick in das Zimmer, in dem Olga schlief. Dabei legte er die Stirn in Falten, griff sich mechanisch an die linke Schulter und wandte sich nach Artjom um.

»Hier drinnen prickelt's verdammt magisch«, sagte er zu seinem Kompagnon und deutete mit dem Daumen ins Schlafzimmer.

»Deshalb habe ich euch ja gerufen.«

Cortes betrat die Küche. »Gibt's hier Kaffee?«

»Die Dose steht auf dem Tisch.«

»Zieh dich um, ich mach in der Zwischenzeit Kaffee.«

Während Jana Cortes in die Küche folgte, verschwand Artjom im Schlafzimmer und schlüpfte in die mitgebrachten Sachen: eine weite hellgraue Hose, Socken und ein dünnes Hemd. In der Plastiktüte fand er außerdem eine leichte Windjacke und eine Gjursa mit Gürtelholster. Artjom zögerte einen Moment, doch dann schnallte er sich die Waffe um. Den Morgenmantel hängte er ins Bad, seine schmutzigen Sachen stopfte er in die Plastiktüte und deponierte sie im Gang.

Als Artjom in die Küche kam, schenkte Jana gerade den Kaffee ein.

»Na, dann erzähl mal, was dir widerfahren ist«, sagte Cortes, der es sich auf der Eckbank gemütlich gemacht hatte. »Ach übrigens – weiß das Mädel von der Verborgenen Stadt?«

»Nein.«

»Warum trägt sie dann eine magische Halskette?«

Ein kurzer Blick auf Olga hatte dem Söldner genügt, um die Quelle der magischen Energie zu orten.

»Vielleicht ein Erbstück von ihrer Großmutter?«, scherzte Jana. »Lasst erst mal hören, was ihr gestern getrieben habt. Ihr wart den ganzen Abend wie vom Erdboden verschluckt.«

»Gestern?« Artjom sah seinen Kompagnon alarmiert an. »Öhm – alles Mögliche, nichts Besonderes.«

Cortes nickte eifrig und trank einen kleinen Schluck Kaffee. Daraufhin machte er plötzlich *hick* und produzierte dabei eine kleine Seifenblase, die gemächlich über den Küchentisch segelte.

»Das hat er heute schon zum zweiten Mal«, staunte Jana, die der schimmernden Kugel ungläubig hinterherblickte. »Sobald er irgendwas trinkt, blubbert's aus ihm heraus.« Die Söldner schwiegen betreten. »Ihr müsst doch zugeben, dass das alles ein bisschen seltsam ist: Ihr seid den ganzen Abend verschollen, dann klingelt ihr mich in aller Herrgottsfrühe aus dem Bett und bringt mich in die Wohnung irgendeines Mädels, wo sich dann herausstellt, dass der eine dringend frische Klamotten braucht, während der andere Seifenblasen spuckt. Ihr seid schon ein drolliges Gespann.« Die junge Frau sah die beiden Söldner scharf an. »Was geht hier eigentlich vor?«

»Artjom wird's dir erklären«, sagte Cortes kleinlaut und nippte vorsichtig an seinem Kaffee.

Jana wandte sich zu Artjom: »Ich höre.«

»Wir haben uns gestern in der *Rennsemmel* betrunken«, gestand der junge Söldner. »Danach haben wir uns in der Stadt herumgetrieben, und ich habe diese Olga vor einer Schwarzen Morjane gerettet.«

»War sie denn mit euch unterwegs?«

»Nein, ich habe sie zufällig in einem Park getroffen. Und die Morjane habe ich getötet.«

»Es war also Notwehr?«

»Ja.«

»Und Cortes hat dabei zugesehen?«

»Er ... ähm«, druckste Artjom herum und sah hilfesuchend seinen Kompagnon an, der mit finsterer Miene einen Kaktus am Fensterbrett anstarrte. »Er war nicht einsatzfähig. Ich hatte ihm ein Präparat verabreicht, das ununterbrochen Seifenblasen aus ihm sprudeln ließ. Das ist Bidjars Schuld – das Zeug ist noch in der Erprobungsphase.«

»Wer daran schuld ist, das klären wir noch«, drohte Cortes.

Jana grinste überlegen: »Ihr verschweigt natürlich etwas, aber das stellen wir jetzt mal zurück. Warum hast du uns gerufen?«

Artjom atmete erleichtert auf und erzählte seinen Freunden die wichtigsten Geschehnisse der vergangenen Nacht. Nur den Preis, den er für den Kopf der Morjane mit Bruder Lapsus ausgehandelt hatte, ließ er unerwähnt. Jana und Cortes hörten ihm aufmerksam zu, doch als er geendet hatte, sprach aus ihren Gesichtern bestenfalls höfliches Unverständnis.

»Sei mir nicht böse, Artjom, aber ich habe immer

noch nicht verstanden, warum du uns gerufen hast«, formulierte Jana ihren gemeinsamen Gedanken. »Das Mädel hat sich einen zwielichtigen Freund angelacht, der möglicherweise ein Bewohner der Verborgenen Stadt ist. Was haben wir damit zu tun?«

»Das Problem ist, dass Artjom noch so jung ist«, kommentierte Cortes spöttisch. »Mit der Zeit wird er es sich abgewöhnen, seine Nase in Angelegenheiten zu stecken, die ihn nichts angehen.«

»Ihr habt einfach nicht verstanden, worum es geht«, rechtfertigte sich Artjom. »Bei den gestrigen Ereignissen sind mir zwei Merkwürdigkeiten aufgefallen. Zum einen das Verhalten der Schwarzen Morjane. Ich hatte den Eindruck, dass sie mich ursprünglich gar nicht angreifen wollte.«

»Das gibt es nicht«, versetzte Cortes. »Eine Schwarze Morjane in Kampfmontur greift immer an.«

»Eben, deshalb ist es ja merkwürdig«, setzte Artjom fort. »Ich glaube, dass die Morjane Olga eher bewacht hat, versteht ihr? Sie hat sie nicht verfolgt, sondern nur begleitet. Angegriffen hat sie erst, nachdem ich Olga eine geschmiert habe, um sie ruhig zu stellen.«

»Du hast eine Frau geschlagen?«, entrüstete sich Jana.

»Sie war hysterisch.«

»Eine rein therapeutische Maßnahme«, sprang Cortes seinem Kompagnon bei.

»Und erst danach hat dich die Morjane angegriffen?«

»Genau.« Artjom hatte die Situation klar vor Augen. »Das Wandelwesen stand nur wenige Schritte von mir entfernt, kam jedoch nicht näher. Der Angriff erfolgte erst, als Olga versuchte, sich loszureißen und ich ihr eine gelangt habe.«

»Vielleicht hat die Morjane das Mädel verfolgt, und du hast ihr die Beute weggeschnappt?«

»Ausgeschlossen. Ich hatte schon Minuten vorher einen Schrei von Olga gehört, da war sie offenbar schon auf die Morjane gestoßen. In der Zwischenzeit hätte die Bestie sie leicht einholen und in Stücke reißen können, wenn sie denn gewollt hätte.«

Cortes und Jana sahen einander ratlos an.

»Und die zweite Merkwürdigkeit?«

»Die Perlenkette«, antwortete Artjom. »Ich bin sicher, dass Olga von der Verborgenen Stadt absolut nichts weiß. Die Perlenkette hat ihr dieser Bogdan geschenkt. Da stellt sich natürlich die Frage – zu welchem Zweck?«

»Ist das denn so wichtig?«, nörgelte Cortes achselzuckend.

»Und wo ist dieser Bogdan jetzt?«, erkundigte sich Jana.

»Er hat Olga gesagt, dass er geschäftlich verreist, und ist seitdem nicht mehr aufgetaucht. Nach seinem Verschwinden hatte Olga übrigens das Gefühl, dass sie beschattet wird.«

»Ein Bogdan, eine Perlenkette, eine Schwarze Morjane«, brummte Cortes nachdenklich und trank seinen Kaffee aus. »Vermutlich ist Olga aus irgendwelchen Gründen ins Visier eines Volks der Verborgenen Stadt geraten, und die behalten sie jetzt im Auge. Der Angriff der Morjane ist sicher nur ein Zufall.«

»In welchem Park ist das passiert?«, fragte Jana.

»Im Lustgarten.«

»Weiße Morjanen gibt es in den Parks Lossiny Ostrow, Sokolniki und Ismailowo«, zählte die junge Frau auf. »Schwarzen Morjanen ist es dagegen generell verboten, sich in Kampfmontur im Kerngebiet der Stadt sehen zu lassen. Der Grüne Hof hat kein Interesse daran, sich ihretwegen Schwierigkeiten einzuhandeln und achtet darauf, dass die Wandelwesen sich auch daran halten. Das Auftauchen einer Schwarzen Morjane in einem zentralen Park ist sehr ungewöhnlich und außerdem ein Skandal. Ich finde nicht, dass man hier von einem Zufall sprechen kann.«

»Ich sehe trotzdem keinerlei Zusammenhang«, widersprach Cortes und fügte grinsend hinzu: »Außerdem hat die Morjane für ihre Dreistigkeit ja teuer bezahlt. Apropos, Artjom, wie viel Kohle hast du den Erli für ihren Kopf abgeknöpft?«

»Achtundzwanzigtausend.«

»Respekt«, lobte Cortes die Geschäftstüchtigkeit seines Partners. »Ich hoffe doch sehr, dass du die Autositze nicht versaut hast.«

»Wie könnte ich!«

»Dann trink deinen Kaffe aus und lass uns irgendwo hinfahren, um das gute Geschäft zu feiern.«

Cortes rieb sich die Augen und gähnte ausgiebig.

»Und was machen wir mit Olga?«

»Wenn sie dir gefällt, kannst du mit ihr machen, was du willst«, erwiderte der Söldner lapidar.

»Sie fürchtet sich.«

»Dann soll sie zu einem Arzt gehen und sich ein Antidepressivum verschreiben lassen.«

»Sie ist in Gefahr«, beharrte Artjom.

»Wie kommst du darauf?«

»Die Perlenkette, die Morjane, dieser seltsame Bogdan. Ich finde, dass wir Olga helfen müssen.«

»Allein gegen Angehörige der Verborgenen Stadt steht sie auf verlorenem Posten«, pflichtete Jana bei.

»Kann sie für unseren Beistand denn bezahlen?«, fragte Cortes.

Artjom legte die Stirn in Falten. Daran hatte er überhaupt nicht gedacht. Cortes konnte sich vor Aufträgen kaum retten. Jeder in der Verborgenen Stadt, der es sich leisten konnte, heuerte den anerkannt besten Söldner an, um seine Probleme aus der Welt zu schaffen. Doch selbst wenn es ihm gelänge, Cortes zu überreden, würde die junge Frau sich die Dienste ihres Teams wohl kaum leisten können. Und ohne Bezahlung arbeitete Cortes aus Prinzip nicht.

»Vergesst nicht, dass wir morgen Abend einen Termin bei Jurbek Tomba haben«, setzte der Söldner hinzu. »Die Handelsgilde hat einen neuen Auftrag für uns.«

»Wenn Olga tatsächlich Gefahr droht, hat sie allein keine Chance, sich zu wehren«, stellte Jana klar. Sie legte ihr Kosmetiketui auf den Tisch, nahm Schminkspiegel und Lippenstift zur Hand und begann, ihr Make-up aufzufrischen. »Dass Artjom ihr helfen möchte, finde ich irgendwie ...« Sie suchte nach dem richtigen Wort, während sie hingebungsvoll die Lippen aufeinanderpresste. »... edel.«

»Edelmut ist eine Zierde des Menschen, doch er macht ihn nicht satt«, entgegnete Cortes. »Außerdem wissen wir nicht einmal, ob sie tatsächlich in Gefahr schwebt.«

»Dann lass es uns herausfinden!«, versetzte Artjom. »Das kostet uns doch keine Mühe.«

»Mühe nicht, aber Zeit. Und die haben wir nicht«, beharrte Cortes.

»Ich glaube nicht, dass es viel Zeit in Anspruch nehmen würde«, sprang Jana Artjom bei. »Außerdem wäre es nicht anständig, Olga einfach im Stich zu lassen.«

»Und was, wenn sich herausstellt, dass ihr tatsächlich Unheil droht?«, erwiderte der Söldner.

»Dann muss sich Olga eben entscheiden, was ihr wichtiger ist«, parierte Jana gelassen. »Ihr Geld oder ihr Leben. Was sagst du dazu, Artjom?«

»Das sehe ich genauso.«

»Also meinetwegen«, gab sich Cortes geschlagen. »Wir checken mal ab, in was die gute Frau da hineingeraten ist. Ich übernehme diesen Bogdan und werde versuchen, ihn in der Verborgenen Stadt ausfindig zu machen. Was wissen wir über ihn?«

»Wir haben nur Olgas Beschreibung.«

»Das ist nicht eben viel. Bleibt nur zu hoffen, dass er sich nicht mit einem Trugbild getarnt hat.« Cortes schälte sich aus der Sitzecke heraus, streckte sich und begann in der Küche auf- und abzugehen. »Artjom, du bleibst bei Olga und lässt sie nicht aus den Augen.«

»Okay.«

»Jana, du informierst dich über die Schwarzen Morjanen.« Einmal in Fahrt gekommen, ließ Cortes kein Detail außer Acht. »Artjom behauptet steif und fest, dass sich das Wandelwesen nicht normal verhalten hat. Dieser Spur müssen wir nachgehen.«

»In Ordnung.« Die junge Söldnerin räumte ihr Kosmetiketui in die Handtasche zurück. »Ich werde Genbek überreden, mir alle seine Bücher über Morjanen zu zeigen.«

»Für *dich* wird er sie bestimmt herausrücken«, frotzelte Cortes grinsend. »Wir treffen uns um zwölf Uhr in der *Eidechse*, dort tauschen wir beim Mittagessen unsere Informationen aus. – Guten Morgen, Olga.«

Artjom und Jana wandten sich um. In der Küchentür stand die junge Frau, die offenbar gerade aufgewacht war. Ihr Haar befand sich in morgendlich-anarchischer Unordnung, und über ihren Augen lag noch der trübe Schleier der Nacht.

»Morgen«, hauchte sie dösig.

»Gut geschlafen?«, erkundigte sich Artjom.

»Ja.«

»Darf ich vorstellen? Das sind meine Freunde Jana und Cortes. Sie werden uns helfen.«

»Freut mich.«

»Möchtest du Kaffee?«, fragte Jana.

»Ja, gern. Ihr müsst entschuldigen, ich sehe sicher schrecklich aus.«

»Unsinn. Zurechtmachen kannst du dich später. Setz dich erst einmal zu uns.« Cortes lächelte ihr zu und deutete mit einer Geste auf die Eckbank. »Hat dir Artjom von uns erzählt?«

»Nein.«

»Dann werde ich das tun.« Cortes setzte sich Olga gegenüber auf einen Hocker, wartete, bis Jana den Kaffee auf den Tisch stellte, und setzte dann fort: »Wir sind Mitarbeiter der Sonderermittlungsgruppe des städtischen Polizeipräsidiums.« Der Söldner legte würdevoll eine Polizeimarke auf den Tisch. »Wir werden mit den brisantesten Fällen beauftragt.«

»Ihr arbeitet mit Kornilow?«

Dank der eifrigen Berichterstattung der Journalisten war der Leiter der Sonderermittlungsgruppe in Moskau bekannt wie ein bunter Hund.

»Ja. Er ist unser Chef.« Cortes steckte die Polizeimarke wieder in die Tasche und schnitt ein todernstes Gesicht. »Im Augenblick befassen wir uns mit einer sehr gefährlichen religiösen Sekte, der schon etliche Leute ins Netz gegangen sind, darunter hochrangige Beamte und deren Kinder. Du kannst dir sicher vorstellen, dass unsere Ermittlungen streng geheim bleiben müssen.«

»Ich werde niemandem etwas davon erzählen.«

»Sehr gut.« Cortes' Züge entspannten sich. »Der Irre, der dich überfallen hat, war ein Angehöriger dieser Sekte.«

»Das soll ein Mensch gewesen sein?«, wunderte sich Olga. Die Erinnerung an den nächtlichen Albtraum ließ sie aufs Neue erschaudern. »Ich hatte eher den Eindruck, dass es ein Ungeheuer war.«

»Diese Leute bemalen ihre Körper und maskieren sich, bevor sie ihre Ritualmorde begehen«, erläuterte Cortes. »In der Regel lauern sie ihren Opfern in Parks auf, dann verfolgen ...«

»Ich habe mich nicht nur im Park verfolgt gefühlt«, unterbrach ihn Olga. »Mag sein, dass ihr das für Einbildung haltet, aber ...«

»Artjom hat es erwähnt«, nickte Cortes. »Das ist in der Tat sehr merkwürdig, doch wir werden kein Risiko eingehen. Du stehst so lange unter Polizeischutz, bis die Sache geklärt ist. Okay?«

»Okay.« Olga sah Cortes in einer Mischung aus Hoffen und Bangen an. »Ihr könnt mir wirklich helfen?«

»Aber sicher.«

Olga wandte den Blick zu Jana und Artjom, dann wieder zurück zu Cortes und seufzte: »Ich verlasse mich darauf. Kann ich dann jetzt ins Bad gehen?«

»Selbstverständlich. Und, Olga ...« Cortes lächelte ihr väterlich zu. »Mach dir keine Sorgen.«

»Gut.«

Die junge Frau ging aus der Küche, und als man die Dusche rauschen hörte, drehte sich Cortes in Artjoms Richtung.

»Sie hatte gestern behauptet, dass die Perlen alle gleich sind, nicht wahr?«

»Ja. Und sie ist auch jetzt davon überzeugt, dass dem so ist.«

»Die Kette besteht aus einundzwanzig Perlen«, konstatierte Jana. »Zwanzig davon leuchten quasi von innen. Das muss sie doch sehen.«

»Muss sie nicht«, widersprach Cortes. »Möglicherweise sieht sie nur ein Trugbild der Kette. Wir dagegen können dank der Abzeichen des Dunklen Hofs ihre tatsächliche Beschaffenheit erkennen.«

»Als ich Olga gestern nach Hause fuhr, waren noch zwei von den Perlen blasser als die anderen«, teilte Artjom mit. »Daran kann ich mich genau erinnern.«

»Dann ist in der Zwischenzeit irgendetwas vorgefallen«, schlussfolgerte Jana nachdenklich.

»Und was passiert, wenn alle einundzwanzig Perlen leuchten, will ich gar nicht wissen«, unkte Artjom.

Jana und Cortes schwiegen. Auch ihnen schwante nichts Gutes.

Moskauer Polizeipräsidium
Moskau, Petrowka-Straße
Samstag, 16. September, 08:04 Uhr

Die wichtigsten Besprechungen führte General Schwedow, der Leiter des Moskauer Polizeipräsidiums, stets am frühen Morgen durch. Diese Gewohnheit kannte Kornilow zur Genüge, und deshalb überraschte es ihn nicht, als ihn sein Chef noch vor Dienstbeginn am Handy anrief, um ihm mitzuteilen, dass er um Punkt acht Uhr bei ihm auf der Matte zu stehen habe.

Der General und der Major nahmen in den weichen Lederstühlen im kleinen Besprechungsraum neben Schwedows Büro Platz, schwiegen, während die Sekretärin zwei Tassen Kaffee auf dem Zeitungstischchen abstellte, und erst, als sich die Tür hinter ihr schloss, eröffnete Schwedow die Unterredung.

»Wenn du willst, kannst du rauchen.«

Dieses großzügige Angebot war ungewöhnlich. Denn der General hasste Zigarettenqualm und niemand – nicht einmal hochrangige Gäste – wagten es, in seiner Anwesenheit zu rauchen.

Andrej deutete ein Lächeln an und schüttelte den Kopf. »Vielen Dank, Arkadi Lwowitsch, aber es geht auch mal ohne Zigaretten.« Der Major hätte sich für sein Leben gern eine angezündet, doch er zog es vor, lieber nicht gegen eingefahrene Spielregeln zu verstoßen.

»Wie du willst.« Schwedow nippte an seinem Kaffee und fluchte kurz, als er sich dabei die Zunge verbrannte. »Wie kommst du im Fall Chamberlain voran?«

»Es tut sich was. Vielleicht haben wir eine Chance, Edik dranzukriegen.«

»Was du nicht sagst!«, wunderte sich der General. »Und was steckt dahinter? Der ist doch schlau wie ein Fuchs.«

»Erpressung.«

»Nicht schlecht.« Schwedow massierte sich die Stirn. »Willst du ihn festnehmen oder gegen Chamberlain ausspielen?«

»Das weiß ich noch nicht.« Der Major versenkte zwei Stücke Zucker in seinem Kaffee, zögerte kurz und legte dann noch ein drittes Stück nach. Wieder einmal hatte er keine Zeit mehr zum Frühstücken gehabt. »Zuerst muss sich herausstellen, was wir tatsächlich gegen ihn in der Hand haben, dann sehen wir weiter. Doch wenn es irgendwie geht, werde ich versuchen, ihn gegen Chamberlain auszuspielen.«

»Das wäre vernünftig.«

Endlich entschloss sich Schwedow, mit seinem Anliegen herauszurücken. Er lehnte sich zurück, verschränkte die Arme vor der Brust und sah dem Major scharf in die Augen.

»Ich habe einen neuen Fall für dich, Andrej.«

»Eine neue mafiöse Gruppierung?«

»Nein.« Der General runzelte die Stirn. »Ich glaube, du weißt, was ich von dir will.«

Kornilow nickte: »Ich kann es mir denken.«

»Glaub mir, Andrej, es fällt mir nicht leicht, mein Wort zu brechen«, sagte Schwedow leise, »aber die Umstände zwingen mich dazu.«

Kornilow schwieg.

»Wir haben sieben Morde in drei Tagen am Hals. Es wird nicht mehr lange dauern, bis die Pressefritzen davon Wind bekommen, und was dann in der Stadt los ist, kannst du dir ja vorstellen. Einen zweiten Vivisektor können wir nicht gebrauchen, Andrej. Wir müssen diesen Geisteskranken stoppen, bevor er in den Zeitungen zum Thema wird.«

Kornilow sagte immer noch nichts und nippte an seinem Kaffee.

»Dein Pech ist, dass alle Wunderdinge von dir erwarten, Andrej«, erklärte Schwedow und breitete die Arme aus.

»Ich koche auch nur mit Wasser«, gab Kornilow zu bedenken.

»Du wirst versuchen müssen, das Gegenteil zu beweisen.«

»Da sehe ich schwarz. Es liegt mir nicht, Einzeltäter zu jagen.«

»Du klärst doch jeden Fall auf, den du auf den Tisch bekommst«, erwiderte Schwedow augenzwinkernd.

»Das ist mein Job.«

»Dann mach deinen Job.«

Kornilow trank seinen Kaffee aus und stellte die leere Tasse auf den Tisch.

»Ist das eine offizielle Dienstanweisung?«

»Ja. In einer halben Stunde bekommst du die Unterlagen zu dem Fall.«

»Was habt ihr bis jetzt herausgefunden?«

»Wir wissen so gut wie nichts. Die Opfer dieser rätselhaften Morde haben absolut nichts miteinander zu tun. Das jüngste war neunzehn, das älteste einundsechzig Jahre alt. Alle wurden mit einer Stichwunde in der Brust und einem Brandmal auf der Stirn gefunden. Kein Raub, keine Vergewaltigung.«

»Der Typ ist nur an ihrem Tod interessiert«, sagte Kornilow mit Bestimmtheit. »Aus irgendwelchen Gründen. Das ist kein Geisteskranker. Er verfolgt einen konkreten Plan.«

»Was?« Der General sah den Major erstaunt an. »Was hast du gesagt?«

»Es handelt sich um Ritualmorde, Arkadi Lwowitsch. Menschenopfer. Sieht ganz so aus, als würde sich irgendeine Sekte auf einen großen Feiertag vorbereiten.«

»Du hast bereits Nachforschungen angestellt?«, fragte Schwedow perplex. Er wusste durchaus, wozu Kornilow imstande war, doch dass er bereits ermittelte, noch bevor man ihn beauftragte, überraschte ihn dann doch.

Andrej zog sein Feuerzeug aus der Tasche und spielte damit herum.

»In den letzten zwei Wochen sind weltweit zwölf Morde geschehen, die nach demselben Muster abliefen wie unsere. New York, Bangkok, Tokio, Melbourne, London, Los Angeles, Manila, Kairo, Kapstadt, Prag, Buenos Aires und Delhi. Die Beobachtungen am Tatort sind immer dieselben: nackte Leichen mit einer Stichwunde in der Brust, einem Brandmal auf der Stirn und abgehackter linker Hand. Der Fall in New York ist bis ins Detail eine Kopie des Mordes an Maria Tatarkina – der Leichnam wurde am helllichten Tag in einem gut besuchten Restaurant gefunden. Dort allerdings nicht einmal in einem separaten Gastraum. Der Mann muss also vor allen Leuten abgestochen worden sein, nur hingeschaut hat offenbar keiner.«

»Zwölf Morde weltweit?«

»Und bereits sieben in Moskau. Das Zentrum des Spinnennetzes befindet sich hier.«

»Unfassbar!« Schwedow schüttelte den Kopf. »Du musst ihn finden, Andrej! Unbedingt!«

Wohnkomplex Goldener Schlüssel
Moskau, Minskaja-Straße
16. September, 08:06 Uhr

Überall hingen Spiegel – an der Decke, an den Schranktüren und natürlich an den Wänden. Sie umgaben das breite, niedrige Bett von allen Seiten und vervielfachten auf trügerische Weise die Objekte im Raum: die züngelnden Flammen der Kerzen in den goldenen Kandelabern, die schwarzen Seidenlaken, die darauf verstreuten Kissen und das Liebespaar auf seiner Lagerstatt. Jede Bewegung und jede Geste wurden zum Spielball der reflektierenden Scheiben. Wo auch immer die Liebenden hinschauten – sie sahen stets und aus den verschiedensten Blickwinkeln sich selbst. Dieser Umstand verlieh ihrem Treiben eine prickelnde Finesse und fachte ihre ohnehin schwelende Lust zusätzlich an.

Sie saß mit untergeschlagenen Beinen am Rand des Betts und betrachtete ihr Spiegelbild. Der hauchdünne Stoff der weißen Bluse, deren Knöpfe sie bis auf einen geöffnet hatte, spannte sich sanft über die schmalen Schultern, die schlanken Arme und die kleinen, festen Brüste.

Er saß hinter ihr und konnte im Spiegel durch die halbtransparente Seide hindurch die dunklen Höfe ihrer Brustwarzen sehen.

Zärtlich streichelte Bogdan mit den Fingerkuppen über ihren braungebrannten Hals und spürte den Schauer, der die samtige Haut seiner Partnerin durchfuhr. Mit der Rechten umfasste er ihr langes schwarzes Haar, schob es sanft beiseite, beugte sich vor und küsste sie auf den Nacken. Sie zuckte kurz mit den Schultern, und im Spiegel sah er, dass sie die Augen schloss und ihre sinnlichen Lippen sich zu einem Lächeln öffneten.

Zu einem Lächeln voller Verlangen.

Woran sich in jenem Jahr der Konflikt zwischen den Herrscherhäusern entzündet hatte, wusste Bogdan nicht mehr, und es gehörte auch nicht zu den Aufgaben eines Ritters und Kriegskommandeurs, sich über solcherlei Belanglosigkeiten den Kopf zu zerbrechen. Dem Geheimdienst des Ordens war es gelungen, herauszufinden, wann das Energieniveau des Regenbrunnens – der Magischen Quelle des Herrscherhauses Lud – seinen saisonalen Tiefpunkt erreichte und die grünen Hexen dadurch eine empfindliche Schwächung erlitten. Die Gelegenheit war äußerst günstig. Unter dem Druck der kriegerischen Magister gab der Gebieter des Ordens den Angriffsbefehl und die Rittergarde stürzte sich auf den Feind.

Im Park Lossiny Ostrow wurde erbittert gekämpft, und schließlich gelang es den Tschuden, die Drushina-Kämpfer und Hexen des Grünen Hofs in den massiven Mauern ihres Palasts einzuschließen. Halbherzige Gegenangriffe der Belagerten scheiterten kläglich. Die Ritter besetzten den gesamten Sektor der Luden, doch damit erschöpften sich auch ihre Erfolge. Denn es misslang der entscheidende Schritt – die Erstürmung der altehrwürdigen Festung des Grünen Hofs.

Das Herrscherhaus Naw nahm wie üblich eine abwartende Haltung ein und verfolgte gespannt den Fortgang der Kampfhandlungen. Im Orden wusste man nur zu gut, dass der Dunkle Hof nur darauf wartete, die geschwächten Kontrahenten bei der ersten sich bietenden Gelegenheit anzugreifen. Aus diesem Grund erschien es zu riskant, den Krieg in die Länge zu ziehen, und die Ritter boten den Luden Friedensverhandlungen an.

Bogdan löste sich vom Nacken der Frau, die ihr glänzendes schwarzes Haar anmutig auf die Schultern zurückschwingen ließ. Mit einem flinken Griff öffnete er den letzten Knopf ihrer Bluse und streifte sie behutsam ab. Der luftige Stoff glitt leicht von ihren Schultern und gab den Blick frei auf die wohlgeformten Brüste, den flachen, straffen Bauch und den Venushügel mit einem schmalen Streifen aus kurzem, schwarzem Haar. Bogdan wusste genau, wie unheimlich dicht und kräftig das Haar an dieser Stelle war, und es machte ihn wahnsinnig an, diesen rauen Streifen zu spüren. Doch er hatte es niemals eilig damit.

Eines wusste Bogdan damals sofort: Die Operation, für die man ihn einzuspannen versuchte, war nicht von vorneherein geplant gewesen. Der Großmagister hatte sich in einer ausweglosen Lage dazu entschlossen, unter dem Zwang, zu siegen, und unter dem Druck seiner Untergebenen. Dennoch verstand Bogdan bis heute nicht, warum sich der Gebieter des Ordens dazu hinreißen hatte lassen.

Der Kriegskommandeur wurde aus der Kampfzone abberufen und in einer finsteren Kammer der Burg erläuterten ihm Leonard de Saint-Carré, der Großmagister des Ordens, und Franz de Geer, der Kapitän der Garde, ihren perfiden Plan. Bogdan sollte als Parlamentär in den Grünen Hof entsandt werden und dort während der Verhandlungen den entscheidenden Schlag führen. Selbstverständlich unterzogen die Luden fremde Unterhändler einer gründlichen Leibesvisitation, doch das, was die höchsten Magier des Ordens sich ausgedacht hatten, konnte man dabei nicht finden: eine direkte Verbindung zum Karthagischen Amulett, der Magischen Quelle des Herrscherhauses Tschud. Eine solche Verbindung konnten nur wenige Magier herstellen – der Großmagister, der Kapitän der Garde und die Meister des Ordens. Deshalb hätten die Luden auch keinen von ihnen in ihren Palast hineingelassen. Doch dass der Kriegskommandeur Bogdan le Sta über nahezu gleichwertige Fähigkeiten verfügte wie die höchsten Magier des Hauses Tschud, konnte man im Grünen Hof nicht ahnen. Im entscheidenden Moment sollte Bogdan das letzte Bollwerk der Luden von innen zerstören, indem er die gewaltige Energie des Karthagischen Amuletts in sich aufnimmt und gegen den verhassten Feind richtet. Die Freisetzung einer solch geballten Ladung magischer Energie konnte niemand, der sich in der Nähe befand, überleben.

Der Großmagister wollte den Sieg unbedingt.

In ihrer gesamten Geschichte hatten die stolzen und ehrenhaften Tschuden niemals gegen die althergebrachten Prinzipien fairer Verhandlungen verstoßen. Doch dieser Plan war schändlich und niederträchtig.

Sollte dieser Plan Realität werden, so bedeutete dies für den Großmagister den Rücktritt. Für den Kapitän der Garde Franz de Geer bedeutete es Verbannung und Schande. Für den Kriegskommandeur Bogdan le Sta bedeutete es den Tod.

Für den Orden indes bedeutete die Verwirklichung dieses Plans den Sieg über einen Erzfeind und eine erhebliche Stärkung seiner Machtposition in der Verborgenen Stadt.

Der Kriegskommandeur Bogdan le Sta erklärte sich zu dem Vorhaben bereit.

Sie lehnte sich zurück und presste den Rücken gegen Bogdans Brust. Er umfasste sie mit seinen starken Armen und massierte sanft die beiden kleinen, festen Hügel. Ihre Brustwarzen wurden hart.

»Gut?«

»Ja.«

Er vergrub das Gesicht in ihrem Haar und sog gierig den berauschenden Duft ein.

»Ich brenne gleich ab«, flüsterte er.

»Schsch ...« Sie legte den Kopf in den Nacken, hob den Arm und streichelte mit ihrer feingliedrigen Hand zärtlich über seinen Kopf. »Deine Augen sehen müde aus.«

»Das kommt von den anstrengenden Reisen.«

Sie wandte sich um, umfasste den Geliebten am Hals und zog ihn zu sich heran. Ihre Lippen trafen sich zu einem leidenschaftlichen Kuss, währenddessen seine Hand sich langsam zu ihrem Venushügel vortastete. Endlich spürte er die elektrisierende Rauheit des dichten, kräftigen Haarstreifens in den Fingerkuppen. Ihre Bauchmuskeln zuckten, während sie stoßweise und schneller zu atmen begann. Mit der zweiten Hand presste er ihren Körper noch fester an sich.

»Sieht so aus, als säße ich in der Falle«, flüsterte sie, als ihre Lippen sich getrennt hatten.

»Ach was, das fühlt sich nur so an«, erwiderte er und biss sie zärtlich in den Hals.

»Schwindler!«

Mit einer geschmeidigen Bewegung entwand sie sich Bogdans Umarmung, drehte sich ihm frontal zu und stemmte sich mit ungeahnter Kraft gegen seine Schultern. Ehe er sich versah, lag er unter ihr rücklings auf dem Bett.

»Jetzt bist du in der Falle!«

Ihre schweren, schwarzen Locken fielen auf sein Gesicht.

»Ich habe kein Problem damit.«

»Ach nein?!«

In Begleitung von drei Usurpatoren hatte sich Bogdan zum Grünen Hof aufgemacht. Er konnte sich noch gut daran erinnern, wie man sie in den Palast einließ, penibel durchsuchte und dann in den riesigen Thronsaal führte. Die Rechnung des Großmagisters ging auf. Zum Empfang der Abgesandten des Ordens hatten sich die ranghöchsten Magierinnen des Grünen Hofs versammelt: die junge, erst vor zwei Jahren gewählte Königin Wseslawa, die Priesterinnen und die Kommandeurinnen der Kranichtöchter. Viele Luden verließen indessen arglos ihre Festung, da einer alten Tradition gemäß während der Verhandlungen ein Waffenstillstand galt und die edlen Ritter dafür bekannt waren, solch eherne Regeln strikt zu befolgen.

An jenem Tag sah Bogdan die Königin des Grünen Hofs zum ersten Mal und fand bestätigt, was man sich von ihr erzählte. Wseslawa war tatsächlich eine außergewöhnlich schöne Frau: dichtes, strohblondes Haar, schlank, ein schmales Gesicht mit riesigen hellgrünen Augen und ein wahrhaft königliches Auftreten. Trotz ihrer Jugend und der katastrophalen Lage ihres Herrscherhauses gab sie sich äußerst souverän und lauschte würdevoll den Ausführungen Bogdans, der irgendeinen Unsinn über die Ruchlosigkeit des Dunklen Hofs, über einen möglichen Friedensvertrag und über einen Truppenabzug im Falle von Kontributionszahlungen schwafelte. Bogdan redete und redete und redete, denn er wartete auf den alles entscheidenden Augenblick.

Und dieser Augenblick kam.

Der Kanal, mit dem er die Schutzbarriere des Grünen Hofs durchbrach, war unauffällig. Bildlich gesprochen handelte es sich lediglich um einen hauchdünnen Draht, den er zu Franz de Geer hindurchsteckte. Den Rest besorgte das Karthagische Amulett. Zunächst floss die Energie der Magischen Quelle nur als klägliches Rinnsal, das sich jedoch allmählich zu einem reißenden Strom auswuchs. Je mehr von der magischen Energie Bogdan in sich aufsog, umso unerträglicher wurde seine innere Anspannung. Er begann zu stottern, verlor den Faden, und seine Augen liefen rot an. Eine Zeit lang bewahrte er noch die Haltung, doch dann stand er auf, reckte die Arme und schrie gegen die höllischen Schmerzen an. Bogdan spürte, wie die bordeauxrote Energiebombe in seinem Körper pulsierte, während ihn düsterer, dunkelgrüner Nebel einzuhüllen begann. Es war der verzweifelte Versuch der Priesterinnen, die Freisetzung der feindlichen Energie zu verhindern. Viel zu spät war ihnen aufgegangen, welch schmutziges Spiel hier gespielt wurde.

Die Usurpatoren, die Bogdan begleiteten, zettelten einen aussichtslosen Kampf an, um die Aufmerksamkeit der Luden auf sich zu lenken. Der Kriegskommandeur stand indessen allein inmitten des Saals, und mit einem Mal wurde ihm schmerzlich klar, dass der Tod bereits die Hand nach ihm ausstreckte. Nur noch wenige Sekunden, dann würde die aufgestaute Energie des Karthagischen Amuletts sich explosionsartig Bahn brechen und ihn in Stücke reißen. Am Ende stünden nur Leere und ewige Finsternis.

Die tödliche Energie schwappte ihm ins Gehirn und vernebelte sein Bewusstsein, doch irgendein Teil von Bogdan klammerte sich verzweifelt ans Leben. Das Innerste seiner Seele suchte nach einem Ausweg aus dieser Sackgasse und stemmte sich gegen den Untergang.

Genau in jenem Moment traf ihn der durchbohrende Blick von Wseslawas bedrohlich funkelnden, smaragdgrünen Augen. Die Gebieterin des Grünen Hofs war zutiefst bestürzt und schockiert, dennoch stand sie – den Kopf stolz emporgereckt – aufrecht neben ihrem Thron und starrte den Tschuden hasserfüllt an.

»Du armseliger Feigling!«, zischte sie.

Bogdan wurde bewusst, dass in den nächsten Sekunden nicht nur der Tod über ihn kommen würde, sondern auch Schmach und Schande. Nach einem solch ehrlosen Sieg würde man selbst im Orden nur mit Verachtung und Abscheu über ihn sprechen. In die Annalen der Verborgenen Stadt ginge er nicht als Held ein, sondern als Verräter. Als heimtückischer Heuchler, der seinem Gegner feige in den Rücken fiel.

Die Königin unternahm keinen Versuch, ihn zu töten. Sie stand reglos neben ihrem Thron, und Bogdan wurde klar, dass er seine Mission nicht erfüllen konnte. Der Preis war einfach zu hoch.

Vielleicht war die drohende Schande auch nur ein willkommener Vorwand für jenen Teil seiner Seele, der unbedingt leben wollte.

Als der letzte Usurpator blutüberströmt auf den grünen Marmorboden des Thronsaals sank, begann Bogdan damit, die in ihm angestaute Energie kontrolliert abzustoßen: in Form von *Kugelblitzen*, *Drachenseufzern*, *Salamanderringen* und *Elfenpfeilen*, als Eisblöcke und Giftwolken. Er aktivierte sämtliche ihm bekannten Kampfzauber und verhinderte auf diese Weise, dass die gesamte Energie mit einem Schlag freigesetzt wurde. Die Luden hatten ihre liebe Not damit, den todbringenden Arkanen des Kriegskommandeurs zu entgehen, und einige flüchteten in Panik aus dem Thronsaal. Doch die Klügsten unter ihnen hatten schnell begriffen, dass die verheerende Bombe des Großmagisters als Rohrkrepierer endete. Die Kampfzauber, die im Augenblick durch den Thronsaal spukten, waren nichts weiter als ein zielloses magisches Feuerwerk – gefährlich, gewiss, aber nicht katastrophal.

Wie lange mochte das Ganze gedauert haben? Sekunden? Minuten? Stunden?

Als Bogdan wieder zu sich kam, war er mit der Königin allein.

Nachdem er sämtliche Energie abgestoßen hatte, fühlte sich der Kriegskommandeur leer und schutzlos. Wseslawa stand direkt vor ihm, kaum drei Schritte entfernt, und ihre riesigen grünen Augen loderten vor Hass.

»Elend krepieren sollst du, Ritter!«

Der jungen Königin fehlte es an Erfahrung im Kampf. Sie wusste nicht, dass es töricht war, Zeit für leere Worte zu verschwenden. Sie unterschätzte den Wert von Sekunden, Hundertsteln und Tausendsteln, jenen unscheinbaren Elementen, aus denen sich das Leben zusammensetzt. Sie hatte noch nicht verinnerlicht, wie viel Zeit ein Sekundenbruchteil für einen Kriegsmagier bedeuten konnte.

Während die Königin ihre kurze und doch viel zu lange Verwünschung aussprach, aktivierte Bogdan sein letztes Artefakt, den letzten Akku, den er sich für einen solchen Fall aufgehoben hatte. Das letzte verbliebene Quäntchen Energie verwendete er auf das, was ihm die letzte Chance auf Rettung bot: ein Portal. Der Aufbau eines Blitzportals dauerte sechs tausendstel Sekunden, weitere drei Tausendstel nahm die Aktivierung des Artefakts in Anspruch.

Erst als sie den rotierenden dunkelroten Wirbel neben dem Kriegskommandeur sah, registrierte die Königin, dass ihr die Beute noch durch die Lappen gehen könnte. Ihr eilig geschmiedeter Kampfzauber traf den Feind, doch seine Flucht konnte er nicht mehr verhindern.

Als Bogdan sich in das Portal stürzte, umhüllte ihn eine giftgrüne Wolke – Wseslawas Abschiedsgruß.

Sie hielt ihn an den Schultern fest, beugte sich über ihn und ließ ihre Haarspitzen über seine Brust streichen. Nun war er es, der stoßweise zu atmen begann. Bogdans Nasenflügel blähten sich auf, und er fraß seine nackte Geliebte förmlich mit den Augen auf.

»Hast du mich vermisst?«, hauchte sie.

Er spürte die sanfte Berührung ihrer harten Brustwarzen auf seiner Haut.

»Ja.«

»Sehr?«

Jetzt strich ihre raues Schamhaar über seinen Bauch, und er verging fast vor Lust.

»Ja, sehr!« Bogdan begann zu stöhnen. »Wahnsinnig!«

Sie sprang auf die Knie, stützte sich mit gestreckten Armen auf seine Brust und glitt langsam auf ihn herab. Ein Schauer durchfuhr ihren Körper und Bogdan spürte, wie sich ihre kräftigen Schenkel gegen seine Flanken pressten.

»Ich habe dich auch vermisst, Liebster«, flüsterte sie und streichelte zärtlich mit den Fingern über seine Lippen. »Ich liebe dich, Bogdan.«

»Ich liebe dich auch, Tapira.«
Ihre Bewegungen wurden schneller.

Das Portal hatte Bogdan im Bitza-Park ausgespuckt, wovon der Ritter jedoch erst viel später erfuhr. Er schlug halbblind und blutüberströmt auf einer Wiese auf und vergrub seinen hämmernden, von grünem Gift verätzten Kopf in den Armen. Der Abschiedsgruß der Königin hatte es in sich. Seine letzten magischen Reserven hatte der Kriegskommandeur für den Aufbau des Portals verbraucht, und so war sein Körper dem Kampfzauber der grünen Hexe schutzlos ausgesetzt. Was hatte diese schwache Hülle aus Muskeln, Knochen, Sehnen und Nerven der verheerenden Kraft der Magie entgegenzusetzen? Der Ritter litt höllische Schmerzen, hatte nicht einmal mehr die Kraft zu schreien und verlor das Bewusstsein.

Bogdan schaffte es.

Er überlebte.

Er überstand diesen Albtraum.

Der durchtrainierte Körper des Kämpfers hielt stand.

Niemand weiß, wie lange der Kriegskommandeur im Park auf der Wiese lag, doch irgendwann, mitten in der Nacht, kam er wieder zu sich. Sein Kopf fühlte sich leer an, und auf seinen Lippen klebte der salzige Geschmack von Blut. Er rappelte sich auf und irrte taumelnd durch die finstere Säulenhalle des Waldes, um nach Hilfe zu suchen. Und auf diesem Irrweg lief Bogdan einer Schwarzen Morjane in die Arme. Das bedeutete das Ende. In seinem Zustand gegen eine Morjane zu kämpfen war aussichtslos. Sein einziger Trost bestand darin, dass der Tod durch ein Wandelwesen weniger Schmach bedeutete als jenes Selbstmordattentat, zu dem der Großmagister ihn aufgehetzt hatte. Der Ritter lehnte sich kraftlos gegen einen Baum, bereit, sein Schicksal in Würde anzunehmen.

Die Bestie kam näher, und eine Wolke von Pfirsichduft hüllte Bogdan ein. Eine Schwarze Morjane in Kampfmontur! Die langen Krallen, die mächtigen Dornen am Schwanz und die gebogenen Hörner schimmerten gespenstisch im Mondlicht. Immer näher schob sich der Kopf des Ungeheuers an ihn heran und dann – trafen sich ihre Blicke. Die braunen, mandelförmigen Augen des Kriegskommandeurs und die tief in den Höhlen sitzenden, grünen Augen der Schwarzen Morjane sahen einander an. Eine Ewigkeit. Bogdan verließen die letzten Kräfte, doch bevor er abermals das Bewusstsein verlor, erblickte er in den grünen Augen die Seele des vermeintlich erbarmungslosen Monsters.

Warum tötete die Morjane den Ritter nicht?

Was hatte Tapira in seinen Augen gesehen? Was war ihr durch den Kopf geschossen? Was durchbrach das von Mordlust vernebelte Bewusstsein des Wandelwesens? Nach allgemeiner Überzeugung hatten Schwarze Morjanen in Kampfmontur sich nicht unter Kontrolle. Sie handelten nicht bewusst, sondern töteten wahllos, blindwütig und grausam.

Doch nun stellte sich heraus, dass sie auch Gefühle zeigen konnten.

Nach einer Woche kam Bogdan wieder zu sich. Und

zwar in der Wohnung der Schwarzen Morjane Tapira. Das Erste, was er sah, waren die schwarzen Augen der schönsten Frau der Welt. Er versank in diesen Augen wie in einem tiefen Brunnen, und was er darin fand, war eine Mischung aus Angst, Hoffnung und Liebe.

Tapira wusste nicht, welche Gefühle ihr der erwachte Ritter entgegenbringen würde. Sie hatte mit dem Schlimmsten gerechnet: Angst und Schrecken, vielleicht Ekel und Hass. Doch aus seinem Blick sprachen Verständnis und Zuneigung.

Bogdan dachte nichts. Einer spontanen Regung folgend strich er mit der Hand über ihr schwarzes Haar.

An jenem Tag sprachen die beiden kein Wort miteinander, denn sie konnten auch in ihren Augen ablesen, dass sie füreinander bestimmt waren.

Niemand wäre auch nur im Traum auf die Idee gekommen, dass ein brillanter Kriegsmagier des Ordens, Ritter, Kriegskommandeur, engster Freund des Kriegsmeisters und verdienter Veteran sämtlicher Kriege des letzten Jahrhunderts, sich mit einer Schwarzen Morjane einlassen würde. In den Herrscherhäusern ließ man die Jugend an der langen Leine, doch man gab ihr klar zu verstehen, was ging und was nicht ging. Eheschließungen mit Abkömmlingen aus anderen Volksstämmen galten als ärgerliche Dummheit, und Bogdan machte sich keine Illusionen darüber, dass seiner Auserwählten der Weg in den Orden versperrt sein würde. Niemals hätte die sittenstrenge Gesellschaft des Herrscherhauses Tschud eine Morjane akzeptiert.

Doch das spielte nun keine Rolle mehr. Bogdan hatte in den Abgrund geschaut und eine zweite Chance bekommen. In seinem neuen Leben zählten andere Werte.

Tapira richtete den Oberkörper auf und bändigte mit den Händen ihre schwarze Mähne. Dabei bemerkte Bogdan, wie sich das Weiße um ihre kohlenschwarzen Augen grün verfärbte. Ihre rhythmischen Bewegungen wurden schneller und gleichzeitig heftiger, fordernder. Die Liebenden gerieten in einen Rausch der Lust.

Tapira begann laut zu stöhnen. Ihre Augen hatten sich inzwischen in funkelnde Smaragde verwandelt, ihre Muskeln gewannen an Kontur, und an ihrer straff gespannten Haut traten Sehnen und Adern hervor. Die filigranen, langen Finger, die so sanft zu streicheln verstanden, schrumpften zu groben, krummen Klauen und die gepflegten Fingernägel wuchsen sich zu messerscharfen Krallen aus.

Doch nicht nur einzelne Teile, sondern der gesamte Körper der Frau verwandelte sich – äußerlich und innerlich. Und gerade jene inneren Veränderungen, die dem Auge verborgen blieben, veranlassten Bogdan, lustvoll zu stöhnen und ekstatische Verrenkungen auf dem schwarzen Laken zu vollführen.

Tapiras Gesichtszüge wurden schärfer, die Augenbrauenbögen wuchsen zu weit über die Augen gewölbten Wulsten, die Nase fiel ein und schrumpfte auf zwei schwarze Grübchen zusammen, die vollen Lippen verschmälerten sich und dazwischen sprossen zwei spitze Eckzähne hervor. Das Haar verschwand, die Ohren wurden spitz und legten sich eng an den Kopf, aus dem zwei gebogene Hörner wuchsen. Ohne ihre rhythmischen Bewegungen zu unterbrechen, hatte Tapira ihre Position verändert und lag jetzt nahezu parallel über Bogdan. Dieser Stellungswechsel war nicht etwa einer Laune geschuldet, sondern ergab sich gleichsam von selbst, denn an ihrer Kehrseite hatte sich ein dicker, mit mächtigen Dornen bewehrter Schwanz gebildet.

»Ich liebe dich!«, keuchte Bogdan.

Die Metamorphose war vollendet. Die Schwarze Morjane Tapira hatte ihre Kampfmontur angelegt, fauchte lüstern und verströmte das Aroma reifer Pfirsiche.

Voller Liebe und Leidenschaft sahen sich die beiden in die Augen. Der rothaarige Prachtkerl in der Blüte der Jahre und die Schwarze Morjane in Kampfmontur.

Der Schöne und das Biest.

Ihre innig verschlungenen Körper waren zu einer Einheit verschmolzen, und es schien, als ob nichts auf der Welt sie jemals trennen könnte. Die Spiegel in Tapiras Schlafzimmer verstanden davon nichts, machten sich jedoch um die vielfältige Darstellung dieses denkwürdigen Bildes verdient.

Es ist nicht leicht, den eigenen Tod hinzunehmen.

Besonders dann nicht, wenn du als erfahrener Krieger mitten im Leben stehst und dich der Tod nicht im Kampf ereilt, sondern quasi auf Befehl von oben. Du verlierst alles, was du hast. Magier wissen nur zu gut, dass sie keine zweite Chance bekommen. Nur gewöhnliche Sterbliche geben sich der Illusion hin, dass der Tod lediglich der Übergang in eine bessere Welt sei oder die Seele in einem anderen Körper wiedergeboren werde, mit anderen Worten, dass alles gar nicht so schlimm sei, wie es scheint. Für einen Magier ist die Sache vollkommen klar: Du lebst, solange du lebst, und dann gehen die Lichter aus. Die Welt stößt dich aus, wirft dich weg wie einen alten Lumpen. Und du kommst nie wieder zurück. Von dir bleibt nur die Erinnerung. Man wird dich als Helden in Erinnerung behalten.

Oder als niederträchtiges Schwein.

Selbst wenn die Missetat, die du begangen hast, deinen Volksgenossen zum Vorteil gereicht hat, werden sie dir niemals dankbar dafür sein. Sie werden sich schämen für dich und für das, was du getan hast. Denn moralische Prinzipien sind das Einzige, was eine Gesellschaft von einer Viehherde unterscheidet. Und ohne Moral gibt es keine Zukunft. An diesen Gedanken hat Bogdan sich geklammert, als er sich weigerte zu sterben. Er hat gegen die Interessen des Ordens gehandelt und dies vor sich selbst mit seinen Überzeugungen und seinem Verständnis von Ehre gerechtfertigt.

Kann man ein solches Verhalten als mutlos bezeichnen?

Niemand auf der Welt kann den Kriegskommandeur der Feigheit bezichtigen. Die einen nicht, weil sie schon tot sind, die anderen, weil sie sich in einer ähnlichen Situation genauso verhalten haben: Im Angesicht des Todes haben sie sich für das Leben entschieden.

Alle Übrigen können ihre Meinung für sich behalten.

Bogdan hörte das Wasser plätschern. Während Tapira im Bad unter der Dusche stand, fuhr er liebevoll mit der Hand über das schwarze Laken. Es war immer noch warm vom Körper der heißblütigen Morjane. Was wäre mein Leben ohne Tapira, dachte er und drehte sich glückselig auf den Rücken.

Noch nie hatte er so viel für jemanden empfunden. Mit ihr fühlte er sich völlig eins. Sie war für ihn die Einzige und die schönste Frau der Welt. Und noch nie wurde Bogdan so aufrichtig und leidenschaftlich geliebt. Für den Kriegskommandeur waren das neue, bislang ungekannte Gefühle. Er genoss sie, badete darin, gab sich ihnen völlig hin. Sie waren tatsächlich wie füreinander gemacht: der Ritter, verhärtet und abgestumpft in nicht enden wollenden Kriegen, und die Frau, die wie ihre gesamte Sippschaft als Monster und Bestie verachtet wurde. Voreinander öffneten sie ihre verwundeten Seelen.

Zehn Tage nach dem Kampf im Thronsaal des Herrscherhauses Lud kehrte Bogdan in die Burg zurück. Zu diesem Zeitpunkt hatten der Orden und der Grüne Hof bereits Frieden geschlossen. Dem Kriegskommandeur le Sta und den drei Usurpatoren, die im Kampf gefallen waren, hatte man bereits die letzte Ehre erwiesen.

Man hielt sie für Helden.

Unter der Bedingung eines vollständigen und bedingungslosen Truppenabzugs der Tschuden hatte sich Königin Wseslawa dazu bereiterklärt, den Vorfall vertraulich zu behandeln. Der Großmagister und der Kapitän der Garde waren zufrieden mit diesem Handel.

Und auch Bogdan konnte damit leben.

Er erzählte, dass er den Energiestrom nicht kontrollieren habe können.

Sie taten so, als würden sie ihm das glauben.

Er bat um seine Entlassung aus der Garde.

Sie gaben ihm höflich, aber bestimmt zu verstehen, dass er sich diesen Wunsch abschminken könne, da ein Kriegsmagier seines Kalibers unersetzlich sei.

Er bat darum, keinen Helden aus ihm zu machen.

Sie erklärten sich damit einverstanden.

Im Orden begrüßte man solcherlei Bescheidenheit eines Kriegshelden.

Tapira kam aus dem Bad, blieb in der Schlafzimmertür stehen und lehnte sich in lässiger Pose gegen den Rahmen. Die langen nassen Haare verdeckten fast völlig ihr Gesicht, doch ihre schwarzen Augen spähten frivol durch die gewellten Strähnen hindurch. Der dünne Morgenmantel reichte ihr nur knapp über die Hüfte.

»Erschöpft?«, fragte sie provokant.

»Niemals.«

Sie kam herein und setzte einen Fuß auf die Bettkante.

»Du hast immer noch Lust?«

Bogdan lächelte, griff nach ihrer zarten Hand und zog Tapira an sich. »Es ist, als hätten wir uns eine Ewigkeit nicht gesehen.«

»Manchmal meine ich, ich müsste sterben, wenn du weg bist.«

»Niemand kann uns trennen«, flüsterte er, während er mit den Lippen über ihre Wange strich.

Ihre Haut fühlte sich angenehm kühl und feucht an.

Plötzlich seufzte Tapira, wandte sich ab und sagte ernst: »Wir haben Nimata verloren.«

Der Ritter verstand nicht sofort und streichelte ihr zärtlich übers Haar. Dann hielt er inne und stutzte.

»Wie meinst du das, verloren?«

»Sie wurde getötet«, erklärte Tapira tonlos und schluckte. »Sie war mit der Überwachung von Olga an der Reihe. Die war mit Freunden im Gorki-Park unterwegs und wurde dort von irgendwelchen Wüstlingen angegriffen.«

»Und Nimata hat sich da eingemischt?«, wunderte sich Bogdan.

»Nein. Während ihre Freunde diese Typen verdroschen, ist Olga, die dumme Gans, vor lauter Angst einfach weggerannt. Nimata hat ihre Kampfmontur angelegt und ist ihr gefolgt.«

»Wozu hat sie ihre Kampfmontur angelegt?«

»Das ist angenehmer im Wald.« Tapira zuckte mit den Achseln. »Wie auch immer, jedenfalls kamen sie im Lustgarten heraus und dort waren zu der Zeit Söldner zugange. Humos.«

»Wer?«

»Artjom und Cortes.«

Bogdan runzelte die Stirn. Artjom war ein unerfahrener Grünschnabel, doch dieser Cortes galt als bester Söldner der Verborgenen Stadt.

»Was hatten sie dort verloren?«

»Keine Ahnung.«

»Könnte es sein, dass sie Olga beschattet haben?«

»Ausgeschlossen. Olga wurde rund um die Uhr von uns überwacht. Es wäre uns aufgefallen, wenn sie jemand verfolgt hätte.«

»Hm.« Bogdan massierte sich nachdenklich die Stirn. »Und was ist dann geschehen?«

»Genau weiß ich das nicht. Offenbar ist Olga auf diesen Artjom gestoßen, der hat Nimata bemerkt und dann ist es passiert ... Gegen halb ein Uhr nachts hat Artjom den Entsorgungsservice beauftragt, den Körper einer Morjane zu beseitigen.«

»Wie hat der Grüne Hof reagiert?«

»Noch gar nicht. Bis jetzt haben sie keine Erklärung von dem Humo verlangt.« Tapira seufzte bitter. »Wen kümmert schon die Tötung einer Schwarzen Morjane?«

Der Kriegskommandeur presste die Lippen aufeinander, und sein Blick verfinsterte sich.

»Was ist mit Olga?«

»Ich weiß es nicht«, gab Tapira zu.

»Wir müssen sie unbedingt finden. Und zwar so schnell wie möglich.«

Tapira wandte ihr Gesicht endlich wieder dem Ritter zu. In ihren Augen standen Tränen.

»Wir hätten das nicht anfangen sollen, Bogdan. Nimata ... Wir kannten uns seit dreißig Jahren. Sie war so besonders, so sensibel ...«

Tapira drehte sich wieder weg, doch Bogdan sah ihre Augen immer noch. Im Spiegel.

»Wir sollten die Sache abbrechen«, setzte die Morjane fort. »Jetzt, wo wir den Armreif haben, hat sich die Lage völlig geändert.«

Der Ritter schüttelte den Kopf: »Der Armreif bringt überhaupt nichts. Im Gegenteil, er könnte erst recht zur Fessel werden. Wenn die Herrscherhäuser dahinterkommen, dass der Armreif aufgetaucht ist, werden sie alle Hebel in Bewegung setzen, um ihn zu finden. Früher oder später kriegen sie ihn und dann geht ihr endgültig in die Sklaverei.« Bogdan ballte die Faust. »Wir müssen das Problem ein für alle Mal lösen.«

»Der Blutzoll ist zu hoch.«

»Irgendjemand muss eben dafür bezahlen«, entgegnete der Kriegskommandeur hart. »Der fromme Wunsch allein bringt uns nicht weiter.«

»Vielleicht ist das, was wir wollen, unangemessen und das Arkan wendet sich gegen uns?«

»Es sind unsere Wünsche – sie können nicht unangemessen sein.« Der Ritter streichelte seiner Geliebten zärtlich über den Kopf und erhob sich vom Bett. »Jedenfalls gibt es für mich keinen Weg zurück. Ich kann jetzt nicht einfach aufhören. Das Arkan würde mich vernichten. Der Große Kreis ist schon geschlossen, und der Kleine Kreis wird sich in nächster Zeit schließen. Die Kraft des Arkans ist geweckt und bereit, unseren Wunsch zu erfüllen.« Er ging vor Tapira in die Hocke, nahm sie an beiden Händen und sah ihr eindringlich in die Augen. »Das Arkan verändert die Struktur der ganzen Welt. Der Welt! Kannst du dir vorstellen, welch gewaltige Energie dazu nötig ist? Diese Energie ist bereits da, und mit jedem Opfer wird sie noch größer! Im Augenblick ist sie versiegelt, doch wenn ich sie nicht in die richtigen Bahnen lenke, wird sie unkontrolliert freigesetzt und mich in Stücke reißen. Verstehst du das?«

Die Morjane nickte schweigend.

»Ich kann nicht mehr zurück.« Der Kriegskommandeur seufzte. »Wirst du diesen Weg mit mir gehen?«

»Ja, Liebster.«

»Gut.«

Bogdan schwieg eine Weile, dann erhob er sich und ging im Zimmer auf und ab.

»Wir müssen Olga finden. Sofort. Vielleicht ist sie in ihrer Wohnung.«

»Ich kann mir nicht vorstellen, dass der Söldner sie nach Hause gebracht hat.«

»Warum nicht? Dieser Humo schöpft sicher keinen Verdacht. Er hat Olga vor einer Morjane gerettet und jetzt wird er versuchen, ihr weiszumachen, dass sie das alles nur geträumt hat. Logisch, oder?«

»Logisch.«

»Wir müssen eine deiner Stammesgenossinnen dorthin schicken, um zu überprüfen, ob Olga tatsächlich zu Hause ist.«

»Und wenn Artjom noch dort ist?«

»Dann dürfte das böse für ihn enden. Ich kann mir vorstellen, dass Morjanen im Moment nicht gut auf ihn zu sprechen sind.« Bogdan grinste. »Ist gerade eine von euch in der Nähe?«

Tapira seufzte. »Mitara.«

»Gut. Dann schicken wir Mitara.«

Der Ritter öffnete die kleine Schatulle, die auf dem niedrigen Schlafzimmertischchen stand, entnahm ihr einen goldenen Armreif, der mit einer ganzen Batterie großer Smaragde verziert war, und streifte ihn langsam über sein linkes Handgelenk. Das Artefakt wurde automatisch aktiviert, als es ins Energiefeld des Magiers gelangte. Bogdan spürte ein leichtes Stechen in den Schläfen und rieb mit den Fingern über die funkelnden Smaragde.

»Mitara, kannst du mich hören?«

Der Armreif modulierte Bogdans Stimme mit äußerster Präzision, und da es keine Morjanen mit gleichen Namen gab, konnte der Ruf auch nicht das falsche Wandelwesen erreichen.

»Ich höre dich«, antwortete eine leise Stimme.

»Gut, Mitara. Ich habe einen Auftrag für dich ...«

KAPITEL FÜNF

Städtisches Mietshaus
Moskau, Pjatnizkoje Chaussee
Samstag, 16. September, 08:29 Uhr

Die flauschige Perserkatze sprang aufs Bett, marschierte ungeniert über die Hügellandschaft, die Larissa unter der Decke formte, lauschte interessiert ihrem ruhigen Atmen, tappte mit den dicken, runden Pfoten aufs Kopfkissen und versetzte der Schlafenden mit der Schnauze einen Stupser mitten ins Gesicht. Die langen Schnurrhaare kitzelten an der Nase.

»Frosja, hau ab!«

Schlaftrunken schob Larissa die Katze weg, doch die dachte überhaupt nicht daran, das Feld zu räumen. Sie miaute entrüstet und versetzte ihr einen neuerlichen Nasenstüber. Larissa gab auf. Sie streichelte mit der Hand über den Rücken des dreisten Haustigers, der triumphierend zu schnurren begann.

Frosja machte sich würdevoll auf dem Kopfkissen breit und leckte sich hingebungsvoll die Pfoten. Larissa öffnete die Augen und streckte sich.

Die Wanduhr zeigte halb neun. Früh. Zu früh angesichts des Umstands, dass sie erst um halb zwei Uhr nachts ins Bett gekommen war. Ins Zimmer fluteten grelle Sonnenstrahlen, durchs gekippte Fenster drang die erfrischende Kühle des jungen Herbstmorgens, und die Katze schnurrte zufrieden auf dem eroberten Kopfkissen. An Weiterschlafen war also nicht zu denken.

Larissa streckte sich abermals. Ihre Eltern hatten sich gestern auf die Datsche abgesetzt, um den herrlichen Altweibersommer im Grünen zu genießen. Bestimmt hatten sie ihr eine Einkaufsliste hinterlassen. Die junge Frau spähte zum Schreibtisch hinüber und tatsächlich: Dort lagen ein Zettel und einige Geldscheine. Was soll's, dachte Larissa. In die Uni musste sie heute ohnehin nicht. Sie schrieb gerade an ihrer Diplomarbeit und stattete der Alma Mater bestenfalls einmal in der Woche einen Besuch ab.

Die junge Frau war nun endgültig wach und spürte ihre Muskeln, die nach dem gestrigen Skatingabend im Park noch ein wenig schmerzten. Ein Königreich für eine Wechseldusche! Sie wollte sich gerade aus der Decke schälen, da fielen ihr die gestrigen Ereignisse wieder ein.

Diese verdammten Glatzen! Wo waren die plötzlich hergekommen? Sie hatten den ganzen Abend verdorben. Andererseits, wieso verdorben? Ihre Begleiter, besonders Viktor, hatten sich von ihrer besten Seite gezeigt und dem kahlgeschorenen Gesindel klargemacht, wie man sich jungen Frauen gegenüber zu benehmen hat.

Die Erinnerung an das beherzte Eingreifen der jungen Männer löste beinahe romantische Gefühle bei Larissa aus, und sie musste unwillkürlich lächeln. Warum nur hatte sie es abgelehnt, mit ihnen danach noch in die *Sportbar* zu fahren? Nun ja, die ganze Aufregung, der Schrecken. Andererseits hatte sie lange nicht so panisch reagiert wie Olga, die einfach Hals über Kopf davongelaufen war. Sie hatten ihre Freundin auch danach nicht mehr gefunden, obwohl sie noch ziemlich lange durch den Park irrten und nach ihr riefen. Es konnte nicht schaden, nachzufragen, ob sie gut nach Hause gekommen war.

Larissa griff nach dem Telefon und tippte die Nummer ihrer Freundin ein.

»Olga? Guten Morgen, hier ist Larissa.«

»Larissa, hallo.«

Die Stimme ihrer Freundin klang ein wenig seltsam. Irgendwie verstört – oder verschlafen? Erst jetzt machte Larissa sich klar, wie früh es noch war, und Olga hatte keine unverschämte Katze zu Hause. Sie streichelte dem Tier zerstreut über den Kopf. Frosja war inzwischen in einen genießerischen Halbschlaf gesunken und zuckte nur mit den Pinselohren, ohne die Augen zu öffnen.

»Ich habe dich doch hoffentlich nicht geweckt? Wo bist du gestern abgeblieben? Wir haben uns solche Sorgen gemacht!«

»Wer ist dran?«, erkundigte sich Artjom.

»Eine Freundin«, antwortete Olga, während sie mit der Hand den Hörer zuhielt. »Tut mir leid, Larissa, ich hatte mich einfach verirrt. Ich bin durchs Gebüsch gerannt, bis ich plötzlich am Lenin-Prospekt herauskam. Dort habe ich mir ein Taxi genommen und bin heimgefahren. Ich hatte einfach den Kopf verloren vor lauter Angst, sorry.«

»Du bist mir vielleicht eine Heldin! Wir haben dich bis ein Uhr nachts gesucht! Du hast übrigens eine ziemlich gute Show verpasst. Die Jungs haben diese Glatzen ordentlich vermöbelt. So schnell lassen die sich nicht mehr im Gorki-Park blicken. Viktor hat ihrem Anführer sämtliche Zähne ausgeschlagen! Als sie angelaufen kamen ...«

Die muntere Stimme der Freundin begann sich zu überschlagen. Artjom schmunzelte und verzog sich diskret in die Küche. Olga nützte diese Gelegenheit, um ausgiebig zu gähnen, und beschloss, das Gespräch zu beenden.

»Sei mir nicht böse, Larissa, aber ich muss zur Arbeit.« An einem anderen Tag hätte sie sich die Heldentaten des unvergleichlichen Viktor vielleicht sogar angehört, doch heute hatte sie entschieden keine Lust dazu. »Lass uns am Abend telefonieren, okay?«

»Okay. Sehen wir uns am Abend?«

»Ich weiß noch nicht.«

»Raff dich auf, du hängst viel zu oft allein herum.«

»Ich melde mich.«

Larissa legte den Hörer auf, sprang mit einem Satz aus dem Bett und räkelte sich vor dem hohen, fast bis zur Decke reichenden Spiegel. Ein kleiner Muskelkater konnte überhaupt nicht schaden! Dafür reckten die Männer die Hälse nach ihrer schlanken, sportlichen Figur. Larissa betrachtete äußerst zufrieden ihre langen

Beine und straffen Brüste, schüttelte übermütig ihr kurzes blondes Haar (naturblond, übrigens!), zwinkerte ihrem Spiegelbild zu und wandte sich zum Schreibtisch. Die Einkaufsliste: Joghurt, Kaffee ... das Übliche eben. Geld hatten die Eltern genug dagelassen, und Larissa registrierte es mit einem Grinsen: Schließlich wusste sie, dass man mit Geld wesentlich sinnvollere Dinge anstellen konnte, als es für Joghurt oder Kaffee auszugeben.

Ihre Fähigkeit, andere Menschen zu manipulieren, war Larissa vor einigen Monaten bewusst geworden. Schon in der Kindheit hatte sie einen ruhigen, ausgeglichenen Charakter offenbart, kam mit allen gut aus und konnte hervorragend mit Tieren umgehen. Pferde, Hunde und Katzen schienen dem Charme des Mädchens augenblicklich zu erliegen und in ihrer Gegenwart verwandelte sich selbst der beißwütigste Bullterrier in einen verschmusten Schoßhund.

Erst in jüngerer Zeit hatte Larissa festgestellt, dass sie ihr Talent, andere zu beeinflussen, gezielt einsetzen konnte. Wenn sie störende Nebengeräusche ausblendete und sich völlig darauf konzentrierte, konnte sie ihre Gedanken und Wünsche den Menschen in ihrer Umgebung gleichsam aufzwingen. Ihre Eltern drückten dann beide Augen zu, wenn sie spätnachts nach Hause kam, mit einer supermodischen, aber geschmacklosen Hose herumlief, ihr linkes Ohr mit zwei zusätzlichen Ohrringen schmückte oder weiß Gott was sonst noch ausheckte. Nach einiger Zeit begnügte sich Larissa nicht mehr damit, ihre Eltern milde zu stimmen, sondern probierte ihre Fähigkeiten auch an anderen Menschen aus: an Freunden, Dozenten, Verkäufern ...

Mit zunehmender Übung wurde sie auch immer besser. Nach und nach schaffte sie es, anderen nicht nur Gefühle, sondern auch Vorstellungen einzuimpfen. Sie konnte Leute dazu bringen, an Dinge zu glauben, die es nicht gab. Die Möglichkeiten, die sich daraus ergaben, waren geradezu fantastisch. Doch den entscheidenden Schritt nach vorn machte sie, als sie lernte, eine Art Wirbel zu erzeugen. Sie wusste nicht, was das ist, und verstand auch nicht, wie er funktionierte, doch dieser Wirbel machte es ihr noch leichter, stets ihren Willen durchzusetzen.

Ihre neuen Fähigkeiten verliehen der jungen Frau Selbstbewusstsein, ein Gefühl von Macht und nicht zuletzt sichere Einkünfte. Vergnügt nahm Larissa die Geldscheine vom Tisch und steckte sie in ihren Geldbeutel.

Moskau, Uferpromenade des Flusses Jausa
Samstag, 16. September, 09:13 Uhr

Derjenige, der diesen Teil Moskaus geplant hat, war ein ausgemachter Dummkopf.

Am Ufer der Jausa müssten Wohngebäude stehen, private oder städtische, Mietshäuser oder kleine Villen, Barock oder Hightech, völlig egal – jedenfalls sollten hier Menschen wohnen, die sich daran freuen, wenn die Sonnenstrahlen im Fluss glitzern. Abends könnten sie auf der Uferpromenade spazieren gehen oder einfach auf einer der schmalen, buckligen Brücken rasten und versonnen aufs träge dahinströmende Wasser schauen. Man hätte hier lauschige Parks anlegen können, in denen sich die einmalige Schönheit unberührter Natur mit menschlicher Fantasie verbindet. Es hätte viele Möglichkeiten gegeben, die Uferbereiche der Jausa sinnvoll und ästhetisch zu gestalten. Stattdessen hatte man sie zu Zeiten des Imperiums mit Fabriken, kahlen Mauern und den gesichtslosen Betonklötzen irgendwelcher Forschungsinstitute zugebaut. Inzwischen hat sich das ehedem saubere und lebendige Flüsschen in eine trübe, schmutzige Brühe verwandelt, die man aus unerfindlichen Gründen in ein Bett aus Granit gezwängt hat.

Kornilow stieg aus seinem Dienstwolga aus und blinzelte in die grelle Sonne.

»Soll ich hier warten?«, erkundigte sich Palytsch, sein Fahrer.

Andrej schüttelte den Kopf: »Fahr weg und hol mich in einer Dreiviertelstunde wieder ab, nicht früher.«

Während der Wolga im dichten Berufsverkehr entschwand, schlenderte Kornilow am Uferweg entlang, stützte sich dann auf das warme, schwarze Metallgeländer und zündete sich eine Zigarette an. Der Major hatte es eilig, seinen Nikotinspiegel in Ordnung zu bringen, denn derjenige, den er in fünf Minuten hier treffen wollte, konnte Zigarettenqualm nicht ausstehen.

Hatte derjenige, den er erwartete, es überhaupt nötig, ihm zu helfen? Schließlich konnte er ihm keine Gegenleistung anbieten. Die Zigarettenasche schwebte langsam ins trübbraune Wasser hinab. War nicht vielmehr er, Kornilow, diesem Mann etwas schuldig? Und wie viel?

Andrej hatte Santiago erst vor kurzem kennengelernt und ihn auch nur einmal gesehen. Bei dieser Begegnung hörte der Major zum ersten Mal von der Verborgenen Stadt, jener mysteriösen Siedlung, die sich im modernen Moskau verbarg und in der die Überreste alter Zivilisationen eine Zufluchtstätte gefunden hatten – Überreste wirklich alter Zivilisationen, die den Planeten beherrschten, lange bevor der Säbelzahntiger dem Menschen den Schwanz abbiss. Bei dem erwähnten Treffen hatte Kornilow außerdem erfahren, dass es Magie keineswegs nur im Märchen gab. Und er glaubte es auch sofort, denn Santiago war ziemlich überzeugend in seiner Art. So überzeugend, dass er den Major damals überredete, sich zum ersten Mal im Leben auf einen Betrug einzulassen. Santiago lieferte ihm gefakte Beweise, die es ihm ermöglichten, den Fotografen Juschlakow zu verhaften und als Täter im Vivisektor-Fall zu präsentieren. Den tatsächlichen Serienmörder beseitigte Santiago höchstpersönlich.

Sein Gefühl sagte dem Major damals, dass er Santiago nicht zum letzten Mal getroffen hatte, doch dass er ihn so bald wiedersehen würde, hätte er nicht erwartet. Nachdem ihn Schwedow mit der Aufklärung der Ritualmorde beauftragt und er die vorliegende Faktenlage studiert hatte, war für ihn völlig klar, an wen er sich wenden musste.

»Sie rauchen immer noch, Major Kornilow?«

Andrej stutzte und drehte sich um. Aus fünf Schritten Entfernung lächelte ihm ein schwarzhaariger Mann zu, der mit einer lässigen Handbewegung die Schlösser eines dunkelblauen Jaguar XJ220 einrasten ließ. Santiago war ein großgewachsener, schlaksiger Typ. Seine tief in den Höhlen sitzenden, schwarzen Augen wirkten lebendig und aufmerksam. Er trug einen eleganten beigen Anzug, ein schneeweißes Hemd, dessen Manschettenknöpfe mit schwarzen Brillanten besetzt waren, dazu eine Designer-Krawatte und edle Wildlederschuhe. Eigenartig: Kornilow hegte ein gewisses Unbehagen angesichts des Treffens mit Santiago, doch ihm persönlich gegenüber empfand er keinerlei Antipathie. Eher schon Respekt. Santiago war ja gewissermaßen ein Kollege des Majors und, wie Kornilow gesehen hatte, ein Mensch, der mit äußerster Professionalität zu Werke ging. Andererseits war Santiago überhaupt kein Mensch. Bewohner der Verborgenen Stadt ähnelten den Menschen nur äußerlich, genetisch waren sie völlig anders gestrickt.

»Ich habe mich doch hoffentlich nicht verspätet?«

»Keineswegs.«

Andrej warf seine Zigarettenkippe weg, und erst jetzt trat Santiago näher. Die Männer gaben sich nicht die Hand.

»Es freut mich aufrichtig, Sie wiederzusehen, Major Kornilow«, erklärte Santiago verbindlich und lächelte abermals. »Benötigen Sie meinen Rat. Oder Hilfe?«

Hilfe natürlich, dachte Kornilow. Dass die Verborgene Stadt hinter den Ritualmorden steckte, konnte er sich schließlich an fünf Fingern abzählen. Doch Andrej wollte nicht mit der Tür ins Haus fallen.

»Nach unserer letzten Begegnung habe ich viel nachgedacht.«

»Kann ich mir vorstellen«, erwiderte Santiago und nickte verständnisvoll.

»Es gibt da einige Dinge, die ich gern verstehen würde.«

»Woran denken Sie konkret?«

Kornilow griff gewohnheitsmäßig nach seinen Zigaretten, steckte sie schnell wieder zurück und spielte zerstreut mit dem Feuerzeug herum.

»Sie hatten gesagt, dass zur Zauberei Energie erforderlich sei.«

»Vollkommen richtig. Eine spezielle, magische Energie.«

»Woher kommt diese Energie? Präziser gefragt, steckt sie in jedem Menschen und in jedem ... ähm ...« Kornilow suchte nach dem passenden Wort.

»Sagen wir: in jedem vernunftbegabten Wesen«, kam ihm Santiago zu Hilfe. »Selbstverständlich, doch in so lächerlich geringer Menge, dass dies nicht einmal zur Fälschung einer Kreditkarte reichen würde. Wesentlich entscheidender ist der Umstand, dass jedes Wesen dazu in der Lage ist, diese Energie aufzunehmen, anzureichern und dann nach seinem Gutdünken einzusetzen.«

»Energie, die demnach von außen kommt, nicht wahr?«

»Völlig richtig. Wir handeln mit dieser Energie.«

»Und wo nehmen Sie sie her?«

»Da gibt es ganz spezielle Einrichtungen – sogenannte Quellen.« Santiago grinste. »Aber fragen Sie mich nicht, wie sie funktionieren.«

»Versprochen.« Andrej schwieg für einen Augenblick, während er sich die nächste Frage überlegte. »In Lebewesen steckt also nur wenig Energie?«

»Vernachlässigbar wenig.«

»Ich habe ein paar Bücher über Magie gelesen.«

Santiago zog die Brauen hoch, erwiderte jedoch nichts.

»Dort ist unter anderem von Opferritualen die Rede. Ich denke, Sie wissen, was ich meine: schwarze Magie, Teufelskult, Hexensabbat.«

»In dieser Hinsicht kann ich Sie beruhigen, Major«, winkte Santiago ab und überprüfte die perfekte Fingernagelmaniküre an seiner linken Hand. »Ich will nicht verhehlen, dass es früher einmal solche Opferrituale gegeben hat, doch inzwischen sind sie verboten.«

»Wirklich komplett verboten?«

»Das Verbot bezieht sich auf vernunftbegabte Wesen, also auf Bewohner der Verborgenen Stadt und auf euch Menschen. Tiere werden nach wie vor getötet – dagegen werden sie doch hoffentlich nichts einzuwenden haben?«

»Bei Tieren ist es etwas anderes.« Andrej fiel ein, dass er vergangene Woche einen geringen Betrag an Greenpeace gespendet hatte, doch er wollte nicht kleinlich sein. »Welchen Sinn machen solche Opfer, wenn in Lebewesen praktisch keine Energie steckt?«

»Ihre messerscharfe Logik gereicht Ihnen zur Ehre,

Major Kornilow.« Santiago neigte anerkennend den Kopf. »Die Opfer dienen einem anderen Zweck.«

»Und welchem?«

Diesmal nahm sich Santiago eine Pause zum Nachdenken. Er sah Andrej sehr aufmerksam in die Augen und betrachtete dann eine Weile den trägen Wasserlauf zu seinen Füßen.

»Sehen Sie sich diesen Fluss an, Major, und die ganze Umgebung hier. Dereinst befand sich hier ein Wald, hundertjährige Bäume rauschten im Wind, im Dickicht streiften Bären, Wölfe und Hirsche umher. Sie wissen noch, wie ein Hirsch aussieht, Major Kornilow?«

Andrej nickte.

»Gut. Dann seid ihr Menschen gekommen und habt die Welt verändert: habt den Wald gerodet, Holzhäuser gebaut, die wilden Tiere vertrieben oder ausgerottet, das Gras durch Getreide ersetzt. Später habt ihr die Holzhäuser wieder abgerissen, Fabriken hochgezogen, die Erde asphaltiert, den Fluss begradigt – und abermals hat die Welt sich verändert.«

»Dieser Ort hat sich verändert.«

»Die gesamte Welt, Major Kornilow, denn die Welt ist nichts anderes als die Gesamtheit solcher Orte. Die Gesamtheit aller Flüsse, Wälder, Tiere, Humos und so weiter.«

»Und was hat das mit Opferritualen zu tun?«

»Das werden Sie gleich verstehen.« Santiago sah Andrej nicht an, sondern blickte wie abwesend aufs Wasser hinunter. »Auch Magie verändert die Welt, Major Kornilow. Wenn Ihnen kalt ist, verbrennen Sie Holz, Öl oder

Gas. Wenn mir kalt ist, entnehme ich der Welt ein wenig Energie und wärme mich daran. Damit verändere ich die Struktur der Welt.« Zur Untermalung formte Santiago die Hände zu einer Kugel. »Alle Lebewesen sind ein Teil der Welt. Wenn sie geboren werden, verändert sich die Welt, während sie leben, verändern sie die Welt durch ihr Verhalten, und wenn sie sterben, verändert sich wiederum alles. Wenn Sie sterben, Major Kornilow, verändert sich die Struktur der Welt. Verstehen sie nun?«

»Noch nicht.«

»Der Tod jedes Lebewesens beeinflusst die Struktur der uns umgebenden Welt. Ein vorher geplanter Tod oder eine ganze Reihe solcher Tode kann also zu einem gewünschten Resultat führen. Verstehen Sie das?«

»Selbstverständlich.«

»Eben diesem Zweck dienen Opferrituale – sie sind eine simple und schnell wirkende Methode, um die Struktur der Welt zu verändern.« Santiagos Stimme kühlte merklich ab. »Und nun, Major Kornilow, wäre ich Ihnen verbunden, wenn Sie die Güte hätten, mir den wahren Grund unseres Treffens mitzuteilen.«

Die ironische Verbindlichkeit dieser Aufforderung klang beinahe ein wenig überheblich. Doch auch Kornilow verstand sich blendend darauf, den Tonfall eines Gesprächs abrupt zu ändern. Er ließ sich deshalb nicht aus der Ruhe bringen und konterte mit einer klaren Ansage.

»In den letzten drei Tagen sind mehrere Ritualmorde in der Stadt begangen worden.«

»Schon wieder ein Verrückter?«

»Verrückte töten nicht in so kurzen Abständen.« Andrej schüttelte den Kopf. »Außerdem sind die Begleitumstände der Verbrechen ausgesprochen mysteriös.«

»Dann müssen Sie mir genauer davon berichten.«

»Die getöteten Personen haben absolut nichts miteinander zu tun, sind verschiedenen Alters und Geschlechts. Die Szenerie am Tatort ist immer dieselbe: Den Opfern wurde ein tödlicher Stich ins Herz versetzt und die Hand abgehackt. Ein richtiges Blutbad. Außerdem trugen sie ein Brandmal auf der Stirn.«

Santiagos schwarze Augen verengten sich zu messerscharfen Schlitzen, und seine Wangen begannen zu pulsieren.

»Waren die Opfer entkleidet?«

»Völlig nackt.«

»Wie sieht das Brandmal aus?«

»Irgendwelche Hieroglyphen, die wir nicht entziffern konnten.«

»Aber immer dieselben?«

»Ja, völlig identisch.«

»Sonst irgendwelche Auffälligkeiten im Zusammenhang mit den Morden?«

»Eines der Opfer wurde mitten in einem Restaurant abgeschlachtet, praktisch vor aller Augen, doch niemand hat etwas bemerkt.«

»Sie werden nicht hier umgebracht«, murmelte Santiago kryptisch.

»Bitte?«

»Das Opferritual muss in einer ruhigen Umgebung stattfinden. Menschenopfer werden nicht mal eben auf die Schnelle im Restaurant dargebracht. Der Magier und sein ... hm ... Klient begeben sich zum Thron der Kraft, nach der Prozedur wird der Körper dann wieder an den ursprünglichen Ort zurückgebracht.« Santiago hielt inne und knetete sein Kinn. »Den Opfern wurde also die linke Hand abgetrennt?«

»Ja.«

»Allen?«

»Allen.«

»Folgendes, Major Kornilow ...« Santiago begutachtete abermals seine Fingernägel. »Ich kann das natürlich auch selbst herausfinden, aber womöglich sind Sie ja bereits im Bilde: Sind solcherlei Morde nur in Moskau passiert?«

»Nein. Weltweit.«

»Das ist schlecht, Major. Sehr schlecht sogar. Zwölf Opfer weltweit?«

»Sie sagen es.«

»Und wie viele bereits in Moskau?«

»Sieben.«

»Alarmierend.« Santiago legte die Stirn in Falten, und Kornilow beobachtete, dass die Ohren seines Gesprächspartners sich ein wenig zuspitzten. »Wir werden aufs Neue zusammenarbeiten müssen, Major.«

»Wie viele Morde wird es insgesamt geben?«

»Zwölf Opfer weltweit, in vorher festgelegter Reihenfolge und zu ganz bestimmten Zeiten«, antwortete Santiago bedächtig. »Diese zwölf Opfer schließen den Großen Kreis des Zaubers, der die gesamte Welt erfasst. Danach folgt der Kleine Kreis – das sind neun Opfer in unmittelbarer Nähe des Throns der Kraft, dem Ort, an dem das letzte und entscheidende Opfer dargebracht wird. Der Kleine Kreis bereitet den Thron der Kraft darauf vor, seine Energie abzugeben.« Um Santiagos Mundwinkel spielte plötzlich ein spöttisches Grinsen. »Major Kornilow, gehe ich recht in der Annahme, dass sie mit der Aufklärung der Ritualmorde beauftragt wurden?«

»Allerdings«, bestätigte Andrej. Er hatte auch gar nicht damit gerechnet, dass es ihm gelingen könnte, diesen Umstand unter den Tisch zu kehren.

»Und Sie haben tatsächlich gedacht, Sie könnten in meine Schuld geraten, wenn Sie sich deshalb an mich wenden?«

Andrej erwiderte nichts.

»Ach, Major Kornilow, Major Kornilow, vielleicht werden wir irgendwann einmal lernen, einander zu vertrauen. Aber eines muss Ihnen doch klar sein: Wenn die Verborgene Stadt in die Sache involviert ist, dann liegt die Aufklärung der Morde sowohl in Ihrem als auch in meinem Interesse, es wird also keiner von uns beiden dem anderen etwas schuldig bleiben.« Santiago verstummte.

»Das bedeutet also, dass wir uns in Moskau auf neun Leichen einstellen müssen?«

»Neun plus eine. Der Kleine Kreis und das letzte Opfer.« Santiago nestelte nachdenklich an seiner Krawatte. »Wir müssen realistisch bleiben: Die Morde geschehen zu schnell, als dass wir die Vollendung des Kleinen Kreises noch abwenden könnten. Doch das letzte und entscheidende Opfer müssen wir unbedingt verhindern. Ich brauche genaueste Informationen über die getöteten Humos: den exakten Zeitpunkt der Geburt und die exakten Koordinaten des Geburtsorts. Dasselbe gilt für Zeitpunkt und Ort ihres Todes.«

»Wozu soll das gut sein?«

»Auf der Grundlage dieser Informationen kann ich ermitteln, wo sich der Thron der Kraft befindet. Und dann haben wir eine Chance, diesem Magier das Handwerk zu legen.«

»Wir?«, fragte Kornilow.

»Wir«, nickte Santiago. »Wie – das steht auf einem anderen Blatt, aber wir müssen auf jeden Fall zusammenarbeiten.«

»Gut.« Kornilow knetete sein Feuerzeug in der Hand. »Sie hatten gesagt, dass wir den letzten Mord unter keinen Umständen zulassen dürfen. Aus welchem Grund?«

»Weil der Tod des letzten Opfers den Magier in die Lage versetzt, sich einen beliebigen Wunsch zu erfüllen.« Santiago schaute Kornilow eindringlich in die Augen und betonte noch einmal: »Einen völlig beliebigen Wunsch.«

Café Verona
Moskau, Woronzowskaja-Straße
Samstag, 16. September, 09:25 Uhr

Für das Treffen mit der Polizei hatte Waleri Konstantinowitsch Pawlow das kleine italienische Straßencafé *Verona* in der Woronzowskaja-Straße ausgewählt. Bei schönem Wetter schlürften die meisten Gäste ihren morgendlichen Cappuccino an den kleinen Tischen im Freien, und der kleine Gastraum blieb praktisch leer. Außerdem waren drinnen alle Tische gut einsehbar, was unter den gegebenen Umständen nicht schaden konnte.

»Ist Ihnen klar, welches Risiko ich eingehe?« Pawlow blickte sich argwöhnisch um und sah Waskin dann vorwurfsvoll an. »Allein dafür, dass ich mich mit Ihnen treffe, könnte man mich umbringen, und Sie bringen einfach noch einen mit.«

»Erstens bin ich nicht *einfach noch einer*, sondern Polizeikapitän«, protestierte Schustow, »und zweitens: Wenn Sie solche Angst vor Chamberlain haben, warum sind Sie dann hier? Aus welchem Grund haben Sie sich zu dem Treffen entschlossen, Waleri Konstantinowitsch?«

»Eben, warum?«, warf Waskin ein.

»Warum ich hier bin?« Pawlow verzog den Mund zu einem bitteren Lächeln. »Weil ich keinen anderen Ausweg sehe.«

»Aus jeder Situation gibt es mindestens zwei Auswege«, philosophierte Schustow und nippte an seinem Orangensaft. »Einen richtigen und einen falschen.«

»Wenn Sie so wollen, ja.« Pawlow spielte nervös mit einer Gabel herum. »Wie auch immer. Ich habe meine Entscheidung getroffen. Beim letzten Mal haben die Brüder den Bogen einfach überspannt. Wissen Sie, ich bin seit zwölf Jahren in diesem Geschäft und habe einiges erlebt. Aber Chamberlain hat sich aufgeführt wie in den schlimmsten Zeiten von Chaos und Anarchie. So etwas muss ich mir nicht bieten lassen.«

»Schulden Sie ihm Geld?«

»Das auch. Übrigens nicht einmal viel.« Pawlow legte endlich die Gabel wieder auf den Tisch. »Aber das ist nur ein Vorwand. Diese Erpresser wollen sich mein Geschäft unter den Nagel reißen.«

»Und was wird dann aus Ihnen?«

»Aus mir? Nichts. Ich bin dann draußen, ganz einfach.«

»Das sind Sie aber auch, wenn Sie mit uns zusammenarbeiten.«

»Das schon, Herr Kapitän, aber ich kann mich wenigstens an diesen Dreckskerlen rächen und ihnen ordentlich die Tour vermasseln. Die werden noch an den alten Pawlow zurückdenken!«

»Das wäre ganz in unserem Sinne.«

»Und was bekomme ich als Gegenleistung?«

»Das kommt ganz darauf an, was Sie für uns haben.«

Der schneeweiße Mercedes 600 hielt direkt vor dem Café *Verona*. Der Chauffeur, ein großgewachsener Schwarzer in elegantem Anzug und Dienstmütze, stieg aus, öffnete würdevoll die hintere Seitentür und half einer blonden Dame galant beim Aussteigen. Die Frau, die ein leichtes Sommerkleid trug, rückte lässig ihre Sonnenbrille zurecht, stöckelte zum nächsten freien Tisch und setzte sich anmutig auf den Stuhl, den ihr der Schwarze zuvorkommend zurechtrückte.

»Zuerst möchte ich hören, welche Garantien Sie mir bieten.«

Schustow setzte eine nachdenkliche Miene auf, während er durch die Glasfront des Cafés eine auffällige Blondine beobachtete, die gerade an einem der Tische im Freien Platz nahm. Die Frau war nicht mehr ganz jung, so um die vierzig, trug ein gewagtes Sommerkleid, bei dem der Designer auf grenzwertige Weise am Stoff gespart hatte, und sah blendend aus: schmales Gesicht, klassische Löwenmähne, makellose Figur und üppige, durch das extrem tiefe Dekolleté weitgehend freigelegte Brüste. Das etwas reifere Alter verlieh ihr eher noch zusätzlich an Attraktivität. Doch nicht nur das Äußere der Dame erregte die Aufmerksamkeit des Genießers Schustow, sondern auch die schneeweiße Limousine, der gepflegte, exotisch anmutende Chauffeur und das sicher auf Bestellung gefertigte Kleid. In dem einfachen italienischen Café fiel die Frau völlig aus dem Rahmen, und es verwunderte nicht, dass sie die Blicke der übrigen Gäste auf sich zog.

»Nun, welche Garantien können Sie mir bieten«, wiederholte Pawlow.

Er saß mit dem Rücken zur Straße und hatte das Erscheinen der extravaganten Blondine nicht bemerkt.

»Waleri Konstantinowitsch«, kehrte Schustow zum Geschäftlichen zurück, »Sie wissen doch ganz genau, was wir Ihnen anbieten können. Die übliche Palette des Zeugenschutzprogramms: Polizeischutz für Sie und Ihre Familie, solange das Verfahren läuft, neue Papiere, einen neuen Namen und einen neuen Wohnort.«

»In Russland?«

»Wieso, wo möchten Sie denn leben?«

»Ich kenne Chamberlain«, sagte Pawlow kopfschüttelnd. »Sein Arm reicht weit. Selbst wenn Sie ihn einbuchten, würde er mich hier kriegen. Ich muss mich ins Ausland absetzen.«

»Das ist Ihr gutes Recht, allerdings können wir nicht für ...«

»Keine Sorge, Geld ist kein Problem, ich bin schließlich Geschäftsmann«, unterbrach Pawlow den Kapitän. »Ich erwarte nur, dass Sie mich und meine Familie außer Landes bringen und mir eine neue Staatsbürgerschaft mit entsprechenden Papieren verschaffen.«

»Wo möchten Sie sich niederlassen?«

»In Frankreich.«

»Das ist nicht allzu weit.«

»Ich habe dort geschäftliche Perspektiven.«

»Soso, geschäftliche Perspektiven also«, wiederholte Schustow mit einem Anflug von Ironie und knetete nachdenklich sein Kinn. »Na meinetwegen. Waleri Konstantinowitsch, wie Sie wissen, ist nichts unmöglich auf dieser Welt, doch Sie werden verstehen, dass ich meinen Vorgesetzten einen solchen Forderungskatalog nur präsentieren kann, wenn ich sicher bin, dass sich der ganze Aufwand auch lohnt. Also, was können Sie uns liefern?«

»Das heißt, prinzipiell wäre eine solche Lösung denkbar?«

»Bei entsprechender Gegenleistung durchaus.«

»Ich kann Ihnen Edik ans Messer liefern.«

»Davon habe ich schon gehört. Aber wie?«

»Das ist eine komplizierte Geschichte.«

»Wir sind nicht auf den Kopf gefallen. Schießen Sie los.«

»Gut.« In Pawlows Gesicht erschien ein hämisches Grinsen. »Um die Sache nicht in die Länge zu ziehen, versuche ich, gleich auf den Punkt zu kommen: Wäre Ihnen mit Geldwäsche und Steuerhinterziehung gedient?«

»Absolut. Normalerweise sperren wir kriminelle Autoritäten wegen schwererer Verbrechen ein, doch in diesem Fall könnten wir auch eine Ausnahme machen. Wenn ich mich recht entsinne, kann man auch wegen Steuerhinterziehung für zwanzig Jahre hinter Gitter gehen.«

»Dann geht es Edik wie Al Capone, das wird ihn freuen.«

»Nun erzählen Sie schon, Waleri Konstantinowitsch, erzählen Sie! Bis jetzt sind das alles nur leere Worte.«

»Möchten Madame zum Lunch bleiben oder ...«

»Ich weiß noch nicht.« Kara holte ein winziges Mobiltelefon aus ihrer Handtasche und tippte wichtig in die Tasten. »Ich treffe mich hier mit einer alten Freundin. Die Arme arbeitet immer noch als Lehrerin, und wir treffen uns deshalb in etwas einfacheren Lokalen.«

Hat gut geheiratet oder sich einen reichen Liebhaber angelacht, das Luder, und jetzt trifft sie sich mit ihren weniger cleveren Freundinnen in einfacheren Lokalen und gibt mit ihren teuren Klamotten an, dachte die Kellnerin gehässig, doch auf ihrem geschäftsmäßig freundlichen Gesicht spiegelten sich diese wenig schmeichelhaften Gedanken nicht wider. Indessen beobachtete sie im Augenwinkel, wie der grau melierte Herr am Nachbartisch verstohlen ins tiefe Dekolleté der Blondine spähte.

»Dann nehmen Sie doch einstweilen ein leichtes Dessert: Fruchtcocktail, Eis mit Sahne oder ein Soufflé. Kann ich sehr empfehlen.«

»Klingt verführerisch, doch für den Anfang ...« Kara warf einen Blick in die Weinkarte. »Haben Sie einen Beaujolais Primeur?«

»Nein«, erwiderte die Kellnerin perplex.

»Oder einen Sancerre?«

»Tut mir leid.«

»Macht nichts.« Kara runzelte die Stirn. »Haben Sie Apfelsaft?«

»Selbstverständlich.«

»Dann bringen Sie mir bitte einen.«

Während die Bedienung innerlich kochend von dannen zog, sah sich Kara bedächtig um und legte das leblose Mobiltelefon an ihr Ohr.

»Hallo? Fimotschka?«

Sie saß relativ weit – etwa sechs Meter – von dem für sie interessanten Tisch entfernt, zumal jener sich im Gastraum befand und sie im Freien saß. Doch mithilfe einer *Fledermaus*, einem einfachen Abhörzauber, konnte Kara alles mithören, was Pawlow den Polizisten zu berichten wusste.

»Etwa vor einem halben Jahr hatten wir eine Sache am Laufen, bei der es darum ging, Geld an der Steuer vorbeizuschleusen. Damals gab es zwar bereits Spannungen zwischen mir und Chamberlain, aber keine offene Feindschaft, ein gewisses Maß an Vertrauen war noch vorhanden.«

»Sollte das Geld gewaschen werden?«, erkundigte sich Schustow.

»Ja.«

»Ein großer Betrag?«

»Vierzehn Millionen etwa.«

»Woher stammte das Geld?«

Pawlow zögerte einen Moment. »Drogen.«

»Und, weiter?«

»Die Operation war minutiös geplant, doch dann kam es zu unerwarteten Problemen. Die Empfängerbank bestand plötzlich auf einer Bestätigung und Garantien. Alles hing am seidenen Faden – die Leute, das Geld, alles war startklar, es ging nur noch darum, irgendwelche Vereinbarungen abzuzeichnen. Edik war zu jenem Zeitpunkt gerade bei mir im Büro, um die Operation zu überwachen, und hat einen entsprechenden Überweisungsauftrag unterschrieben.«

»Wow!«, platzte Waskin heraus.

»Solche Dokumente werden doch normalerweise sofort vernichtet«, wunderte sich Schustow.

»Ganz recht«, pflichtete Pawlow bei. »Nur habe ich in diesem Fall die Kopie vernichtet. Das Original liegt an einem sicheren Ort. Ediks Unterschrift unter einem Überweisungsauftrag für einen Haufen Drogengeld – genügt Ihnen das?«

Nun war es höchste Zeit.

Kara hielt sich immer noch das Mobiltelefon ans Ohr und deshalb nahm niemand an den Nachbartischen Notiz davon, als sie einige unverständliche Worte murmelte.

Trugbilder galten als relativ einfacher Zauber. Die Fähigkeit, anderen eine falsche Realität vorzugaukeln, gehörte seit jeher zur Grundausstattung eines jeden Magiers und wurde jahrhundertelang perfektioniert. Das Ergebnis war ein hocheffektiver Zauber, der nur ein Minimum an magischer Energie beanspruchte.

Alle Gäste des *Verona* und sämtliche Passanten im Umkreis von hundert Metern sahen immer noch dasselbe Bild: Kara telefonierte angeregt und schenkte dem grau melierten Herrn am Nebentisch ab und an einen aufmunternden Blick. In Wirklichkeit betrat sie gerade den Gastraum, ließ die Kellnerin an sich vorbei und begab sich zum hintersten Tisch, wo Pawlow und die beiden Polizisten saßen.

»Sie haben also das Original. Und wo?«

»An einem sicheren Ort. Werden wir uns einig?«

»Selbstverständlich.«

»Selbstverständlich nicht!«

Kara stand direkt vor Pawlow. Niemand im Raum konnte sie sehen oder hören. Das war langweilig. Sie hatte schon lange nicht mehr die Gelegenheit gehabt, jemanden zu töten, und wollte diesen Mord in vollen Zügen auskosten. Mit einer kurzen Zauberformel, die niemand mitbekam, befreite sie den Geschäftsmann von dem Trugbild, und Pawlow starrte die aus dem Nichts aufgetauchte Frau fassungslos an.

»Du verkaufst fremde Geheimnisse, Waleri?«

»Kara?! Das gibt es nicht!«

Pawlow begann am ganzen Leib zu zittern.

»Was ist los?« Schustow sah den Geschäftsmann verständnislos an. »Was gibt es nicht, Waleri Konstantinowitsch?«

Pawlow fasste den Polizisten am Arm: »Sie müssen sie erschießen!«

»Wen?«

Der Finger des Geschäftsmanns deutete ins Leere.

»Um Gottes willen, erschießen Sie sie!«

Waskin legte die Hand an den Griff seiner Pistole und blickte nervös im Raum umher.

»Schönen Gruß von Edik, Waleri«, höhnte Kara und ergötzte sich an Pawlows animalischer Angst. »Es war keine gute Idee von dir, ihn zu verraten.«

Die Polizisten wirkten unruhig, doch keiner von ihnen machte Anstalten, vom Tisch aufzustehen. Eine halbe Minute würden sie noch überlegen, was zu tun sei, und diese Zeit reichte ihr.

»Gnade!« An der Stirn des Geschäftsmanns erschienen dicke Schweißtropfen, und sein Gesicht hatte sich in eine Fratze des Schreckens verwandelt. Er spürte, dass Karas Erscheinen seinen Tod bedeutete. »Gnade!«

»Pawlow!« Sergej rüttelte ihn an den Schultern. »Waleri Konstantinowitsch, was ist denn los mit Ihnen? Wen sollen wir erschießen? Wen flehen Sie um Gnade an?«

Waskin zog seine Pistole aus dem Holster. Der junge

Leutnant spürte die Gefahr, doch er konnte sie nicht lokalisieren.

»Hier ist doch was«, presste er zwischen den Zähnen hervor und sah sich abermals um: Verschreckte Kellnerinnen, der Barkeeper, der sich an die Tür zum Nebenraum zurückgezogen hatte, einige verstörte junge Leute, die ihre Pizza kalt werden ließen, und draußen, hinter der Glasfront, weitere Gäste, die sorglos in ihrem Essen stocherten, eine aufgebrezelte Blondine, die in ihr Handy plapperte, und ein schmieriger alter Sack, der auf ihre dicken Titten starrte. »Irgendetwas ist hier faul, Sergej, aber ich weiß nicht, was!«

»Bleib ruhig, Wladik«, beschwichtigte Schustow. »Ihm ist einfach nur schlecht. Jemand soll den Notarzt rufen!«

Der Barkeeper stürzte in den Nebenraum.

»Bringt einen Erste-Hilfe-Kasten!«

Ursprünglich hatte Kara sich vorgenommen, keinerlei Spuren zu hinterlassen, doch nun, als sie diesen jämmerlichen, vor Angst erstarrten Menschen vor sich sah, wollte sie sich das Vergnügen, ihn zu quälen, nicht entgehen lassen. Ihre veilchenblauen Augen begannen zu leuchten, als sich ihre zarte, schmale Hand mühelos durch Pawlows Brustkorb schob und ihre langen Finger wie Krakenarme sein Herz umkrallten. Diesen Zauber mit dem Namen *Phantomskalpell* hatten die Erli-Mönche zu rein medizinischen Zwecken erdacht, um bei chirurgischen Eingriffen keine Zeit mit dem Öffnen des Gewebes zu verlieren. Kara freilich hatte recht eigenwillige Vorstellungen von den Einsatzmöglichkeiten dieser therapeutischen Errungenschaft.

Der Geschäftsmann begann zu röcheln. Er konnte nicht mehr sprechen, und sein Gesicht war vor Schmerz verzerrt.

»Sergej, was ist mit ihm?«

»Er stirbt!«

Karas feingliedrige, mit langen scharfen Nägeln besetzte Finger quetschten das Herz ihres Opfers gnadenlos zusammen. Sie weidete sich an ihrer Macht über Leben und Tod. Pawlow lief blau an, seine Augen traten aus den Höhlen, seine Muskeln erschlafften, und er sank vom Stuhl herab zu Boden. Mit einem flinken Schritt zur Seite wich Kara dem aufspringenden Waskin aus, wischte sich die blutverschmierte Hand mit einem Taschentuch ab und beobachtete mit einem zufriedenen Grinsen das hektische Treiben der Polizisten. Schustow riss Pawlows Hemd auf, Waskin kniete sich neben ihn und begann mit einer Herzmassage.

»Ruft einen Krankenwagen! Einen Notarzt, schnell!«

Waskin presste rhythmisch den Handballen auf den Brustkorb des Geschäftsmanns. Als Schustow sah, dass Pawlows Augen erloschen und das Leben aus ihm wich, beugte er sich zu dem Sterbenden herab.

»Das Original, Pawlow! Wo ist das Original?!«

»Was war denn das für ein Tumult im Gastraum?« Kara legte das Handy weg und sah die Kellnerin treuherzig an. »Ist etwas passiert?«

Der beglückende Endorphinschub, den der Mord in ihr ausgelöst hatte, flaute bereits wieder ab, und Kara empfand eine gewisse Ernüchterung. Sie machte es sich zum Vorwurf, dass ihr das Töten Freude bereitete. Denn die Mordlust war eine Schwäche und für einen guten Magier sollte jede Art von Schwäche tabu sein.

»Einem Gast ist schlecht geworden, Madame. Man hat ihn in einen Nebenraum gebracht.«

»Er hat sich doch hoffentlich nicht vergiftet?«, erkundigte sich Kara sarkastisch.

»Zum Glück nicht, Madame. Das Herz.«

Dieser Mistkerl von Edik, dachte Kara verbittert. Anstatt für Pawlow einen billigen Killer anzuheuern, hatte er ungeniert sie eingespannt! »Ich möchte nicht, dass Pawlow ermordet wird«, hatte er zu ihr gesagt. »Er soll eines natürlichen Todes sterben. An Asthma zum Beispiel. Hähähä. Und am besten im Beisein von Polizisten als Zeugen.«

Sie sah Edik noch vor sich, wie er sich hämisch die Hände rieb.

Jetzt ist dein Pawlow an einem Herzanfall verreckt. Bist du nun zufrieden?

Kara presste die Lippen zusammen.

Aber ich vergesse dir das nicht, Edik! Du wirst es noch bereuen, dass du mich für deine schmutzigen Geschäfte missbraucht hast.

»Also das Herz, sagen Sie? Das ist ja furchtbar. Es geht ihm doch hoffentlich wieder besser?«

»Er ist gestorben.«

»Wie traurig.«

Die Kellnerin wollte gerade wieder gehen, doch Kara hielt sie sanft am Arm zurück. »Meine Freundin wird sich verspäten. Ich nehme jetzt doch ein Dessert.«

»Sie werden es nicht bereuen, Madame.«

»Davon bin ich überzeugt.« Kara schaute zerstreut auf ihren unberührten Apfelsaft. »Also dann einen Fruchtcocktail und einen Kaffee.«

Sie blinzelte in die Sonne, und als sie den Blick des ergrauten Möchtegern-Don-Juans auf sich lasten spürte, lehnte sie sich aufreizend zurück und stellte ihre Vorzüge demonstrativ zur Schau. Soll er ruhig glotzen, der alte Esel, dachte sie gehässig.

Kara warf noch einmal einen Blick ins Innere des Lokals, wo immer noch die Polizisten zugange waren, und ihre Laune besserte sich. Diese armseligen Trottel verstanden jetzt sicher die Welt nicht mehr und beklagten die tragische Verkettung unglücklicher Umstände.

Und was Edik betraf ... Im Moment brauchte sie diesen Mafioso noch. Es blieb ihr nichts anderes übrig, als seine schwachsinnigen Aufträge hin und wieder zu erfüllen. Schließlich sollte er glauben, dass sie ihm hörig wäre.

Städtisches Mietshaus
Moskau, Jablotschkow-Straße
Samstag, 16. September, 09:26 Uhr

Die japanische Musikanlage gab wenig vertrauenserweckende Klack- und Piepgeräusche von sich – der Zufallsgenerator des CD-Players wählte einen neuen Titel aus – und kurz darauf ertönte sanfte Popmusik:

Deine Kugeln schmelz ich ein und mach Gitarrensaiten
draus,
dann kommt vielleicht sogar ein cooler Song dabei
heraus.
Du hörst ihn dir an, spielst ihn einem Mädel vor,
tanzt sogar darauf, doch es hat alles keinen Zweck ...

Vergnügen. Früher mochte Olga diesen Song der Gruppe *Mumiy Troll* nicht besonders, sie stand mehr auf die härteren Kompositionen der Band, doch an diesem Morgen passte das melodische Stück genau zu ihrer Stimmung.

Du hast dein Vergnügen, alles vergessen am Ende
der Nacht,
denn da schweigt die Musik, und du hast mich
umgebracht ...

Als der Song zu Ende war, drückte Olga die Wiederholungstaste. Sie hatte Lust, den Titel noch einmal zu hören.

»Trinkst du noch einen Kaffee?«

Artjom kam ins Wohnzimmer herein und sah Olga aufmerksam an.

»Nein, vielen Dank.«

Ihr neuer Leibwächter benahm sich zuvorkommend und verlor kein Wort über das, was zwischen ihnen gewesen war.

Artjom erwartete, dass Olga selbst das Gespräch darauf bringen würde, doch bislang machte sie keine Anstalten dazu, und er befürchtete, dass es ihr vielleicht unangenehm wäre.

Olga empfand die Erinnerung an die vergangene Nacht als wohltuend und bereute absolut nichts. Sie hatte sich nach einer starken Schulter gesehnt und sie auch bekommen. Noch dazu eine ziemlich brauchbare, wie sie mit einem Schmunzeln konstatierte. Doch sie wurde sofort wieder ernst, denn in ihrer Lage war das ein schwacher Trost.

»Woran denkst du?«

Woran sollte sie schon denken? Noch gestern Abend hatte sie unbeschwert ihre Runden mit den Inlineskates gedreht und mit jungen Männern geflirtet, heute war sie dazu verdammt, in ihrer eigenen Wohnung zu sitzen wie in einem Gefängnis, unter Polizeischutz und im Bewusstsein einer diffusen Bedrohung, die irgendwo im Raum schwebte, aber nicht zu greifen war. Die jüngsten Ereignisse muteten wie eine gut geplante Inszenierung an: der Überfall, die Flucht und die wundersame Rettung durch einen Helden, mit dem sie früher schon einmal etwas gehabt hatte und den sie auf diese Weise wiedertraf.

»Artjom«, begann Olga unschlüssig.

»Ja?«

»Entschuldige, mir ist das peinlich, aber du hast mir deinen Ausweis nicht gezeigt.«

»Kein Problem«, erwiderte der Söldner lächelnd und reichte ihr Dienstausweis und Polizeimarke.

Die Produkte der Firma *Schatyr-Print* hielten jeder Überprüfung stand. Die Schatyren stellten nicht nur gefälschte Papiere her, sondern statteten ihre Kunden auch mit einer hieb- und stichfesten Legende aus: Die

Angaben in Artjoms Dienstausweis waren zum Beispiel mit entsprechenden Einträgen in den elektronischen Datenbanken von Polizeipräsidium, Finanzamt, Pensions- und Sozialversicherungskassen unterfüttert. Überflüssig zu erwähnen, dass die Schatyren sich diesen Service mit teurer Münze bezahlen ließen. Im Falle eines begrenzten Budgets konnte man bei *Schatyr-Print* natürlich auch gefälschte Papiere ohne Legende erwerben. Doch Cortes hielt solcherlei Minimalismus für Sparen am falschen Fleck, und Artjom hatte in finanziellen Dingen vollstes Vertrauen in seinen umsichtigen Partner.

Das Haus, zu dem man sie geschickt hatte, war leicht zu finden. Es handelte sich um einen hässlichen Wohnklotz in der Jablotschkow-Straße. Man hatte sie ausdrücklich instruiert, möglichst kein Aufsehen zu erregen, und die Umstände fügten sich günstig, denn die Fenster der fraglichen Wohnung befanden sich auf der Rückseite des Gebäudes und nicht auf der Vorderseite, wo sich etliche Humos tummelten: Passanten und Straßenarbeiter in orangefarbenen Sicherheitswesten. Im Hinterhof standen praktischerweise mächtige Bäume, deren Äste nahe ans Haus ragten und bis in den sechsten Stock reichten. Das genügte, denn sie musste nur in den dritten Stock.

Mitara wählte den passenden Baum aus, überzeugte sich noch einmal, dass sie niemand beobachtete, schwang sich ins Geäst und verschwand im dichten Laubwerk.

Aufmerksam und etwas ratlos betrachtete Olga den Dienstausweis. Offensichtlich sah sie ein solches Dokument zum ersten Mal.

»Zufrieden?«

»Ja. Entschuldige.« Sie gab ihm Ausweis und Dienstmarke zurück.

»Kein Problem.«

Die junge Frau stand auf, schaltete den CD-Player aus, blieb wie angewurzelt daneben stehen und seufzte.

»Ich habe Angst.«

»Kann ich verstehen.«

Olga verschränkte die Arme vor der Brust, so als würde sie frieren, und Artjom spürte, dass sie Zuspruch brauchte. Er trat zu ihr und legte ihr den Arm um die Schulter.

»Du brauchst keine Angst zu haben, Olga. Es wäre etwas anderes, wenn du auf dich allein gestellt wärest, aber ich bin doch da und passe auf dich auf. Beruhige dich.«

»Warum sind sie ausgerechnet hinter mir her?«

»Ich weiß es nicht. Wir sind uns nicht einmal sicher, dass es tatsächlich jemand auf dich abgesehen hat, doch für den Fall, dass dein Verdacht sich bestätigen sollte, gehen wir lieber auf Nummer sicher. Wahrscheinlich warst du einfach zur falschen Zeit am falschen Ort. Du wirst sehen, in ein paar Tagen ist der ganze Spuk vorbei.«

»Meinst du wirklich?«

»Bestimmt.« Er gab ihr einen Kuss auf die Lippen, den sie flüchtig erwiderte. »Es ist noch gar nicht lange her, da war ich in einer ähnlichen Lage wie du: Man wollte mich umbringen, ich wusste nicht, wieso, und hatte furchtbare Angst. Doch dann sind Freunde aufgetaucht und haben mir geholfen.«

»Cortes und Jana?«

»Cortes. Jana. Und noch einige andere. Entscheidend ist, dass ich nicht allein war.« Olga schmiegte sich dicht an ihn, und der Söldner spürte, wie die Anspannung aus ihrem Körper wich. »Alles wird gut.«

»Ich bin froh, dass ich ausgerechnet dich getroffen habe«, gestand Olga. »Du bist so ...«

Artjom legte ihr zärtlich zwei Finger auf die Lippen.

»Du weißt doch gar nichts über mich.«

»Aber du hast mir spontan geholfen, obwohl du dich damit selbst in Gefahr gebracht hast.« Sie streichelte ihm mit der Hand übers Haar. »Und die Nacht mit dir war schön für mich.«

»Für mich auch.«

Er wollte sie abermals küssen, doch da bemerkte er, dass sie an ihm vorbeischaute und das blanke Entsetzen in ihrem Gesicht stand.

»Nein«, flüsterte Olga. »Nein ...«

»Was – nein?«

Der Söldner wandte sich um und fuhr zusammen: Am Balkon stand eine Schwarze Morjane in voller Kampfmontur. Und sie starrte nicht Olga an, sondern ihn!

Artjom begriff sofort, wie das Wandelwesen auf den Balkon gekommen war. Die Wohnung lag nur im dritten Stockwerk und direkt vor dem Fenster schaukelten die Zweige mächtiger Bäume im Wind. Für eine Morjane war es ein Kinderspiel, da hochzuklettern. Aber doch nicht am helllichten Tag! Nicht mitten in der Stadt! Und nicht schon wieder ausgerechnet zu Olga!

Es blieb keine Zeit zum Nachdenken. Das Wandelwesen baute sich unmittelbar vor dem Fenster auf, fletschte die langen, scharfen Eckzähne, und sein dorniger Schwanz verwand sich bedrohlich.

»Er wird mich töten!«

Artjom stieß Olga aufs Sofa und zog seine Pistole. Ohne ein *Basiliskenauge* konnte man einer Morjane nicht beikommen, und das Artefakt war immer noch entladen.

»Olga, halt dir die Ohren zu!«

Die junge Frau fing an zu heulen und reagierte nicht, doch darauf konnte der Söldner keine Rücksicht nehmen. Das Monster stemmte sich gegen den Rahmen der Balkontür, die splitternd aus dem Türstock sprang und ins Zimmer fiel. Als die Morjane eindrang, eröffnete Artjom das Feuer und jagte ihr vier Kugeln in die Brust.

»Verschieße dein Pulver niemals auf einen Schlag«, hatte ihn Cortes gelehrt, »ein paar Patronen in Reserve können nie schaden.« An diesen Ratschlag hielt sich Artjom. Er hatte jetzt noch vierzehn Schuss, Cortes wäre zufrieden gewesen.

Die Bestie taumelte zum Fenster zurück, verhedderte sich mit den Krallen in den Gardinen und zerrte wütend daran, woraufhin ihr die gesamte Vorhangstange auf den Kopf krachte. Olga schrie wie am Spieß, Artjom schoss noch zweimal, und die Morjane sackte mit schmerzverzerrtem Gesicht zu Boden.

Für einen Augenblick kehrte gespenstische Ruhe ein. Im Raum roch es nach Pulver und reifen Pfirsichen. Das Wandelwesen lag in einer Blutlache und zuckte krampfartig mit den Armen. Dabei pflügten ihre Krallen wie Schnitzmesser durchs Parkett. Es war nur eine Frage der Zeit, wann sie wieder auf die Beine kommen würde, denn eine Morjane konnte man mit Kugeln auf Dauer nicht stoppen.

Artjom griff nach Olgas Armen und zog sie mit einem Ruck vom Sofa.

»Wir müssen hier weg!«

Außerdem wollte er der jungen Frau keine Gelegenheit geben, den »Irren« allzu genau zu betrachten.

»Ist er tot? Hast du ihn erschossen?«

»Ich hoffe es.« Die Morjane richtete den Oberkörper auf. Die Schusswunden in ihrer Brust hatten aufgehört zu bluten und verkrusteten bereits. »Los komm, weg hier!!!«

Natürlich hätte Artjom nur allzu gern nochmals ein hübsches Sümmchen für einen Morjanenkopf eingestrichen, doch er wusste, dass er ohne *Basiliskenauge* nicht die geringste Chance hatte, an das wertvolle Haupt des Wandelwesens heranzukommen. Er drängte Olga in den Gang hinaus, drehte sich noch einmal um und verpasste dem Monster, das bereits wieder auf den Beinen stand, weitere sechs Kugeln. Die Morjane strauchelte, brüllte und schlug wütend mit dem Schwanz. Dabei fegte sie Olgas Kakteensammlung vom Fensterbrett. Ein paar Sekunden würde die Bestie brauchen, um sich wieder zu sammeln, das konnte gerade reichen, um zu fliehen.

Artjom rannte in den Gang hinaus, zwängte sich an der völlig konsternierten Olga vorbei und riss die Eingangstür auf.

»Oh, ähm ... und wo ist Olga?« Im Treppenhaus stand eine großgewachsene Schwarzhaarige. »Olga? Was ist los? Wo wollt ihr denn hin?!«

»Galja?«

Aus dem Wohnzimmer drang das Gebrüll des Monsters. Artjom schob Olga ins Treppenhaus und schlug die Wohnungstür zu.

»Wer ist das?«

»Galja. Eine Freundin von mir.«

»Schnell, mir nach!!«

Die Schritte der Morjane polterten bereits durch den Gang. Die Flüchtenden sausten die Treppen hinab, rannten auf die Straße hinaus und sprangen in den Land Cruiser, den der vorausschauende Cortes dort stehen gelassen hatte.

»Wohin fahren wir?«, erkundigte sich Galja.

»Erkläre ich später!«

Der Jeep fuhr mit quietschenden Reifen an den empörten Straßenarbeitern vorbei, wendete ohne Rücksicht auf den Verkehr und brauste davon.

»Was ist denn dort oben passiert?«, fragte Galja und nahm die zitternde Olga in den Arm. »Ich habe Schüsse gehört!«

»Später, später.« Artjom zückte sein Handy und rief seinen Kompagnon an. »Cortes? Wir sind schon wieder angegriffen worden!«

»Eine Morjane?«

»Ja, wieder so ein Irrer wie beim letzten Mal.«

»Das wird ja schon zur Gewohnheit«, witzelte Cortes. »Hast du sie getötet?«

»Nein, aber wir konnten fliehen.«

»Wohin fahrt ihr?«

»Zu mir.«

»Ich gebe Jana Bescheid«, erklärte der Söldner und legte auf.

KAPITEL SECHS

Zitadelle, Hauptquartier des Herrscherhauses Naw
Moskau, Leningradski-Prospekt
Samstag, 16. September, 10:07 Uhr

Der Fürst des Dunklen Hofs, der mächtige Gebieter des Herrscherhauses Naw, pflegte wichtige Angelegenheiten in einer spartanisch eingerichteten Kammer zu besprechen, in der es so finster war, dass man die Wände nicht sehen konnte. Doch die Dunkelheit in diesem Raum war nicht homogen: Zonen undurchdringlicher, fast stofflich wirkender Schwärze wurden von gespenstisch schummrigen Schleiern durchbrochen. Die Einrichtung bestand aus einem Holzstuhl mit gerader Lehne – auf ihm saß der Fürst – und einem Tisch, dessen größter Teil in der Finsternis verborgen lag. Am Rand der Tischkante lehnte Santiago, der Kommissar des Dunklen Hofs. Obwohl keine sichtbaren Lichtquellen vorhanden waren, konnten sich die Gesprächspartner im grauen Halbdunkel hervorragend sehen.

Im Unterschied zum Gebieter des Herrscherhauses, der einen schlichten schwarzen Mantel mit weit ins Gesicht gezogener Kapuze trug, bevorzugte Santiago menschliche Kleidung und sein eleganter beiger Anzug hob sich als heller Fleck von der umgebenden Düsternis ab.

»Wie oft hast du mir schon versprochen, nicht mehr in weißen Anzügen zu Audienzen zu erscheinen?«, nörgelte der Fürst, dessen Stimme dumpf und etwas heiser klang.

»In diesem Jahr oder insgesamt?«, präzisierte der Kommissar.

»Im letzten Monat.«

Santiago massierte nachdenklich seine Nasenspitze.

»Sechsmal vielleicht?«

»Achtmal.«

»Möglich.« Der Kommissar zuckte mit den Achseln. »Und?«

»Du hast schon wieder so einen weißen Humo-Fummel an.«

»Es ist beige.«

»Für mich ist das ein und dasselbe.« Der Gebieter des Dunklen Hofs seufzte. »Warum hältst du dein Versprechen nicht?«

»Draußen ist es immer noch heiß, Fürst. Ein Altweibersommer wie aus dem Bilderbuch. In dunkler Kleidung würde ich mich äußerst unwohl fühlen.«

»Das ist doch eine Lappalie. Wohlfühlen ist etwas für Weicheier.«

»Eine Lappalie? Ich hasse es, unter den Achseln zu schwitzen. Und dann dieser unangenehme Geruch. Bevor ich mir das antue, breche ich lieber mal ein Versprechen.«

»Versprechen hat man gefälligst einzuhalten«, versetzte der Fürst.

»Das ist eine mehr als fragwürdige Theorie«, widersprach Santiago. »Wenn ein Versprechen mir selbst schadet, warum sollte ich es dann einhalten?«

»Dann hättest du es nicht geben dürfen.«

»Also gut, ich gebe zu, dass ich einen Fehler gemacht habe. Andererseits habe ich dieses Versprechen nur unter dem Druck Ihrer Autorität gegeben, gezwungenermaßen also, und deshalb kann man nicht davon sprechen, dass ...«

»Das reicht jetzt!«, polterte der Fürst.

Der Kommissar lächelte und hielt den Mund. Er hatte einen streitbaren Charakter, doch so aufmüpfig benahm er sich nur, wenn er mit dem Gebieter des Herrscherhauses allein war.

Seinerzeit hatte der Fürst Santiago als eine Art Alter Ego erdacht, auf das er alles abwälzte, was ihn daran gehindert hätte, ein vorbildlicher Herrscher zu werden: Unbeherrschtheit, übermäßige Aggressivität, Verschlagenheit und Niedertracht, den Hang zum Luxus und alle weltlichen, allzu profanen Neigungen. Auf diese Weise war Santiago zum Avatar des Fürsten geworden, zu seinem zweiten Ich. Doch niemand, nicht einmal die engsten Vertrauten des Herrschers, wussten davon. Ein paar hundert Jahre lang machte Santiago auch genau das, wozu er geschaffen worden war: Er lebte seine Laster aus, pflegte einen für einen Nawen ungewöhnlich luxuriösen Lebensstil, lieferte sich fortwährend Duelle, stürzte sich in Liebesaffären, und in der Verborgenen Stadt wunderte man sich rechtschaffen darüber, dass er bei alledem nie in Schwierigkeiten geriet. Doch mit der

Zeit wurde Santiago dieses ausschweifende Treiben zu langweilig. Sein wacher Verstand verlangte nach subtileren Herausforderungen, und seine rastlose Seele dürstete nach Nervenkitzel. So kam es, dass der Avatar das Spielfeld der politischen Intrige für sich entdeckte. Einige Jahrzehnte später errang er den Posten des Kommissars, des militärischen Führers des Herrscherhauses, und nicht wenige vertraten die Ansicht, dass der Dunkle Hof nie einen besseren Kommissar gehabt habe. In der Verborgenen Stadt genoss er nicht weniger Respekt als der Fürst selbst, gefürchtet und gehasst wurde er indes mehr als jener.

Der Gebieter des Dunklen Hofs war es überdrüssig, mit seinem Kommissar über beige Anzüge zu streiten, deshalb rutschte er missmutig auf seinem Stuhl hin und her und kam zur Sache: »Was wolltest du von mir?«

»Jemand versucht, ein *Traumarkan* zu wirken«, verkündete Santiago ohne Umschweife und setzte sich bequemer auf die Tischkante.

»Bist du sicher?«

»Hundertprozentig. Ich habe einen zuverlässigen Informanten bei der Humo-Polizei. Er hat mir von sieben Ritualmorden in der Stadt berichtet und herausgefunden, dass auch weltweit Menschen nach demselben Strickmuster getötet wurden. Der Große Kreis ist bereits geschlossen: Es wurden zwölf Opfer getötet und mit Brandmalen gezeichnet. Von den neun Opfern des Kleinen Kreises fehlen nur noch zwei. Wir werden es nicht verhindern können, dass auch dieser Kreis sich schließt.«

»Handelt es sich tatsächlich um ein *Traumarkan*?«

»Ja.«

Das Wirken eines von den Herrscherhäusern verbotenen Zaubers stellte ein schweres Verbrechen dar. In Jahrtausenden des Lebens im Untergrund hatten die Bewohner der Verborgenen Stadt verinnerlicht, dass ihr Wohlergehen zuvörderst davon abhing, dass sie unerkannt blieben. Massenmorde an Angehörigen des die Erde beherrschenden Volks passten absolut nicht in dieses Sicherheitskonzept und stellten eine unmittelbare Bedrohung für die Verborgene Stadt dar.

»Wer steckt dahinter?«

»Genau weiß ich es nicht, aber man kann es sich zusammenreimen.«

»Lass hören.«

Der Kommissar fuhr sich durchs tadellos frisierte Haar.

»Nur wenige Magier sind dazu in der Lage, ein *Traumarkan* zu wirken. Erstens benötigt man dazu nicht nur die Opfer, sondern auch unglaublich viel Energie, und die können nur wenige kontrollieren. Zweitens wird das Wissen über den Zauber streng unter Verschluss gehalten. Die Allgemeinheit hat keinen Zugriff darauf. Daraus lässt sich schließen, dass der fragliche Magier in seinem Herrscherhaus einen hohen Rang bekleidet.«

»Du hast seinerzeit alles gelesen, was du wolltest, obwohl du von einem hohen Rang noch weit entfernt warst«, gab der Fürst zu bedenken.

Santiago lächelte bescheiden. Während seiner Ausbildung hatte er nicht nur die gesamte Bibliothek des

Dunklen Hofs durchforstet, sondern sich auch Zugang zu den Archiven der anderen Herrscherhäuser verschafft. Damit legte er schon damals den Grundstein für den glühenden Hass, den die meisten Bewohner der Verborgenen Stadt gegen ihn hegten.

»Dabei ging es mir nur um Wissen«, rechtfertigte sich der Kommissar.

»Offensichtlich ist jemand in deine Fußstapfen getreten.« Ein schwarzes Eichhörnchen sprang auf den Schoß des Fürsten und zupfte ihn ungeduldig am Ärmel. Der Herrscher des Hauses Naw reichte ihm eine Walnuss und das putzige Fellknäuel machte sich sogleich daran, das Geschenk aufzunagen. »Wie auch immer, setze deinen Gedankengang fort.«

»Der Dunkle Hof fällt weg, da bin ich mir sicher.«

»Und wieso?«

»Ortega hat alle unsere führenden Magier überprüft. Keiner von ihnen hat sich verdächtig gemacht.«

»Und die anderen Herrscherhäuser?«

»Vom Grünen Hof kämen theoretisch infrage: die Königin, die Priesterinnen und zwei Faten aus der Drushina der Kranichtöchter: Rada und Slatka.« Gerührt schmunzelnd beobachtete Santiago das Eichhörnchen, das gierig die Nuss verschlang. »Jedoch hat keine von ihnen die Verborgene Stadt verlassen, während die Opfer für den Großen Kreis im Ausland getötet wurden. Es bleibt also nur der Orden übrig.«

»Könnte es nicht auch irgendein Humo gewesen sein?«, erkundigte sich der Fürst und warf dem Eichhörnchen eine weitere Nuss zu. »Vielleicht hat er irgendwo von dem Arkan gelesen und dann mit den Morden begonnen, ohne sich darüber klar zu sein, dass sein Vorhaben zum Scheitern verurteilt ist.«

»In der Geschichte der Verborgenen Stadt ist es durchaus vorgekommen, dass Unterlagen aus den Archiven verschwunden sind«, räumte der Kommissar ein. »Doch wenn ein Humo das Wissen über das Arkan entschlüsselt hätte, dann wäre ihm auch klargeworden, dass die Opfer nur ein Teil des Zaubers sind und er danach nicht mehr weiterkommt. Außerdem habe ich noch keinen Humo getroffen, dessen magische Fähigkeiten ausgereicht hätten, eines unserer Manuskripte zu entschlüsseln. Die Humos sind begnadete Ingenieure, aber als Magier hoffnungslose Dilettanten.«

»Dann also zurück zum Orden.«

»Aus dem Herrscherhaus Tschud kommen prinzipiell der Großmagister, sämtliche Meister und die Kriegskommandeure infrage. Erstere fallen weg, denn vergangene Woche fand eine wichtige Ratssitzung des Ordens statt und die ganze Führungsriege hielt sich in der Verborgenen Stadt auf. Die T-Grad-Com hat ein Interview nach dem anderen gesendet. Es bleiben also nur die Kriegskommandeure.« Santiago stand auf und ging vor dem Stuhl des Fürsten auf und ab. »Vier von ihnen haben die Stadt im fraglichen Zeitraum verlassen. Einer meditiert irgendwo auf Nowaja Semlja und zwei weitere liegen auf Tahiti in der Sonne. Interessant ist der Letzte: Er war angeblich privat verreist, doch niemand weiß, wohin und wozu.«

»Und um wen handelt es sich?«

»Bogdan le Sta.«

»Was wissen wir über ihn?«

»Bogdan le Sta ist einer der besten Magier des Ordens und gehört zum eher konservativen Flügel der Ritter. Das ist nicht weiter verwunderlich, denn er hat sein ganzes Leben in der Garde verbracht. Für seine Heldentaten im letzten Krieg gegen den Grünen Hof wurde er hoch dekoriert. Erinnern Sie sich noch an die merkwürdige Geschichte, als es bei den Verhandlungen im Palast der Luden zu einer unkontrollierten Energieeruption kam?«

»Selbstverständlich.«

»Bogdan ist einhundertvier Jahre alt und vom Rang her Kriegskommandeur, doch seine magischen Fähigkeiten sind höher einzuschätzen als die des Kriegsmeisters Franz de Geer. Bei mehreren Scharmützeln in den letzten Jahren hat uns Bogdan immer wieder in erhebliche Schwierigkeiten gebracht. Er ist klug, zielstrebig und talentiert. Während seiner Laufbahn hat er viele bemerkenswerte Zauber entwickelt, die Eigenschaften Magischer Quellen erforscht und sogar ein Projekt zur Erschließung außerirdischer Welten betrieben. Bogdan ist zweifellos eine herausragende Persönlichkeit.« Santiago rückte seine Krawatte zurecht und blieb direkt vor dem Fürsten stehen. »Sollte er Kriegsmeister oder Großmagister werden, so würde dies eine erhebliche Stärkung des Ordens bedeuten. Als Kommissar des Dunklen Hofs, der für die Sicherheit des Herrscherhauses Naw verantwortlich ist, wäre mir viel daran gelegen, diesen Mann auszuschalten.«

»Das ist nachvollziehbar«, bestätigte der Fürst. »Aber

dir ist hoffentlich bewusst, dass wir offiziell nichts gegen ihn unternehmen können. Dein Verdacht, er würde ein *Traumarkan* wirken, ist bislang nicht mehr als eine Vermutung.«

»Es gibt aber doch die Opfer.«

»Kannst du beweisen, dass Bogdan etwas mit diesen Morden zu tun hat?«

»Nein.«

»Dann erübrigt sich die Diskussion.«

Santiago knetete sein Kinn.

»Vielleicht gelingt es mir, Bogdan am Thron der Kraft zu stellen, wenn er das letzte Opfer tötet. Dann wäre bewiesen, dass er versucht hat, ein verbotenes Arkan zu wirken, und wir könnten ihn zur Rechenschaft ziehen.«

»Willst du seinen Tod fordern?«

»Das Recht dazu hätten wir«, erwiderte der Kommissar achselzuckend.

»Gewiss«, pflichtete der Fürst bei. »Aber versuche mal, dir auszumalen, was dann tatsächlich geschehen würde.«

»Hm ...« Santiago dachte nach. »Der Orden hat sicherlich kein Interesse daran, einen seiner besten Magier zu verlieren, und wird versuchen, die Wogen zu glätten.«

»So ist es. Und angesichts unserer unterkühlten Beziehungen zum Herrscherhaus Lud dürfen wir wohl kaum darauf hoffen, dass die Priesterinnen unsere Forderung nach der Todesstrafe für le Sta unterstützen.«

»Sie meinen, er käme völlig ungeschoren davon?«

»Das nicht. Der Orden würde Bogdan bestrafen, aber

nicht hart. Schließlich geht es nur um ein paar Humos. Möglicherweise wird er aus der Garde ausgeschlossen, verliert seinen Titel als Kriegskommandeur und bekommt ein Magieverbot aufgebrummt – mehr können wir sicher nicht erreichen.«

»Pah, in ein oder zwei Jahren holen sie ihn wieder zurück.«

»Das sehe ich genauso.«

»Ich werde ihn töten«, bellte Santiago auf einmal, und diese Ankündigung stand wie in Stein gemeißelt im Raum.

»Aus welchem Grund?«, fragte der Fürst, der über die emotionale Anwandlung seines Kommissars ein wenig verwundert war.

»Weil ich herausfinden will, woher er weiß, wie das Arkan funktioniert.«

Die Kapuze des Gebieters des Dunklen Hofs pendelte nachdenklich hin und her.

»Le Sta wird bei der Untersuchung des Vorfalls selbst erzählen, woher er die Informationen hat.«

»Und wenn nicht? Sie wissen doch, wie stur Tschuden sein können.«

Der Fürst schwieg einige Augenblicke und dachte nach. »Wahrscheinlich hat er das Buch der verbotenen Zauber entsiegelt«, mutmaßte er dann.

Santiago schüttelte den Kopf: »Das glaube ich nicht. Die Führer des Ordens verhalten sich völlig unauffällig, offensichtlich wissen sie überhaupt nichts von den Geschehnissen. Die Entsiegelung des Buches würde die Gefahr eines Krieges heraufbeschwören und wäre ihnen gewiss nicht entgangen. Bei einer so schweren Verfehlung würde der Großmagister sich niemals vor einen Ritter stellen, nicht einmal vor einen Kriegskommandeur.«

Abermals trat eine kurze Pause ein.

»Du glaubst also, dass Bogdan die Information, wie das *Traumarkan* funktioniert, nicht aus dem Buch der verbotenen Zauber hat, sondern aus einer anderen Quelle?«

Diese Vorstellung war ungeheuerlich. Seit der Unterzeichnung der Konvention von Kitai-Gorod wurden sämtliche Informationen über verbotene Zauber aus Archiven und Bibliotheken entfernt und in speziellen, versiegelten Büchern verwahrt. Sollte es eine undichte Stelle geben, obwohl die Einhaltung der Konvention strengstens überwacht wurde?

»Ich möchte wissen, woher le Sta weiß, wie der verbotene Zauber funktioniert«, wiederholte Santiago.

»Aber wie willst du das herausfinden, wenn du ihn tötest?«

Der Kommissar lehnte sich wieder gegen die Tischkante.

»Ich habe den Eindruck, dass Bogdan vorgeschoben wird. Die ganze Situation ist absurd, ich kann mir nicht vorstellen, dass sie durch Zufall entstanden ist. Ich glaube, dass hier jemand ein Spiel mit uns spielt und uns bewusst dazu provozieren will, le Sta zu töten.«

»Dann wäre Bogdan nur ein Bauernopfer, man überlässt ihn uns, um dann selbst zum Angriff überzugehen«, orakelte der Fürst finster.

»Das ist durchaus möglich«, pflichtete Santiago bei. »Doch ich wüsste nicht, was wir sonst tun sollten.«

»Du hast dich bereits entschieden, nicht wahr?«

»Im Prinzip ja. Ich werde genau das tun, was man von mir erwartet: Ich töte Bogdan, damit das Spiel weitergehen kann.«

»Man könnte den Dunklen Hof der mutwilligen Tötung eines Kriegskommandeurs beschuldigen.«

»Um das zu vermeiden, werde ich nicht im Namen des Dunklen Hofs, sondern als Privatperson handeln.«

»Hast du dir das wirklich gut überlegt?«

»Ich denke schon.«

»Du bist bis Ende der Woche beurlaubt. Kann ich noch etwas für dich tun?«

»Es wäre gut, wenn einer der Ratsherren ein Interview mit T-Grad-Com lanciert, in dem die Unzulässigkeit von verbotenen Zaubern thematisiert und extra betont wird, dass wir uns streng an die Konvention von Kitai-Gorod halten. Wir müssen die öffentliche Meinung auf unsere Seite bringen für den Fall, dass es zu einem Konflikt kommt.«

»Gut. Wir werden eine Pressekampagne starten.«

»Ich werde die Vegasianer und meine Söldner einschalten.« Santiago nestelte an seiner Krawatte. »Keine Sorge, Fürst, der Dunkle Hof wird da nicht hineingezogen.«

Der Kommissar erhob sich und entfernte sich in eine stockdunkle Zone des Raums, doch der Fürst rief ihn zurück.

»Santiago! Welchen Zweck verfolgt le Sta mit dem Arkan?«

»Bitte?«

»Welchen Zweck verfolgt der Kriegskommandeur mit dem *Traumarkan*?«, wiederholte der Gebieter des Dunklen Hofs. »Was will er damit erreichen?«

»Darüber habe ich mir keine Gedanken gemacht«, gestand Santiago. »Ein Ritter kann sich doch alles Mögliche wünschen, oder nicht?«

»Kriegskommandeure können sich ihre Wünsche normalerweise erfüllen.«

»Banale Wünsche – ja, aber hat man nicht auch Träume, die man sich mit konventionellen Methoden nicht erfüllen kann?«

»Mir scheint, das ist ein wichtiger Aspekt«, beharrte der Fürst. »Was treibt Bogdan dazu, ein solches Verbrechen zu begehen?«

»Das ist doch Kaffeesatzleserei«, grummelte Santiago ein wenig ärgerlich. »Ich werde den Kriegskommandeur daran hindern, das Arkan zu vollenden, und deshalb kümmert es mich auch nicht, was er damit erreichen wollte.«

»Klingt logisch. Und du, Santiago?«, fragte der Fürst streng. »Was hattest du im Sinn, als du dir das *Traumarkan* ausgedacht hast? Wovon hast du geträumt? Was hat dich angetrieben?«

Der Kommissar kehrte zum Stuhl zurück, beugte sich zum Fürsten herab und starrte mit eisiger Miene in das undurchdringliche Schwarz unter der herabgezogenen Kapuze.

»Ich wollte Sie aus meinem Inneren verbannen und mich endgültig von Ihnen lösen, Fürst. Deshalb habe ich sämtliche Archive der Verborgenen Stadt durchwühlt und einen Zauber entwickelt, der jeden beliebigen Wunsch erfüllt.«

»Und?«, stichelte der Gebieter des Dunklen Hofs. »Hat es nicht funktioniert?«

»Es hätte funktioniert. Doch ich habe es mir anders überlegt.«

Die beiden trennten Jahrhunderte, doch sie waren immer noch ein und dieselbe Person.

»Geh, Santiago, geh«, sagte der Fürst. »Und lass dich nie wieder in hellen Anzügen bei mir blicken.«

»Ich verspreche es.«

Moskau, 2. Brestskaja-Straße
Samstag, 16. September, 10:30 Uhr

Als er die Aufgaben in seinem Team verteilte, hatte sich Cortes selbst die schwierigste herausgesucht: die Suche nach Bogdan. Er hatte so gut wie nichts in der Hand. Weder eine Probe von Haaren, Speichel, Blut oder sonstigen Geweben, mit der man eine DNA-Fernfahndung durchführen und den Gesuchten hätte identifizieren können, noch seinen vollen Namen, noch irgendwelche Informationen darüber, welcher Beschäftigung er nachging und wovon er lebte. Sein einziger Anhaltspunkt war die Beschreibung, die Olga ihm gegeben hatte. Für jeden anderen Bewohner der Verborgenen Stadt wäre die Suche nach diesem mysteriösen Bogdan eine unlösbare Aufgabe gewesen, doch Cortes hatte viele Freunde.

Von der Jablotschkow-Straße zur 2. Brestskaja-Straße ließ sich Cortes von Jana chauffieren. Nachdem sie ihren hellroten Audi TT am Straßenrand geparkt hatte, knöpfte sich die junge Frau den Söldner noch einmal vor.

»Willst du mir nicht doch verraten, was ihr gestern Abend getrieben habt?«

»Noch nicht sofort«, erwiderte Cortes grinsend und schüttelte den Kopf. Er gab Jana einen Kuss, stieg aus, ging um den Wagen herum und beugte sich zum geöffneten Fahrerfenster herab. »Was ich dich schon die ganze Zeit fragen wollte: Wieso hast du dir eigentlich in den Kopf gesetzt, dieser Olga zu helfen?«

Die junge Frau lächelte.

»Ich habe heute Geburtstag. Wenn man selbst feiert, sollte man anderen auch etwas gönnen.«

»Und es macht dir nichts aus, an deinem Geburtstag zu arbeiten?«

»Was heißt hier arbeiten?«, wunderte sich Jana. »Du hast doch selbst gesagt, dass wir das bis Mittag erledigt haben. Danach bleibt noch genug Zeit zum Feiern und Geschenkeauspacken.«

»Warum eigentlich danach?«, ereiferte sich Cortes. »Was spricht denn dagegen, dass ich dir mein Geschenk …«

»Später, Schatz«, unterbrach ihn Jana. »Nicht auf der Straße. Du gibst es mir am Abend, okay?«

Die junge Frau gab Gas, ohne eine Antwort abzuwarten.

»Am Abend?«, murmelte Cortes bedient, während er dem davonröhrenden Audi hinterherschaute.

Teufel, Teufel, diese Frau hat ihren eigenen Kopf, dachte der Söldner, während er langsam sein klingelndes Mobiltelefon aus der Tasche zog.

»Ja bitte?«

»Hier ist Santiago.«

»Hallo, Kommissar.«

»Ich hätte da einen kleinen Auftrag. Können Sie sich Zeit nehmen, um die Sache mit mir zu besprechen?«

»Aber sicher«, antwortete Cortes. Der Kommissar des Dunklen Hofs war sein wichtigster Kunde. »Soll ich das ganze Team zusammenholen?«

»Ja, es gibt Arbeit für alle. Es wäre mir sehr daran gelegen, den Vertrag so bald wie möglich zu unterzeichnen.«

Das bedeutete, dass die Sache eilig war. Pech für Olga.

»Treffen wir uns um halb eins in der Bar *Rennsemmel*«, schlug Cortes vor. »Früher können wir leider nicht.«

»Einverstanden.«

Santiago legte auf.

Supermarkt Ramstor
Moskau, Angelow Pereulok
Samstag, 16. September, 10:33 Uhr

Große Supermärkte konnte es gar nicht genug geben!

Larissa wohnte im 1. Mikrorajon des Stadtbezirks Mitino, doch zum Einkaufen fuhr sie sechs Busstationen bis zum Angelow Pereulok, wo auf engstem Raum drei Filialen konkurrierender Einzelhandelsketten um die

Gunst der Kundschaft buhlten: ein *Perekrjostok*, ein *BIN* und neuerdings auch noch ein gigantischer *Ramstor*. Den weiten Weg nahm sie in Kauf, denn nur in den großen Supermärkten, wo sich ein Heer von Einkaufswägen in endlosen Regalschluchten drängte und durch ganze Batterien von Kassenschleusen wieder ausgespuckt wurde, konnte sie in der Anonymität der Masse abtauchen. Larissa setzte ihre Fähigkeiten niemals in kleinen Geschäften ein, wo man sie wiedererkennen hätte können, und sie vermied es tunlichst, zweimal hintereinander im selben Supermarkt einzukaufen.

Heute war der *Ramstor* an der Reihe.

Hurtig lavierte Larissa ihren Wagen durch das betriebsame Gewusel in den Gängen hindurch und arbeitete rasch den Einkaufzettel ab: Waschpulver, Kaffee, Milch, Joghurt und Brot. Zum Schluss fügte sie der Liste noch eine Tüte Gummibärchen und eine Flasche Cola hinzu und blieb dann vor dem offenen Teesortiment stehen, so als würde sie überlegen, welchen sie nehmen sollte. Der aromatische Duft der getrockneten Blätter half ihr, die Hektik um sie herum auszublenden und sich zu konzentrieren.

Zunächst musste sie sich entspannen, die Gedanken in eine ruhige, kontrollierte Bahn lenken, sich die bevorstehende Szene im Detail vorstellen und die erforderliche manipulative Kraft abschätzen. Larissa spürte, wie sich der Wirbel bildete, ein für niemanden sichtbarer Energiestrom, der ihre Umgebung einhüllte und sämtliche Hindernisse durchdrang. Ihre Sinne schärften sich. Der Wirbel verstärkte seine Rotation, erfasste alle Menschen, die sich in ihrer Nähe aufhielten, und Larissa lud sich bis in die Haarspitzen mit Energie auf.

Nun war es soweit. Entschlossen schob die junge Frau ihren Wagen zur nächsten Kasse. Ruhig und selbstsicher. Aufgeregt war sie in solchen Situationen schon lange nicht mehr.

Die junge, dunkelhaarige Kassiererin zog die Einkäufe mit flinker Hand über den Scanner, lächelte und nannte den fälligen Betrag. Der Wirbel rotierte wie verrückt, und Larissa wusste, dass sich in diesem Moment ihr Wille auf die Umgebung übertrug und alle Anwesenden, einschließlich der Überwachungskameras, ausschließlich das sahen, was ihr genehm war.

»Bitte schön.«

Die dunkelhaarige Frau legte den vermeintlichen Geldschein in die Kasse.

»Danke. Hier ist ihr Wechselgeld.«

Diesen Augenblick genoss Larissa ganz besonders. Sie steckte das Geld in ihre Brieftasche, verstaute die Einkäufe in aller Ruhe in den *Ramstor*-Tüten und verließ den Supermarkt.

Wie die junge Kassiererin ihrem Chef den Fehlbetrag in der Kasse erklären würde – daran verschwendete Larissa keinen Gedanken.

Zentrale des Konzerns T-Grad-Com
Moskau, 1. Brestskaja-Straße
Samstag, 16. September, 10:34 Uhr

Cortes' Ziel war die Zentrale des Konzerns T-Grad Communication, die sich in der 1. Brestskaja-Straße befand. Der Söldner ging durch die Bolschaja-Grusinskaja-Straße, bog rechts ein und stand kurz darauf unmittelbar vor dem massiven, jedoch unauffälligen Ziegelbau gegenüber dem luxuriösen Palace Hotel. Früher hatte sich die T-Grad-Com unter dem Deckmantel eines geheimen Forschungsinstituts versteckt, was im Prinzip nicht weit neben der Wahrheit lag, denn in der Verborgenen Stadt verfolgte man den technischen Fortschritt der menschlichen Zivilisation mit größtem Interesse und machte sich deren Errungenschaften bereitwillig zunutze. Die T-Grad-Com bewegte sich an der Grenzlinie zwischen moderner Technologie und Magie und dank immenser Investitionen der Herrscherhäuser gelang es ihr, beides unter einen Hut zu bringen. Sämtliche Kommunikationsmedien der Verborgenen Stadt – Fernsehen, Radio, Telefon und Internet – waren unter dem Dach der T-Grad-Com zu einem hochmodernen Telekommunikationsverbund (TKV) vereinigt, der weltweit seinesgleichen suchte. Dabei rekrutierte sich das Personal des Konzerns zu neunzig Prozent aus Menschen, denn die Bewohner der Verborgenen Stadt waren technisch nur leidlich begabt.

Als Cortes sich der gläsernen Eingangstür des Gebäudes näherte, begann das Abzeichen des Dunklen Hofs auf seiner linken Schulter zu pulsieren – ein sicheres Zeichen für die Aktivität magischer Felder. Um die Konzernzentrale war ein engmaschiges Sicherheitsnetz gespannt, das nicht nur zur Abwehr äußerer Gefahren diente, sondern auch eine gegenseitige Kontrolle der beteiligten Herrscherhäuser beinhaltete. Der uneingeschränkte Zugriff auf sämtliche Medien der Verborgenen Stadt hätte eine inakzeptable Machtfülle für eine der drei Parteien bedeutet. Unzählige Kameras überwachten jeden Millimeter des Konzerngeländes und eine moderne Alarmanlage konnte das Gebäude innerhalb von Sekunden in eine hermetisch abgeriegelte Festung verwandeln. Beim geringsten Anzeichen von Gefahr wurden unverzüglich Warnmeldungen an die Herrscherhäuser gesandt.

Durch die automatisch öffnende Tür betrat Cortes die geräumige Eingangshalle, die mit schwarzen Ledersofas und einem Infoschalter eingerichtet war. Der Humo-Wachmann in der goldblauen Uniform des konzerneigenen Sicherheitsdienstes nahm kaum Notiz von der stattlichen Erscheinung des Söldners, was angesichts von mehreren Hundert Besuchern pro Tag nicht weiter verwunderlich war. Hinweisschilder über den Gängen und Aufzügen erleichterten die Orientierung: »Kundencenter«, »Technischer Support«, »Computer-Shop«, »Mobiltelefone«, »Internet-Café« usw.

Cortes begab sich ins Kundencenter, wo an etlichen computerbestückten Ladentheken Vertragsabschlüsse, Tarifwechsel und sonstige Geschäfte getätigt werden konnten. Hier verkehrten die »normalen« Kunden der

T-Grad-Com, für die der Konzern nicht mehr und nicht weniger als der größte russische Telekommunikationsdienstleister war.

Nachdem Cortes das Kundencenter durchquert hatte, bog er in einen Gang ein, über dem ein Schild mit der Aufschrift »VIP« hing, und gelangte nach einigen Metern zu einer verschlossenen Glastür, hinter der sich ein kleiner Vorraum befand. Hier hielten sich die eigentlichen Wachposten auf: drei Männer in blauer Uniform, die sich auffallend unähnlich waren. Direkt hinter der Glastür stand ein großgewachsener Tschud mit roten Haaren und braunen Augen, der die Hände vor der Brust verschränkt hatte und den Ankömmling argwöhnisch musterte. Neben einer weiteren Tür, die in den eigentlichen VIP-Raum führte, hatte sich ein untersetzter, breitschultriger Kraftprotz mit strohblondem Haar und mattgrünen Augen postiert: ein typischer Lud. Er betrachtete Cortes nicht weniger misstrauisch als sein Kollege und hatte die Hand auf sein geöffnetes Pistolenholster gelegt.

Nur der dritte Wachmann zeigte nicht das geringste Interesse für den Söldner. Der schwarzhaarige Naw lümmelte an einem kleinen Computertischchen, auf dem er seine langen Beine abgelegt hatte, und malträtierte mit gelangweilter Miene einen Joystick. Den Geräuschen nach zu schließen zerstreute er sich mit einem Flug- oder Fahrsimulator. Die T-Grad-Com-Zentrale war der einzige Ort, an dem Nawen einen gewöhnlichen Wachdienst schoben, und man kann nicht behaupten, dass die eigensinnigen Vertreter des Dunklen Hofs diesen Job mit besonderer Begeisterung erledigten. Andererseits ging der Eigensinn der Nawen niemals so weit, dass sie sich Anordnungen Santiagos oder gar des Fürsten widersetzt hätten, und so bot sich Cortes, sooft er in die Konzernzentrale kam, jedes Mal dasselbe Bild: Der Tschud und der Lud versahen pflichtbewusst ihren Dienst, während der Naw bestenfalls mit halbgeschlossenen Augen auf seinen Bildschirm glotzte und schlimmstenfalls in seine Tastatur schnarchte.

Cortes schob seine T-Grad-Com-Universalkarte in den Leseschlitz neben der Glastür. Eine grüne Diode leuchtete auf, und die massive Tür fuhr mit einem pneumatischen Zischen zur Seite.

»Du bist bewaffnet«, konstatierte der Tschud.

Der Söldner nahm wortlos sein Holster vom Gürtel und reichte es dem Wachmann. Ohne weitere Anweisungen abzuwarten, gab er ihm auch sein Mobiltelefon und seine Uhr.

»Gut. Jetzt melde dich über den Identifikator an.«

Cortes steckte die T-Grad-Com-Karte in das Gerät, legte die Handfläche auf das Scannerglas und sagte laut und deutlich: »Cortes, Söldner, Humo. Zu Jegor Bessjajew. Ich werde erwartet.«

»Information bestätigt«, krächzte eine Maschinenstimme.

»Keine Magie, Artefakte bleiben deaktiviert und elektronische Geräte aus, klar?«, warnte der Lud.

Cortes nickte.

»Dann geh jetzt rein.«

Der VIP-Raum unterschied sich erheblich vom nüchternen Kundencenter, das Cortes soeben durchquert hatte. Im Prinzip bestand er aus mehreren, durch Trennwände abgeteilten Büros, die mit bequemen Sitzmöbeln ausgestattet waren. In den Zwischengängen wuselten Kellner, um Kundschaft und Mitarbeiter mit duftendem Kaffee und hochprozentigen Getränken bei Laune zu halten. Auch das Publikum war hier ein ganz anderes: Ein in sich ruhender Erli-Mönch erörterte eine Werbekampagne für seine Praxis, zwei geschwätzige Schatyren kritisierten aufgeregt das Design ihres neuen Internetshops und eine hübsche Fee beschwerte sich über ihre absurd hohe Handyrechnung.

Den Vizepräsidenten der T-Grad-Com kannte Cortes schon lange. Jegor Bessjajew hatte seine Karriere als gewöhnlicher Hacker begonnen. Schon während der Schulzeit verbrachte er seine gesamte Freizeit am Rechner und am Ende seines Studiums hätte ihn seine Leidenschaft beinahe ins Gefängnis gebracht. Damals wurde der Gangsterclan um Chamberlain auf den begnadeten Programmierer aufmerksam. Unter dem Druck der Kriminellen plante und realisierte Jegor eine haarsträubende Aktion, in deren Verlauf zweihunderttausend Mark von Konten der Deutschen Bank in ein Steuerparadies abgepumpt wurden. Rein technisch betrachtet verlief die Operation völlig reibungslos, doch dummerweise wurden einige der Banditen von der Polizei abgehört. Auf diese Weise gerieten sämtliche Beteiligten ins Visier der Fahnder, die ganze Affäre flog auf und wurde zu einem Riesenskandal. Interpol, der FSB und sogar der Militärgeheimdienst schalteten sich ein. Chamberlain kam wieder einmal ungeschoren davon, da man ihm nicht nachweisen konnte, dass er die Finger im Spiel hatte, doch den übrigen Tätern wurde der Prozess gemacht. Jegor ging den Jägern in Lissabon ins Netz. Zu seinem Glück stöberten ihn weder Interpol noch die Gangster auf, sondern der russische Militärgeheimdienst – genauer gesagt Cortes, den man damit beauftragt hatte, den gewieften Studenten in die Heimat zurückzubringen, wo er vor Gericht gestellt werden sollte. Stattdessen empfahl Cortes das Computergenie Santiago. Kurz darauf fing Jegor bei der T-Grad-Com als Programmierer an, stieg rasch zum Abteilungsleiter auf und bekleidete inzwischen den Posten des Vizepräsidenten.

»Freut mich, dich zu sehen, Kumpel, was kann ich für dich tun?« Jegor empfing den Freund an der Tür seines Büros und drückte ihm kräftig die Hand. »Du bist doch nicht etwa geschäftlich hier?«

»Quasi geschäftlich.«

»Ein Jammer. Und wann können wir wieder mal einfach so plaudern? Wir haben uns ja ewig nicht gesehen.« Jegor ließ sich in seinen riesigen Chefsessel plumpsen. »Ich könnte einen Partner brauchen – am Samstag wollen die Schatyren in der *Atomhenne* ein Spielchen mit mir wagen.«

Jegor war einer der besten Pokerspieler der Verborgenen Stadt.

»Du spielst immer noch?«

»Was soll ich machen, es liegt mir eben im Blut«, rechtfertigte sich Bessjajew mit spitzbübischem Grinsen. »Ein tugendhaftes Leben kann ich immer noch führen, wenn mir für das sündhafte die Luft ausgeht.«

»Das steht wohl kaum zu befürchten«, erwiderte Cortes. »Gegen wen wirst du spielen?«

»Bidjar Hamzi und Karim Tomba. Zuerst wollte ich Bonzo fragen, aber ich glaube, es wäre netter, ein Humo-Team zu bilden.«

»Ich bin dabei.«

»Im Ernst?«

»Aber sicher doch. Allerdings habe ich schon länger nicht mehr gespielt.«

»Macht nichts. Wir werden ihnen ihr letztes Hemd abnehmen!« Jegor rieb sich die Hände, doch dann besann er sich und sah den Söldner misstrauisch an. »Du bist doch sonst nicht so leicht zu überreden, Kumpel – irgendetwas willst du doch von mir, stimmt's?«

Cortes grinste und zog fragend die Brauen hoch.

»Du kannst reden«, erriet Bessjajew den Gedanken seines Freundes. »Es kann niemand mithören.«

In den Räumen der T-Grad-Com wurden alles und jeder abgehört, mit Ausnahme des Vizepräsidenten, der den Konzern faktisch allein führte.

»Ich muss sämtliche Bogdans in der Verborgenen Stadt überprüfen«, erläuterte Cortes ruhig. »Ich habe nur den Vornamen und eine Beschreibung, muss diesen Typ aber unbedingt ausfindig machen.«

»Hast du dafür die Rückendeckung eines Herrscherhauses?«

Der Zugriff auf die Datenbank war nur mit Zustimmung der Herrscherhäuser erlaubt.

»Natürlich nicht.«

»Ich habe auch nur der Form halber gefragt. Tja, da kann ich dir nicht helfen, Kumpel, das ist gegen die Regeln.« Bessjajew hämmerte zerstreut auf seine Tastatur ein, dann betätigte er die Sprechanlage. »Angelika, wieso bekommt Cortes fremde Rechnungen? Er ist einer unserer besten Kunden, und wir haben so einen Verhau in seinen Daten! – Was heißt ›In seinen Daten ist alles in Ordnung‹? Wo schaust du denn hin? Ich komme gleich rüber und zeige dir, was ihr da wieder verbockt habt!« Der Vizepräsident schüttelte in künstlicher Entrüstung den Kopf. »Nichts wie Ärger hat man mit diesen Sekretärinnen! Um alles muss man sich selbst kümmern! Trink einstweilen einen Kaffee, ich bin gleich wieder da.«

Cortes hatte keine Mühe, den seltsamen Auftritt seines Freundes richtig zu interpretieren. Kaum hatte sich die Tür hinter Jegor geschlossen, hockte er sich an den Computer. Über den Bildschirm flimmerten die Fotos sämtlicher Bogdans der Verborgenen Stadt.

Moskauer Polizeipräsidium
Moskau, Petrowka-Straße
Samstag, 16. September, 10:48 Uhr

»Ich fass es nicht, das ist einfach zu krass, Patron!« Waskin standen die Haare zu Berge, und er tigerte wie ein Vergifteter durchs Büro. »Ich verstehe einfach nicht, wie das passieren konnte. Warum? Wieso?«

»Reg dich nicht auf!« Schustow warf eine leere Flasche *Heilige Quelle* Richtung Papierkorb, traf daneben und fluchte.

Kornilow musterte seine frustrierten Untergebenen, zündete sich eine Zigarette an und lehnte sich in seinem Stuhl zurück.

»Also jetzt schön der Reihe nach und immer mit der Ruhe.«

Waskin blieb direkt vor dem Tisch des Majors stehen.

»Wir haben Pawlow im *Verona* vernommen.«

»Wir haben uns mit ihm unterhalten«, korrigierte Schustow den Leutnant.

Sergej setzte sich Kornilow gegenüber auf einen Stuhl und knetete sich den Nacken.

»Zunächst lief es besser, als wir zu träumen gewagt hätten. Pawlow hatte tatsächlich belastende Unterlagen gegen Edik in der Hand.«

»Wie belastend?«

»Für fünfzehn Jahre Knast hätte es gereicht«, seufzte Schustow bitter. »Geldwäsche, Steuerhinterziehung – einfach ein Geschenk des Himmels. Und Pawlow wäre bereit gewesen, damit herauszurücken.«

»Zuerst hatte er noch Bedenken, aber wir konnten ihn überzeugen«, warf Waskin ein.

»Natürlich machte er sich Sorgen wegen Chamberlain«, bestätigte Schustow. »Aber sein Wunsch, sich zu rächen, war stärker. Der Hass triefte nur so heraus aus Pawlow.«

»Und was wollte er?«, erkundigte sich Kornilow und klopfte die Asche seiner Zigarette ab.

Im Prinzip war es jetzt schon egal, was Pawlow als Gegenleistung für seine Informationen gefordert hatte, doch Andrej achtete stets auch auf die Details.

»Er wollte einen französischen Pass«, antwortete Schustow, der abermals seinen verspannten Nacken dehnte. »Und ich habe ihm zugesichert, dass er ihn bekommt.«

»Und?«

»Wir waren uns praktisch einig – da ist er gestorben. Direkt vor unseren Augen.«

»Und woran?«

»Es sah nach einem Herzanfall aus. Er wird gerade obduziert.«

Im Büro wurde es plötzlich so still, dass man hören konnte, wie Kornilow seine Zigarette ausdrückte.

»Hatte Pawlow so große Angst?«

»Das ist es ja – eigentlich nicht.« Sergej breitete ratlos die Arme aus. »Natürlich war er am Anfang des Gesprächs ein wenig nervös, doch dann wirkte er ruhig und gefasst.«

»Er hat sogar einen Scherz gemacht«, ergänzte Waskin. »Von wegen, Edik würde sich gewiss freuen, wie

Al Capone wegen Steuerhinterziehung eingebuchtet zu werden.«

Kornilow wandte sich dem jungen Leutnant zu und sah ihn eindringlich an.

»Wladik, du nimmst dir Pawlows Krankenakte vor. Sprich mit seinen Freunden und Verwandten, am besten auch mit seinem Arzt. Ich möchte wissen, ob er gesundheitliche Probleme hatte, an einem Herzfehler litt oder an sonst irgendetwas in der Art.«

»Verstanden, Patron.«

»Und du, Sergej …« Als Kornilow seinen Stellvertreter ansprach, wurde er von einem Telefonanruf unterbrochen. Der Major hob den Hörer ab: »Kornilow.«

»Andrej? Ist Schustow da?« Der Anruf kam aus der Pathologie.

»Hallo, Stepanytsch, rufst du wegen Pawlow an?«

Der dicke Schustow erhob sich und beugte sich gespannt über den Tisch des Majors.

»Ja, wegen Pawlow. Ich bin fertig mit ihm.« Stepanytsch machte eine Pause, und dem Geräusch nach zog er an einer Zigarette. »Ich verstehe nur nicht, warum das so schnell gehen musste. Sergej hat getobt und eine halbe Staatsaffäre daraus gemacht!«

»Pawlow ist direkt vor seinen Augen gestorben«, erklärte Kornilow. »Das ist Sergej an die Nieren gegangen. Er ist eben kein abgekochter SEKler, sondern ein empfindsamer Denker.«

Schustow schnaubte empört.

»Dann verstehe ich das natürlich.« Stepanytsch zog wieder an seiner Zigarette. »Die Obduktion hat jedenfalls ergeben, dass Pawlow an einer schweren Herzinsuffizienz gestorben ist.«

»Und das ist alles?«

»Das ist das, was ich in den Obduktionsbericht reinschreiben werde.«

»Es ist also nicht alles?«

Diesmal schwieg Stepanytsch etwas länger.

»Weißt du, Andrej, ich arbeite jetzt schon seit zwanzig Jahren in der Pathologie, aber so ein Herz wie bei Pawlow habe ich noch nie gesehen. Es war förmlich zerquetscht.«

»Was? Wieso zerquetscht?«

»Na ja, so, als hätte jemand Pawlows Herz mit aller Gewalt zusammengedrückt. Jedenfalls hatte man den Eindruck, als wäre diese Deformation durch rohe Gewalt hervorgerufen worden.«

»Vielleicht haben die Ärzte eine offene Herzmassage versucht und es dabei ein wenig zu gut gemeint?«

»Nein. Als ich Pawlow bekam, war sein Thorax noch nicht geöffnet. Und mit einer normalen Druckmassage kannst du ein Herz nicht so zurichten.«

Kornilow zog eine Zigarette aus der Schachtel.

»Gibt es dafür eine wissenschaftliche Erklärung?«

»Eine wissenschaftliche Erklärung kann man sich für alles ausdenken, Andrej«, antwortete der Pathologe. »Aber eine normale Erklärung gibt es für dieses Phänomen nicht. Deshalb werde ich mir jetzt erst mal ein paar Tropfen reinen medizinischen Alkohols genehmigen, noch eine Zigarette rauchen und mir ganz genau überlegen, ob ich diesen Befund in den Obduktionsbericht aufnehme oder nicht. Ich bin nicht gerade scharf darauf, dass man mich auf meine alten Tage für verrückt erklärt.«

»Mach dir nicht zu viele Gedanken«, brummte Kornilow und legte auf.

»Was hat er gesagt?«, fragte Waskin ungeduldig. »War es das Herz?«

»Wofür gibt es keine Erklärung?« Schustow hatte das Gespräch aufmerksam verfolgt. »Stimmt irgendetwas nicht mit der Leiche?«

»Nur die Ruhe.« Der Major zündete endlich seine Zigarette an. »Erzählt mir erst mal, ob ihr im *Verona* etwas Ungewöhnliches beobachtet habt.«

»Ungewöhnlich in welcher Hinsicht?«

»In jeder Hinsicht.« Kornilow blies eine Rauchwolke in den Raum und schwang die Beine auf seinen Schreibtisch. »Seltsame Gesten, seltsame Leute, meinetwegen seltsame Gerichte, alles, was euch einfällt.«

Seine Untergebenen tauschten verwunderte Blicke.

»Kurz vor seinem Tod hat sich Pawlow ziemlich merkwürdig benommen«, berichtete Waskin nach einigem Nachdenken. »Ich hatte sogar den Eindruck, als hätte er jemanden gesehen. Er starrte ins Leere, hob den Kopf, und sein Mund klappte auf.«

»Stimmt«, pflichtete Schustow bei und nickte. »Mir kam es auch so vor, als hätte er plötzlich jemanden gesehen.«

Kornilow schüttelte den Kopf.

»Ist denn jemand an den Tisch gekommen?«

»In diesem Moment – nein.«

»Und davor?«

»Nur die Bedienung.«

»Waren die Nachbartische besetzt?«

»Am Nachbartisch saß niemand«, erinnerte sich der Kapitän. »Einen Tisch weiter haben einige junge Leute zu Mittag gegessen. Sie arbeiten in der Nähe des *Verona*. Ich habe ihre Ausweise kontrolliert und mir ihre Adressen und Telefonnummern aufgeschrieben.«

»Keine auffälligen Gäste?«, bohrte Kornilow weiter.

»Ach wo, ganz normale Leute«, nölte Schustow. »Der Typ und die zwei jungen Frauen, zwei Männer am Eingang, am Fenster las eine Frau in einem Buch. Die meisten Gäste saßen ohnehin draußen, es war ja herrliches Wetter.«

»Und draußen ist euch auch niemand aufgefallen?«

»Nein.«

»Doch«, widersprach Waskin. »Da war so eine schrille Tussi.«

»Ach ja, richtig!«, pflichtete Schustow bei, blies die Backen auf und wedelte vielsagend mit der Hand. »Die konnte man wirklich nicht übersehen.«

»Was war mit ihr?«

»Sie kam in einem weißen Mercedes mit einem schwarzen Chauffeur und setzte sich an einen der Tische im Freien.« Schustow schnalzte genießerisch mit der Zunge. »Ein richtiges Vollweib, so an die vierzig, aber verdammt gut in Schuss, ich sag's dir! Jede Menge Holz vor der Hütte, Ausschnitt bis zum Bauchnabel, blonde Löwenmähne.«

»Wie ich sehe, hast du sie dir genauestens eingeprägt«, stichelte Kornilow. »Du fertigst mir ein Phantombild von der Dame an.«

»Wozu das denn?« Sergej und Wladik sahen den Major ungläubig an. »Sie ist überhaupt nicht in den Gastraum gekommen und hat die ganze Zeit nur telefoniert.«

»Ich will ein Phantombild von ihr«, beharrte Kornilow. »Und Sergej: Du überprüfst, ob die Luxusbraut im Umfeld von Edik aufgetaucht ist.«

Buchhandlung von Genbek Hamzi
Moskau, Alter Arbat
Samstag, 16. September, 10:51 Uhr

In der Verborgenen Stadt ging man sehr sorgsam mit dem Wissen um, das sich in Jahrtausenden angesammelt hatte. Die umfangreichen Bibliotheken und Archive der Herrscherhäuser wurden regelmäßig auf den neuesten Stand gebracht, waren jedoch für gewöhnliche Nutzer nur sehr eingeschränkt zugänglich. Umso größere Bedeutung kam der Büchersammlung des Schatyren Genbek Hamzi zu, die unter den frei verfügbaren Bibliotheken als die beste galt. Genbek besaß eine Buchhandlung am Alten Arbat und fügte seiner Kollektion zeit seines Lebens Band um Band hinzu. Dabei setzte er das Werk seines Vaters und seiner übrigen Vorfahren fort.

Selbst die Bücherauswahl in dem kleinen Verkaufsraum beeindruckte die Kunden, obwohl es sich dabei lediglich um einen Blickfang handelte, den er mit alten Humo-Büchern über Zauberei und Magie bestückt hatte: Dort lagen die Werke von Carlos Castaneda, Nostradamus, natürlich der *Hexenhammer* und vieles andere, was die Fantasie der Esoterikfans beflügelte, jedoch nicht das Geringste mit tatsächlicher Magie zu tun hatte.

Die eigentlichen Schätze von Genbeks Bibliothek lagerten in den Hinterzimmern und in vier weiteren Etagen des Gebäudes, davon zwei im Keller. Zur Diebstahlsicherung dienten nicht nur massive Fenstergitter, unknackbare Tresorschlösser und eine moderne Alarmanlage, sondern auch ein ganzes Arsenal magischer Fallstricke, das potenziellen Einbrechern ein unvergessliches Erlebnis bereitet hätte. Andererseits, wer wäre schon so verrückt gewesen, bei Genbek einzubrechen, einem der Oberhäupter der Familie Hamzi aus dem Geschlecht Schatyr, das zum mächtigen Dunklen Hof gehörte?

Jana kam des Öfteren in Genbeks kleinen Laden. Natürlich nicht als Käuferin, denn der alte Mann verlangte astronomische Summen für seine Raritäten. Wie die meisten anderen Kunden aus der Verborgenen Stadt nutzte Jana Genbeks Bibliothek gegen eine vergleichsweise moderate Gebühr. Das persönliche Erscheinen in der Buchhandlung war dabei unverzichtbar, denn die Digitalisierung seiner Schätze erschien dem knausrigen Schatyren als zu kostspielig.

»Sie kommen zurecht, Jana?«

Die junge Frau schaute von ihrer Lektüre auf und lächelte. Genbek, ein kleiner Greis mit einem gutmütigen Gesicht, stand im engen Gang zwischen den bis zur Decke reichenden Regalen und spähte mit gerecktem Kopf zu ihr hinauf.

»Ja, vielen Dank.«

»Ist es Ihnen nicht zu unbequem dort oben?«

Jana wurde ein wenig verlegen: Sie saß auf der oberen Plattform der Leiter und hatte das geöffnete Buch auf dem Schoß abgelegt.

»Ähm ... das Buch ist so fesselnd, wissen Sie ...«

»Einige der Werke sind schon sehr alt, der Zahn der Zeit nagt an Papier und Pergament.« Liebevoll strich Genbek mit der Hand über die Ledereinbände. »Es wäre besser, Sie würden am Tisch lesen. Ich habe eigens einige Tische mit Leselampen aufgestellt. Dieser Komfort für die Kunden hat mich übrigens ein Vermögen gekostet. Sie glauben gar nicht, welche Unsummen diese Humos für ein paar mit Kunststoff beschichtete Bretter verlangen! Das ist blanker Wucher! Ihre Zivilisation wird an der Habgier zugrunde gehen, glauben Sie mir, Jana, ich weiß, wovon ich rede.«

Das wusste der Greis allerdings – nicht wenige Bewohner der Verborgenen Stadt hielten die Schatyren für noch geiziger als die Nawen.

Genbek half der jungen Frau von der Leiter herunter und nickte zustimmend mit dem Kopf, als er einen Blick auf den Buchtitel warf.

»Keine schlechte Ausgabe, die Sie da gefunden haben. Ich habe übrigens noch zwei weitere Bände über Morjanen für Sie herausgesucht. Sie liegen auf dem Tisch dort drüben bereit.«

»Vielen Dank, Genbek.«

»Von Herzen gern, junge Frau, von Herzen gern.« Der alte Mann mümmelte mit den Lippen. »Sie sind allerdings auf Latein geschrieben. Ich habe Ihnen einen *Dolmetscher* auf den Tisch gelegt. Sie können doch kein Latein, nehme ich an?«

»Leider nein«, gab Jana zu.

»Das habe ich mir schon gedacht. Die menschliche Zivilisation wird an ihrer Bequemlichkeit zugrunde gehen und an der Unfähigkeit, sich weiterzuentwickeln. Denken Sie an meine Worte, ich weiß, wovon ich rede.« Der Schatyr kehrte Jana den Rücken zu und entfernte sich, doch Jana hörte noch lange sein Gemecker: »Das muss man sich einmal vorstellen: kann kein Latein, kein Altgriechisch, von Nawisch gar nicht zu reden! Alle können nur Russisch und verlassen sich auf den *Dolmetscher*. Natürlich verschwendet keiner einen Gedanken daran, was ein erstklassiger *Dolmetscher* mit guter Programmausstattung kostet. Hat je einer daran gedacht, wie viel der alte Genbek dafür hingeblättert hat? Natürlich nicht. Und auf die Idee, sich eine alte Sprache anzueignen, kommt sowieso keiner ...«

Die Schatyren waren beinahe so streitsüchtig wie geizig.

Jana setzte sich an den Tisch, fuhr mit dem Finger über die goldene Prägeschrift auf den Bucheinbänden und setzte sich den *Dolmetscher* auf. Äußerlich ähnelte diese Vorrichtung einer gewöhnlichen Brille, doch wenn man sie aktivierte, konnte man damit jede einprogrammierte Sprache lesen – ein weiteres Beispiel für das fruchtbare Zusammenspiel zwischen menschlicher Technologie und der Magie der Verborgenen Stadt.

Jana begutachtete die Titel der beiden Bände, die ihr Genbek bereitgelegt hatte.

Morjanen. Anleitung zur Vernichtung. Eine Monografie des hochwohlgeborenen Ritters und Kriegskommandeurs Richard von Ferne. Herrscherhaus Tschud, 1824.

Der praxisnahe Ansatz entsprach ganz dem geradlinigen, schnörkellosen Wesen der Ritter. Doch das Wissen, wie man ein Wandelwesen vorschriftsmäßig ins Jenseits befördert, brachte Jana nicht wirklich weiter. Deshalb legte sie das Werk des Tschuden beiseite und nahm das zweite Buch zur Hand.

Analyse der genetischen Besonderheiten von Wandelwesen am Beispiel der Schwarzen Morjanen. Dissertation von Bruder Zirlus. Moskauer Eremitage, 1853. Die junge Frau überblätterte einige Seiten und begann aufs Geratewohl zu lesen: »... die pathohistologische Auswertung der am fünften August 1852 mittels Vakuumbiopsie entnommenen Gewebeproben mit der Nummer 19653 hat unter Berücksichtigung der unter Anleitung des Priors durchgeführten sorgfältigen Laboruntersuchungen eine vollständige Identität mit den durch Abrasion gewonnenen Bioptaten ...«

Wie die Schatyren gehörten die Erli-Mönche dem Dunklen Hof an, und wie Erstere waren sie nicht gerade für Großzügigkeit in monetären Dingen bekannt. Doch nicht weniger berüchtigt waren diese hochangesehenen

Ärzte für den sagenhaften wissenschaftlichen Kauderwelsch, mit dem sie die medizinischen Laien der Verborgenen Stadt schier um den Verstand brachten. Das Gefasel von Bruder Zirlus konnte jedenfalls höchstens einer seiner Volksgenossen lesen.

Wesentlich interessanter fand Jana das Buch, mit dessen Lektüre sie auf der Leiter begonnen hatte: *Die Morjanen*. Kurz und bündig. Es handelte sich um einen geheimen Bericht, den ein von Santiago geleitetes Magierteam für den Führungsstab des Dunklen Hofs verfasste, kurz nachdem die Wandelwesen aufgetaucht waren. Neben anatomischen Studien über Schwarze und Weiße Morjanen, einer Bewertung ihrer Gefährlichkeit und Instruktionen zu ihrer Bekämpfung enthielt der Bericht außerdem aus den Archiven des Grünen Hofs gestohlene Informationen über den Ursprung der Wandelwesen. Den Kern der brisanten Unterlagen bildete das Protokoll eines Verhörs der Fee Zemfira, der engsten Mitarbeiterin der Fate Mara, die als Schöpferin der Morjanen galt. Das Protokoll hatten die Nawen der Königin des Grünen Hofs buchstäblich unter dem Hintern weggeklaut. Jedenfalls enthielt der Bericht von Santiagos Team erschöpfende Informationen über die neugeschaffenen Lebewesen und war noch dazu in einer allgemein verständlichen Sprache abgefasst.

Jana hatte den größten Teil des Buches bereits durchgesehen, als die verschlafene Stille in der Buchhandlung vom Klingeln ihres Telefons gestört wurde. Sie legte das Buch beiseite und nahm das Handy aus ihrer Handtasche.

»Hallo?«

»Hallo, Jana, hier ist Cortes.« Die Stimme des Söldners klang ruhig. »Artjom ist schon wieder von einer Morjane angegriffen worden. Er bringt Olga jetzt zu sich nach Hause.«

»Zum Zeitpunkt des Angriffs waren sie also noch in Olgas Wohnung?«, erkundigte sich die junge Frau.

»Ja.«

»Hat er die Morjane getötet?«

»Nein. Nur verwundet.«

»Ist viel Blut geflossen?«

»Das ist anzunehmen«, erwiderte Cortes etwas irritiert. »Was macht das für einen Unterschied?«

»Ich habe da eine Idee.« Jana ging nicht weiter darauf ein. »Okay, ich bin im Bilde, danke für die Information. Bis später dann.«

Sie legte auf und fuhr nachdenklich mit dem Finger über das LCD-Display. Der abermalige Angriff bestätigte die Vermutung, dass mit den Morjanen etwas nicht stimmte. Ihr Verhalten widersprach allem, was Jana bisher über die Wandelwesen gewusst hatte, und auch allem, was im Bericht der Nawen stand. Um der Wahrheit auf die Spur zu kommen, musste sie mit den unmittelbar Beteiligten sprechen.

Dieser Plan ergab sich eigentlich wie von selbst. Jana dachte noch einige Zeit über ihre nächsten Schritte nach, dann beugte sie sich wieder über das Buch und las eilig die letzten Seiten zu Ende. Es blieb ihr nicht mehr viel Zeit.

KAPITEL SIEBEN

»Heute Morgen wurde Wachtang Samaraschwili – in Kriminellenkreisen als Wachtang Rioni bekannt – in seinem Haus im Moskauer Umland ermordet. Einige Beobachter befürchten, dass sein Tod eine neue Welle von Bandenkriegen auslösen könnte. Der Pressesprecher des Moskauer Polizeipräsidiums äußerte sich hingegen zuversichtlich, dass ...«

INTERFAX

»... Bei der wöchentlichen Pressekonferenz des Herrscherhauses Naw überraschte ein hoher Vertreter des Dunklen Hofs die Journalisten mit einer unerwarteten und außergewöhnlich scharfen Stellungnahme gegen die missbräuchliche Ausübung verbotener Zauber. Der Ratsherr erinnerte an die zwischen den Herrscherhäusern abgeschlossene Konvention von Kitai-Gorod und betonte, dass der Dunkle Hof sich strikt an die darin festgelegten Regelungen halte. In der Konvention von 1418 wurden folgende Zauber verboten: ...«

T-GRAD-COM

Städtisches Mietshaus
Moskau, Jablotschkow-Straße
Samstag, 16. September, 10:58 Uhr

Am einzigen Eingang des zwölfstöckigen Mietshauses in der Jablotschkow-Straße herrschte ein ungewöhnlicher Trubel. Um die Polizisten, die auf dem kleinen asphaltierten Platz vor dem Haus zugange waren, hatte sich eine Traube von Schaulustigen geschart: Rentnerinnen und Rentner, Mütter mit Kindern und Jugendliche. Sogar einige Arbeiter, die mit der Reparatur des Straßenbelags beschäftigt waren, hatten alles liegen und stehen gelassen und nahmen regen Anteil an der Erörterung der Geschehnisse.

Da die Polizisten keine Auskünfte gaben und weder Leichen noch Verhaftete aus dem Haus gebracht wurden, wusste niemand, was tatsächlich passiert war. Aus diesem Grund hatte sich jeder seine eigene und natürlich die einzig schlüssige Version von den Ereignissen zusammengereimt.

»Die haben garantiert eine Drogenhöhle ausgehoben«, behauptete ein akkurat gekleideter Pensionär, der eine kleine Ordensleiste am Sakko trug. »In Moskau gibt es im Augenblick mehr Drogenhöhlen als Tankstellen. Man fragt sich wirklich, ob die Polizei blind ist.«

»Unsinn, hier wohnen Prostituierte«, entgegneten zwei ältere Damen mit Einkaufstaschen. »Wir wohnen ganz in der Nähe und wissen alles über dieses Haus. Hier finden ununterbrochen ausschweifende Orgien statt. Man kann abends das Fenster nicht aufmachen wegen der lauten Musik. Im Kittchen werden sie es schön ruhig haben, die Nutten.«

»Eine Drogenhöhle!«

»Ein Bordell!«

»Quatsch! Was hätten denn Huren hier verloren?«

»Als wenn du das nicht wüsstest. Du warst doch garantiert selber dort!«

»Also ich bitte Sie, nicht vor den Kindern!«, entrüstete sich eine junge Mutter, die einen vielleicht zweijährigen Lockenkopf im Kinderwagen schob.

»Es war ein Racheakt unter Kriminellen«, versicherte der Vorarbeiter des Straßenbautrupps.

»Woher willst du das denn wissen, du Schlauberger?«

»Wir arbeiten schließlich hier und haben alles gesehen.«

»Was wollt ihr schon gesehen haben?! Ihr nervt doch nur den ganzen Tag mit eurem Gehämmer und trotzdem geht nichts vorwärts.«

»Genau, ihr solltet lieber arbeiten als gaffen!«, pflichtete der Pensionär bei.

Der Vorarbeiter grinste herablassend, ließ sich jedoch auf keinen Streit ein. Stattdessen wies er seine Untergebenen an, zur Arbeit zurückzukehren, und wollte sich gerade selbst aus der Menschentraube zurückziehen, als ihn plötzlich ein kleingewachsener, schmächtiger Mann am Ärmel zupfte.

»Was genau haben Sie denn gesehen?«

»Was geht dich das an?«

»Es interessiert mich.«

Die beiden gingen einige Schritte beiseite, und der

schmächtige Typ zog eine Polizeimarke aus der Tasche. Der Vorarbeiter betrachtete sie aufmerksam.

»Kornilow?«

»Ja«, bestätigte Andrej.

»*Der* Kornilow?«

»Genau.«

»Dich habe ich mir ganz anders vorgestellt.« Der Vorarbeiter taxierte den Major von oben bis unten. »Kräftiger.«

»Es schadet nichts, wenn man von den Kriminellen unterschätzt wird«, erklärte Andrej trocken. »Außerdem kann ja nicht jeder so gebaut sein wie Sie.«

Der Arbeiter war mindestens zwei Meter groß, und seine Hände erinnerten an Baggerschaufeln.

»Na ja, du kannst ja nichts dafür!«, entschied der Vorarbeiter nachsichtig. »Ich bin Michail Alexandrowitsch.« Er nahm seine Kappe ab und wischte sich den Schweiß ab. »Noch so früh und schon so heiß ...«

»Der Altweibersommer«, konstatierte Kornilow und bot dem Vorarbeiter eine Zigarette an. »Also, Michail Alexandrowitsch, dann erzählen Sie mir jetzt bitte alles, was Sie beobachtet haben.«

Der Vorarbeiter nahm die angebotene Zigarette, zündete sie an und gab dann Kornilow Feuer.

»Ich bin mit meinem Trupp schon gegen sieben Uhr angerückt. Bis morgen müssen wir mit dieser Baustelle fertig werden, deshalb sind wir etwas in Zeitdruck. Außerdem arbeitet sich's leichter frühmorgens, weil weniger Autos im Weg stehen.«

»Verstehe.«

»Der Straßenrand wird hier nämlich regelmäßig zugeparkt, obwohl wir extra Halteverbote aufgestellt haben.« Der Vorarbeiter deutete mit einer Kopfbewegung auf die Schilder. »Die Leute ignorieren das einfach, und dann wundern sie sich, wenn wir sie abschleppen lassen. Wir müssen ja schließlich hier arbeiten.«

»Natürlich«, pflichtete der Major bei. »Stand heute Morgen wieder ein Auto im Weg?«

»Erstaunlicherweise nicht. Als wir ankamen, haben wir schon von weitem gesehen, dass hier ein Jeep steht. Geht das schon wieder los, dachten wir. Doch als wir näher kamen, haben wir festgestellt, dass er absolut korrekt geparkt war, außerhalb der Verbotszone. Semjonytsch hat noch gesagt, dass den Leuten wohl allmählich die Lust vergeht, ihre Karren aus irgendwelchen Depots am anderen Ende der Stadt abzuholen und auch noch teures Geld dafür zu bezahlen.«

»Von welcher Automarke war der Jeep?«

»Ein Land Cruiser«, antwortete der Vorarbeiter mit Bestimmtheit. »Unser Direktor hat so einen, nur ohne getönte Scheiben.«

»Sind Sie sicher, dass der Jeep gestern Abend noch nicht hier stand?«

»Ganz sicher. Wir haben gestern Abend erst gegen zehn Uhr Schluss gemacht, da stand er noch nicht hier. Er muss also in der Nacht abgestellt worden sein.« Der Vorarbeiter saugte hingebungsvoll an der Zigarette. »Wir haben dann also zu arbeiten begonnen, und nach etwa zwanzig Minuten kam ein Sportwagen, so ein knallroter, und parkte hinter dem Jeep.«

»Welche Automarke?«

»Ein Audi, denke ich, er hatte solche Ringe am Kühler. Um ehrlich zu sein, haben wir uns den Wagen gar nicht so genau angeschaut, denn da saß eine Mieze am Steuer – meine Fresse! So eine Schwarzhaarige mit blauen Augen, und ein enges rotes Kleid hatte sie an.« Der Vorarbeiter schnalzte entzückt mit der Zunge. »Als sie ausstieg, war's vorbei mit Arbeiten, meinen Leuten sind fast die Augen rausgefallen!«

»Würden Sie sie wiedererkennen?«

»Natürlich.«

»War sie allein?«

»Nein. Da war noch ein Typ dabei. So ein großer, kräftiger mit kurzgeschorenen Haaren.« Dem Tonfall des Vorarbeiters konnte man entnehmen, dass die Physiognomie des Mannes sogar ihn beeindruckt hatte. »Der Typ ist einmal um den Land Cruiser herumgegangen und hat ihn kritisch inspiziert, so als würde er ihm gehören, und dann hat er noch was zu der Mieze gesagt ...« Der Vorarbeiter dachte nach. »Genau: ›Artjom muss den Wagen waschen, sonst kriegt er Ärger mit mir‹, hat er gesagt. Ich stand ganz in der Nähe, deshalb habe ich es gehört.«

»Artjom?«, fragte Kornilow nach.

»Ja. Artjom.«

»Sonst haben die beiden nichts gesprochen?«

»Nein, danach sind sie in das Haus gegangen. Meine Leute und ich haben uns noch gefragt, was Leute mit solchen Autos in dem hässlichen Kasten wohl verloren haben. Könnte ich noch eine Zigarette haben?«

»Aber sicher.«

»Danke.«

»Keine Ursache. Was haben Sie noch gesehen?«

Michail Alexandrowitsch zündete sich die Zigarette an und blinzelte grüblerisch in die Sonne.

»Die beiden sind nicht lange dringeblieben. Nach einer Stunde, Maximum eineinhalb, sind sie wieder rausgekommen und weggefahren. Einige Zeit später fährt ein Taxi vor und wieder steigt so ein, sorry, geiler Hase aus. Dunkler Typ mit hohen Wangenknochen, glatte schwarze Haare fast bis zum Po runter, und ganz in Schwarz gekleidet. Das Röckchen reichte ihr gerade so über den Slip.« Der Vorarbeiter rollte mit den Augen, als sähe er sie vor sich. »Sie steigt also aus dem Taxi aus, stolziert an uns vorbei und marschiert prompt auch in diesen Wohnklotz hinein. Meine Leute sind natürlich voll aus dem Häuschen, kannst du dir ja vorstellen, zerreißen sich nur noch das Maul über die zwei Schwarzhaarigen, und an vernünftiges Arbeiten ist überhaupt nicht mehr zu denken. Ich stauche sie logischerweise zusammen, schließlich sind wir ja nicht zum Spaß hier, und dann höre ich es plötzlich: tuk-tuk-tuk! Kurze Pause. Und wieder: tuk-tuk-tuk. Es kam von der Rückseite des Gebäudes. Mir war sofort klar, dass dort geschossen wurde. Eine Minute später knallt die Eingangstür auf, gerade dass sie nicht aus den Angeln fliegt, und drei Leute rennen auf die Straße raus: zwei Frauen, darunter die in den schwarzen Klamotten, die kurz zuvor reingegangen war, und ein junger Mann. Die drei springen in den Land Cruiser, der Typ steuert haarscharf an unseren

Leuten vorbei, wendet ohne Rücksicht auf Verluste und tschüss. Wenig später ist dann die Polizei eingetroffen.«

»Den jungen Mann, der den Jeep fuhr, und die zweite Frau, würden Sie die wiedererkennen?«

»Die Frau war blond und nicht besonders groß und der Typ ...« Der Vorarbeiter atmete tief durch und schüttelte den Kopf. »Sehr kurze Haare, mehr kann ich nicht sagen, das ist einfach alles zu schnell gegangen.«

»Sie würden die beiden bei einer Gegenüberstellung also nicht erkennen?«

»Kaum.«

»Nun gut.« Andrej überlegte. »Sind Sie noch bis zum Abend da?«

»Ja.«

»Dann schicke ich jemanden vorbei, der Ihre Aussage zu Protokoll nimmt.«

»Kein Problem.«

»Vielen Dank für Ihre Hilfe.«

Im dritten Stockwerk herrschte ein ähnliches Getümmel wie vor dem Hauseingang. Etliche Polizisten hielten den Treppenabsatz besetzt, damit die besorgten Hausbewohner die Arbeit der Spurensicherung nicht störten.

Der Erste, den Kornilow traf, als er aus dem Aufzug kam, war Kapitän Uglow, der Chef der Mordkommission der örtlichen Polizeiinspektion. Der rotgesichtige, stämmige Mann wollte den Tatort offenbar gerade verlassen, doch als er Andrej sah, blieb er stehen.

»Welche Ehre!«, raunte er nicht ohne Ironie.

»Ganz meinerseits«, gab Andrej ebenso freundlich zurück.

Kornilow erlebte es nur selten, aber immer wieder einmal, dass man ihm in Polizeikreisen mit unverhohlener Abneigung begegnete. Manche ehrgeizigen Ermittler mochten ihn persönlich nicht, weil sie ihm seinen großen Erfolg neideten, andere Kollegen aus unteren Polizeibehörden hegten Vorurteile gegen das gesamte Polizeipräsidium: Sie waren der Meinung, dass dort nur unfähige Sesselfurzer säßen, für die sie die Drecksarbeit erledigen mussten. Andrej fand solche Animositäten kindisch, doch er regte sich nicht weiter darüber auf. Solange man ihn in Ruhe arbeiten ließ, war es ihm gleichgültig, wenn ein Kollege ihn nicht leiden konnte.

»Was ist hier passiert? Ein Mord?« Andrej griff nach seinen Zigaretten.

»Keine Ahnung«, blaffte Uglow. »Leichen gibt's jedenfalls keine. Ich wollte gerade gehen.«

»Und wieso wurde ich verständigt?«

»Aufgrund einer Dienstanweisung, die wir heute Morgen bekommen haben«, erläuterte der Kapitän. »Bei Feststellung unerklärlicher Gegebenheiten ist unverzüglich die Sonderermittlungsgruppe zu verständigen, hieß es da.«

In Uglows Augen war unschwer abzulesen, was er von solcherlei Dienstanweisungen hielt.

»Und welche Gegebenheiten haben Sie so stutzig gemacht?«

»Sie brauchen nur in die Wohnung zu gehen, dann sehen Sie es selbst.« Der Kapitän wandte sich an seinen Mitarbeiter. »Geh schon mal runter und warte auf mich,

ich bringe noch den hohen Besuch auf den neuesten Stand.«

Es handelte sich um eine völlig normale Zweizimmerwohnung: ein winziger Vorraum mit Garderobenhaken aus Metall und einem ovalen Spiegel, ein kleines Schlafzimmer mit einem zerwühlten Doppelbett und ein Wohnzimmer, das als einziger Raum über fünfzehn Quadratmeter maß und mit schweren Möbeln bestückt war, die rumänische Schreiner extra für ihre sowjetischen Brüder angefertigt hatten. Kornilow konnte sich noch an jene Zeiten erinnern, als solche Möbel der letzte Schrei gewesen waren, die jungen Kollegen hingegen wussten diese Wunder der Handwerkskunst nicht zu schätzen.

Der Major blies eine Rauchwolke gegen die Decke, beobachtete die Spurensicherer, die sich im Raum zu schaffen machten, und schmunzelte.

»Hier müsste dringend renoviert werden«, kommentierte er sarkastisch.

Im Wohnzimmer sah es in der Tat aus wie auf einem Schlachtfeld: die Vorhangstange heruntergerissen, die Gardinen zerfetzt, das Fenster zersprungen, auf dem Boden eine Blutlache und überall verstreut Tonscherben, Erdklumpen und ramponierte Kakteen, dazu der beißende Geruch von Pulverdampf.

»Berichten Sie«, bat der Major.

»Dmitri«, wandte sich Uglow an einen bärtigen Mann in Jeans. »Sag ihm, was du herausgefunden hast.« Der Spurensicherer sah Andrej schief an. »Das ist Major Kornilow von der Sonderermittlungsgruppe.«

»Was führt Sie denn in die Niederungen der Polizeiarbeit?«, stichelte der Spurensicherer.

Die Komplexe gegenüber dem Polizeipräsidium hatten offenbar die gesamte hiesige Inspektion erfasst, von den Verkehrspolizisten bis zu den Gefängnisflöhen.

»Dmitri, berichten Sie mir einfach, was Sie herausgefunden haben«, seufzte Andrej und fügt bissig hinzu: »Mich interessieren vor allem jene Umstände, die dazu geführt haben, dass ich mich in die Niederungen der Polizeiarbeit herabbemühen musste.«

»Selbstverständlich, wie der Herr Major wünschen.« Der Bärtige kratzte sich am Nacken. »Den Spuren nach zu schließen haben sich ursprünglich zwei Personen im Raum aufgehalten und Musik gehört.« Auf dem Zeitungstischchen bemerkte Andrej die CD-Hülle des Albums *Morskaja* von *Mumiy Troll*. »Und dann wurden sie überfallen. Vom Balkon aus.«

»Es waren also mehr als zwei Personen in der Wohnung, von denen sich einige auf dem Balkon aufhielten?«, präzisierte Kornilow.

»Nein, die Balkontür wurde von außen aufgebrochen. Der Angreifer hat sie aus dem Türstock gedrückt, ist ins Zimmer eingedrungen, hat sofort sechs Kugeln abbekommen und ist dort drüben zusammengebrochen.« Der Spurensicherer zeigte auf die Blutlache neben der Balkontür. »Nachdem er sich wieder aufgerappelt hatte, wurde weitere sechs Mal auf ihn geschossen, und er ging abermals zu Boden. Nach relativ kurzer Zeit ist er jedoch wieder aufgestanden und hat die Wohnung verlassen. Über den Balkon, so wie er auch eingestiegen war.«

»Ist das die vorläufige Version der Ereignisse?«

»Das ist die endgültige Version, und ich bin bereit, jedes einzelne Wort zu unterschreiben.«

»Wie viele Angreifer waren es?«

»Einer.«

Kornilow sah sich im Zimmer um.

»Und wo stand der Schütze?«

»An der Tür, etwa dort, wo Sie jetzt gerade stehen.«

Kaum fünf Meter. Aus dieser Entfernung konnte man nicht vorbeischießen.

»Die Schüsse wurden aus einer Gjursa abgegeben«, setzte der bärtige Dmitri fort. »Mit einer solchen Waffe durchlöchert man aus dieser Entfernung garantiert jede kugelsichere Weste.«

»Verstehen Sie nun, warum wir Sie verständigt haben?«, fragte Uglow. »Der Angreifer wurde von zwölf Kugeln niedergestreckt. Daraufhin ist er einfach aufgestanden und gegangen. Da kann man schon stutzig werden, nicht wahr?«

»Eine Schutzweste vom Typ Witjas, wie sie Spezialeinheiten der Armee verwenden, wird auch von Großkalibergeschossen nicht durchschlagen«, räsonierte Andrej und drückte seine Zigarette im leeren Aschenbecher auf dem Tisch aus.

»Und was wiegt diese Wunderweste?«, erkundigte sich Dmitri.

»Eine Menge«, erwiderte der Major knapp.

Uglow rollte ungläubig mit den Augen, sagte jedoch nichts. Er wusste, dass Kornilow eine solche Möglichkeit nicht ernsthaft in Betracht zog. Es war schwer vorstellbar, dass jemand in einer so massiven Schutzweste über einen Baum in den dritten Stock klettern konnte.

»Was haben Sie noch Schönes herausgefunden, Dmitri?«

»An der Balkontür, am Fensterrahmen und auf dem Parkettboden haben wir Krallenspuren gefunden.«

»Krallenspuren?«

»Ja.« Der Spurensicherer zuckte mit den Achseln. »Sie dürften von einem ziemlich großen Tier stammen, einem Bären, Tiger oder Löwen. Genau kann ich das noch nicht sagen, solche Spuren sind nicht gerade mein Alltagsgeschäft.«

Uglow grinste schadenfroh. Andrej schüttelte den Kopf und griff abermals nach seinen Zigaretten.

»Wer ist der Mieter dieser Wohnung?«

»Eine gewisse Olga Nikolajewna Terentjewa, einundzwanzig Jahre alt, ledig. Wir versuchen, mit ihren Eltern Kontakt aufzunehmen.«

»Was macht sie beruflich?«

»Sie arbeitet als Büroangestellte.«

»Also auf keinem gehobenen Posten?«, fragte Kornilow nach.

»Absolut nicht«, bestätigte der Kapitän und setzte nach einer kurzen Pause hinzu: »Wir haben übrigens einen Zeugen.«

»Ach was!«, wunderte sich Andrej und nahm die Zigarette, die er sich gerade anzünden wollte, wieder aus dem Mund. »Warum haben Sie das nicht gleich gesagt?«

Der Kapitän und der Spurensicherer tauschten verlegene Blicke.

»Wissen Sie, Herr Major«, sagte Uglow zögerlich, »der erzählt so einen Schwachsinn, dass wir uns nicht sicher sind, ob wir seine Aussagen überhaupt zu Protokoll nehmen sollen.«

»Ist er verrückt?«

Der Kapitän schüttelte den Kopf.

»Ein Alkoholiker?«

»Auch nicht, das ist ja das Merkwürdige«, erwiderte Uglow und seufzte.

Der Mann saß rauchend in der Küche und starrte mit leeren Augen auf den Wandkalender. Er wirkte kaum älter als fünfzig und sah in der Tat nicht wie ein Trinker aus. Als Andrej mit seinen beiden Kollegen hereinkam, stand er auf, zog mechanisch sein schmutziges weißes T-Shirt zurecht und stellte sich vor.

»Frolow, Georgi Iwanowitsch.«

»Major Kornilow.« Andrej gab ihm die Hand und setzte sich ihm gegenüber auf einen Hocker. »Georgi Iwanowitsch, berichten Sie mir bitte, was Sie beobachtet haben.«

Der Mann drückte seine Zigarette aus und sah Kornilow unschlüssig an: »Wissen Sie, ich habe das ja schon Ihren Kollegen erzählt, aber ihren Gesichtern nach zu schließen haben sie mir nicht geglaubt.«

»Ich werde ihnen glauben«, versprach der Major. »Erzählen Sie mir einfach, was sich abgespielt hat. Der Herr Kapitän wird inzwischen draußen warten, damit wir ungestört sind.«

»Aber ...«, wollte Uglow protestieren.

»Zusammen mit seinem Freund, dem Spurensicherer«, setzte Andrej mit Nachdruck hinzu und bedachte den Kapitän mit einem Blick, der sich jeden Widerspruch verbat.

Als sich die Küchentür schloss, zündete Kornilow endlich seine Zigarette an.

»Ich höre, Georgi Iwanowitsch.«

»Also, ich wohne in der Nachbarwohnung. Olga kenne ich schon seit ihrer Kindheit, wir kommen gut miteinander aus. Zwanzig Jahre sind eine lange Zeit.« Frolow verzog das Gesicht zu einem gutmütigen Schmunzeln. »Sicher, sie hat oft Besuch, und es läuft schon mal laute Musik bis spät in die Nacht, aber am nächsten Tag kommt sie dann herüber und entschuldigt sich für den Krach. Ich verstehe das doch, schließlich war ich auch mal jung. Und meine Frau kann sie auch gut leiden. Wir können wirklich nichts Schlechtes über sie sagen.«

»Also eine Schießerei hätten sie in ihrer Wohnung eher nicht erwartet?«

»Keinesfalls.«

»Verstehe. Wie sieht Olga aus?«

»Nicht besonders groß, von Natur aus hat sie hellbraunes Haar, aber sie färbt es blond.«

Kornilow nickte und klopfte die Asche seiner Zigarette ab.

»Erzählen Sie weiter.«

»Morgen fliegen wir nach Sotschi in Urlaub, und meine Frau hat die ganze Zeit an mich hingeredet, dass ich den Balkon vorher noch verglasen soll.« Frolow zog eine Schachtel Zigaretten aus seiner Trainingshose und ließ sie nervös durch die Hände gleiten. »Deshalb habe ich mir schon gestern freigenommen und dachte, ich würde in den zwei Tagen damit fertig werden. Das war wohl nichts.«

»Was haben Sie gesehen?«

»Ich war schon seit acht Uhr morgens auf dem Balkon beschäftigt. Zum Bohren und Hämmern war es noch zu früh, deshalb habe ich Maße genommen und mit dem Bleistift Markierungen gesetzt, was man eben so macht, bevor man richtig loslegt. Ich krieche also auf allen vieren mit dem Maßband herum, da höre ich plötzlich ein Rascheln. Eine Katze, dachte ich zuerst, aber es war kein richtiges Rascheln, ich habe einfach gespürt, dass sich da etwas bewegt. Ich stehe also auf und dann sehe ich auf dem Nachbarbalkon, also auf Olgas Balkon, dieses ...« Frolow verstummte, und seine Augen traten aus den Höhlen. »Haben Sie den Film *Alien – Das unheimliche Wesen aus einer fremden Welt* gesehen?«

»Ja«, bestätigte Andrej halbherzig. Er konnte sich nicht mehr daran erinnern, wann er zum letzten Mal ferngesehen hatte. »Aber es ist schon lange her.«

»Diesen Film habe ich heute früh in natura gesehen.« Frolow starrte wie paralysiert vor sich hin. »Dieses Monster hatte einen eineinhalb Meter langen, dornenbesetzten Schwanz, daumendicke, lange Krallen und auf dem Kopf Hörner – nicht besonders lang, aber kräftig und gebogen. Und dann dieser Geruch nach Pfirsichen.«

»Nach Pfirsichen?«

»Nach Pfirsichen. Als ich hinüberschaute, drückte die Bestie gerade die Balkontür ein, und dann fielen die

Schüsse. Sechs Stück. Ich habe mich geduckt und mitgezählt. Zuerst vier und nach einer kurzen Pause nochmal zwei. Insgesamt sechs. Ich hörte Gebrüll und Gepolter, als ob jemand auf den Boden gestürzt wäre, in der Wohnung Schreie und dann abermals Schüsse. Wieder sechs Stück. Dann hörte ich eine Tür zuschlagen. Ich hockte immer noch hinter der Balkonbrüstung und konnte nichts sehen. Aber kurz darauf habe ich gehört, wie dieser Alien wieder über den Balkon zurück in den Baum geklettert ist. Mir war auch, als huschte ein Schatten vorbei.«

»Wo ist das Monster hin?«

»Das weiß ich nicht, Herr Major, denn ich hielt es für klüger, den Kopf unten zu lassen«, gab Frolow zu. »Bis Ihre Kollegen gekommen sind.«

»Kann man verstehen.« Kornilow verschränkte die Hände hinter dem Kopf und blies die Backen auf. »Wenn Sie einverstanden sind, Georgi Iwanowitsch, werde ich Ihre Aussage vorläufig nicht zu Protokoll nehmen. Fahren Sie in Urlaub und erholen Sie sich – das wird Ihnen guttun. Und sobald Sie zurückkommen, treffen wir uns und besprechen das Ganze noch einmal in Ruhe. Was meinen Sie?«

»Glauben Sie auch, dass ich nicht mehr alle Tassen im Schrank habe?«, fragte Frolow finster.

»Sagen wir einmal so ...« Andrej sah seinen Zeugen eindringlich an. »Ich möchte nicht, dass Sie etwas aussagen, was Sie nicht beweisen können. Das ist besser für alle Beteiligten.«

»Ich habe das aber gesehen.«

»Ich glaube Ihnen. Aber alle anderen ...« Kornilow schüttelte den Kopf. »Glauben Sie mir, es ist besser so.«

»Wahrscheinlich haben Sie Recht.« Frolow zündete sich eine Zigarette an. »Glauben Sie mir, weil Sie so etwas selbst schon mal gesehen haben?«

Der Major lächelte: »Georgi Iwanowitsch, ich habe gute Gründe, Ihnen zu glauben. Nicht mehr und nicht weniger. Ich werde dafür sorgen, dass man Sie nicht mehr belästigen wird. Fahren Sie unbesorgt in Urlaub und rufen Sie mich an, wenn Sie zurück sind.«

Kornilow legte seine Visitenkarte auf den Tisch, stand auf und verließ die Küche. Kapitän Uglow saß rauchend im Gang und klopfte die Asche in eine leere Cola-Dose.

»Und? Schräge Geschichte, oder?«

»Kann man so sagen. In solchen Fällen steckt man in einer Zwickmühle. Wir neigen dazu, unangenehme Wahrheiten zu verwerfen, doch die angenehmen Wahrheiten sind oft trügerisch.«

»Und in unserem Fall?«

»Ich werde wie immer versuchen, die goldene Mitte zu finden. Außerdem verlasse ich mich grundsätzlich nicht auf eine einzige Aussage.« Andrej knetete nachdenklich sein Kinn. »Es sieht ganz danach aus, dass unser Zeuge eine schwere psychische Erschütterung erlitten hat.«

»Sag ich doch«, nickte Uglow. »Er ist durchgeknallt.«

»Er hat sich einfach zu Tode erschreckt. Er soll jetzt erst mal in Urlaub fahren und ausspannen. Wenn er zurückkommt, werden wir ihn noch einmal vernehmen.«

»Klingt vernünftig.«

Hörner, Krallen, einen dorniger Schwanz ... Santiago hatte ihm erzählt, dass die meisten Bewohner der Verborgenen Stadt Menschen ähnlich sehen oder sich zumindest darum bemühen. Doch warum sollten nicht einige von ihnen tatsächlich einen Schwanz und Krallen haben? Ob diese Bestien etwas mit den Ritualmorden zu tun hatten? Diese Frage konnte nur Santiago beantworten. Andererseits hätte der Kommissar ihn doch darauf vorbereitet, dass er es mit richtigen Monstern zu tun bekommen würde. Eigenartig.

Kornilow blickte sich zerstreut im Wohnzimmer um. Die Spurensicherung beendete gerade ihre Arbeit. Die säuberlich verpackten Patronenhülsen, Kaffeetassen, Blutproben, Erdpartikel und sogar ein Bruchstück der Balkontür wurden für den Transport ins Labor in Spezialbehältern verstaut. Einige der Spurensicherer verließen bereits den Raum, doch neben den Resten der Blutlache kniete noch eine schwarzhaarige junge Frau in einem roten Kleid und schabte geschäftig Proben in ein kleines Reagenzglas. Andrej zog erstaunt die Brauen hoch.

»Haben Sie etwas verloren?«

»Ich bin gleich fertig«, verkündete die Frau mit einem strahlenden Lächeln und erhob sich. Sie war sogar ein Stück größer als Andrej. »Das war's schon.«

»Ach was!«

»Wieso, ist irgendwas?«

»Könnten Sie sich vielleicht vorstellen?«

»Und Sie?«

Die junge Frau gehörte offensichtlich nicht zum Team der Spurensicherung. Die Selbstsicherheit, mit der sie vorging und die Tatsache, dass sie in eine von der Polizei abgesperrte Wohnung hineingekommen war, ließen Andrej bereits ahnen, mit wem er es zu tun hatte. Er wollte es trotzdem genau wissen.

»Major Kornilow, Moskauer Polizeipräsidium, Sonderermittlungsgruppe.«

»*Der* Kornilow?«

»Genau der.«

»Ich wollte Sie schon lange einmal kennenlernen. Leider hat es sich nie ergeben.« Die junge Frau kramte in ihrer Handtasche. »Jana Mannerheim, FSB, Abteilung dreizehn.«

»Nie gehört.«

»Im Unterschied zu Ihnen legen wir auch keinen gesteigerten Wert auf Publicity«, beschied die Schwarzhaarige spitz.

Kornilow nahm die Dienstmarke, die sie ihm mit einem charmanten Lächeln unter die Nase hielt, begutachtete sie sorgfältig und ging damit zu dem bärtigen Spurensicherer, der noch im Zimmer war.

»Dmitri, haben Sie den Computer schon weggeräumt?«

»Nein, noch nicht.« Der Bärtige deutete auf das Notebook am Zeitungstisch.

»Dann checken Sie bitte in der FSB-Datenbank die Personalien von Jana Mannerheim.« Der Major drückte dem Spurensicherer die Dienstmarke in die Hand und wandte sich dann wieder der jungen Dame zu. »Seit wann interessiert sich denn der FSB für solche Bagatellfälle?«

»Und wieso interessiert sich die Sonderermittlungsgruppe dafür?«

»Ich bin versehentlich verständigt worden.«

»Ich auch.«

»Und von wem?«

Das Lächeln der hübschen Agentin gefror, und ihre blauen Augen begannen bedrohlich zu funkeln.

»Ich muss Sie darauf aufmerksam machen, dass ich gesetzlich nicht verpflichtet bin, die örtlichen Polizeibehörden über meine Ermittlungen zu informieren.«

Irgendetwas stimmte hier nicht. Andrej hatte das diffuse Gefühl, dass er diese Schwarzhaarige schon einmal gesehen oder von ihr gehört hatte. Doch er konnte sich nicht erinnern. Seine Gedanken rankten sich immer noch um Frolows Aussage. Um Monster mit Hörnern und Krallen.

»Alles sauber bei ihr.« Dmitri gab der jungen Frau die Dienstmarke zurück. »Oberleutnant Mannerheim ist in der zentralen FSB-Datenbank registriert.«

»Vielen Dank.« Die junge Frau sah den Major triumphierend an. »Sind Sie nun zufrieden?«

»Wozu brauchen Sie die Blutproben?«

»Na, wenn ich schon einmal da bin, schadet es doch nichts, welche zu nehmen.«

»Könnten Sie mir Ihre Telefonnummer geben?«

»Wenn es erforderlich sein sollte, melde ich mich selbst, Major Kornilow. Ich muss jetzt gehen.«

Jana verstaute die Dienstmarke und das Reagenzglas in ihrer Handtasche und verließ ohne Eile die Wohnung.

»Donnerwetter, was für eine Frau!«, schwärmte Dmitri. »Sie ist aufgetaucht, während Sie in der Küche den Zeugen vernommen haben. Sie kam hier rein wie so ein Komet mit ihrem roten Kleid. Als die Jungs sie gesehen haben, sind ihnen fast die Augen rausgefallen.«

»Die Augen rausgefallen?!« Das war es doch, was auch der Vorarbeiter erzählt hatte. Natürlich! Eine junge Frau in einem roten Kleid!

»Haltet sie auf!«

Als Kornilow aus dem Haus lief, war Jana bereits verschwunden.

»Wo ist sie? Wo ist sie hin?«

»Wer denn?«, wunderte sich ein Polizist, der am Eingang stand.

»Diese junge Frau in dem roten Kleid, mit schwarzen Haaren.«

»Die ist in ihren Audi gestiegen und weggefahren.«

»Was für ein Audi war das?«

»Ein TT, wenn ich mich nicht täusche. Knallrot.«

Kornilow fluchte still vor sich hin und im selben Moment bemerkte er, dass der Vorarbeiter auf ihn zukam.

»Ich glaube, ich weiß schon, was Sie mir sagen wollen.«

Der Mann nickte: »Ja, es war dieselbe wie heute Morgen.«

Büro der Firma JFK
Moskau, Maly Afanasjewski Pereulok
Samstag, 16. September, 11:14 Uhr

Durch das riesige Fenster, das sich über die ganze Länge der Wand erstreckte, fluteten grelle Sonnenstrahlen herein. Sie spiegelten sich auf der glänzenden Tischplatte, in den Flaschen der Minibar und in den Glasscheiben der Gemälde und tauchten das gesamte Büro in ein flimmerndes Lichtermeer. Doch den hageren, etwa dreißigjährigen Mann, der am Schreibtisch saß, schien das überhaupt nicht zu stören. Er schaute gelangweilt auf einen Flachbildschirm und klickte gelegentlich mit der Maus.

»Denis Romanowitsch, Herr Nefedow möchte zu Ihnen.«

Die Stimme der Sekretärin ertönte über eine Sprechanlage, deren Lautsprecher in die Wand eingebaut war. Der Eigner des Büros drehte sich wie in Zeitlupe vom Bildschirm weg, nahm die Brille ab und putzte die Gläser mit einem weichen Baumwolltuch. Er hatte es niemals eilig.

»Denis Romanowitsch? …«

»Bitten Sie ihn herein.«

Die Brille landete just in dem Moment wieder auf der Nase, als die schallisolierte Tür aufging und ein stiernackiger Koloss ins Büro stampfte. Der Gast trug einen zerknitterten schwarzen Anzug, ein schwarzes, weit geöffnetes Hemd und anstelle einer Krawatte eine fette Goldkette.

»Schon gehört, Edik? Wachtang wurde kaltgemacht«, verkündete Nefedow anstelle einer Begrüßung.

»Was du nicht sagst!« Denis Romanowitsch faltete bedächtig sein Brillenputztuch zusammen.

»Echt, Mann, ohne Scheiß, heute Nacht oder am Morgen. Als seine Schlampe die Augen aufmachte, war er schon hinüber. Voll krass.« Nefedow ließ sich in den Stuhl plumpsen. »Hast du was zu saufen da?«

»In der Minibar, bedien dich.«

Der Koloss, der es vorzog, bedient zu werden, warf Edik einen genervten Blick zu, wuchtete sich aus dem Stuhl, schlenderte zur Bar und schenkte sich zwei Fingerbreit Wodka ein.

Der kultivierte Edik wartete geduldig, bis Nefedow sein Glas ausgetrunken hatte, und stellte erst dann seine Frage: »Wer hat denn Wachtang um die Ecke gebracht, Spike? Nicht du zufällig?«

»Spinnst du?«, kläffte Nefedow und zog sich mit dem Zeigefinger entrüstet das Unterlid herab. »Ohne ein Wort von Chamberlain? Sonst noch Wünsche?!«

Spike mochte Edik nicht. Im Unterschied zu dem schmächtigen Brillenträger mit Universitätsabschluss kam der Kraftprotz von ganz unten und hatte sich den Weg nach oben mit viel Blut erkauft – wenn auch hauptsächlich mit fremdem Blut.

»Und was denken Wachtangs Leute? Verdächtigen sie uns?«

»Bei denen brennt natürlich die Hütte. Fast die ganze Bande hat sich zusammengerottet und zermartert sich das Hirn, wer das gewesen sein könnte. Aber bis jetzt haben sie keinen Peil. Ist aber auch kein Wunder.«

»Wieso?«

»Sie raffen's nicht, wie das überhaupt passieren konnte«, erläuterte Nefedow. »Wachtang hat sich schließlich nicht mit Waschlappen umgeben, der Boss seiner Wache ist dieser Typ namens Sprinter, ein abgekochter Kämpfer, der immerhin zehn Jahre Geheimdienst auf dem Buckel hat. Außerdem steht Rionis Hütte im *Zarenwinkel* ...« Edik hatte von Wachtangs Residenz gehört: ein doppelter Sicherheitsgürtel, einer für die ganze Siedlung, einer für ihn persönlich, im Haus Panzerscheiben, elektronische Alarmanlage, Videoüberwachung. »Dort sind insgesamt zwanzig Mann stationiert, und zwei Gorillas saßen die ganze Nacht vor seiner Schlafzimmertür.«

»Und keiner von denen hat etwas bemerkt?«

»Nö.«

»Dann wurden sie bestochen«, mutmaßte Edik. »Aber wer steckt dahinter?«

»Wer wurde bestochen?«, fragte Spike.

»Na, die Gorillas vor der Tür.«

»Ach die. Möglich. Aber wie ist der Killer überhaupt ins Haus gekommen?«

»Vielleicht waren es die Gorillas selbst und stellen sich jetzt dumm?!«

»Und wieso hat seine Schlampe nichts gehört?«

»Die könnte ja mit ihnen unter einer Decke stecken.«

»Und wo ist die Hand hingekommen?«

»Welche Hand?«

»Richtig, das habe ich dir ja noch gar nicht erzählt.« Spike bemühte sich abermals zur Bar und mischte seinen Wodka diesmal mit Orangensaft. »Wachtang wurde erstochen. Auf der Stirn hatte er ein Brandmal, und seine linke Hand war abgehackt. Voll abartig!«

Edik lehnte sich zurück und verschränkte die Hände hinter dem Kopf. Im Gegensatz zu Nefedow, der sich nicht gerade durch sprühende Intelligenz auszeichnete, zog Edik sofort die Parallele zu dem mysteriösen Mord an Maria Tatarkina, von dem er in der Zeitung gelesen hatte: Die populäre Unternehmerin war unter genau denselben Umständen zu Tode gekommen. Der einzige Unterschied bestand darin, dass man sie in einem Restaurant ermordet hatte, Wachtang dagegen in seinem eigenen Haus. Doch Edik wusste aus leidvoller Erfahrung, dass man sich nicht einmal im eigenen Schlafzimmer sicher fühlen konnte, egal, wie gut es bewacht wurde.

Damals war er mitten in der Nacht aufgewacht.

Wegen der Stille.

Edik schlief jede Nacht genau sieben Stunden. Sieben kostbare Stunden, in denen niemand ihn zu stören wagte: Im Schlafzimmer gab es kein Telefon, die schalldichten Fenster waren sorgfältig verschlossen und die Rollos herabgelassen. Sieben Stunden Stille, Ruhe und Erholung. Um nichts sorgte sich Edik mehr als um sich selbst.

Er wachte mitten in der Nacht auf.

Wegen der Stille.

Sie war anders als sonst. Nicht beruhigend und entspannend, sondern irgendwie feindselig und bedrohlich. Kein Geräusch, kein Rascheln, nichts durchbrach diese Stille, trotzdem wachte Edik auf und öffnete die Augen. Er spürte die Gefahr.

Obwohl es im Schlafzimmer stockdunkel war, erkannte oder, besser gesagt, erahnte Edik die Gestalt, die in der Mitte des Raumes stand. Eine hoch aufgeschossene, hagere Männergestalt. Der Ankömmling bewegte sich nicht, schien nicht einmal zu atmen. Er stand einfach nur da und beobachtete ihn. Die Konturen der Gestalt konnte Edik nicht ausmachen, doch er fühlte körperlich ihre Anwesenheit und empfand zum ersten und letzten Mal im Leben richtige Angst. Dass er zu einem solchen Gefühl überhaupt imstande war, überraschte ihn – was hatte er nicht schon alles erlebt! Sein Kinn begann zu zittern, über seinen Rücken liefen kalte Schauer, und sein Herz schlug bis zum Hals.

Edik versuchte, sich schlafend zu stellen, doch es gelang ihm nicht. Sein stockender Atem und das Klappern seiner Zähne verrieten dem Fremden, dass er bemerkt worden war.

»Ich bin nicht gekommen, um Sie zu töten.« Die Stimme kam aus der Mitte des Zimmers, wo sich die hoch aufgeschossene Gestalt befand. »Beruhigen Sie sich und hören Sie auf zu zittern.«

Der Bariton des nächtlichen Gastes wirkte ruhig und sachlich.

»Wer bist du?«, flüsterte Edik.

»Ich werde Sie nicht lange stören.« Die Stimme war plötzlich ganz nahe. Der Fremde stand unmittelbar neben dem Bett, obwohl Edik sein Näherkommen weder gesehen noch gehört hatte. »Sie sind wach?«

»Ja.«

»Ausgezeichnet.«

Edik versuchte, sich aufzusetzen.

»Bitte bewegen Sie sich nicht.«

Edik spürte etwas Schweres, das seinen Oberkörper niederdrückte. Im nächsten Augenblick realisierte er, dass ihm der Fremde einfach den Schuh auf die Brust gesetzt hatte.

»Was soll ...« Edik bekam keine Luft mehr und begann zu husten. »Nimm den Fuß ...«

»Sie haben vor kurzem mit Jegor Bessjajew zusammengearbeitet.« Die Stimme des Fremden blieb unverändert ruhig. Es schien ihn nicht im Geringsten anzustrengen, dass er Edik mit brutaler Gewalt gegen das Bett presste. »Jegor Bessjajew. Erinnern Sie sich?«

Und ob er sich an den erinnerte! Der junge Hacker hatte die Deutsche Bank in Ediks Auftrag um zweihundert Millionen erleichtert und war ins Ausland getürmt, als ihm die Polizei auf die Schliche kam. Bessjajew hätte ein gefährlicher Zeuge werden können, deshalb hatte Edik den Auftrag erteilt, ihn zu beseitigen.

»Erinnern Sie sich an Jegor?«

Mit der brachialen Kraft einer Hydraulikpresse drückte der Schuh des Fremden gegen seinen Brustkorb, und die Schuhspitze bohrte sich in seine Kehle. Edik spürte, wie der Lattenrost sich durchbog, und dann krachten die ersten Rippen.

»Ich erinnere mich«, krächzte er verzweifelt.

»Jegor Bessjajew wird nicht mehr für Sie arbeiten. Er hat jetzt einen neuen Job, und Sie werden ihn schön in Ruhe lassen.« Der Tonfall des Eindringlings blieb verbindlich und unaufgeregt. »Ich darf doch auf Ihr Entgegenkommen rechnen?«

Edik wusste, dass ihn eine abschlägige Antwort das Leben kosten würde. Dieser brutale Kerl, den er in der Finsternis kaum ausmachen konnte, war in der Lage, ihn einfach zu zerquetschen und mitsamt dem Bett in den Boden zu treten.

»Bessjajew ...« Edik konnte kaum atmen, geschweige denn sprechen. »Bessjajew kann ruhig schlafen«, presste er tonlos hervor.

»Dann ist es ja gut. Ich wusste, dass wir uns verstehen würden.«

Der Fremde nahm den Fuß weg und verschwand.

Nach wie vor konnte Edik im stockdunklen Schlafzimmer nichts sehen, doch er spürte, dass er nun wieder allein war. Nur ein heftiges Stechen in der Brust erinnerte noch an den ungebetenen Gast. Er blieb einige Minuten benommen liegen, dann wälzte er sich unter höllischen Schmerzen aus dem Bett und schaltete das Licht ein. Es war niemand da.

Der Vorfall lag bereits vier oder fünf Jahre zurück. Oder sogar noch länger? Edik hatte diese unerfreuliche Episode in den hintersten Winkel seines Gedächtnisses verdrängt, doch wenn, dann dachte er mit Schrecken daran zurück. Am nächsten Morgen befragte er damals ausführlich die Wachen und überprüfte höchstpersönlich Alarmanlage und Videokameras, doch das Sicherheitspersonal behauptete, nichts bemerkt zu haben, und der Eindringling hatte nicht die geringsten Spuren hinterlassen. Das Ganze war wie ein Albtraum, doch der blutunterlaufene, schuhsohlenförmige Fleck auf der Brust ließ keinen Zweifel daran, dass die unheimliche Begegnung tatsächlich stattgefunden hatte.

Noch wochenlang plagte sich Edik mit drei gebrochenen Rippen herum. Jegor Bessjajew kehrte indes aus dem Ausland zurück und wurde eineinhalb Jahre später Vizepräsident der T-Grad-Com.

»Hallo? Bist du noch da?«, fragte Nefedow und testete die Aufmerksamkeit des gedankenverlorenen Edik mit einer winkenden Handbewegung. »Vielleicht sollten wir Wachtangs Leute mal anrufen und ihnen verklickern, dass wir das nicht waren. Chamberlain würde es bestimmt nicht gefallen, wenn die Amok laufen.«

Edik besann sich und nahm die Brille ab, die sich ein wenig beschlagen hatte.

»Spike, wer von den Jungs ist gerade im Büro?«

»Zorro.«

»Er soll sich ein paar Leute nehmen und Serebrjanz zu mir bringen.«

»Hä, Serebrjanz? Wer soll'n das sein?«, staunte Nefedow mit weit aufgerissenen Augen.

»Zorro weiß, wen ich meine. Sag ihm einfach, dass er Serebrjanz zu mir bringen soll.«

»Und wozu das?«

Edik putzte hingebungsvoll seine Gläser, hatte es jedoch nicht eilig, die Brille wieder aufzusetzen.

»Ich muss mit ihm reden.«

»Und Chamberlain? Und Wachtangs Leute?«

»Denen sagen wir einfach, was Sache ist: dass wir mit dem Mord nichts zu tun haben.«

»Sollten wir nicht ein Treffen mit denen ausmachen? Der Moment wäre günstig! Wir könnten den Trotteln die Situation schmackhaft machen und ...«

»Nur nichts überstürzen, Spike«, unterbrach ihn Edik mit einer beschwichtigenden Handbewegung. »Der Moment ist in Wahrheit heikel, wir dürfen jetzt bloß keinen Fehler machen. Veranlasse zuerst mal, dass Serebrjanz zu mir gebracht wird, dann sehen wir weiter.«

Moskau, Jablotschkow-Straße
Samstag, 16. September, 11:23 Uhr

Zu Kornilows großer Erleichterung hatten sich vor dem Haus noch keine Journalisten eingefunden, für die es zweifellos ein gefundenes Fressen gewesen wäre, den Leiter der Sonderermittlungsgruppe am Tatort eines gewöhnlichen Verbrechens zu entdecken. Da die Verfolgung des Fräuleins Mannerheim aussichtslos erschien, instruierte der Major die Kollegen, sämtliche sichergestellten Beweismittel ins Polizeipräsidium zu bringen, und ging dann zu seinem Wagen.

»Major Kornilow?!«

Andrej drehte sich um. Nicht weit von seinem Wolga stand ein älterer Herr, der einen schäbigen Anzug, ein

Hemd von zweifelhafter Frische und abgewetzte Schuhe trug. Unter seinem Arm klemmte eine speckige Aktentasche, in deren Leder sich canyonartige Risse auftaten.

»Sie sind doch Major Kornilow, nicht wahr?«

»Kennen wir uns?«

»Professor Serebrjanz.« Der Mann deutete eine Verbeugung an. »Lew Moisejewitsch Serebrjanz. Sie müssen entschuldigen, ich kenne Ihren Vor- und Vatersnamen nicht.«

»Andrej Kirillowitsch.«

»Sehr erfreut, Andrej Kirillowitsch, ich muss Sie sprechen.«

»Wird das lange dauern?«

»Das kommt ganz darauf an, aber ich denke, dass das, was ich Ihnen zu sagen habe, von größtem Interesse für Sie wäre.«

»Na gut.« Kornilow ging in den Schatten und zündete sich eine Zigarette an. »Was kann ich für Sie tun?«

Serebrjanz warf einen missbilligenden Blick auf die Zigarette und rückte seine zerknitterte und bemerkenswert geschmacklose Krawatte zurecht.

»Andrej Kirillowitsch, wenn ich recht informiert bin, sind Sie doch der Leiter der Sonderermittlungsgruppe und kümmern sich normalerweise um organisierte Schwerkriminelle. Was führt Sie an den Tatort eines gewöhnlichen Verbrechens?«

»Sie arbeiten nicht zufällig für irgendeine Zeitung?«, erkundigte sich der Major argwöhnisch.

»Nein. Ich wollte nur sichergehen, dass ich mich nicht getäuscht habe.«

»Worin getäuscht?«

Serebrjanz rieb sich verlegen die Nase.

»Wissen Sie, Andrej Kirillowitsch, ich wohne zufällig im achten Stockwerk des Hauses, das sich gegenüber dem Tatort befindet, und habe von dort einen guten Blick, der selbst von den Bäumen kaum beeinträchtigt wird. Und heute Morgen habe ich mich auf meinem Balkon aufgehalten.«

»Sie sind also ein Zeuge?«

»Nicht einfach nur ein Zeuge«, erwiderte der Professor kryptisch und lächelte triumphierend. »Natürlich werde ich Ihnen sagen, was ich gesehen habe, doch darüber hinaus kann ich Ihnen interessante Dinge über die Hintergründe des Verbrechens berichten.«

»Vielleicht sollten wir ins Präsidium fahren?«

»Lieber nicht. Ich möchte nicht, dass mein Name in Zusammenhang mit diesem Fall genannt wird, und würde es vorziehen, hier unter vier Augen mit Ihnen zu sprechen.«

Ein seltsamer Fall – und seltsame Zeugen, dachte Andrej.

»Dann schießen Sie mal los.«

»Ich war also auf meinem Balkon.«

»Und was haben Sie dort gemacht?«

»Gearbeitet. Ich schreibe wissenschaftliche Abhandlungen und am liebsten tue ich das im Freien. An der frischen Luft kommen einem die besten Gedanken.«

»Woran arbeiten Sie denn konkret?«

»Darauf komme ich noch zu sprechen.« Serebrjanz' Stimme klang nun viel selbstsicherer als am Beginn des

Gesprächs. »Den Mann aus der Nachbarwohnung haben Sie schon befragt?«

»Ja.«

»Ich kann seine Aussage in allen Einzelheiten bestätigen. Alles, was er Ihnen erzählt hat, ist tatsächlich so passiert.«

»Woher wissen Sie, was er mir erzählt hat?«

»Ich gehe einfach davon aus, dass er Ihnen die Wahrheit gesagt hat, also das, was er gesehen hat. Sprach er von einem Wandelwesen?«

Der Professor stellte diese Frage, als sei es das Selbstverständlichste auf der Welt, Wandelwesen zu sehen.

»Wovon bitte?«

»Das Monster, das in die Wohnung eingedrungen ist, war ein Wandelwesen«, erklärte Serebrjanz trocken. »Leider habe ich nicht mitbekommen, wann es aufgetaucht ist, dafür habe ich genau verfolgt, wie es sich aus dem Staub gemacht hat. Nachdem das Wandelwesen über den Balkon in den Baum geklettert war, habe ich es kurz aus den Augen verloren, doch als es im Hof unter dem Baum wieder auftauchte, war es bereits kein Monster mehr.«

»Sondern?«

»Eine junge Frau. Sie hatte schwarzes Haar und zog ein wenig das Bein nach. Eindeutig ein Wandelwesen.«

»Wir haben da eine Spezialeinheit, die ist mit Silberkugeln und Holzpfählen ausgerüstet«, kommentierte der Major sarkastisch.

»Sie sollten sich nicht über mich lustig machen, Andrej Kirillowitsch«, versetzte Serebrjanz scharf. »Zumal

Sie ganz genau wissen, dass ich Recht habe. Andernfalls wären Sie nämlich gar nicht hier.«

Kornilow runzelte skeptisch die Stirn.

»Und wo ist diese junge Frau abgeblieben?«

»Sie ist zwischen den Häusern hindurch zur Parallelstraße gegangen, und dort habe ich sie aus den Augen verloren.«

»Können Sie sie beschreiben?«

»Nur grob. Ich sah sie immerhin aus dem achten Stock.«

»Ja, schon klar.« Kornilow warf seine Zigarettenkippe weg. »Und, was denken Sie über den Vorfall?«

»Meine Meinung dazu interessiert Sie also?«

»Davon können Sie ausgehen.«

»Dann möchte ich Ihnen, wenn Sie einverstanden sind, zunächst über meine Arbeit berichten. Vielleicht sollten wir uns setzen?« Serebrjanz deutete mit einer Kopfbewegung auf eine Bank.

»Wird es lange dauern?«

»Möglich.«

»Gut, dann setzen wir uns.«

Die beiden nahmen auf der Bank Platz, und der Major zündete sich sofort die nächste Zigarette an. Der Professor lehnte sich zurück und strahlte übers ganze Gesicht.

»Heute ist ein Freudentag für mich, Andrej Kirillowitsch. Denn das Schicksal hat mir einen stichhaltigen Beweis für meine Hypothese in die Hände gelegt.«

»Sie haben das Monster – Pardon, das Wandelwesen – nicht zufällig fotografiert?«

»Nein, aber ich habe es gesehen. Und das genügt mir.«

Der Professor legte die Aktentasche auf seine Knie, seufzte und wandte sich dem Major zu. »Haben Sie nie daran gedacht, dass neben uns Menschen auch andere vernunftbegabte Wesen auf der Erde leben könnten?«

»Außerirdische?«

»Wieso denn Außerirdische? Unser Planet ist mehr als vier Milliarden Jahre alt. Sie glauben doch nicht im Ernst, dass die Vernunft sich nur in uns Menschen manifestiert hat?« Der Professor setzte Kornilow den ausgestreckten Zeigefinger auf die Brust. »Schon vor langer Zeit, als die Menschheit noch gar nicht auf den Plan getreten war, existierten hochentwickelte Zivilisationen auf der Erde. Sie führten Kriege, errichteten und stürzten Imperien, pflegten Wissenschaften und Kunst. Unsere Mythen und Legenden sind nur ein Widerhall ihrer Geschichte. Wir halten sie für Märchen und machen uns gar keine Gedanken darüber, woher unsere Vorfahren so viel Fantasie schöpften. Wir haben es vergessen.«

»Was haben wir vergessen?« Andrej schob den Finger, der sich in seine Brust bohrte, höflich beiseite und klopfte die Asche seiner Zigarette ab.

»Wir sind nicht die Ersten auf dem Planeten, Andrej Kirillowitsch, wir sind nur die Nächsten in einer langen Reihe.«

»In einer langen Reihe von Beherrschern der Welt?«

»Ganz genau.«

»Und diese anderen Zivilisationen sind untergegangen?«

»So einfach ist es nicht.« Der Zeigefinger des Professors bohrte sich nun in die Luft. »Zuerst hat man uns

Menschen überhaupt nicht ernst genommen. Schließlich sind wir körperlich schwach, verfügen nur über eine bescheidene Lebensspanne und vor allem sind wir zur Magie kaum befähigt. Doch schon bald haben unsere Vorfahren gezeigt, wer Herr im Hause ist! Dank ihres brillanten Verstandes, ihrer Beharrlichkeit und ihres Heldenmuts hat die Menschheit den Sieg errungen und sich die Erde untertan gemacht! Doch die nicht-menschlichen Völker sind nicht verschwunden! Wir haben sie nicht ausgerottet. Sie haben sich verborgen und warten nur darauf, dass ihre Stunde kommt.« Serebrjanz hatte sich in Rage geredet, und seine Stimme überschlug sich förmlich. »Immer wieder haben die nicht-menschlichen Völker versucht, die Macht zurückzuerobern und die Menschheit zu unterjochen. Wenn Sie nicht an Märchen glauben, dann denken Sie an die Heilige Inquisition! Unsere Vorfahren haben für unser Wohlergehen gekämpft, indem sie das Übel mit der Wurzel ausrissen!« Der Professor war nun völlig außer sich und schrie beinahe. Dabei sprudelte zusammen mit der flammenden Rede auch eine gehörige Portion Spucke aus ihm heraus. Kornilow wusste sich nicht anders zu helfen, als ihm ein paar Mal dicke Rauchwolken direkt ins Gesicht zu blasen, damit er sich abwandte. Jetzt richtete Serebrjanz seinen Wortschwall gen Himmel und fuchtelte wild mit den Händen. »Im Mittelalter haben wir einen taktischen, aber keineswegs endgültigen Sieg errungen. Wenn wir nicht zur Besinnung kommen, werden wir für unseren Leichtsinn büßen müssen! Die Verschwörung des Bösen ist in vollem Gange. Überall tauchen Zauberer und Hexen auf. Die Menschen haben aufgehört zu denken und verlassen sich stattdessen auf idiotische Horoskope. Russland und die ganze Welt werden von finsteren Mächten bedroht! Wir müssen ihnen Einhalt gebieten und die Reinheit der russischen Seele vor dem Zugriff dieser nicht-menschlichen Bastarde schützen!!«

Die geballten Fäuste des Professors zischten gefährlich nah an Kornilows Gesicht vorbei, doch Andrej ließ seinen emotionalen Gesprächspartner gewähren. Er warf seine Zigarettenkippe weg und wartete geduldig, bis Serebrjanz innehalten musste, um Luft zu holen.

»Lew Moisejewitsch, warum wenden Sie sich nicht an den Geheimdienst? Weltverschwörungen gehören doch zu dessen Aufgabengebiet.«

Der Professor zog ein mäßig sauberes Tuch hervor und wischte sich den Mund ab.

»Früher, als ich noch jung und unbedarft war, hatte ich tatsächlich gehofft, dass die staatlichen Behörden mir glauben und die drohende Unterwanderung verhindern würden. Mein Gott – was war ich naiv! Die wollten mich in die Klapsmühle stecken! Aber damals ging mir ein Licht auf ...« Serebrjanz packte Kornilow mit beiden Händen am Oberarm. »Mir wurde klar, dass all diese Geheimdienstorganisationen – FSB, FAPSI, FPS, FSNP, und wie sie alle heißen – bereits von den Nichtmenschen gekauft wurden und in deren Interesse handeln. Sie helfen ihnen dabei, die Menschen zu gängeln, sie zu beeinflussen, mit psychophysischen Waffen zu experimentieren und die große Masse darauf vorzubereiten, dass neue Führer auf den Plan treten werden: die

Schwarzmagier! Die Zersetzung der Gesellschaft hat längst begonnen! Sie wollen uns zu Sklaven machen. Nur wenn alle aufrechten Menschen an einem Strang ziehen, können wir diese schleichende Unterwanderung verhindern!«

»Warum wenden Sie sich dann ausgerechnet an mich?«, fragte Kornilow und versuchte vergeblich, sich dem Griff des Professors zu entwinden. »Die Polizei haben Sie doch bestimmt auch im Verdacht.«

»Sie sind ein rechtschaffener Mensch, Andrej Kirillowitsch, naiv, aber rechtschaffen. Sie konnten nicht ahnen, wem Sie zu Diensten sind, doch heute müssen sich Ihnen die Augen öffnen! In Moskau treiben sich Wandelwesen herum! Satan ist dabei, unseren Planeten zu erobern! Er ist überall! Das Fernsehen trieft vor Gewalt, und das Internet ist mit schmutziger Pornografie verseucht! Schlagen Sie doch mal eine Zeitung auf: Überall verbreiten Zauberer ihre Lügen und werben für ihr schmutziges Handwerk. Weißmagier! Ha, dass ich nicht lache! Nur ein toter Magier ist ein guter Magier! Unsere Vorfahren hätten mit diesem Gesindel kurzen Prozess gemacht! Haben Sie dieses Flittchen im roten Kleid gesehen? Sie sind doch sogar hinter ihr hergerannt. Sie ist eine von ihnen.«

»Sie kennen die Dame?«

»Ich habe sie auf einem meiner Vorträge gesehen und hier sofort wiedererkannt.« Serebrjanz ließ endlich Andrejs Oberarm los und starrte abwesend vor sich hin – offenbar hatte er gerade Janas attraktive Erscheinung vor Augen. »Sie können sicher nachvollziehen, dass sich der Anblick einer solchen Frau ins Gedächtnis einprägt. Haben Sie sie zur Fahndung ausgeschrieben? Sie müssen Sie ausfindig machen, Andrej Kirillowitsch, dann werden Sie sehen, dass ich Recht habe. Verhören Sie dieses verkommene Subjekt nach allen Regeln der Kunst! Quetschen Sie die Wahrheit aus ihr heraus!« Die Augen des Professors traten aus den Höhlen, und seine Finger krampften sich zusammen, so als würde er jemanden würgen. »Von ihr werden Sie alles erfahren! Sie ist entweder selbst ein nicht-menschliches Wesen oder sie ist ein Mensch, der sich ihnen verkauft hat! Sie müssen sie mit dem Feuer befragen. Wissen Sie, wie das geht?«

Kornilow hielt Serebrjanz das Feuerzeug direkt unter die Nase und betätigte das Zündrad. Die hervorschießende Flamme ließ den Professor zusammenzucken. Andrej zündete sich ungerührt eine Zigarette an.

»Trotzdem, Lew Moisejewitsch, warum sind Sie damit zu mir gekommen?«

»Ich möchte Sie zum Nachdenken bringen.« Serebrjanz starrte in die Flamme. »Mit wem halten Sie es? Wer steht Ihnen näher? Die Schwarzmagier oder die Menschheit? Ich möchte, dass Sie sich auf die Seite der rechtschaffenen Menschen stellen, die Satan den Kampf angesagt haben.«

»Und was ist Ihrer Meinung nach zu tun?«

»Wir müssen kämpfen und die Menschheit retten. Ist es Ihnen kein Anliegen, die Menschheit zu retten?«

Kornilow ließ die Flamme erlöschen und steckte das Feuerzeug in die Tasche.

»Im Augenblick, Lew Moisejewitsch, ist es mir ein Anliegen, herauszufinden, wo sich die Mieterin der Wohnung dort oben aufhält und sie, wenn nötig, aus ihrer Notlage befreien.«

»Die Mieterin der Wohnung ist auch in die Verschwörung involviert. Auch sie muss verhört werden.«

»Zuerst muss ich sie einmal finden.«

Serebrjanz rückte ein Stück von Andrej ab und sah ihm streng in die Augen.

»Ist das wirklich alles, was Sie erreichen wollen?«

»Alles andere, was mir am Herzen liegt, habe ich schon: Frau und Kinder, ein Dach über dem Kopf. Ich weiß sehr gut, wo mein Platz ist und um wen ich mich kümmern muss. Ihre Moralpredigt wird mich von dieser Haltung nicht abbringen.«

»Nicht-menschliche Wesen bedrohen unsere Existenz!«

»Ich bin Polizist, Lew Moisejewitsch«, sagte Kornilow nüchtern. »Meine Aufgabe besteht darin, den Täter zu finden, und mir ist völlig gleichgültig, ob es sich dabei um einen Menschen oder ein Wandelwesen handelt.«

Serebrjanz rückte noch weiter zurück und sah den Major entsetzt an.

»Sie wissen Bescheid? ...«

Andrej erhob sich.

»Werden Sie eine offizielle Aussage zu Protokoll geben?«

»Sie wissen von der Verborgenen Stadt«, flüsterte der Professor. »Sie sind eingeweiht ...«

»Werden Sie eine Aussage machen?«, wiederholte der Major.

»Nein.«

»Dann guten Tag.«

Andrej setzte sich in seinen Wolga und tippte Kapitän Schustows Nummer in sein Mobiltelefon.

»Sergej?«

»Bei der Arbeit, Andrej«, erwiderte sein Stellvertreter.

»Sergej, ich brauche dringend sämtliche Informationen über einen gewissen Lew Moisejewitsch Serebrjanz, er ist angeblich Professor. Klopfe sämtliche Quellen ab, unsere eigenen, aber auch die von FSB, Steuerfahndung und so weiter. Finde heraus, wo er wohnt, was er macht, mit wem er schläft – ich will alles über ihn wissen.«

»Geht klar, Andrej.«

Städtisches Mietshaus
Moskau, Miklucho-Maklaja-Straße
Samstag, 16. September, 11:26 Uhr

»Hier ist also dein Reich«, sagte Olga und sah sich neugierig in Artjoms einzigem Zimmer um.

»Ja. Tut mir leid wegen der Unordnung.« Der Söldner hob ein schmutziges Hemd vom Boden auf, verfluchte sich für seine Schlamperei und warf es ins Bad. »Dafür bist du hier sicher.«

»Ist doch ganz nett hier«, erwiderte Olga und verbarg ein nachsichtiges Schmunzeln hinter vorgehaltener Hand. »Eine Junggesellenwohnung – klar, aber trotzdem gemütlich.«

»Danke für die Blumen.«

»Ich war noch nie in der Wohnung eines Polizisten.« Galja warf einen abschätzigen Blick auf den schmutzigen Teller neben dem Sofa. »Kann es sein, dass Sie schon länger nicht mehr zu Hause waren, Herr Wachtmeister? Sollen wir Ihnen vielleicht beim Ordnungmachen behilflich sein?«

Herr Wachtmeister! Das ironische Gerede der hübschen Schwarzhaarigen ging Artjom allmählich auf die Nerven. Doch er hatte keine Lust, sich mit ihr zu streiten, und verkniff es sich zurückzugiften.

»Nein, nicht nötig. Ich räume selbst auf – einmal im Jahr. Aber wenn eine von euch vielleicht Kaffee machen könnte ...?«

»Klar, mach ich«, meldete sich Olga bemüht launig, um die Situation zu entspannen.

»Die Küche steht zu deiner Verfügung.«

»Frauen an den Herd – das hätte ich mir denken können«, stichelte Galja bissig und folgte ihrer Freundin in die Küche.

Artjom setzte sich an seinen Wohnzimmertisch und schaltete den Computer ein.

Seltsam, wieso hatte dieser schwarzhaarige Drachen sich überhaupt an sie drangehängt? In der Jablotschkow-Straße – gut, da hatte sie die Schießerei mitbekommen und war entsprechend verängstigt. Sie dort zurückzulassen wäre nicht anständig gewesen, schließlich hätte sie ja auch der Morjane in die Arme laufen können. Deshalb hatte Artjom sie umstandslos in den Jeep verfrachtet und mitgenommen. Doch unterwegs fing sie sich überraschend schnell wieder, und als Artjom ihr nahelegte, an der nächsten Metro-Station auszusteigen, lehnte sie dies kategorisch ab und verkündete, dass sie ihre Freundin in einer solchen Situation niemals allein lassen würde. Eine normale Reaktion? In einem Frauenroman vielleicht – ja. Aber in einem fremden Jeep, in dem ein kurzgeschorener Typ mit einer Pistole am Gürtel am Steuer sitzt und dir befiehlt auszusteigen? Artjom konnte sich lebhaft vorstellen, dass Cortes an seiner Stelle die freche Göre einfach aus dem fahrenden Wagen geworfen hätte, er dagegen ... Als er sah, wie sehr sich Olga über Galjas Beistand freute, hatte er sich breitschlagen lassen und erntete nun die Früchte seiner Nachgiebigkeit. Die Schwarzhaarige offenbarte – vorsichtig ausgedrückt – ein ziemlich streitbares Temperament.

»Und so was nennen Sie Kaffee?« Galja stand in der Tür und wedelte angewidert mit einer angebrochenen Packung Instantkaffee. »Oder habe ich den falschen erwischt?«

Abgesehen von ihrem Charakter war diese junge Frau eine ausgesprochen attraktive Erscheinung. Das schwarze Minikleid, das sich hauteng um die kleinen, wohlgeformten Brüste spannte, brachte ihre langen, gertenschlanken Beine äußerst vorteilhaft zur Geltung. Sofort aufgefallen waren Artjom auch ihre feurigen, tiefschwarzen Augen, mit denen er sich unter anderen Umständen möglicherweise eingehender befasst hätte ...

»Es ist also kein anderer Kaffee da, Herr Wachtmeister?«

»Nein.«

»Und Sahne?«

»Tut mir leid.«

Galja rollte genervt mit den Augen und machte auf dem Absatz kehrt, dabei schwang ihr langes, bis zur Taille reichendes Haar anmutig durch die Luft.

»Aber Milch müsste ich noch im Kühlschrank haben«, rief ihr Artjom hinterher.

Kurz darauf erschien Olga in der Tür.

»Trinkst du deinen Kaffee schwarz?«

»Ja.«

»Mit Zucker?«

»Ja.«

Olga kam zögerlich zum Schreibtisch und beugte sich zu Artjom.

»Denk dir nichts wegen Galja. Sie ist ein bisschen schwierig, aber im Grunde ein herzensguter Mensch. Außerdem hilft es mir, dass sie hier ist.«

»Schon gut«, seufzte der Söldner. »Kennst du sie schon lange?«

»Vier Jahre.«

»Trägt sie die Nase immer so hoch?«

»Fast immer. Galja stammt aus einer reichen Familie.«

»Na, dann wundert mich das nicht.«

Olga wollte noch etwas hinzufügen, doch dann überlegte sie es sich anders und ging in die Küche zurück.

»Komm dann rüber zum Kaffee.«

Artjom wandte sich wieder dem Bildschirm zu und tippte eine Webadresse in die Tastatur: www.t-grad.com. Es öffnete sich die Startseite des größten russischen Telekommunikationskonzerns T-Grad Communication.

Kaum jemand wusste, dass sich auf dieser Website das Portal zu einer verborgenen Welt befand. Über den VIP-Bereich gelangte Artjom zum »Login für registrierte Benutzer«. Er klickte die Schaltfläche an, und auf dem Bildschirm erschien die Eingabemaske für das Passwort. Der Söldner tippte die PIN seiner T-Grad-Com-Universalkarte ein und presste den Daumen der rechten Hand auf ein spezielles weißes Quadrat am Monitor.

»Identifikation erfolgreich. Nutzer: Artjom Golowin. Zugang freigeschaltet.«

Artjom wechselte in den Bereich des Telekommunikations-Verbundes TKV, in dem sämtliche Telefon-, Internet-, Rundfunk- und Fernsehdienstleistungen der Verborgenen Stadt zusammengefasst waren.

»Dringende Mitteilung!«

Im rechten oberen Eck blinkte eine rote Schaltfläche. Höchste Zeit, dass ich mir ein Handy mit Internetzugang anschaffe, dachte Artjom und öffnete die Nachricht.

»Söldner Golowin, gemäß Kodex sind Sie verpflichtet, sich umgehend im Grünen Hof einzufinden und eine Stellungnahme bezüglich der Tötung der Schwarzen Morjane Nimata abzugeben. Die Untersuchungskommission wird von der Fate Krasawa geleitet.«

Keine höfliche Anrede, keine Schlussformel – gegenüber einem Söldner, noch dazu einem Humo, hatte der Grüne Hof es offenbar nicht nötig, zwei Zeilen für Höflichkeitsfloskeln zu verschwenden. Artjom runzelte die Stirn und öffnete die nächste Nachricht in seinem Postfach.

»Lieber Artjom! Uns ist zugetragen worden, dass Sie gestern bei der Handelsgilde ein *Basiliskenauge* erworben haben (Geheimnisse hatte man in der Verborgenen Stadt nur vor den uneingeweihten Humos. Übereinander wussten ihre Bewohner dagegen alles, vor allem, wenn sich Geld damit verdienen ließ.) In diesem Zusammenhang möchten wir Sie auf *Burchans Schatztruhe*, die renommierteste Artefakthandlung der Verborgenen Stadt, aufmerksam machen. Wir haben Geschäftskontakte zu Magiern aller Herrscherhäuser und führen Artefakte für jeden Zweck und Geschmack. Individualanfertigung ohne Aufpreis!«

Es stand zu befürchten, dass ihn in nächster Zeit sämtliche Artefakthändler der Verborgenen Stadt mit solchem Werbespam bombardieren würden. Möglicherweise war es doch keine gute Idee, ein internetfähiges Handy zu erwerben.

»Artjom, der Kaffee ist fertig!«

Er musste sich beeilen. Die nächste Nachricht enthielt die Rechnung des *Suburbs Entsorgungsservice*: Entsorgungsmaßnahme im Lustgarten. Objekt: Schwarze Morjane. Auftraggeber: Golowin. Ausführungsdatum, Betrag, elektronische Unterschrift.

Artjom wechselte auf die Website seiner Bank, überprüfte die Überweisung der Erli (korrekt eingegangen) und bezahlte die Rechnung des Entsorgungsservice. Dann überlegte er einen Moment und tippte eine Nummer in sein Telefon.

»*Suburbs Entsorgungsservice*. Was kann ich für Sie tun?«

»Hier spricht Artjom Golowin, Humo, Söldner. Ich habe soeben die Rechnung für den Auftrag von letzter Nacht bezahlt.«

»Die Überweisung ist bereits bestätigt.«

»Ich hätte einen neuen Auftrag. Die Polizei führt derzeit eine Spurensicherung in der Jablotschkow-Straße durch. Es könnte sein, dass sie dabei Blutspuren einer Schwarzen Morjane findet.«

»Welche Polizeidienststelle führt die Ermittlungen durch?«

»Das weiß ich leider nicht.«

»Gut. Geben Sie die genaue Adresse durch, wir tun, was wir können. Sobald der Auftrag erledigt ist, schicken wir Ihnen die Rechnung.«

Artjom diktierte die Adresse und legte auf. Sicher ist sicher, dachte er sich. Bei den Humos keinen Verdacht zu erregen, war für die Bewohner der Verborgenen Stadt ein Überlebensprinzip – in ihren Hinterköpfen loderten noch immer die Scheiterhaufen der Inquisition.

Der Söldner schaltete den Computer aus, stand auf und zog seine T-Grad-Com-Karte über eine völlig unauffällige Stelle der Wohnzimmerwand. Die Tresore der Handelsgilde waren feuerfest, für Metalldetektoren unauffindbar und sogar unsichtbar, es sei denn, man benutzte ein *Magoskop*, ein spezielles Artefakt, das Trugbilder außer Kraft setzte. Darüber hinaus konnte ein solcher Tresor nur von seinem Besitzer geöffnet werden. Dieser hohe Sicherheitsstandard wurde durch einen Zauber bewirkt, der – überflüssig zu erwähnen – ein Vermögen kostete.

Es ertönte ein leises Summen und mitten in der Wand öffnete sich eine massive Metallklappe. Der kleine Tresor war nagelneu, und Artjom bewahrte lediglich seine Waffen und ein wenig Bargeld darin auf.

»Artjom, wo bleibst du denn?!«

Der Söldner nahm zwei Magazine für seine Gjursa aus dem Fach, schloss die Klappe und begab sich in die Küche.

»Entschuldigt, ich hatte noch zu tun.«

»Hat sich wohl Instruktionen von der Einsatzleitung besorgt«, spöttelte Galja, deren Verhalten sich während seiner Abwesenheit nicht zum Besseren verändert hatte. Sie saß mit aufreizend übereinandergeschlagenen Beinen auf einem Hocker am Küchentisch und schminkte sich die Lippen.

Olga wandte den besorgten Blick vom Fenster und deutete auf Artjoms Tasse. »Jetzt ist dein Kaffee kalt geworden.«

»Macht nichts, ich mag ihn kalt genauso gern.« Artjom trank einen großen Schluck. »Er ist gut.«

»Ich trinke lieber Cappuccino«, verkündete Galja mit einem herablassenden Blick. »Wissen Sie überhaupt, was ein Cappuccino ist, Herr Wachtmeister?«

»Galja!«, rügte Olga die Freundin.

»Lass nur«, beschwichtigte sie Artjom. »Leider kann ich kein Italienisch und kenne die genaue Bedeutung des Wortes Cappuccino nicht. Dafür weiß ich, Galja, dass Sie für Ihren teuren Lancôme-Lippenstift viel zu viel Geld bezahlt haben. Es ist nämlich eine Fälschung. Ihrem hochnäsigen Benehmen nach zu schließen, wäre es unter Ihrer Würde, auf einem Billigmarkt einzukaufen. Also haben Sie den Lippenstift in einem Kosmetikgeschäft gekauft, doch um Geld zu sparen, offenbar in dem relativ günstigen am Grusinski Wal, und dort haben Sie dieselbe Fälschung gekauft, die sie auf dem Markt für die Hälfte bekommen hätten.«

Galja wurde rot.

»Tja – einem Polizisten sollte man eben besser nicht auf den Schlips treten«, konstatierte Olga.

Kochend vor Wut räumte die Schwarzhaarige ihren Lippenstift weg und würdigte Artjom keines Blickes.

»Könnte uns der Herr Wachtmeister verraten, wie lange wir in diesem Loch sitzen müssen?«, fragte sie.

»Nur so lange, bis wir den Irren liquidiert haben, der hinter Olga her ist.« Galja zuckte zusammen. »Stimmt irgendetwas nicht?«, fragte Artjom.

»Doch, doch, alles in Ordnung.«

Galja sagte nichts mehr, und Artjom bemerkte, dass sie auf ein Haar starrte, das ihm ausgefallen war.

Artjom grinste. »Es heißt, wenn man mit dem Fingernagel über ein ausgefallenes Haar fährt, kann man feststellen, ob jemand böse ist oder nicht.«

»Und wie?«

»Wenn es sich kräuselt wie ein Geschenkband, ist der Mensch böse, und wenn es glatt bleibt, ist er gut.«

»Interessant.«

»Finde ich auch.«

Artjom nahm das Haar und fuhr mit dem Fingernagel darüber. Es kräuselte sich.

»Ich bin böse.«

Er nahm sein Feuerzeug und verbrannte das Haar.

»Also auf die Idee, dass du böse bist, wäre ich nicht gekommen«, kommentierte Olga. »Jedenfalls machst du nicht den Eindruck.«

»Ich mache eben einen trügerischen Eindruck.«

»Das wäre schade.«

Der Söldner blickte zur Uhr.

»In einer halben Stunde muss ich weg, um etwas zu erledigen. Versprecht ihr mir, dass ihr die Wohnung nicht verlasst, bis ich zurück bin?«

Zu Artjoms Überraschung antwortete Galja. Sie trank einen kleinen Schluck Kaffee und nickte.

»Ich werde nicht zulassen, dass Olga ein Risiko eingeht. Das können Sie mir glauben, Herr Wachtmeister.«

KAPITEL ACHT

Club Eidechse
Moskau, Ismailow-Park
Samstag, 16. September, 12:00 Uhr

Cortes hatte den Treffpunkt mit Bedacht gewählt. Der Club *Eidechse* befand sich in einem abgelegenen Winkel des Ismailow-Parks am Ufer eines malerischen Teichs und war das angesagteste Lokal der Verborgenen Stadt. Das riesige, luxuriös und exzentrisch eingerichtete Etablissement wurde nicht nur als erstklassige Diskothek und Tummelplatz bezaubernder junger Damen geschätzt, sondern vor allem als Bühne mitreißender Shows.

In den Abendstunden ging es in der *Eidechse* stets zu wie im Taubenschlag, doch als Artjom in den Parkplatz des Clubs einbog, stand dort nur ein einziger Wagen – Janas knallroter Audi TT. Um zwölf Uhr mittags war selbst in diesem beliebten Szenetreff noch nichts los. Der Söldner zeigte dem Türsteher seine Clubkarte und betrat das Lokal.

Das Reich des umtriebigen Clubmanagers Wambo bestand aus einem Gewirr von Räumen und Ebenen, die auf raffinierte Weise voneinander abgetrennt waren und doch ein einheitliches Ganzes bildeten. Bei seinem ersten Besuch vor längerer Zeit hätte sich Artjom hier beinahe verirrt. Wenn man das Lokal betrat, tauchte man normalerweise in ein Gewühl von Gästen, wurde von dröhnenden Bässen betäubt und von grellen Scheinwerfern geblendet. Doch um diese Tageszeit herrschte eine fast befremdliche Stille. Putzpersonal wienerte geschäftig die Böden, auf der Bühne absolvierte ein Ballettensemble ein lockeres Gymnastikprogramm und im Restaurantbereich auf der zweiten Ebene war nur ein einziger Tisch eingedeckt – dort saßen Jana und Cortes.

»Ich bin doch hoffentlich nicht zu spät dran?«

»Nur ein bisschen«, flötete Jana lächelnd.

»Dafür habe ich ein Geschenk dabei.«

Artjom überreichte der jungen Frau einen riesigen Strauß roter Rosen und legte eine schwarze Schatulle auf den Tisch.

»Du wirst es nicht glauben, Jana, aber ich habe das Geschenk schon lange vor den jüngsten Wirrnissen ausgesucht. Wie ich bemerkt habe, flanierst du in letzter Zeit oft und gern durch Moskauer Parks. Solche Spaziergänge sind neuerdings nicht ganz ungefährlich, und das hat mich auf die Idee zu meinem Geschenk gebracht.«

Artjom klappte den Deckel der Schatulle auf und auf dem schwarzen Samt funkelte ein großer blauer Kristall. Auf dem Weg zur *Eidechse* war der Söldner bei *Burchans Schatztruhe* vorbeigefahren und hatte das Artefakt aufladen lassen.

»Ein *Basiliskenauge*?! Ich glaub es nicht!« Gerührt strich Jana mit dem Finger über die glatte Oberfläche des Kristalls. »Vielen Dank, Artjom.«

Cortes entkorkte den Champagner.

»Auf die schönste Frau der Welt!«

»Auf die besten Freunde der Welt!«

Jana stellte ihr Glas ab, wartete, bis der Kellner das Essen serviert hatte, und wandte sich dann an die Söldner.

»Ich würde vorschlagen, dass wir zur Sache kommen, es gibt einiges zu besprechen.«

»Hast du etwas Interessantes herausgefunden?«, erkundigte sich Cortes, während er genüsslich den aromatischen Duft seines Grillsteaks einsog.

»Das kann man wohl sagen«, bestätigte Jana und stocherte zerstreut in ihrem Teller. Im Unterschied zu ihren Freunden hatte sie am Morgen gefrühstückt und sich nur einen Fruchtsalat bestellt. »Wie ihr wisst, sind Morjanen Wandelwesen.«

»Bis jetzt habe ich sie nur als Monster getroffen«, warf Artjom ein.

»Da wäre ich mir an deiner Stelle nicht so sicher«, entgegnete Jana. »Morjanen haben zwei Gesichter, und im einen Fall sehen sie aus wie gewöhnliche Frauen, in der Regel sehr attraktiv, schlank und sportlich.«

»Wie heimtückisch.« Artjom hatte sich noch nie ernsthaft Gedanken darüber gemacht, dass sich im Prinzip hinter jeder hübschen Frau ein blutrünstiges Monster verbergen konnte.

»Richtig, zumindest für Männer nicht ganz unproblematisch, darauf komme ich noch«, bestätigte Jana augenzwinkernd. »Wenn die Morjanen ihre Kampfmontur anlegen, verwandeln sie sich in mordgierige Bestien – hier sind einige Fotos. Männliche Morjanen gibt es nicht. Zur Fortpflanzung verbinden sich die Morjanen mit Männern anderer Völker und die daraus resultierenden Nachkommen sind stets Wandelwesen.«

»Das ist interessant, aber nicht neu«, gab Cortes, der bereits die Hälfte seines Steaks verdrückt hatte, seinen Senf dazu. »Hast du auch etwas Konkreteres?«

»Nur mit der Ruhe ...« Jana bedachte Cortes mit einem strafenden Blick und setzte unbeirrt fort. »Die Morjanen wurden künstlich gezüchtet. Die ältesten Quellen, in denen sie erwähnt werden, sind etwa sechshundert Jahre alt und nehmen immer wieder Bezug auf eine gewisse Fate Mara – hier ein Porträt von ihr. Sie galt als eine der mächtigsten Zauberinnen des Grünen Hofs und hat sich intensiv mit genetischen Experimenten befasst. Zu jener Zeit führten die Luden wieder einmal Krieg gegen den Orden, steckten eine Niederlage nach der anderen ein und suchten händeringend nach möglichst aggressiven, furchtlosen Kämpfern. Die Lage schien aussichtslos, die Drushina-Kämpfer der Barone waren demoralisiert und die Luden nahe daran, den Dunklen Hof zu Hilfe zu rufen. Doch dann fand die Fate Mara einen rettenden Ausweg. Unter ihrer Anleitung gelang es, die Morjanen zu züchten, Wesen mit instabiler DNA, die eine zum Teil brachiale, zum Teil eher subtile Kampfkraft entwickelten.« An dieser Stelle öffneten sich Janas Lippen zu einem pfiffigen Grinsen.

»Man erzählt sich zum Beispiel, dass eine Eliteeinheit des Ordens das Kampfgeschehen kurzfristig in ein Bordell verlegte und sich dort nächtlich einrichtete. Über den Lustgewinn in jener Nacht ist nichts überliefert, doch den nächsten Morgen erlebte kein einziger der tapferen Ritter.«

Die Söldner sahen sich betroffen an.

»Käufliche Liebe – das ist nicht mein Stil«, kommentierte Artjom naserümpfend. »Das Wichtigste dabei sind doch die Gefühle.«

»Ganz meine Meinung«, pflichtete Cortes beflissen bei. »Was mich interessieren würde: Wie ist es der Fate Mara überhaupt gelungen, die Wandelwesen zu züchten?«

»Das weiß niemand, nicht einmal die Nawen. Die Fate hatte eine einmalige Methode entwickelt. Alle Versuche, sie zu kopieren, schlugen fehl. Gerüchten zufolge soll sie in irgendeinem Götzentempel Energie angereichert haben, aber wirklich belastbare Informationen gibt es dazu nicht.«

»Verstehe.« Cortes' Steak war inzwischen spurlos verschwunden, und der Söldner schlürfte einen Kaffee. »Wie ging es weiter?«

»Zunächst erschienen die sogenannten Weißen Morjanen in der Verborgenen Stadt«, setzte Jana fort. »Weiße Morjanen in Kampfmontur haben sich vollständig unter Kontrolle und sind in der Lage, militärische Aufträge zu erfüllen. Der Erfolg ihres Einsatzes übertraf damals die kühnsten Erwartungen. Im Nahkampf erwiesen sie sich als nahezu unbesiegbar. Weiße Morjanen sind aggressiv, extrem schmerztolerant, und ihre Wunden vernarben innerhalb kürzester Zeit. Töten kann man sie nur, wenn man sie vorher mit einem *Basiliskenauge* betäubt. Jeder andere Zauber ist völlig wirkungslos gegen sie. Schon bei den ersten Angriffen der Morjanen kamen die Ritter fürchterlich unter die Räder, und es dauerte nicht lang, bis der Orden einen Friedensschluss anbot.«

»Und woher nahm die Fate Mara das genetische Material?«, erkundigte sich Cortes. »Anscheinend hat sie ja in kürzester Zeit eine starke Morjanenstreitmacht auf die Beine gestellt.«

»Von Humos«, antwortete Jana achselzuckend. »Aus zwei Menschenfrauen wurde jeweils ein Wandelwesen.«

»Ich hoffe doch sehr, dass diese Mara eines qualvollen Todes starb«, entrüstete sich Artjom.

»Das kann man wohl sagen«, bestätigte die junge Frau. »Die Chamäleon-Marschälle haben ihr Labor entdeckt.«

»Du brauchst gar nicht weitererzählen«, grinste der junge Söldner. »Ich kann mir lebhaft vorstellen, was sie mit ihr gemacht haben.«

Artjom war zwar noch ein Frischling in der Verborgenen Stadt, doch von den berüchtigten Marschällen des Ordens hatte er bereits gehört. Es handelte sich um einen Spezialtrupp von Chwanen innerhalb der Garde des Großmagisters. Die vierarmigen Kämpfer galten als extrem grausame und kaltblütige Killer. Die anderen Herrscherhäuser konnten von Glück sagen, das es nur sehr wenige davon gab.

»Und was hast du über die Schwarzen Morjanen herausgefunden?«, fragte Cortes.

»Sie sind bereits kurz nach den Weißen aufgetaucht. Offenbar war die Fate Mara mit ihren Geschöpfen noch nicht ganz zufrieden und setzte ihre Experimente fort, um die Kampfkraft der Wandelwesen noch zu verbessern. Das Ergebnis ihrer Bemühungen waren die Schwarzen Morjanen: noch aggressivere, viel stärkere und vor allem tödlich giftige Bestien. Die Giftdrüsen befinden sich in ihrem Kopf, das Gift selbst wird über den Speichel, an den Krallen und an den Hornspitzen freigesetzt. Es handelt sich um ein starkes Nervengift, das einen Menschen innerhalb von eineinhalb bis zwei Minuten tötet. Bei Luden und Tschuden dauert es etwa vier, bei einem Nawen neun Minuten, bis die Lichter ausgehen. Die Erli verfügen als Einzige über ein wirksames Gegengift. Die erste Dosis verzögert jedoch nur die Wirkung des Gifts. Danach ist unabhängig von der genetischen Disposition eine insgesamt dreimonatige Behandlung erforderlich, deren Kosten auch begüterte Leute an den Rand des Ruins bringen können.«

Bei diesen letzten Worten schüttelte Jana missbilligend den Kopf. Die Erli befassten sich seit Anbeginn ihrer Geschichte mit Medizin und waren die mit Abstand besten Ärzte der Verborgenen Stadt. Sie konnten jede Krankheit heilen, nur leider taten sie das niemals umsonst.

Jana trank einen Schluck Saft.

»In ihrer Kampfmontur sind Schwarze Morjanen

unberechenbare Monster, die sich absolut nicht unter Kontrolle haben und jeden töten, der ihnen über den Weg läuft.«

»Es wurden sogar Jagdlizenzen vergeben, um ihre Zahl zu begrenzen«, ergänzte Cortes. »Der Grüne Hof hat nicht schlecht daran verdient.«

»Völlig richtig. Allerdings waren die Schwarzen Morjanen nicht von Anfang an so gemeingefährlich. In mehreren Quellen wird erwähnt, dass sie ursprünglich durchaus kontrollierbar waren. Aus irgendwelchen Gründen hatte die Fate es jedoch so eingerichtet, dass nur sie selbst diese Kontrolle ausüben konnte, und zwar mithilfe eines speziellen goldenen Armreifs. Hier habe ich eine Zeichnung davon.«

»Demnach hat sie sich eine Privatarmee angeschafft«, schlussfolgerte Artjom. »Hatte sie es womöglich auf den Thron des Grünen Hofs abgesehen?«

»Das weiß man nicht. Wie ich schon sagte, fiel die Fate Mara später den Chamäleon-Marschällen in die Hände, wodurch ihr Leben und all ihre Pläne ein abruptes Ende fanden. Der Armreif ging damals übrigens verloren, wodurch die Schwarzen Morjanen erst zu den Bestien wurden, als die wir sie heute kennen.« Jana trank ihren Saft aus und strich sich das Haar aus der Stirn. »Und damit sind wir bei einem interessanten Punkt: Die gezielten Angriffe der Morjanen auf Olga und Artjom deuten doch stark darauf hin, dass jemand den Armreif gefunden haben muss.«

»Dieser Bogdan womöglich?« Artjom sah Cortes fragend an. »Wissen wir schon etwas über ihn?«

Cortes seufzte und spielte nachdenklich mit seinem Steakmesser herum.

»Ich fürchte genug, dass wir uns ernsthafte Sorgen machen müssen.«

»Oha, das klingt aber nicht gut«, orakelte Artjom. Im Unterschied zu ihm arbeitete Cortes schon lange in der Verborgenen Stadt und war mit allen Wassern gewaschen. Wenn er von ernsthaften Sorgen sprach, dann verhieß das nichts Gutes. »Hast du herausgefunden, wer dieser Bogdan ist?«

»Ich habe lediglich einen Verdacht, um wen es sich handeln könnte«, erläuterte Cortes. »Wie du weißt, hatten wir nur einen Namen und eine Beschreibung, die auch durch ein Trugbild verfälscht sein könnte.«

»Und an wen hast du gedacht?«

»An den Ritter Bogdan le Sta, Kriegskommandeur und engster Freund des Kriegsmeisters Franz de Geer. Einer der mächtigsten Magier des Ordens.«

Artjom blies die Backen auf und atmete tief durch. Mit einem so hochrangigen Magier konnten es die Söldner nicht aufnehmen und Olga ...

»Was sollen wir tun?«

»Du willst die Aktion im Ernst fortsetzen?«

»Ich habe Olga versprochen, ihr zu helfen.«

Cortes stützte den Kopf in die Hände, und seine kalten, braunen Augen starrten unbeweglich geradeaus. Offensichtlich dachte er über die neuen Informationen nach.

»Ich sehe nur einen Ausweg: Wir müssen Santiago um Hilfe bitten.«

»Warum sollte er uns helfen?«, fragte Artjom skeptisch.

»Und warum sollten wir deiner Olga helfen?«, konterte Cortes und blätterte zerstreut in den Unterlagen, die Jana auf dem Tisch ausgebreitet hatte.

»Santiago könnte uns wenigstens einen guten Rat geben«, warf Jana aufmunternd ein. »Ohne seine Unterstützung haben wir keine Chance. Der Kriegskommandeur würde uns zertreten wie Ameisen und es noch nicht einmal bemerken.«

Damit hatte die junge Frau zweifellos Recht.

»Wann könnten wir uns mit Santiago treffen?«, erkundigte sich Artjom.

»In fünf Minuten. Er hat mich angerufen und mir mitgeteilt, dass er einen Job für uns hat.« Cortes zog aus den Unterlagen das Porträt der Fate Mara hervor. »Jana, hast du dieses Bild aus einem Buch kopiert?«

»Ja, es ist das einzige Porträt der Fate, das zu ihren Lebzeiten entstand.«

»Ich fasse es nicht – was für ein Zufall!«, rief Cortes.

Er nahm eine edle Schmuckkassette aus seiner Tasche, legte sie auf den Tisch und öffnete sie. Auf dunkelblauem Samt funkelte ein filigranes, kunstvoll geschwungenes Diadem, das mit großen Smaragden verziert war.

»Cortes, das ist ja wundervoll!«, schwärmte Jana begeistert. »Was ist das?«

»Dein Geschenk. Alles Liebe zum Geburtstag.«

»Aber wir hatten doch ausgemacht – am Abend.«

»Entschuldige, Jana, aber ich habe einen triftigen

Grund, es dir jetzt schon zu überreichen.« Der Söldner zeigte mit dem Finger auf das Porträt der Fate Mara. Den Kopf der Zauberin schmückte exakt dasselbe Diadem. »Weißt du zufällig, ob nach dem Tod der Fate nur der Armreif verschwunden ist oder ihr gesamter Schmuck?«

»Davon stand in den Büchern nichts.«

»Was macht das für einen Unterschied?«, wunderte sich Artjom.

Die Augen des Söldners begannen zu leuchten.

»Die Fate Mara war sicher keine arme Frau. Angenommen, jemand hat sich nach dem Tod der Zauberin ihren gesamten Schmuck unter den Nagel gerissen ...«

»Und dann die ganze Kollektion im Lustgarten vergraben!« Jetzt hatte Artjom verstanden. »Wo damals noch Rehe herumgesprungen sind. Da sind wir ja auf eine heiße Spur gestoßen!«

»Was für eine Kollektion?«, fragte Jana verdattert. »Habt ihr einen Schatz ausgegraben oder wie?«

Die Söldner tauschten verlegene Blicke.

»Ähm, das ist eine ziemlich lange Geschichte, Liebste«, druckste Cortes herum. »Ich verspreche, dass ich dir das irgendwann alles erzähle. Aber noch nicht sofort.«

»Es gibt also einen Schatz?«

»Ja.«

»Ich will ihn sehen!«

»Gedulde dich ein wenig.«

»Versprichst du, dass du ihn mir zeigst?«

»Natürlich.«

»Können wir dann wieder zur Sache kommen?«, seufzte Artjom.

»Wenn der Armreif zusammen mit dem ganzen übrigen Klunker in der Schatztruhe war«, räsonierte Cortes, »dann müsste Christophan eigentlich wissen, wer ihn jetzt hat. Zumindest könnte er uns bestätigen, dass er ursprünglich zu dem Schatz gehörte. Auf jeden Fall müssen wir ein paar Takte mit dem Panopten reden.«

»Und was sollen wir mit diesem Armreif?«, fragte Artjom.

»Schwarze Morjanen sind eine ideale Kriegswaffe, aber nutzlos, wenn man sie nicht kontrollieren kann«, gab Jana zu bedenken, während sie hingerissen ihr Geschenk betrachtete. »Wer braucht schon eine Bombe, die jeden Moment hochgehen kann?«

»Eben, eben!«, pflichtete Cortes bei und lehnte sich triumphierend auf seinem Stuhl zurück. »Und nun, meine lieben Kompagnons, stellt euch mal vor, wie viel es sich ein Herrscherhaus kosten lassen würde, in den Besitz dieses Armreifs zu kommen.«

»Es würde sich mit einer ganzen Armee von Morjanen verstärken«, bestätigte Artjom.

»Mit dem Armreif könnten wir deiner Olga helfen und obendrein noch ein hübsches Sümmchen dafür einstreichen.«

»Ich finde, auf das Honorar von Olga könnten wir unter diesen Umständen auch verzichten«, setzte Artjom hinzu, um das Eisen zu schmieden, solange es noch heiß war.

Und tatsächlich ließ sich Cortes in der Euphorie über den möglichen Coup zur Großzügigkeit hinreißen:

»Natürlich verlangen wir nichts von ihr, wir retten sie umsonst.«

»Ich traue wohl meinen Ohren nicht!« Mit diesen Worten nahm Santiago am Tisch der Söldner Platz. »Cortes, Sie werden doch nicht ihren strengen Prinzipien untreu werden?«

»Artjom hat mich dazu überredet.«

»Ich fürchte, ich habe Sie unterschätzt, Artjom.« Der Kommissar musterte den Söldner mit einem wohlwollenden Lächeln. »Es gehört eine Menge Cleverness dazu, Cortes zu überreden, umsonst zu arbeiten.«

»Na ja, nicht völlig umsonst ...«, relativierte Artjom, doch ein heftiger Tritt von Cortes' Schuh gegen sein Schienbein legte ihm unmissverständlich nahe, diesen Gedanken nicht weiter auszuführen.

Nachdem Artjom verstummt war, fiel Santiagos Blick auf das Diadem, das immer noch auf dem Tisch lag.

»Ein kostbares Stück. Man sieht auf den ersten Blick, dass es im Auftrag des Herrscherhauses Lud von einem Schatyren angefertigt wurde.« Santiago nahm die Schmuckkassette in beide Hände und betrachtete das Diadem mit Kennerblick. »Es handelt sich um eine Arbeit des berühmten Goldschmieds Zaur Cannabis. Etwa siebenhundert Jahre alt. Wo haben Sie es aufgetrieben?«

»Es ist ein Geschenk«, erwiderte Jana strahlend. »Was glauben Sie, wird es mir gut stehen?«

»Auf dem Karneval des Dunklen Hofs werden Sie damit für Furore sorgen, davon bin ich überzeugt.«

»Laden Sie mich denn ein?«

»Wir laden alle Freunde des Herrscherhauses Naw ein.«

Der Karneval des Dunklen Hofs fand in der längsten Nacht des Jahres statt und war die einzige von den Nawen veranstaltete Festlichkeit.

»Übrigens habe auch ich Ihren Ehrentag nicht vergessen – meine herzlichsten Glückwünsche.«

Mit einer flüchtigen Handbewegung winkte der Kommissar den Oberkellner herbei, der einen riesigen Korb weißer Rosen brachte und vor Jana auf den Tisch stellte.

»Sind die schön! Vielen Dank, Santiago.«

»Nur eine kleine Geste.« Der Oberkellner verschwand, und Santiago wurde ernst. »Und nun würde ich gern zum Geschäftlichen kommen, wenn Sie nichts dagegen haben.«

»Für Geschäfte sind wir doch immer zu haben«, verkündete Cortes munter und schenkte sich Saft ein. »Sie haben Arbeit für uns?«

»Ja. Es handelt sich um eine Privatangelegenheit. Ich möchte einen Ritter beseitigen.«

»Aus einem triftigen Grund, nehme ich an?«

Obwohl man in der Verborgenen Stadt eine wesentlich liberalere Einstellung zu Morden pflegte als bei den Menschen, galt es als unschicklich, jemanden »einfach so« um die Ecke zu bringen. Santiago lehnte sich zurück, spreizte die Hände und presste die Fingerkuppen aufeinander.

»Ich habe Grund zu der Annahme, dass der besagte Ritter ein Verbrechen plant, auf das die Todesstrafe steht. Und leider ist es in diesem Fall unmöglich, den

Dingen ihren Lauf zu lassen. Denn einerseits ist keineswegs sicher, dass er auch tatsächlich zum Tod verurteilt wird, und andererseits möchte ich nicht, dass er dieses Verbrechen überhaupt begeht.«

Cortes hob verwundert die Brauen: »Wieso?«

»Aus persönlichen Gründen.«

»Sie wollen also, dass wir diesen Ritter beseitigen, bevor er das Verbrechen begeht?«

Artjom und Jana schwiegen. Die Verhandlungsführung überließen sie stets dem erfahrenen Cortes.

»Sie haben es erfasst.« Santiago setzte ein intrigantes Grinsen auf. »Es gibt schlechtere Motive für einen Mord, finden Sie nicht?«

Der Söldner wiegte schmunzelnd den Kopf. »Gewiss. Weihen Sie uns trotzdem in die Einzelheiten ein?«

Santiago überlegte kurz, bevor er antwortete: »Der besagte Ritter ist dabei, einen verbotenen Zauber zu wirken – das *Traumarkan*. Haben Sie davon gehört?«

»Nein.«

»Dieser Zauber steht auf dem Index der Konvention von Kitai-Gorod und wurde deshalb aus den Büchern über Magie eliminiert. Er gründet sich auf Menschenopfer und erfordert extrem viel Energie.«

»Der Ritter ist demnach ein starker Zauberer.«

»Absolut.«

»Verraten Sie uns seinen Namen?«

»Bogdan le Sta. Ein Kriegskommandeur.«

»Was für ein Zufall«, wollte Artjom schon herausplatzen, doch Cortes verpasste ihm gerade noch rechtzeitig einen abermaligen Fußtritt.

»Wir haben nur sehr wenig Zeit«, setzte Santiago fort. »Das *Traumarkan* erfordert die Tötung von einundzwanzig plus einem Opfer. Zwölf Opfer für den Großen Kreis und neun für den Kleinen Kreis. Der Große Kreis hat sich nach zwölf Morden in der ganzen Welt bereits geschlossen. Die Morde für den Kleinen Kreis werden in unmittelbarer Nähe des Throns der Kraft verübt, der sich irgendwo hier in Moskau befindet. Nach jetzigem Stand wurden bereits sieben Opfer getötet. Es ist also nur noch eine Frage von Stunden oder Tagen, wann Bogdan auch den Kleinen Kreis schließt. Und dann muss er nur noch das letzte und entscheidende Opfer töten, durch das der Zauber in Kraft gesetzt wird.«

»Und was passiert dann?«

»Dann kann sich Bogdan einen beliebigen Wunsch erfüllen.«

»Einen völlig beliebigen Wunsch?«

»Sie haben richtig gehört.«

»Dafür kann man schon auf die Idee kommen, zweiundzwanzig Menschen zu töten.«

»Und dieses letzte Opfer wählt er zufällig aus?«, warf Artjom ein. »Oder muss es jemand Bestimmter sein?«

»Das *Traumarkan* ist ein hochkomplexer Zauber«, erläuterte Santiago nicht ohne Stolz. »Da wird nichts dem Zufall überlassen. Das letzte Opfer ist die Krönung des Arkans und wird nach diversen Kriterien ausgewählt: Ort und Zeitpunkt der Geburt, genetischer Code, Charaktereigenschaften. Erst nachdem feststand, wer das letzte Opfer sein würde, konnte Bogdan die Position des Throns der Kraft ermitteln und errechnen, wann und wo die vorangehenden Morde geschehen müssen.« Der Kommissar beugte sich vor und stützte die Hände auf den Tisch. »Sobald die beiden Kreise sich geschlossen haben, kann der Magier nicht mehr zurück. Andernfalls zerreißt ihn die Energie, die er für das Arkan mobilisiert hat. Bogdan muss das letzte Opfer unbedingt töten. Unbedingt! Und wir müssen ihm zuvorkommen und dieses Opfer finden, bevor er sich seinen Wunsch erfüllen kann.«

»Und warum?«, fragte Jana.

Die tief in den Höhlen sitzenden, schwarzen Augen des Kommissars fixierten die junge Frau streng: »Weil ich es so will.«

»Wir wissen, wer das letzte Opfer ist«, verkündete Cortes wie beiläufig.

»Wie bitte?« Santiago war baff.

»Wir kennen die junge Frau, der Bogdan le Sta die Rolle des letzten Opfers zugedacht hat. Sie trägt eine Halskette aus einundzwanzig Perlen.«

»Und er hat sie gebeten, diese Kette nicht abzunehmen?«

»So ist es. Als ich die Halskette zum letzten Mal sah, haben neunzehn Perlen von innen geleuchtet.«

»Ausgezeichnet, Cortes, ausgezeichnet!«, lobte Santiago. »Je länger ich mit Ihnen zusammenarbeite, desto mehr komme ich zu der Überzeugung, dass unsere erste Begegnung vor einigen Jahren kein Zufall war.«

»Dieser Gedanke ist mir auch schon gekommen.«

»Und diese junge Frau? Wo ist sie?«

»Sie sitzt bei Artjom in der Wohnung.«

»Machen Sie Witze?« Der Kommissar kam aus dem Staunen nicht mehr heraus. »Berichten Sie mir in allen Einzelheiten, wie es dazu kam.«

»Ja – diese Geschichte würde ich auch gern hören«, ergänzte Jana.

Artjom und Cortes tauschten verlegene Blicke.

»Tja, also ... Alles begann gestern Abend im Lustgarten, als ...«

Cortes' Erzählung geriet nüchtern und geschäftsmäßig. Seiner Meinung nach unmaßgebliche Details wie das vorausgehende Trinkgelage in der *Rennsemmel* und seine Seifenblasenkunststückchen ließ er geflissentlich weg. Auch über die langwierigen Verhandlungen mit Christophan, in deren Verlauf er dem unbedarften Panopten ein ganzes Sortiment antiker Schmuckstücke abgeschwatzt hatte, breitete er den Mantel des Schweigens.

Als er geendet hatte, rieb sich Santiago die Nasenwurzel: »Die Rolle der Morjanen ist mir nicht ganz klar. Aus welchem Grund verfolgen sie Olga?«

»Das weiß ich auch nicht«, gab Cortes zu und breitete die Arme aus.

»Vielleicht spüren die Wandelwesen, dass sie als Opfer gebrandmarkt ist?«, mutmaßte Jana. »Wir wissen doch so gut wie nichts über die Morjanen.«

»Möglicherweise.« Santiago kniff die Augen zusammen. »Wie auch immer dem sei – wir haben das Opfer und somit die Möglichkeit, Bogdan in die Falle zu locken. Er wird kommen, um sich Olga zu holen, und damit schaufelt er sich sein eigenes Grab.«

»Können wir diesen Bogdan nicht auf direktem Wege

erledigen?«, fragte Artjom. Dem jungen Söldner war nicht wohl bei dem Gedanken, Olga als Lockvogel zu missbrauchen.

»Ausgeschlossen«, beschied der Kommissar kopfschüttelnd. »Sein Haus steht unter strenger Bewachung des Ordens, dort einzubrechen, ist ein Ding der Unmöglichkeit. Ihn irgendwo in der Stadt zu finden, ist genauso utopisch, denn ein Kriegskommandeur hinterlässt niemals Spuren. Es bleibt uns nichts anderes übrig, als einen Köder für ihn auszulegen.«

»Warum glauben Sie nicht, dass Bogdan verurteilt würde, wenn er einen verbotenen Zauber wirkt?«, erkundigte sich Jana. »Die Todesstrafe ist doch nicht verhandelbar.«

»So einfach ist es leider nicht«, erwiderte Santiago seufzend. »Der Orden würde sich schützend vor Bogdan stellen. Schließlich ist er ein Kriegsheld, bekleidet einen hohen Rang in der Hierarchie des Herrscherhauses und genießt großes Ansehen in der Garde. Ein verbotenes Arkan ist zwar ein schweres Verbrechen, doch es wäre das erste Mal, dass ein so einflussreicher Magier zum Tod verurteilt wird.«

»Ist das die offizielle Auffassung des Dunklen Hofs?«, erkundigte sich Cortes.

»Offiziell ist der Fürst der Meinung, dass jemand, der einen verbotenen Zauber wirkt, den Tod verdient hat.«

»Ein nachvollziehbarer Standpunkt. Und inoffiziell?«

»Inoffiziell käme der Tod eines Kriegskommandeurs dem Dunklen Hof nicht gerade ungelegen«, gab der Kommissar zu.

»Santiago, Sie können uns aber nicht einfach damit beauftragen, Bogdan zu liquidieren.« Der pragmatische Cortes dachte bereits an den nächsten Schritt. »Der Orden würde Sie der vorsätzlichen Tötung des Kriegskommandeurs bezichtigen und dafür zur Rechenschaft ziehen.«

»Vollkommen richtig. Deshalb werde ich auch nur das Honorar für Olgas Rettung übernehmen, und zwar als Privatperson. Haben Sie schon einen Vertrag mit ihr abgeschlossen?«

»Nur eine mündliche Vereinbarung.«

»Das ist völlig ausreichend. Mein Auftrag besteht lediglich darin, dass Sie diese junge Frau beschützen. Wenn dabei zufällig jemand zu Tode kommt, so ist das ein Kollateralschaden, mit dem ich nichts zu tun habe.«

»Ist es denn schwierig, einen Kriegskommandeur zu töten?«, schaltete sich Artjom ein.

»Nicht, wenn Sie sich exakt an die Instruktionen halten, die ich Ihnen – selbstverständlich als Privatperson – geben werde.«

Artjom nickte. Mit Sicherheit würde der Kommissar des Dunklen Hofs einen Weg finden, den Kriegskommandeur ins Jenseits zu befördern und dabei die Söldner als Werkzeug zu benutzen. Daran zweifelte auch Cortes nicht und entschloss sich deshalb, gleich zum Finanziellen zu kommen.

»Wie hoch ist unser Honorar?«

»Der übliche Tarif.«

»Einverstanden.«

»Es würde nicht schaden, wenn ich diese junge Frau

auch im Auge behalten könnte«, sagte Santiago. »Sie haben nicht zufällig ...«

»Doch, haben wir«, unterbrach ihn Artjom triumphierend und legte unter den staunenden Blicken seines Kompagnons einige blonde Haare auf den Tisch. »Ich habe für alle Fälle eine Haarprobe genommen.«

Das vorausschauende Handeln war eigentlich Cortes' große Stärke, doch der junge Söldner gab sich redlich Mühe, ihm nachzueifern.

»Bestens«, freute sich Santiago. »Auf diese Weise können wir stets den Aufenthaltsort der jungen Frau ermitteln.«

»Ich werde sofort in meine Wohnung zurückkehren«, verkündete Artjom.

Cortes schüttelte den Kopf, und Santiago schnitt eine sorgenvolle Grimasse.

»Ich fürchte, das wäre keine gute Idee, mein lieber Artjom«, beschied der Kommissar äußerst diplomatisch. »Bogdan weiß sicher längst, wo Olga sich aufhält, und wird sie sich holen kommen.«

»Na eben«, erwiderte Artjom. »Und wir werden ihm dort einen netten Empfang bereiten.«

»Nein, wir müssen abwarten. Wir werden uns den Kriegskommandeur erst am Thron der Kraft vornehmen.«

Artjom stutzte. Erst jetzt wurde ihm klar, was der Naw gemeint hatte, als er davon sprach, einen Köder auszulegen.

»Wir werden Bogdan also gestatten, Olga zu entführen?«

»Ja. Und Sie werden nicht nach Hause zurückkehren.«

»Verstehe.« Artjom senkte den Blick.

»Mir scheint, dass wir einen wichtigen Aspekt außer Acht lassen«, warf Jana ein.

»Und der wäre?« Santiagos schwarze Augen sahen die junge Frau erwartungsvoll an.

»Aus welchem Grund hat ein Kriegskommandeur, persönlicher Freund des Kapitäns der Garde und einer der ranghöchsten Magier des Ordens, es nötig, ein *Traumarkan* zu wirken. Was bezweckt er damit?«

Die Männer schwiegen einige Augenblicke, dann zuckte Santiago mit den Achseln.

»Darüber habe ich, ehrlich gesagt, auch schon nachgedacht, bin aber zu keinem vernünftigen Schluss gekommen. Vielleicht strebt er nach mehr Macht und möchte Großmagister werden?«

»Dann würde die Führungsriege des Ordens sich nicht so ruhig und sorglos verhalten«, entgegnete Jana kopfschüttelnd. »Ich bin davon überzeugt, dass Franz de Geer oder der Großmagister längst bemerkt haben, dass Bogdan dabei ist, ein *Traumarkan* zu wirken, ihn jedoch nicht daran hindern. Und die einzige Erklärung dafür wäre, dass le Sta etwas vorhat, was die Interessen der Herrscherhäuser nicht verletzt.«

»Was könnte sich ein Kriegskommandeur wünschen?«, sinnierte Artjom.

»Vielleicht sollten wir die Frage anders stellen«, setzte Jana fort. »Was steht nicht in der Macht eines Kriegskommandeurs? Nach meinem Verständnis wurde das

Traumarkan doch ursprünglich als letztes Mittel erdacht, um sich einen geheimen, sehnlichen und gleichzeitig völlig utopischen Wunsch doch noch zu erfüllen. Ist es nicht so?«

Santiago nickte versonnen.

»Welcher geheime Wunsch also treibt Bogdan le Sta um? Was will er?«

Der Kommissar sah Jana in die blauen Augen und lächelte: »Das ist mir vollkommen gleichgültig.«

Buchhandlung Biblio-Globus
Moskau, Mjasnizkaja-Straße
Samstag, 16. September, 12:12 Uhr

Kornilows Mobiltelefon klingelte just in dem Moment, als er auf der Suche nach dem Geldbeutel die Taschen seines Anzugs abtastete. Auf dem Rückweg ins Präsidium war ihm eingefallen, dass er seiner Frau versprochen hatte, das Buch *Alice hinter den Spiegeln* für seinen älteren Sohn zu besorgen. Er hatte deshalb Palytsch gebeten, an einer Buchhandlung zu halten und stand nun an der Kasse. Erstaunlicherweise fand er das Telefon sofort.

»Hallo?«

»Andrej Kirillowitsch?«

Der Major erkannte sofort die Stimme von Maulwurf, seinem Informanten in der Bande von Rioni.

»Am Apparat. Was gibt's?«

»Nur kurz. Wissen Sie schon, dass heute Nacht Wachtang ermordet wurde?«

»Ja.«

»Wollen Sie nun zahlen oder nicht?«, echauffierte sich eine alte Dame, die hinter Andrej an der Kasse anstand. Trotz der warmen Temperaturen steckte sie in einem dicken Herbstmantel und schwitzte offenbar stark. Der Major hatte keine Lust, sich mit der ungeduldigen Rentnerin zu streiten, und räumte seinen Platz an der Kasse.

»Weißt du, wer es war?«, erkundigte er sich.

»Keine Ahnung. Aber die Jungs sind fuchsteufelswild. Sie verdächtigen Chamberlain.«

»Bereiten sie einen Rachefeldzug vor?«

»Heute steht ein Treffen an, da wird es sich entscheiden.« Maulwurf sprach schnell und hastig. »Wachtang wurde brutal abgeschlachtet. Man hat ihn erstochen, ihm die Hand abgehackt, und auf der Stirn trug er ein Brandmal. So etwas habe ich noch nie gesehen.«

»Welche?«, fragte Andrej wie aus der Pistole geschossen. »Welche Hand hat man ihm abgehackt?«

»Die linke.«

»Verstehe.« Kornilow dachte angestrengt nach. Ihres Anführers beraubt, waren Rionis Leute unberechenbar und imstande, ein Blutbad in der Stadt anzurichten. Das musste unter allen Umständen verhindert werden. »Sag den Jungs, sie sollen sich den Tod von Maria Tatarkina vor Augen führen, die wurde vor wenigen Tagen ermordet.«

»Was hat denn die Tatarkina damit zu tun?«

»Sie wurde auf dieselbe Art und Weise getötet wie

Wachtang. Da ist ein Geisteskranker am Werk. Chamberlains Leute haben damit nichts zu tun. Ihr würdet definitiv auf die Falschen losgehen.«

»Okay, ich habe verstanden.«

Maulwurf legte auf. Andrej dachte kurz nach und wählte dann eine Nummer.

»Santiago?«

»Was kann ich für Sie tun, Major Kornilow?«

»Es ist ein weiteres Opfer dazugekommen. Heute Nacht wurde Wachtang Rioni ermordet.«

»Wachtang Rioni ...« Santiago überlegte – diesen Namen hatte er schon einmal gehört. »Ist das ein Krimineller?«

»Ja«, bestätigte Andrej. »Seine Kameraden werden auf Rache sinnen.«

»Keine Sorge, Major Kornilow, wir werden den Mörder finden, bevor sie zu den Waffen greifen«, versprach der Kommissar des Dunklen Hofs. »Der Kleine Kreis wird sich in Kürze schließen. Es ist also sehr wahrscheinlich, dass es schon heute zum Finale kommt. Ich rufe zurück.«

Moskau, Sperlingsberge
Samstag, 16. September, 12:13 Uhr

»Warum tust du das?«, flüsterte der Teenager, der in der Mitte des Plateaus stand. »Warum?«

Er hatte Todesangst, Blut rann ihm übers Gesicht, und die Luft roch nach verbranntem Fleisch – Bogdan hatte seinem Opfer gerade das Brandeisen auf die Stirn gepresst. Doch in den Augen des Jungen loderte ein solch unbändiger Hass, dass selbst dem abgebrühten Kriegskommandeur ganz anders zumute wurde.

»Man wird dich finden und in Stück reißen, du Schwein«, setzte der Junge genauso leise fort. Seine Lippen zitterten, doch sein Blick blieb bohrend und entschlossen. »Du hast keine Chance zu entkommen.«

»Du meinst, deine Freunde werden mich finden? Ui, da habe ich aber Angst«, spottete Bogdan verkniffen.

»Ich weiß nicht, wer dich finden wird. Aber ich weiß, dass du bitter bereuen wirst, was du tust. Und du wirst nichts von dem erreichen, wonach du strebst! Dein Begehren ist frevelhaft, und du wirst mit deinem Blut dafür bezahlen!«

Der Junge sprach mit fester Stimme, und seine Ausdrucksweise klang befremdlich – wie eine Prophezeiung! Trotzig zückte Bogdan den Dolch.

»Das Blut dieses Opfers ist nur ein Tropfen auf dem heißen Stein und sein Tod nur das Glied einer Kette, doch diese Kette ist untrennbarer Bestandteil des *Traumarkans*! Und so möge der Dolch sein Werk verrichten und das Blut des Opfers zum Fließen bringen!«

Nicht wie ein selbstbewusster Magier, sondern nervös und fahrig sprach le Sta die Formel, bevor sich die schwarze Klinge in die Brust des Halbwüchsigen bohrte.

»Du wirst scheitern! Deine Träume werden wie Seifenblasen zerplatzen!« Blut quoll aus der Wunde, und der schwarze Brillant leuchtete, doch die Stimme des

Humos wollte einfach nicht verstummen. »Tod und Verrat säumen deinen Weg, Kriegskommandeur!!«

»Halt endlich den Mund!!«

Rund um den Runenkreis schossen die Flammen eines Feuerrings empor. Mit zitternden Händen hielt Bogdan die goldene Schale unter die Wunde.

»Du wirst bezahlen für mein Blut«, presste der Junge mit letzter Kraft hervor. »Sei verflucht, Bogdan le Sta!!!«

»Der Dolch und sein Eigner seien durch das Blut des Opfers verbunden«, stotterte Bogdan und trank gierig das Blut aus der Schale. Dann griff er nach dem linken Arm des Jungen und hackte ihm mit einem Schlag die Hand ab. »Das neunte Opfer ist dargebracht! Als Wirker des *Traumarkans* verfüge ich, den Kleinen Kreis zu schließen!«

Der Halbwüchsige sank zu Boden, und der Kriegskommandeur schleuderte den leblosen Körper ins Portal.

Bogdan nahm den schweren Helm ab, wischte sich den Schweiß von der Stirn und sah sich erschöpft um. Jetzt am Tag ging es auf den Sperlingsbergen zu wie auf dem Rummelplatz. Ein Heer von Händlern bot ausländischen Touristen die vermeintlichen Devotionalien russischen Lebens feil: sowjetische Armeemützen, mit allerlei Prominenz bemalte Matrjoschkas und gefälschte Orenburger Tücher. Mit fremdsprachigem Kauderwelsch drehten sie den ahnungslosen Fremden all den billigen Plunder an und winkten zwischendurch vergnügt den Hochzeitsgesellschaften zu, die in hupenden Kolonnen zur Aussichtsplattform rollten.

Kein Einziger von all diesen Humos hatte etwas davon mitbekommen, dass direkt über ihnen, auf dem Thron der Kraft, soeben ein Mord geschehen war. Keiner der arglosen Flaneure auf den Sperlingsbergen konnte das Trugbild spüren, geschweige denn es durchschauen, so erbärmlich waren die magischen Fähigkeiten der Humos.

Bogdan reckte die Nase in die Luft und begann höhnisch zu lachen: »Eure halbwüchsige Missgeburt jagt mir keine Angst ein, ihr jämmerlichen Würmer! Er hatte keine Ahnung! Keine Ahnung von nichts!«

Völlig abwegig, dass dieser Junge in die Zukunft schauen konnte! Sicher waren seine ohnmächtige Wut, sein Hass und seine Todesangst der Grund für sein seltsames Benehmen. Wie auch immer – jetzt musste der Kriegskommandeur nur noch das letzte Opfer töten, und daran würde ihn nun niemand mehr hindern können. Niemand!

Doch woher wusste der Junge seinen Nachnamen? Die Zweifel nagten immer noch an Bogdan. Schließlich pflegte er sich bei seinen Opfern nicht mit vollem Namen vorzustellen. Wie hatte dieser Grünschnabel ihn herausbekommen? Verfügte er womöglich doch über magische Talente? Sah er die Zukunft klarer als der Kriegskommandeur?

Trotz aller Bemühungen konnte Bogdan le Sta immer noch nicht mit Sicherheit voraussagen, wie sein Vorhaben ausgehen würde.

Moskauer Polizeipräsidium
Moskau, Petrowka-Straße
Samstag, 16. September, 12:28 Uhr

Im Polizeidienst stand der Sergeant Nikolaj Jerschow seit fünfundzwanzig Jahren, von denen er zwanzig als einfacher Streifenbeamter auf den unruhigen Moskauer Straßen zugebracht hatte. Es war eine ereignisreiche Zeit gewesen: Er hatte viel Blut gesehen, verirrte Kinder nach Hause gebracht und 1993 am Fernsehzentrum in Ostankino um sein Leben gebangt.

Vor zwei Jahren war er in den Wachdienst versetzt worden und saß nun die Zeit bis zur Pensionierung in der Asservatenkammer des Polizeipräsidiums ab. Nach den vielen aufreibenden Jahren im Streifendienst behagte ihm diese Arbeit. Sie war völlig ungefährlich, und man machte sich die Uniform nicht schmutzig. Er musste ein bisschen für Ordnung sorgen und ab und zu Beweismittel ausgeben an Kollegen, die er meist ohnehin kannte. In der übrigen Zeit saß er hinter dem Ausgabeschalter und vertrieb sich die Zeit mit Kreuzworträtseln.

Vor einigen Monaten allerdings war es zu einem handfesten Eklat gekommen, als kistenweise Beweismittel aus der Asservatenkammer verschwanden. Zum Glück für Jerschow hatte sich der peinliche Vorfall nicht während seiner Dienstschicht ereignet. Stattdessen erwischte es den Kollegen Sidorow, der sich kurz vor der Pensionierung ein Disziplinarverfahren einhandelte.

»Veraltetes Wort für Giraffe« – zehn Buchstaben. Nachdenklich kratzte sich Jerschow mit dem Kugelschreiber an der Nase. Lexikalische Fragen waren nicht gerade seine Stärke.

»Kamelopard.«

Der Sergeant fiel vor Schreck beinahe vom Stuhl. Hinter dem Ausgabeschalter standen zwei Männer, die er nicht kannte. Ein großer Semmelblonder – Typ Wikinger – mit grünen, etwas trüb wirkenden Augen und ein Schwarzhaariger – Typ Kaukasier – in einer kurzen Lederjacke.

»Das andere Wort für Giraffe lautet Kamelopard«, wiederholte der Schwarzhaarige. »Das weiß ich hundertprozentig.«

Jerschow hatte die Fragestellung offenbar laut vor sich hingemurmelt.

»Sie wollen in die Asservatenkammer?«

Der Wikinger beugte sich über den Schalter und wedelte mit einer Dienstmarke.

»Abteilung für interne Sicherheit. Wir müssen hier einige Beweismittel überprüfen. Öffnen Sie bitte die Tür.«

Wie alle gewöhnlichen Polizisten mochte Jerschow die »Schnüffler« nicht, deren Aufgabe hauptsächlich darin bestand, die Verfehlungen ihrer eigenen Kollegen aufzudecken. Er prüfte die Dienstmarke des Wikingers und machte ein mürrisches Gesicht.

»Haben Sie eine Dienstanweisung?«

»Heute sind wir aber streng«, spöttelte der Schwarzhaarige augenzwinkernd und zog ein zerknittertes Papier aus der Brusttasche seiner Lederjacke. »Bitte schön.«

Nachdem Jerschow die Dienstanweisung kontrolliert hatte, ließ er die Schnüffler in die Asservatenkammer ein und begleitete sie vorschriftsgemäß.

»Was wollen Sie sehen?«

»Die Pistolen, die aus Marjino gebracht wurden.«

Vor drei Tagen hatte ein Spezialeinsatzkommando ein großes Waffenlager ausgehoben. Neben mehreren Kisten mit fabrikneuen Waffen fand man auch eine mit Pistolen, die offensichtlich bereits in Gebrauch gewesen waren. Sie sollten im Labor untersucht werden.

»Sie sind dort drüben.«

Jerschow führte die Schnüffler in den hintersten Winkel des Lagers, wo die Pistolen ihres Schicksals harrten. Der Semmelblonde zog sich dünne Gummihandschuhe an, nahm eine der Waffen aus der Kiste und begann sie zu inspizieren. Sein schwarzhaariger Begleiter lehnte sich indessen an die Wand und schien einzudösen.

»Stimmt irgendwas nicht mit den Knarren?«, erkundigte sich Jerschow bei dem Kaukasier. Kontrolleure aus der Abteilung für interne Sicherheit bekam er nicht alle Tage zu Gesicht. »Wonach suchen Sie denn?«

»Stören Sie uns bitte nicht bei der Arbeit«, bat der Wikinger verbindlich und sah Jerschow mit seinen trüben grünen Augen genervt an. »Wir haben wenig Zeit.«

»Ich frage ja nur ...«

Der Sergeant lehnte sich beleidigt neben dem Schwarzhaarigen an die Wand und sah dabei zu, wie der Blonde die Seriennummern der Pistolen in sein Notizbuch schrieb.

Als der dicke Wachbeamte seinen leblos an der Wand lehnenden Doppelgänger ansprach, blieb Yussur stehen und blickte sich sogar noch einmal um. Doch Bronislaw glättete die Situation meisterhaft und brachte den Sergeanten zum Schweigen. Man konnte davon ausgehen, dass der Dicke sich nun genauso schweigsam verhalten würde, wie Yussurs Doppelgänger, der lediglich einem Trugbild entsprang.

Yussur Tomba arbeitete bereits seit zwölf Jahren für den Entsorgungsservice und stattete der Asservatenkammer des Polizeipräsidiums nicht zum ersten Mal einen Besuch ab. Er wusste, was er zu tun hatte. Lautlos schlich er an den Regalen entlang in den Dienstraum, wo sich das Asservatenverzeichnis mit den Eingangsdaten befand und suchte den Lagerort der Beweismittel heraus, die ihn interessierten – in diesem Fall das Blut der Morjane aus der Jablotschkow-Straße. Rasch fand er das richtige Schubfach im Kühlschrank, nahm die Probe mit dem Morjanenblut an sich und ersetzte sie wie immer durch eine Probe mit gewöhnlichem Menschenblut. Die ganze Aktion dauerte kaum drei Minuten.

In seiner Anfangszeit beim Entsorgungsservice hatte sich Tomba einmal den Spaß erlaubt, der Polizei Hundeblut statt Menschenblut unterzuschieben, und damit einen Riesenskandal ausgelöst. Dieser grobe Unfug hatte ihn damals einen ganzen Wochenlohn gekostet und danach sparte er sich solche Streiche.

Tomba schloss den Kühlschrank, kehrte an seinen Platz zurück und hob das Trugbild auf.

»Dauert das noch lange, Iwan?«, nölte der schwarzhaarige Schnüffler. »Die paar Nummern musst du doch längst aufgeschrieben haben.«

»Ich hab's gleich.«

Der Wikinger warf die letzte Pistole in die Kiste zurück, schloss sein Notizbuch und sah Jerschow streng an: »Sie haben unsere Dienstanweisung gelesen?«

»Jawohl«, erwiderte der Sergeant und nahm reflexartig Haltung an.

»Dann haben Sie sicher auch gelesen, dass unser Auftrag geheim ist?«

»Ja.«

»Sollten Sie auch nur ein Wort über unseren Besuch verlieren, können Sie Ihre Pension in den Wind schreiben. Haben wir uns verstanden?«

»Jawohl.«

»Dann alles Gute, Sergeant!« Der Schwarzhaarige gab ihm einen Klaps auf die Schulter, und die beiden Schnüffler verließen die Asservatenkammer.

Die Pension in den Wind schreiben! Diese arroganten Arschlöcher! Halten sich für was Besseres, bloß weil sie in der Abteilung für interne Sicherheit arbeiten, und glauben, sie können sich alles erlauben! Frechheit!

Jerschow schloss die Tür ab, schmetterte zornig seine Dienstmütze auf den Tisch und bellte eine Salve obszöner Flüche durch den Raum – das half immer.

Eigentlich konnte es ihm ja egal sein, wie diese Lümmel sich benahmen. Sie hatten die ganze Plackerei noch vor sich. Er dagegen, der Sergeant Jerschow, würde schon bald in Pension gehen und dachte überhaupt nicht daran, sein hart verdientes Ruhestandsgehalt wegen dieser aufgeplusterten Milchbuben aufs Spiel zu setzen. Noch ein Jährchen – dann konnten sie ihm alle den Buckel herunterrutschen!

Der Lieferwagen vom Typ Gazelle mit dem Schriftzug »Internet-Shop www.prodam.ru – Expresszustellung« wartete nicht weit vom Tor des Polizeipräsidiums. Yussur setzte sich ans Steuer und nahm sein Handy aus der Halterung.

»Hallo, Zentrale? Hier ist Tomba. Die Asservatenkammer bei der Polizei ist jetzt sauber. Das Blut der Morjane aus der Jablotschkow-Straße haben wir ausgetauscht. Ihr könnt die Rechnung schreiben.«

Büro der Firma JFK
Moskau, Maly Afanasjewski Pereulok
Samstag, 16. September, 12:41 Uhr

Professor Lew Moisejewitsch Serebrjanz wusste nicht, wie ihm geschah.

Er war auf dem Weg zur *Bibliothek für ausländische Literatur*, die sich am Ufer der Jausa befindet, hatte bereits die Brücke passiert und die Straßenseite gewechselt, als plötzlich Reifen quietschten und ein schwarzer BMW mit getönten Scheiben neben ihm hielt.

»Professor Serebrjanz?«

Der nichts Böses ahnende Wissenschaftler sah den

Quadratschädel, der aus dem heruntergelassenen Seitenfenster schaute, erstaunt an.

»Ja.«

»Wir suchen Sie.«

»Und wieso?«

Eine Antwort blieb aus. Stattdessen öffneten sich die hinteren Türen des BMW und zwei breitschultrige Kleiderschränke mit ausrasierten Nacken und gelangweilten Mienen verfrachteten den perplexen Professor umstandslos in den Wagen.

»Wer gibt Ihnen das Recht ...?«

Die Pranke des rechts von ihm sitzenden Hünen erschien plötzlich vor Serebrjanz' Gesicht und zog ihm mit überraschender Behutsamkeit die Brille von der Nase. Danach stülpte ihm der zweite Entführer einen schwarzen Sack über den Kopf.

»Fresse halten, Alterchen, sonst Rübe ab«, beschied der Quadratschädel auf dem Beifahrersitz, der offenbar der Anführer der Bande war.

Um den Worten seines Bosses Nachdruck zu verleihen, versetzte einer der Kleiderschränke Serebrjanz einen leichten Ellenbogenstoß in die Rippen.

»Aber ich habe doch nichts getan ...«

Der zweite Schlag geriet wesentlich heftiger und traf die Leber des Professors. Der arme Lew Moisejewitsch rang um Luft und zog es vor, weitere Proteste zu unterlassen. Selbst ein Schöngeist wie er konnte sich mit einer simplen statistischen Reihe ausrechnen, was passiert wäre, wenn er noch einmal den Mund aufgemacht hätte.

Die Brutalität seiner Entführer versetzte Serebrjanz in einen Zustand im Grenzbereich zwischen panischer Angst und Apathie. Er versuchte nicht einmal zu rekapitulieren, was er in letzter Zeit getan hatte und wem er damit in die Quere gekommen sein könnte. Wie gelähmt saß er zwischen den betonharten Schultern seiner Entführer und ergab sich seinem Schicksal.

Die Fahrt dauerte nicht lange und endete im Maly Afanasjewski Pereulok. Bei dem Gebäude, das der schwarze BMW ansteuerte, handelte es sich um einen luxussanierten Altbau, der nun ein Business Center beherbergte und über eine Tiefgarage verfügte. Dieser Umstand war äußerst praktisch, da des Öfteren Gäste mit Säcken über dem Kopf hierhergebracht wurden.

Wenn man sie durch das prachtvolle Hauptportal ins Gebäude geleitet hätte, wäre dies dem Ruf der ansässigen Firmen womöglich abträglich gewesen.

Serebrjanz wurde in einen Aufzug gestoßen, einige Etagen nach oben befördert und einen endlosen Gang entlanggeführt, der mit dickem Teppichboden ausgelegt war. Ein schleifendes Geräusch verriet, dass sich eine Tür öffnete.

»Ist er im Büro?«, fragte die Stimme des Anführers.

»Ich gebe ihm Bescheid«, erwiderte eine Frau, offenbar die Sekretärin, und betätigte einen Schalter. »Sie sind da.«

»In drei Minuten.«

»Wartet so lange.«

»Okay.« Der Quadratschädel drehte den Professor

herum und drückte ihn mit dem Rücken gegen die Wand. »Schön stillstehen!«

Aus der Richtung der Sekretärin ertönte das Geklapper einer Computertastatur. Die Frau widmete sich wieder ihrer Arbeit.

»Könntest du vielleicht damit aufhören, die beleidigte Leberwurst zu spielen?«, erkundigte sich der Anführer. »Ich hatte eben ein bisschen zu viel getrunken gestern ...«

Das Geklapper der Tastatur wurde lauter – fast frenetisch. Der Mann seufzte und schwieg. Serebrjanz zitterte.

Nach quälend langen Minuten öffnete sich die Tür.

»Wir haben uns also verstanden: Den Quartalsbericht akzeptiere ich so nicht«, verfügte eine gebieterische Männerstimme, offenbar der Chef, der einen Besucher hinausbegleitete. »Du musst ihn nochmal neu machen.«

»Und wie soll das gehen? Die Zahlen stimmen doch.«

»Bin ich der Buchhalter oder du?«

»Ich verdiene das Geld doch nicht, ich zähle es nur.«

»Deinen Berechnungen nach könnte man tatsächlich meinen, ich müsste mir mein Geld verdienen«, amüsierte sich der Chef. »Morgen früh kommst du wieder und bringst anständige Ergebnisse mit.«

»Ich werde mein Bestes tun.«

»Sehr gut.« Die gebieterische Stimme blieb direkt vor Serebrjanz stehen. »Ist er das?«

»Ja.«

Lew Moisejewitsch spürte, dass er von oben bis unten taxiert wurde.

»Hm, ja. Genau so habe ich ihn mir vorgestellt. Ins Büro mit ihm.«

Man führte den Professor einige Schritte in den Raum, pflanzte ihn auf einen Stuhl und zog ihm den Sack vom Kopf. Hinter ihm schloss sich die Tür.

Geblendet vom grellen Licht blinzelte Lew Moisejewitsch und sah sich um. Er befand sich in einem geräumigen Büro. Das Fenster, das sich über die gesamte Länge der linken Wand erstreckte, wurde von einer Jalousie abgedeckt. Einige abstrakte Gemälde an den Wänden, eine Minibar und ein edles Schachtischchen mit einer aufgestellten Partie schufen eine stilvolle Atmosphäre. Unmittelbar vor dem Professor stand ein moderner Schreibtisch – kein Ungetüm aus Massivholz, sondern eine filigrane Konstruktion aus Metallrohren, Kunststoff und Glas. Dahinter saß in einem wuchtigen Chefsessel ein schmächtiger, ungefähr dreißigjähriger Mann mit schütterem, zurückgegeltem Haar und eher nichtssagendem Gesichtsausdruck.

»Ihre Brille liegt auf dem Tisch, Lew Moisejewitsch.«

»Danke.« Mit zittrigen Händen setzte sich der Professor die Brille auf und sah den Eigner des Büros hündisch an. »Sie ... also, ich meine ...«

»Sie wollen wissen, warum Sie hier sind?«

»Ja«, seufzte Serebrjanz.

»Weil ich mich mit Ihnen unterhalten möchte.«

Der Professor rang sich ein gequältes Lächeln ab: »Und worüber?«

»Über Ihre Arbeit, Lew Moisejewitsch.« Der Mann nahm ein Blatt Papier vom Tisch, und der penetrante Blick seiner farblosen Augen nagelte Serebrjanz auf seinem Stuhl förmlich fest. »Über das, womit Sie sich in den letzten Jahren beschäftigt haben.«

Der Professor war so verdattert, dass es ihm die Sprache verschlug.

»Wundert Sie das?«

»Ich ... ähm, ich hätte nicht zu träumen gewagt, dass sich jemand, gerade in unserer Zeit, für meine Forschungen interessieren könnte und ...«

»Ihre Arbeit fällt in der Tat aus dem Rahmen«, pflichtete der Mann bei, »und erscheint auf den ersten Blick ein wenig – nun, sagen wir einmal: absonderlich. Aus diesem Grund interessieren sich seriöse Investoren auch nicht dafür. Ich dagegen nehme Ihre Forschungen durchaus ernst. Sehr ernst sogar, Lew Moisejewitsch. Und ich könnte mir durchaus vorstellen, mit Ihnen zusammenzuarbeiten. Allerdings unter der Bedingung, dass Sie mir die Ergebnisse ihrer Arbeit detailliert zur Kenntnis bringen.«

Die Augen des Professors wurden feucht.

»Ich kann das gar nicht glauben.«

»Sollten Sie aber«, versetzte der Mann.

»Jaja, natürlich.« Serebrjanz nahm sich zusammen. »Ich wollte sagen, dass ich einfach kaum fassen kann, dass ausgerechnet heute, an einem solchen Tag ... Heute scheint mein Glückstag zu sein. Eins kommt zum anderen.«

»Eins kommt zum anderen? Wie meinen Sie das?«

»Wissen Sie«, flüsterte der Professor verschwörerisch und beugte sich vor, »ich habe seit heute den ersten unumstößlichen Beweis für meine Theorie. Den ersten! Ich habe ihn selbst gesehen!«

»Was haben Sie gesehen?«

»Ein Wandelwesen! Ein echtes Wandelwesen!«

Der Mann nahm seine Brille ab und lehnte sich zurück.

»Ich möchte, dass Sie mir davon berichten, Lew Moisejewitsch, und zwar in aller Ausführlichkeit. Beginnen Sie, wir haben nicht viel Zeit.«

Zitadelle, Hauptquartier des Herrscherhauses Naw
Moskau, Leningradski-Prospekt
Samstag, 16. September, 13:15 Uhr

Vom hohen Fenster des großen, hellen Raums hatte man einen hervorragenden Ausblick auf eine der belebtesten Moskauer Kreuzungen, an der sich der Leningradski-Prospekt in die Wolokolamskoje und die Leningrandskoje Chaussee teilt. In Wellenbewegungen wälzten sich zähe Blechströme über die Straßen, verdichteten sich bei Rot und entzerrten sich wieder bei Grün. Falsch abbiegende, wendende oder rücksichtslos die Spur wechselnde Fahrzeuge produzierten regelmäßig Staus und sorgten für eine explosive Stimmung bei den Automobilisten. Es wurde gehupt und geflucht. Der ganz normale Wahnsinn an einem gewöhnlichen Werktag.

Domingo konnte stundenlang auf diesen wimmelnden Ameisenhaufen hinunterschauen. Nicht etwa aus Langeweile, sondern deshalb, weil es für einen Vorhersageprofi kaum eine größere Herausforderung gab als das chaotische Verhalten der undisziplinierten Moskauer Autofahrer. Domingo war einer der sogenannten Vegasianer, des von Santiago beschäftigten, legendären Analytikerduos, das seinerzeit durch einen astronomisch hohen Gewinn in einem Kasino in Las Vegas Furore gemacht hatte. Domingo trainierte, indem er das Verkehrsgeschehen immer um einen Schritt vorwegnahm.

»Und jetzt abbiegen.«

Der 9er Lada bog links ab.

»Zzz, wer wird den bei Rot drüberfahren?!«

Der Raser im Volvo, der von der Baltijskaja-Straße kam, gab Gas, doch er schaffte es nicht mehr bei Grün über die Kreuzung. Die Meute in der Wolokolamskoje Chaussee beschleunigte bereits, und der Volvofahrer musste in die Eisen steigen.

»Nun sieh dir diesen Verkehrsrowdy an, nimmt einfach dem Bus die Vorfahrt.«

»Hör doch mit dem Unsinn auf, Domingo!«, schimpfte sein Partner. »Vielleicht könntest du mir zur Abwechslung einmal helfen?«

Der Prognosespezialist drehte sich um.

Im Unterschied zu vielen anderen Räumen der Zitadelle war das Büro der Vegasianer stets lichtdurchflutet. Santiagos Analytiker residierten im obersten Geschoss eines der beiden Türme des Hauptquartiers des Dunklen Hofs. Die Räumlichkeiten erstreckten sich über zwei

Halbetagen und boten im Prinzip viel Platz. Allerdings hatten die beiden schlampigen Genies es geschafft, ihren Arbeitsplatz innerhalb von drei Jahren in eine veritable Müllhalde zu verwandeln, in der nur sie selbst sich leidlich zurechtfanden. Überall lagen bizarre Bronzekonstruktionen, diverse Gefäße, Retorten, dicke Folianten und Fragmente von Pergamentschriften herum. Sie gehörten dem Nawen Domingo, einem erstklassigen Magier, der sich auf die Vorhersage von Ereignissen spezialisiert hatte. Der zweite Vegasianer, der Schatyr Tamir Cannabis, steuerte eine Unmenge von Bildschirmen, Rechnern, Routern und Kabeln zum allgemeinen Chaos bei. Seine Ausrüstung hätte mühelos zur Eröffnung eines mittelgroßen Computerladens ausgereicht.

»Na, aufgewacht?«, knurrte Cannabis, als er sah, dass sein Partner sich vom Fenster abgewandt hatte. »Irgendwann wirst du noch an der Scheibe festkleben.«

»Und du an deinem Bildschirm«, parierte Domingo. Er nahm einen kalten Hamburger vom Tisch und biss mechanisch hinein. »Was machst du überhaupt?«

»Ich rechne die Zuschauerquoten für die T-Grad-Com durch«, antwortete der Schatyr und fügte giftig hinzu: »Du selbst hast übrigens mit Bessjajew ausgemacht, dass wir diese Prognosen übernehmen, als ob wir noch nicht genug Arbeit hätten. Und jetzt schaust du nur aus dem Fenster.«

Domingo spuckte den Bissen ungekaut wieder aus und sah den kalten, gummiartigen Hamburger ratlos an.

»Vielleicht sollten wir was essen gehen?«

»Den ganzen Tag denkst du an nichts anderes als ans Futtern! Wir gehen nirgendwohin, bevor der Job nicht erledigt ist. Was habe ich nur verbrochen, dass mir der Schlafende so einen verfressenen, faulen Sack als Kompagnon zumutet!«

»Ha, das möchte ich doch mal wissen, wer von uns beiden schlimmer gestraft ist«, entrüstete sich der Naw. »Glaubst du etwa, es ist ein Vergnügen, mit einem Schatyren zusammenzuarbeiten, der den ganzen Tag nur herumnölt?«

»Soll ich mich etwa darüber freuen, dass ich alles allein machen darf? Wenn ich nicht wäre, könnten wir den Laden hier dichtmachen.«

»Mir kommen die Tränen«, ätzte Domingo. In einem Schreibtischkasten hatte er eine halbvolle Tüte Chips gefunden und schob sich die knusprigen Kartoffelscheiben gierig in den Mund. »Im Ernst, lass uns was essen fahren, bevor dir zwischen deinen ganzen Computern noch das Hirn durchschmort.«

»Na, meinetwegen«, kapitulierte Cannabis. Er wusste, dass der Naw zu nichts zu gebrauchen war, wenn er Hunger hatte. »Und wohin?«

»Fahren wir ins *Navruz*, einen Plow essen?«, schlug Domingo vor, dem bereits das Wasser im Munde zusammenlief.

»Zu weit.«

»Ins *Jar*?«

»Keine Lust.«

»Dann gehen wir doch einfach eine Pizza essen.«

Der Disput der beiden wurde durch einen pfeifenden

Signalton unterbrochen und mitten im Büro erschien ein schwarzer Wirbel.

»Wer ist da?«, rief Domingo, der an der letzten Handvoll Chips kaute.

»Express-Zustellung!«

Tamir schaute auf seinen Monitor und nickte. Der Naw warf die leere Chipstüte weg und hob mit einer kurzen Zauberformel das Schutzfeld auf. Der Wirbel öffnete sich zu einem Portal, aus dem ein Teenager in weißer Dienstuniform herauspurzelte.

»Hallo, ich habe ein dringendes Päckchen für euch!«

»Von wem?«, erkundigte sich Tamir, während er die Empfangsquittung unterschrieb.

»Von Santiago!«

»Tja, damit ist das Mittagessen gestorben«, seufzte Domingo und warf dem Jungen eine Münze zu. »Fang!«

»Danke, Domingo!« Der Junge bleckte zufrieden die Zähne und verschwand im Portal. »Bis bald mal wieder.«

Der Wirbel löste sich auf.

»Wie kann man nur so mit dem Geld um sich werfen«, moserte der sparsame Schatyr, während er das Päckchen öffnete.

»Das kleine Trinkgeld wird mich nicht gleich arm machen.«

»Ich meine es nur gut, mein Freund. Du merkst gar nicht, wie du mit deinen kleinen Trinkgeldern ein halbes Vermögen durchbringst.«

»Unsinn, wir Nawen sind äußerst sparsame Leute, nur nicht so geizig wie ihr Schatyren«, verteidigte sich Domingo. »Na, was haben wir Schönes bekommen?«

Auf dem schwarzen Samtbett einer kleinen Kassette lagen einige helle Haare und eine kurze Notiz von Santiago: »Finden und im Auge behalten.«

Vorsichtig nahm Domingo eines der Haare aus der Kassette und hielt es sich dicht vor die Augen: »Eine Humo-Frau, blondiert.«

»Na super«, schimpfte Tamir. »Das hält uns nur von der Arbeit ab.«

Der Schatyr fuhr einen weiteren Computer hoch.

»Können wir anfangen?«

Domingo legte das Haar behutsam in ein Schälchen aus Bronze, das mit einem dicken Kabel an den Computer angeschlossen war.

»Ich bin soweit.«

»Ich auch.«

Der Naw murmelte die Formel des Suchzaubers, hielt ein Feuerzeug an das Bronzeschälchen und betätigte das Zündrad. Das Haar verbrannte in einer bläulichen Flamme und hinterließ ein dünnes, schwarzes Rauchwölkchen.

»Angekommen?«

»Angekommen«, bestätigte Cannabis und hämmerte auf seine Tastatur ein.

Mit einem gewöhnlichen Suchzauber konnte man den Aufenthaltsort einer Person anhand ihres genetischen Codes ermitteln. Dazu verwendete man eine beliebige Gewebeprobe – ein Haar, Speichel, Blut oder ein Stückchen Haut –, verbrannte sie oder warf sie ins Wasser und sah dann in der Rauchwolke respektive auf der Wasseroberfläche das gesuchte Objekt. Die Vegasianer hatten diese Methode perfektioniert. Indem sie das Suchergebnis auf den Bildschirm übertrugen und dort einen Stadtplan einblendeten, konnten sie das gesuchte Objekt nicht nur finden, sondern auch jeden seiner Ortswechsel mitverfolgen.

»Und, wo ist das Mädel?«, fragte Domingo gespannt.

»Überall und nirgends«, antwortete der Schatyr und blies missmutig die Backen auf.

»Wie das?«

»Jemand hat ihr einen *Bienenschwarm* angehängt.«

Dabei handelte es sich um einen äußerst effektiven Schutzzauber gegen die DNA-Fernfahndung. Ein erfahrener Magier konnte den genetischen Code einer Person zeitweilig auf eine Vielzahl ihrer Volksgenossen übertragen. Diese reagierten dann alle gleichzeitig auf die Fernfahndung.

Domingo blickte auf den Monitor: Auf dem Stadtplan von Moskau blinkten etwa hundert grüne Punkte.

»Mist, was machen wir jetzt?«, fragte Cannabis.

Der Naw zuckte mit den Achseln und griff zum Telefon.

»Kommissar? Guten Tag, hier ist Domingo. Wir haben hier ein kleines Problem.«

»Ich höre.«

»Jemand hat dem Mädel einen *Bienenschwarm* angehängt und ...«

»Verstehe«, unterbrach der Kommissar seinen Analytiker. »Im Augenblick befindet sich die Gesuchte in einer Wohnung unter der Adresse ...« Santiago diktierte Artjoms Anschrift. »Außerdem trägt sie eine magische Perlenkette – die müsstet ihr eigentlich orten können.«

Domingo wiederholte Santiagos Instruktionen laut, und Tamir gab sie in sein Programm ein.

»Ich habe sie!«

Nun blinkte nur noch ein grüner Punkt auf dem Bildschirm.

»Kommissar, wir haben das gesuchte Objekt jetzt auf dem Schirm«, verkündete Domingo. »Es befindet sich unter der von Ihnen angegebenen Adresse.«

»Gut. Lasst es nicht aus den Augen«, verfügte Santiago und legte auf.

»Schöner Mist, jetzt hängen wir hier fest«, konstatierte Domingo. »Ich ruf beim Pizza-Service an.«

»Fresssack!«

Büro der Firma JFK
Moskau, Maly Afanasjewski Pereulok
Samstag, 16. September, 13:16 Uhr

»Ist er in seinem Büro?« Kara wies mit einer flüchtigen Kopfbewegung auf die Tür von Ediks Büro.

»Ja«, bestätigte die Sekretärin. »Aber er hat Besuch.«

»Macht nichts.«

Kara öffnete, ohne anzuklopfen, die Tür und marschierte in das Büro, als wäre es ihr eigenes.

Die Sekretärin warf ihr einen bösen Blick hinterher. Was hatte diese Kara schon Besonderes? Sie war der einzige Mensch außer Chamberlain, der Ediks Büro zu jeder

Tages- und Nachtzeit einfach betreten durfte, ohne sich anzumelden. Selbst Spike musste hin und wieder im Empfangsraum warten, Kara hingegen nie. Die Sekretärin war sich dessen bewusst, dass sie diese schöne, furchtlose und selbstbewusste Frau in ihrem Innersten beneidete. Sie seufzte und begann wieder zu tippen.

»Und das haben Sie alles gesehen?«

»Ja, ja, ja! Ich versichere Ihnen, das ist die Wahrheit. Es mag unglaublich und verrückt klingen, aber es ist die reine Wahrheit. Ich habe es mit meinen eigenen Augen gesehen und ich weiß mehr, als Sie sich vorstellen können, viel mehr! Wenn ich Ihnen das alles erzähle, werden Sie diese Stadt – ja die ganze Welt – mit völlig anderen Augen sehen!«

»Man kann diese Welt nicht mit anderen Augen sehen.«

Serebrjanz wollte sich nach der Frauenstimme in seinem Rücken umwenden, doch Edik verhinderte dies mit einem zackigen Kommando: »Nicht umdrehen!«

Kara nahm ein goldenes Zigarettenetui aus ihrer Handtasche, warf es lässig auf einen Stuhl, ging zum Fenster und öffnete ein Stück weit die Jalousie. Die Sonnenstrahlen tanzten über ihre wilde Mähne, schienen durch den dünnen Stoff ihres weißen Kleids hindurch und offenbarten die aufregenden Umrisse ihres Körpers.

»Die Welt ist vom Menschen geprägt und funktioniert seit jeher stets nach denselben Gesetzmäßigkeiten: Du brauchst Nahrung, ein Dach über dem Kopf,

Sicherheit und musst dir all das hart erarbeiten.« Karas Worte hallten wie Verdikte durch den Raum. »Diese Gesetze sind unumstößlich, es ändert sich nur die Art und Weise, wie sie zutage treten. Es kommt immer wieder mal ein Märchenonkel daher und verspricht den Leuten, dass sie alles bekommen können, ohne einen Finger dafür krummzumachen. Doch früher oder später zwingt der Selbsterhaltungstrieb die Menschen dazu, diesem utopischen Schwachsinn zu entsagen und sich wieder auf ihre gewohnte Arbeit zu besinnen, um ihrer Lieben und ihrer selbst willen. Die Welt ist so, wie wir sie uns eingerichtet haben, und wenn etwas auftaucht, was nicht in den gewohnten Rahmen passt, dann biegen wir es uns so zurecht, wie wir es brauchen.«

Kara ärgerte sich maßlos über Ediks Selbstherrlichkeit. Sie hatte den Professor schon seit längerem im Blickfeld und beabsichtigte, ihn zu ihren eigenen Zwecken zu benutzen. Ihn hier bei Edik anzutreffen, passte ihr absolut nicht in den Kram.

»Und wenn das nicht gelingt?«, gab Serebrjanz zu bedenken. »Wenn dieses Etwas sich nicht in den gewohnten Rahmen pressen lässt?«

»Was ist schon der gewohnte Rahmen?«, fragte Kara herablassend. »Früher einmal hat man sogar Glühbirnen für ein Wunder gehalten, inzwischen sind sie eine Selbstverständlichkeit. Vor tausend Jahren hätte man Sie allein wegen der Brille auf Ihrer Nase verbrannt.«

»Es existieren aber auch Dinge, die sich nicht zurechtbiegen lassen«, widersprach der Professor. »Dinge, die ...«

»Solche Dinge gibt es nicht!«, versetzte Kara. »Es gibt vergessene und neue Dinge – das ja. Und wenn wir mit ihnen konfrontiert werden, müssen wir sie uns ganz genau anschauen. Woher wissen Sie, dass dieses geheimnisvolle Etwas, von dem Sie schwadronieren, nicht nach den uns vertrauten Gesetzen lebt und nur anders aussieht?« Kara unterbrach kurz ihre Rede, um die Frage wirken zu lassen. »Die Gesetzmäßigkeiten, von denen ich sprach, sind universell, sie gelten sowohl für Tiere als auch für vernunftbegabte Wesen.«

»Aber es handelt sich hier um nicht-menschliche Wesen! Um grausame und gnadenlose Feinde!«

»Ich muss mich doch sehr über Sie wundern, Professor«, kommentierte Kara spöttisch. »Sie laufen jetzt seit über fünfzig Jahren auf dieser Welt herum und haben noch nie grausame und gnadenlose Menschen getroffen? Da haben Sie aber Glück gehabt.«

»Oder er hat noch nichts gesehen von der Welt«, warf Edik ein.

Kara öffnete endlich das goldene Etui und nahm eine dünne Zigarette heraus. Edik verstand sofort, dass sie keine Lust mehr hatte, sich mit Serebrjanz zu unterhalten, drückte mit dem Fuß den Signalknopf für die Wache und wandte sich an den Professor.

»Nun gut, Lew Moisejewitsch. Vielen Dank, dass Sie bereit waren, hier zu erscheinen und Ihre Geschichte zu erzählen. Man wird Sie hinausbegleiten. Möglicherweise werden wir uns wiedersehen und das Gespräch fortsetzen. Guten Tag.«

Im selben Moment kamen die Entführer des Professors herein und stülpten ihm ohne Umschweife den schwarzen Sack auf den Kopf.

»Wohin mit ihm?«, fragte der Anführer.

»Bringt ihn dorthin zurück, wo ihr ihn hergeholt habt«, verfügte Edik achselzuckend. »Und geht pfleglich mit ihm um, er hält nicht viel aus.«

»Verstanden.«

Serebrjanz wurde pfleglich aus dem Büro geschleift.

»Wozu hast du ihn kommen lassen?« Karas Tonfall klang nicht verärgert, eher kühl und herablassend. »Was wolltest du von diesem Clown?«

»Ich ... ähm ...«

»Ich hatte dich ausdrücklich gebeten, in dieser Sache nichts auf eigene Faust zu unternehmen. Was sollte diese Aktion?«

»Es blieb mir doch gar nichts anderes übrig angesichts dessen, dass du mir nicht erzählst, was Sache ist«, rechtfertigte sich Edik. »Du redest immer nur um den heißen Brei herum und lässt mich über das Wesentliche im Unklaren. Ich bin es nun mal nicht gewohnt, im Trüben zu fischen.«

»Du kannst es dir aber nicht leisten, mit offenen Karten zu spielen. Schließlich bist du kein versponnener Professor. In dir würden die Bewohner der Verborgenen Stadt eine ernste Bedrohung sehen und dich zertreten wie einen Wurm, ohne dass deine muskelbepackten Leibwächter das überhaupt mitbekommen würden.«

»Keiner wird mir ein Haar krümmen«, versicherte Edik, doch seine Stimme verriet, dass er selbst nicht so recht daran glaubte. In seinem Innersten gärte eine diffuse Angst, vor allem, wenn er an den nächtlichen Besuch in seinem Schlafzimmer zurückdachte.

»Für die bist du ein Nichts, bestenfalls eine lästige Fliege!«, wetterte Kara. »Wir können nicht einfach in die Verborgene Stadt hineinstürmen wie ein Elefant in den Porzellanladen! Wir müssen sie uns dienstbar machen. Uns Zugang zu all ihren Ressourcen verschaffen! Ihren Bewohnern die Bedingungen diktieren und nicht leichtsinnige Spielchen mit ihnen spielen!«

»Und was hast du schon erreicht?«

»Ich? Einiges.«

»Was konkret?«

Die Frau lächelte: »Du möchtest Einzelheiten hören?«

»Ja.«

»Also gut.« Mit einem flüchtigen Augenwink bedeutete sie Edik, ihr Feuer zu geben, und im Büro breitete sich das Aroma teuren Tabaks aus. »Das Wohl jeder Gesellschaft gründet sich auf das Talent und die Schaffenskraft einzelner Persönlichkeiten. Von ihnen hängt alles ab.«

»Niemand ist unersetzlich«, warf Edik ein.

»Das täuscht«, widersprach Kara. »Jede Gesellschaft, die nicht in der Lage oder nicht willens ist, die Persönlichkeit zu achten, ist zum Scheitern verurteilt. Das hat nicht zuletzt das Regime gezeigt, das besonders laut hinausposaunt hat, dass jeder ersetzbar sei. Das Imperium ist zerfallen, weil es den Wert der Persönlichkeit geringschätzte.«

»Nicht nur deshalb.«

»Aber auch deshalb.« Kara inhalierte tief. »Das Funktionieren eines Gemeinwesens wurde schon immer und überall von herausragenden Persönlichkeiten geprägt. Unter den Menschen gibt es viele solcher Persönlichkeiten. Die Menschheit existiert noch nicht lange, deshalb sind wir darauf angewiesen, möglichst viele Genies hervorzubringen – das ist unsere Überlebensgarantie. Die Völker der Verborgenen Stadt sind dagegen schon seit Ewigkeiten etabliert und deshalb werden wirklich außergewöhnliche und begabte Persönlichkeiten dort nur relativ selten geboren.«

»Und was folgerst du daraus?«

»Ganz einfach: Wenn es uns innerhalb kurzer Zeit gelingt, die herausragenden und damit für uns gefährlichsten Persönlichkeiten der Verborgenen Stadt zu liquidieren, werden ihre Bewohner nicht in der Lage sein, diese gleichwertig zu ersetzen. Und dann werden zwangsläufig mittelmäßige Führungsfiguren an die Schaltstellen der Macht gelangen. Mittelmaß an den entscheidenden Stellen ist immer tödlich. Mit ihnen werden wir leichtes Spiel haben.«

»Das scheint mir aber ein langwieriger Weg zum Ziel zu sein.«

»Es ist aber der einzig gangbare und vernünftige Weg.«

»Du hast also vor, die Anführer der Verborgenen Stadt zu töten?«

»Wozu?« Kara sah Edik verwundert an. »Sie werden sich gegenseitig umbringen. Wir treten erst im letzten

Moment auf den Plan, wenn der Gegner schon geschwächt darniederliegt.«

»Jetzt sag mir doch endlich, was du konkret erreicht hast.«

»Ich habe zwei äußerst gefährlichen Führungsköpfen der Verborgenen Stadt eine Falle gestellt. Der eine ist schon so gut wie tot, und der andere ... Der andere hat auch nicht mehr lange zu leben.«

»Was ist das für ein Typ?«

»Ein glänzender Taktiker und kühler Stratege, äußerst begabt, gerissen und skrupellos. Vor einiger Zeit hat er die Verborgene Stadt noch vor einer gigantischen Katastrophe bewahrt, doch nun ist er mir in die Falle gegangen.«

»Durchschaut er deine Intrigen nicht?«

»Nein«, erwiderte Kara mit überlegenem Grinsen. »Er zappelt bereits in meinem Netz.«

»Da ist er nicht der Einzige«, kokettierte der listige Bandit und legte den Arm um ihre Taille.

Kara spürte seinen heißen Atem. Im Unterschied zu vielen seiner Kollegen galt Edik als wählerischer Liebhaber. Models und Luxusschnallen interessierten ihn nicht und mit dekorativen, aber naiven Püppchen konnte er schon überhaupt nichts anfangen. Er suchte sich seine jeweilige Partnerin sehr genau aus. Dessen ungeachtet hatte es Kara wenig Mühe bereitet, sein Bett zu erobern, und sie war dabei sogar ohne magische Tricks ausgekommen. Schon beim ersten Treffen hatte sie herausgefunden, was Edik so richtig anmacht. Möglicherweise lag es daran, dass er generell eine Schwäche für reifere Frauen hatte, vielleicht gefielen ihm auch einfach ihre üppigen Rundungen, die immer noch so knackig waren wie bei einer Dreißigjährigen. Wie auch immer – Kara nützte die Situation sofort zu ihren Zwecken aus und zum Glück erwies sich Edik als ganz passabler Liebhaber.

»Lust auf ein Sex-Lunch?«, lächelte Kara.

»Fünf Minuten Strategiebesprechung.«

»Vorsicht, wenn du mit einer Frau zusammen bist, solltest du keinen Zeitrahmen vorgeben.«

»Sie könnte mir das übelnehmen?«

»Sie könnte ihn nach ihrem Gutdünken einfach ändern.«

»Solange sie ihn verlängert, habe ich nichts dagegen.« Edik küsste die Frau zärtlich auf den Hals. »Wie bist du mit Pawlow klargekommen?«

Die Erinnerung an diesen Mord löste gemischte Gefühle in Kara aus. Einerseits war sie immer noch empört über den Auftrag selbst, andererseits hatte sie die Tat in vollen Zügen genossen. Der Gedanke daran, wie sie Pawlows Herz zerquetschte, erregte sie.

»Er wird dir nicht mehr in die Quere kommen.«

»Ich wusste, dass ich mich auf dich verlassen kann.«

Kara drückte sorgfältig ihre Zigarette aus, verschränkte die Hände hinter dem Rücken des Mannes und lehnte den Oberkörper provozierend zurück. Edik ließ sich nicht lange bitten, bedeckte ihren Hals mit gierigen Küssen und streifte behutsam den dünnen Stoff von ihren großen Brüsten. Kara wurde nie selbst initiativ, sie ließ sich nehmen. Edik schob den Arm unter ihre Beine, trug sie zum Schreibtisch und setzte sie auf der Tischkante ab. Sein Hände glitten ungeduldig über ihre weichen Schenkel und schoben das weiße Kleid zurück ...

Diesmal gingen die Entführer tatsächlich schonend mit Serebrjanz um.

Sie warfen den Professor nicht aus dem fahrenden Auto, wie sie das üblicherweise mit ihren Klienten zu tun pflegten, sondern stellten ihn sanft auf dem Bürgersteig der Jausa-Uferstraße ab, zogen ihm den Sack vom Kopf und setzten ihm behutsam die Brille auf die Nase. Danach verschwanden sie so rasch von der Bildfläche, dass er nicht einmal dazu kam, nach ihrer Autonummer zu sehen. Doch das war ihm ohnehin nicht wichtig.

Eine Zeit lang stand Serebrjanz reglos da, dann stützte er sich aufs Geländer der Uferstraße und sah nachdenklich aufs Wasser hinab. Der Professor war glücklich.

Endlich hatte er es geschafft: Man war auf ihn aufmerksam geworden! Er wurde ernst genommen!

Lew Moisejewitsch hatte schon längst jede Hoffnung auf Anerkennung fahren lassen und sich damit abgefunden, dass die meisten Leute ihm nicht glaubten, ihn für verrückt hielten und auslachten. Er war in die Rolle eines Einzelkämpfers geschlüpft, der sich den Mächten des Bösen heroisch entgegenstellte. Ein wenig gefiel sie ihm sogar, diese Rolle als verkanntes Genie und heimlicher Held. Doch von Zeit zu Zeit nagte die Sehnsucht nach Ruhm und Anerkennung an ihm. Der Professor stürzte sich dann mit doppeltem Eifer in seinen Kampf und versuchte, solche Gedanken zu verdrängen. Doch sie kehrten immer wieder zurück und brachten ihn fast um den Verstand.

Nun war dies alles Vergangenheit. Ab jetzt würde er Geld haben für seinen Kampf und – Lew Moisejewitsch musste unwillkürlich lächeln – für alles andere, wovon er schon immer insgeheim geträumt hatte ...

Wie lange hatte er auf diesen Tag gewartet!

KAPITEL NEUN

»In einem Kommentar zum geplanten Telekommunikationsgesetz begrüßte der Vizepräsident des größten russischen Providers Jegor Bessjajew die Haltung der Staatsduma, die den von der Regierung eingebrachten Gesetzentwurf in der ersten Lesung durchfallen ließ. ›Jegliche Versuche, das Internet einzuschränken oder zu kontrollieren, sind sinnlos und naiv‹, sagte Bessjajew. Aus seiner Sicht hätte die Verabschiedung des Gesetzes in der geplanten Form lediglich zu einem kräftigen Nachfrageschub auf dem Markt für kryptografische Dienstleistungen geführt ...«

WEDOMOSTI

»Chaotische Zustände vor der Moskauer Eremitage! Das Gerücht, dass die Erli-Mönche nach längerer Pause wieder Präparate auf der Basis von Morjanengift in den Verkauf bringen werden, hat sich wie ein Lauffeuer in der Verborgenen Stadt ausgebreitet und zu einem Kundenansturm auf die Moskauer Eremitage geführt. Die Erli haben bereits angekündigt, dass sie wegen der großen Nachfrage auf einen Vertrieb via Internet verzichten und

die gesamten Bestände über die Klosterapotheke veräußern werden. Nach Berichten unserer Reporter vor Ort haben sich bereits Hunderte von Kaufinteressenten an der Moskauer Eremitage eingefunden …«

T-GRAD-COM

Städtisches Mietshaus
Moskau, Miklucho-Maklaja-Straße
Samstag, 16. September, 13:46 Uhr

»Du hast den Angreifer also gar nicht gesehen?«, fragte Galja.

»So gut wie gar nicht«, antwortete Olga zögerlich. Sie hatte sich von dem morgendlichen Schrecken erholt und erzählte nun ihrer Freundin von den Geschehnissen. »Artjom hat mich aufs Sofa geworfen und sich schützend vor mich gestellt.«

»Wie heldenhaft!«, stichelte Galja.

»Jawohl, heldenhaft!«, gab Olga leicht gekränkt zurück. »Und weil er vor mir stand, habe ich nichts gesehen.«

»Hast du nicht wenigstens einen kurzen Blick erhascht?«, bohrte Galja weiter.

»Na ja, vielleicht ganz kurz …«, erwiderte Olga. »Wenn ich ehrlich bin, dann hatte ich nicht den Eindruck, dass das ein Mensch war.«

»Sondern?«

Olga fummelte verlegen an ihrer Perlenkette herum.

»Mir kam es nicht so vor, dass er eine Maske aufhatte, wie Artjom behauptet hat, sondern dass er tatsächlich so aussah – wie ein Ungeheuer.«

»Aha. Graf Dracula.«

»Ich wusste, dass du so reagieren würdest«, versetzte Olga verärgert und wandte sich ab.

»Jetzt sei nicht gleich beleidigt«, beschwichtigte Galja und streichelte ihr über den Arm. »Ich wollte dich doch nur ein bisschen ärgern. Wenn mir das passiert wäre, was dir passiert ist, wäre ich wahrscheinlich im Irrenhaus gelandet.« Sie strich sich die langen schwarzen Haare aus dem Gesicht. »Aber was die Ungeheuer betrifft, die kannst du dir getrost aus dem Kopf schlagen – es gibt sie nicht. Und die Polizei würde sich mit solchen Märchengeschichten auch gar nicht abgeben.«

»Warum hat Artjom dann wie ein Wilder geschossen?«

»Er ist wahrscheinlich genauso erschrocken wie du. Für dich muss das ein fürchterlicher Schock gewesen sein – dafür hältst du dich wirklich gut.«

»Dank Artjom«, seufzte Olga. »Er hat mir das Leben gerettet.«

Bei der Erwähnung des jungen Helden rümpfte Galja die Nase. »Ich mag keine Polizisten.«

»Du warst ekelhaft zu ihm, das hätte es nicht gebraucht.«

»Mag sein.«

»Dabei ist er wirklich ein feiner Kerl.« Olga lächelte verklärt. »Und so süß ...«

»Du wirst dich doch nicht in ihn verliebt haben?«

»Und wenn?«

»Na, du machst mir Spaß!« Galja sah ihre Freundin erstaunt an. »Und Bogdan?«

»Keine Ahnung ...«

»Sag mal ...« Galja ging endlich ein Licht auf. »War Artjom die ganze Nacht bei dir?«

»Ja, er hatte mich aus dem Park nach Hause gebracht.«

»Und ihr habt ...«

Olga grinste errötend und nickte.

»Krass!« Galja schüttelte den Kopf, doch kurz darauf lächelte sie: »Dann brauche ich mich ja nicht darüber zu wundern, dass es dir nicht gefallen hat, wie ich mit ihm umgesprungen bin.«

»Ach was, darum geht's doch gar nicht.« Olga stand auf, schaute auf die Uhr – Artjom war schon seit fast drei Stunden weg – und ging zum Herd. »Trinken wir noch einen Kaffee?«

Buchhandlung von Genbek Hamzi
Moskau, Alter Arbat
Samstag, 16. September, 13:47 Uhr

Die Würfel waren gefallen, und Larissa konnte nicht mehr zurück. Obwohl ihr jeder Schritt schwerer fiel, näherte sie sich mit unerschütterlicher Entschlossenheit ihrem Ziel.

Die kleine Buchhandlung am Alten Arbat hatte es Larissa schon seit längerem angetan. Nirgendwo in Moskau gab es eine größere Auswahl an Büchern über Magie und Zauberei: *Zauberer und Hexen* von Brendan Lehane, *Das dritte Auge* von Lobsang Rampa, *Das Buch der Geister* von Allan Kardec, Aleister Crowley und Carlos Castaneda, der *Hexenhammer* und unvermeidlicherweise auch jede Menge zeitgenössischer Schund – leicht verdauliche Kost für Gelegenheitsesoteriker.

Das eigentlich Bemerkenswerte am Sortiment der Buchhandlung waren jedoch jene alten, authentischen Werke, die sich ernsthaft mit dem Stoff befassten und auf eine Aufbereitung für den Massengeschmack verzichteten. Bücher, die in einer Zeit entstanden, als die Zauberei nach Larissas fester Überzeugung noch kein modischer Zeitvertreib war, sondern eine Selbstverständlichkeit wie heutzutage Internet und Telefon.

Eines Tages, als keine anderen Kunden im Laden waren, hatte der Inhaber Larissa das Lager gezeigt – umfangreiche Räumlichkeiten, die vor Büchern förmlich überquollen. Es mochten Hunderte oder gar Tausende alter Bände sein, deren Schnittverzierungen silbern und golden in den Regalen glänzten. Voller Stolz hatte sie der alte Buchhändler durch seine Schatzkammern geführt und ihr begeistert von seiner Sammlung vorgeschwärmt. Bei dem kurzen Rundgang war Larissa überdies aufgefallen, dass sie von den Autoren all dieser ehrwürdigen Werke noch nie etwas gehört hatte – nicht ein einziger Name kam ihr auch nur im Entferntesten bekannt vor. Doch intuitiv hatte sie sofort gespürt, dass sich zwischen diesen dicken Ledereinbänden das geballte Wissen von Jahrhunderten verbarg – ein grandioser Erfahrungsschatz und wahre Weisheit!

Larissa musste diese Bücher unbedingt haben – soviel stand fest. Das Problem war nur, dass sie ein Vermögen kosteten. Ihre gesamten Ersparnisse hätten nicht ausgereicht, um auch nur einen Einzigen der Folianten zu erwerben. Andererseits bestätigten die astronomischen Preise, dass es sich um wirklich wertvolle Werke handelte, und dies verstärkte noch ihren Wunsch, sie zu besitzen. Vor diesem Hintergrund hatte Larissa den Entschluss gefasst, einige der interessantesten Titel zu stehlen, obgleich es ihr ein wenig leidtat, den Buchhändler, diesen freundlichen und zuvorkommenden alten Mann, zu schädigen.

Beim Öffnen der Ladentür bimmelte ein altertümliches Glöckchengehänge, und sofort stieg Larissa der unverwechselbare Geruch der alten Ledereinbände in die Nase. Die nachgedunkelte Holzleiter am Regal, die massiven Kerzenleuchter aus Bronze, der geschnitzte Hocker – dieses Geschäft passte überhaupt nicht ins moderne Moskau. Vor hundert oder zweihundert Jahren hätte es genauso aussehen können, und wenn an Larissas Stelle Anton Tschechow zur Tür hereingekommen wäre, hätte er sich über nichts gewundert. Höchstens über das kleine Plastikschildchen am Ladentisch, auf dem geschrieben stand: »Wir akzeptieren Kreditkarten aller Art!«

In Erwartung des Inhabers trat Larissa an den Ladentisch und sah sich um. Sie war die einzige Kundin. Auch sonst herrschte hier nie viel Betrieb. Die meisten Leser bevorzugten offenbar die riesigen Büchersupermärkte, in denen es vom Arztroman bis zum Kochbuch alles gab und Bestsellerregale am Eingang die Kaufentscheidung erleichterten.

»Guten Tag, Larissa!«

Durch eine zwischen den Regalen versteckte Holztür kam der alte Mann mit einem dicken Wälzer unter dem Arm in den Ladenraum. Die junge Frau wurde ein wenig verlegen. Nicht nur, weil sie im Begriff war, den gutmütigen Greis zu bestehlen, sondern auch weil es ihr nach wie vor unangenehm war, ihn mit seinem Vornamen Genbek anzusprechen.

Genbek – ein seltsamer Name.

Der alte Mann hatte nichts Exotisches an sich: silbergraues Haar, faltiges Gesicht, große Nase – ein Name wie Konstantin Grigorjewitsch hätte gut zu ihm gepasst, oder noch besser Apollinari Feofanowitsch – so hätte man ihn wohl zu Dostojewskis Zeiten genannt. Doch schon bei ihrem ersten Besuch in der Buchhandlung hatte der Alte Larissa seinen Vatersnamen nicht genannt und darauf bestanden, dass sie ihn mit Vornamen ansprach.

»Guten Tag, Genbek.«

»Haben Sie sich doch entschlossen, etwas zu kaufen?«

Der Mann konnte offenbar Gedanken lesen. Auf seinem Gesicht erschien ein freundliches, verständnisvolles Lächeln, während er mit der rechten Hand mechanisch über den Einband des dicken Wälzers streichelte.

Die junge Frau schluckte: »Ähm, ja, das habe ich in der Tat ... Ich hätte gerne *Die Aura der Kraft*. Wissen Sie noch? Sie hatten es mir gezeigt.«

Dieses Buch hatte Genbek Larissa erst empfohlen,

nachdem er sich davon überzeugt hatte, dass die junge Frau sich ernsthaft mit Magie beschäftigte. Es handelte sich um ein umfangreiches Werk, das Anfang des neunzehnten Jahrhunderts von einer gewissen Fate Sneshana verfasst und erstaunlicherweise mit eben diesem Namen signiert worden war: Fate Sneshana, achtzehnhundertneunzehn. Zunächst hatte Larissa sich mit einer gewissen Skepsis über das Buch gebeugt, doch nachdem sie einige Kapitel überflogen hatte, kam sie aus dem Staunen nicht mehr heraus: Hier wurden in einfacher und verständlicher Sprache eben jene Fähigkeiten beschrieben, die Larissa an sich selbst entdeckt hatte. Die Fähigkeit, andere Leute zu beeinflussen und diesen Einfluss bewusst zu steuern. Nun war die junge Frau geradezu versessen darauf, das Werk in ihren Besitz zu bringen.

»Eine gute Wahl«, lobte Genbek, verschwand im Lager, wo man die Leiter ächzen hörte, und kam mit dem bestellten Buch zurück. »Ein überaus seltenes und teures Werk.«

Der Greis musterte Larissa mit größter Aufmerksamkeit. Sein Blick hatte etwas Röntgenhaftes. Durchschaute er sie etwa? Die junge Frau geriet in Panik. Nein, das war völlig ausgeschlossen! Ruhig bleiben, Larissa, du musst dich konzentrieren!

»Ich nehme es, und dazu noch die *Geschichte der Artefakte* zusammen mit den Ergänzungsbänden.«

»Oho!«, der Buchhändler konnte seine Verwunderung nicht verhehlen. »Haben Sie geerbt?«

»Ich habe genug Geld.«

»Tatsächlich?!«, staunte der Greis. »Wissen Sie, Larissa, nachdem Sie das letzte Mal hier waren und wieder nichts gekauft haben, habe ich mir überlegt, Ihnen in Zukunft zu erlauben, die Bücher hier zu lesen – wie in einer Bibliothek. Im Lager habe ich einige Tische mit Leselampen – wenn Sie also möchten, können Sie jederzeit kommen und alle Bücher studieren, die Sie interessieren.«

Dieses großzügige Angebot aus dem Mund eines Schatyren grenzte an ein Wunder, doch für Larissa kam es zu spät.

»Ich werde bezahlen.«

»Wie Sie wollen.«

Genbek holte die Bücher, legte sie auf den Ladentisch, mümmelte mit den Lippen und nannte dann leise den Preis. Der Betrag lag etwas über Larissas Fünfjahresstipendium, doch das kümmerte sie nur wenig.

Nun kam der entscheidende Moment.

Die junge Frau verdeckte die Augen mit der Hand und kniff sie zusammen, versetzte ihre Nervenzellen in einen Zustand steigender Anspannung, bis der Wirbel entstand, sich im Laden ausbreitete und den alten Mann umhüllte. Nun stellte Larissa sich vor, wie sie in ihre Tasche greift, ein dickes Bündel Geldscheine herausnimmt – kassenfrische unbenutzte Banknoten –, wie sie diese auf den Ladentisch legt und wie die runzelige Hand des Buchhändlers danach greift.

Genbeks Hand indes tat nichts dergleichen, stattdessen räusperte sich der Greis gekünstelt.

»Stimmt etwas nicht?«, fragte die junge Frau mit dünner Stimme – sie befand sich immer noch in einem tranceartigen Zustand.

»Larissa, lesen Sie doch bitte einmal, was hier steht.«

Ihr Blick fiel auf Genbeks runzelige Hand, deren ausgestreckter Zeigefinger auf das Plastikschildchen am Ladentisch zeigte. Anstelle des Hinweises »Wir akzeptieren Kreditkarten aller Art!« stand dort zu lesen: »Zaubern verboten!«

Kurz und bündig.

Larissa war so überrumpelt, dass sie zunächst nicht verstand, worum es überhaupt ging. Mehrmals hintereinander las sie die simple Botschaft und bewegte dabei tonlos die Lippen. Dann sah sie Genbek hilflos an.

»Was?«

Das dicke Bündel mit den frisch gedruckten Geldscheinen löste sich in Luft auf, und die Miene des alten Mannes verdüsterte sich.

»Sie haben gar kein echtes Geld dabei, nicht wahr?«

Die junge Frau stand völlig neben sich und schüttelte den Kopf.

»Nein.«

»Sehr bedauerlich.« Genbek schob die Bücher beiseite, seufzte und sah Larissa mitleidig an. »Ist Ihnen eigentlich klar, dass Sie gerade versucht haben, ein Verbrechen zu begehen?«

»Ich?«

Wie hatte das passieren können? Das war ihr einziger Gedanke. So etwas war doch überhaupt nicht möglich! Völlig unfassbar!

»Das ist wirklich ein starkes Stück«, empörte sich

Genbek. »Den Verkäufer mit einem Trugbild täuschen und einfach mitnehmen, was einem gefällt. Das ist Diebstahl, meine Liebe, lupenreiner Diebstahl! Vielleicht sollte ich die Polizei rufen? Wer weiß, wen Sie noch alles bestohlen haben mit dieser Masche? Gar nicht auszudenken! So jung und schon so verdorben! Wo soll das enden, beim Barte des Schlafenden! Zu meiner Zeit hat es einen solchen Sittenverfall nicht gegeben ...«

Endlich wich die Anspannung aus Larissa, und der Wirbel verschwand. Sie sank auf den geschnitzten Hocker hin und fing jämmerlich zu heulen an. Genbek legte die Stirn in Falten, zupfte sich unschlüssig am Ohrläppchen und zog dann ein weißes Taschentuch hervor.

Bar Depresso
Moskau, Pjatnizkaja-Straße
Samstag, 16. September, 13:59 Uhr

Die Söldner fanden Christophan im *Depresso*, dem freudlosesten Lokal der Verborgenen Stadt. Hierher kamen die Gäste, um Trübsal zu blasen und in Melancholie zu schwelgen. Hier ertränkte man seinen Kummer in Wodka und weinte sich an der Brust des verschlafenen Barkeepers aus. Man trauerte besseren Zeiten nach und verabschiedete sich von Jugendträumen. Mindestens einmal im Leben kam jeder Bewohner der Verborgenen Stadt ins *Depresso*.

Vergebens ist dein Müh'n und Streben,
das Glück nur Augenwischerei,
du stolperst hoffnungsfroh durchs Leben,
doch Unheil hängt an dir wie Blei.

Auf der Bühne gab ein Oss jaulend ein Lied zum Besten. Die kleinwüchsigen Rattenfänger hatten einen Hang zur schwermütigen Selbstbetrachtung und kultivierten diese Neigung, indem sie Balladen dichteten, die so düster und endlos waren, wie das unterirdische Labyrinth, in dem sie gewöhnlich hausten. Das *Depresso* hatten die Ossen schon seit längerem für sich entdeckt. Für eine warme Mahlzeit traten sie hier einer nach dem anderen auf und beglückten die Anwesenden mit ihren poetischen Ergüssen. Die suizidale Grundstimmung ihrer Balladen sprach den meisten Gästen der Bar aus dem Herzen.

Der Panopt saß einsam an einem Tisch im hintersten Winkel der Bar und starrte versonnen auf eine leere Flasche Wodka der Marke *Russki Standart*. Als sich die Söldner ungefragt an seinen Tisch setzten, hob er nicht einmal den Kopf.

Im Herzen gären Angst und Bangen,
stirbt auch der letzte Funken Mut,
von deinen eingefall'nen Wangen
rinnt bittersüßer Tränen Flut.

»Wie geht's, Christophan?«, erkundigte sich Cortes. »Warum so trübselig?«

»Das ist schon die dritte Pulle«, teilte der Panopt seufzend mit und stellte die Flasche unter den Tisch. »Dabei bin ich doch eben erst gekommen.«

Artjom schnippte mit den Fingern, und der Kellner brachte unverzüglich eine neue Flasche.

»Wir müssen etwas Wichtiges mit dir besprechen, Christophan.«

»Nicht schon wieder ...«, knurrte der Panopt und streckte die Hand nach der Flasche aus. »Dass ihr euch überhaupt in meine Nähe traut nach dem, was gestern passiert ist ...«

»Genau darüber muss ich mit dir reden«, erwiderte Cortes und zog reaktionsschnell die Flasche weg. »Hast du noch etwas anderes aus dieser Schatztruhe verkauft?«

»Das geht dich nichts an«, versetzte Christophan gereizt, doch in seiner Stimme schwang eine leichte Verunsicherung mit.

»Das geht mich sehr wohl etwas an.«

»Wollen wir nicht lieber was trinken, Cortes?«

»Natürlich trinken wir was, mein Freund. Aber vorher möchte ich eine Antwort von dir hören.«

Der Panopt streckte den Rücken durch und sah den im Vergleich zu ihm schmächtigen Cortes bärbeißig an. Doch der Humo hielt seinem Blick ungerührt stand. Das war nicht der kumpelhafte Cortes von gestern, sondern der beste Söldner der Verborgenen Stadt bei der Arbeit. Und der Panopt spürte das.

»Christophan, hast du sonst noch etwas aus der Schatztruhe verkauft?«

»Ja, habe ich, wenn du es unbedingt wissen willst.«

»Und was?«

»Irgendeinen Armreif.«

»Diesen hier?« Artjom legte die Zeichnung des Armreifs der Fate Mara auf den Tisch.

»Kann sein, wieso?«

»War es ganz sicher dieser hier?«, insistierte Artjom.

»Ja, der war's.«

»Wem hast du ihn verkauft?

»Irgendeinem Humo.«

»Einem Humo?«, wiederholte Cortes skeptisch und legte die Stirn in Falten. »Christophan, lass dir nicht einfallen, uns einen Bären aufzubinden. Wer hat ihn gekauft?«

»Das geht dich nichts an. Ich habe ihn verkauft und Punkt.«

»Du kannst mir nicht erzählen, dass du den Armreif irgendeinem dahergelaufenen Humo verkauft hast. Selbst wir beide haben dich kaum dazu überreden können, das Diadem herzugeben.«

»Kein Wunder, ich habe ja auch Kopf und Kragen dabei riskiert.«

»Du übertreibst. Deinem Kopf geht's jedenfalls bestens. Andere Köpfe könnten dagegen rollen, wenn du nicht mit der Wahrheit herausrückst.«

Der Panopt schwieg.

»Christophan!« Cortes' Stimme klang immer noch freundschaftlich, doch in seinen Augen glitzerten die ersten Eiskristalle. »Wir kennen uns schon lange, und du weißt, wie ich zu dir stehe.«

»Und?«

»Ich bin dein Freund.«

»Und?«

»Die Sache ist wirklich verdammt ernst, Christophan. In ein oder zwei Tagen werden sich die Herrscherhäuser damit befassen, und dann möchte ich nicht in deiner Haut stecken. Der Verstoß gegen die Standesregeln ist ein schweres Verbrechen. Du könntest Probleme bekommen.«

Der Panopt kämpfte mit sich und kaute an seinen Nägeln.

»Wem hast du den Armreif verkauft?«

»Ich habe ihn verschenkt.«

»Wem hast du ihn geschenkt?«

»Bogdan le Sta.«

»Warum hast du das getan?«

»Er hat mir das Leben gerettet«, antwortete der Panopt zögerlich. »Eine Schwarze Morjane hatte mich angegriffen.«

»Das ist ja interessant!« Cortes rückte näher. »Erzähl weiter.«

»Das war vor einiger Zeit im Ismailow-Park. Ich hatte mich in der *Eidechse* betrunken und wollte im Freien übernachten. Ich torkele also durch den Park auf der Suche nach einem Schlafplatz, da bricht plötzlich eine Morjane aus dem Unterholz. In Kampfmontur.« Christophan atmete tief durch. »Ich habe so einen Schrecken bekommen, dass ich auf einen Schlag wieder nüchtern wurde. Das war's, dachte ich mir, jetzt hat dein letztes Stündchen geschlagen. Das Monster kommt auf mich zu, und auf einmal taucht Bogdan auf.«

»Was hatte der denn im Park verloren?«

»Woher soll ich das wissen? Vielleicht hat er meditiert. Jedenfalls hat er die Morjane zu Boden geschleudert, und als sie wieder auf die Beine sprang, ein *Basiliskenauge* aktiviert. So sind wir davongekommen.«

»Hat er das Wandelwesen getötet?«

»Ja. Das hat er mir hinterher erzählt. Ich habe es nicht gesehen, weil ich mich in einem Gebüsch verkrochen hatte.«

Artjom hob zweifelnd die Brauen, sagte jedoch nichts. Christophan ignorierte die skeptische Geste.

»Ich hätte Bogdan mein letztes Hemd geschenkt, so dankbar war ich ihm. Und er hat mich eben gefragt, ob er den Armreif haben kann.«

»Verstehe.« Cortes schenkte dem Panopten Wodka ein und wartete, bis er ausgetrunken hatte. »Hast du ihn seither nochmal gesehen?«

»Nein.« Christophan stellte sein Glas auf den Tisch zurück und erhob sich. »Ich gehe jetzt, Cortes. Ich nehme an, dass du erfahren hast, was du wissen wolltest.«

»Ja.«

»Das war kein Gespräch unter Freunden.«

»Ich weiß, Christophan.« Der Söldner stand ebenfalls auf. »Ich denke, du wirst mir verzeihen, sobald du erfährst, was für eine Lawine du mit deinem großzügigen Geschenk losgetreten hast.«

»Mag sein.«

Christophan entfernte sich grußlos. Cortes sah der riesenhaften Gestalt des Panopten hinterher und setzte sich wieder.

»Dann hat Bogdan sich doch tatsächlich die Kontrolle über die Morjanen verschafft. Man sollte es nicht für möglich halten.«

»Was meinst du, wie viel ist der Armreif wert? Eine Million? Zehn Millionen? Wir könnten eine Auktion veranstalten.«

Cortes schüttelte den Kopf. »Wir können das Fell des Bären nicht verkaufen, bevor wir ihn erlegt haben. Für den Augenblick ist das Wichtigste, dass niemand etwas von der Sache erfährt. Wenn die Herrscherhäuser herausfinden, dass wir den Armreif suchen, bekommen wir Konkurrenz von den mächtigsten Magiern der Verborgenen Stadt. Würde dir das gefallen?«

»Nicht wirklich«, gab Artjom zu.

»Mir auch nicht. Also kein Wort davon zu niemandem!«

»Ich werde schweigen wie der Schlafende.«

»Dann ist es ja gut.«

Artjom kratzte sich am Nacken. »Ist dir übrigens die kleine Unstimmigkeit in Christophans Geschichte aufgefallen?«

»Ich wüsste nicht, welche.«

»Bogdan hat ihm doch gesagt, dass er die Morjane getötet hat. Das stimmt aber nicht.«

»Wie kommst du darauf?«

»Ich habe gestern eine Morjane getötet und schon heute stehen die Leute Schlange nach den Präparaten aus ihrem Gift. Bruder Lapsus hat mir beiläufig erzählt, dass der letzte Morjanenkopf vor einem Jahr ins Kloster gebracht wurde.«

»Bogdan ist im Gegensatz zu dir nicht auf das Geld angewiesen.«

»Das mag sein«, pflichtete Artjom bei. »Doch den toten Körper der Morjane hätte er trotzdem irgendwie beseitigen müssen. Ich würde darauf wetten, dass er sich nicht an den Entsorgungsservice gewandt hat.«

»Wieso bist du dir da so sicher?«

»Weil er das Wandelwesen nicht getötet hat.«

»Vielleicht mag er Tiere.«

»Warum hat er dann Christophan erzählt, dass er die Morjane getötet hat?«

»Damit der sich keine Sorgen mehr macht«, versetzte Cortes. »Worauf willst du eigentlich hinaus?«

»Nichts, nichts. Ich versuche nur, mir einen Reim auf das Ganze zu machen.«

»Artjom.« Cortes legte seinem Kompagnon gönnerhaft die Hand auf die Schulter. »Du solltest dir lieber über etwas anderes den Kopf zerbrechen.«

»Und worüber?«

»Über Bogdan.« Den verbindlichen Tonfall in Cortes' Stimme kannte Artjom bereits. Genauso hatte er gerade mit dem Panopten gesprochen. Und auch von Santiago kannte er diese gekünstelt weichgespülte Art, hinter der sich ein eisenharter Wille verbarg. »Wir müssen den Kriegskommandeur töten.«

»Ich weiß.«

»Ich möchte, dass du diesen Job übernimmst.«

Die beiden Männer sahen einander lange in die Augen.

Cortes' Beweggründe waren klar. Artjom gab sich redlich Mühe, ihm ein gleichwertiger Kompagnon zu sein, doch bislang hatte er sich erst zweimal in extremen Situationen bewähren müssen. Im einen Fall hatte er einen Kämpfer der Rothauben getötet, im anderen die Schwarze Morjane, und beide Male hatte er in Notwehr gehandelt. Nun stellte Cortes ihn auf die Probe. Er wollte herausfinden, ob Artjom auch in der Lage war, einen Auftragsmord zu begehen. Für Geld.

Artjom wusste, dass er auch Nein sagen konnte. In diesem Fall würde Cortes Bogdan eben selbst töten. Doch als gleichberechtigten, verlässlichen Partner würde er Artjom dann niemals akzeptieren. Es war Cortes' Erfolgsgeheimnis, dass er nur mit Leuten zusammenarbeitete, die bereit waren, mit ihm durchs Feuer zu gehen.

Artjom hielt sich noch einmal vor Augen, dass dieser Bogdan ein kaltblütiger Mörder war, der einer völlig unbeteiligten jungen Frau nach dem Leben trachtete. Dann atmete er tief durch und traf zum zweiten Mal im Leben eine wegweisende Entscheidung.

»Ich werde Bogdan töten.«

»Das wollte ich hören.«

Moskau, Bitza-Park
Samstag, 16. September, 14:08 Uhr

Das Mobiltelefon klingelte, als Bogdans bordeauxroter Lincoln gerade von der Profsojusnaja-Straße in den Autobahnring einbog und dort in östlicher Richtung weiterfuhr. Der Kriegskommandeur war auf dem Weg in den Bitza-Park und hatte es eilig.

»Bogdan? Hier ist Mitara.« Die Stimme der Schwarzen Morjane klang ruhig und sachlich. »Meine Mission in Olgas Wohnung ist gescheitert.«

»Was ist passiert?«

»Ein Söldner hat Olga bewacht. Ein Humo.«

»Hast du ihn erkannt?«

»Artjom.«

Das hatte er sich schon gedacht.

»Bist du in Ordnung?«

»Ja.«

»Vielen Dank für deine Hilfe.«

Schon wieder dieser verdammte Söldner!

Der Ritter legte auf und wollte das Telefon schon auf den Beifahrersitz werfen, als es abermals klingelte.

»Bogdan, hier ist Christophan.«

Der Anruf des Panopten kam einigermaßen überraschend.

»Was gibt's, mein Freund?«

»Es waren Söldner bei mir, Bogdan, und ich denke, du solltest das wissen.«

»Wer denn konkret?«

»Zwei Humos, Cortes und Artjom.« Christophan zögerte, bevor er nervös weitersprach. »Es tut mir leid, Bogdan, aber sie haben mich unter Druck gesetzt und ...«

»Nur keine Aufregung, mein Freund, was wollten sie denn von dir?«

»Bogdan, ich habe ihnen das mit dem Armreif erzählt.«

Dies war nun allerdings eine unerfreuliche Nachricht. Der Blick des Ritters gefror.

»Warum? Warum hast du das getan?«

»Sie wussten es ohnehin, Bogdan, ich schwör's dir. Ich ...«

Le Sta legte auf und hielt am Seitenstreifen an.

Nun also auch noch Cortes. Der beste Söldner der Verborgenen Stadt. Aber ein Humo, kein Magier. Er würde sich wohl kaum eigenmächtig in ein Spiel einmischen, von dem er überhaupt nichts verstand. Das bedeutete, dass ihn jemand eingeweiht und angeheuert hatte. Aber wer? Cortes arbeitete meist für den Dunklen Hof und genoss Santiagos Vertrauen. Die Nawen ihrerseits hatten durchaus die Neigung, ihre Nasen in fremde Angelegenheiten zu stecken, und es war nicht auszuschließen, dass sie von dem verbotenen Zauber Wind bekommen hatten ...

Ein verbotener Zauber! Bogdan schielte auf das Autoradio. Heute Vormittag hatte ein Ratsherr des Dunklen Hofs bei einer Pressekonferenz aus heiterem Himmel die Strafbarkeit verbotener Zauber betont. Die Nawen wussten also Bescheid! Das war ihre Chance, ihn, Bogdan, zu töten. Und nun machten sie Stimmung in der Öffentlichkeit, um danach gut dazustehen.

»Tod und Verrat säumen deinen Weg, Kriegskommandeur!!«, hatte das letzte Opfer ihm zugerufen. Konnte dieser Humo tatsächlich in die Zukunft sehen? Was nun?

Als ranghoher Kriegsmagier war le Sta es nicht gewohnt, sich in der Rolle des Gejagten wiederzufinden, und wusste nicht, wie er sich in einer solchen Situation verhalten musste.

Bogdan hatte sich niemals Gedanken darüber gemacht, warum er trotz seines enormen Wissens, seiner Erfahrung und seines überragenden Talents nicht Kriegsmeister des Herrscherhauses Tschud geworden war, sondern an seiner statt Franz de Geer. Aufgrund seines unerschütterlichen Vertrauens in die Urteilskraft des Großmagisters wäre er nie auf die Idee gekommen, diese Entscheidung zu hinterfragen. Ganz abgesehen davon hätte sich ein solches Aufbegehren mit der strengen hierarchischen Disziplin im Orden nicht vereinbaren lassen. Den Grund, warum die Entscheidung gegen ihn ausgefallen war, kannte Bogdan nicht: Der Großmagister hatte beobachtet, dass der Kriegskommandeur le Sta in kritischen Situationen zu übereilten und unbedachten Reaktionen neigte. Vor ein Problem gestellt, packte er viel zu schnell die Brechstange aus, anstatt sich jeden seiner Schritte genau zu überlegen. Aus eben diesem Grund hatte man nicht ihm den Posten des Kriegsmeisters anvertraut, sondern dem umsichtigeren Franz de Geer.

Was tun? Viel Zeit blieb ihm nicht mehr, denn Santiago war als gnadenloser Jäger bekannt. Andererseits – und bei diesem Gedanken lächelte er hoffnungsfroh – er brauchte auch nicht mehr viel Zeit. Der Kleine Kreis hatte sich bereits geschlossen und in wenigen Stunden würde das *Traumarkan* sich vollenden. Danach blühte ihm zwar ein Prozess, doch diesbezüglich machte er sich keine allzu großen Sorgen. Er musste also Zeit gewinnen, nur ein paar Stunden. Gewiss, in dieser Situation war er der Gejagte, doch er konnte sich wehren! Es galt, die Aufmerksamkeit des Jägers abzulenken!

Bogdan griff entschlossen zu seinem Mobiltelefon und tippte eine Nummer ein.

»Theodor?«

Der Ritter Theodor le Mans stand im Rang eines Usurpators und war Bogdans Stellvertreter in der Garde des Großmagisters.

»Ich habe Sie erkannt, Kommandeur.«

»Folgendes, Theodor: Ich stecke in Schwierigkeiten und benötige dringend Ihre Unterstützung.«

»Selbstverständlich, Kommandeur.«

»Santiago verfolgt mich.«

»Das ist illegal! Das bedeutet Krieg!«

In der Hierarchie der Kriegsmagier des Ordens standen die Usurpatoren auf einer relativ niedrigen Stufe. Sie zeichneten sich durch eine blindwütige Aggressivität aus, die sie extrem unberechenbar und gefährlich machte. Erst wenn sie lernten, sich unter Kontrolle zu halten, konnte man darüber nachdenken, sie in den nächsthöheren Rang zu erheben. Ihr brutales und destruktives Verhalten prädestinierte sie zu regelrechten Kriegsmaschinen. Damit sie in Friedenszeiten keinen allzu großen Schaden anrichteten, drillte man sie auf unbedingten Gehorsam gegenüber ihren Vorgesetzten.

»Kommandeur, ich werde unverzüglich den Kriegsmeister informieren!«

»Das ist nicht nötig, Theodor, ich habe keine Beweise. Santiago agiert verdeckt.«

Der Usurpator verfiel ins Grübeln: »Und was soll ich tun?«

Bogdan atmete tief durch und sagte in militärischem Befehlston: »Theodor le Mans, nehmen Sie sich drei Gardisten aus meinem Regiment, stellen Sie fest, wo der Kommissar des Dunklen Hofs sich aufhält, und leiten Sie Schritte zu seiner Neutralisierung ein.«

»Zu Befehl.«

Bogdan legte auf und gab Gas. Das Problem mit Santiago hatte er gelöst. Die Worte seines letzten Opfers gingen ihm dennoch nicht aus dem Kopf.

Konnte der junge Humo die Zukunft besser voraussagen als ein Kriegskommandeur? Historisch betrachtet gab es dafür kaum Argumente, denn Humos galten seit jeher als zaubereitechnische Dilettanten. Doch Bogdan wusste, dass zumindest einige von ihnen über ein gewisses magisches Potenzial verfügten. Man konnte schließlich nicht davon ausgehen, dass ein Volk in seiner Entwicklung einfach stehenblieb. Der Genpool veränderte sich durch Mutationen, zumal in Moskau, wo die Konzentration magischer Energie aufgrund der Quellen der Herrscherhäuser um ein Vielfaches höher war als im Rest der Welt. Zunächst tauchten wohl nur vereinzelt Naturtalente auf, die über autodidaktische Stümperei nicht hinauskamen. Doch es war nur eine Frage der Zeit, wann auch stärkere Zauberer auf den Plan treten würden.

Zum Beispiel Kara.

Der Lincoln bog in den Bitza-Park ein, und am verabredeten Weiher bemerkte le Sta sofort den schneeweißen Mercedes 500 CL. Gewöhnlich ließ Kara sich in einer Limousine durch die Stadt chauffieren, doch zu den Treffen mit dem Ritter kam sie stets allein und am Steuer eines luxuriösen Sportcoupés. Bogdan grunzte zufrieden: Diskretion war das höchste Gebot.

Kara. Obwohl er sie schon mehrfach getroffen hatte, blieb sie ihm nach wie vor ein Rätsel. Sie war eine Humo-Frau und trotzdem eine passable Zauberin – zumindest auf dem Niveau einer Fee des Grünen Hofs. Über die Verborgene Stadt zeigte sie sich glänzend informiert und war ihren Bewohnern gleichwohl gänzlich unbekannt. Noch vor wenigen Monaten hätte Bogdan diesen Umstand als verdächtig empfunden und unverzüglich Nachforschungen im Sinne des Herrscherhauses Tschud angestellt, doch nun verfolgte der Kriegskommandeur völlig andere Ziele.

Kara stand in einer kleinen Senke direkt am Ufer des Weihers und schaute aufs Wasser. Wie jedes Mal, wenn sie sich begegneten, genoss der Ritter für einige Augenblicke den Anblick dieser attraktiven Frau. Ein kurzes schwarzes Kleid spannte sich hauteng um ihre straffe Figur und ihr dichtes blondes Haar war diesmal zu einer hohen Frisur aufgetürmt.

Nachdem sie auf das Eintreffen des Ritters nicht reagierte, bemühte sich Bogdan selbst zu ihr hinunter.

»Du hast dich verspätet, Kommandeur.« Ihre tiefe Stimme klang angenehm, aber gleichzeitig kühl und gebieterisch.

»Das ließ sich nicht vermeiden.«

»Davon bin ich überzeugt.« Kara nahm ein Zigarettenetui aus ihrer Handtasche und zündete sich eine dünne Zigarette an. Sie wusste genau, dass Bogdan wie alle Bewohner der Verborgenen Stadt auf Zigarettenrauch allergisch reagierte, doch das schien sie wenig zu kümmern. »Hast du Probleme?«

Sie hatte ein hübsches Gesicht mit großen veilchenblauen Augen, einer kleinen Nase, vollen Lippen und schmalen Augenbrauenbögen. Schminke hatte sie nur sehr dezent aufgelegt, doch Bogdan mutmaßte, dass die Zauberin neben Humo-Kosmetik auch Mittel einsetzte, die gewöhnlichen Frauen nicht zugänglich waren. In ihrem für Humo-Maßstäbe nicht mehr ganz jungen Alter konnte man ihr das auch nicht verdenken.

»Hast du Probleme?«, wiederholte Kara, ohne vom Wasser aufzusehen.

»Ja.«

»Etwas Ernstes?«

»Ich komme zurecht.«

»Dann lass uns zur Sache kommen. Ich habe nicht viel Zeit.« Kara inhalierte noch einmal tief und warf die Kippe ins Wasser. »Ich habe meinen Teil unserer Abmachung erfüllt. Nun bist du an der Reihe.«

Bogdan erwiderte nichts.

»Ich gehe doch schwer davon aus, dass du dein Wort halten wirst.«

In ihrer Stimme schwang nicht der geringste Zweifel mit, und der Ritter bewunderte die Selbstsicherheit der Frau.

»Und wenn nicht?«

»Ich werde mich doch nicht in einem Kriegskommandeur getäuscht haben?«, sagte Kara spitz. »Die Ritter des Ordens stehen in dem Ruf, dass ihnen ihre Ehre wichtiger als ihr eigenes Leben ist.«

»Und wenn es nicht nur um ihr eigenes Leben geht?«

»Wenn du alles verlierst, bleibt dir immer noch deine Ehre. Wenn du jedoch deine Ehre verlierst, bleibt dir nichts«, zitierte Kara gelassen. »Das ist ein Humo-Spruch, aber ich denke du verstehst, was gemeint ist.«

Bogdan nickte. »Jemand versucht, mir in die Quere zu kommen.«

»Wer?«

»Söldner unter dem Kommando von Cortes beschützen die junge Frau, die als letztes Opfer vorgesehen ist.«

»Du lässt dich von Humos einschüchtern?«

»Hinter ihnen steht der Dunkle Hof.«

»Das ist doch sicher nur ein Verdacht.« Kara lächelte kühl. »Niemand weiß, dass du ein *Traumarkan* wirkst. Und selbst wenn es jemand wüsste, würde dir nichts passieren, solange es nicht abgeschlossen ist. Du stehst unter dem Schutz des Ordens. Würde man einem Magier deines Ranges grundlos nach dem Leben trachten, könnte das einen Krieg auslösen.«

»Santiago wird sich die Chance, einen Kriegskommandeur zu beseitigen, nicht entgehen lassen.«

»Selbst wenn du das Arkan zum Abschluss bringst, können die Nawen nicht viel mehr tun, als offiziell Anklage gegen dich zu erheben und dann die Reaktion des Ordens abzuwarten. Der Großmagister ist sicher nicht erpicht darauf, einen seiner Kriegskommandeure zu verlieren.« Kara löste den Blick endlich vom Wasser und richtete ihre veilchenblauen Augen auf den Ritter. »Ich wüsste nicht, aus welchem Grund du unsere Abmachung nicht einhalten solltest.«

Kara blieb völlig unbeirrt und ruhig. Sie wusste mehr über Bogdan, als der in seinen einhundertvier Lebensjahren selbst über sich herausgefunden hatte.

»Ich halte mich natürlich an unsere Abmachung«, erwiderte der Ritter würdevoll. »Ich werde niemals und niemandem verraten, woher ich weiß, wie das *Traumarkan* funktioniert, und …«

»Und …?« Kara lächelte erwartungsvoll.

Die Wangen des Kriegskommandeurs zuckten.

»Ich möchte dich um einen Gefallen bitten.«

»Ich höre.«

»Gib mir Deckung während des Arkans. Gib den Morjanen den Befehl, den Thron der Kraft zu bewachen.«

»Wo befindet er sich?«

»Auf den Sperlingsbergen. Heute um sechzehn Uhr.« Bogdan seufzte. »Ich kann nicht gleichzeitig das Arkan vollenden und mich verteidigen.«

»Gut.« Karas veilchenblaue Augen wirkten ehrlich. »Ich werde deine Bitte erfüllen.«

»Dann sind wir uns einig.«

Bogdan öffnete seine Tasche und übergab der Frau den massiven goldenen Armreif, der früher einmal der Fate Mara gehört hatte.

Buchhandlung von Genbek Hamzi
Moskau, Alter Arbat
Samstag, 16. September, 14:09 Uhr

Die Ladenglöckchen bimmelten, und die Tür ging auf, doch bevor Santiago eintreten konnte, musste er eine hochgewachsene Blondine vorbeilassen, die ihm mit verweinten Augen entgegenkam.

»Kommen Sie jederzeit wieder, Larissa. Der alte Genbek freut sich immer über Ihren Besuch.«

Die junge Frau drehte sich noch einmal um und nickte: »Auf Wiedersehen, Genbek, und vielen Dank!«

»Nichts zu danken!« Als der Schatyr den Kommissar erblickte, formten seine Gesichtsrunzeln ein erwartungsfrohes Lächeln. »Schön, Sie zu sehen, Santiago, haben Sie beschlossen, sich aufs Neue dem Bücherstudium zu widmen?«

»So weit kommt es noch, Genbek.« Der Kommissar sah der davonstöckelnden jungen Frau hinterher. »Laufkundschaft?«

»Sie hat versucht, mich zu bestehlen.«

»Was Sie nicht sagen«, wunderte sich der Kommissar und trat ein. »Sie hat doch nicht etwa eine Pistole gezogen?«

»Nein, sie hat es mit einem Trugbild versucht.«

»Unerhört«, entrüstete sich der Naw. »Die Leute haben einfach keine Achtung mehr vor dem Privateigentum.«

»Mir gibt etwas anderes zu denken«, erwiderte der philosophisch gestimmte Genbek. »Warum setzen die

Humos jede neue Errungenschaft sofort in böser Absicht ein? Kaum hatten sie das Pulver erfunden, schossen sie mit schwerer Artillerie um sich, und nach der Entdeckung der Kernspaltung fiel ihnen nichts Besseres ein, als Atombomben zu bauen. Es scheint ein Völkchen mit selbstmörderischen Neigungen zu sein.«

»Ganz im Gegenteil«, widersprach Santiago. »Die Humos haben einen zu stark ausgeprägten Selbsterhaltungstrieb. Sie sehen in allem und jedem eine Bedrohung und haben immer das Gefühl, zu kurz zu kommen. Diese unterschwelligen Ängste kanalisieren sie in einer übersteigerten Aggressivität und uferlosen Gier. Ich würde diese Verhaltensstörung als ganz gewöhnliche Paranoia interpretieren.« Der Kommissar wiegte nachdenklich den Kopf und fügte hinzu: »Wie sind Sie übrigens mit der jungen Dame verfahren?«

»Ich habe ihr die Visitenkarte einer Zaubereischule des Grünen Hofs gegeben, in der auch Humos aufgenommen werden«, antwortete Genbek achselzuckend. »Dort wird sich herausstellen, ob sie Talent hat.«

»Und wie haben Sie sie bestraft?«

»Gar nicht.«

»Genbek, ich erkenne Sie nicht wieder.«

Der Schatyr wunderte sich selbst darüber, dass er Larissa nicht wirklich böse sein konnte. Doch nun hielt er es für besser, seine sentimentale Anwandlung abzustreifen und seine Aufmerksamkeit auf das Geschäftliche zu konzentrieren.

»Was kann ich für Sie tun, Kommissar? Suchen Sie ein bestimmtes Buch?«

Santiago schüttelte den Kopf.

Genbeks Buchhandlung gehörte zum Geschäftsimperium der Handelsgilde, das die Verborgene Stadt wie ein Netzwerk durchzog, um die geldwerten Bedürfnisse seiner Bewohner lückenlos zu befriedigen. Die Schatyren konnten buchstäblich alles besorgen und innerhalb kürzester Zeit an einen beliebigen Ort liefern – allerdings erst nach Geldeingang. Bestellungen jeglicher Art konnten in allen Supermärkten und Geschäften der Handelsgilde getätigt werden, außerdem telefonisch oder per Internet. Die Schatyren scheuten keinen technischen Aufwand, um ihren Kunden ein komfortables Einkaufen zu ermöglichen.

Santiago zog es dennoch vor, sich in den Laden seines alten Bekannten Genbek Hamzi zu bemühen, um seine Bestellungen persönlich aufzugeben. Dies hatte den angenehmen Nebeneffekt, dass sie nicht in der Datenbank der Handelsgilde erfasst wurden.

»Also kein Buch«, seufzte der alte Mann enttäuscht und zog sein Notizbuch hervor. »Was darf es sonst sein?«

»Als Erstes benötige ich Papiere.« Santiago stützte sich mit dem Ellbogen auf den Ladentisch und fuhr nachdenklich mit dem Finger über die *Geschichte der Artefakte*, die immer noch dort lag. »Und zwar das volle Programm: Personalausweis, Führerschein, Sozialversicherungskarte ... Kurz und gut, ich brauche einen Humo auf dem Papier, Genbek, und kümmern Sie sich auch um eine Wohnung für ihn.«

»Möchten Sie eine Wohnung für ihn kaufen?«, erkundigte sich der Greis mit Dollarzeichen in den Augen.

»Mieten genügt«, entgegnete der sparsame Naw. »Er ist nicht aus Moskau.«

»Wann brauchen Sie die Papiere?«

»In einer, spätestens in zwei Stunden.«

»Hm ...« Genbek massierte seine Nasenspitze. »Das wird knapp, aber für Sie werden wir es möglich machen, Kommissar. Wie sieht es mit Foto und Namen aus?«

»Ein Foto?« Santiago richtete den Röntgenblick seiner schwarzen Augen auf Genbek. »Haben Sie ein Foto des Kriegskommandeurs Bogdan le Sta?«

»Finden wir in der Datenbank.«

»Dann stellen Sie die Papiere mit diesem Foto aus. Einen Namen können Sie sich selbst ausdenken.«

»Gut.«

Im Gesicht des alten Schatyren zuckte kein Muskel, obwohl ihm sofort klar war, was Santiago vorhatte: Er wollte den Tschuden beseitigen und seinen rothaarigen Kopf der Humo-Polizei unterschieben.

»Brauchen Sie sonst noch etwas?«

»Einen *Maikäfer* – wenn möglich einen Zweisitzer.«

»Maße?«

»Eins zu hundert.«

Der Schatyr zog die Brauen hoch. Nur ein Prozent der tatsächlichen Größe? Ungewöhnlich. Doch mit dem Kommissar zu diskutieren, wäre sinnlos gewesen.

»Wir liefern den *Maikäfer* dann zusammen mit den Papieren.«

Die großgewachsenen, rothaarigen Männer gingen schweigend nebeneinander her.

Sie trugen lange, schwarze Ledermäntel, schwarze Hosen und Schuhe mit glänzenden Schnallen. Mit diesem düsteren Outfit fielen sie auf. Aber nur im ersten Moment. Auf dem Alten Arbat war man an skurrile Gestalten gewöhnt. Und bei diesen hier konnte man sich ohnehin seinen Teil denken: Die pechschwarzen Sonnenbrillen (hinter denen sich die roten Augen der Usurpatoren verbargen) in Verbindung mit den schwarzen Klamotten ließen darauf schließen, dass sich die jungen Leute den Kultfilm *Matrix* etwas zu oft angesehen hatten. Die Passanten hoben kurz die Schultern und verloren dann jedes Interesse an den mutmaßlichen Fans von Neo und Morpheus.

Die Gardisten näherten sich bereits der Buchhandlung von Genbek Hamzi und sprachen immer noch nichts. Wozu auch? Theodor le Mans hatte sie bereits im Wagen instruiert. Das Ziel der Aktion, der Kommissar des Dunklen Hofs, befand sich im Buchladen. Der Job bestand darin, ihm auf Gardistenart zu verklickern, dass es nicht gesund war, einen Kriegskommandeur zu verfolgen. Sie waren zu viert gegen einen – eine lösbare Aufgabe.

»Ich glaube, dann habe ich alles«, sagte Santiago und legte seine T-Grad-Com-Karte auf den Ladentisch. »Ich erwarte dann in zwei Stunden Ihren Boten.«

»Sie können sich auf uns verlassen«, versicherte Genbek und klappte sein Notizbuch zu. »Darf ich Ihnen vielleicht einen Kaffee anbieten?«

»Vielen Dank, aber ich bin leider in Eile. Warten Sie ...«

Die tief in den Höhlen sitzenden schwarzen Augen des Kommissars verengten sich plötzlich zu schmalen Schlitzen.

Hier stimmte etwas nicht.

Santiago witterte die herannahende Gefahr. Er konnte noch nicht sagen, wer, doch er spürte genau, dass sich ihm jemand näherte, der durchaus keine freundschaftlichen Absichten verfolgte.

Der Kommissar wandte sich an den Buchhändler: »Mein lieber Genbek, bitte gehen Sie in Deckung.«

Der alte Mann war perplex, denn er verfügte nicht über Santiagos feines Gespür. Andererseits war der Kommissar nicht dafür bekannt, alberne Scherze zu machen. Es schien also ratsam, seinem Ratschlag Folge zu leisten. Doch zu spät: Als sich Genbek gerade hinter den Ladentisch ducken wollte, bimmelten die Glöckchen, und die Tschuden stürmten herein.

»Gehen Sie endlich in Deckung, Genbek«, wiederholte Santiago im Flüsterton.

Einer der vier Ritter schlug die Tür zu, verriegelte sie von innen und drehte das Schildchen mit der Aufschrift »Geschlossen« nach außen. Der Naw und der Schatyr standen den Tschuden nun Auge in Auge gegenüber.

»Kann ich etwas für Sie tun, meine Herren?«, erkundigte sich Genbek.

»Du nicht, du jämmerliche Krämerseele!«, trompetete einer der Usurpatoren.

Der alte Mann zog es vor, diesen Disput nicht fortzusetzen und tauchte hinter dem Ladentisch ab.

Santiago fackelte nicht lange. Er duckte sich, vollführte eine flinke Drehung und richtete den ausgestreckten linken Arm auf den zunächst stehenden Gegner. Einen Wimpernschlag später schlug der Blitz eines *Elfenpfeils* im Gesicht des Ritters ein und tötete ihn augenblicklich. Als sein Körper scheppernd gegen die Tür krachte, bohrte sich bereits die schwarze Klinge eines Nawenmesser in das Auge des zweiten Gardisten. Santiago packte den Strauchelnden geistesgegenwärtig an seinem roten Schopf und hielt ihn sich als Schutzschild vor den Körper – im letzten Moment, denn schon fraß sich der Feuerstrahl einer *Drachenbrise*, die eigentlich für den Kommissar gedacht war, in die Brust des leblosen Usurpators. Verirrte Flammen züngelten in die Regale und steckten einige der Bücher in Brand. Um ein größeres Feuer zu verhindern, verließ Genbek seine sichere Deckung und versuchte verzweifelt, seine Schätze zu löschen.

Man kann nicht behaupten, dass die Tschuden chancenlos gewesen wären. Die Usurpatoren waren hervorragend ausgebildet und wussten durchaus mit Kampfzaubern umzugehen. Doch ihr ungestümes Temperament wurde ihnen zum Verhängnis. Während sie völlig unkoordiniert und kopflos angriffen, verteidigte sich der Kommissar klug und reaktionsschnell.

Der dritte Ritter fiel seinem eigenen *Kugelblitz* zum Opfer. Der Usurpator hatte nicht mitbekommen, dass ihm Santiago ein *Fischernetz* übergeworfen hatte, und als er versuchte, den *Kugelblitz* abzufeuern, explodierte er in seinen Händen. Das *Fischernetz* verhinderte den Abfluss von Energie aus dem abgedeckten Raum. Santiago nutzte die Verwirrung nach der Detonation und beförderte den letzten Ritter, Theodor le Mans, mit einem gezielten Messerstich in die Schulter zu Boden.

Der Kampf war zu Ende. Durch den Verkaufsraum waberte Qualm, und Genbeks entsetzter Blick wanderte über die verkohlten Bücherrücken.

Santiago rückte seine Krawatte zurecht und kniete sich neben Theodor hin: »Wie geht's der Schulter, Ritter?«

Dem Usurpator hatte es die Sprache verschlagen.

»Wenn Sie erlauben …« Der Kommissar zog die Hand des Tschuden von der blutigen Schulter und untersuchte die Wunde. »Das wird schon wieder, Ritter. Genbek wird Ihnen einen Verband anlegen.« Santiago wischte sich mit einem Taschentuch das Blut von den Fingern ab. »In zwei Stunden sind Sie wieder einsatzfähig.«

»Sie werden mich nicht töten?«

»Nein. Sie werden bei Franz de Geer vorsprechen und ihm von diesem Vorfall berichten. Wenn er es für nötig hält, wird er Sie selbst bestrafen.«

»Jawohl, Kommissar«, nickte le Mans konsterniert.

»Und richten Sie dem Kriegsmeister bei dieser Gelegenheit aus, dass ich ihn umgehend in der *Rennsemmel* erwarte.«

»Jawohl, Kommissar.«

Santiago stand auf und wandte sich an den Buchhändler.

»Sie denken doch an meine Bestellung, Genbek?«

»Selbstverständlich, Kommissar.« Der Schatyr sah sich bekümmert in seinem verwüsteten Laden um. »Ich bin ruiniert! Sehen Sie nur, was die *Drachenbrise* angerichtet hat.«

»Schicken Sie die Rechnung doch unserem Freund, dem Usurpator«, empfahl Santiago.

»Worauf Sie sich verlassen können«, ereiferte sich der Schatyr und fügte milde hinzu: »Vielen Dank auch für ihre Rücksichtnahme, Kommissar. Dass Sie einen der Angreifer am Leben gelassen haben, macht es mir erheblich leichter, den Schaden geltend zu machen.«

»Gern geschehen«, lächelte Santiago. »Schließlich muss ich doch an das Wohl aller Angehörigen des Dunklen Hofs denken.« Er öffnete die Tür, wandte sich jedoch noch einmal um. »Auf Wiedersehen, Ritter, und vergessen Sie nicht, was ich Ihnen aufgetragen habe.«

Nachdem auch der frisch verbundene Usurpator den Buchladen verlassen hatte, griff der Schatyr unverzüglich zum Telefon.

»Hallo, Bidjar? Hier ist Genbek.«

»Was gibt's?«

»Mein Sohn, du musst sofort die Konten des Kriegskommandeurs Bogdan le Sta überprüfen«, verfügte der Greis in einem Ton, der keinen Widerspruch duldete. »Sperre unverzüglich seine Kreditkarten, und falls er der Handelsgilde Geld schulden sollte, nimm Kontakt zu seiner Bank auf wegen der Rückzahlung.«

»Haben Sie etwas erfahren, Vater?«, erkundigte sich Bidjar. »Was ist denn passiert?«

»Tu, was ich dir gesagt habe, und rede mit niemandem ein Wort darüber. Bring zuerst unser Geld in Sicherheit, danach erzähle ich dir alles.«

Moskauer Polizeipräsidium
Moskau, Petrowka-Straße
Samstag, 16. September, 14:11 Uhr

Als Kapitän Schustow ins Präsidium zurückkam, saß Kornilow allein im Büro. Durchs weit aufgerissene Fenster drang der Verkehrslärm von der Straße herein, und Zigarettenqualm zog in blaugrauen Schwaden durch den Raum. Andrej hatte sich in Akten vertieft und klopfte die Asche seiner Zigarette in eine leere Bierdose, die neben dem überquellenden und stinkenden Aschenbecher auf dem Schreibtisch stand. Der Nichtraucher Sergej begab sich wortlos zu seinem Schreibtisch, legte dort einen Stapel mit Unterlagen ab, schaltete den Ventilator ein und zog ein Taschentuch hervor.

»Was für eine Hitze!«

»Rioni wurde ermordet«, verkündete Andrej, ohne von seinen Akten aufzusehen.

»Holla!« Sergej erstarrte mit dem Taschentuch auf der schweißgebadeten Stirn. »Von wem?«

»Von unserem Irren.«

»Ach was!« Schustow setzte sich Kornilow gegenüber. »Und die Hand hat er ihm auch abgehackt?«

»Ja.«

»Und ihm ein Brandmal verpasst?«

»Ja. Er hat wieder alle Register gezogen.«

»Und Rionis Leibwächter haben zugeschaut?« Sergej konnte es immer noch nicht fassen. »Für ihn arbeitet doch Schtscherbakow, ein Ex-KGBler.«

»Niemand hat etwas mitbekommen«, erwiderte Andrej. »Wie üblich.«

»Wissen Rionis Leute von dem Irren?«

»Möglich. Aber solange der Täter nicht überführt ist, werden sie sich mit dieser Version nicht abspeisen lassen.«

Sergej wedelte mit der Hand: »Auweh, das gibt Krieg.«

»Keine Sorge, das werden wir verhindern.« Kornilow sah seinen Stellvertreter erwartungsvoll an. »Was hast du über Serebrjanz herausgefunden?«

»Über Serebrjanz ...« Schustow blies seine dicken Backen auf und wischte sich abermals die Stirn trocken. »Lew Moisejewitsch Serebrjanz. Gebürtiger Moskauer. Zweiundfünfzig Jahre alt, ledig, genauer gesagt geschieden – seine Frau hat ihn vor zwölf Jahren verlassen –, keine Kinder.«

»Ist er tatsächlich Professor?«

»Ja. Er hat Geschichte studiert, ist danach am Lehrstuhl geblieben, hat seinen Doktor gemacht und dann eine Professur angenommen – im Prinzip eine erfolgreiche Universitätskarriere.«

»Warum hat ihn dann seine Frau verlassen?«, erkundigte sich Kornilow schmunzelnd.

Der Major drückte seine Zigarette aus und zündete sich sofort die nächste an. Sergej sah ihn missbilligend an, verkniff sich jedoch jeden Kommentar. Er hatte sich längst damit abgefunden, dass sein Chef ein notorischer Kettenraucher war.

»Vor fünfzehn Jahren hat Lew Moisejewitsch Serebrjanz die Fachwelt mit einer äußerst umstrittenen

Theorie verblüfft. Er behauptete allen Ernstes, dass die Menschen nicht die einzigen vernunftbegabten Wesen auf der Erde seien. Dabei dachte er jedoch nicht etwa an kluge Affen oder Delfine, sondern an mächtige Zivilisationen aus vormenschlicher Zeit, deren Nachkommen angeblich in unserer Welt leben. Ich habe mit einem alten Freund von Serebrjanz telefoniert, der wäre, wenn nötig, bereit, uns mehr über diese Theorie zu erzählen.«

»Haben seine Kollegen ihn ausgelacht?«

»Logisch«, bestätigte Sergej. »Zunächst hielt man seine Theorie für einen dummen Scherz, doch Serebrjanz verteidigte seine Hypothesen so starrköpfig, dass er sich schließlich mit der gesamten Fachwelt zerstritt. Das bedeutete das Aus für seine Karriere, und es wurde sogar erwogen, ihm seinen akademischen Titel abzuerkennen. Lew Moisejewitsch verließ die Universität und versuchte sich als Freiberufler. Er organisierte Vorträge und Seminare, in denen er seine Theorien propagierte. Zu Anfang hatte er auch Erfolg damit – Ende der achtziger Jahre waren die Leute noch empfänglich für solche Märchen. Du kannst dich sicher daran erinnern: Hellseher, UFOs, Atlantis, Yetis und all dieser Kram – so was war damals in. Doch mit der Zeit verloren die Leute das Interesse an Serebrjanz, er verlor seine Zuhörerschaft, und inzwischen ist seine Missionarstätigkeit so gut wie beendet. In den letzten zwei Jahren hat er nur eine einzige Vortragsreihe gegeben, der Titel lautete ...« Schustow streckte sich zu seinem Schreibtisch und zog ein Blatt Papier aus dem Stapel. »Hier: *Recht auf Leben* war der Titel und das Thema wieder dasselbe: die Existenz nicht-menschlicher, vernunftbegabter Wesen auf der Erde.«

Kornilow nickte nachdenklich: »Hat er denn irgendwelche Beweise für seine Theorie vorgebracht?«

»Keine stichhaltigen«, antwortete der Kapitän und sah seinen Chef verwundert an.

»Und was macht Serebrjanz jetzt?«

»Gelegentlich schreibt er Artikel in Esoterikzeitschriften. Ansonsten lebt er von seinen Ersparnissen, wettert in Leserbriefen gegen die Ignoranz der Menschheit und hofft darauf, dass ihm irgendwann einmal jemand glaubt.«

Im Prinzip war das die nicht ganz ungewöhnliche Geschichte eines verblendeten Eiferers.

»Der Prophet im eigenen Land ist nichts wert«, resümierte der Major. »Vielen Dank, Sergej.«

»Gern geschehen.« Der dicke Kapitän legte den Kopf schief und zwinkerte verschmitzt. »Willst du mir nicht verraten, warum dich dieser Serebrjanz interessiert?«

»Heute Morgen gab es in der Jablotschkow-Straße einen dubiosen Vorfall – Mord oder Vandalismus –, die Sache ist nicht so ganz klar, jedenfalls blickten die Kollegen von der Inspektion dort nicht durch und haben mich gerufen«, erläuterte der Major betont sachlich. »Serebrjanz war Zeuge dieses Vorfalls, doch er hat sich äußerst merkwürdig benommen. Deshalb schien es mir ratsam, ihn genauer unter die Lupe zu nehmen. Ich hatte den Eindruck, dass er sich absichtlich dumm stellt, aber anscheinend ist er tatsächlich nicht ganz richtig im Kopf.«

»Ist das wirklich der einzige Grund?«, hakte Sergej nach, und das spitzbübische Grinsen stand immer noch in seinem Gesicht.

»Wieso?« Kornilow zog misstrauisch die Brauen hoch.

Schustows Gesichtsausdruck wurde ernst: »Ich habe mit einem meiner Informanten telefoniert. Serebrjanz hat sich heute Mittag mit Edik getroffen. In dessen Büro.«

»Oha!« Diese Nachricht schlug bei Andrej ein wie eine Bombe.

»Du wusstest nicht, dass sie sich kennen?«

»Ich hatte keinen Schimmer!« Kornilow versank förmlich in seinem Stuhl. »Was könnten die beiden miteinander zu tun haben?«

»Lass uns zusammen darüber nachdenken«, schlug Schustow vor.

Andrej schüttelte den Kopf: »Nicht jetzt.«

»Wie du meinst«, gab Sergej ein wenig beleidigt zurück. »Übrigens, erinnerst du dich, wir hatten dir doch von dieser Tussi im Café *Verona* erzählt, und du wolltest wissen, ob sie zu Ediks Umfeld gehört.«

»Natürlich erinnere ich mich daran. Und?«

»Die beiden kennen sich tatsächlich.«

»Was hast du über diese Frau erfahren?«

»Leider sehr wenig. Sie ist erst vor kurzem in Ediks Dunstkreis aufgetaucht, aber es sieht so aus, als hätte sie großen Einfluss auf ihn. Sie benimmt sich auffallend ungezwungen und souverän in seiner Gegenwart.«

»Wie schätzen Ediks Leute sie ein?«

»Mein Informant hat gesagt, dass im Grunde niemand etwas über sie weiß, aber fragen traut sich auch keiner. Sie redet angeblich nur mit Edik und Chamberlain.«

»Die tut aber wichtig.«

»Das kannst du laut sagen.«

»Wie heißt sie?«

»Kara.«

»Einfach nur Kara?«

»Einfach nur Kara.«

»Und wo wohnt einfach nur Kara?«

»Keine Ahnung«, seufzte Sergej. »Soll ich versuchen, es herauszufinden?«

»Lass mal, ich weiß noch nicht«, bremste der Major. »Ich muss mir das alles erst mal durch den Kopf gehen lassen.«

Schustow stand auf, grummelte etwas Unverständliches vor sich hin und verzog sich zu seinem Schreibtisch. Kornilow sah dem breiten Rücken seines Stellvertreters nach und zündete sich die dritte Zigarette hintereinander an. Nun war genau das eingetreten, was er befürchtet hatte, seit er von der Verborgenen Stadt erfahren hatte: Eine Hexe – und offenbar keine von der harmlosen Sorte – steckte unter einer Decke mit den Gangstern.

Moskau, Alter Arbat
Samstag, 16. September, 14:14 Uhr

Nachdem sie Genbeks Buchhandlung verlassen hatte, trottete Larissa noch lange ziellos über den Arbat und versuchte, ihre Gedanken zu ordnen. Die jüngsten Ereignisse waren keineswegs spurlos an der jungen Frau vorübergegangen.

Äußerlich schien alles wie immer. Auf der berühmten Moskauer Flaniermeile herrschte das übliche Gedränge: Porträtkünstler mit ihren Staffeleien, Fotografen mit Affen oder Schlangen und Souvenirhändler hinter Bergen von Sowjetplunder und Matrjoschkas spähten mit geschultem Blick nach potenziellen Kunden aus. Dazwischen kämpften Hotdog-Verkäufer einen aussichtslosen Kampf gegen die Konkurrenz des am Ende der Straße errichteten McDonalds. An einer Litfaßsäule warben bunte Plakate für ein Konzert alternder Rockmusiker, die sich bei ihren westlichen Kollegen die Inspiration für ein neues Album geholt hatten. Wie zuvor tauchte die warme Herbstsonne das muntere Treiben auf dem Arbat in ein freundliches Licht. Die Welt, die Larissa umgab, hatte sich nicht verändert.

Dennoch war für die junge Frau in diesem Moment nichts mehr so wie zuvor, denn sie hatte soeben eine Entdeckung gemacht, die ihr Weltbild dramatisch veränderte: Magie gab es tatsächlich! Und sie, Larissa, war weder aus der Art geschlagen noch verrückt, sondern eine Zauberin!

An der Zoi-Mauer spielten Mexikaner auf. In ihren

ultrabreiten Sombreros und roten Ponchos gaben sie eine temperamentvolle Version von »La Bamba« zum Besten. Larissa blieb stehen.

Ich bin eine Zauberin! Eine Hexe! Im Moment noch eine Anfängerin – gewiss, doch das würde sich ändern.

Für die Zukunft hatte die junge Frau ein klares Bild von sich vor Augen. Sie sah sich als souveräne, allmächtige und allwissende Zauberin, die den Lauf der Dinge nach ihrem Gutdünken verändert.

Larissa warf ein paar Münzen in den geöffneten Gitarrenkoffer und ging in Richtung des Restaurants *Praga* weiter, genauer gesagt in Richtung der Metro-Station *Arbatskaja*. Sie hatte beschlossen, unverzüglich zu der Zaubereischule zu fahren, deren Adresse ihr der alte Genbek gegeben hatte.

KAPITEL ZEHN

»Glatzenalarm im Gorki-Park! Am gestrigen Abend ereignete sich in einer der Alleen des Parks eine heftige Schlägerei. Eine herbeigeeilte Polizeistreife nahm sechs junge Männer fest, die nach unseren Informationen der Skinhead-Szene angehören ...«

DIE STREIFE

»Mordanschlag auf den Kommissar des Dunklen Hofs! Wie wir soeben erfuhren, haben heute Nachmittag vier Usurpatoren versucht, Santiago zu töten. Zum Zeitpunkt des Anschlags befand sich der Kommissar in Genbeks Buchhandlung am Arbat. Der einzige überlebende Angreifer ist in die Burg geflüchtet. Der Pressesprecher des Herrscherhauses Tschud hat den Vorfall bereits bedauert und sprach von einem Missverständnis. Die Buchhandlung von Genbek Hamzi ist eine der ältesten in der Verborgenen Stadt und verfügt über eine beeindruckende Büchersammlung, die für die Bibliotheken der Herrscherhäuser eine echte Konkurrenz darstellt. Zu den Kunden des Geschäfts gehören etliche bedeutende Magier der Verborgenen Stadt ...«

T-GRAD-COM

Die Burg, Hauptquartier des Herrscherhauses Tschud
Moskau, Wernadski-Prospekt
Samstag, 16. September, 14:15 Uhr

»Ich hoffe sehr, dass du eine plausible Erklärung für diesen Vorfall hast, Franz.«

Die eisige Kälte, die aus Leonard de Saint-Carrés Stimme drang, hätte einem Polarsturm zur Ehre gereicht. Der Großmagister des Herrscherhauses Tschud hatte den Kriegsmeister Franz de Geer in sein Kabinett zitiert. Der großzügige, prunkvoll eingerichtete Raum grenzte direkt an den Thronsaal und war mit samtbezogenen Polstersesseln bestückt. Doch der Gebieter des Ordens dachte überhaupt nicht daran, dem Kapitän seiner Garde eine der bequemen Sitzgelegenheiten anzubieten. Der Blick des alten Mannes durchbohrte den Kriegsmeister und seine faltigen Hände umkrallten zornig die vergoldeten Armlehnen seines Sessels.

»Ich möchte wissen, was hier gespielt wird, Franz! Warum haben unsere Ritter Santiago überfallen?«

»Sie haben im Auftrag von Bogdan le Sta gehandelt.«

»Aha. Ist der neuerdings Kapitän der Garde?!«, donnerte der Großmagister wütend.

Franz de Geer senkte den Blick.

»Hast du deine Untergebenen unter Kontrolle oder nicht? Wir haben drei Usurpatoren verloren, Kapitän! Drei Kriegsmagier an einem Tag! Warum hat le Sta Santiago diese Grünschnäbel an den Hals gehetzt? Was hat sich dieser Idiot dabei gedacht?«

»Ich glaube ...«

»Du glaubst?!!«, polterte de Saint-Carré. »Es kümmert mich einen feuchten Kehricht, was du glaubst! Ich habe soeben einen Anruf aus dem Dunklen Hof erhalten, was meinst du, haben sie protestiert?«

Der Kapitän der Garde blickte verschämt auf den kleinen Rubin an seinem linken kleinen Finger. Der Gardistenring war der einzige Schmuck, den er sich leistete.

»Haben sie nicht, wenn du es wissen willst! Sie haben ihre Verwunderung zum Ausdruck gebracht. Ihre Ver-wund-de-rung!!! Sie ließen ausrichten, dass der Kommissar nicht den Anschlag an sich als Beleidigung empfindet, sondern das zweitklassige Personal, das wir geschickt hätten, um ihn zu liquidieren. Der Pressesprecher des Dunklen Hofs hat gegrunzt wie ein Schwein, als er versuchte, sich das Lachen zu verkneifen!« De Saint-Carré schlug mit der Faust auf den Tisch. »Wo ist Bogdan le Sta?!«

»Der Kriegskommandeur hat den Gardestandort vorübergehend verlassen«, antwortete Franz, der zur Abwechslung auf seine Schuhe starrte. »Er ist nicht in der Burg.«

»Wo ist er dann?« Der Großmagister hatte ordentlich Dampf abgelassen und beruhigte sich allmählich. »Was geht hier überhaupt vor?«

Der Kapitän seufzte und beschloss, mit der Wahrheit nicht länger hinter dem Berg zu halten.

»Bogdan wirkt einen verbotenen Zauber.«

Während der Sinn dieses Satzes allmählich ins Bewusstsein des Großmagisters durchsickerte, spiegelte sich auf seinem Gesicht ein ganzer Reigen von Emotionen: zunächst ungläubiges Staunen, dann Fassungslosigkeit, Wut, Zorn und zuletzt tiefe Resignation. De Saint-Carré sank in sich zusammen und stützte den Kopf in die Hände. Vor dem strammstehenden Kriegsmeister saß ein gewöhnlicher, ergrauter alter Mann, an dessen linkem Auge ein einsames Äderchen zuckte. Franz wäre am liebsten im Boden versunken. Hätte der Großmagister doch weitergebrüllt!

Stattdessen wurde er käseweiß im Gesicht und erkundigte sich tonlos: »Was für einen Zauber?«

»Offenbar ein *Traumarkan.*«

Der Greis schüttelte den Kopf: »Hat es schon Opfer gegeben?«

»Aller Wahrscheinlichkeit nach, ja. Unsere Analytiker prüfen das gerade. Bald bekommen wir genauere Informationen und ...«

»Erzähl mir keine Geschichten«, winkte de Saint-Carré ab. »Tötet er Humos?«

»Ja.«

»Die anderen Herrscherhäuser werden uns die Hölle heißmachen.« Der Großmagister seufzte. »Was hat Santiago damit zu tun?«

»Wahrscheinlich versucht er, den Vollzug des Arkans zu verhindern. Bogdan hat Theodor le Mans mitgeteilt, dass der Kommissar ihn verfolgt, und ...«

»Und die Usurpatoren sind ihm brav zu Hilfe geeilt«, setzte de Saint-Carré für seinen Kriegsmeister fort.

Franz presste die Lippen zusammen und rang armrudernd um Worte.

»Warum hat uns Santiago nicht darauf aufmerksam

gemacht, dass ein Magier des Ordens ein verbotenes Arkan wirkt?«, fragte der Großmagister.

»Vielleicht hat er überhaupt kein Interesse daran, dass wir dem Kriegskommandeur Einhalt gebieten?«

Der Großmagister zog nachdenklich die Brauen hoch und bedachte de Geer mit einem flüchtigen Blick.

»Woher weiß Bogdan, wie das *Traumarkan* funktioniert?«

»Keine Ahnung.«

»Hast du mit dem Bibliotheksmeister gesprochen?«

»Das war das Erste, was ich gemacht habe, nachdem ich von der unangenehmen Sache erfahren hatte. Wir haben gemeinsam den geschlossenen Teil der Bibliothek kontrolliert. Alle Siegel sind unversehrt. Das Buch der verbotenen Zauber wurde seit zweihundert Jahren nicht mehr geöffnet.«

»Dann lass Bogdans Wohnung durchsuchen, sein Büro in der Burg und sein Landhaus«, verfügte de Saint-Carré. »Wir müssen unbedingt herausbekommen, woher er die Informationen über das verbotene Arkan hat, bevor uns die anderen Herrscherhäuser danach fragen.«

»Diese Maßnahmen habe ich bereits in die Wege geleitet.«

»Sprich mit allen, die in letzter Zeit Kontakt zu Bogdan hatten. Ich will wissen, warum er diese irrsinnige Aktion angezettelt hat. Worüber war er unzufrieden? Woran hat es ihm gefehlt? Was hat den Kriegskommandeur dazu veranlasst, sich auf ein so schweres Verbrechen einzulassen?«

»Ich bin sicher, dass er einen triftigen Grund dazu

hatte«, sagte Franz im Brustton der Überzeugung und schaute dem Großmagister dabei zum ersten Mal direkt in die Augen. »Der Kriegskommandeur le Sta ist hundertprozentig loyal.«

»Das ist mir schon klar«, erwiderte der alte Mann mit derselben Bestimmtheit wie de Geer. »Deshalb lasse ich Bogdan auch nicht töten, sondern versuche herauszufinden, was ihn umtreibt.«

»Werden wir also einfach abwarten?«

»Wieso, was schlägst du denn vor?«

»Mein Gebieter, ähm ... Bogdan ... Er ...« Franz schluckte und überwand sich: »Könnten wir ihm nicht helfen?«

»Das haben doch schon die Usurpatoren versucht.«

»Ich spreche natürlich von einer wirklichen Hilfe. Meine Wenigkeit und die anderen Kriegskommandeure könnten ihm doch gegen Santiago beistehen.«

Leornard de Saint-Carré schüttelte den Kopf: »Wenn wir Bogdan unterstützen und er das verbotene Arkan vollendet, werden die anderen Herrscherhäuser einen Prozess gegen ihn fordern.«

»Und seinen Tod.«

»Das ist nun mal die Strafe, die in der Konvention von Kitai-Gorod vorgesehen ist«, konstatierte der Großmagister. »Wir würden natürlich Protest einlegen und die Ermittlungen verschleppen. Wahrscheinlich gelänge es uns sogar durchzusetzen, dass die Todesstrafe für Bogdan in eine mildere Strafe umgewandelt wird, zum Beispiel in ein zehnjähriges Magieverbot.«

»Demnach könnten wir Bogdan also retten, wenn er den verbotenen Zauber vollendet?«

»Möglicherweise.«

»Und jetzt?«

»Was jetzt?«

»Könnten wir ihm nicht auch jetzt helfen? Bogdan hat das verbotene Arkan doch noch gar nicht vollendet. Das bedeutet doch, dass Santiagos Intervention eine Aggression gegen den Orden darstellt! Niemand kann uns einen Strick daraus drehen, wenn ...«

»Gefühle, mein lieber Franz«, versetzte der Großmagister mit Nachdruck, »sind ein miserabler Ratgeber, wenn es darum geht, kluge Entscheidungen zu treffen. Ich weiß, dass Bogdan dein bester Freund ist und du bereit wärest, für ihn durchs Feuer zu gehen. Doch wenn wir ihn jetzt verteidigen, wird man uns der Beihilfe zu einem Verbrechen bezichtigen. Ich habe nicht vor, wegen der Wahnsinnstat eines Kriegskommandeurs einen Krieg mit den anderen Herrscherhäusern zu riskieren.«

»Santiago wird sich nicht damit zufriedengeben, das Verbrechen zu verhindern«, orakelte de Geer finster. »Er wird die Situation ausnützen, um Bogdan zu töten.«

»Dann könnten wir eine Erklärung verlangen und unsererseits den Tod des Kommissars fordern, allerdings ...«

»Dazu ist Santiago viel zu gerissen«, erriet Franz den Gedanken des Großmagisters. »Er wird uns keinen Anlass geben, ihn des Mordes an einem Kriegskommandeur zu beschuldigen.«

»Völlig richtig.«

Der Kapitän der Garde senkte den Kopf. »Dann bleibt Bogdan also auf sich allein gestellt?«

Leonard de Saint-Carré schwieg. Der Blick des Kriegsmeisters fiel abermals auf seinen linken kleinen Finger, wo der blutrote Rubin seines Gardistenrings unheilvoll funkelte.

Südliches Fort, Hauptquartier der Rothauben
Moskau, Butowo
Samstag, 16. September, 14:41 Uhr

»Du wartest hier auf mich und nachher fahren wir in die Innenstadt«, verfügte Cortes, während er einige Geldscheine abzählte.

»Hast du zu viel Geld oder was?«

»Ich habe einfach keine Lust, mir zehnmal am Tag ein Taxi zu suchen.«

»Das ist aber eine teure Angewohnheit.«

»Vor allem ist es bequem.«

Der gelbe Wolga des Taxifahrers stand in einem Straßenzug des Stadtbezirks Butowo gegenüber einem schweren Eisentor, das zu einem großen Gebäudekomplex gehörte. Dieser bestand aus rötlichen Ziegelbauten, die in der Form eines unregelmäßigen Vierecks angeordnet waren, einem Innenhof und einem Hochhaus in der Mitte. Der Komplex nannte sich Südliches Fort und war das Hauptquartier der Rothauben.

Säbel, der Anführer dieser kleinen Sippe, die zum Herrscherhaus Lud gehörte, hatte Cortes kurz nach dessen Aufenthalt im *Depresso* angerufen und um ein Treffen gebeten. Das Anliegen kam überraschend und zur

Unzeit, doch Säbel hatte so lange auf den Söldner eingeredet, bis dieser sich schließlich bereiterklärte, nach Butowo zu fahren.

»Brauchst du lange?«, erkundigte sich der Taxifahrer.

»Das kann dir doch egal sein«, entgegnete Cortes. »Lass einfach den Zähler laufen und für die Warterei lege ich noch einen Zwanziger drauf.«

Seit die Söldner den lukrativen Auftrag von Santiago in der Tasche hatten, war Cortes bester Laune und großzügig gestimmt.

»Es ist dein Geld«, kommentierte der Taxifahrer achselzuckend und schlug den *Moskowski Komsomolez* auf. »Aber versuche, vor Mitternacht zurück zu sein, ich fahre heute die Tagschicht.«

»Scherzkeks«, brummelte Cortes und stieg aus.

Der Söldner blinzelte in die Sonne, überquerte die Straße und trat mit dem Fuß gegen die hölzerne Schwingtür des niedrigen Gebäudes direkt neben dem Tor.

»Ist jemand da?«

Bereits beim Überschreiten der Türschwelle schlug Cortes ein strenger Geruch entgegen, in dem sich die Aromen fauligen Mülls, billigen Whiskeys und niemals gewaschener Lederhosen zu einem harmonischen Ganzen verbanden. Dazu gesellte sich eine ganz spezielle, rothaubentypische Duftnote, die vermutlich noch aus den Zeiten stammte, als die Sippe in den Westlichen Wäldern hauste.

»Ist jemand da?«, wiederholte der Söldner, dessen

Augen sich erst an das Halbdunkel in dem Wachkabuff gewöhnen mussten.

»Zu wem willst du denn?«

In dem kleinen Raum hielten sich drei Kämpfer auf, den Tätowierungen nach zu schließen war einer davon ein Uibuj – so hießen die Truppführer der Clans. Wie alle Rothauben trugen sie schwarze Lederhosen, ärmellose schwarze Lederwesten und rote Bandanas. Mit ihren kleinen schwarzen Knopfaugen, mächtigen Augenbrauenwulsten und vorstehenden Unterkiefern glichen die kleinwüchsigen Rothauben den haarlosen Affenmutanten, die Cortes einmal in einem Militärlabor gesehen hatte, nur dass jene Affen damals nicht an einem schmutzigen Tisch saßen, Whiskey soffen und Karten spielten. Der Whiskey diente den Rothauben nicht zuvörderst als berauschendes Getränk, sondern als Grundnahrungsmittel und als Katalysator für ihre behäbigen Gehirne.

Über den Köpfen der Wachmänner hing an der grauen, von hässlichen Flecken verunzierten Wand ein Fotoporträt von Säbel. Der einäugige Clanführer blickte mit einem bemüht väterlichen, aber doch eher sauertöpfisch geratenen Lächeln auf seine Untergebenen und die Besucher der Südlichen Forts herab. Ein freundlicher Gesichtsausdruck war den Rothauben zutiefst wesensfremd, deshalb wirkte die Grimasse, die der Fotograf dem Sippenoberhaupt abgenötigt hatte, geradezu grotesk, zumal in Verbindung mit der Losung, die unter dem Porträt geschrieben stand: »Schlafe niemals im Dienst, nicht einmal mit einem Auge – eher reiße es dir aus. Säbel Fötido.«

»Was willst du, Humo?«, wiederholte einer der Kämpfer mürrisch.

»Mein Name ist Cortes«, stellte sich der Söldner vor und wies mit einer Kopfbewegung auf das Porträt. »Ich möchte mit Säbel sprechen.«

»Bist du dir sicher, dass der Imperator auch mit dir reden möchte? Was bildest du ...«

»Lass gut sein«, unterbrach der Uibuj den hitzköpfigen Kämpfer. »Säbel hat angekündigt, dass der Typ auftauchen wird.« Er stellte genervt sein Whiskeyglas ab und erhob sich. »Ich bringe dich zu ihm, Humo.«

Der Innenhof des Südlichen Forts erinnerte an eine Mülldeponie. Neben drei gigantischen Stahlcontainern, die offenbar unmittelbar aus den Fenstern befüllt wurden, lagen Essensreste und leere Flaschen herum. In den mehr oder weniger freien Zwischenräumen waren ohne ersichtliche Ordnung Jeeps und Motorräder abgestellt – die einzigen Fortbewegungsmittel, die von den Rothauben akzeptiert wurden. Aus der geöffneten Tür der Kneipe *Delirium*, die übrigens auch von den Eulins geführt wurde, drangen tumbe Marschmusik, betrunkenes Gelächter und Gegröle.

Auch den Innenhof schmückte ein Porträt des Imperators, das mindestens vier Meter hoch war und ohne Losungen auskam. Im Unterschied zur Darstellung im Wachkabuff lächelte Säbel nicht sauertöpfisch, sondern blickte würdevoll in die lichte Zukunft seiner halbwilden Sippschaft. Das einzige Auge wirkte nachdenklich und die niedrige, fliehende Stirn war von akademischen Falten zerfurcht. Vor dem Porträt hockte ein einsamer Kämpfer und spähte sehnsüchtig zur Kneipe hinüber.

»Was macht der Posten hier?«, erkundigte sich Cortes. »Habt ihr Angst, dass jemand das Porträt eures geliebten Clanführers klaut?«

»Er ist inzwischen nicht mehr nur Clanführer, sondern Imperator – falls du es nicht mitbekommen hast, Humo«, belehrte ihn der Uibuj. »Und die Wache haben wir aufgestellt, damit niemand an das Porträt pinkelt. Dort drüben, bei den Müllcontainern, kann man pinkeln, in der Kneipe auch, aber hier beim Porträt nicht.«

»Ach so.«

Noch vor wenigen Monaten war Säbel lediglich einer von drei Clanchefs der Rothauben gewesen, wobei sein eigener Clan, die Fötidos, den rivalisierenden Desastros und Odoros an Mannstärke klar unterlegen war. Damals hätte er vom Aufstieg zum Imperator noch nicht einmal zu träumen gewagt und hatte alle Hände voll zu tun, um sich gegen seine Erzfeinde Pulle und Hammer, die machtgierigen und skrupellosen Chefs der beiden anderen Clans zu behaupten. Doch Säbel verhielt sich in diesem Machtpoker sehr geschickt, wartete geduldig auf seine Chance und wurde schließlich belohnt.

Geblendet von den Versprechungen des Boten hatten die Rothauben es gewagt, sich gegen die Herrscherhäuser zu stellen, was beinahe zu ihrer vollständigen Ausrottung geführt hätte und ein Drittel ihrer Kämpfer das Leben kostete. Auch Pulle und Hammer waren bei diesem Fiasko zu Tode gekommen, und so wurde Säbel

Fötido als einzig überlebender Clanchef an die Macht gespült. Er schaffte es, die in solchen Fällen üblichen Fehden im Keim zu ersticken, und war nun bereits seit mehreren Monaten alleiniger Herrscher der Rothauben. Cortes, der an den Verwicklungen um den Boten regen Anteil genommen hatte (insbesondere erschoss er höchstpersönlich den Odoro-Boss Hammer), war aufgefallen, dass es seither um die Rothauben auffallend still geworden war: Die demoralisierten Wilden zogen es vor, für eine Zeit lang von der Bildfläche zu verschwinden.

Nachdem der Söldner und der Uibuj den Hof überquert hatten, betraten sie die Eingangshalle des Zentralgebäudes und stießen dort abermals auf ein Porträt des Imperators – diesmal ein lebensgroßes Gemälde. Säbel stand in einer glänzenden Rüstung auf einer kleinen Anhöhe und raunte einem blonden Kämpfer, der ihm ehrerbietig den Kopf zuneigte, zwischen den Zähnen hindurch etwas zu. Hinter dem Rücken des glorreichen Heerführers flatterte eine Fahne im Wind, auf der eine Distel, das Emblem der Rothauben, abgebildet war.

»Der Imperator befiehlt dem Baron Metscheslaw, die Stellungen des Ordens anzugreifen. Eine Szene aus dem letzten Krieg zwischen den Herrscherhäusern«, erläuterte der Uibuj unaufgefordert, kratzte sich unter seinem roten Kopftuch und fügte stolz hinzu: »Ein echter Malewitsch.«

»Ach was.«

»Es war ihm eine Ehre.«

»Hat der Baron Metscheslaw dieses Machwerk gesehen?«, fragte Cortes. »Wenn ich mich recht entsinne, sieht das Herrscherhaus Lud die Rolle der Rothauben im letzten Krieg in einem völlig anderen Licht.«

»Der Baron hat es nicht gesehen«, beschied der Uibuj knapp.

Das war auch nicht weiter verwunderlich, denn die Führer des Grünen Hofs pflegten sich nicht an den südlichen Stadtrand zu bemühen, um ihren Vasallen Weisungen zu erteilen, sondern zitierten sie kurzerhand in den Palast des Herrscherhauses.

»Da lang.«

Ein schmutziger Aufzug beförderte die beiden in das letzte Stockwerk.

»Das Büro des Imperators ist ganz oben. Er liebt es, auf seine Stadt hinunterzublicken.«

»Und zu sinnieren«, mutmaßte Cortes.

»Und in die Zukunft unseres ruhmreichen Volks zu blicken«, präzisierte der Uibuj.

Nach dem Verlassen des Aufzugs durchquerte Cortes einen Vorraum mit sechs Wachen, einen Durchgangsdetektor und einen weiteren Vorraum mit drei Wachen, bevor er endlich zum Imperator vorgelassen wurde.

Die Einrichtung von Säbels weitläufigem Büro bestand aus Massivholzmöbeln der Designlinie *Valois-Fantasien*, die vor zwei Jahren von der Twerer Holzbaugenossenschaft auf den Markt gebracht worden war und sich bei Banditen mittelschweren Kalibers größter Beliebtheit erfreute. Auf dem wuchtigen Schreibtisch, dessen Platte auf säulenförmigen Sockeln ruhte, verlor sich ein einsames Notebook, das wichtig vor sich hin surrte.

Komplettiert wurde die Ausstattung von einem ovalen Besprechungstisch mit zwölf bunt bezogenen Lehnstühlen und einer Bar, von der das seifige Aroma billigen Whiskeys herüberwehte. Als einziger Wandschmuck diente eine riesige Karte der Verborgenen Stadt. Nicht einmal ein Porträt des Imperators hatte man aufgehängt, was Cortes nach seinen bisherigen Eindrücken mit einiger Überraschung zur Kenntnis nahm. Säbel selbst saß hinter seinem Schreibtisch und blickte geschäftig auf den Bildschirm seines Computers, während sich quietschend die Tür schloss.

Der Söldner schnappte sich einen der Stühle vom Besprechungstisch, prüfte penibel die Sauberkeit der Sitzfläche, setzte sich dann Säbel gegenüber und legte ungeniert die Füße auf den Tisch. Der Imperator schwieg.

»Mein lieber Freund Säbel«, flötete Cortes, »wenn du mich nur gerufen hast, um mir dein schickes neues Büro zu zeigen, dann drücke ich dir dein zweites Auge aus.«

»Was du nicht sagst.«

»Probier es lieber nicht aus.«

»Bleib cool, Humo.« Säbel fand sich damit ab, dass er auf eine standesgemäße Begrüßung lange hätte warten können, erhob sich aus seinem Sessel und schlurfte zur Bar. »Trinkst du einen Whiskey?«

»Ich verbinde niemals das Unangenehme mit dem Nutzlosen«, erwiderte Cortes trocken.

Der Fötido suchte umständlich eine Flasche aus und goss sich ein Glas mit der bernsteinfarbenen Flüssigkeit voll.

»Den streitsüchtigen Charakter hast du dir bestimmt

von deinen Freunden aus dem Dunklen Hof abgeschaut.« Säbel leerte sein Glas in einem Zug. »Immerhin nimmst du kein Blatt vor den Mund. Das hat mir schon immer imponiert, obwohl unser Verhältnis bislang eher schwierig war.«

»Das Kompliment gebe ich dir zurück. Von dem ganzen Rothaubengesindel bist du mit weitem Abstand der Vernünftigste.«

»Willst du nicht doch einen Whiskey?«

Der angeborene Sprachfehler der Rothauben war bei Säbel besonders stark ausgeprägt: Statt Whiskey sagte er Wifki.

»Ich mache mir nichts daraus«, winkte Cortes ab. »Könntest du dann bitte zur Sache kommen?«

Mit Flasche und Glas bewaffnet kehrte Säbel an den Schreibtisch zurück und setzte sich wieder.

»Ich denke, ich habe eine Information, die dich interessieren wird.«

»Schieß los.«

»Du darfst aber nicht lachen.«

»Ich werde mir Mühe geben.«

»Unter den Humos ist eine Hexe aufgetaucht.«

Cortes hielt sein Versprechen. Er lachte nicht.

»Unter den Humos gibt es jede Menge Hexen und Zauberer.«

»Sie hat aber keine Lizenz.«

»Dann werden ihr bald ein paar Jungs vom Grünen Hof einen Besuch abstatten«, erwiderte der Söldner achselzuckend. »Ist das alles?«

»Ich habe mich falsch ausgedrückt.« Säbel goss sich

zwei Fingerbreit Whiskey nach. »Diese Hexe hat wahrscheinlich sogar eine Lizenz, doch sie verheimlicht ihre wahre Macht. Sie ...«

»Kein Zauberer hängt seine wahre Macht an die große Glocke«, fiel Cortes ihm ins Wort.

»Der Schlafende möge deine Leber verfaulen lassen, Cortes, lass mich gefälligst ausreden!«, blaffte der Fötido. »Diese Hexe war hier im Südlichen Fort.«

»Hat sie euch ein paar Zauberkunststückchen gezeigt?«

»Sie hat uns selbstaufladende Artefakte zum Kauf angeboten.«

»Das ist doch nichts Ungewöhnliches für eine junge Hexe.« Cortes gähnte. »Nimm's bitte nicht persönlich, Säbel, aber deine Sippschaft ist doch bekannt für einen eklatanten Mangel an ... nun ja ...« Im letzten Moment verkniff sich der Söldner eine grobe Beleidigung. »Denk doch nur daran, wie euch Bidjar Hamzi damals die supermoderne Energieanlage für das Südliche Fort angedreht hat.«

Säbel schob den Unterkiefer vor, und sein einäugiger Blick verfinsterte sich. Bis zum heutigen Tag lachte die ganze Verborgene Stadt über jene Geschichte, als die Rothauben voller Stolz von ihrer monströsen Wundermaschine berichteten, die sie in ihrem Hauptquartier installiert hatten und von der sich hinterher herausstellte, dass es sich um die Dampfmaschine eines verschrotteten Zerstörers der algerischen Küstenwache handelte, die die geschäftstüchtigen Schatyren für ein paar Groschen aufgekauft hatten. Seither war das Südliche Fort der größte Koksverbraucher der Verborgenen Stadt.

»Die Schatyren sind kein Maßstab«, knurrte der Imperator. »Und Bidjar schon überhaupt nicht. Wie ich hörte, hat er euch gestern auch etwas angedreht. Gäste der *Rennsemmel* haben von der Seifenblasenorgie erzählt, die ...«

»Okay, okay, Säbel, lassen wir das«, unterbrach ihn der Söldner genervt. »Erzähl mir lieber, was für Artefakte die Hexe dir angeboten hat.«

»Nicht mir.« Der Imperator kratzte sich an der Tätowierung auf seiner Wange. »Das ist schon etliche Jahre her, und sie hat selbsthergestellte Artefakte angeboten, von denen niemand weiß, woher sie ihre magische Energie beziehen.«

»Und ihr habt natürlich fleißig gekauft?«

Magier in der Ausbildung machten sich nicht selten einen Sport daraus, betrügerische Zauber an den einfältigen Wilden auszuprobieren.

»Ich habe überhaupt nichts gekauft!«, entgegnete der Fötido stolz und schenkte sich abermals Whiskey nach. »Aber Pulle, der Trottel, der hat sich eingedeckt.«

»Und?«

»Nichts und.« Der Imperator schüttete sich das Feuerwasser in den Hals und hielt Cortes die gespreizten Finger unter die Nase. »Siehst du diesen Bernsteinring hier?«

»Ja.« Skeptisch beäugte der Söldner das Schmuckstück am schmutzigen kleinen Finger des Fötidos.

»Den habe ich unter Pulles Sachen gefunden. Es ist

ein primitives Artefakt: ein Trugbilddetektor, der zu funkeln beginnt, wenn jemand versucht, dich zu täuschen. Er funktioniert rund um die Uhr, lädt sich selbstständig auf und ist an keine Magische Quelle der Verborgenen Stadt angeschlossen. Er funktioniert ewig, Cortes, und verkauft hat ihn eine menschliche Hexe.« Der Einäugige grinste. »Weißt du, was das bedeutet?«

Der Söldner zog die Brauen hoch.

Jedes Artefakt benötigte magische Energie, um funktionieren zu können. In der Regel lud es der Besitzer selbst je nach Bedarf auf. Manche Artefakte konnten sich jedoch automatisch aufladen, indem sie selbsttätig die Verbindung zu einer Magischen Quelle herstellten und die erforderliche Energie abzapften. Die Energieentnahmen wurden vom jeweiligen Eigner der Quelle erfasst, und der Besitzer des Artefakts erhielt eine entsprechende Rechnung. Vor etlichen Jahren hatte der Söldner einen ähnlichen Ring selbst benutzt und er konnte sich gut daran erinnern, dass er ihn alle drei Monate aufladen musste.

»Woher weißt du denn, dass dein Trugbilddetektor an keine Quelle angeschlossen ist?«

»Es kommen keine Rechnungen.«

»Irgendwie logisch, stimmt.«

Dass das Artefakt funktionierte, obwohl keine Rechnungen geschickt wurden, konnte nur zweierlei bedeuten: Entweder der Detektor klaute die magische Energie oder er bezog sie aus einer unbekannten Quelle. Das eine wie das andere stellte für die Herrscherhäuser eine durchaus pikante Information dar.

»Wann war diese Hexe im Südlichen Fort und wie heißt sie überhaupt?«

»Sie heißt Kara und ist vor vierzehn Jahre hier bei uns aufgetaucht.«

»Und das alles ist dir erst jetzt wieder eingefallen?«

»Ich habe den Ring erst vor kurzem gefunden«, rechtfertigte sich Säbel. »Da habe ich mich eben daran erinnert.«

Cortes musste schmunzeln. Bei der unrühmlichen Geschichte mit dem Boten hatten die Rothauben die Geduld der Herrscherhäuser deutlich überstrapaziert und hätten sich nicht wundern dürfen, wenn man ihre gesamte Sippschaft ausradiert hätte. Nun versuchte der bauernschlaue Säbel, bei den Mächtigen der Verborgenen Stadt gut Wetter zu machen, indem er sich ihnen als nützlich erwies. Das durchschaubare Motiv änderte indes nichts daran, dass die Sache mit den autarken Artefakten nach einem handfesten Skandal roch.

»Eine Zauberin namens Kara«, wiederholte der Söldner und verschränkte die Hände hinter dem Kopf. »Was weißt du sonst noch über sie?«

»Nichts.« Der Einäugige zog die Schultern hoch. »Sie hatte uns damals gebeten, niemandem von den Artefakten zu erzählen.« Er schenkte sich den restlichen Whiskey ein, rieb seinen Rücken an der Stuhllehne und fügte hinzu: »Kürzlich habe ich sie in der Gesellschaft eines einflussreichen Tschuden gesehen. Santiago wird es bestimmt interessieren, dass der Orden mit Humos mauschelt.«

»Ich werde ihm von deiner Geschichte berichten.«

»Danke, Cortes.« Der Imperator trank hastig seinen Whiskey aus. »Und sag ihm, dass die Rothauben immer für die Interessen der Verborgenen Stadt einstehen. Wir sitzen doch alle in einem Boot.«

»Ich werde es ihm ausrichten.« Cortes erhob sich und wollte sich bereits zum Gehen wenden, als ihn eine plötzliche Eingebung zurückhielt. »Sag mal, Säbel, der Tschud, mit dem du Kara gesehen hast, war nicht zufällig Bogdan le Sta?«

»Doch, er war es«, bestätigte der Einäugige baff. »Wie hast du das erraten?«

»Ich habe einfach mein Gehirn angestrengt«, verkündete Cortes, klopfte sich mechanisch die Hosen ab und schaute den Fötido abermals an. »Weißt du was, Säbel? Wenn sich mein Verdacht bestätigt, dann schenke ich dir eine Flasche Whiskey vom Feinsten und trinke sie vielleicht sogar mit dir aus.«

»Eine zweifelhafte Ehre«, erwiderte Säbel. »Und vergiss nicht, Santiago zu sagen, dass ich persönlich das alles herausgefunden habe.«

Grüner Hof, Hauptquartier des Herrscherhauses Lud
Moskau, Lossiny Ostrow
Samstag, 16. September, 14:42 Uhr

Bislang hatte Artjom erst einmal die Ehre gehabt, im Hauptquartier des Herrscherhauses Lud zu verweilen. Damals brachten ihn Drushina-Soldaten des Barons

Metscheslaw dorthin, nachts und mit einem Sack über dem Kopf, weshalb es ihm nur eingeschränkt möglich war, sich an der majestätischen Schönheit des altehrwürdigen Palasts zu erfreuen, den die Luden vor einigen hundert Jahren in einem entlegenen Winkel des Parks Lossiny Ostrow errichtet hatten. Diesmal wollte er sich die Gelegenheit nicht entgehen lassen, den Grünen Hof ausgiebiger zu besichtigen.

Die asphaltierte Allee, die sich durch den dichten Wald schlängelte, führte den Söldner zunächst zu einer Schranke, an der mehrere stämmige Drushina-Soldaten Wache schoben. Der furchterregendste von ihnen kontrollierte gewissenhaft Artjoms Papiere und winkte ihn dann durch.

»Fahr weiter, Humo, aber steig nicht aus dem Wagen aus – das Gelände wird von Weißen Morjanen bewacht.«

»Und was ist, wenn ich mir einen Platten fahre?«, erkundigte sich der Söldner spitzfindig.

»Dann rufst du uns an, und wir helfen dir«, erwiderte der Soldat trocken – offenbar verstand er keinen Spaß.

Einige Kurven weiter erreichte Artjom eine ausgedehnte Lichtung, auf der sich der Palast des Grünen Hofs erhob. Trotz seiner beeindruckenden Ausmaße strahlte der aus Stein und Holz bestehende Gebäudekomplex eine spielerische Leichtigkeit aus und wirkte wie die Dekoration zu einem aufwendigen Märchenfilm: verschachtelte Strukturen mit zahlreichen Türmchen und grünen Kegeldächern, Nebengebäude, die sich unter gigantische alte Bäume duckten, als Einfriedung eine hohe Palisade und am Eingang ein geschmiedetes

Eisentor. Im Unterschied zu den anderen Herrscherhäusern, die ihre Hauptquartiere gelegentlich wechselten oder umbauten, hielten die Luden ihrem Palast die Treue und verzichteten auf jegliche bauliche Veränderung.

Artjom parkte den Jeep vor dem Palasttor, zeigte abermals seine Papiere vor und wurde von einem wortkargen Soldaten in einen der Gebäudeflügel geleitet. Schwere Holztüren, knarzende Holzböden, holzverkleidete Wände und geschnitzte Möbel – das Interieur des Palasts bestand ausschließlich aus natürlichen Materialien. Eine Ausnahme machte lediglich das Notebook, das auf dem Schreibtisch der Frau stand, zu der man Artjom brachte.

»Tritt ein und setz dich.«

Während der Soldat sich zurückzog und lautlos die Tür hinter sich schloss, nahm Artjom auf einer Holzbank Platz und musterte die Frau, die mit hoch erhobenem Kopf und ernster Miene hinter ihrem Schreibtisch saß und ihn mit einem geschäftsmäßigen »Guten Tag« begrüßte.

»Guten Tag«, erwiderte der Söldner höflich.

Aus dem betont würdevollen Gebaren der Frau und dem Medaillon, das an einer filigranen Goldkette um ihren Hals hing, schloss Artjom, dass er es mit einer Fate zu tun hatte. Die unbekümmerten Feen des Grünen Hofs benahmen sich niemals so steif und kühl. Seltsam, dass sich eine so hochrangige Magierin mit der Tötung eines Wandelwesens befasste.

»Ich bin Krasawa, Fate des Herrscherhauses Lud.« Ihre

riesigen, leuchtend grünen Augen fixierten Artjom kühl. »Und das ist der Woiwode Bronislaw.« Mit einer Kopfbewegung wies sie auf einen Mann, der im Rücken Artjoms in der anderen Ecke des Raumes stand.

Im Grünen Hof verfügten nur die Frauen über magische Fähigkeiten, deshalb war klar, dass bei der bevorstehenden Befragung die Fate das Sagen hatte.

»Ich bin Artjom Golowin.«

»Das wissen wir«, bestätigte Krasawa. »Also, Golowin, Sie werden uns in allen Einzelheiten berichten, wie es gestern Nacht im Lustgarten zur Ermordung der Schwarzen Morjane Nimata kam.«

»Es war Notwehr«, sagte Artjom achselzuckend. »Laut Kodex der Verborgenen Stadt habe ich das Recht, mein Leben und meine Gesundheit mit allen mir zur Verfügung stehenden Mitteln zu verteidigen. Der Angriff ging klar von der Morjane aus.«

»Wenn dem tatsächlich so ist, wird der Grüne Hof Sie auch nicht belangen«, bestätigte die Fate milde. »Uns ist bekannt, dass Schwarze Morjanen in Kampfmontur zu inadäquatem Verhalten neigen.«

»Kann jemand bezeugen, dass es sich tatsächlich um Notwehr gehandelt hat?« Die Stimme des Woiwoden Bronislaw klang heiser und schrill, doch Artjom drehte sich nicht einmal nach ihm um.

»Die Morjane hat im Park eine junge Humo-Frau verfolgt, der ich zu Hilfe geeilt bin. Die von mir Gerettete weiß nichts von der Verborgenen Stadt, es ist also nicht möglich, sie offen als Zeugin zu hören. Sie müssten sich als Polizisten ausgeben.«

»Das ist das geringste Problem«, entgegnete Krasawa. »Wären Sie damit einverstanden, sich einer Prüfung durch den *Kuss der Rusalka* zu unterziehen, um den Wahrheitsgehalt Ihrer Aussage zu bestätigen?«

»Ja, aber nur auf neutralem Boden und in Anwesenheit meiner Freunde.«

»Das ist vernünftig.«

Den *Kuss der Rusalka* beherrschten ausschließlich Magierinnen des Grünen Hofs. Mit diesem ausgesprochen sinnlichen Zauber versetzten sie ihr »Opfer« in eine emotionale Abhängigkeit und hatten dann leichtes Spiel, alles aus ihm herauszubekommen, was sie interessierte. Vor einiger Zeit hatte Artjom bereits Gelegenheit gehabt, vom süßen Gift dieses Arkans zu kosten, und konnte sich noch gut daran erinnern, wie er damals bereitwillig ein Geheimnis nach dem anderen ausgeplaudert hatte.

»Ihr Einverständnis mit dem *Kuss der Rusalka* spricht eigentlich für sich selbst«, urteilte Krasawa.

»Was hattest du überhaupt im Lustgarten verloren, Humo?«, mischte sich abermals der Woiwode ein.

Artjom hob verwundert die Brauen: »Was tut das zur Sache?«

»Ein Angehöriger des Herrscherhauses Lud wurde ermordet!«, bellte Bronislaw entrüstet. »Wir wollen alle Einzelheiten über die Tat wissen! So leicht kommst du nicht davon, Humo!«

Artjom spürte, wie der Woiwode an ihn herantrat und seine mächtige Gestalt sich unmittelbar hinter ihm aufbaute. Indessen lehnte sich die Fate in ihrem Stuhl zurück und beobachtete schweigend das Geschehen. Artjom wusste sofort, dass dieser Auftritt von vorneherein so geplant war.

»Du weigerst dich also zu antworten?«

Der heiße Atem des Woiwoden strich durch Artjoms Nackenhaare, doch noch berührte er ihn nicht. Der Söldner gähnte demonstrativ, rieb sich das unrasierte Kinn und wandte sich an Krasawa.

»Wenn Sie dann keine Fragen mehr haben, gehe ich.«

»Du wirst schön hierbleiben!«, donnerte Bronislaw, und eine weitere Böe umwehte Artjoms Nacken. »Wir wissen, dass du gestern zusammen mit Christophan die *Rennsemmel* verlassen hast. Hat *er* dich in den Park gebracht?«

Offenbar war den Luden von irgendjemandem gesteckt worden, dass die Söldner den Panopten betrunken gemacht hatten, um ihn zum Öffnen eines Schatzes zu bewegen. Nur – warum interessierte sie das überhaupt? Suchten sie womöglich selbst nach dem Armreif der Fate Mara? Es sah ganz danach aus. Und nun versuchten sie, herauszufinden, ob zwischen der Öffnung des Schatzes und dem Angriff der Morjane ein Zusammenhang bestand. Sie hatten jedoch keinerlei Beweise in der Hand, deshalb durfte er sich auf keinen Fall provozieren lassen. Womöglich versuchte der Woiwode bewusst, eine Schlägerei anzuzetteln, um ihn halbtot zu schlagen und dann in Ruhe sein Gedächtnis zu durchforsten, solange er bewusstlos war.

»Was grübelst du, Humo?«, raunzte Bronislaw drohend. »Dir ist doch hoffentlich klar, dass du hier nicht eher herauskommst, bis du alle unsere Fragen beantwortet hast.«

»Ich denke auch, es wäre besser, Sie würden antworten, Artjom«, warf die Fate ein. »Damit keine Missverständnisse entstehen.«

»Die Tötung der Schwarzen Morjane Nimata war Notwehr«, sagte Artjom ruhig. »Sie können das mit einem *Kuss der Rusalka* überprüfen, jedoch nur auf neutralem Territorium und in Anwesenheit meiner Freunde.«

»Willst du uns verarschen, Humo?«

Die riesige Pranke des Woiwoden wischte knapp am Gesicht des Söldners vorbei, doch Artjom machte keinerlei Anstalten, sie abzuwehren oder zurückzuweichen. Er blieb einfach regungslos stehen.

»Die Tötung der Schwarzen Morjane Nimata war Notwehr«, wiederholte er gebetsmühlenartig. »Sie können das mit einem *Kuss der Rusalka* überprüfen, jedoch nur auf neutralem Territorium und in Anwesenheit meiner Freunde. Außerdem muss ich darauf hinweisen, dass das Scannen des Gehirns ohne das Einverständnis des Klienten laut Kodex einen schweren Eingriff in die Persönlichkeitsrechte bedeutet und mir das Recht gäbe, euch zu töten.«

»Du machst dich lächerlich!« Der heiße Atem des Woiwoden blies dem Söldner nun mitten ins Gesicht.

»Die Tötung der Schwarzen Morjane Nimata war Notwehr«, teilte ihm Artjom zur Sicherheit mit.

»Warte nur, du Missgeburt von einem Humo, dir werde ich ...«

In diesem Moment unterbrach das Klingeln eines Mobiltelefons den Fortgang der Dinge. Krasawa und Bronislaw starrten finster auf den Gürtel des Söldners, wo ein kleines schwarzes Handy vibrierte und eine nervige Melodie trällerte.

»Kann ich rangehen?«, fragte Artjom.

»Natürlich«, erwiderte die Fate.

»Dann muss aber der Woiwode ein Stück von mir weggehen.«

Bronislaw brummelte unverständliche Verwünschungen, trat jedoch einen Schritt zurück.

Der Söldner nahm langsam das Telefon aus dem Gürtel und hielt es sich ans Ohr: »Artjom.«

»Ich dachte mir, ich ruf dich lieber mal an.« Es war Janas fröhliche Stimme. »Bei den Luden weiß man nie. Ist alles okay bei dir?«

»Einen Augenblick.« Artjom schaute Krasawa an und sagte laut: »Das ist mein derzeitiger Auftraggeber. Er fragt, wann ich mich endlich um seine Angelegenheit kümmere.«

Bronislaw schäumte und zappelte, doch Krasawa hatte bereits eine Entscheidung getroffen.

»Wir werden Sie nicht mehr länger aufhalten, Artjom. Der Grüne Hof wird wegen der Tötung der Morjane keine Anklage gegen Sie erheben. Vielen Dank für Ihre Auskünfte.«

Artjom lächelte, stand von der Bank auf und sagte in sein Telefon: »Ich bin schon unterwegs. Wenn Sie nichts dagegen haben, würde ich gern noch ein paar Details klären ...«

Er nahm das Handy erst wieder vom Ohr, als sein Jeep die Schranke in der Allee passiert hatte.

Nachdem der Söldner gegangen war, schwiegen die Luden minutenlang. Die Fate Krasawa tippte etwas in ihr Notebook, während der Woiwode schmollend in der Ecke saß.

»Der weiß doch etwas«, sagte Bronislaw schließlich. »Es war ein Fehler, ihn gehen zu lassen.«

»Was hätten wir denn machen sollen?«, fragte die Frau achselzuckend. »Wir haben keinerlei Beweise.«

»Wozu denn Beweise? Wir hätten ihn einfach ordentlich in die Mangel nehmen müssen. Dann hätte er schon gesungen.«

»Hinter Artjom steht Cortes, und hinter Cortes Santiago«, seufzte Krasawa. »Hätten wir durchblicken lassen, dass wir den Reif der Fate Mara suchen, wäre er sofort zum Kommissar gerannt und hätte es ihm brühwarm erzählt.«

»Der Armreif gehört dem Herrscherhaus Lud!«, versetzte Bronislaw.

»Im Augenblick gehört der Armreif niemandem«, belehrte die Frau den Woiwoden. »Wir wissen nicht einmal, ob er überhaupt noch existiert.«

Warenhaus der Handelsgilde
Moskau, Bolschaja-Lubjanka-Straße
Samstag, 16. September, 14:47 Uhr

Das größte Warenhaus der Handelsgilde befand sich in einem alten Stalinbau an der Lubjanka. Das Erdgeschoss des Einkaufszentrums, in dem hauptsächlich Lebensmittel verkauft wurden, unterschied sich nur wenig von einem gewöhnlichen Moskauer Supermarkt: endlose Regalreihen mit Konserven, verglaste Kühlschränke mit Milchprodukten von fettarm bis linksdrehend, Tiefkühltruhen mit Fertigpizza und Speiseeis, Vitrinen mit einem überbordenden Wurst- und Käsesortiment, Aquarien mit lebendigen Karpfen und ein Gewimmel von Kunden, die hektisch ihre Einkaufswägen durch die Gänge schoben.

Jana hatte hier schon oft eingekauft, auch in früheren Zeiten, als sie noch nicht wusste, dass der Supermarkt sich keineswegs auf das Erdgeschoss beschränkte und man hier wesentlich mehr kaufen konnte als Lebensmittel und Haushaltswaren.

Zielstrebig durchquerte die junge Frau die Verkaufshalle, öffnete eine unscheinbare Metalltür und gelangte in einen kleinen Flur, wo sich ein Aufzug befand. Daneben saß an einem kleinen Tischchen ein breitschultriger Lud in der Uniform der Supermarkt-Security und vertrieb sich die Zeit mit Lesen. Als die junge Frau eintrat, hob er träge den Kopf und legte seinen Krimi beiseite.

»Dies ist ein Diensteingang, Madame.«

»Ich weiß.«

Jana zückte ihre T-Grad-Com-Karte, wedelte kurz damit vor dem Gesicht des Luden und steckte sie dann in den Schlitz des Lesegeräts neben dem Aufzug, dessen Türen sich lautlos öffneten. Der Wachmann gähnte und vertiefte sich wieder in sein Buch.

Die Räumlichkeiten in der ersten Etage waren völlig anders gestaltet als die im Erdgeschoss: Hier gab es weder grelles Neonlicht noch das nervige Piepen von Warenscannern, weder einlullende Dudelmusik noch Massen von drängelnden Käufern. Die Kunden der ersten Etage schoben auch keine Einkaufswägen an Selbstbedienungsregalen entlang und runzelten nicht sorgenvoll die Stirn darüber, ob sie auch nichts vergessen hätten. Die Kunden in der ersten Etage wurden von freundlichen jungen Damen angelächelt, die hinter Verkaufstheken aus Edelholz standen, sie ruhten in bequemen Ledersitzgruppen und ließen sich von aufmerksamen Kellnern einen Kaffee servieren oder sie erklärten dem Verkaufspersonal bei einem Gläschen Cognac in aller Ruhe, welche Waren sie zu erwerben gedachten.

Selbstverständlich konnten die Kunden in den einzelnen Abteilungen eine Unzahl von Produkten begutachten. Der Platz hätte indes niemals ausgereicht, um das gesamte Warensortiment auszustellen, denn bei der Handelsgilde konnte man schlichtweg alles kaufen, vom Fingerhut bis zum komfortablen Großraumflugzeug.

Oben angekommen holte sich Jana ein Glas Orangensaft von der Bar und sah sich um. Es dauerte keine Minute, da kam ihr auch schon der Geschäftsführer Bidjar Hamzi entgegengeeilt, schlug begeistert die Hände zusammen und schnitt eine Grimasse innigster Rührung.

»Jana, meine Liebe, warum haben Sie Ihren Besuch denn nicht vorher angekündigt?«

Die junge Frau konnte ihre Überraschung nur mit Mühe verbergen. Bidjar war zwar ein alter Freund von Cortes, doch mit solchem Überschwang hatte er sie noch nie begrüßt.

»Ich bin, ehrlich gesagt, eher zufällig vorbeigekommen.«

»Solche Zufälle gibt es nicht, meine Teuerste.« Der in feinen Zwirn gewandete Schatyr schien völlig aus dem Häuschen. »Denn wo sonst können Sie alles kaufen, was Ihr Herz begehrt? Das Warenhaus von Bidjar Hamzi ist konkurrenzlos – der schönste Einkaufstempel der Verborgenen Stadt!«

»Und sicherlich auch der gewinnträchtigste, nicht wahr?«

»Gewiss.«

Hatte Bidjar womöglich eine Woche der Kundenwerbung ausgerufen? Die Schatyren überraschten die Bewohner der Verborgenen Stadt nicht selten mit obskuren Marketingaktionen.

»An welchen unserer hochwertigen Produkte hätten Sie denn Interesse, liebe Jana?«, flötete der Geschäftsführer.

»Ich brauche ein bisschen Ausrüstung für meinen neuen Auftrag.«

»Waffen?«, erkundigte sich Hamzi hoffnungsfroh.

»Unter anderem.«

»Das trifft sich wirklich ganz ausgezeichnet, liebe Jana! Stellen Sie sich vor, erst gestern habe ich höchstpersönlich unsere Waffenabteilung inspiziert und kann Ihnen in aller Bescheidenheit versichern, dass niemand in der Verborgenen Stadt über ein so einzigartiges Angebot verfügt! Selbst die Arsenale der Herrscherhäuser nehmen sich ärmlich aus im Vergleich zu Bidjar Hamzis Waffensortiment. Einige meiner brandaktuellen Neuheiten hat noch nicht einmal Santiago gesehen!«

Der Geschäftsführer hakte die junge Frau unter und führte sie in Richtung der Waffenabteilung.

»Warten Sie, Bidjar.« Jana blieb stehen. »Gibt es eine Service-Abteilung in Ihrem Warenhaus?«

»Ich bitte Sie, Jana, selbstverständlich.«

Die junge Frau holte das Reagenzglas mit dem Morjanenblut aus ihrer Handtasche.

»Ich müsste eine DNA-Fernfahndung anhand dieser Probe durchführen, um herauszufinden, wem das Blut gehört und wo sich derjenige gerade aufhält.«

»Überhaupt kein Problem!«, triumphierte Hamzi, winkte fingerschnippend einen Kellner herbei und drückte ihm mit den entsprechenden Instruktionen das Reagenzglas in die Hand. »In zehn Minuten haben Sie alle gewünschten Informationen.« Der Kellner verschwand. »Wenn Sie mir nun bitte in die Waffenabteilung folgen wollen ...«

Die Schatyren mochten keine Waffen und verstanden auch nicht viel davon. Niemand konnte sich einen Schatyren als Soldaten oder Offizier vorstellen, ja noch nicht einmal als Jäger. Auch Kampfsportarten wie Boxen oder Judo waren ihnen zutiefst fremd. Allein der Gedanke an physische Gewalt war diesen eingefleischten Kaufleuten zuwider und dank der Protektion des Dunklen Hofs blieben sie auch weitgehend davon verschont. Andererseits war der Waffenhandel ein äußerst lukratives Geschäft, und die Aussicht auf fette Gewinne half Bidjar Hamzi dabei, die innere Abneigung zu überwinden und sein wahrlich beeindruckendes Sortiment an Mordinstrumenten mit leuchtenden Augen anzupreisen.

Die Waffenabteilung des Warenhauses befand sich in einem mindestens vierhundert Quadratmeter großen Raum. Zwei Verkäufer, die sich dort aufhielten, verscheuchte Hamzi mit einer herrischen Handbewegung. Er ließ es sich nicht nehmen, Jana persönlich zu bedienen.

»Kann ich mit Klingenwaffen dienen?«

»Ich werde wohl eine brauchen«, erwiderte Jana naserümpfend. »Aber ehrlich gesagt mag ich sie nicht besonders.«

»Aber warum denn?« In Bidjars Gesicht spielte ein Anflug von Enttäuschung. »Mit diesen Waffen hat doch alles angefangen. Sie haben uns den Geschmack des Blutes nahegebracht, die Perspektiven der Kriegsführung aufgezeigt und sind bis zum heutigen Tag praktisch unverändert geblieben. Sehen Sie sich zum Beispiel diese edlen Stücke an. Mit solchen Klingen haben die Garkonen des Dunklen Hofs vor Tausenden von Jahren den Assuren die Bäuche aufgeschlitzt. Und nichts hat sich geändert.«

»Finden Sie?«, entgegnete Jana. »Von den Assuren hat man seither jedenfalls nichts mehr gehört.«

Die Vitrinen mit den Klingenwaffen standen direkt am Eingang des Verkaufsraums, und Jana verschaffte sich einen Überblick über das Sortiment: Streitäxte mit Einfach- und Doppelklingen, die im Grünen Hof immer noch sehr gefragt waren; rasiermesserscharfe Yatagane, eine Lieblingswaffe der Rothauben; gerade Schwerter für die traditionsbewussten Ritter des Ordens; Wurf- und Nahkampfmesser; Dolche für rituelle Zwecke und solche für kaltblütigen Mord; Bajonette und Multifunktionsmesser. Die Waffen stammten aus russischen, deutschen, englischen, schweizerischen und amerikanischen Waffenschmieden, dazu kamen die Erzeugnisse des Herrscherhauses Tschud und nicht zuletzt die sündteuren Klingen des Dunklen Hofs, die in einer eigenen Vitrine aufbewahrt wurden. Die perfekt ausbalancierten Messer und Stilette, die im Herrscherhaus Naw aus schwarzem Stahl gefertigt wurden, galten als das Nonplusultra auf diesem Sektor. Jana hatte selbst gesehen, wie einem Ritter des Ordens mit einem einzigen Hieb einer solchen schwarzen Klinge durch Panzerschiene und Kettenhemd hindurch der Arm abgetrennt wurde. Die Nawen gewährten unbegrenzte Garantie auf diese verheerenden Waffen und ihr einziger, jedoch schwerwiegender Nachteil bestand darin, dass sie unverschämt teuer waren.

»Ein fantastisches Sortiment«, schwärmte Jana. »Ich nehme ein Katana mit Scheide, am besten aus Nawscher Fertigung.«

»Eine ausgezeichnete Wahl.«

»Außerdem benötige ich ein Scharfschützengewehr mit Nachtsichtgerät.«

»Die haben wir dort hinten.«

In der Verborgenen Stadt wurden keine Feuerwaffen hergestellt – ihre Bewohner hatten es nicht so mit der Technik. Aus diesem Grund war dieser Bereich der Waffenabteilung ausschließlich mit Errungenschaften der menschlichen Zivilisation bestückt.

Den Anfang machten Pistolen und Revolver aus der ganzen Welt, wobei die Schatyren den Schwerpunkt auf bewährte Qualität legten. Zur Auswahl standen zum Beispiel die weit verbreitete Makarow und die zuverlässige Tokarew-TT, die Gjursa und die schwere Stetschkin APS. Wer etwas Ausgefalleneres bevorzugte, konnte sich für eine Browning oder Beretta entscheiden.

Mit jeder weiteren Vitrine nahm die Feuerkraft zu. Im nächsten Glasschrank lagen Maschinenpistolen wie SR-3 Wichr, PP-19 Bison und Heckler & Koch, dann folgten Repetierflinten und Sturmgewehre wie Remington, Mossberg 500, Kalaschnikow … Der Vielfalt schienen keine Grenzen gesetzt.

Für Kunden, die daran interessiert waren, ihre Waffen diskret mitzuführen, boten die Schatyren einen Sonderservice an: Sie konnten das erworbene Produkt – egal, ob Messer oder Maschinengewehr – in einen beliebigen Gegenstand integrieren, beispielsweise in einen Ring, eine Halskette oder einen Schlüsselanhänger. Selbst Metalldetektoren und Röntgengeräte waren gegen diese Art von Zauber machtlos. Jana besaß eine spezielle Puderdose, die sich bei Bedarf in eine Heckler & Koch MP5 verwandeln ließ.

Zwischen den Waffenvitrinen standen Auslagekisten mit Artefakten, die mit Kampfzaubern aufgeladen waren. Die preiswertesten beinhalteten nur ein Arkan: beispielsweise ein Ring mit *Drachenbrise* oder eine Sonnenbrille mit *Elfenpfeil*. Für mehr Geld gab es auch Artefakte, mit denen sich zwei, vier oder gar ein Dutzend Kampfzauber aktivieren ließen. Einer der teuersten war der sogenannte *Habichtsflügel*, der Stab eines Drushina-Soldaten des Grünen Hofs. Er enthielt einen *Kugelblitz*, eine *Himalayadusche*, ein *Gorgonenauge* und vier weitere hoch effektive Zauber. Die Priesterinnen des Herrscherhauses Lud hatten den Ruf, die besten Kampfartefakte der Verborgenen Stadt herzustellen.

»Die hier haben wir gerade frisch hereinbekommen«, verkündete Bidjar stolz und deutete auf eine der Auslagen. »Das Artefakt ist als künstlicher Fingernagel ausgeführt und enthält eine *Drachenbrise*. Sie brauchen nur unauffällig den Finger auszustrecken und schon gerät ihr Gegner in einen verheerenden Feuerstrahl.«

»Hübsche Idee. Gibt es auch was Neues bei den Gewehren?«

Endlich hatte die junge Frau die Vitrine mit den Scharfschützengewehren entdeckt, denen bei diesem Besuch ihr Hauptaugenmerk galt.

»Leider nein.«

Jana überprüfte das Sortiment: das klassische Dragunow-Scharfschützengewehr, die lautlose WSS Wintores, die österreichische Steyr SSG 69 und – nicht zuletzt – die wohlvertraute Barrett light fifty.

»Wie wäre die Zielentfernung?«, fachsimpelte Bidjar.

»Weiß ich noch nicht, aber höchstens zweihundert Meter.«

»Hindernisse?«

»Sind nicht ausgeschlossen.«

»Dann sollten Sie diese hier nehmen.« Bidjar öffnete die Vitrine und zeigte mit dem Finger auf die Barrett light fifty. »Die durchschlägt alles.«

»Stimmt, ein aggressives Mädchen«, bestätigte Jana und streichelte zärtlich mit den Fingern über den Gewehrschaft.

»Sie nehmen also die Barrett light fifty?«

»Ja. Dazu Nachtsichtgerät, normales und Infrarot-Zielfernrohr, Schalldämpfer und zwei Magazine mit Munition.«

»Ist das nicht zu wenig?«

»Zum Einschießen genügt es. Apropos, ist Ihr Schießstand in Betrieb?«

»Jederzeit.«

Der Schießstand befand sich im zweiten Kellergeschoss des Warenhauses.

»Dann bringen Sie bitte die ganze Ausrüstung hinunter. Ich möchte das gute Stück gleich ausprobieren.«

»Brauchen Sie sonst noch etwas?«

»Nein, nur das Gewehr und das Katana.«

»Ganz wie Sie wünschen. Das macht dann insgesamt ...« Bidjar zögerte und wurde verlegen. »Ähm,

Jana, ich fürchte, Cortes ist ein bisschen böse auf mich wegen des Promilleblockers.«

»Wegen *was*, bitte?«, staunte die junge Frau.

»Na, wegen des *Promilleblockers XXL*, den er gestern in der *Rennsemmel* eingenommen hat. Ich habe gehört, dass er die neue chemische Formel des Präparats nicht gut vertragen hat ...« Bidjar lächelte gequält. »Angeblich hat er nach der Einnahme – wie soll ich das sagen – so eine Art Schluckauf bekommen.«

»Die Seifenblasen!«, verstand Jana sofort.

»Genau.« Die Physiognomie des Geschäftsführers verwandelte sich in ein Häufchen Elend. »Es tut mir wirklich unheimlich leid.«

Endlich wurde der jungen Frau klar, aus welchem Grund der Schatyr sich so hingebungsvoll um sie bemühte. Offenbar wusste bereits die ganze Verborgene Stadt davon, dass sich Bidjar einen üblen Scherz mit Cortes geleistet hatte, und nun versuchte der Geschäftsführer auszuloten, wie schwer sein Fauxpas wog.

»Soweit ich das mitbekommen habe, war Cortes außer sich«, berichtete Jana wahrheitsgemäß. »Aber wieso machen Sie sich Sorgen deswegen? Sie glauben doch nicht, dass er sich an Ihnen rächen möchte?«

»Nein, nein, keineswegs!«, erwiderte Bidjar und fuchtelte abwiegelnd mit den Händen. »Natürlich wird Cortes mir nicht gleich den Kopf abreißen deswegen. Trotzdem gibt es da so ein kleines Problem ...« Der Schatyr neigte sich vertrauenheischend zu der jungen Frau. »Die Handelsgilde ist im Begriff, einen neuen Vertrag mit Cortes abzuschließen, doch wenn er nicht gut auf uns zu sprechen ist, steht zu befürchten, dass er das Doppelte oder gar das Dreifache verlangt.«

»Dann heuern Sie doch jemand anderen an.«

»Die Handelsgilde vertraut anderen Humos nicht. Und wenn Cortes ein gepfeffertes Honorar verlangt, wissen meine Kollegen sofort, wem sie das zu verdanken haben, und ...«

Der demoralisierte Bidjar hätte gar nicht weiterreden brauchen. Jana war völlig klar, wer in diesem Fall für die zusätzlichen Kosten aufkommen musste.

»Der entscheidende Punkt ist doch, dass ich das alles nicht mit Absicht getan habe! Ich habe es einfach versäumt, diesen verdammten Promilleblocker ausreichend zu testen.«

»Und wie kann ich Ihnen helfen?«, erkundigte sich Jana mitfühlend.

Bidjars Blick wurde flehentlich und unvermittelt wechselte er zum »Du«.

»Rede mit Cortes. Erkläre ihm, dass ich nichts dafürkann!«

»Ich kann's ja mal versuchen. Aber ich garantiere für nichts«, warnte Jana. »Cortes fand die Sache überhaupt nicht lustig.«

»Rede trotzdem mit ihm, bitte! Und ich ... Und ich meinerseits ...« In des Schatyren Seele tobte ein heftiger Kampf. Natürlich hatte er sich schon vorher überlegt, was er sagen würde, doch nun, wo es ans Eingemachte ging, brachte er die Worte kaum heraus. »Und ich gebe dir einen schönen Rabatt auf deinen Einkauf, sagen wir mal zehn Prozent, wäre das was?«

»Bidjar, ich handle nicht mit heißer Luft«, lächelte Jana. »Ich werde einfach mit Cortes reden, um dir einen Gefallen zu tun.«

»Ehrenwort?«

»Ehrenwort.«

»Ich stehe tief in deiner Schuld«, bekannte der Geschäftsführer gerührt.

»Gibst du mir das schriftlich?«

Bidjar grinste verschmitzt.

»Wir Schatyren stehen immer zu unserem Wort, auch wenn man uns bisweilen das Gegenteil unterstellt. Es ist nur schwierig, uns Versprechungen zu entlocken.«

»Herr Geschäftsführer!« Im Rücken der beiden stand plötzlich einer der Verkaufsmanager. »Wir haben die Ergebnisse der DNA-Fernfahndung.«

»Her damit!« Jana riss dem verblüfften Mann den Ausdruck buchstäblich aus der Hand, faltete ihn auf und überflog den Text: Mitara, Schwarze Morjane, Adresse, Telefonnummer, derzeitiger Aufenthaltsort ...

»Etwas Wichtiges?«, erkundigte sich Bidjar und spähte neugierig auf den Zettel.

»Na ja, ganz unwichtig ist es nicht.« Die junge Frau faltete nachdenklich das Papier zusammen. »Lass uns schleunigst zum Schießstand hinunterfahren, Bidjar, ich bin wirklich in Eile.«

KAPITEL ELF

Moskauer Zweigstelle der Sonnensee-Schule
Moskau, Staraja-Basmannaja-Straße
Samstag, 16. September, 15:06

In jenen fernen Zeiten, als das Herrscherhaus Lud die Welt regierte und sein majestätischer Wappenvogel, der Tanzende Kranich, seine Flügel über allen Landstrichen der Erde aufspannte, existierten am Grünen Hof acht eigenständige Schulen, in denen junge Mädchen von erfahrenen Lehrmeisterinnen in den Kunstfertigkeiten der Zauberei unterwiesen wurden, um in Zukunft Wohlstand und Ruhm des Herrscherhauses zu mehren. Nach dem Untergang des Imperiums und der Flucht in die Verborgene Stadt konnten die Luden nur zwei von diesen Schulen erhalten: die Goldberg-Schule als die älteste und die Sonnensee-Schule als die ambitionierteste. Beide hatten ihren Stammsitz in abgelegenen Wäldern außerhalb der Stadt und widmeten sich wie seit Jahrtausenden der Ausbildung der Zauberinnen des Herrscherhauses Lud. Alle übrigen Nachwuchsmagier, einschließlich derjenigen, die zu den Vasallenvölkern des Grünen Hofs gehörten, wurden in den Zweigstellen der Schulen unterrichtet.

Die Moskauer Zweigstelle der Sonnensee-Schule war in einer hübschen dreigeschossigen Villa in der Staraja-Basmannaja-Straße untergebracht. Mit Mühe öffnete Larissa die massive Eichenholztür und fand sich in einer kleinen Eingangshalle mit gewölbter Decke und holzvertäfelten Wänden wieder. Die Einrichtung bestand aus zwei dunkelgrünen Ledersofas, dazu passenden Stühlen, einem niedrigen Tisch, auf dem bunte Zeitschriften herumlagen, und einem wuchtigen Pflanzenkübel, in dem sich eine Palme zur Decke streckte. Rechts von der Eingangstür stand ein schwarzer Schreibtisch, an dem eine blutjunge Blondine saß und mit der Tastatur ihres Computers klapperte. Larissas Erscheinen ignorierte sie.

»Entschuldigen Sie ...«

»Name?« Die Blondine sah nicht einmal von ihrem Bildschirm auf.

»Larissa Kusnezowa. Ich habe diese Adresse von ...«

»Erster Stock, Zimmer vier, Ihre Unterlagen sind bereits oben.«

Die Dame in Zimmer vier erwies sich als erwachsene Kopie des Teenagers in der Eingangshalle: strohblondes Haar, samtmatter Teint, hohe Stirn und riesige grüne Augen. Auch sie saß an einem schwarzen Schreibtisch und überflog die Unterlagen, die sie soeben aus einer Schublade hervorgeholt hatte.

»Larissa Kusnezowa?«

»Ja.«

»Wir hätten eigentlich erst morgen mit dir gerechnet.«

»Ich konnte nicht ... ähm ...« Larissa zog die Schultern hoch. »Ich hatte zufällig gerade Zeit. Da dachte ich mir: warum bis morgen warten?«

»Eben.« Die Frau lächelte. »Ich heiße Slatka. Nimm Platz, Larissa.«

Schüchtern setzte sich die junge Frau auf den Rand des mit grünem Leder bezogenen Stuhls. Holzverkleidung, Wandleuchter und sattgrüne Begonientriebe, die an den Wänden emporrankten, verliehen dem Büro eine fast wohnliche Atmosphäre.

»Gedulde dich einen Moment, ich muss mir erst deine Unterlagen durchsehen.«

»Selbstverständlich.«

Slatka nahm einen Bogen Papier zur Hand. Die Empfehlung von Genbek Hamzi, einem der Oberhäupter des Geschlechts Schatyr: Kusnezowa Larissa, Humo, etwa zwanzig Jahre alt, bemerkenswerte magische Fähigkeiten, in die Existenz der Verborgenen Stadt nicht eingeweiht, beim Versuch rechtswidrigen Missbrauchs ihres Talents erwischt.

Kriminelle Neigungen? Slatka warf einen prüfenden Blick auf die junge Frau: äußerlich ganz passabel, aber bei Humos musste man immer mit dem Schlimmsten rechnen. Woher hatte sie ihre Fähigkeiten? Eine Mutation oder ein Halbblut? Vermutlich Zweiteres. Die magischen Talente reinblütiger Humos waren in der Regel so kümmerlich ausgeprägt, dass es kaum der Mühe wert war, sich mit ihnen abzugeben.

Slatka seufzte still in sich hinein. Ihre eigenen Fähigkeiten hatten gerade einmal ausgereicht, den Titel einer Fee zu erwerben und Rektorin einer Zweigstelle der Sonnensee-Schule zu werden. Gewiss, das war kein schlechter Posten, doch leider völlig perspektivlos. Sie wusste nur zu gut, dass man sie in den Schuldienst quasi abgeschoben hatte und ihre Karriere in der Sackgasse steckte.

»Was kannst du?«

»In welcher Hinsicht?«, fragte Larissa verlegen.

Die Fee schmunzelte nachsichtig: »Genbek hat geschrieben, dass du über magische Fähigkeiten verfügst. Du hast aber niemals eine Ausbildung gemacht und keinerlei theoretische Grundkenntnisse. Deshalb muss ich mir einen Überblick verschaffen über das, was du dir selbst beigebracht hast.«

»Ich ...« Larissa wurde rot. »Ich habe versucht, Genbek zu bestehlen.«

»Nur ihn?«

»Nein. Ich habe das auch vorher schon mal gemacht. In einem Supermarkt.«

»Hattest du kein Geld?«

»Doch, aber ...« Unter dem strengen Blick von Slatkas grünen Augen schämte sich die junge Frau fast genauso wie zuvor in Genbeks Laden. »Ich wusste einfach nicht, wie ich diese Fähigkeiten sonst einsetzen könnte.«

»Siehst du jetzt ein, dass du verwerflich gehandelt hast?«

Alle Humos sind im Grunde ihres Herzens Kriminelle, dachte Slatka, selbst wenn sie noch so jung sind wie diese Larissa.

»Ich bereue, was ich getan habe«, sagte Larissa, doch

insgeheim dachte sie, dass sie eigentlich nicht hergekommen war, um sich eine Moralpredigt anzuhören.

»Merk dir für die Zukunft: Wir respektieren das Privateigentum. Du kannst von Glück sagen, dass Genbek dich nicht getötet hat.«

Die Fee klappte die Mappe mit den Unterlagen zu.

»Wegen der Bücher?«

»Wegen des Diebstahls«, verbesserte Slatka die junge Frau. »Wenn du ein Verbrechen begehst und es geht schief, musst du auch damit rechnen, dass du dafür bezahlen musst: mit Geld, deiner Freiheit oder deinem Leben. Im Dunklen Hof ist Sklaverei verpönt, bleiben also nur Geld oder Leben.«

»Im Ernst?«

»Absolut. Ehrlich gesagt erstaunt mich Genbeks Großzügigkeit. Wenn es um seine Bücherkollektion geht, versteht er normalerweise keinen Spaß und hat schon so manchem, der ihm in die Quere kam, die Kehle durchgeschnitten.«

Der alte, gutmütige Bücherwurm? Kaum vorstellbar, doch Larissa wunderte sich über nichts mehr.

»Woher hast du die magische Energie genommen, wie hast du deine Opfer getäuscht?«, fragte die Fee weiter.

Larissa gab sich alle Mühe, von dem geheimnisvollen Wirbel zu erzählen, den sie bei ihren Diebeszügen einzusetzen pflegte. Dabei stockte sie immer wieder und verhedderte sich in den Begriffen. Wie sollte man so etwas auch vernünftig beschreiben? Doch zu ihrer Überraschung nickte Slatka unaufhörlich, so als wäre das für sie das Selbstverständlichste auf der Welt.

»Das hast du übrigens auch falsch gemacht«, kommentierte die Fee, nachdem Larissa geendet hatte. »Du hast dir die Energie von Leuten aus der näheren Umgebung geholt. Das ist erstens verboten und zweitens ineffektiv – das Potenzial ist viel zu gering.«

»Und woher soll man die Energie sonst nehmen?«

»Ganz einfach: kaufen.« Slatka genoss Larissas Verblüffung. »Der Verkauf von magischer Energie ist ein Vorrecht der Herrscherhäuser, aber darüber sprechen wir später.« Die Fee hatte völlig das Interesse an der schüchternen Blondine verloren. Ohnehin war sie der Meinung, dass es Sache der Humos war, sich um Humos zu kümmern. »Du musst zuerst noch einige Formulare ausfüllen. Wir brauchen sämtliche Informationen über dich und deine Familie.«

»Ja, klar.«

»Dazu musst du in Zimmer acht gehen.«

Magie hin oder her – allmählich kam die junge Frau sich vor wie im Einwohnermeldeamt. In Zimmer acht erwarteten Larissa der schon obligatorische schwarze Schreibtisch, ein grüner Lederstuhl, vier Kakteen auf dem Fensterbrett und eine füllige alte Dame mit lockigem, bläulich schimmerndem Haar. Sie hatte sich ein warmes Stricktuch umgeworfen und auf ihrer winzigen Nase saß eine dicke Brille.

»Setz dich, Larissa.«

»Vielen Dank.«

Nachdem Larissa Platz genommen hatte, erblickte sie auf dem Schreibtisch dieselbe dünne, gelbe Mappe, die vor einer Minute noch vor Slatka gelegen hatte.

»Ich heiße Barbara Iljinitschna«, teilte die Dicke mit, während sie die Mappe öffnete. »Ich werde dir ein paar Fragen zu deiner Biografie, deiner Arbeit und deinen Hobbys stellen. Du kannst ganz beruhigt sein. Dies ist weder eine Prüfung noch ein Verhör. Du bist schon in die Schule aufgenommen, jetzt müssen wir lediglich noch ein paar statistische Dinge erledigen.« Die Alte zwinkerte Larissa komplizenhaft zu. »Nicht einmal in der Zauberei geht es ohne Bürokratie.«

»Da kann man nichts machen.«

»Ich brauche die vollen Namen deiner Eltern, ihre Geburtsdaten und -orte und den Mädchennamen deiner Mutter.«

Barbara Iljinitschna war eine Humo-Frau, arbeitete bereits seit zweiundvierzig Jahren in der Zweigstelle der Sonnensee-Schule und verfügte über eine ausgesprochen seltene Gabe: Sie konnte Magier spüren. Doch damit nicht genug. Sie konnte nicht nur spüren, ob jemand ein Magier war, sondern auch sein magisches Potenzial einschätzen, und das von Anfang an. Barbara Iljinitschna war in der Lage vorauszusagen, wie weit es ein Kind auf dem Gebiet der Zauberei bringen konnte, und sie irrte sich dabei niemals. Selbst die Priesterinnen des Grünen Hofs zogen sie zurate, wenn es darum ging, sich ein Urteil über junge Zauberinnen zu bilden. Ihr Wort hatte Gewicht.

Während sie mechanisch Larissas Angaben notierte, ließ die alte Dame den Scanner ihrer Intuition über die junge Frau gleiten und staunte nicht schlecht: Dieses blonde Mädel verfügte über ein – nach menschlichen

Maßstäben – exorbitantes und selbst nach Maßstäben der Verborgenen Stadt bemerkenswertes magisches Potenzial! Bei entsprechender Ausbildung konnte Larissa mindestens das Niveau einer Fate des Grünen Hofs erreichen.

Erstaunlich, dass Slatka das nicht aufgefallen war. Barbara Iljinitschna presste die Lippen zusammen. Die zunehmende Arroganz der Rektorin der Zweigstelle ging ihr in letzter Zeit ohnehin auf die Nerven. Die Luden hatten eine völlig falsche Vorstellung von den magischen Möglichkeiten der Menschen und waren davon überzeugt, dass die Humos niemals mächtige Magier hervorbringen würden. Doch Barbara wusste, dass es durchaus Ausnahmen gab. Subtile genetische Veränderungen, gemischte Ehen und natürliche Mutationen in der Nähe starker Magischer Quellen führten immer wieder dazu, dass auch unter den Menschen begabte Zauberer auf den Plan traten.

Barbara kannte sogar persönlich eine Menschenfrau, die selbst Priesterinnen des Grünen Hofs in Sachen Magie absolut ebenbürtig war. Die Priesterinnen hatten indes keine Ahnung von der Existenz dieser Frau. Und auch von diesem begabten Mädel würden sie nichts erfahren. Was konnten sie ihr schon geben? Den jämmerlichen Bodensatz ihres Wissens? Sie würden ihr ein paar primitive Zauberkunststückchen beibringen, ihr erlauben, privat zu praktizieren, und ihr dann ein Vermögen für die Nutzung der magischen Energie abknöpfen. In den Händen von Priesterinnen, Faten und Feen, die den Humos ohnehin nichts zutrauten, wäre das außergewöhnliche Talent dieser jungen Frau verschwendet gewesen. Es gab nur einen Menschen, der sie wirklich fördern und ihre Begabung zur Blüte bringen konnte.

Nachdem Larissa gegangen war, saß Barbara Iljinitschna minutenlang schweigend an ihrem Schreibtisch und betrachtete nachdenklich ihre Fingernägel. Dann griff sie beherzt zum Kugelschreiber und trug in der Spalte »Bewertung« ein: »Magische Fähigkeiten: 40 % einer Fee, maximal erreichbares Potenzial: 60 % einer Fee.« Und in der Spalte »Empfehlungen« schrieb sie: »Grundausbildung, maßvolle Förderung der Karriere, Einsatz nur für einfache Aufgaben.«

Die überhebliche Fee Slatka machte sich niemals die Mühe, Barbaras Bewertungen von Humos zu kontrollieren.

Die alte Dame schloss Larissas Mappe, nahm den Telefonhörer ab und wählte eine Nummer.

»Kara? Guten Tag. Hier ist Barbara Iljinitschna.«

Kara hatte sofort wieder das runzelige, gutmütige Gesicht der alten Zauberin vor Augen und traf sofort den richtigen Ton.

»Wie geht's Ihrem Enkel, Barbara Iljinitschna?«

»Er hat schon den ersten Zahn bekommen!«, berichtete die Alte stolz.

»Wie schön!« Der freudige Ton in Karas Stimme ließ keinen Zweifel an ihrer ehrlichen Anteilnahme. »Haben Sie seine magischen Fähigkeiten schon überprüft?«

»Dafür ist es wohl noch ein wenig zu früh.«

»Mag sein, aber trotzdem, je früher man mit der Förderung beginnt, desto besser.«

»Sicher haben Sie Recht. Ich habe eine interessante Neuigkeit für Sie, Kara.«

»Da bin ich aber gespannt.«

»Ich habe heute eine junge Frau kennengelernt. Auf den ersten Blick schien sie mir schon ein bisschen zu alt für eine Ausbildung, doch sie verfügt über ein beachtliches Potenzial.«

»Wie beachtlich konkret?«

»Ich denke, Sie könnte sogar Ihr Niveau erreichen.«

»Sind Sie sicher?«

»Natürlich muss man sie noch genauer unter die Lupe nehmen«, relativierte Barbara Iljinitschna, doch dann besann sie sich und fügte hinzu: »Aber eigentlich bin ich mir völlig sicher.«

»Ich möchte sie kennenlernen«, sagte Kara. »Wie heißt sie?«

»Larissa Kusnezowa.«

Bar Rennsemmel
Moskau, Bolschaja-Dmitrowka-Straße
Samstag, 16. September, 15:11 Uhr

Etwa fünf Minuten nachdem Santiago sich mit einem Tässchen Kaffee gemütlich an der Bar eingerichtet hatte, betrat Franz de Geer, der Kapitän der Garde des Großmagisters und Kriegsmeister des Ordens die *Rennsemmel.* Der Barkeeper Gonzo genoss den Ruf, den stärksten und zugleich besten Kaffee der Verborgenen Stadt zu kredenzen, und der Kommissar versäumte es bei seinen Besuchen niemals, sich die eine oder andere Tasse des aromatischen Elixiers einzuflößen. Selbstverständlich trank er ihn schwarz, ohne Zucker und ohne Milch.

Wie immer um diese Tageszeit war die Bar praktisch leer. Grußlos nahm Franz auf dem Barhocker rechts von Santiago Platz und nickte Gonzo beifällig zu, als der ihm unaufgefordert einen Krug dunkles Bier vor die Nase stellte.

»Wieso wolltest du mich treffen, Naw?«, fragte Franz mürrisch, nachdem der Barkeeper sich zurückgezogen hatte.

»Guten Tag, Franz.« Santiago nippte an seinem Kaffee und schenkte dem Kriegsmeister ein höfliches Lächeln. »Es tut mir leid, wenn ich Sie von wichtigen Angelegenheiten abhalte. Doch wie Sie sicher verstehen werden, kann ich nicht einfach zur Tagesordnung übergehen, wenn Gardisten des Großmagisters versuchen, mich zu töten.«

Franz trank einen großen Schluck Bier, stellte seinen Krug wieder ab und wischte sich den Schaum vom Mund. Im Halbdunkel der Bar funkelte der blutrote Rubin an seinem linken kleinen Finger.

»Ist das eine offizielle Protestnote?«

»Nein. Ich bringe lediglich meine persönliche Verwunderung über den Vorfall zum Ausdruck.« Der Kommissar sah seinen Gesprächspartner kopfschüttelnd an. »Was haben Sie sich dabei gedacht, als Sie diese Bürschchen auf mich angesetzt haben?«

»Das Herrscherhaus Tschud entschuldigt sich offiziell für das Missverständnis«, presste Franz zähneknirschend hervor. »Die Aktion entsprang einer nicht sanktionierten Eigenmächtigkeit einiger Gardisten. Sie werden streng bestraft werden.«

»Er, nicht sie«, verbesserte Santiago. »Den Usurpator Theodor le Mans können Sie bestrafen. Die anderen drei sollten Sie lieber beerdigen.«

De Geer grummelte etwas Unverständliches vor sich hin und griff abermals nach seinem Bierkrug.

»Sieht ganz so aus, als hätte ich im Umgang mit Kampfzaubern noch nichts verlernt«, setzte der Kommissar hinzu und dabei umspielte seine schmalen Lippen der Anflug eines schadenfrohen Grinsens.

Franz kannte Santiagos ironisch-herablassende Art nur zu gut und hatte nicht vor, sich provozieren zu lassen. Gleichmütig stellte er seinen Krug ab und wischte sich abermals den Schaum von den Lippen.

»Sie hatten nicht vor, dich zu töten.«

»Leider haben sie mich nicht darauf hingewiesen, dass es sich nur um eine Übung handelt.«

»Ich habe doch schon gesagt, dass das Herrscherhaus Tschud sich entschuldigt. Was willst du denn noch?«

»Warum wurde ich angegriffen?«

»Weißt du das etwa nicht?«

»Ich würde gern Ihre Version dazu hören, Kapitän.«

»Die werde ich dir sagen.« Franz trank sein Bier aus und ließ den leeren Krug geschickt über den Tresen flitzen. »Aber vorher erklärst du mir, was du gegen Bogdan le Sta hast.«

Die braunen Augen des Tschuden bohrten sich zum

ersten Mal in den undurchdringlich stoischen Blick des Kommissars.

»Offiziell gar nichts«, beschied Santiago grinsend.

»Und inoffiziell?«

»Und inoffiziell bin ich dem Orden keine Rechenschaft schuldig.«

»Verstehe.« Gonzo brachte einen frisch gefüllten Krug Bier. Franz trank den Schaum ab und setzte dann leise fort: »Bogdan ist mein Freund. Wir sind zusammen aufgewachsen, zusammen in die Garde eingetreten und zusammen in den Krieg gezogen. Vor fünfzig Jahren hat er mir das Leben gerettet. Jetzt verfolgst du ihn, und ich möchte wissen, warum.«

»Sie stehen also in seiner Schuld?«

»Er ist mein bester Freund.«

Santiago schob die Tasse mit dem kalt gewordenen Rest des Kaffees beiseite.

»Ihr bester Freund ist im Begriff, ein *Traumarkan* zu wirken.« Franz schwieg. »Offenbar ist das keine Überraschung für Sie.«

»Ich habe mich bereits über die Situation informiert.«

»Verzeihen Sie, aber ich glaube Ihnen nicht.« Santiago hob flüchtig die Hand, und Gonzo machte sich unverzüglich daran, einen weiteren Kaffee zuzubereiten. »Meiner Einschätzung nach wussten Sie von vorneherein, dass Bogdan vorhat, einen verbotenen Zauber zu wirken, und haben trotzdem nichts dagegen unternommen.«

»Gewusst habe ich es nicht, aber geahnt.«

»Dann hätten Sie der Sache sofort nachgehen und

Ihrem Freund Einhalt gebieten müssen. Das Wirken eines verbotenen Zaubers ist ein schweres Verbrechen. Sie haben gegen die Konvention von Kitai-Gorod verstoßen, weil Bogdan Ihr Freund ist.«

Der Kriegsmeister umkrallte den Bierkrug, als wollte er ihn zerquetschen, und aus seinem Blick sprach abgrundtiefe Verachtung.

»Was verstehst du schon von Freundschaft, Naw?«

»Möglicherweise nichts«, räumte der Kommissar bereitwillig ein. »Dafür kenne ich mich mit den Spielregeln aus.«

»Freundschaft hat ihre eigenen Regeln.«

»Nach diesen Regeln können Sie mit Bogdan spielen, aber nicht mit mir!«, versetzte Santiago barsch. Die schwarzen Augen des Kommissars blitzten unheilvoll, und Franz wurde schmerzlich klar, dass dieser eiskalte Naw sein Opfer nicht entkommen lassen würde. »Woher weiß der Kriegskommandeur le Sta, wie das *Traumarkan* funktioniert?«

Der Tschud war so demoralisiert, dass er die Frage nicht registrierte.

»Was?«

»Woher weiß der Kriegskommandeur le Sta, wie das *Traumarkan* funktioniert?«, wiederholte der Kommissar. »Hatte er Zugang zum Buch der verbotenen Zauber?«

»Nein.«

»Haben Sie das überprüft?«

»Was macht das für einen Unterschied?«

»Einen ganz erheblichen sogar«, erwiderte Santiago

scharf. »Nach meinen Berechnungen wird der Kriegskommandeur le Sta das Arkan innerhalb der nächsten drei bis vier Stunden vollenden. Wenn es Ihnen innerhalb dieser Zeitspanne gelingt, herauszufinden, woher er die Regeln für das Arkan weiß, werde ich darauf verzichten, ihn zu töten. Das ist Ihre Chance, Kapitän, Ihrem Freund einen Dienst zu erweisen.«

»Ist das ein Deal?«

»Das ist alles, was ich Ihnen anbieten kann.«

»Und was wird aus den Spielregeln?«

Der Kommissar zog verwundert die Brauen hoch: »Die Spielregeln haben sich nicht geändert, Franz. Auch wenn sich aufklärt, woher Bogdan le Sta die Regeln des Arkans weiß, wird der Dunkle Hof ihn wegen eines Verstoßes gegen die Konvention von Kitai-Gorod zur Rechenschaft ziehen, aber ich werde ihn in diesem Fall nicht daran hindern, das Arkan zu vollenden.«

Vergeblich versuchte de Geer, die Gedanken, die sich hinter Santiagos undurchdringlichem Blick verbargen, zu erraten.

»Warum solltest du das zulassen?«, fragte er schließlich misstrauisch.

»Warum nicht?«, entgegnete der Kommissar achselzuckend. »Er will es doch unbedingt, und für Sie ist es eine gute Gelegenheit, Ihrem Freund zu helfen.«

Franz wurde klar, dass Bogdan in dieser Schachpartie keine entscheidende Figur, sondern nur ein unbedeutender Bauer war. Oder eine ungedeckte Figur, die der Gegenspieler problemlos aus dem Weg räumen könnte. Und doch verzichtete er nun auf diese leichte

Beute. Doch nicht aus Barmherzigkeit? Was steckte dahinter?

Der Kriegsmeister wusste, dass Santiago trotz seines verheerenden Rufs und seiner Stellung als Militärführer des Herrscherhauses Naw das Mittel der Gewalt sehr dosiert einsetzte und auch nur dann, wenn er es für unvermeidlich hielt. Die Tötung der drei Usurpatoren passte augenscheinlich nicht ins Konzept des Kommissars. Vermutlich befürchtete er, den Bogen zu überspannen, und war nun bestrebt, weiteres Blutvergießen unter den Rittern zu vermeiden und seine Ziele auf andere Art und Weise zu erreichen.

Nachdenklich betrachtete Franz den bedrohlich funkelnden Rubin an seinem Finger. Auf dieser Welt gab es nichts umsonst. Bogdans Überleben kostete die Herausgabe seiner Quelle über das verbotene Arkan, und die Erfüllung des sehnlichsten Wunsches kostete eine langjährige Freundschaft. Der Kapitän wusste, dass Bogdan nach der Vollendung des Arkans nicht mehr sein Freund sein konnte.

»Das *Traumarkan* bedeutet nicht nur Opfer, sondern es verändert die Welt«, sagte Santiago so leise, dass Franz seine Worte kaum vernahm. »Es verstrickt nicht nur den Magier, sondern alles und jeden in seiner Umgebung. Früher habe ich geglaubt, dass die Erfüllung der Wünsche nur Blut kostet, doch das war ein Irrtum. Das Arkan erschüttert die Welt in ihren Grundfesten, und das kostet einen viel höheren Preis, den alle bezahlen müssen. Dieser Preis ist manchmal ungerecht und nicht nachvollziehbar, doch er ist immer hoch. Manchmal ist es besser, wenn der Wirker des Arkans stirbt, denn die Welt verändert sich und dann verlieren seine Wünsche möglicherweise ihren Sinn, der Preis dafür muss aber trotzdem bezahlt werden.«

Franz hörte äußerst aufmerksam zu und hielt dabei den Atem an. In der Geschichte der Verborgenen Stadt gab es nur einen Magier, der schon einmal ein *Traumarkan* gewirkt hatte, und dieser Magier wusste, wovon er sprach.

Städtisches Mietshaus
Moskau, Miklucho-Maklaja-Straße
Samstag, 16. September, 15:32 Uhr

Der Geruch der Orangen war so intensiv, als hätte er sich für alle Zeiten in der Küche festgesetzt. Die Südfrüchte waren das einzige Obst, das die jungen Frauen in Artjoms Vorräten gefunden hatten. Nun lagen überall angetrocknete Schalen herum – auf dem Tisch, auf schmutzigen Tellern, im Mülleimer. Der aufdringliche Zitrusduft pappte nicht nur an den Fingern und auf der Tischplatte, sondern hing sogar in den Regalen und Vorhängen.

»Morgen bekomme ich bestimmt einen Ausschlag«, seufzte Olga, während sie versonnen ein letztes Orangenstückchen über den Tisch rollte. »Dann wird mein ganzes Gesicht rot – das sieht bestimmt schrecklich aus.«

»So schrecklich, dass dein Prinz dich nicht mehr haben will und in seinem schicken Jeep für immer davonfährt«, ergänzte Galja boshaft.

Seit einer Stunde war den beiden jungen Frauen entsetzlich langweilig. Zum Fernsehen hatten sie keine Lust, Artjoms Computer konnten sie nicht benutzen, weil sie das Passwort nicht wussten, mit dem Lackieren der Nägel waren sie längst fertig und über die jüngsten Ereignisse hatten sie sich bereits erschöpfend ausgetauscht. Es blieb ihnen nichts anderes übrig, als zu warten. Und sich zu langweilen.

Olga warf das Orangenstückchen in den Mülleimer und blickte zur Uhr. »Artjom könnte allmählich zurückkommen.«

»Der hat jetzt was Besseres vor«, gähnte Galja. »Er jagt Ganoven. Wenn er nach Hause kommt, ist er bestimmt hungrig, genervt und müde, schlingt seinen Borschtsch mit Sahne hinunter und schläft mitsamt den Klamotten vor der Glotze ein.«

»Du bist doch nur neidisch, weil er so attraktiv ist«, entgegnete Olga beleidigt.

»Quatsch! Ich verstehe dich nicht, du hättest doch eine viel bessere Partie in petto als diesen Hungerleider von einem Polizisten.«

»Ich weiß nicht recht.« Nun spielte Olga mit einem Stück Orangenschale herum. »Bei Artjom fühle ich mich irgendwie gut aufgehoben und beschützt.«

»Hast du denn immer noch Angst?«, fragte Galja, besann sich jedoch und fügte sofort hinzu: »Natürlich hast du noch Angst, entschuldige.«

»Das ist gar nicht das Problem.« Olga schob ihre hellblonden Haare in den Nacken. »Das Schlimmste ist die Ungewissheit und die ewige Warterei. Und außerdem ...«

»Was außerdem?«, erkundigte sich Galja.

»Ach, mir ist wieder eingefallen, was bei mir zu Hause passiert ist. Die Maske dieses Irren. Die sah so verteufelt echt und lebendig aus ...«

»So etwas nennt man eine Montur«, sagte Galja leise. »Eine Kampfmontur.«

Das Mobiltelefon klingelte in dem Moment, als der Kriegskommandeur aus dem Aufzug trat.

Unentschlossen schaute Bogdan auf die Tür, hinter der sich der Gang zu den Wohnungen dieser Etage befand, und hielt sich dann das Handy ans Ohr.

»Ja?«

»Hallo, mein Freund.«

Es war Franz de Geer.

Der Kriegskommandeur stockte. Diese vertraute Stimme war die letzte, die er in diesem Augenblick hätte hören wollen. Er hatte Franz nichts zu sagen.

»Hörst du mich?«

»Woher ...« Bogdans Stimme versagte.

»Woher ich diese Telefonnummer habe?

»Ja.«

»Dein Handy war tot. Da habe ich die T-Grad-Com-Datenbank abgecheckt und erfahren, dass Tapira kürzlich eine zweite Nummer bekommen hat. Bist du jetzt zufrieden?«

»Woher weißt du, dass ...«

»Ich weiß alles!«, schnitt ihm Franz das Wort ab.

»Alles?«

»Alles.«

De Geers Stimme klang weder mitfühlend noch vorwurfsvoll, noch verärgert, sondern einfach nur traurig. Bogdan wusste, dass ihn in diesem Moment Welten von seinem Freund trennten.

»Was willst du?«

»Sag mir, woher du die Regeln des Arkans weißt.«

»Nur das willst du wissen?«

»Nur das.«

Der Kriegskommandeur blickte abermals zu der Tür.

»Das kann ich dir nicht sagen.«

»Glaub mir, Bogdan, niemand wird dich daran hindern, das Arkan zu vollenden, aber sag mir jetzt, woher du weißt, wie es funktioniert!«

»Ganz recht, Franz, niemand wird mich aufhalten«, erwiderte Bogdan und verzog das Gesicht zu einem verklärten Lächeln. »Ich werde es schaffen!«

»Bogdan!«

Immer noch lächelnd warf der Kriegskommandeur das Telefon auf den Boden und zertrat es mit dem Absatz seines Schuhs. Er hatte Kara sein Wort gegeben, niemandem zu erzählen, dass sie ihm dabei geholfen hatte, die Regeln des Arkans herauszufinden. Und dieses Versprechen gedachte er zu halten.

Um jeden Preis.

Wie hatte sie gesagt: Wenn du alles verlierst, bleibt dir immer noch deine Ehre. Wenn du jedoch deine Ehre verlierst, bleibt dir nichts.

»Der Teufel soll dich holen, Bogdan!«, fluchte Franz

und starrte verzweifelt auf das verstummte Telefon. »Verdammter Dickschädel!«

Jetzt war rasches Handeln gefragt! Noch war es nicht zu spät. Santiago hatte gesagt, dass das letzte Opfer innerhalb der nächsten drei bis vier Stunden getötet würde. Seither war kaum eine halbe Stunde vergangen – das war noch zu schaffen!

Der Kriegsmeister wählte die Nummer des Bereitschaftsdienstes der Garde.

»Hier ist de Geer. Entsendet sofort ein Sonderkommando in die Wohnung der Schwarzen Morjane Tapira und nehmt die Bude komplett auseinander. Mich interessieren sämtliche Manuskripte und Bücher, die etwas mit Magie zu tun haben. Findet heraus, ob Tapira in letzter Zeit andere Wohnungen oder Häuser gemietet hat. Wenn ja, sucht auch dort nach solchen Schriften. Dieser Auftrag hat höchste Dringlichkeit! Und erstattet mir unverzüglich Bericht. Ihr findet mich in der Burg.«

Noch war es nicht zu spät ...

In der Wohnung stank es entsetzlich nach Zitrusfrüchten – vermutlich Orangen. Bogdan konnte diesen penetranten Geruch schon seit seiner Kindheit nicht ausstehen. Er lehnte die Eingangstür an, deren Schloss der *Sprengwurzextrakt* mit einem dezenten Zischen zerfressen hatte, und begab sich mit großen Schritten in die Küche. Dort verdichtete sich der widerliche Gestank.

»Tapira, du hier?!«

»Bogdan?!« Olga klimperte verblüfft mit den Wimpern – sie hatte nicht mitbekommen, wie le Sta in die Wohnung eingedrungen war.

»Hallo!«, rief ihr der Ritter zu. »Überrascht?«

Tapira lief dem Kriegskommandeur entgegen und strich ihm zärtlich mit der Hand über die Wange.

»Wo warst du denn so lange? Ich wollte Olga schon selbst zum Thron bringen.«

»Ich hab's nicht eher geschafft.« Bogdan küsste ihre Hand. »Wartest du schon lange?«

»Eine Ewigkeit.«

»Ihr kennt euch?«, staunte Olga und sah die beiden völlig konsterniert an. »Galja?«

Die Schwarzhaarige wandte sich nach der jungen Frau um: »Ich heiße Tapira. Bogdan ist mein Mann.«

»Aber ...« Olga stand mit offenem Mund da und verstand die Welt nicht mehr. »Was geht hier eigentlich vor?«

»Die Irren, meine Liebe«, sagte die Morjane dämonisch grinsend, »sind näher als du denkst.«

»Was für Irre denn?«, erkundigte sich der Kriegskommandeur. »Bring sie nicht völlig durcheinander, Liebste, wir haben wenig Zeit.« Bogdan zog eine *Leine* hervor – ein Ruhigstellungs-Artefakt – und warf sie geschickt um Olgas Hals. Der jungen Frau wurde augenblicklich schummrig vor Augen. »Der Wagen steht unten, wir müssen uns beeilen.«

Bar Rennsemmel
Moskau, Bolschaja-Dmitrowka-Straße
Samstag, 16. September, 16:10 Uhr

Nun konnte er nur noch warten.

Santiago hatte sich längst eine kritische Dosis von Gonzos Turbokaffee einverleibt und schwenkte nun zerstreut ein Glas Cognac.

Was verstehst du schon von Freundschaft, Naw? Die Worte des Kriegsmeisters hallten immer noch nach.

Der Hang der Tschuden zum Pathos amüsierte den Kommissar. Hochtrabende Phrasen, theatralische Gesten, Stolz und Ehre. Bestimmt hatte der Trottel le Sta sein Wort gegeben, nicht auszuplaudern, woher er die Regeln des *Traumarkans* kennt. Er würde sich eher die Zunge abbeißen, als es zu verraten, obwohl er genau wusste, dass das seinen Tod bedeutet. Seine Ehre ging ihm über alles. Und im Moment sah es tatsächlich so aus, als wäre dem Kriegskommandeur allein seine Ehre geblieben. Und eine Freundschaft, um derentwillen der Kriegsmeister de Geer nun bestimmt für einigen Wirbel in der Verborgenen Stadt sorgen würde.

Santiago nahm einen kleinen Schluck und genoss die Wärme, die der bernsteinfarbene Weinbrand in seinem Körper verströmte.

Mag schon sein, dass ich wenig von Freundschaft verstehe, sinnierte der Kommissar, aber eines weiß ich gewiss: Wahre Freundschaft müsste über eitlen Wünschen stehen. Ob es eine solche Freundschaft überhaupt gibt?

Das Mobiltelefon, das auf dem Tresen lag, begann zu vibrieren und summte eine leise Melodie. Santiago trank ohne Eile seinen Cognac aus und nahm den Anruf entgegen.

»Gibt's was Neues?«

»Kommissar, hier ist Tamir Cannabis.« Die Stimme des Schatyren klang aufgeregt. »Es sieht so aus, als sei die junge Frau jetzt an den Zielort verbracht worden. Sie befindet sich nunmehr seit zehn Minuten an ein und derselben Position.«

»Und wo?«

»Auf den Sperlingsbergen!«

»Ausgezeichnet«, erwiderte Santiago grinsend. »Ein passender Ort.«

»Wir sind noch nicht ganz fertig«, setzte Cannabis geschäftig hinzu. »Domingo analysiert gerade die Energieströme, die dort aktiv sind.«

»Schweres Geschütz?«

»Nicht ohne. Nach meiner Einschätzung ...« Der Schatyr verstummte kurz. »Domingo ist gerade fertig geworden, er soll Ihnen selbst berichten.«

»Kommissar?«, meldete sich der zweite Analytiker.

»Lass hören.«

»Der Ort, an dem sich die junge Frau befindet, wird von einem *Salamanderring* der 4. Kategorie abgeschirmt. Allem Anschein nach wurde ein sehr wirkungsvolles, selbstaufladendes Artefakt aktiviert. Ihr Gegner ist gut gerüstet.« Ein so mächtiger Schutzzauber konnte jeden Magier zu Asche verbrennen, sogar den Kommissar. »Haben Sie Ihren Computer bei der Hand?«

»Selbstverständlich.«

Santiago klappte sein kleines Notebook auf, das innerhalb weniger Sekunden automatisch eine Verbindung zum Rechner der Vegasianer aufbaute.

»Ich zeige Ihnen die Konfiguration des Schutzfeldes und den ungefähren Standort des Artefakts«, sagte der Analytiker.

Santiago hörte das Klappern der Tastatur und dann einige unterdrückte, unverständliche Flüche.

»Was haben Sie gesagt, Domingo?«

»Ähm ... Leider schaffen wir es nicht, den *Salamanderring* zu deaktivieren. Tut mir leid.«

Der Kommissar schmunzelte: Den beiden Vegasianern bereitete es eine diebische Freude, Artefakte zu knacken und aus der Ferne zu deaktivieren, doch es gelang eben nicht immer.

»Macht nichts. Sie haben mehr getan, als ich erwartet hatte.« Santiago betrachtete aufmerksam die schematische Darstellung, die auf dem Bildschirm seines Notebooks erschienen war. »Ist das alles?«

»Keineswegs«, erwiderte Domingo beflissen, und auf dem Monitor erschien ein neues Bild. »Ich habe diesen Ort gescannt. Innerhalb der letzten drei Wochen hat sich dort ein gigantisches Energiepotenzial aufgebaut. Die Konzentration ist immens.«

»Können Sie die Auswirkungen einer Freisetzung in etwa beziffern?«

»Die Freisetzung der gesamten akkumulierten Energie auf einen Schlag dürfte die durchschnittliche Abgabe einer Magischen Quelle um das Acht- bis Neunfache übersteigen.« Domingo kratzte sich am Kopf. »Um ehrlich zu sein, ich kann selbst nicht ganz glauben, was ich Ihnen da erzähle.«

»Glauben Sie es ruhig.« Während Santiago die bizarren Wirbelströme auf dem Bildschirm betrachtete, musste er abermals schmunzeln. »Sie haben den Thron der Kraft gefunden, Domingo, dort ist die Energie eines *Traumarkans* konzentriert.«

Moskauer Polizeipräsidium
Moskau, Petrowka-Straße
Samstag, 16. September, 16:12 Uhr

Andrej nahm den Hörer ab.

»Major Kornilow.«

»Santiago.«

»Guten Tag.«

»Ich wollte Ihnen nur mitteilen, dass der Zugriff auf unseren Wahnsinnigen unmittelbar bevorsteht. Sie möchten doch sicher dabei sein, nicht wahr?«

Schon zum zweiten Mal musste sich Kornilow mit der Rolle eines Statisten begnügen. Das passte ihm überhaupt nicht, doch Andrej sah ein, dass ihm nichts anderes übrigblieb.

»Wo sollen wir hinkommen?«

»Zur Aussichtsplattform der Sperlingsberge.«

»Wohin?!«

»Sie brauchen nicht bis zur Plattform selbst fahren.

Parken Sie irgendwo in der Kosygin-Straße und warten Sie dort auf meinen Anruf.«

»In Ordnung.« Kornilow überlegte kurz und setzte dann hinzu: »Santiago, ich habe schon wieder ein neues Problem.«

»Im Zusammenhang mit uns?«

»Ja. Einer von den Zauberern steckt mit Gangstern unter einer Decke. Mit der Bande von Chamberlain.«

»Das ist ausgeschlossen, Major Kornilow. Ein Magier würde sich niemals mit Kriminellen gemeinmachen.«

»Ich bin mir absolut sicher. Es handelt sich um eine Frau, und ich habe Anhaltspunkte dafür, dass sie einen Mord begangen hat.«

»Major Kornilow«, seufzte Santiago. »Lassen Sie uns zunächst diese kleine Angelegenheit zu Ende führen. Sie können sich darauf verlassen, dass ich Ihre Informationen sofort im Anschluss prüfen werde.«

Städtisches Mietshaus
Moskau, Tschaginskaja-Straße
Samstag, 16. September, 16:14 Uhr

Jana atmete auf, als sie aus dem Aufzug stieg, in dem es erbärmlich nach Hundekot stank. Rasch fand sie die richtige Wohnung und klingelte an der mit billigem Kunstleder bezogenen Tür. Das Treppenhaus im fünften Stockwerk des Mietshauses war mit allerlei Gerümpel vollgestellt: notdürftig zusammengezimmerte Bretterkisten, in denen vermutlich Kartoffeln lagerten, ein rostiger Schlitten und ein dreckiges Fahrrad mit platten Reifen. An der abgewetzten Wand prangte die mit roter Farbe aufgesprühte Losung »Spartak – Meister für immer«, der mit schwarzem Filzstift das Wort »Fleisch«, der Spitzname des Fußballclubs, beigefügt war. Im Treppenhaus roch es nur geringfügig besser als im Aufzug, und Jana klingelte noch einmal mit Nachdruck. Endlich drang das Geräusch von Schritten aus der Wohnung.

»Wer ist da?«

»Mitara, hier ist Jana«, antwortete die junge Frau leise und tastete unwillkürlich nach dem *Basiliskenauge* in ihrer Handtasche. »Ich arbeite mit Cortes zusammen und würde gern mit dir reden.«

Die Morjane öffnete und drehte Jana den Rücken zu.

»Komm rein.«

Die Wohnung wirkte ärmlich: ein billiger Teppichboden, alte Möbel, ein vorsintflutlicher Computer. Mitara setzte sich mit untergeschlagenen Beinen auf einen Polsterstuhl und fuhr damit fort, schwarzen Nagellack von ihren Fingernägeln zu entfernen. Sie hatte das typische Äußere einer Morjane: langes schwarzes Haar, prägnante, hohe Wangenknochen, gertenschlanke Figur und undurchdringliche, tiefschwarze Augen.

Jana sah sich um und legte ihre Handtasche auf dem Sofa ab.

»Kann ich mich setzen?«

»Ich wusste, dass irgendjemand von euch hier aufkreuzen würde«, sagte Mitara, ohne von ihren Nägeln aufzusehen.

»Warum bist du dann hier?«

»Es hätte keinen Sinn gemacht, unterzutauchen. Ich habe schon viel über Cortes gehört. Er ist hartnäckig. Wenn er sich etwas in den Kopf gesetzt hat, zieht er es auch durch. Ich kann mich ja schließlich nicht ewig verstecken.«

»Auch wieder wahr.«

Mitara stellte den Nagellackentferner auf den Wohnzimmertisch und nahm sich von dort das Fläschchen mit der Grundierung.

»Was willst du von mir wissen?«

»Du warst in Olgas Wohnung. Wer hat dir befohlen, dort einzudringen? Bogdan le Sta?«

Die Morjane schwieg und trug hingebungsvoll die Grundierung auf ihre Fingernägel auf.

»Deine Aktion war durchdacht, obwohl du die Kampfmontur angelegt hattest. Demnach hat er dich mithilfe des Armreifs kontrolliert, ist das richtig?«

Mitara sagte immer noch nichts.

»Hat Bogdan den Armreif der Fate Mara?«

»Warum bist du gekommen, wenn du ohnehin alles weißt?«

»Ich ...« Jana stockte. »Ich würde einfach gern verstehen ...«

»Verstehen?!« Mitara hob ruckartig den Kopf und durchbohrte die junge Frau mit zornfunkelndem Blick. »Du willst verstehen, wie beschissen es ist, eine Morjane zu sein? Ständig das Gefühl zu haben, dass alle dich für ein wildes Tier halten? Im besten Fall Angst vor dir haben und dich schlimmstenfalls verachten? Wir wurden künstlich erschaffen! Wir sind ein genetisches Experiment! Willst du wissen, wie erniedrigend das ist? Das kannst du niemals nachempfinden! Da müsstest du dir schon eine Kampfmontur anlegen!«

Die schwarzen Augen der Morjane nahmen einen bedrohlichen Grünstich an, und Jana bereute es bereits, dass sie das *Basiliskenauge* in der Handtasche gelassen hatte. Doch Mitara beruhigte sich rasch wieder. Sie seufzte tief und widmete sich wieder ihren Fingernägeln. Jana atmete auf und versuchte sich zu konzentrieren.

»Niemand hält euch für Tiere.«

»Die Lizenzen für den Abschuss von Schwarzen Morjanen wurden vor dreißig Jahren abgeschafft«, erwiderte Mitara ruhig. »Der Mord an einem Wandelwesen gilt aber nach wie vor nicht als Verbrechen.«

»Nur dann nicht, wenn der Mord zum Selbstschutz begangen wurde.«

»Man braucht eine Morjane nur bis zur Weißglut reizen, dann legt sie instinktiv ihre Kampfmontur an«, entgegnete Mitara mit einem bitteren Grinsen. »Und schon hat man einen hübschen Vorwand für den Mord. Dein Freund ist ja auch gleich zu den Erli gerannt und hat ihnen den Kopf meiner Freundin verkauft. Das Gift und die Hörner.«

Jana verlor die Geduld. »Jetzt reicht es aber wieder mit dem Gejammer! Wenn alles so schlimm ist, dann schneide dir doch die Pulsadern auf, verdammt!« Mitara sah die junge Frau völlig verdutzt an. »Ich bin nicht hergekommen, um mich von dir vollheulen zu lassen!«

»Sondern?«

»Das werde ich dir sagen!« Jana griff sich einen der Stühle, setzte sich Mitara direkt gegenüber und sah ihr scharf in die Augen. »Ich will endlich wissen, was hier gespielt wird! Santiago will Bogdan töten, Cortes will Geld verdienen, und Artjom will Olga retten, aber keiner interessiert sich dafür, was eigentlich dahintersteckt. Weswegen hat der Kriegskommandeur diese wahnwitzige Aktion mit dem verbotenen Arkan überhaupt angefangen?«

»Wegen Tapira.«

»Wegen ...« Jana stockte und sah Mitara ungläubig an. »Wegen einer Schwarzen Morjane?«

»Seltsam, nicht wahr?« Mitara stellte das Fläschchen mit der Grundierung beiseite und schüttelte sich das Haar aus dem Gesicht. »Sie sind schon seit vielen Jahren zusammen.«

»Ein Ritter des Ordens und eine Schwarze Morjane?«

»Wir dachten eigentlich auch, dass wir nicht zur Liebe befähigt seien, genauso wenig, wie man uns lieben kann. Wir dachten, wir seien zur Einsamkeit verdammt. Aber ...« Mitara seufzte. »Bei den beiden ist es offensichtlich anders. Tapira erkennt Bogdan auch dann noch, wenn sie die Kampfmontur angelegt hat. Sie können einander spüren und lieben sich.«

»Ein Ritter und eine Morjane«, flüsterte Jana kopfschüttelnd. »Aber was hat das *Traumarkan* damit zu tun?«

»Morjanen bekommen nur selten Kinder«, begann Mitara etwas umständlich, doch Jana dämmerte sofort, worauf die Sache hinauslief. »Und wenn sie Kinder bekommen, dann werden es immer Mädchen, die auch wieder Schwarze Morjanen sind, egal, wer der Vater ist.«

»Dann ist Tapira also schwanger!«, schlussfolgerte Jana.

»Und Bogdan möchte, dass ihr Kind ein Tschud wird«, ergänzte Mitara. »Er wünscht sich sehnlichst einen Sohn, der im Herrscherhaus Tschud aufgenommen wird und zur Elite der Verborgenen Stadt gehört.«

»Wird er das Arkan bitten, aus Tapira eine Tschudenfrau zu machen?«

Die Morjane schüttelte den Kopf: »Der Embryo ist bereits ausgebildet, und das Arkan erfüllt nur einen Wunsch. Er wird darum bitten, dass sein Kind ein Tschud wird.«

KAPITEL ZWÖLF

Moskau, Sperlingsberge
Samstag, 16. September, 16:49 Uhr

Gleb Kusmin – mit Spitznamen Kusma genannt – arbeitete bereits seit acht Jahren als Händler auf den Sperlingsbergen. Schon als Student war er mit seinen Kommilitonen zur Aussichtsplattform gefahren, um sich mit der »Betreuung« der Touristen etwas dazuzuverdienen. Er verkaufte Anstecker und Souvenirs, wechselte Geld, und allmählich wurde diese Tätigkeit zu seiner Haupteinnahmequelle. Kusma vernachlässigte das Studium, schaffte sich einen eigenen Verkaufsstand an und inzwischen bot er den Fremden die ganze Palette russischer Folklore feil: Keramik aus Gschel, Chochloma-Malerei, »echte« militärische Ehrenabzeichen, Armeemützen, bemalte Matrjoschkas und Ansichtskarten von Moskau. Dieses Geschäft machte einen nicht reich, doch man konnte anständig davon leben, ohne sich um die Zukunft sorgen zu müssen, denn der Strom der Touristen riss niemals ab. Im Gegenteil, an manchen Tagen gab es eine regelrechte Invasion von Fremden. Zum Beispiel heute.

Ein so gutes Geschäft hatten die Souvenirhändler an einem Samstag schon lange nicht mehr gemacht. Bereits am Vormittag waren über zwei Dutzend Reisebusse zur Aussichtsplattform der Sperlingsberge gerollt. Das Ende des Altweibersommers rückte näher, und so bemühten sich die Reisebüros, vor dem Wintereinbruch noch einmal möglichst viele Kunden durch die Moskauer Sehenswürdigkeiten zu schleusen. Die Touristen ihrerseits rissen sich förmlich um Kusmas geschmacklose Souvenirs. Gleb hatte fast seine gesamten Vorräte verkauft. Nun lehnte er träge an der Umzäunung und rauchte.

»Ein bombiger Tag, nicht wahr?«, rief Wowtschik, ein junger Bursche, der am Nachbarstand als Aushilfe arbeitete.

Kusma grinste gönnerhaft und spuckte über den Zaun: »Es geht, ja.«

Kusma galt als alter Hase auf den Sperlingsbergen, genoss hohes Ansehen unter den Kollegen und wollte sein souveränes Auftreten nicht dadurch beschädigen, dass er sich ausgelassen über einen erfolgreichen Tag freute.

»Was meinst du, ob bis zum Abend noch ein paar Busse kommen?«

»Einer oder zwei. Eher einer.«

Gleb irrte sich nur selten.

»Zwei wären besser«, erwiderte Wowtschik munter. »Ich brauch die Kohle.«

»Wozu denn?«, spöttelte Kusma. »Mama und Papa füttern dich doch durch.«

»Ich möchte mir ein Auto kaufen«, verkündete Wowtschik stolz. »Aber ein ordentliches.«

»So eins?«, fragte Kusma und wies mit einer lässigen Kopfbewegung in Richtung Straße.

Wowtschik folgte seinem Blick und erblasste vor Neid: An der Ampel stand ein blitzblankpolierter bordeauxroter Lincoln der neuesten Baureihe, in dessen Innenraum ein gepflegter Mann in Begleitung zweier hübscher junger Damen saß.

»Wow!«, rief Wowtschik voller Bewunderung. »Um mir so einen Schlitten leisten zu können, müsste ich mein ganzes Leben lang hier jobben.«

»So ist es«, bestätigte Kusma trocken, warf seine Zigarettenkippe weg und sah der anfahrenden Luxuslimousine hinterher.

»Warum bist du hier abgebogen?«, erkundigte sich Tapira, als der bordeauxrote Lincoln die Kosygin-Straße verließ und über einen schmalen Schotterweg holperte.

»Überraschung«, grinste Bogdan triumphierend. »Ich habe ein stationäres Lastenportal zum Thron der Kraft eingerichtet.«

Als der Wagen unter dichtem Strauchwerk zum Stehen kam, murmelte der Ritter eine kurze Zauberformel, und vor der Windschutzscheibe entstand ein roter Wirbel. Eine unsichtbare Kraft erfasste den Lincoln und hob ihn sanft vom Boden ab. Im Fahrgastraum wurde es plötzlich stockfinster, doch schon wenige Augenblicke später drang wieder Licht durch die Fenster, und Bogdan trat hart auf die Bremse. Tapira blickte sich um. Der Wagen stand direkt unter dem Thron der Kraft.

»Cool ausgedacht.«

»Danke für das Kompliment, Liebste.« Bogdan stieg aus, begab sich zu dem Artefakt, das auf einer Geländerstange befestigt war und die Form einer kleinen roten Echse hatte, hielt die Hand darüber und murmelte abermals einen Zauberspruch. »Jetzt sind wir hier sicher.«

Der *Salamanderring*, ein klassisches Schutzartefakt, erzeugte um den Thron der Kraft ein kreisrundes Energiefeld. Jedes Objekt, das in dieses Feld eindrang, wurde augenblicklich zu Asche verbrannt. Ein zweites Artefakt – eine schwarze Glaskugel, die auf einer kleinen Bank lag – hüllte den Thron der Kraft in ein Trugbild, damit Unbeteiligte ihn nicht sehen konnten.

»Wir haben nicht viel Zeit. Bereite Olga vor, während ich mich umziehe.«

»Okay.« Die Morjane beugte sich zu der jungen Frau, die wie versteinert auf dem Rücksitz saß, und zog an der *Leine*. »Steig aus.«

»Was soll das denn, Galja, bitte!«, flehte Olga, während sie gehorsam aus der Limousine kletterte.

Die junge Frau hatte keine Chance, sich physisch gegen das Ruhigstellungsartefakt zu wehren, doch sie bekam alles mit, was um sie herum vor sich ging. Tapira seufzte und sah verstohlen zu Bogdan hinüber, der sein klassisches Gewand anlegte.

»Es ist zu spät.«

»Aber wieso das Ganze, Galja? Was habt ihr mit mir vor?«

»Du wirst als Opfer dargebracht.«

»Aber warum ich? Was habe ich denn getan?«, fragte Olga mit zitternden Lippen.

»Wir haben die geeignetste Kandidatin ausgewählt. Pech, dass es ausgerechnet dich erwischt hat. Tut mir leid.«

»Alles klar bei dir?«, erkundigte sich Bogdan. Er trug bereits den bodenlangen Kommandeursmantel mit dem breiten Gürtel und legte sich gerade mit beiden Händen die Ritterkette mit dem massiven Medaillon um. »Brauchst du Hilfe?«

»Nein.« Tapira wandte sich entschlossen zu Olga um. »Folge mir.«

Von der Plattform, auf der der Lincoln geparkt war, führte eine schmale Holztreppe zum Runenkreis auf dem Thron der Kraft hinauf. Als Olga oben ankam, blieb sie schlagartig stehen und selbst die *Leine*, an der die Morjane heftig zog, konnte sie zunächst nicht zum Weitergehen bewegen. Der jungen Frau stand das blanke Grauen im Gesicht.

Der Thron der Kraft bestand aus einem kreisrunden, mit schwarzen Steinplatten ausgelegten Plateau. Die spiralförmig darin eingravierten Runen schimmerten gespenstisch im Lichte dreier Fackeln. Mal glühten sie rot wie heißes Blut, mal verblassten sie zu gelb, mal wirkten sie schwarz wie zähflüssiges Pech. Doch das war nicht das Schlimmste. Das Schlimmste waren die Hände. Am Rand des Plateaus ragten zahlreiche abgehackte Hände empor, wie die Hände Ertrinkender aus einem Moorloch. Und sie bewegten sich gruselig. Mal griffen sie mit ihren blutverschmierten Fingern krampfhaft ins Leere, mal ballten sie sich zu Fäusten. Olga wurde schlecht.

»Komm schon weiter!«

»Ich muss gleich kotzen.«

»Unsinn.«

In der Mitte des Plateaus ließ Tapira die geschockte junge Frau geschickt über ihr Bein fallen und legte sie rücklings auf dem kalten Steinboden ab. Olga spürte, wie sich Stricke um ihre Hand- und Fußgelenke legten und ihre Gliedmaßen auseinanderzogen. Tapira prüfte den Sitz der Fesselung und nahm Olga die überflüssig gewordene *Leine* ab.

»Jetzt dauert es nicht mehr lange.« Die Morjane schnitt Olga die Kleider vom Leib und legte die Fetzen auf einem Haufen zusammen. Dann kniete sie sich neben ihr hin und strich mit dem Finger über die schwarze Perlenkette. »Verzeih mir, meine Freundin.«

»Der Kommissar hat doch gesagt, dass wir nicht zu nahe an die Aussichtsplattform ranfahren sollen!«, nörgelte Domingo.

»Mach ich doch auch nicht!«, maulte Tamir Cannabis. »Oder siehst du hier irgendwo die Aussichtsplattform? Die ist noch einen Kilometer entfernt, mindestens.«

»Hast du keine Augen in deinem Gipskopf? Die Plattform ist dort hinter den Sträuchern!«

Der Schatyr schaltete den Motor des Chevrolet Caravan ab und wollte gerade den Mund aufmachen, um zurückzugiften, doch in diesem Augenblick klingelte das Mobiltelefon. Domingo schnitt eine schadenfrohe Grimasse und nahm das Handy aus der Halterung.

»Las Vegas.«

»Seid ihr schon vor Ort?«

Als er Santiagos Stimme hörte, wurde Domingos Gesichtsausdruck schlagartig ernst.

»Jawohl, Kommissar. Wir bereiten jetzt unsere Ausrüstung vor.«

»Ich werde auch bald da sein«, verkündete Santiago und legte auf.

Cannabis zog den Zündschlüssel ab und stieg aus. Der Minivan der Vegasianer war nach dem neuesten Stand der Technik ausgerüstet: diverse Bildschirme und Rechner, Modems, Satellitenanlage. Der kompakte Wagen diente als mobiler Kommandostand und war zur Tarnung in den Farben des Fernsehsenders *NTW* lackiert. Wegen einer Parabolantenne am Dach eines TV-Übertragungswagens würde wohl kaum jemand Verdacht schöpfen – zumal die Vegasianer astreine Presseausweise dabeihatten.

»Tamir, wo ist mein Brötchen?!«, nölte Domingo, der noch im Auto saß. »Gib's zu, du hast es aufgefressen, du Gierhals!«

»Bleib hier stehen«, befahl Kornilow.

Schustow parkte den 9er Lada am Straßenrand. Sie standen etwa vierhundert Meter vor den Sperlingsbergen und auf der stark befahrenen Kosygin-Straße rauschten die Autos an ihnen vorbei.

Der Major griff nach seinem Mobiltelefon und tippte eine Nummer ein: »Hier ist Kornilow. Wir sind da. ... Gut, wir halten uns bereit.« Andrej steckte das Handy in die Tasche zurück und nahm eine bequemere Sitzposition ein. »Wir müssen warten.«

»Komisch«, brummte Sergej, nachdem er den Motor abgestellt hatte. »Irgendwie habe ich das Gefühl, als hätte ich diese Situation schon einmal erlebt.«

Kornilow erwiderte nichts und zog eine Zigarette aus der frisch geöffneten Packung heraus.

Schustow blies die Backen auf und seufzte. »Außerdem sagt mir mein Gefühl, dass wir jetzt eine Zeit lang hier sitzen und weiß der Geier worauf warten werden. Und dass wir dann plötzlich losfahren und im Handumdrehen die Ritualmorde aufklären. Genau wie wir damals den Vivisektor-Fall aufgeklärt haben.«

Kornilow hatte ein Gespräch in dieser Art kommen sehen und deshalb nur Sergej zu dem Einsatz mitgenommen. Die beiden bildeten schon seit vielen Jahren ein Team, und Andrej schätzte die Loyalität seines Stellvertreters. Ihm war klar, dass er Schustow früher oder später alles erzählen musste, er wusste nur nicht, womit er anfangen sollte. Der Major zündete seine Zigarette an und blies den Rauch durchs geöffnete Beifahrerfenster.

»Sergej, unser Ritualmörder ist weder ein Psychopath noch ein gewöhnlicher Irrer. Er schlachtet seine Opfer nicht deshalb ab, weil er zu viele Gewaltvideos gesehen hat oder einer satanistischen Sekte verfallen ist. Er weiß ganz genau, was er tut.« Kornilow inhalierte tief, drehte den Kopf und sah dem Kapitän direkt in die Augen. »Er ist ein Zauberer.«

Schustow dachte einige Sekunden lang über das erstaunliche Statement seines Chefs nach, dann fragte er vorsichtig: »Du meinst, so eine Art Geistheiler oder Hellseher?«

Der Major schüttelte den Kopf.

»Nein. Er ist ein Zauberer. Ein echter Magier. Er kann Dinge bewirken, die wir gemeinhin als Wunder bezeichnen. Die Menschenopfer benötigt er für einen Zauber.«

Schustow wandte sich ab und trommelte mit den Fingern gegen das Lenkrad. »Aha. Der Typ bildet sich also ein, dass ein Wunder oder sonst ein Hokuspokus geschieht, wenn er diese Leute ermordet ... Verstehe.«

Mit dieser Version hätte Sergej sehr gut leben können, doch Kornilow war nun fest entschlossen, seinen Stellvertreter mit der unbequemen Wahrheit zu konfrontieren.

»Es bringt nichts, den Kopf in den Sand zu stecken, Sergej. Unser Mörder ist ein echter Zauberer. Und wenn er sein letztes Opfer tötet, geschieht tatsächlich ein Wunder.«

»Andrej«, gab Sergej äußerst milde zurück. »Du weißt, welch großen Respekt ich für dich empfinde. Du bist mein Boss, und auch wenn du mal nicht so ganz richtig tickst, bist du immer noch mein Boss, und ich werde so lange tun, was du mir anschaffst, bis man dich in der Zwangsjacke aus dem Präsidium schleift. Aber ...«

»Kein Aber, Sergej«, unterbrach ihn Kornilow schroff. »Ich meine das in vollem Ernst.«

»Und von wem hast du diese grandiose Einsicht? Du weißt, ich bin kein neugieriger Typ, aber es würde mich schon interessieren, wer Polizisten solche Hirngespinste in den Kopf setzt.«

»Man hat mich während des Vivisektor-Falls eingeweiht.« Andrej warf die Kippe aus dem Fenster und nahm sofort die nächste Zigarette aus der Schachtel. »Unter den Bewohnern dieser Stadt gibt es echte Zauberer.«

Sergej horchte auf, lehnte sich zurück und schloss die Augen. Die Ermittlungen im Vivisektor-Fall waren in der Tat unter mysteriösen Begleitumständen vonstattengegangen: die zeitgleiche Häufung von Schießereien am helllichten Tag, sonderbare Zeugen, der unerklärliche Diebstahl von Beweismitteln, das plötzliche Interesse des Majors an rätselhaften Begebenheiten und – quasi als Sahnehäubchen – Leute, die aus heiterem Himmel auf der Straße auftauchten, um dann wieder spurlos zu verschwinden. Letzteres hatte Schustow mit eigenen Augen gesehen. Doch er ließ diese bizarren Ereignisse damals nicht an sich heran, sondern verdrängte sie und beruhigte sich mit dem Gedanken, dass er ein Opfer gewöhnlicher Hypnose geworden sei. Jetzt holte ihn die Vergangenheit wieder ein.

»Damals, in der Bolschaja-Moltschanowka-Straße, haben wir gesehen, wie Leute aus dem Nichts aufgetaucht sind«, erinnerte sich der Kapitän.

»So etwas nennt sich Portal. Teleportation.«

»Und das gibt es tatsächlich?«

»Du hast es doch gesehen.«

»Stimmt. Ich habe es gesehen.« Schustow linste argwöhnisch zu seinem Chef. »Und, gibt es viele Zauberer unter uns?«

»Mehr als genug«, antwortete Kornilow. »Aber nicht alle sind Menschen.«

»Wie meinst du das?«, begann Sergej, doch schon im

nächsten Moment besann er sich und setzte nur hinzu: »Serebrjanz.«

»Du hast's erfasst«, bestätigte Andrej. »Der Professor liegt richtig mit seiner Theorie. Er hat nur keine Beweise dafür.«

»Das ist ganz schön starker Tobak, was du mir da erzählst«, seufzte Schustow.

»Stimmt«, erwiderte der Major und fügte grinsend hinzu: »Du wirst sicher verstehen, dass ich dieses Wissen nicht allein mit mir herumtragen kann.«

Sergej nickte. »War dieser Vivisektor auch ein Zauberer?«

»Ja. Der eigentliche Vivisektor war ein Zauberer, er wurde liquidiert.«

»Und wofür hast du dann Juschlakow lebenslänglich hinter Gitter geschickt?«

»Dafür, dass er dem Vivisektor die Mädchen geliefert hat.«

»Logisch.«

Schustow hatte damals schon geahnt, dass der von ihnen verhaftete Juschlakow nicht der wirkliche Serienmörder war, doch er hatte diese Zweifel für sich behalten.

»Und was wird jetzt passieren? Wieder so eine getürkte Geschichte?«

Kornilow konnte das Unbehagen seines Stellvertreters gut nachvollziehen.

»Wir werden den Leichnam dieses Wahnsinnigen bekommen. Es wird so aussehen, als hätten wir ihn erschossen, und wir werden genügend Beweise haben, um den Fall abzuschließen.«

»Also genau wie beim letzten Mal.«

»Ja.«

Sergej trommelte abermals mit den Fingern auf das Lenkrad und sah den Major schief an.

»Es wundert mich, dass du dich damit zufriedengibst, Sergej.«

»Ich bin absolut nicht begeistert über unsere Rolle«, erwiderte Kornilow und blickte in die Glut seiner Zigarette. »Aber im Moment sehe ich keine vernünftige Alternative. Das Wichtigste ist, dass wir die Mordserie stoppen und den Verbrecher zur Strecke bringen.« Er drehte langsam den Kopf und sah seinem Stellvertreter tief in die Augen. »Kann ich auf dich zählen, Sergej?«

»Logisch.«

»Kapitän, wir haben festgestellt, dass von Tapiras Konto ein größerer Geldbetrag überwiesen wurde«, berichtete Leutnant Rick Bombarde. »Sie hat eine Wohnung im *Goldenen Schlüssel* in der Minskaja-Straße gekauft.«

»Zu teuer für eine Schwarze Morjane«, kommentierte Franz de Geer.

»Das scheint mir auch so, Kapitän«, bestätigte Bombarde. »Da ist bestimmt irgendwas faul.«

»Nehmen Sie sich drei Gardisten, Leutnant, und durchsuchen Sie diese Wohnung«, befahl Franz. »Sie wissen ja, was mich interessiert.«

»Sämtliche Unterlagen und Manuskripte, die mit Magie zu tun haben«, referierte Rick.

»Genau. Alles, was Sie finden, bringen Sie unverzüglich zu mir.«

»Zu Befehl.«

Der alte Haudegen Bombarde verließ im Sturmschritt den Raum, und Franz massierte sich erschöpft die Stirn.

In der Einsatzzentrale der Garde des Großmagisters herrschte eine beinahe gespenstische Stille. Die meisten Bildschirme waren ausgeschaltet und die Bedientableaus mit Schutzhüllen abgedeckt. Nur an der gegenüberliegenden Wand summte eine riesige Anzeigetafel mit einem Plan der Verborgenen Stadt. Davor saßen mit dem Rücken zu Franz zwei Gardisten und starrten mit Argusaugen auf den Plan. Ihre Aufgabe bestand darin, die Energiefelder in der Stadt zu überwachen und bei einer größeren Eruption – bedingt durch das *Traumarkan* – sofort Alarm zu schlagen.

Dem Kriegsmeister lief die Zeit davon, und er hatte kaum noch Hoffnung, Santiago aufhalten zu können. Seine letzte Chance bestand darin, herauszufinden, wo sich der Thron der Kraft befand, um Bogdan im letzten Moment vielleicht doch noch zu retten. Zwanzig Kampftrupps, die sich in der ganzen Stadt verteilt hatten, und zwei weitere Einsatzwägen mit Gardisten in der Tiefgarage der Burg warteten auf die Information aus der Einsatzzentrale, wo sich die Energie des Arkans entladen würde.

»Das ist also der Thron der Kraft?«, erkundigte sich Artjom.

»Ja.«

»Und wie kommen wir dort hinauf?«

»Da gibt es mehrere Optionen«, erwiderte Cortes achselzuckend. »Wir müssen uns eben die heraussuchen, die in der gegebenen Lage am effektivsten ist.«

»Versteht sich«, pflichtete Artjom bei. »Wenn ich es richtig verstanden habe, dann sollen wir unser Ziel möglichst unbemerkt erreichen.«

»Sowieso«, murmelte der Söldner abwesend, während er fachmännisch das Samuraischwert inspizierte, das Jana besorgt hatte.

Cortes war mit dem roten Audi TT der jungen Frau zum Treffpunkt gekommen. Auf Artjoms Frage, wo Jana denn sei, hatte er sich nur zu einer flüchtigen Kopfbewegung bequemt und »dort« gesagt. Der junge Söldner war es leid, sich über die bisweilen aufreizend wortkarge Art seines Kompagnons zu ärgern. Deshalb hatte er auf weitere Nachfragen über Jana verzichtet und seine Aufmerksamkeit auf den Zielort ihrer Mission gerichtet.

Als erfahrener Kriegsmagier hatte Bogdan für den Thron der Kraft einen geradezu idealen Ort ausgewählt. Erstens befand er sich in unmittelbarer Nähe der Burg, wo das Karthagische Amulett, die Magische Quelle des Ordens, seine Energie spendete. Santiago hatte schon im Vorfeld darauf hingewiesen, dass der Kriegskommandeur zur Vollendung des Arkans gewaltige Energien benötigen und der Thron der Kraft sich aus diesem Grund in der Nähe der Magischen Quelle befinden würde. Zweitens war der ausgewählte Ort sehr sicher, da er sich an einem exponierten Punkt befand, von dem aus der Ritter einen hervorragenden Überblick über die Umgebung hatte. Es schien beinahe unmöglich, sich dem Thron der Kraft unbemerkt zu nähern. Und drittens hatte sich Bogdan für eine ausgesprochen unauffällige Lokalität entschieden. Von der Zusatzkonstruktion an diesem eigenwilligen Ort würde wohl kaum ein Bewohner der Verborgenen Stadt Notiz nehmen. Je länger Artjom das anvisierte Ziel betrachtete, desto weniger konnte er sich vorstellen, wie man dort unbemerkt hingelangen könnte.

Der Söldner gähnte, massierte sich den verspannten Nacken und schaute abermals hinauf zur – jahreszeitlich bedingt – geschlossenen Skisprungschanze, auf deren Turm sich ein eigenartiger Aufbau befand – der Thron der Kraft.

»Sie studieren schon mal den Zielort?«

»Kommissar!« Das Eintreffen von Santiagos dunkelblauem Jaguar hatte Artjom überhaupt nicht bemerkt. »Wir sind soweit.«

»Ausgezeichnet.« Der hochaufgeschossene Naw lächelte. »Bogdan wird in wenigen Minuten zur Vollendung des Arkans schreiten. Höchste Zeit für eine kleine Lagebesprechung.« Er setzte sich den Kopfhörer auf, rückte das kleine Mikrofon vor seinem Mund zurecht und schaltete den Sender ein. »Hier spricht Santiago. Wie sieht's bei euch aus?«

Als Erste meldeten sich die Vegasianer: »Hier ist Tamir. Die Rechner laufen, und wir überwachen die Situation. Bislang ist alles ruhig.«

»Hier ist Jana. Ich bin vor Ort und bereit.«

»Jana, Sie können sofort starten«, erwiderte Santiago. »Weitere Instruktionen bekommen Sie unterwegs.«

»Es geht los!« Die junge Frau schloss energisch die Tür.

Der Pilot reckte den rechten Daumen und der Hubschrauber mit dem Emblem des Moskauer Rettungsdienstes erhob sich sanft in die Lüfte.

»Wir müssen knapp einen Kilometer Abstand zum Ziel halten – er darf keinen Verdacht schöpfen.«

»Siehst du denn aus dieser Entfernung genug?«, erkundigte sich der Pilot skeptisch. »Nicht, dass du dich nachher beschwerst, ich wär nicht nah genug rangeflogen.«

»Keine Sorge«, beruhigte ihn Jana und strich zärtlich über das Zielfernrohr ihrer Barrett light fifty. »Dieses Auge hier sieht alles. – Kommissar, wir sind gestartet.«

»Sehr gut, Jana!«, lobte Santiago. »In zweieinhalb Minuten werden Sie Sichtkontakt zum Objekt bekommen und dann die weitere Beobachtung übernehmen. Bis dahin müssen wir mit den Informationen der Vegasianer auskommen, die das Energieniveau am Zielort und in der Umgebung überwachen.«

»Die Energiekonzentration steigt«, warf Tamir ein. »Aber sehr langsam.«

»In Kürze wird sie explosionsartig ansteigen«, prophezeite Santiago, »und ihr Maximum in dem Moment erreichen, wenn Bogdan le Sta den Dolch zückt, um Olga zu töten. Er wird vollständig darauf konzentriert sein, diese gewaltige Energie zu kontrollieren, und das eröffnet Ihnen die Chance zum Eingreifen, meine Herren«. Die schwarzen Augen des Kommissars fokussierten sich auf Artjom und Cortes. »Genau in diesem Augenblick, in dem Bogdan völlig wehrlos sein wird, müssen Sie unmittelbar neben ihm auftauchen.«

Die Söldner hörten dem Nawen aufmerksam zu und nickten artig mit dem Kopf, obwohl sie noch keinen blassen Schimmer hatten, wie das funktionieren sollte.

»Die Energie des Arkans soll über den Stab des Kriegskommandeurs in den Dolch gelangen«, setzte Santiago fort. »Unsere erstes Ziel besteht darin, diesen Energiefluss zu unterbinden. Diese Aufgabe wird unsere Scharfschützin übernehmen. Jana, können Sie mich hören?«

»Ja, Kommissar.«

»Auf mein Signal werden Sie das Feuer auf die Spitze des Stabs eröffnen und diese zerstören. Hat man Ihnen das Magazin ausgehändigt?«

»Selbstverständlich.«

»Es enthält speziell präparierte Patronen, die den *Salamanderring* durchdringen können. Doch um die Spitze des Stabes völlig zu zerstören, müssen Sie mindestens sieben oder acht Volltreffer landen. Schaffen Sie das?«

»Gewiss.«

»Vortrefflich. Nun kommen wir zum entscheidenden Punkt: Sobald wir den vorgesehenen Kanal unterbrochen haben, wird der Energiestrom sich einen neuen Weg suchen und nach den Gesetzmäßigkeiten des Arkans in den Zauberer selbst zurückfließen. Diesen unerwarteten Rückfluss der Energie des Arkans könnte Bogdan niemals beherrschen. Die Folge wäre eine unkontrollierte Freisetzung der Energie und die Vernichtung allen Lebens im Umkreis von zwanzig bis dreißig Kilometern. Um dies zu verhindern, müssen wir möglichst sofort nach Zerstörung der Stabspitze auch Bogdan selbst liquidieren. Das wird Ihre Aufgabe sein, meine Herren.« Die Söldner nickten abermals. »Auf Raffinesse kommt es dabei nicht an. Schlagen Sie ihm einfach gepflegt den Kopf ab.«

»Kein Problem«, kommentierte Cortes routiniert.

»Und was passiert dann mit der akkumulierten Energie?«, erkundigte sich der aufmerksame Artjom.

»Tja, da wird es wohl irgendwo ein hübsches Inferno geben.« Der Kommissar schmunzelte. »Ich scherze natürlich. Keine Sorge, ich werde die Energie so ableiten, dass sie keinen Schaden anrichten kann. Das Wichtigste hätten wir damit geklärt. Ziehen Sie sich jetzt um, meine Herren, wir haben nicht mehr viel Zeit.«

Die Söldner legten eilig ihre Kleidung ab und schlüpften in weite, schwarze Overalls.

»Der Thron der Kraft ist doch mit einem *Salamanderring* geschützt, nicht wahr, Santiago?«, fragte Cortes, während er sich die weichen Wildlederhandschuhe überstreifte.

»Ganz recht, Bogdan hat ein Artefakt der vierten Kategorie aktiviert«, bestätigte der Kommissar. »Ein solches Schutzfeld würde sogar mich zu Asche zerfallen lassen. Bedauerlicherweise kann man es nur von innen deaktivieren. Die Vegasianer können Ihnen Einzelheiten dazu sagen.«

»Und wie kommen wir durch dieses Schutzfeld durch, ohne zu verglühen?«, fragte Artjom besorgt, während er seinen Waffengürtel umschnallte.

»Ganz einfach«, erwiderte Santiago mit einem triumphierenden Grinsen und zog ein kleines Schächtelchen aus der Tasche hervor. »Haben Sie schon mal was von einem *Maikäfer* gehört?«

»Ach du Schande!«, entfuhr es Cortes. »Sie wollen uns eine kleine Flugreise spendieren?«

»So ist es.«

»Ich fürchte, ich blicke nicht so ganz durch«, gestand Artjom. »Was habe ich mir darunter vorzustellen?«

»Wie jedes Schutzfeld hat auch ein *Salamanderring* eine bestimmte Auslöseschwelle«, erläuterte Cortes. »Objekte unterhalb einer gewissen Größe fallen durch das Raster und werden nicht verbrannt.«

»In diesem Schächtelchen befindet sich ein *Maikäfer*«, setzte Santiago fort. »Seine Abmessungen betragen nur ein Prozent der natürlichen Größe dieses Insekts. Ich werde Ihnen einen *Koboldmantel* umhängen, der Sie auf die erforderlichen Maße verkleinern wird. Dann nehmen Sie auf dem *Maikäfer* Platz und fliegen zur Skisprungschanze hinauf, ohne dass Ihnen der *Salamanderring* auch nur ein Haar krümmen wird. Am Zielort werden Sie Ihre ursprüngliche Größe wieder annehmen, und während Cortes Bogdan erledigt, werden Sie, Artjom, das Artefakt deaktivieren und dafür sorgen, dass Tapira keinen Unsinn macht – Sie haben ja schon Erfahrung im Umgang mit Schwarzen Morjanen. Sie sind doch hoffentlich einverstanden mit meinem Plan?«

»Nur eine kleine Korrektur«, merkte Cortes an. Er hatte bereits seinen Waffengürtel mit zwei Pistolenholstern angeschnallt und befestigte gerade ein *Basiliskenauge* an seinem Handgelenk. »Um Bogdan wird sich Artjom kümmern. Den Rest erledige ich.«

»Das liegt ganz bei Ihnen«, erwiderte Santiago mit unverhohlener Verwunderung, und als Cortes nachdrücklich nickte, zuckte er mit den Achseln.

Artjom prüfte, ob sich das Katana reibungslos aus der Rückenscheide ziehen ließ, und setzte sich die breite Fliegerbrille auf.

»Ich bin soweit«, verkündete er.

»Ich auch«, bestätigte Cortes und stellte sich neben seinen Kompagnon.

»Dann kommen wir zu den letzten Instruktionen, meine Herren.« Santiago legte das Schächtelchen auf den Boden und reichte den Söldnern je eine goldgelbe Kapsel. »Diese Pillen legen Sie sich unter die Zunge. Sie enthalten Zielmarken, die dafür sorgen, dass Sie bei der Aktivierung des *Koboldmantels* nicht irgendwo im Gemüse verlorengehen, sondern in den Sitzen des *Maikäfers* landen. Sobald Sie den Thron der Kraft erreicht haben, müssen Sie die Kapseln zerbeißen, dann nehmen Sie wieder Ihre ursprüngliche Größe an. Gibt es Fragen dazu?«

»Nein.«

»Dann fange ich jetzt an.«

Santiago atmete tief ein und streckte seine langen Arme vor. Der *Koboldmantel* galt als einer der anspruchsvollsten Zauber, den nur wenige Magier der Verborgenen Stadt beherrschten. Die schwarzen Augen des Kommissars begannen zu funkeln, seine Ohren spitzten sich fast unmerklich zu und legten sich enger an den Kopf an. Artjom glaubte sogar zu erkennen, dass zwischen den blassen Lippen des Magiers für den Bruchteil einer Sekunde eine gespaltene Zunge hervorlugte.

»Guten Flug, meine Herren ...«

Kara zeichnete sich schon als Kind durch eine außergewöhnliche Ordnungsliebe aus. Niemals ließ sie Spielzeug oder Kleidung herumliegen und räumte ihr Zimmer stets gewissenhaft auf. Alle schätzten sie als bemerkenswert braves und liebenswertes Kind.

Ganz so brav war sie als Erwachsene dann zwar nicht mehr – man denke nur an den unglückseligen Pawlow –, doch ihren Sinn für Ordnung hatte sie sich bewahrt. In ihrem Zauberkabinett herrschte penible Sauberkeit und nach nutzlos herumliegenden Dingen suchte man vergeblich. Bücher und Retorten, Gerätschaften und Mixturen waren säuberlich in diversen Schränken, Schubladen und Regalen verstaut, wurden je nach Bedarf von dort hervorgeholt und sofort zurückgeräumt, sobald sie nicht mehr gebraucht wurden. Diener wischten jeden Tag feucht durch und gingen dabei mit buchhalterischer Akribie zu Werke, um nur ja kein Staubkorn zu übersehen, denn sie wussten, dass Kara bei der geringsten Nachlässigkeit zu drakonischen Strafmaßnahmen griff. Das Kabinett wurde regelmäßig gelüftet, und ein Duftspender verströmte das liebliche Aroma von Rosenöl – Karas Lieblingsduft.

Der geschnitzte Stuhl ächzte leise, als Kara sich vorbeugte, das Weinglas vom Tisch nahm und einen kleinen Schluck trank. Der junge Beaujolais hatte in diesem Jahr eine dezente Brombeernote.

»Kein schlechtes Bouquet.«

Kara hielt den Wein gegen das Licht und prüfte die Farbe. Sie war glänzender Laune. Denn heute endete der erste Teil ihres sorgfältig durchdachten Plans – und das mit Erfolg. Alles lief wie am Schnürchen.

Abermals benetzte die Hexe ihre vollen Lippen mit dem edlen Rebsaft und richtete den Blick auf die bronzene Kohlenschale auf dem Tisch, über der in einem Kessel kochendes Wasser gurgelte. Es war höchste Zeit, den »Fernseher« einzuschalten.

Kara legte ein paar kleine Kohlenstückchen nach und sprach einen Zauber. Der aus dem Kessel steigende Dampf verdichtete sich und die Hexe erblickte darin die beiden Söldner, die neben dem Jaguar des Kommissars standen.

»Fangt an mit eurer Show, Jungs, das Publikum wartet.«

»Die Entfernung beträgt achthundert Meter!«

Der orangefarbene Hubschrauber kreiste langsam über der Schüssel des Lushniki-Stadions.

»Wir haben nur noch sieben Minuten Zeit«, warnte der Pilot. »Die Flugsicherung untersagt längere Flüge zu Übungszwecken.«

»Das reicht uns locker!«, erwiderte Jana gelassen, ohne das Auge vom Zielfernrohr zu nehmen.

Findige Ingenieure der Verborgenen Stadt hatten die serienmäßige Zieleinrichtung »frisiert«, indem sie ein *Magoskop* in das Linsensystem integrierten. Dank dieses genialen Kniffs sah Jana nicht nur den Anlaufturm der Skisprungschanze, sondern auch alles, was sich dort oben auf dem Plateau des Throns der Kraft abspielte.

»Die Energiekonzentration steigt!« Tamirs Stimme ertönte im Kopfhörer. »Wir können bereits die Richtung des Energiestroms vorhersagen.«

»Höchste Bereitschaft!«, mahnte Santiago.

Jana legte das Gewehr auf ihren Schoß, befestigte das Zielfernrohr und zog das mit spitzen, schwarzen Patronen befüllte Magazin aus der Brusttasche. Die aus Nawscher Legierung bestehende Spezialmunition, die Santiago mit einem Zauber präpariert hatte, war in der Lage, den *Salamanderring* zu durchbrechen und die magische Spitze des Kriegskommandeurstabs zu zerstören, was faktisch das Todesurteil für Bogdan bedeutete.

Nachdenklich betrachtete die junge Frau das Magazin und seufzte. Die Geschichte, die ihr Mitara erzählt hatte, ließ ihr keine Ruhe. Jetzt, wo sie wusste, zu welchem Zweck Bogdan das *Traumarkan* wirkte, sah sie den Kriegskommandeur in einem anderen Licht. Sie konnte es immer noch nicht recht glauben, dass einer der einflussreichsten Kriegsmagier um eines Kindes willen sein Leben aufs Spiel setzte. Die Mächtigen der Verborgenen Stadt waren eher für Gefühlskälte und Zynismus bekannt.

Das Erstaunlichste an Bogdans Verhalten bestand wohl darin, dass er sich auf die Liaison mit Tapira überhaupt eingelassen hatte. Er konnte doch voraussehen, wie das enden würde. Welcher Teufel hatte ihn da geritten? Liebe? Wie Mitara behauptete?

Im Übrigen drohte Bogdans Kind keinerlei konkrete

Gefahr, wenn man einmal davon absah, dass es unter normalen Umständen als Schwarze Morjane zur Welt kommen würde. Mitara hatte geklagt, es sei erniedrigend, sein Dasein als Wandelwesen zu fristen. Wollte Bogdan das seinem Kind ersparen?

Andererseits: Wieso sollten andere ihr Leben dafür lassen? Völlig unbeteiligte Humos, die Bogdan nicht einmal kannte und trotzdem einen nach dem anderen eiskalt abgeschlachtet hatte. Rechtfertigte es das vermeintliche Lebensglück seines Kindes, dass der Ritter über Berge von Leichen ging?

Fragen über Fragen, die Jana durch den Kopf spukten. Dieser Bogdan war eine zutiefst widersprüchliche Person.

»Jana, können Sie mich hören? Wie ist die Lage bei Ihnen?«

Entschlossen steckte die junge Frau das Magazin an seinen Platz und lud das Gewehr durch.

»Alles bestens, Kommissar.«

Für einen Moment war Jana über sich selbst erschrocken. Im Versuch, die Beweggründe des Kriegskommandeurs zu verstehen, hatte sie zugelassen, dass sich eine persönliche Note in ihr Verhältnis zu Bogdan einschlich. Aus professioneller Sicht war dies ein schwerer Fehler. Die Grübelei über die wahren Hintergründe störte sie nur in ihrer Konzentration. Cortes hatte einmal zu ihr gesagt: Freu dich nicht zu früh, wenn du zu den Abgründen der Wahrheit vorgedrungen bist, sondern denk lieber darüber nach, wie du aus diesen Abgründen wieder herauskommst.

Wie Recht er doch hatte. Es war nicht Janas Aufgabe, der Wahrheit auf den Grund zu gehen, sondern den Kriegskommandeur auszuschalten! Schließlich hing das Leben ihrer Freunde davon ab. Sie durfte sie jetzt nicht im Stich lassen! Janas blaue Augen erstarrten zu Eis, und sie legte die Waffe an.

»Wir gehen jetzt auf Schlagdistanz.«

Artjom spürte, wie der schwarze Nebel, der aus den Fingern des Kommissars quoll, durch die Poren der Haut in seinen Körper drang. Der Schrumpfungsprozess fühlte sich alles andere als angenehm an: Im instinktiven Bestreben, sich dem Zauber zu widersetzen, krampften sich seine Muskeln zusammen, sein Kopf schien in einem Schraubstock zu stecken, die Knochen krachten schauderhaft, und das Bild vor seinen Augen verschwamm zu einem amorphen Brei.

Doch nach wenigen Sekunden war der Spuk zu Ende. Artjom stand nicht mehr, sondern saß in einem bequemen Sitz, der sich über dem Auge eines gigantischen *Maikäfers* befand. Über dem Sitz wölbte sich eine Glaskapsel. Weit vor sich gewahrte Artjom eine gewaltige schwarze Mauer und plötzlich wurde ihm klar, dass es sich dabei um eine Wand der kleinen Maikäferschachtel handelte. Die Umwandlung war also geglückt!

»Es hat funktioniert, Cortes! Wir sind winzig!!«

»Schnall dich an, wir starten«, gab der Söldner leidenschaftslos zurück.

Als Artjom sich nach seinem Kompagnon umblickte, sah er, dass dieser ebenfalls in einer Art Pilotensitz saß, der über dem zweiten Auge des Käfers angebracht war. Die ganze Konstruktion erinnerte an ein Cockpit und auf Cortes' Seite befanden sich zwei lange Hebel.

»Halt dich fest.«

Kaum hatte Artjom seinen Gurt geschlossen, hob der Käfer vom Boden ab und stieg jäh in die Lüfte. Die Söldner wurden heftig in ihre Sitze gepresst.

»Wie lange brauchen wir bis zum Thron der Kraft?«

»Etwa eine Minute. Unser Käferchen ist ein ziemlich flottes Modell.«

Als der Käfer über den Rand der Schachtel flog, verlor Artjom sofort die Orientierung im Raum. Alles um ihn herum erschien riesenhaft und irreal. Baumkronen verwandelten sich in Gebirge, Grashalme in Bäume und Wiesen in Wälder. Das Irritierendste war, dass man nicht weit sehen konnte. Die Welt endete am nächsten Strauch und von der Sprungschanze war weit und breit nichts zu sehen.

Als Artjom sich umwandte, um zu fragen, wie Cortes sich in diesem Dickicht zu orientieren gedenke, bemerkte er, dass sein Kompagnon auf einen Monitor blickte – der *Maikäfer* war mit einem elektronischen Radar ausgestattet.

Angesichts der Tatsache, dass Artjom sich zum ersten Mal auf so abenteuerliche Weise fortbewegte, konnte es nicht verwundern, dass ihm dabei ein wenig mulmig zumute war. Er lehnte sich zurück, atmete durch und versuchte, sich auf seine bevorstehende Aufgabe zu konzentrieren. Genauer gesagt: auf seine ungewohnte Rolle. Mit jedem Meter, den sich der *Maikäfer* seinem

Ziel näherte, wurde Artjom klarer, was für ein kolossaler Unterschied es war, ob man in Notwehr tötete oder einen Auftragsmord beging.

Der junge Söldner hatte den Kriegskommandeur noch nie getroffen. Der Ritter hatte ihm persönlich nichts Böses getan und ahnte vermutlich nicht einmal etwas von seiner Existenz. Dennoch würden sich in weniger als einer Minute auf fatale Weise ihre Wege kreuzen.

Artjom wurde dafür bezahlt, diesen Bogdan einen Kopf kürzer zu machen. Das war – vorsichtig ausgedrückt – ein gewöhnungsbedürftiges Gefühl. Gewiss, er verhinderte damit den brutalen Mord an einer unschuldigen jungen Frau. Er rettete Olga, die ihm weiß Gott näher stand, als dieser blutrünstige Kriegsmagier. Gleichwohl blieb ein fader Beigeschmack: dieses Geschäftsmäßige, der Mord auf Bestellung.

Der junge Söldner sah zu seinem Kompagnon, der das Radar nicht aus den Augen ließ. Seit dem Gespräch im *Depresso* hatte Cortes kein Wort mehr über Artjoms bevorstehende Aufgabe verloren und in seinem Verhalten nicht den geringsten Zweifel an der Zuverlässigkeit seines Partners angedeutet. Er verließ sich völlig auf Artjom. Nicht einmal ein zweites Schwert hatte er mitgenommen.

Und wenn mein Katana abbricht? Der Gedanke jagte Artjom einen flauen Schauer durch die Magengrube. Unwillkürlich tastete er nach dem Griff des Schwerts und verfluchte sich im selben Moment für seine idiotischen Bedenken. Nawsche Klingen brachen niemals. Lebenslange Garantie.

Die Berührung der mächtigen Waffe beruhigte den Söldner und die kurz aufkeimende Panik verflog. Artjom bekam sich wieder völlig unter Kontrolle und war entschlossener denn je, das Vertrauen, das Cortes in ihn setzte, nicht zu enttäuschen. Er stand zu der weitreichenden Entscheidung, die er im *Depresso* getroffen hatte.

»Es ist keiner von ihnen da«, sagte Tapira leise.

Bogdan griff unbeeindruckt nach seinem Kriegskommandeurstab und schüttelte ihn mit einer martialischen Geste. Das tat er immer vor dem Kampf oder einem schwierigen Zauber. Sein Gesicht konnte Tapira nicht richtig sehen, da es bis über die Nase von dem schweren Helm verdeckt war, doch um seine Mundpartie zuckte kein Muskel und die Lippen blieben unbewegt zusammengepresst. Hatte Bogdan ihre Bemerkung überhört?

»Sie sind nicht da, Bogdan! Niemand gibt uns Deckung! Man hat dich verraten!«

»Du irrst dich.« Über Bogdans Lippen huschte ein flüchtiges Lächeln. »Du siehst sie nur nicht.«

Bogdan neigte ihr den Kopf zu, und in den Schlitzen des Helms blitzten für einen Moment seine Augen auf: Sie wurden bereits rot.

»Tu es nicht!«

»Es ist zu spät.«

Der Kriegskommandeur wandte sich von der Morjane ab und reckte den Stab in die Höhe.

»Diese Welt wird nicht mehr dieselbe sein wie zuvor. Kraft meines Willens und kraft der Macht des *Traumarkans* wird diese Welt verändert.«

Bogdan verstummte, und Tapira sah, wie zwischen den schnörkelig gewundenen Zierblechen an der Spitze des Stabs ein grell leuchtender Stern entstand.

»Einundzwanzig Siegel halten die alte Welt zusammen und trennen sie vom *Traumarkan*. Kraft meines Willens verfüge ich, die zwölf Siegel des Großen Kreises zu öffnen!«

Tapira spürte eine leichte Vibration. Der Thron der Kraft geriet in Schwingung, und Bogdans Konturen verschwammen. Die drei Fackeln, die den Runenkreis bislang dezent beleuchtet hatten, begannen zu flackern, ihre Flammen verzweigten sich und züngelten seitlich, so dass um den Thron der Kraft ein Feuergitter entstand. Olga, die rücklings in der Mitte des Plateaus lag, stieß einen Schrei aus und zog vergeblich an ihren Fesseln. Der Ritter war nur noch einen Schritt vom Runenkreis entfernt und hob bereits den Fuß, um ihn zu betreten, doch er hielt noch einmal inne und wandte sich zu Tapira um.

»Egal, was passiert, vergiss nie, für wen wir das alles tun.«

»Tu es nicht!«

»Mach dir keine Gedanken um mich.«

»Bogdan ...!«

Der Kriegskommandeur trat ins Innere des Kreises und hinter seinem Rücken schloss sich eine dichte Feuerwand.

»Bogdan ist jetzt innerhalb des Plateaus«, meldete Jana, die das Geschehen ununterbrochen durch das Zielfernrohr beobachtete.

»Noch sechzig Sekunden!« Santiagos Stimme klang ruhig und sachlich. »Cortes, wo sind Sie?«

»Genau auf Kurs«, berichtete der Söldner nicht weniger gleichmütig. »In zwanzig Sekunden durchbrechen wir den *Salamanderring*.«

Jana amüsierte der Gedanke, dass ihr breitschultriger Freund auch dann noch völlig cool blieb, wenn er auf wenige Mikrometer zusammengeschrumpft war. Sie schmunzelte kurz und konzentrierte sich dann sofort wieder auf ihre Aufgabe. Bogdan stand mit dem Stab in der Hand direkt neben Olga, während Tapira mit hängendem Kopf außerhalb der Feuerwand saß.

Die mittlerweile rot leuchtende Spitze des Stabs hatte Jana bereits ins Fadenkreuz genommen und korrigierte bei der geringsten Bewegung den Anschlag ihres Gewehrs. Der Timer, der sich in der linken oberen Ecke der elektronischen Zieleinrichtung eingeschaltet hatte, zeigte an, dass seit dem Moment, in dem Bogdan den Runenkreis betreten hatte, neun Sekunden vergangen waren. Zehn, elf ...

»Die Energiekonzentration nähert sich dem Maximum«, meldete Tamir mit einem Blick auf den Bildschirm seines Notebooks. »In vier Sekunden wird der Kriegskommandeur damit beginnen, die Energie aus externen Quellen anzuzapfen.«

»Die Magier in der Gegend hier werden sich wundern«, orakelte Domingo.

»Wie sieht's in der Umgebung aus?«, erkundigte sich Santiago.

»Alles ruhig.«

»Und seine Frau?«

»Die ist unschlüssig.«

»Geht das etwas genauer?«

Domingo hielt sich die Kerze direkt vor die Nase, und ihre Flamme spiegelte sich gespenstisch in seinen anthrazitfarbenen Augen.

»Tapira weiß nicht, was sie tun soll. Bogdan hat irgendetwas zu ihr gesagt, und jetzt weiß sie nicht, wie sie sich verhalten soll.«

»Wird sie versuchen, den Söldnern in den Arm zu fallen?«

»Die Wahrscheinlichkeit dafür beträgt zweiundvierzig Prozent«, verkündete Tamir, »aber sie nimmt ab. Noch vor zwei Minuten hätte sie sich mit achtundsiebzigprozentiger Wahrscheinlichkeit in jeden Kugelhagel geworfen.«

»Haben Sie gehört, Cortes?«

»Ja.«

»Töten Sie Tapira nicht, wenn es sich irgendwie vermeiden lässt.«

»Selbstverständlich, Kommissar.«

»Kapitän, ein heftiger Energiestoß!«

»Wo?!« Franz de Geer sprang aus seinem Stuhl und rannte zu den beiden Gardisten, die auf die Anzeigetafel starrten. »Wo?«

»Ganz in der Nähe, auf den Sperlingsbergen.«

»Ich brauche sofort ein Portal dorthin. Auf der Stelle!«

»Das geht nicht, Kapitän«, beschied einer der Gardisten kopfschüttelnd und zeigte auf den Plan der Verborgenen Stadt. »Sehen Sie selbst.«

Strömungen magischer Energie wurden auf dem Plan als pulsierende rote Linien dargestellt, die je nach Intensität dicker oder dünner ausfielen. Rund um die Sperlingsberge flackerte ein bedrohliches Dickicht massiver Energieströme, die sich ineinander verwoben, bizarre Spiralen bildeten und sich schließlich in der Nähe der Aussichtsplattform zu einem gigantischen Strang vereinigten. Kein Magier, der seine Sinne halbwegs beisammenhatte, wäre auf die irrsinnige Idee gekommen, ein so sensibles energetisches Gebilde wie ein Portal in dieses pulsierende Inferno zu verlegen.

»Dort ist die Hölle los, Kapitän. Das hält kein Portal aus. Ihre Knochen würden vermutlich einzeln dort ankommen.«

»So etwas habe ich auch noch nie gesehen«, staunte der zweite Gardist. »Entweder sind unsere Sensoren durchgebrannt oder dort kocht mehr Energie als im Karthagischen Amulett.«

Niemand antwortete den beiden. Der Kapitän der Garde war längst aus dem Raum gerannt.

Sie konnte weder sprechen noch schreien, nicht einmal weinen. Erschöpft von quälender Angst, Verzweiflung und Panikattacken, war Olga in eine ohnmächtige Apathie verfallen. Die Hoffnung auf Rettung hatte sie längst verloren.

Die nackte junge Frau lag auf dem kalten Stein des

Throns der Kraft und starrte teilnahmslos in den Himmel. Nur dumpf und wie von Ferne hörte sie die Stimme ihres Mörders: »Kraft meines Willens verfüge ich, die zwölf Siegel des Großen Kreises zu öffnen!«

Olga sah nicht, wie nach diesen Worten zwölf abgehackte Hände um sie herum in ein kaltes, bläuliches Licht getaucht wurden, wie die schwarzen Brillanten an ihren Fingern zu funkeln begannen und wie die zwölf großen Siegel, in denen die Hände verankert waren, zu zischen begannen.

Dafür sah sie, wie der Himmel über ihr sich purpurschwarz verfärbte, wie er sich bedrohlich herabsenkte und wie vereinzelte Blitze über ihn mäanderten. Außerdem spürte Olga noch, wie zwölf der schwarzen Perlen ihrer prächtigen Kette allmählich schmolzen. Doch als die heiße Masse über ihren Hals rann und Brandspuren auf ihrer zarten Haut hinterließ, zuckte sie nicht einmal zusammen.

Olga hatte das Bewusstsein verloren.

Langsam dämmerte der Welt, dass jemand sich anschickte, ihr lange Zeit ungestörtes Gleichgewicht aufs Gröbste zu erschüttern.

»Neun Siegel halten die alte Welt zusammen und trennen sie vom *Traumarkan*. Kraft meines Willens verfüge ich, die neun Siegel des Kleinen Kreises zu öffnen!«

Weitere neun abgehackte Hände tauchten in dasselbe blassblaue Licht wie die vorhergehenden zwölf. Die geschmolzene Masse von neun schwarzen Perlen versengte den Hals der jungen Frau.

Bleischwer lastete die purpurschwarze Gewitterwolke über dem Thron der Kraft und ununterbrochen durchzuckten sie nun heftige Blitzentladungen.

Die Feuerwand um den Runenkreis loderte immer heftiger. Aus den aufgebrochenen Siegeln quoll immer mehr blaues Licht, die Runen leuchteten scharlachrot und ein gewaltiger Strom magischer Energie senkte sich auf Bogdan herab. Die Spitze seines Stabs glühte, bereit, diese gigantischen Kräfte in sich aufzunehmen, und der Kriegskommandeur fühlte sich so stark wie niemals zuvor in seinem Leben.

Allmächtig!

Die ganze Welt geriet aus den Fugen, um ihm zu Willen zu sein.

Die aus den Siegeln flutenden blauen Lichtstrahlen knickten nach innen ab und vereinigten sich über Olga. Der unheildrohende Himmel schien Bogdans Kopf zu berühren. Nun galt es, den Schlusspunkt zu setzen und die entfesselten Elemente zu bündeln. Der Kriegskommandeur le Sta stützte sich auf sein rechtes Knie und erhob den Dolch über der jungen Frau.

»Unsere Wünsche sind wohlfeil, doch ihre Erfüllung kann Leben kosten. Möge der Tod dieses Opfers der Erfüllung meiner Wünsche dienen. Sein Blut vollendet die Kreise des *Traumarkans*. Und so möge der Dolch sein Werk verrichten und das Blut des Opfers zum Fließen bringen!«

»Bogdan hebt den Dolch«, verkündete Jana seelenruhig.

Siebenundvierzig Sekunden waren inzwischen vergangen.

»Wir sind innerhalb des Runenkreises«, meldete Cortes.

»Los!!«, kommandierte Santiago.

Jana eröffnete das Feuer und jagte die schwarzen Kugeln in die glühende Spitze von Bogdans Stab. Wie Santiago es vorhergesagt hatte, benötigte sie acht Treffer. Sie zählte die Schüsse mit. Einen Wimpernschlag, nachdem sie zum achten Mal abgedrückt hatte, zerbarst die Stabspitze und ein grellroter Lichtschein umhüllte den Thron der Kraft.

»Jetzt!«

Gleichzeitig mit Cortes zerbiss Artjom die Kapsel in seinem Mund. Eine unsichtbare Kraft riss ihn aus seinem Sitz, abermals krachten die Knochen, die Muskeln schienen zu zerreißen und vor den Augen flimmerten bunte Flecken. Die Rückumwandlung erwies sich als nicht weniger schmerzhaft als der Schrumpfungsprozess zuvor.

Nachdem der *Koboldmantel* endgültig von seinen Schultern gefallen war, fand sich Artjom ein Stück über dem Boden schwebend wieder, doch dank der vorherigen Instruktionen seines Kompagnons wusste er, was er zu tun hatte. Den Schwung des Sturzes federte er mit einer Hechtrolle ab und zog beim Aufrichten aus der Hocke das Katana aus der Scheide.

»Cortes, ich bin bereit!«

»Vorsicht mit dem Schwert, Mann!«

Überrascht wandte sich Artjom um und sah, dass Cortes nur einen Schritt links von ihm stand. In der einen Hand hielt er seine Gjursa, in der anderen das *Basiliskenauge* und sondierte die Umgebung.

Das Gewitter über den Söldnern nahm an Heftigkeit zu, und der Thron der Kraft begann sich buchstäblich zu zersetzen: Aus dem schwarzen Steinboden des Runenkreises wölbten sich zahlreiche Buckel und brachen an mehreren Stellen auf. Die spiralförmig angeordneten Runen glühten genauso wie die aus dem Himmel schießenden Blitze und zerflossen. Bogdan, dem sowohl der Stab als auch der Dolch aus der Hand gefallen waren, kniete wie paralysiert über Olga. Er hatte den Kopf gesenkt, und seine Arme hingen willenlos herab, doch in den Augenschlitzen seines Helms loderte immer noch das rote Feuer.

»Jetzt wird's brenzlig«, sagte Tamir, der wie gebannt auf seinen Monitor starrte.

Die Sensoren lieferten ein anschauliches Bild von den kolossalen Energieströmen, die über den Sperlingsbergen tobten. Die vom Kriegskommandeur le Sta entfesselten Kräfte überstiegen das Potenzial jeder Magischen Quelle um ein Vielfaches. Und diese Kräfte waren drauf und dran, sich unkontrolliert zu entladen.

»Sie haben nur noch wenige Sekunden«, warnte Domingo. »Kommissar, sie haben nur noch wenige Sekunden!«

»Lenkt mich nicht ab!«

»Eine hübsche Braut«, urteilte Wowtschik nach kurzem Nachdenken.

»Schon«, bestätigte Kusma, während er die strahlende Schwarzhaarige in ihrem prächtigen Hochzeitskleid kritisch beäugte. »Ein bisschen zu dürr vielleicht.«

Hochzeitsgesellschaften waren auf den Sperlingsbergen genauso alltäglich wie Touristengruppen, doch für die Händler weit weniger interessant. Die Moskauer pflegten keine zweifelhaften Souvenirs zu kaufen und besuchten die Aussichtsplattform einzig zu dem Zweck, ihre Stadt von oben zu bewundern.

Die von einer Menschenmenge umringten frisch Vermählten begaben sich zur Brüstung, und unter dem Gejohle seiner Freunde setzte der junge Ehemann seine Angetraute auf die breite Mauer. Das weiße Hochzeitskleid bildete einen schönen Kontrast zum strahlend blauen Himmel, und die Fotokameras klickten um die Wette, um dieses denkwürdige Bild festzuhalten.

Die purpurschwarze Wolke senkte sich tiefer und tiefer. Die roten Blitze, die aus ihr herausschossen, züngelten über dem schmelzenden Steinboden und näherten sich dem immer noch reglosen Bogdan. Die Energie suchte sich ein neues Ventil.

»Artjom, mach schon!«

Der junge Söldner sammelte sich und ergriff mit beiden Händen das Katana.

»Nein! Bitte nicht!!«

Außerhalb des Runenkreises stand eine schwarzhaarige junge Frau und sah ihn flehentlich an. Ein Anflug von Pfirsichduft stieg ihm in die Nase, und Artjom wurde schlagartig klar, dass die Morjane im Begriff war, ihre Kampfmontur anzulegen.

»Beeil dich, du Idiot!« Cortes stieß Artjom in den Rücken und wandte sich Tapira zu. »Um die kümmere ich mich.«

Immer mehr Blitze zuckten aus der Gewitterwolke, die wie eine schwarze Glocke über dem Thron der Kraft dräute. Über dem Runenkreis bildete sich plötzlich ein glutroter Wirbel, der sich wie ein Tornado herabwand, stetig breiter wurde und auf den Kriegskommandeur zusteuerte.

Artjom sprang mit einem Satz zu Bogdan und schwang das Katana über den Kopf. Der konsternierte Ritter unternahm nicht einmal den Versuch, sich zu verteidigen. Das hatte der Söldner nicht erwartet. Artjom schaute auf die Hände des Kriegskommandeurs – sie waren unbewaffnet – und dann auf Olga.

Die junge Frau lebte.

Tapiras Augen wurden grün, die Lippen verschwanden, und aus der Mundöffnung wuchsen zwei lange, spitze Eckzähne. Das süße Aroma reifer Pfirsiche übertünchte sogar den Gestank des schmelzenden Steins. Doch die Umwandlung des Wandelwesens war noch nicht abgeschlossen.

»Fasst ihn nicht an!«

Die Morjane machte einen Schritt nach vorn. Cortes wich einen kleinen Schritt zurück, hob die linke Hand und hielt Tapira das *Basiliskenauge* entgegen.

»Weiter gehe ich nicht zurück«, warnte er.

Die zur Hälfte verwandelte Morjane heulte auf, und in ihren grünen Augen schimmerte tiefe Verzweiflung.

»Scher dich weg, Tapira!«, bellte Cortes. »Wir tun dir nichts, aber hau ab!!«

Das Wandelwesen fauchte böse und drehte unschlüssig den Kopf, doch dann machte es kehrt und schlich zur Treppe davon. Tapira hatte aufgegeben. Cortes atmete erleichtert durch und sah sich nach seinem Kompagnon um.

Der Tornado über Bogdans Kopf rotierte immer wilder – noch ein paar Augenblicke und dem Kriegskommandeur würde buchstäblich der Himmel auf den Kopf fallen. Doch der junge Söldner zögerte immer noch.

»Mach schon!!«

Artjom überwand sich und schlug zu: entschlossen, kraftvoll und präzise. Die Klinge sauste unter dem Helm hindurch, und der Kopf des Kriegskommandeurs rollte über den schwarzen Steinboden. Artjom war überrascht, wie leicht das Schwert den Hals durchtrennte, und hätte beinahe das Gleichgewicht verloren.

»Das war's ...«

Der Körper des Kriegskommandeurs sank neben Olga in sich zusammen und aus den Tiefen des purpurschwarzen Himmels schlug ein ohrenbetäubender Donner.

»Hinlegen!!!«

»Sie haben Bogdan getötet!«, verkündete Tamirs freudige Stimme über den Kopfhörer, doch Santiago hatte jetzt andere Sorgen.

Die vom Kriegskommandeur entfesselte Energie wütete immer noch in der Gewitterwolke über dem Thron der Kraft und suchte krampfhaft nach einem Kanal, um sich zu entladen. Der Kommissar war ganz darauf konzentriert, diese Energien abzuleiten und natürlich hatte er sich vorher überlegt, wie er es anstellen würde. Santiago kannte die Struktur und das Potenzial der durch das Arkan freigesetzten Kräfte besser als jeder andere in der Verborgenen Stadt und war davon überzeugt, dass es ihm gelingen würde, sie zu bändigen.

Die hagere Gestalt des Kommissars erhob sich über dem Hang, der zum Fluss hinunterführte, und sein ausgestreckter Arm war auf den Thron der Kraft gerichtet. In der Gewitterwolke bildete sich ein neuer Wirbel, dessen Rüssel der Bewegung von Santiagos Arm folgte und sich allmählich in den Fluss Moskwa hinabsenkte.

»Sofort anhalten!«

Der Fahrer stieg gehorsam in die Eisen, der Wagen bremste mit quietschenden Reifen und hinter dem plötzlichen Verkehrshindernis erhob sich ein wütendes Hupkonzert.

Noch bevor der Wagen der Gardisten zum Stehen gekommen war, riss Franz die Tür auf und sprang auf die Straße.

»Wir sind zu spät gekommen!«

»Was ist denn hier los, bei der Leber des Schlafenden?«, erkundigte sich Korporal Graham de Mar, als er Franz einholte. Der Kriegsmeister antwortete nicht.

Über der Skisprungschanze hing eine gigantische Gewitterwolke, aus der unentwegt Blitze züngelten. Der obere Rand der Wolke verlor sich irgendwo in der Höhe, während auf ihrer Unterseite ein Wirbel rotierte, dessen Rüssel sich auf eine seltsame Konstruktion auf dem Schanzenturm herabsenkte. Kurz nach dem Erscheinen der Tschuden blitzte in der Wolke ein greller Lichtschein auf, der von einem fürchterlichen Donnerschlag begleitet wurde. Die Sprungschanze erzitterte und über den Anlauf rollte ein brennender Wagen herab.

»Was ist denn dort oben los, Kapitän?«

»Wir sind zu spät dran«, erwiderte Franz deprimiert und wies mit einer Kopfbewegung auf die hochaufgeschossene Gestalt Santiagos, der an der Hangkante stand. »Es ist alles schon vorbei.«

»Hinlegen!!!«

Cortes' Kommando klang alarmierend, und Artjom warf sich sofort auf den Boden. Kurz darauf ertönte ein ohrenbetäubender Donner. Aus dem Wirbel über dem Plateau schoss ein mächtiger Energiestrahl und durchschlug den Runenkreis. Eine Hitzewelle überrollte die Söldner, irgendwo unter ihnen gab es eine verheerende Explosion und etwas Schweres rollte scheppernd bergab.

Der Schanzenturm wurde heftig erschüttert, und in Erwartung weiterer Einschläge presste sich Artjom auf den erhitzten Steinboden. Doch nichts geschah.

Die Ungewissheit war quälend, deshalb drehte sich der junge Söldner auf den Rücken und machte die Augen auf. Über ihm hing immer noch unheildrohend die purpurschwarze Wolke, doch sie wurde förmlich aufgesogen von einem neuen Wirbel, dessen Rüssel sich in den Fluss bohrte.

»Da ist Santiago am Werk«, kommentierte Cortes, der bereits wieder auf den Beinen stand und das Spektakel fasziniert verfolgte. »Er leitet die Energie in den Fluss um.«

»Dann können wir unsere Frühstückseier jetzt in der Moskwa kochen?«

»Keine Sorge, das Wasser wird sich schnell wieder abkühlen.«

Tatsächlich verwischte der Fluss rasch die Spuren des energetischen Infernos, das sich auf den Sperlingsbergen entladen hatte.

Artjom sah hinunter und schüttelte verwundert den Kopf: Mitten im Auslauf der Schanze stand ein brennender Lincoln.

»Wir fahren dann, wenn es Ihnen recht ist, Kommissar«, teilte Domingo über Funk mit.

»Danke für Ihre Mitwirkung, meine Herren.« Santiago rieb sich erschöpft die Augen. »Fahren Sie nur.«

»Wir sind dann in der Zitadelle«, ergänzte Cannabis. »Und wenn Sie ...«

»Wir werden im Restaurant *Mao* sein«, unterbrach Domingo seinen Partner. »Auf dem Herweg hat ein gefräßiger Schatyr meinen Hamburger verputzt, und ich brauche jetzt dringend was zu beißen.«

»Es war mein Hamburger ...«

Die Vegasianer schalteten den Funk ab, und ihr Minivan fuhr über die Kosygin-Straße in Richtung Kiewer Bahnhof davon.

Santiago schmunzelte.

Als Erster kam Artjom von der Skisprungschanze herunter. Sein Overall war zerrissen und von Brandflecken übersät. Die Brille baumelte auf seiner Brust, und in den Armen trug er die bewusstlose Olga. Ihren nackten Körper hatte er mit einem Stofffetzen notdürftig bedeckt.

»Ich hoffe, mit Ihrer jungen Dame ist alles in Ordnung?«, erkundigte sich Santiago.

»Jaja, sie ist nur bewusstlos.«

»Vielleicht ist das sogar von Vorteil. Haben Sie sich schon überlegt, was Sie ihr erzählen werden, wenn sie wieder zu sich kommt?«

»Aber sicher.« Artjom legte Olga vorsichtig auf den Rücksitz des Land Cruiser und schlüpfte aus seinem Overall. »Zum Glück hat sie nicht allzu viel mitbekommen dort oben. Ich werde ihr erzählen, dass die Entführer ihr eine Droge gespritzt hätten und alles, was sie gesehen hat, nur ein Traum war.«

»Keine schlechte Idee. Trotzdem wäre es vernünftig, die junge Frau für zwei oder drei Wochen irgendwohin in Urlaub zu schicken, damit sie Abstand gewinnt. Ich werde dafür sorgen, dass der Orden diese Reise bezahlt.«

»Einverstanden«, nickte Artjom. »Ich werde ihr noch heute einen Flug buchen.«

Cortes und Jana kamen zusammen herab. Der Hubschrauber hatte die junge Söldnerin auf der Plattform des Schanzenturms abgesetzt.

»Sie sind doch hoffentlich zufrieden, Kommissar?«, fragte Cortes.

»Aber gewiss doch. Ihr Honorar wird unverzüglich überwiesen.«

Cortes überreichte Santiago den Helm des Kriegskommandeurs und die Überreste seines Stabs.

»Die Humo-Papiere auf seinen Namen habe ich wie vereinbart in seinen Taschen platziert.«

»Ausgezeichnet.«

Der Söldner zog Bogdans Ritterkette aus der Tasche und warf sie in den Helm.

»Wenn ich es recht interpretiere, wollen Sie den Leichnam des Kriegskommandeurs der Polizei übergeben?«

»Ganz recht«, bestätigte Santiago.

»Meinen Sie nicht, dass die Konstruktion dort oben für Verwirrung sorgen wird?« Der Söldner zeigte mit der Hand auf den Schanzenturm, auf dem die Ruine des Throns der Kraft ein wahrlich bizarres Bild abgab. »Ein wahnsinniger Mörder würde so etwas doch nie zustande bringen.«

»Daran habe ich schon gedacht. Der Entsorgungsservice wird sich der Sache annehmen und Bogdans Leichnam mit den entsprechenden Beweisstücken an einen anderen Ort bringen«, erläuterte der Kommissar. »Ach, schau an, da kommen sie ja schon.«

Neben Santiagos Jaguar hielt ein Lieferwagen mit dem Schriftzug »Internet-Shop www.prodam.ru – Expresszustellung« und aus dem heruntergelassenen Seitenfenster grinste ein Schatyr.

»Können wir anfangen?«

»Ja, aber zackzack!« Santiago sah auf die Uhr. »Ich habe nur wenig Zeit.«

»Kommissar.« Cortes holte einen Gardistenring aus seiner Hosentasche hervor. »Den habe ich von Bogdans Hand abgezogen.«

»Danke.« Der Naw nahm den Ring und wollte ihn schon in die Tasche stecken, doch der Söldner schüttelte lebhaft mit dem Kopf. »Ist irgendwas Besonderes damit?«

»Der Name.«

Santiago inspizierte die Innenseite des Rings, nickte nachdenklich und steckte ihn in die Tasche.

»Sie sind wie immer sehr aufmerksam, Cortes. Wo ist übrigens Tapira?«

»Sie hat den Thron der Kraft verlassen, noch bevor Bogdan getötet wurde. Wir haben sie nicht aufgehalten.«

»Daran haben Sie recht getan.«

In der letzten Viertelstunde der langwierigen Warterei hatten Kornilow und Schustow geschwiegen. Der vor ihnen geparkte Chevrolet Caravan mit der Satellitenschüssel auf dem Dach war ihnen durchaus aufgefallen, doch wegen des Schriftzugs *NTW* am Heck beachteten sie ihn nicht weiter. Sie hatten auch den Lieferwagen des Internetshops *www.prodam.ru* gesehen, der in einem Affenzahn an ihnen vorbeigefahren war. Doch von den Geschehnissen auf dem Anlaufturm der Skisprungschanze hatten sie wegen des Trugbilds nicht das Geringste mitbekommen.

In die völlige Stille, die im Fahrgastraum des 9er Ladas herrschte, platzte das Schrillen des Mobiltelefons wie die Trompeten von Jericho.

»Major Kornilow?«

»Ja.«

»Wir haben auf einer kleinen Lichtung knapp unterhalb der Skisprungschanze einen Opferstein vorbereitet. Sobald Sie losfahren, ziehen wir unsere Wachen ab, und Sie können in aller Ruhe die Leiche finden.«

»Was erwartet uns dort?«

»Genau das, was wir abgesprochen haben. Die Leiche des Mörders und die abgehackten Hände der Opfer.«

»Gut. Wir sind unterwegs.«

»Was ist denn dort oben passiert?«, erkundigte sich Wowtschik, als er sich neben Kusma an den Zaun stellte.

»Weiß der Geier«, brummte Gleb und beobachtete stirnrunzelnd die dicke Rauchwolke, die von der Skisprungschanze herabwaberte. »Vielleicht ein Terroranschlag?«

Die Explosion auf der Sprungschanze hatten alle gehört, die sich zu dem Zeitpunkt auf der Aussichtsplattform aufhielten. Verkäufer, Touristen und einheimische Spaziergänger liefen an der Umzäunung zusammen und spähten neugierig zu dem exponierten Bauwerk. Doch was dort nun eigentlich brannte, konnte niemand sehen. In der Ferne heulten bereits die Sirenen der Feuerwehr.

»Kolja wollte da rein, um sich das anzusehen«, berichtete Wowtschik, »aber die Tore sind verschlossen. Da hängen dicke Schlösser dran.«

»Kein Wunder«, kommentierte Kusma, »was soll man auch im September auf einer Skisprungschanze. Und außerdem – wer weiß, ob es dort oben nicht noch einmal knallt?«

»Eben, eben. Es ist besser, man wartet auf die Polizei.«

Kusma schüttelte den Kopf. »Ich mach mich hier lieber vom Acker. Nicht, dass mich die Bullen noch in die Zeugenliste aufnehmen und womöglich bis morgen früh nicht mehr weglassen.«

Er kehrte der Schanze den Rücken zu und trottete ohne Eile zu seinem Stand zurück.

Das war's.

Das Feuer in der Kohlenschale verlosch, das Wasser hörte auf zu kochen und das Bild im Dampf löste sich auf. Kara lehnte sich zufrieden zurück und griff nach ihrem Weinglas.

»Tschüss, Bogdan! Und ... tschüss, Santiago!«

Sie schlürfte genüsslich einen kleinen Schluck Beaujolais.

Den Kommissar des Dunklen Hofs fürchtete die Hexe mehr als alle anderen Magier der Verborgenen Stadt. Diesen kaltblütigen, raffinierten und überaus vorsichtigen Nawen durfte man nicht unterschätzen ... Bis zum letzten Moment hatte Kara nicht daran geglaubt, dass ihr Santiago in die Falle gehen würde. Umso stolzer war sie nun auf ihren Erfolg.

Sie hatte Santiago ausgetrickst! Möglicherweise ahnte er, dass hier jemand ein falsches Spiel mit ihm trieb, doch das schmälerte ihren Sieg nicht im Geringsten.

»Du wolltest wissen, wer Bogdan die Regeln des *Traumarkans* verraten hat? Du wirst es erfahren, Naw, dafür werde ich sorgen!«, murmelte die Hexe triumphierend vor sich hin. »Die Verborgene Stadt wird sich noch wundern, wozu Menschen imstande sind!«

EPILOG

»Sensationelle Meldung! Auf einer soeben zu Ende gegangenen Pressekonferenz im Moskauer Polizeipräsidium wurde offiziell bekanntgegeben, dass der Serienmörder, zu dessen Opfern auch die prominente Unternehmerin Maria Tatarkina gehört, gestern Abend in Moskau getötet wurde. Der fanatische Satanist, dessen Name bislang unter Verschluss gehalten wird, beging Ritualmorde, offenbar in Erwartung des kurz bevorstehenden Weltuntergangs. Als er sich gestern anschickte, ein weiteres Opfer zu töten, wurde er von Scharfschützen der Polizei erschossen. Wie der Pressesprecher des Polizeipräsidiums mitteilte, spielte die Sonderermittlungsgruppe von Major Kornilow die entscheidende Rolle bei seiner Liquidierung.«

ECHO MOSKWY

»Heute Nachmittag hat der Pressedienst des Herrscherhauses Tschud offiziell den Tod des Kriegskommandeurs Bogdan le Sta bekanntgegeben. Vertreter des Ordens weigerten sich, Einzelheiten über sein Ableben mitzuteilen. Aus gut unterrichteten Quellen ist uns jedoch zugetragen

worden, dass der Leichnam des Kriegskommandeurs der Humo-Polizei übergeben wurde, die ihm Ritualmorde zur Last legt. Beobachter bringen den Tod des Ritters und die auffallende Zurückhaltung des Ordens mit dem kürzlichen Anschlag auf den Kommissar des Dunklen Hofs in Verbindung. Auch die scharfen Stellungnahmen hochrangiger Persönlichkeiten des Herrscherhauses Naw bezüglich der Unzulässigkeit verbotener Zauber scheinen in diesen Kontext hineinzuspielen ...«

T-GRAD-COM

»Rätselhafter Vorfall auf den Sperlingsbergen. Unbekannte Täter haben gestern Nachmittag auf bislang ungeklärte Weise einen Pkw der Marke Lincoln auf den Turm der Skisprungschanze verbracht, angezündet und den Anlauf hinuntergerollt. Die Schanze wurde dabei leicht beschädigt, der Lincoln völlig zerstört. Die Polizei hat Ermittlungen gegen unbekannt aufgenommen ...«

MOSKOWSKI KOMSOMOLEZ

Das Meer war erstaunlich glatt. Sein gleichmütiges Rauschen beruhigte, und das warme, saubere Wasser lud zum Baden ein. Direkt vom Hotelzimmer aus konnte man auf die sanften, in der Sonne glitzernden Wogen hinabschauen, die sich bis zum Horizont erstreckten. Am ersten Tag ihres Aufenthalts an diesem paradiesischen Flecken Erde blieb Olga von früh bis spät am

Strand und genoss den Müßiggang im feinen, weichen Sand.

»Mach dir keine Gedanken«, hatte ihr Artjom mit auf den Weg gegeben. »Versuch einfach zu vergessen, was mit dir geschehen ist. Am besten für immer.«

»Muss ich denn nicht als Zeugin aussagen?«

»Nein. Bogdan ist der Sohn eines einflussreichen Regierungsmitglieds. Man wird die Sache unter den Teppich kehren.«

»Wird denn kein Gerichtsprozess stattfinden?«

»Bogdan hat seine Strafe schon bekommen. Und seine satanistischen Gesinnungsgenossen haben mit den Morden nichts zu tun. Versuche, die Geschichte aus deinem Gedächtnis zu löschen. Fahr ans Meer und schalte mal richtig ab.«

»Und du? ... Fährst du mit mir?«

»Ich melde mich bei dir, wenn du zurück bist.«

In der Zeitung stand, dass die Sonderermittlungsgruppe von Major Kornilow maßgeblichen Anteil an der Ausschaltung des Killers gehabt habe. Olga blieb nichts anderes übrig, als sich für Artjom zu freuen.

Sie wusste, dass er sich nicht bei ihr melden würde.

»Na, wie gefällt dir meine Hütte?«

»Sehr!«

Und wie ihr diese »Hütte« gefiel! Karas Haus lag idyllisch am Flussufer in einem abgelegenen Winkel der Villensiedlung *Pinienhain*, war ausgesprochen großzügig dimensioniert und ein architektonisches Schmuckstück. Es hatte weiß getünchte Wände, ein dunkelrotes Ziegeldach und große Fenster. Außerdem verfügte es über eine Doppelgarage, einen Wintergarten und einen separaten Flügel für das Dienstpersonal.

Eine so luxuriöse Villa hatte Larissa in ihrem ganzen Leben noch nicht betreten, und während des Rundgangs durch die Räumlichkeiten hatte sie mehrmals das Gefühl beschlichen, sie befinde sich in einem Palast.

»Sie haben ein fantastisches Haus! Ein richtiges Juwel!«, schwärmte die junge Frau.

»Du, nicht Sie …«, verbesserte sie Kara. »Wir haben doch ausgemacht, dass wir uns duzen.«

»Entschuldige. Du hast wirklich ein großartiges Haus.«

»So ein Haus könntest du auch haben.«

»So eines?«

»Oder ein noch schöneres«, erwiderte Kara mit hochgezogenen Schultern. »Weißt du, ich habe diese Hütte auf die Schnelle gebaut, weil ich möglichst bald einziehen wollte. Wenn du dir genug Zeit lässt, kannst du noch viel mehr ins Detail gehen.«

»Das wäre ein Traum.«

Larissa strich mit der Hand über die samtbezogene Lehne des Sofas und trank einen Schluck Wein aus dem Kristallglas.

»Dann erfülle ihn dir!« Aus ihren riesigen, veilchenblauen Augen sah Kara die junge Frau aufmunternd an. »Die Natur hat dir bemerkenswerte Fähigkeiten mitgegeben. Du musst nur lernen, sie richtig einzusetzen, dann kannst du dir jeden Wunsch erfüllen.«

»Da muss ich aber noch viel lernen.« Larissa stellte ihr Glas auf dem Wohnzimmertisch ab, stand auf und ging zur Wand, wo in einem Bilderrahmen eine Urkunde hing: »Goldbergschule. Diplom. Hiermit wird beurkundet, dass ...«

»So einen Wisch bekommst du auch«, beruhigte die Hexe die junge Frau. »Um die klassischen Grundlagen kommst du nicht herum. Du wirst den gesamten Ausbildungszyklus der Zaubereischule absolvieren – aber das schaffst du mit links.«

»Wenn du das sagst ...«

Larissa war erleichtert. Sie kehrte zum Sofa zurück und setzte sich wieder. Die Bekanntschaft mit dieser Frau war ein Geschenk des Schicksals. Kara redete nicht um den heißen Brei herum, sie stellte keine überflüssigen Fragen nach ihren Eltern oder nach ihren Fähigkeiten, sondern packte den Stier sofort bei den Hörnern: Du hast außergewöhnliches Talent, Mädchen, und ich möchte dir helfen, aus diesem Talent etwas zu machen, einverstanden? Einverstanden. So einfach war das. Auf die Frage, woher sie überhaupt von ihr wisse, hatte Kara nur listig gegrinst und geantwortet: Was für eine Frage, Mädchen, ich bin doch eine Zauberin!

Larissa trank einen Schluck von dem nach Brombeeren duftenden Wein und musste unwillkürlich schmunzeln. Diese Kara hielt ihr auch keine Moralpredigten. So, du hast in einem Supermarkt geklaut? Bei deinen Fähigkeiten ist das doch Dünnbrettbohrerei, damit solltest du nicht deine Zeit verschwenden. So, du hast es nicht geschafft, Genbek zu beklauen? Dann hättest du es eben schlauer anstellen müssen, meine Liebe, im Leben bekommt man nichts geschenkt.

Klare Ansagen. Larissa gefiel Karas taffe Art, andererseits flößte sie ihr auch gehörigen Respekt ein.

»Du hast von Grundlagen gesprochen, Kara. Bedeutet das, dass meine Ausbildung sich nicht auf die Zaubereischule beschränkt?«

»Kluges Kind«, erwiderte Kara lächelnd. »Du hast das Zeug dazu, eine mächtige Magierin zu werden, aber nicht mit dem Wissen, das man dir in den Schulen des Grünen Hofs eintrichtern wird.«

»Und warum wird man dort nicht anständig ausgebildet?«, wunderte sich Larissa. »Haben die etwa kein Interesse daran, begabte Schüler entsprechend zu fördern?«

»Weißt du, Larissa, Menschen haben in der Regel nur kümmerliche magische Fähigkeiten und schon gar nicht ein so gewaltiges Potenzial wie wir beide. Bei Menschen gibt sich der Grüne Hof deshalb keine große Mühe mit der Ausbildung.«

Es dauerte ein paar Sekunden, bis Larissa der versteckte Sinn von Karas Worten bewusst wurde. Dann machte sie große Augen.

»Was heißt bei *Menschen*?«

»Ach so ...« Kara senkte den Blick. »Offenbar hat dir noch niemand gesagt, dass praktisch alle Magier, die du bis jetzt kennengelernt hast, überhaupt keine Menschen sind.«

»Was sind sie dann?« Larissa war baff.

»Genbek Hamzi, der Buchhändler, ist ein Schatyr. Diese Sippe gehört zum Dunklen Hof. Slatka, die Rektorin der Zweigstelle der Sonnensee-Schule, ist eine Fee des Grünen Hofs, sie gehört zum Herrscherhaus Lud. Diese Wesen sind die Nachkommen von Völkern, die schon Zivilisationen aufgebaut haben, als wir Menschen noch auf Urwaldriesen herumturnten und uns von Blättern und Wurzeln ernährten. Sie haben damals bereits Städte erbaut und wissenschaftliche Forschungen betrieben.«

»Vor den Menschen?«

»Es würde dir sicher leichter fallen zu glauben, dass sie einfach Zauberer sind, nicht wahr?«

Die junge Frau nickte.

»Diese Völker haben Imperien errichtet und einander gegenseitig bekriegt. Doch irgendwann traten dann unsere Vorfahren auf den Plan und haben die Erde für den Menschen erobert. Die Nichtmenschen flohen in die Verborgene Stadt, die sich hier in Moskau befindet. Sie warten jetzt auf ihre Chance, die Macht zurückzuerobern. Sie sind nur wenige, aber in magischen Dingen den Menschen weit überlegen. Bis vor kurzem dachten sie, dass Menschen – oder Humos, wie sie uns nennen – zur Magie überhaupt nicht befähigt seien oder bestenfalls zu ganz primitiven Formen der Zauberei. Nun können wir beide ihnen beweisen, dass sie damit irren. Wir werden ihnen zeigen, dass die Menschheit genauso mächtige Magier hervorzubringen vermag wie die Völker der Verborgenen Stadt.«

»Du verheimlichst ihnen also deine wahren Fähigkeiten?«

»Bis jetzt – ja. Die Völker der Verborgenen Stadt sind

noch nicht reif dafür, zur Kenntnis zu nehmen, dass es unter den Menschen ernstzunehmende Magier gibt. Die Macht in der Welt halten wir Menschen in Händen. Das Einzige, worin sie uns überlegen sind, ist die Magie. Diese Überlegenheit ermöglicht es ihnen, ein Leben im Verborgenen zu führen, sie ist sozusagen ihre Lebensversicherung.«

»Und wenn wir Menschen gleichwertige magische Fähigkeiten entwickeln, dann bedeutet das für sie eine existenzielle Bedrohung«, schlussfolgerte Larissa.

»Du hast's erfasst«, lobte Kara und sah der jungen Frau tief in die Augen. »Ich kann dir alles beibringen, was ich weiß. Und ich weiß eine Menge. Von mir kannst du die entscheidenden Dinge lernen, nicht den Pipifax, mit dem man dich im Grünen Hof abspeisen wird. Wenn du es willst, mache ich eine wirklich mächtige Magierin aus dir.«

Larissa zögerte keine Sekunde: »Ich will es.«

Kara lächelte, nahm Larissas Kopf zwischen die Hände und küsste sie auf die Stirn.

»Du wirst meine erste Schülerin sein.«

»Die erste und die beste!«

»Und als ich weggefahren bin, haben er und Christophan wieder in der Schatztruhe weitergewühlt«, beschloss Artjom seinen Bericht. »Den Rest der Geschichte kann Cortes besser erzählen.«

Jana wandte sich entrüstet an den Söldner: »Du hattest also während der ganzen Zeit einen Schatz an der Hand und hast keinen Ton gesagt?«

»Nun ... ähm ... ja.« Cortes seufzte. »Aber nur einen Teil des Schatzes. Einen klitzekleinen Teil.«

»Ein Anteil davon steht übrigens mir zu«, warf Artjom ein. »Schließlich habe ich mir das Ganze ausgedacht.«

»Dafür hast du doch kostenlos meinen Jeep benutzt.«

»Und ich habe dir geholfen, den Panopten unter den Tisch zu trinken.«

»Wie war das noch mit deinem tollen *Promilleblocker XXL*?«

»Ach komm, jetzt fang doch nicht wieder damit an. Was kann ich denn dafür, dass das Zeug so eine verheerende Wirkung auf dich hatte?«

»Ich sage ja nicht, dass du etwas dafürkannst, sondern nur, dass du die Verantwortung für diesen Streich trägst.«

»Aber letztlich hat das Präparat uns doch genützt!«

Cortes machte eine wegwerfende Handbewegung und brummte etwas Unverständliches.

»Was ist nun mit meinem Anteil?«, bohrte der junge Söldner nach.

»Ich denke drüber nach«, erwiderte Cortes nickend und fügte augenzwinkernd hinzu: »Partner.«

Artjom wusste, dass er die Prüfung bestanden hatte.

»Ich will den Schmuck sehen«, verkündete Jana.

»Okay, okay«, lenkte Cortes ein. »Wir fahren heute zu mir, und dann kannst du ihn dir ansehen.«

Jana grinste und streckte ihm die Zunge heraus.

Zum Tisch der Söldner gesellte sich Jegor Bessjajew.

»Hallo, Cortes, alter Junge, Bidjar ist schon drüben im

Spielzimmer, und Karim Tomba hat eben angerufen – er wird in zehn Minuten hier in der *Atomhenne* eintreffen. Sobald er da ist, fangen wir an zu spielen.«

»Wie stehen die Wetten?«, erkundigte sich Jana.

»Die Schatyren sind haushoher Favorit«, gab Jegor zu. »Alle wissen, dass Cortes lange nicht mehr auf höchstem Niveau gespielt hat, und trauen uns deshalb keinen Sieg gegen Bidjar und Karim zu.«

»Ich freue mich schon auf die dummen Gesichter der Trottel, die auf die Schatyren gewettet haben«, prahlte der Söldner. »Nach unserem Sieg werden sie sich in den Hintern beißen.«

»Erst müssen wir mal gewinnen!« Jegor grinste vergnügt und steuerte das Spielzimmer an. »Also, sobald Karim eintrifft, geht's los.«

»Während ich den Schatyren beim Poker die Hosen ausziehe, könnt ihr schon mal darüber nachdenken, wo der Armreif der Fate Mara jetzt sein könnte«, sagte Cortes zu seinen Söldnerkollegen. »Bei Bogdan habe ich das gute Stück nicht gefunden.«

»Vielleicht hatte ihn Tapira?«, mutmaßte Jana.

»Kaum. Dann hätte eine Armee von Schwarzen Morjanen den Thron der Kraft bewacht.«

»Stimmt.«

»Möglicherweise haben die Luden Wind von der Sache bekommen«, spekulierte Artjom. »Ich fand es verdächtig, wie aggressiv sie mich verhört haben. Es würde mich nicht wundern, wenn sie den Armreif auch suchen.«

»Die Luden sind der Meinung, dass sie das Vorrecht

an den Schwarzen Morjanen haben«, sagte Jana nachdenklich. »Davon werden sie wohl kaum abrücken.«

»Willst du damit sagen, dass es Probleme beim Verkauf des Armreifs geben könnte?«, fragte Cortes alarmiert.

»Vielleicht sollten wir den Armreif zuerst mal finden«, versetzte Artjom. »Das ist doch wohl das größere Problem. Wem könnte Bogdan den Armreif gegeben haben?«

»Mitara hat eine Humo-Hexe namens Kara erwähnt«, berichtete Jana. »Bogdan hatte irgendwas mit ihr zu tun.«

»Was sollte denn eine Hexe damit zu tun haben?«

»Wenn ich Mitara recht verstanden habe, dann hatte Bogdan in letzter Zeit nur zu Tapira Kontakt und eben zu dieser Kara. Vielleicht hat er ihr den Armreif gegeben?«

»Aber wofür?«, fragte Artjom skeptisch. »Was hätte ihm die Hexe denn Wertvolles dafür bieten können?«

»Das weiß ich auch nicht«, räumte Jana ein. »Aber trotzdem ist das unsere einzige Spur: eine Zauberin namens Kara.«

»Säbel hat auch von dieser Kara gesprochen«, erinnerte sich Cortes. »Eine zwielichtige Hexe, die vor vielen Jahren selbstaufladende Artefakte verhökert hatte. Und er hat sie vor kurzem mit Bogdan gesehen.«

Artjom legte die Stirn in Falten: »Der Kriegskommandeur und eine Humo-Zauberin?«

»Ach, weißt du, nachdem ich von Bogdans Liaison mit einer Schwarzen Morjane erfahren habe, wundere ich mich über nichts mehr«, kommentierte Jana.

»Vielleicht stand Bogdan in Karas Schuld?«, mutmaßte Cortes. »Und zwar so tief, dass er es sogar riskiert hat, ihr den Armreif zu geben, bevor das Arkan vollendet war.«

»Und Kara hat ihn dann verraten«, setzte Artjom den Gedanken fort. »Das würde Sinn machen.«

»Findest du?«, entgegnete Cortes. »Was hätte denn eine Humo-Zauberin für einen Ritter des Ordens tun können?«

»Da fällt mir ehrlich gesagt auch nichts dazu ein«, gestand Artjom. »Vielleicht sollten wir uns in diese Sache lieber nicht einmischen. Warten wir doch erst mal ab, wie sich die Dinge entwickeln und ...«

»Du schlägst also ernsthaft vor, die Suche nach Maras Armreif abzublasen?«, fragte Cortes entrüstet.

»Habe ich das gesagt?«

»Wir dürfen keine Zeit verlieren«, sagte Jana entschieden. »Wenn wir zögern, werden die Herrscherhäuser den Armreif vor uns finden, und wir gucken in die Röhre.«

»Sehr richtig!« Cortes erhob sein Glas. »Das Wochenende fällt aus, meine lieben Kollegen. Eine Versteigerung des Armreifs unter den Herrscherhäusern würde uns fette Kohle in die Kasse spülen. Um dieses Ziel zu erreichen, müssen wir hart arbeiten und den Armreif als Erste finden. Ist das klar?«

»Klar!«

»Dann sind wir uns also einig?«

»Völlig einig!«

»Cortes, Karim ist eingetroffen!«

»Dann lasst uns auf unseren Erfolg trinken.«

Die drei Gläser der Söldner berührten sich über dem Tisch, und ihr voluminöser, reiner Klang besiegelte das neue Abenteuer.

Die *Rennsemmel* begann sich zu füllen, und Gonzo bediente mit fliegenden Händen: drei Krüge Bier für die Drushina-Soldaten des Grünen Hofs, eine Flasche Whiskey für das Grüppchen Rothauben am hintersten Tisch, trockenen Martini für die anmutige Fee, Kaffee für den Kommissar des Dunklen Hofs ...

Bedächtig ergriff Santiago die kleine Tasse mit zwei Fingern und trank einen Schluck von dem heißen Gebräu.

»Guten Tag, Kommissar.« Franz de Geer nahm neben ihm Platz und stützte den Ellenbogen auf den Tresen. »Sie wollten mit mir reden?«

»Guten Tag, Kapitän«, erwiderte Santiago höflich. »Danke, dass Sie gekommen sind.«

»Es ist mir nicht leichtgefallen«, gab de Geer zu. »Trotzdem habe ich mich entschlossen zu kommen.«

»Ich weiß das zu schätzen.« Santiago rückte seine Krawatte zurecht. »Glauben Sie mir, Kriegsmeister, es tut mir leid, dass alles so gekommen ist. Bogdan hätte lieber erzählen sollen, wie er an die Regeln des *Traumarkans* herangekommen ist. Oder er hätte sein Vorhaben rechtzeitig aufgeben müssen.«

»Der Fehler war, dass er überhaupt damit begonnen hat.« Mit einem Kopfschütteln lehnte Franz Gonzos Angebot, ihm ein Bier zu bringen, ab. »Warum wolltest du mich treffen?«

»Ich habe etwas für Sie.« Der Kommissar legte einen

Ring mit einem kleinen, blutroten Rubin auf den Tresen. »Bogdans Gardistenring. Darin ist Ihr Name eingraviert, Franz.«

»Ich weiß.« De Geer nahm den Ring und betrachtete ihn wehmütig. »Bogdan und ich haben die Ringe an dem Tag getauscht, an dem wir sie bekommen haben. Als wir Gardisten wurden.«

»Seither ist viel Zeit ins Land gegangen«, erwiderte Santiago nach einer kurzen Pause. »Es hat sich einiges verändert. Haben Sie übrigens Tapira gesehen?«

»Wir suchen sie, aber bislang erfolglos.« Franz steckte den Ring in seine Tasche. »War das alles?«

»Im Prinzip ja. Ich würde nur noch gern wissen, warum Sie mich treffen wollten.«

»Ich dich? Wie kommst du darauf?«, fragte der Kapitän argwöhnisch.

»Sie haben sich überraschend schnell zu dem Treffen bereiterklärt, Franz«, sagte Santiago ruhig. »Bogdan war ein enger Freund von Ihnen, und es steht außer Frage, dass Sie seinen Tod mir anlasten. Trotzdem sind Sie hierhergekommen, obwohl Sie auch einen Vertreter hätten schicken können. Sie werden verstehen, dass mir das zu denken gibt.«

Der Kriegsmeister schüttelte den Kopf: »Eines will ich hier einmal klarstellen, Naw: Meine Abneigung gegen dich hat keinen persönlichen Hintergrund. Ja, Bogdan war mein Freund, doch wenn irgendein anderer Gardist an seiner Stelle gewesen wäre, hätte ich genauso gehandelt. Du bist unser Feind, Santiago, und nützt jede Gelegenheit aus, um uns zu schwächen.«

»Würdet ihr mir keinen Anlass dazu geben, hätten wir auch kein Problem.«

Die Augen des Kriegsmeisters funkelten vor Zorn, doch er zwang sich ruhig weiterzusprechen.

»Ich war mit der Strategie des Großmagisters während dieser Krise nicht einverstanden. Wir hätten unserem Ritter beispringen und darauf hinwirken müssen, dass du verurteilt wirst. Denn faktisch hast du gezielt gegen den Orden agiert.«

»Ich habe Bogdan nicht nach dem Leben getrachtet«, parierte Santiago kühl. »Meine Söldner haben lediglich Olga beschützt.«

»Wir wissen beide ganz genau, dass das nur ein Trick war. Vor einem Schiedsgericht der Herrscherhäuser kämest du damit nicht durch.«

»Da bin ich anderer Meinung.« Der Kommissar trank seinen Kaffee aus. »Der Großmagister ist Realist. Ihm war klar, dass überhaupt nichts passiert wäre, wenn ihr Bogdan keinen Zugang zu verbotenen Zaubern gewährt hättet.«

»Das haben wir nicht«, widersprach der Kapitän energisch. »Wir halten uns streng an die Konvention von Kitai-Gorod. Die Siegel des Buchs der verbotenen Zauber sind unversehrt.«

»Woher hat le Sta dann erfahren, wie das *Traumarkan* funktioniert?«

»Woher?« Franz zog ein zusammengefaltetes Blatt Papier aus seiner Tasche hervor und legte es auf den Tresen. »Dieses Dokument haben wir in der Wohnung gefunden, die Bogdan für Tapira gekauft hat. Es war zwischen seinen Sachen versteckt. Kommt dir dieses Manuskript bekannt vor?«

Der Kommissar entfaltete das vergilbte Pergament, und sein Blick gefror. Nur mit Mühe konnte er seine Emotionen zurückhalten.

Die schnörkelige Schrift und die violette Tinte erkannte Santiago auf den ersten Blick. Es handelte sich um die exakten Instruktionen für das *Traumarkan*, geschrieben in einem alten Nawschen Dialekt. Unter dem Text waren zwei sich gegenübersitzende Eichhörnchen dargestellt.

»Ist dir dieses Manuskript bekannt?«, wiederholte Franz mit Nachdruck.

»Es ist mit meinem persönlichen Siegel versehen«, gab Santiago zerknirscht zu. »Das Dokument stammt aus meinem Archiv.«

»Und wie hat Bogdan es in die Hände bekommen?«

»Das weiß ich nicht.« Der Kommissar starrte immer noch konsterniert auf das Pergament.

»Du hast es Bogdan untergeschoben, nicht wahr? Du hast ihn bewusst in die Falle gelockt.«

»Das Archiv ist vor mehreren hundert Jahren verlorengegangen«, entgegnete Santiago nachdenklich. »Ich war überzeugt, dass es nicht mehr existiert.«

»Das kannst du deiner Großmutter erzählen, aber nicht dem Schiedsgericht«, höhnte Franz. »Der Orden verlangt vom Dunklen Hof offiziell eine Erklärung über die Herkunft dieses Dokuments. Andernfalls werden wir das Herrscherhaus Naw und dich persönlich der Verbreitung verbotener Zauber beschuldigen.« Franz grinste siegessicher und fügte hinzu: »Und die Todesstrafe für dich fordern.«

Dem Kommissar war klar, dass der Kriegsmeister de Geer nur gekommen war, um ihm diese Drohung genüsslich entgegenzuschleudern.

»Wie lange habe ich Zeit?«

»Drei Tage.«

»Das ist lächerlich.« Santiago tippte sich an die Stirn. »In drei Tagen kann ich höchstens beweisen, dass das Archiv tatsächlich verlorengegangen ist. Ich will aber denjenigen finden, der diese ganze Intrige angezettelt hat. Das wäre im Interesse aller Herrscherhäuser.«

»Hör auf damit, gemeinsame Interessen der Verborgenen Stadt vorzuschieben, das nimmt dir doch keiner ab!«

»Ich schiebe überhaupt nichts vor.« Der Kommissar winkte dem Barkeeper, deutete auf seine leere Kaffeetasse und wandte sich wieder seinem Gesprächspartner zu. »Falls Sie es schon wieder vergessen haben sollten, Kapitän: Ich war bereit, Bogdan gewähren zu lassen, falls er preisgibt, woher er die Regeln des Arkans kennt. Darauf hat er sich jedoch nicht eingelassen. Jetzt wissen wir nur, aus welcher Quelle der Kriegskommandeur sein Wissen bezogen hat. Wer ihm den Zugang zu dieser Quelle verschafft hat, wissen wir nach wie vor nicht. Mir wäre sehr daran gelegen, das herauszufinden. Ihnen etwa nicht?«

De Geer antwortete nicht.

»Meinen Sie nicht, dass das Schiedsgericht dieser Argumentation folgen würde?«

»Vermutlich schon«, räumte der Kapitän widerwillig ein. »Ich bin jedenfalls davon überzeugt, dass du Bogdan zu dem Verbrechen provoziert hast.«

»Schade, dass Sie so denken, Franz. Ich bin nun wahrlich kein Heiliger, aber Sie können mich nicht für alles zum Sündenbock machen. Wenn ich gewollt hätte, hätte ich auch nach der Vollendung des Arkans für Bogdans Tod sorgen können.«

»Warum hast du es dann nicht so gemacht?«

»Deswegen.« Santiago zeigte mit dem Finger auf das Manuskript. »Der Kriegskommandeur hätte die Quelle seines Wissens niemals preisgegeben. Ich konnte nicht zulassen, dass er die Spuren verwischt.«

»Wir werden sehen.« Franz erhob sich. »Du hast einen Monat Zeit, Santiago. Danach wird es mir ein Vergnügen sein, dabei zuzusehen, wie man dir das Herz herausreißt. Einen Monat ...«

Der Tschud warf einige Geldscheine auf den Tresen und verließ die Bar, ohne auf sein Wechselgeld zu warten.

Santiago versenkte den Blick seiner schwarzen Augen in der schaumigen Haube des frischen Kaffees. Das Gambit war brillant gespielt. Als begnadeter Intrigant wusste der Kommissar die Raffinesse und Präzision der Züge seines Gegenspielers zu würdigen. Diesem mysteriösen Unbekannten war es gelungen, Zwietracht zwischen den Herrscherhäusern Naw und Tschud zu säen und ihn, den Kommissar, vorläufig aus dem Spiel zu nehmen. Denn anstatt sich seinen eigentlichen Pflichten zu widmen, war er nun gezwungen, die schweren

Vorwürfe gegen seine Person zu entkräften. Welchen Zug hatte der Feind wohl als nächsten geplant?

Santiago schlürfte die dickflüssige Koffeinbombe und lächelte. Es gefiel ihm, sich mit einem starken und unberechenbaren Gegner zu messen, der ihm an Macht und Verstand ebenbürtig war. Schade nur, dass für dieses spannende Duell auf Augenhöhe nur ein Monat Zeit blieb. Es hätte ihm Spaß gemacht, diese Partie voller Winkelzüge, Ablenkungsmanöver und versteckter Fallen länger auszukosten. Nun war er gezwungen, seinen unsichtbaren Widerpart innerhalb von dreißig Tagen mattzusetzen. Eine langweilige Zeit stand ihm jedenfalls nicht bevor. Und wurde es nicht höchste Zeit herauszufinden, wer eigentlich sein mysteriöser Gegenspieler war?

Der Kampf um

DIE VERBORGENE STADT

wird fortgesetzt in:

DIE HEXE

GLOSSAR

Arkan, das; -s, -e — Bezeichnung verschiedener Zauber

Artefakt — Gegenstand, der magische Energie in sich trägt

Assuren — Der älteste Volksstamm der Erde; herrschte etwa 10 000 Jahre lang und schottete den Planeten gegen Außerirdische ab; die Isolationspolitik der Assuren konnte nicht verhindern, dass ihr Imperium im Ersten Großen Krieg von den Nawen unterworfen wurde; die verbliebenen Assuren flüchteten mitsamt ihrem Wissensschatz in die Verborgene Stadt; es gibt nur wenige Informationen über sie, und sie unterhalten keinerlei Kontakte zu anderen Bewohnern der Verborgenen Stadt

Atomhenne — Spielkasino in der Verborgenen Stadt

Barone — Repräsentanten des Herrscherhauses Lud; Gebieter über die Domänen; verfügen über keine magischen Kräfte

Basiliskenauge	Artefakt in Form eines blauen Kristalls; das einzig wirksame Mittel gegen Morjanen
Beeline	Einer der größten russischen Mobilfunkanbieter
Bienenschwarm	Schutzzauber gegen die DNA-Fernfahndung; die DNA der mit einem Bienenschwarm belegten Person wird auf mehrere (4 bis 1000, je nach magischem Potenzial des Zauberers) seiner Volksgenossen übertragen, die dann alle gleichzeitig auf die Fahndung ansprechen
Bitza-Park	Ausgedehntes Stadtwaldgebiet im Südwesten Moskaus, benannt nach dem Fluss Bitza, der ihn durchquert
Bogdan le Sta	Kriegskommandeur des Herrscherhauses Tschud (Orden)
Burg	Bezeichnung des Hauptquartiers des Herrscherhauses Tschud; Gebäudekomplex am Wernadski-Prospekt
Chamäleon-Marschälle	Spezialtrupp von Chwanen innerhalb der Garde des Großmagisters
Chwan, der; -en, -en	Vasallenvolk des Herrscherhauses Tschud; vierarmige Krieger; haben die Goldene Wurzel auf die Erde gebracht, eine Droge, die sie im Altaigebirge kultivieren

Delirium	Kneipe im Innenhof des Südlichen Forts
Depresso	Melancholikerkneipe in der Verborgenen Stadt
Desastro, der; -s, -s	Zweitgrößter Clan der Rothauben
Die Streife	Beliebte russische Fernsehsendung, in der über Vorkommnisse auf Moskaus Straßen berichtet wird
Dolmetscher	Äußerlich einer Brille ähnelndes magisches Gerät, das einen gelesenen Text augenblicklich in die gewünschte Sprache übersetzt
Drachenbrise	Kampfzauber mit der Funktion eines Flammenwerfers; die Flammen schlagen aus einem Finger, dem Auge oder dem Stab des Zauberers; die Intensität des Feuerangriffs hängt vom Potenzial des Magiers ab; so produziert eine Drachenbrise der 4. Kategorie einen zielgenauen Feuerstrahl, der ca. 150 bis 200 Meter weit reicht
Drachenseufzer	Mächtiger Kampfzauber
Drushina, die	Kriegsgefolge eines russischen Fürsten
Duma, Staatsduma	Erste Kammer des russischen Parlaments

Dunkler Hof	Inoffizielle Bezeichnung des Herrscherhauses Naw
Echo Moskwy	Dt. »Moskauer Echo«; Moskauer Radiosender
Eichhörnchen, das eine Nuss frisst	Wappen des Herrscherhauses Naw
Eidechse	Club und Restaurant; »angesagtestes« Etablissement der Verborgenen Stadt im Ismailow-Park
Einhorn, sich aufbäumendes	Wappen des Herrscherhauses Tschud
Elfenpfeil	Kampfzauber, der präzise und panzerbrechende Feuerblitze auslöst
Erli, der;-, -;	Vasallenvolk des Herrscherhauses Naw; Mönche, Ärzte und passionierte Gourmets, deren Hauptquartier sich in einem Kloster im Zarizyno-Park befindet; trotz der Nähe zum Dunklen Hof sind sie neutral und behandeln alle Patienten in der Verborgenen Stadt
Eulin, der; -s, -s	Schaustellersippe, Vasallen des Herrscherhauses Lud; die Eulins sind Betreiber der Eidechse und vieler anderer Etablissements der Verborgenen Stadt
FAPSI	Eigenständiger russischer Nachrichtendienst von 1991–2003

Fate, die; -, -n	Zauberin des Grünen Hofs; Faten stehen in der Hierarchie über den Feen, jedoch unter den Priesterinnen
Fee	Zauberin des Grünen Hofs
Fischernetz	Kampfzauber, der magische Fähigkeiten blockiert
Fledermaus	Einfacher Abhörzauber, mit dem der Zauberer sein Gehör kurzfristig verfeinert
Fötido, der; -s, -s	Kleinster Clan der Rothauben; die Fötidos lispeln besonders stark
Franz de Geer	Kriegsmeister und Kapitän der Garde des Herrscherhauses Tschud (Orden)
FPS	Mit Grenzschutz befasste Abteilung des Inlandsgeheimdienstes FSB
FSB	Inlandsgeheimdienst der Russischen Föderation
FSNP	Steuerpolizei der Russischen Föderation von 1992–2003
Garkone, der; -n, -n	Bezeichnung der Krieger des Dunklen Hofs
Gjursa	Russischer Pistolentyp
Gorgonenauge	Kampfzauber, der zu einer Versteinerung des Gegners führt; man unter-

	scheidet das Zärtliche Gorgonenauge, das eine vielfache Verdichtung des Gewebes verursacht und den Gegner damit extrem unbeweglich macht, sowie das Eisige Gorgonenauge, das die Gewebe des Gegners in das gewünschte Material verwandelt (in der Regel Gips oder Marmor)
Großes Schweigen	Zauber, der das Gehirn davor schützt, gescannt zu werden
Grüner Hof	Inoffizielle Bezeichnung des Herrscherhauses Lud
Handelsgilde	Von den Schatyren gegründete Organisation, die das Handels- und Bankenwesen in der Verborgenen Stadt kontrolliert; gehört dem Herrscherhaus Naw an
Hexenhammer	In Zusammenhang mit der Hexenverfolgung stehendes Werk des Dominikaners Heinrich Kramer, in dem die damals verbreiteten Ansichten über Hexen und Zauberer zusammengetragen wurden (Speyer 1486)
Himalayadusche	Kampfzauber, der über dem Opfer einen Hagelschauer niedergehen lässt, wobei die Größe der Hagelkörner und die Intensität des Schauers vom Potenzial des Zauberers abhängen

Hülle der Diskretion	Schutzzauber, der den damit belegten Raum gegen technische oder magische Abhörmaßnahmen schützt
Humo	Scherzhafte Bezeichnung für Menschen bei den Bewohnern der Verborgenen Stadt
Interfax	Russische Nachrichtenagentur
Iswestija	Bekannte russische Tageszeitung
Jar	Legendäres Restaurant in Moskau
Karthagisches Amulett	Magische Quelle des Herrscherhauses Tschud
Katana, das	Japanisches Langschwert, das traditionell von Samurai verwendet wurde
Koboldmantel bzw. Jötunenmantel	Sehr anspruchsvoller Zauber, der zu einer Verkleinerung bzw. Vergrößerung der verzauberten Person führt
Kommersant	Überregionale russische Tageszeitung
Konvention von Kitai-Gorod	Übereinkunft der Herrscherhäuser der Verborgenen Stadt von 1418, in der die gefährlichsten Zauber verboten wurden
Kranichtochter	Militärischer Titel von Zauberinnen (Faten oder Feen) des Grünen Hofs, die auf Kriegsmagie spezialisiert

sind und in entsprechenden Einheiten der Armee dienen

Kugelblitz — Kampfzauber, der einen Feuerball erzeugt; explodiert bei Berührung mit dem Feind oder dessen Schutzzauber; eine mächtige, jedoch etwas grobschlächtige Waffe, die man am besten gegen feindliche Gruppen einsetzt, die sich in geschlossenen Räumen aufhalten; bei der Explosion eines Kugelblitzes kann auch der Magier, der ihn erzeugt hat, zu Schaden kommen

Kuss der Rusalka — Alter Zauber, der ausschließlich Frauen vorbehalten ist; zwar ungeeignet zum Scannen eines Gehirns, verleiht der Zauberin jedoch Macht über die Gefühle des Verzauberten und ermöglicht ihr, alles, was sie wissen will, aus ihm herauszubekommen; Rusalka ist eine Art Meerjungfrau in der slawischen Mythologie

Labyrinth — Unterirdisches Territorium der Verborgenen Stadt, zu der die Metroschächte, die Kanalisation, diverse Höhlen etc. gehören; Lebensraum der Ossen

Leine — Artefakt, das zur Ruhigstellung eines Opfers dient

Leonard de Saint-Carré — Großmagister des Herrscherhauses Tschud (Orden)

Lossiny Ostrow	Dt. »Elchinsel«, Nationalpark am nordöstlichen Stadtrand Moskaus
Lud	Herrscherhaus der Verborgenen Stadt; inoffizieller Name: Grüner Hof; Wappen: Tanzender Kranich; Magische Quelle: Regenbrunnen; Hauptvolk: Lud; der Lud, -en, -en; Gesellschaft: matriarchal geprägte Monarchie, administrativ unterteilt in acht Domänen; an der Spitze des Grünen Hofs steht die Königin, die aus den Reihen der Priesterinnen gewählt wird; bei den Luden sind ausschließlich Frauen zur Magie befähigt; im niedersten Rang sind sie Feen, mit wachsenden magischen Fähigkeiten steigen sie zu Faten und schließlich zu Priesterinnen auf; Gebieter der Domänen sind die Barone; das wichtigste Entscheidungsgremium des Grünen Hofs ist der Große Königsrat, der sich aus der Königin selbst, den Priesterinnen und den Baronen zusammensetzt; Vasallenvölker: u. a. Rothauben, Eulins, Morjanen
Lustgarten	Russ. »Neskutschny Sad«; ruhiger, beschaulicher Teil des Gorki-Parks
Magische Quellen	Mächtige Artefakte, aus denen die Magier der Verborgenen Stadt ihre Energie schöpfen
Magoskop	Artefakt, das es erlaubt, hinter einem Trugbild die Realität zu erkennen;

	kommt gewöhnlich in Form eines Monokels oder einer Brille zum Einsatz
Malewitsch	Kasimir Sewerinowitsch Malewitsch (1878–1935); russischer Maler und Avantgardist
Marjino	Moskauer Stadtbezirk
Metro	Kurzbezeichnung der Moskauer Untergrundbahn
Mikrorajon	Untereinheit eines Stadtbezirks in russischen Großstädten, meist handelt es sich dabei um Plattenbausiedlungen
Morjane, die; -, -en	Vasallenvolk des Herrscherhauses Lud; kleines Volk von weiblichen Wandelwesen, das bei genetischen Experimenten der Fate Mara mit Menschenfrauen entstand; die Morjanen können zweierlei Gestalt annehmen: 1) eine attraktive Frauengestalt und 2) die Gestalt eines Mischwesens aus Frau und Bestie, mit krallenbewehrten Klauen, Dornenschwanz und gehörntem, kahlem Kopf; in dieser »Kampfmontur« sind die Morjanen gefährliche Ungeheuer; es gibt Weiße und Schwarze Morjanen; Letztere sind noch gefährlicher und unberechenbarer, jedoch etwas langsamer als die Weißen; das slawische Wort Morjana bezeichnet

	eine Art Meerjungfrau in der slawischen Mythologie
Morpheusstaub	Von den Erli-Mönchen entwickeltes und zur Anästhesie eingesetztes Betäubungsmittel, das gelegentlich zu nicht-medizinischen Zwecken missbraucht wird
Moskauer Eremitage	Kloster der Erli im Zarizyno-Park
Moskowski Komsomolez	Populäre russische Tageszeitung
Mowgli	Russischer Zeichentrickfilm (1967–71); in der russischen Übersetzung des »Dschungelbuchs« ist der schwarze Panther Bagheera eine weibliche Figur
Mumiy Troll	Populäre russische Rockband; Morskaja (1997) war ihr erstes Studioalbum
Navruz	Usbekisches Restaurant in Moskau, bekannt für seine Plow- und Schaschlikgerichte
Naw	Herrscherhaus der Verborgenen Stadt; inoffizieller Name: Dunkler Hof; Wappen: Eichhörnchen, das eine Nuss frisst; Magische Quelle: unbekannt; Hauptvolk: Naw; der Naw, -en, -en; Gesellschaft: absolutistische Monarchie; alleiniger Herrscher ist der Fürst; als Gegenleistung für seine

	uneingeschränkte Macht verzichtet er auf einen Namen und auf jegliches Privatleben; bei der Ausübung seiner Macht wird er von den drei Ratsherren, den ranghöchsten Magiern, unterstützt Vasallenvölker: u. a. Schatyren, Ossen, Erli
NKWD	Volkskommissariat des Inneren; von 1934–46 gebräuchliche Bezeichnung für die Innenbehörde der UdSSR, auf deren Konto zahlreiche Terrorakte gegen die eigene Bevölkerung gingen, u. a. die Zwangsumsiedlung und Ermordung vieler Volksgruppen
Nowaja Semlja	Russische Doppelinsel im Nordpolarmeer
Nowy Arbat	Einkaufsstraße im Zentrum Moskaus
NTW	Beliebter russischer Fernsehsender
Odoro, der; -s, -s	Clan der Rothauben; die Odoros rühmen sich, besser zu riechen als die übrigen Rothauben
Orden	Inoffizielle Bezeichnung des Herrscherhauses Tschud
Oss, der; -en, -en	Vasallenvolk des Herrscherhauses Naw; Rattenbändiger; im Labyrinth unter der Stadt hausendes, kleines, halbwildes Jägervolk; Ossen haben einen Hang zu pathetischen Reden und verfassen schwermütige Balladen

Panopt, der; -en, -en	Kleines Vasallenvolk des Herrscherhauses Lud; Panopten zeichnen sich durch hünenhaften Körperbau und sagenhafte Trinkfestigkeit aus; verdienen ihren Lebensunterhalt mit der Bewachung vergrabener Schätze
Park Pobedy	»Siegespark«; beliebter Treffpunkt von Inlineskatern in Moskau
Pereulok	Russ. Bezeichnung für eine kleine Straße oder Gasse
Petrowka 38	Fernsehsendung des Innenministeriums über die Arbeit von Polizei und Innenbehörden; der Hauptsitz des Innenministeriums befindet sich in der gleichnamigen Straße Petrowka, Nr. 38
Phantomskalpell	Von den Erli-Mönchen zu rein medizinischen Zwecken erfundener Zauber, der jedoch bisweilen auch missbräuchlich verwendet wird
Plow	Orientalisches Reisgericht; im deutschsprachigen Raum eher unter dem Namen Pilaw bekannt
Polpa Nawese	Gericht aus durchgedrehtem, rohem Fleisch mit Gemüse und superscharfer Sauce; Lieblingsspeise der Nawen
Portal	Magischer Tunnel, der die sofortige Überwindung der Distanz zwischen zwei entfernten Orten im Raum ge-

	stattet; nur gut ausgebildete Magier sind in der Lage, ein Portal aufzubauen, alle Übrigen müssen entsprechende Artefakte (sogenannte Schleusen) benutzen
Profil	Russische Wochenzeitung
Prospekt	Bezeichnung von Ausfallstraßen in russischen Städten
Puschkin	Berühmtes und teures Café-Restaurant im Zentrum Moskaus, benannt nach dem russischen Dichter
Regenbrunnen	Magische Quelle des Herrscherhauses Lud
Rennsemmel	Bar in der Verborgenen Stadt; Geschäftsführer ist Murzo Chase
Rothauben	Vasallenvolk des Herrscherhauses Lud; aufgegliedert in den Odoro-, Fötido- und Desastro-Clan; die Clans sind sich untereinander spinnefeind und verdienen ihren Lebensunterhalt hauptsächlich durch Drogenhandel und Kleinkriminalität; Rothauben sind erst ab einer gewissen Dosis Whiskey in der Lage, überhaupt zu denken, und erreichen auch dann nur ein äußerst eingeschränktes intellektuelles Niveau

Salamanderring	Schutzzauber; ein Salamanderring der 4. Kategorie kann selbst erfahrene Magier zu Asche verbrennen
Santiago	Kommissar und höchster Kriegsmagier des Herrscherhauses Naw (Dunkler Hof)
Schatyr, der; -en, -en;	Vasallenvolk des Herrscherhauses Naw; Gründer der Handelsgilde, im Übrigen Cognac-Fans und Liebhaber von Sportcoupés
Schlafender	Gottheit der Verborgenen Stadt; Urvater aller Lebewesen; der Legende nach schläft er irgendwo zwischen den Welten, und wenn er aufwacht, beginnt das Jüngste Gericht; der Schlafende nimmt keinen direkten Einfluss auf die Geschehnisse, und eine religiöse Verehrung erübrigt sich, da er ja ohnehin schläft
Schleuse	Artefakt; dient zum Aufbau eines Portals
Sprengwurzextrakt	Hoch effektives Mittel zur Zerstörung von Schlössern, Riegeln, Ketten etc.; wird in den Fabriken der Handelsgilde in Form von Sprays und Kapseln hergestellt
Suburbs Entsorgungsservice	Kommerzielles Unternehmen, das darauf spezialisiert ist, die Spuren der Lebenstätigkeit der Verborgenen Stadt zu beseitigen

Südliches Fort	Hauptquartier der Rothauben
Tanzender Kranich	Wappen des Herrscherhauses Lud
T-Grad-Com	T-Grad Communication; T-Grad steht für »Tainy Gorod« (Verborgene Stadt); Telekommunikationsunternehmen mit Monopolstellung in der Verborgenen Stadt; unterliegt der strengen Kontrolle der Herrscherhäuser und fungiert auch als größter Internetprovider Russlands
Thron der Kraft	Magischer Ort, an dem die Opfer für ein Traumarkan getötet werden
TKV	Telekommunikations-Verbund der Gesellschaft T-Grad-Com
Traumarkan	Komplexer Zauber, der die Erfüllung eines beliebigen Wunsches ermöglicht; es fordert das Blut von zweiundzwanzig Opfern und kann nur von mächtigen Magiern bewirkt werden; bei Todesstrafe verboten durch die Konvention von Kitai-Gorod
Tschud	Herrscherhaus der Verborgenen Stadt; inoffizieller Name: Orden; Wappen: sich aufbäumendes Einhorn; Magische Quelle: Karthagisches Amulett; Hauptvolk: Tschud; der Tschud, -en, -en; Gesellschaft: militärische Hierarchie, an deren Spitze der Großmeister steht, admi-

nistrativ aufgegliedert in vier Logen: Schwerter-, Drachen-, Hermelin- und Salamanderloge. Die Meister der vier Logen und die besten Magier des Ordens bilden den Ordensrat, das Regierungsorgan des Großmeisters; der stärkste Kriegsmagier des Ordens ist der Kriegsmeister, der gleichzeitig auch Kapitän der Garde ist. Vasallenvölker: Chwanen, Daikinen

Uibuj, der; -en, -en — Bezeichnung der Truppführer der Rothauben-Clans

Uliza — Russisches Wort für Straße

Usurpator — Rang eines Kriegsmagiers des Herrscherhauses Tschud; Usurpatoren sind in der Regel unerfahren, äußerst aggressiv und kaum kontrollierbar

Vegasianer — Geniales Analytikerduo des Herrscherhauses Naw (Dunkler Hof), bestehend aus dem Nawen Domingo und dem Schatyren Tamir Cannabis; die beiden arbeiten eng mit Santiago, dem Kommissar des Dunklen Hofs, zusammen

Wedomosti — Russische Tageszeitung mit Sitz in Moskau

Westliche Wälder — Ein ausgedehntes Gebiet westlich der Verborgenen Stadt, das in früheren Zeiten bewaldet war und von einigen primitiven Stämmen, namentlich

	von den Rothauben, bewohnt wurde; inzwischen von den Humos fast vollständig abgeholzt
Woiwode, der; -n, -n	Slawisch für Heerführer; ein Adelstitel
Wolga	Russische Automarke, PKW der Oberklasse
Wseslawa	Königin des Herrscherhauses Lud (Grüner Hof)
Yatagan	Osmanischer Kurzsäbel mit geschwungener Klinge
Zarizyno-Park	Park im Süden Moskaus
Zarskaja Ochota	»Zaristische Jagd«, Luxusrestaurant in einem Dorf außerhalb Moskaus; Schauplatz eines legendären Treffens zwischen Boris Jelzin und Jacques Chirac im Jahre 1998
Zitadelle	Bezeichnung des Hauptquartiers des Herrscherhauses Naw
Zoi-Mauer	Gedenkort an den russischen Rockmusiker Wiktor Zoi, der die Kultband Kino gründete und 1990 bei einem Autounfall tödlich verunglückte